国家社科基金
后期资助项目

韩国上古诗歌研究

A study of ancient poetry in Korea

张哲俊 著

中央编译出版社
Central Compilation & Translation Press

图书在版编目(CIP)数据

韩国上古诗歌研究 / 张哲俊著. —北京：中央编译出版社，2018.12
ISBN 978 - 7 - 5117 - 3629 - 1

Ⅰ. ①韩… Ⅱ. ①张… Ⅲ. ①古典诗歌 - 诗歌研究 - 韩国 - 上古
Ⅳ. ①I312.607.2

中国版本图书馆 CIP 数据核字(2018)第 227797 号

韩国上古诗歌研究

出 版 人：葛海彦
出版统筹：贾宇琰
责任编辑：谭　伟
责任印制：刘　慧
出版发行：中央编译出版社
地　　址：北京西城区车公庄大街乙 5 号鸿儒大厦 B 座(100044)
电　　话：(010)52612345(总编室)　　　(010)52612370(编辑室)
　　　　　(010)52612316(发行部)　　　　(010)52612346(馆配部)
传　　真：(010)66515838
经　　销：全国新华书店
印　　刷：北京紫瑞利印刷有限公司
开　　本：710 毫米×1000 毫米　1/16
字　　数：404 千字
印　　张：25.5
版　　次：2018 年 12 月第 1 版
印　　次：2018 年 12 月第 1 次印刷
定　　价：88.00 元

网　　址：www.cctphome.com　　　　　邮　　箱：cctp@ cctphome.com
新浪微博：@ 中央编译出版社　　　　　微　　信：中央编译出版社(ID: cctphome)
淘宝店铺：中央编译出版社直销店(http://shop108367160.taobao.com)　(010)55626985

本社常年法律顾问：北京市吴栾赵阎律师事务所律师　闫军　梁勤
凡有印装质量问题，本社负责调换，电话：(010)55626985

国家社科基金后期资助项目
出版说明

　　后期资助项目是国家社科基金设立的一类重要项目，旨在鼓励广大社科研究者潜心治学，支持基础研究多出优秀成果。它是经过严格评审，从接近完成的科研成果中遴选立项的。为扩大后期资助项目的影响，更好地推动学术发展，促进成果转化，全国哲学社会科学工作办公室按照"统一设计、统一标识、统一版式、形成系列"的总体要求，组织出版国家社科基金后期资助项目成果。

全国哲学社会科学工作办公室

目　录

绪　论　韩国上古诗歌的基本问题与方法 ……………………… 1
　　一、韩国上古诗歌的基本状态 ……………………………………… 1
　　二、韩国上古诗歌的基本问题 ……………………………………… 5
　　三、文学考古学是研究的方法 ……………………………………… 12

第一章　《箜篌引》是古朝鲜的歌谣？ ……………………………… 21
　第一节　《箜篌引》形成时间的诸因素与卧箜篌的起源 ………… 21
　　一、《箜篌引》的形成时间与作者、人名 ………………………… 21
　　二、《箜篌引》的形成时间与地名、箜篌种类 …………………… 31
　第二节　文献与考古之间：卧箜篌形制的发生与发展 …………… 42
　　一、《史记》"箜篌瑟"的校勘与卧箜篌的起源 …………………… 42
　　二、箜篌瑟与卧箜篌的弦柱：从危柱到品柱的变化 ……………… 51
　　三、考古文物与文献记载的弦数：弦数的变化及其原因 ………… 65
　　四、卧箜篌的材料、技巧与《箜篌引》生成时间的
　　　　最终结论 ………………………………………………………… 71
　第三节　《箜篌引》在李氏朝鲜文学中的延伸 …………………… 81
　　一、李朝拟乐府《公无渡河》的生成与唐代拟乐府 ……………… 81
　　二、李朝文学中《公无渡河》的挽歌化与死亡想象 ……………… 92
　　三、中国文学中《公无渡河》的挽歌化与死亡想象 ……………… 104

第二章　《黄鸟歌》与《高丽人参赞》 ……………………………… 117
　第一节　《黄鸟歌》的作者与历史叙事的关系 …………………… 117
　　一、《黄鸟歌》的作者及其问题：是歌谣还是瑠璃王

　　　　　所作？ …………………………………………………… 117
　　　　二、《黄鸟歌》的幸存原因：历史叙事的起源与基准 …… 128
　　第二节　《黄鸟歌》与燕方言词：是汉诗还是汉译诗？ ……… 140
　　　　一、《黄鸟之歌》与《黄鸟歌》的燕方言词及其变化 …… 140
　　　　二、瑠璃王与燕方言的特殊关系 ……………………………… 153
　　第三节　《诗经》中的黄鸟与《黄鸟歌》的关系 ……………… 159
　　　　一、《秦风·黄鸟》：黄鸟的死亡鸟形象 …………………… 159
　　　　二、《秦风·黄鸟》：千古误读与黄色鸥鹛 ………………… 167
　　　　三、《诗经》其他诸篇：黄雀、黄鹂与《黄鸟歌》 ……… 175
　　　　四、作为原生态因素的爱情鸟形象与汉译诗的关系 ……… 183
　　第四节　《高丽人参赞》与燕方言词 …………………………… 197
　　　　一、《高丽人参赞》的文本校勘与燕方言词 ……………… 197
　　　　二、《高丽人参赞》的生成时间与原生态因素 …………… 211
　　　　附录：没有原生态因素的汉诗：《遗于仲文》与《咏孤
　　　　　　石诗》 …………………………………………………… 222

第三章　《龟旨歌》与金首露神话 ……………………………… 233
　　第一节　《龟旨歌》的先行研究及其问题 ……………………… 233
　　　　一、古代文人对金首露神话的否定与肯定 ………………… 233
　　　　二、现代学者的主流看法：迎神歌、迎王歌与《海歌词》 … 238
　　　　三、现代学者的其他诸说以及先行研究的基本问题 ……… 248
　　第二节　《龟旨歌》的性质与汉代龟卜方法 …………………… 258
　　　　一、龟卜因素的确认："灼龟首""燔灼"与祝词 ………… 258
　　　　二、"喫"字的校勘："喫"字误刊的可能性 ……………… 270
　　　　三、"喫"字的校勘：文献依据与《龟旨歌》、金首露
　　　　　　神话的关系 ……………………………………………… 280
　　第三节　金首露神话中的龟卜因素 ……………………………… 290
　　　　一、黄金六卵与汉代龟卜方法的关系 ……………………… 290
　　　　二、龟旨峰与龟卜、《周易》的关系 ……………………… 303
　　第四节　伽耶与汉朝的交流：良洞里遗址与大成洞遗址 ……… 314
　　　　一、良洞里遗址与大成洞遗址的汉朝文化 ………………… 314
　　　　二、流民是伽耶与汉朝交流的主要渠道 …………………… 323
　　　　三、伽耶的建国时间与金首露神话的形成时间 …………… 334

第五节　金首露神话的假造遗迹及其衍生诗歌 ……………… 349
　　一、诗歌中的金首露王陵及其发展历史 ……………… 349
　　二、金首露王族源的古老传说 ………………………… 363
　　三、诗歌中的许王后陵以及其他遗迹 ………………… 373

结　语　走向校勘、注释与现代学术结合的道路 …………… 387
参考书目 …………………………………………………………… 392
后　记 ……………………………………………………………… 400

绪 论
韩国上古诗歌的基本问题与方法

一、韩国上古诗歌的基本状态

韩国上古诗歌是韩国文学起源时期的文学，主要是古朝鲜与三国时期的诗歌与神话、传说等。古朝鲜指坛君朝鲜、箕子朝鲜与卫满朝鲜时期，日本学术界也使用古朝鲜的概念，但主要是指箕子朝鲜与卫满朝鲜。古代历史与文学分期是韩国古代文学研究的一个问题，不同的学者有不同的划分方法与不同的名称，但较多的学者将韩国古代文学分为古代文学、中世文学、近世文学。这种分期与日本古代文学相似，本书也基本遵从这种分期方法，只是不同时期的名称稍有改变①。在中国学术界不能直用韩国学术界使用的古代文学名称，因为在中国学术界，古代文学是相对于现代文学而言的，如果直用韩国学术界的名称，就会引起相当大的误解，因而将古代文学改称为上古文学，古代文学中的诗歌就是上古诗歌。

任何民族都会高度注意民族文学的起源问题，即使在近代从西方引入民族、国家的概念之前，韩国古代学者也曾关注过这一问题。李朝文

---

① 张德顺的《国文学通论》（新丘文化社1983年）第二章"汉字以前的国文学"第二节是"古代歌谣"，主要研究了《箜篌引》《黄鸟歌》《兜率歌》《龟旨歌》。李家源的《韩国汉文学史》（普成文化社1998年再版）第一章"邃古时代的汉文学（古朝鲜）"第二节"汉体的诗歌"研究了《箜篌引》。赵东一的《韩国文学通史》第一册（知识产业社1996年第三版）第三章为"第二个时代：古代文学"，第四章为"第三个时代：中世前期文学"。《箜篌引》《黄鸟歌》等诗歌都是在"古代文学"一章中研究的。李钟出等八位学者合著的《国文学概论》（正和出版文化社1985年）的第二章是"上代歌谣"，此章主要研究了《黄鸟歌》《箜篌引》《龟旨歌》等，上代即上古。上代也是日本学术界常用的概念，日本文学分为上古文学、中古文学、中世文学、近世文学。虽然各个时期的名称不同，但历史时间没有太大的出入。使用上古诗歌的名称并无不妥，应当是比较适于中国学界的概念。

人柳得恭为了保存韩国早期的诗歌，编选了《东诗萌》，《东诗萌》是民族文学意识觉醒的体现。柳得恭的《东诗萌序》专门论述了诗歌起源的问题：

> 昔者檀君肇兴，人文未彰。箕子东封，八教斯陈。于是回白马而朝周，伤原麦而载咏，凄凄乎其国风之滥觞而东诗之鼻祖矣。伊后卫满东袭，武力是崇。马韩南奔，蔑裂无闻。乐浪玄菟，折为内壤。……《会苏》、《兜率》，有曲无文。玄鹤、伽倻，有声无诗。隋日乙支，为五言之苏李。唐时玉带，比七字于柏梁，前此者无有乎？盖始见乎此耳。然而东方古诗如《箜篌引》、《人参赞》之类，其传多因汉人所记录。则蓬门之士，立言虽至千万，以待数千里之外之人风闻而传其一二，不亦难哉。……以《麦秀歌》为首，终于后百济为一卷。取汉兴诗萌芽之语，名之曰《东诗萌》。①

柳得恭（1748—1807），以为韩国古代诗歌的起点是箕子的《麦秀歌》，此外还有乙支文德的《遣于仲文》《会苏曲》《兜率歌》《人参赞》《箜篌引》等。申景浚也有与柳得恭相似的看法：

> 古有浿江《永明岭歌》，其辞轶而箕子时作。有《箜篌引》，朝鲜女丽玉作。玉，津吏之妻，而犹能于诗如此，当时士大夫，岂无作者乎？考诸三国乐府，百济仿华制，而其亡即散失。句丽至唐武后时，余存二十曲。新罗三竹三弦一千四百五十一曲，乡乐会苏辛热突阿枝儿诗，恼忧息美知都领歌，捺弦引诸曲亦多，此皆太常所志。而今亡一存，况闾阎巾衍之储乎？②

申景浚（1712—1781），字舜民，号旅庵，是李氏朝鲜时期实学派的

---

① 〔韩〕柳得恭：《泠斋集》卷之七，影印标点《韩国文集丛刊》第260册，首尔：民族文化推进会2000年，第110页。
② 〔韩〕申景浚：《旅庵遗稿·跋》卷之五，影印标点《韩国文集丛刊》第231册，首尔：民族文化推进会1999年，第72页。

重要人物，在文字学、声韵学、地理学等诸多方面卓有成就。① 申景濬从箕子的《永明岭歌》开始谈起，同样表达了古代诗歌始于箕子的看法。但他进一步强调上古诗歌绝不是现存屈指可数的数篇，连丽玉这样的津卒之妻，作为一个普通的女性，都能够写出《箜篌引》，可以想象上古时期应当有过数不清的诗人和诗歌，只是没有流传下来。

通常认为韩国古代文学是从崔致远开始的，申景濬也认为崔致远是古代诗歌的开山鼻祖。他在《杜机翁诗集叙》中说："东诗以崔孤云为唱首，有集五十一卷载《唐艺文志》。而孤云乃罗季人也，孤云以前，未尝无诗。俗荒陋，且世有戎荡如，蔑之传也。"② 在崔致远之前并非没有诗歌，只有一些零星的诗歌传世，其中有战火焚失的原因，也有其他各种原因。强首获奖于唐帝，但无一篇传世："《唐诗品汇》外国止一人，乃真德女君上天子诗。而真德所作，本国无他传焉。国相有酷爱白香山诗，市之中国，率篇易一金，是必能诗者也。使臣航海有诗二句。而贾岛诈为梢人以角胜，是必名动中国者也。惟见于白傅集，尧山外纪，甚矣寥寥也。"③ 崔致远被誉为东诗之唱首，是因为有别集传世。如果《桂苑笔耕集》结集于朝鲜半岛本土，能否流传至今是值得怀疑的。统一新罗时期应当创作了更多的诗歌，新罗真德女王仅有一首传世的诗歌，但未必仅有一首。不过总体来说，王建高丽之前的诗歌数量相对来说还是比较少，诗文数量剧增是始于王建的高丽时期：

> 东方之古调，其尽亡矣。高丽自显德设春闱取士，词华世增，而卒不免渐染于宋元。洎昭代奎运丕阐，文垒相望，杰然为大家者有之，而谓之古调犹未也，犹之雕厦彤砌虽壮丽，而非茅茨土阶之古也。④

---

① 申景濬的文集是他死后由女婿李永甲整理遗稿辑成，洪良浩撰写了序文。洪良浩（1724—1802）的序文是他作为冬至使（1782）从燕京返回之后写的，墓志铭的写作时间更为迟晚。奎章阁现存八卷四册罫印写本《旅庵集》。1910 年又刊行了《旅庵遗稿》，这是申景濬的后人申益求（溵求）以及五代孙申冀休，还有申琼雨、申庠休、申宰休等人一起编辑出版的。卷一为诗歌，共 61 题，其中有应制诗、民隐诗等，另外还有一些与王世贞等明代诗人次韵而做的诗歌。此外还载有《诗则》《诗作法总》《海珠诗解》等诗论。
② 〔韩〕申景濬：《旅庵遗稿·跋》卷之五，影印标点《韩国文集丛刊》第 231 册，第 72 页。
③ 〔韩〕申景濬：《旅庵遗稿·跋》卷之五，影印标点《韩国文集丛刊》第 231 册，第 72 页。
④ 〔韩〕申景濬：《旅庵遗稿·跋》卷之五，影印标点《韩国文集丛刊》第 231 册，第 72 页。

文人别集大量出现也是始于高丽时期，现存的别集大多是李氏朝鲜时期的。文人别集大量行世与高丽时期设立科举取士有关，说明高丽朝更加重视诗文。申景浚以为东方古调尽亡，此说不无夸张的成分，但基本符合事实，上古诗歌所剩无几。有一部分载于中国文献幸存下来，还有一部分载于《三国史记》与《三国遗事》，全部加起来数量也是不多。任何民族的上古诗歌数量都不会太多，但韩国的上古诗歌格外稀少，所剩诗歌都是劫后残余，就显得格外珍贵。现存的神话有坛君神话、朱蒙神话、金首露神话等，诗歌主要有《箜篌引》《黄鸟歌》《龟旨歌》《井邑词》《兜率歌》《秘词》等。《三国志》记载古代朝鲜半岛诸国有丰富的祭祀仪式，尤其喜欢歌舞，那么应当有丰富的原始宗教诗歌，其中有祈祷词、颂祝词、祭词、送死歌舞（송사가무）、香头歌（상두소리）等，还应当有丰富的民间歌谣，但现在几乎无存。上古诗歌数量太少，但并没有因此丧失研究的价值，反而提高了研究的价值，因为只能从尚存的诗歌中寻找韩国诗歌起源时期的信息。

古代文人以为韩国的诗歌起始于箕子，但现在的文学史家一般不会将箕子的诗歌作为韩国诗歌的起点，因为其中存在一些问题。《麦秀歌》载于《史记》，如果《麦秀歌》确实是箕子的诗歌，那么可以看成是韩国古代诗歌的起源。然而《麦秀歌》是否为箕子所作是一个问题，《史记》以为是箕子所作，《尚书大传》则记载为微子所作①，现今学界大多否定箕子说。除了作者不明之外，此歌早于其他诗歌800余年，从《麦秀歌》到《黄鸟歌》、《龟旨歌》，在这漫长的时间里，再也没有出现过诗歌，完全是空白，这显然是不可思议的。箕子除了《麦秀歌》之外还

---

① 汉·司马迁《史记》卷三十八："麦秀渐渐兮，禾黍油油。彼狡童兮，不与我好兮。"（中华书局1997年，第412页）宋·吴曾《能改斋漫录·事实·麦秀蕲兮麦秀渐渐》卷七："余案《尚书大传》曰：微子将朝周，过殷之故墟，见麦秀之蕲蕲、禾黍之蝇蝇也。曰：此故父母之国云云。谓之《麦秀歌》。歌云：麦秀渐渐兮，禾黍油油。彼狡童兮，不我好仇。"（丛书集成初编，上海：商务印书馆1939年，第153页）《麦秀歌》的文本稍有不同，这使押韵成了问题。清毛奇龄《易韵》卷一："尝在内阁学士李师座间与客论韵，师曰：'予最不喜听人论韵。十岁读史，至箕子《麦秀歌》，不得其押。〔麦秀蕲蕲兮，禾黍油油兮。彼狡童兮，不与我好兮〕怀愤抱嗢者三十年以询诸论，韵家则无不嗫嚅去者，子有说，则可不然无啰啰也。'予曰：'"禾黍油油者"，尤也。"不与我好"，则萧、肴、豪之通也。好者，豪三声也。'师曰：'有证乎？'予曰：'有之。《诗》不云乎，"无言不雠，无德不报"。《易》不云乎，"同声相应，同气相求，水流湿，火就燥"。'师推桉而起，叫号称快曰：'今而后可论韵矣，可以读古矣。'"（文渊阁《四库全书》第242册，台湾商务印书馆2008年，第303页）《史记》的"不与我好"与《尚书大传》的"不与我仇"只差一字，但押韵大不相同。

有《永明岭歌》:"大同江:周武王封殷太师箕子于朝鲜,施八条之教,以兴礼俗,朝野无事,人民欢悦。以大同江比黄河,永明岭比嵩山,颂祷其君,此入高丽以后所作也。"① 然而《永明岭歌》已亡佚,此歌描写的不是中国,而是描写了朝鲜半岛的山水,也表现了韩国的思想情感,更适合作为韩国文学的起点。但此歌同样无法认为是箕子的诗歌,实际生成的时间未必是箕子时代,而是高丽时代,这就不应作为韩国文学的起点。

这里还需要说明的一点是韩国古代文学与现当代文学不同,并不存在南北朝鲜的问题。韩国学术界或通称韩国古代文学,或通称朝鲜古代文学,各朝文学则以各朝名之。本书统一使用韩国古代文学的名称,因而上古诗歌亦称之为韩国上古诗歌,涉及各朝文学时则以各朝文学指称。

二、韩国上古诗歌的基本问题

《箜篌引》《黄鸟歌》《龟旨歌》是韩国文学起源时期最有代表性的三首诗歌,现今文学史著作大多要从这三首诗歌写起。本书以这三首诗歌作为主要的研究对象,此外还要涉及相对迟晚一些的《高丽人参赞》。《箜篌引》《黄鸟歌》《龟旨歌》等三首诗歌放在一本书中研究,只因为它们是上古最具有代表性的三首诗歌,此外并无必须一起研究的理由。《黄鸟歌》与《高丽人参赞》的确存在一定的关系,这是《黄鸟歌》与《箜篌引》、《龟旨歌》的不同之处,也是研究《高丽人参赞》的特别原因之一。三首诗歌彼此无关,存在的基本问题也不尽相同。由于这一原因,绪论只能写三首诗歌各自的基本问题,不能写先行研究的具体状况。三首诗歌的先行研究之间全无关系,在绪论中一并概述会显得不伦不类。将先行研究移到后面各个章节,可以使先行研究的问题与具体研究更具有针对性,也可以使具体研究更为深入。把先行研究写入绪论会使先行研究的问题与具体研究脱节,不利于具体研究的展开。这种写法不大符合绪论的常规,也许会给读者带来麻烦,但更符合韩国上古诗歌的事实状态。

下面分为两个方面来讨论三首诗歌的基本问题:首先,最基本的问

---

① 〔韩〕郑麟趾:《高丽史·志二十五·乐二·俗乐·大同江》卷七十一,首尔大学校奎章阁本。

题是诗歌的文本问题。到目前为止，最大的问题是古今中外学者都没有怀疑过上述诗歌文本本身存在问题，更没有提出过需要校勘的问题。无人提出校勘，是因为现存的各种版本字词相同，并无异文。既然没有异文，就不必校勘。《龟旨歌》收录在《三国遗事》中，《三国遗事》存在很多版本，也有不少讹误，但所有版本的《龟旨歌》完全相同。《高丽人参赞》最初载于梁陶弘景《本草经集注》，后载于很多文献，从最初记载开始一直到清朝的各种文献几乎完全相同，只有个别较为迟晚的版本稍异。《高丽人参赞》的先行研究仅有两三篇论文，无人校勘是可以理解的。但《龟旨歌》的研究极其丰富，各种《三国遗事》的校注本均无校勘，在研究论著中也未提出过校勘的问题。然而各种版本没有差异，不等于不需要校勘。如果从最初的版本开始就出现了误刻，后世的所有版本都继承了最初版本的错误，那么必然会造成所有版本完全相同，也就很容易认为诗歌文本不需要校勘。尤其是韩国上古诗歌皆年代久远，初载文献的时间各自不同，《高丽人参赞》初载于 5 世纪，《龟旨歌》初载于 13 世纪，从诗歌的形成到文献的初载存在着相当长的时间距离。在这漫长的传承过程中出现过何种讹误是无法了解的，各种版本即使相同也无法保证正确。如果仅仅依据各种版本，恐怕永远也无法看出需要校勘的问题，这正是从古到今没有校勘《龟旨歌》与《高丽人参赞》的主要原因。

《龟旨歌》的先行研究极其密集，各种看法千奇百怪，层出不穷。这对人文科学来说不是异常现象。对同一问题产生不同看法的原因有二：一是研究者的原因，研究者的学术修养、研究角度各有不同，因而会产生不同甚至对立的看法；二是文献或者版本的问题，文献不足就会扩大解释的空间，会引起各种争议。如果版本存在问题，也会引起诸多争议。表面看来，《龟旨歌》字面意义并无不解之处，似乎浅显易懂。此歌是伽耶建国神话的一部分，必须置于伽耶建国神话中解读。置于伽耶建国神话中之后，此歌变得怪异荒诞，不知所云。由于此歌难以解读，引起了各种解释，其中一些解释如同诗歌文本一样莫名其妙。人文学者早已习惯于这种现象，不一定会对产生这种现象的原因抱有太多的兴趣，因而没有探究过产生这种现象的原因。首先应当指出《龟旨歌》与《高丽人参赞》需要校勘的地方，否则就不可能提出校勘的问题。《龟旨歌》需要校勘之处只有一个字，也就是第四句"燔灼而喫"的"喫"字；《高丽人参赞》需要校勘的地方也是一个字，即第四句的"椵"。《龟旨歌》由于一字之误，使整首诗歌难以解读，也与金首露神话的关系变得游离不定。其实诸多的争议来自于版本的讹误，由于版本讹误，使诗歌变得难以理解。经过校勘之后，此歌的字面意义自然顺畅，与金首露神话完全吻合。《高丽人参赞》，仅有的两三篇先行研究文章也都是文学欣赏，没有涉及校勘的问题，更没有引起争论。《龟旨歌》与《高丽人参赞》字数很少，一字之误，尤其是重要字词之误，不只会产生解读的障碍，更重要的是会掩盖诗歌文本的重要信息。如果诗歌文本不正确，漏掉了不应当遗漏的重要信息，就会造成诗歌研究的重大失误。在展开研究之前还原诗歌文本原貌是第一要务，在错误的版本基础上展开研究，难以得到正确的结论。错误的诗歌文本只会引导研究走向错误，即使看起来研究结果没有问题，如果以校勘还原的正确文本为基准来考察，就很容易发现错误。

　　《黄鸟歌》与《箜篌引》的文本不存在校勘的问题，但存在文本的其他问题。《黄鸟歌》最初是汉诗还是汉译诗的问题，正是文本的问题。如果不能确定这个问题，其他的研究也就难以展开。例如《黄鸟歌》与中国文学的关系、《黄鸟歌》的艺术性等，都将成为不太可靠的研究题目，此类研究必须建立在确定汉诗还是汉译诗的基础之上。汉文学与母语文学是东亚文学的两种文学形态，韩国古代有丰富的汉译文学，汉译文学使汉文学与母语文学的界线变得模糊，哪些是汉文学，哪些是汉译文学，是东亚文学研究的普遍难题。上古诗歌由于文献罕见，就更是难上加难。高丽或李氏朝鲜时期的汉译文学往往有直接的记载，这个问题有时就不会成为太大的问题。但上古诗歌没有汉译的标记，上古诗歌产生的语言环境相当复杂，历史文献记载中国人大量移居，中国人与朝鲜人杂居的现象较为普遍，中国人与朝鲜人的通婚使语言的使用状况变得更为复杂。这种问题不只体现在《黄鸟歌》中，也体现在《箜篌引》中。文学与文化的交流是常态，其结果不只是使诗歌国籍不明，汉文学与汉译文学也变得界线不明。先行研究亦不乏相关的研究，但不能认为找到了解决这一问题的可靠证据。汉文学与汉译文学性质不同，因而必须研究这个问题。

　　汉诗还是汉译诗的问题只能根据现存的诗歌文本研究，最为可行的途径是为《黄鸟歌》的诗歌文本做注释，尤其是为关键词做比较完整详尽的注释。黄鸟是需要注释的关键词，通常的注释在名词解释层面上注释就可以了，注明黄鸟是何种鸟类，最多再加上其他咏唱黄鸟的诗句等。但这样的注释对于《黄鸟歌》是汉诗还是汉译诗的问题不会有太大的作用。本书为黄鸟一词做的注释不限于这一范围，必须扩大黄鸟的调查范围，也要调查瑠璃王的婚姻生活。通过极大限度地扩大调查范围，希望找到是汉诗还是汉译诗的证据。《黄鸟歌》是汉诗还是汉译诗的问题，还与此诗的原生态因素密切相关。原生态因素是没有受到中国文学影响的因素，如果《黄鸟歌》出现了原生态因素，可以作为汉译诗的补充证据。原生态因素不是判断汉诗或汉译诗的直接依据，理论上说汉诗或汉译诗的问题与原生态因素之间并不存在必然的关系，不管是使用了母语还是汉语，都有可能出现原生态因素。但事实上并非如此，母语文学往往更多出现原生态因素，汉诗的原生态因素相对较少。汉文学与中国文学保持着更密切的关系，原生态因素相当少见。这种普遍现象表明有必要调查《黄鸟歌》有无原生态因素，调查《黄鸟歌》的原生态因素在中国文学中是否曾经出现。如果《黄鸟歌》确实包含了中国文学中未曾出现过的原生态因素，可以作为证明《黄鸟歌》为汉译诗的不充分证据。如果没有原生态因素，或原生态因素相当稀薄，就应当认定更多受到了中国文学的影响，最初应当是汉诗。韩国古代文学与中国文学的形式、内容都极其相似，何为韩国文学的民族传统与特色成了令人困惑的重大问题，然而这个问题在国内外都没有得到充分研究，如何研究这个问题本身就是一个重要问题。其实寻找和挖掘韩国文学的原生态因素，是研究这一问题的有效途径，对于解决韩国文学史的诸多问题应当是有效的。

其次，三首诗歌与生活世界的关系是基本问题。诗歌与生活世界的关系在先行研究中主要是以诗歌与历史背景的关系定位的，一些先行研究只是研究了诗歌与宏观的历史背景的关系，宏观历史背景的研究虽有一定的意义，但难以产生决定性的作用。在诗歌与历史的关系之中，更为有效的因素应当是诗歌与微观历史的关系，如果诗歌内容的诸因素与历史细节能够对应，就可以作为研究诗歌内容的客观依据。历史细节是微观历史研究的一部分，其实也是生活世界的主体。还原生活世界的事实，研究诗歌内容与生活世界的关系，其目的是通过还原的生活世界来解决上古诗歌难以解决的问题。任何诗歌都不可能超越诗歌生成的生活世界,因而生活世界可以提供研究诗歌的基本依据。上古诗歌内容的诸事物多是来自于生活世界的诸事物,研究生活世界诸事物的时间、空间、构造、意义等各种因素,可以补充上古诗歌缺乏文献的难题。这对上古诗歌或其他古代文学来说具有普遍的意义,因为缺乏文献是古代文学研究的普遍难题。

《箜篌引》的最大问题是生成时间的问题,学术界一般认为此歌生成于古朝鲜时期,因而是古朝鲜歌谣。现在研究《箜篌引》的主要依据是《琴操》与《古今注》记载的诗歌文本与本事,诗歌文本与本事都可以在生活世界层面展开研究。日本学者吉川幸次郎以为:"我不是乐府诗的专家,借中津浜君求我写序的机会,写了几点混杂着不确定的预想。现在想再说一点,即乐府诗的虚构性。正如众所周知,中国的一般诗歌是排斥虚构的,歌唱诗人实际的经验 occasional poems 作为诗歌的原则。只有一个乐府诗歌是 fiction。不只是诗人自己的语言,而且他人的语言也要大体模拟特殊情境中的人物及其口吻,是此类文学样式的传统。汉代的古辞已经就是这样了……《孔雀东南飞》(本书卷七十三)、《木兰辞》(本书卷二十五)是最明显的 fiction,哪一首乐府诗中都有一些虚构的因素。"① 通常认为乐府的本事是虚构的故事,这种看法是正确的。按照这种看法,《箜篌引》的本事当为虚构的故事,与生活世界的历史没有直接的关系,将《箜篌引》的本事作为研究的依据是不太可靠的。然而乐府本事的一般特征未必是所有乐府本事的特征,每一首乐府本事还需要逐一研究确定,不能靠一般特征一劳永逸地解决所有问题。

《箜篌引》的本事是怪异的:事件发生在朝鲜津,可是历史文献中没有这一地名。生活在朝鲜津的人也是怪异的,除了无名无姓的人之外,其他人都有着中国人的姓名,可他们是中国人还是朝鲜人?在初载《箜篌引》的《琴操》之中,朝鲜津卒霍里子高没有妻子丽玉,也没有邻居丽容。可是到了《古今注》增加了这两个人物。《琴操》与《古今注》应当相信哪一个?哪一种更近于历史事实?最为怪异的是箜篌,学术界普遍认为《箜篌引》的箜篌是卧箜篌,对此没有异议。但问题不在于《箜篌引》与卧箜篌的关系,而在于卧箜篌本身:文献记

---

① 〔日〕吉川幸次郎:《〈乐府诗集的研究〉序》,中津浜《乐府诗集的研究》,汲古书院昭和四十五年,第9页。

载的卧箜篌与考古文物的卧箜篌完全不合，不只是形制完全不同，卧箜篌出现的时间也不相同。遗憾的是音乐史学界与文学研究界都没有研究这个问题，文学研究界仅仅依据文献进行研究，音乐史学界只是以考古文物的卧箜篌为依据进行研究，因而没有关注文献记载与考古文物的巨大差异。学术界都认为《箜篌引》生成于卧箜篌出现之后，卧箜篌的起始时间是《箜篌引》生成的上限时间，这种看法是正确的。但在确定卧箜篌生成时间之前，必须解决文献记载的卧箜篌与考古文物的卧箜篌的差异问题，在此之前不能急匆匆地依据文献记载判断《箜篌引》的生成时间，也不能以考古文物的卧箜篌为依据判断。卧箜篌是学术史上的大问题，这个问题超出了文学研究的范围。但如果局限在文学研究以内，永远都无法解决这个问题，20世纪以来《箜篌引》的研究史可以证明这一点。卧箜篌是生活世界的一部分，但也是《箜篌引》的一部分，因而应当成为《箜篌引》研究的一部分。《箜篌引》本事的人名、地名与箜篌不只是提供了研究的线索，其实也提出了一系列的生成条件范围。这些条件要求人名、地名与箜篌包含的时间信息应当彼此相合与印证，而不是互相矛盾。如果人名、地名与箜篌能够构成一个完整的证据链，证据链的每一个因素组合在一起共同指向《箜篌引》的生成时间，那么这个结论应当是比较可靠的。

《龟旨歌》除了校勘问题之外，还有两个基本问题：其一，校勘之后诗歌文本的字面意义与伽耶国的金首露神话必须相合，而且《龟旨歌》的基本性质也应当与金首露神话相合，这是校勘的最终目的。其实此歌的基本性质是龟卜歌，韩国学者也有人提出过此歌当为龟卜歌的看法。问题不在于是否提出过龟卜歌的看法，更重要的是必须找到与《龟旨歌》所有因素完全相合的龟卜因素。这种龟卜方法不只是能够印证《龟旨歌》的每一种因素，解读每一个重要字词，还必须能够证明《龟旨歌》与金首露神话的关系。龟卜因素存在于《龟旨歌》中，还有一部分存在于金首露神话中。《龟旨歌》与金首露神话的龟卜因素应当彼此关联、彼此印证，必须能够找到符合这些条件的龟卜方法，才能够证明《龟旨歌》是通过龟卜方法与金首露神话产生了关系，并成为金首露神话的一部分。龟卜并不是东亚生活世界罕见的现象，在找到与《龟旨歌》、金首露神话完全相合的龟卜方法之前，即使提出《龟旨歌》是龟卜歌的看法也没有实际意义。在此之前这种说法只能是假说，并没有真正解决问题。其实《龟旨歌》的研究与校勘是分不开的,在具体研究中校勘与《龟旨歌》性质的研究必须结合。只有结合校勘与内容的性质,才能最终明白校勘不是妄改,龟卜说也不是妄断。

其二,《龟旨歌》的龟卜歌性质与龟卜方法的来源。即使能够确定《龟旨歌》的性质,也不等于能够解决所有问题。如果《龟旨歌》是一首龟卜歌,那么在《龟旨歌》之前必须存在《龟旨歌》中所写的龟卜方法,然而9世纪之前的韩国古代文献几乎荡然无存,如何证明《龟旨歌》所写的龟卜方法存在呢?既然没有9世纪之前的文献可资研究,那么只能依据中国文献研究,但以中国文献研究显然存在文献的有效性问题。中国文献不能证明韩国上古的生活世界与诗歌,这是两个不同的空间范围,超出了空间范围的有效性。但是有效的空间范围可以根据文化交流的范围发生变化,如果中国文献记载的龟卜方法与《龟旨歌》、金首露神话完全相合,而且存在于《龟旨歌》生成的有效时间范围内,伽耶与中国产生过交流关系,那么中国文献有效性的空间范围也会得到相应的扩展,中国文献可以产生一定的有效性。当然能够找到龟卜方法交流的文献是最理想的状态,但是历史未必会给当今学者的研究留下所有可资研究的证据,如何找到变通而有效的研究途径是更为普遍的问题。

三首诗歌能够保存下来是一种奇迹,也是三首诗歌的共同特征。那么什么原因使得三首诗歌都幸存下来了呢?三首诗歌保存下来的原因各不相同,但有一点是相同的:很多学术论著提到《箜篌引》《黄鸟歌》《龟旨歌》有着共同的叙事性特征,除了诗歌文本之外,都有诗歌产生的本事,都是在叙事中插入了诗歌,采用了韵散相间的文体。《高丽人参赞》没有叙事,但配有其他的记载,也可以归入韵散相间的文体。上古诗歌的共同特征并非只有韵散相间的叙事文体,还有四言诗的共同形式,但这种形式不会对保存上古诗歌产生助力,真正产生助力的应当是韵散相间的叙事文体。

三首诗歌的韵散相间文体各有差异,但都指向历史:《黄鸟歌》记载于国家历史的叙事,《龟旨歌》记载于国家神话的叙事,《箜篌引》保存于民间叙事。所谓的叙事就是历史,诗歌是作为历史的一部分保存下来的。《黄鸟歌》能够保存下来的主要原因并不是艺术成就,而是因为《黄鸟歌》是高句丽建国史的一部分。瑠璃王与雉姬的关系、雉姬与燕方言的关系、高句丽与燕方言区的关系都属于生活世界。但如果仅仅是生活世界的历史，不足以使《黄鸟歌》流传下来，瑠璃王个人的生活世界必须成为高句丽的国家历史。个人的生活世界固然也是历史的一部分，但是在文学还没有独立的时代，文学只是文学是不够的，只是个人的生活世界也是不够的，个人的生活世界必须与国家历史合而为一，才能产生巨大的价值。瑠璃王的个人身份与国家历史的结合，使《黄鸟歌》走入国家历史。《龟旨歌》得以保存也与国家历史有关，神话与历史之间存在着不可跨越的界线，但是古代文人并没有将神话与历史严格地区别开来，伽耶的建国神话其实就是作为伽耶的建国历史来记录的。因而《龟旨歌》能够流传下来，与伽耶的建国历史不无关系，事实上伽耶的建国神话中也包含了丰富的历史因素。《箜篌引》的民间叙事也可以看成是历史，但无论如何不是国家历史，国家历史并不是支撑《箜篌引》流传下来的原因。《箜篌引》与《黄鸟歌》《龟旨歌》不同，最初不是载于韩国文献，而是作为乐府载于中国文献。中国的古代文献也像韩国文献一样，极其重视国家与君王的历史。但是随着历史的不断发展，古代文人记载历史的范围也会不断扩展，因而载于中国文献并不奇怪，汉代也是民间叙事大量载入文献的时期。从国家叙事到民间叙事，这是重大的转变，意味着叙事本身不需要借助国家叙事也能够产生足够的流传力量。

韵散相间的叙事文体传入朝鲜半岛，仍然保持着与历史的关系。那么韵散相间的叙事文体与历史的关系是如何生成的？韩国三首上古诗歌的韵散相间文体是否继承了与历史、生活世界的关系？这也是全书研究的一个问题。历史的记忆需求是保存三首诗歌的基本动力，韵散相间的叙事文体是与历史保持关系的最佳文体，为研究三首诗歌与生活世界的关系提供了可能性。在文献极其匮乏的情况下，韵散相间的文体极大限度地记录了历史信息，这是上古诗歌几乎全部失传的不幸之中的万幸，因而没有理由忽略诗歌与散文中保存的各种历史因素，必须充分确定其中各种历史因素的有效性，否则研究韩国上古诗歌是不大可能的。

三、文学考古学是研究的方法

在极度缺乏相关文献的情况下，如何科学研究是共同的问题，比较可行有效的途径是采用文学考古学的方法①。前文已经部分地涉及文学考古学的方法，文学考古学的基本任务是通过文学与其他各类文献还原生活世界，又以还原的生活世界为依据研究文学，所谓考古就是还原生活世界。文学考古学主要是在两个层面展开研究的：一是文学的文本层面；一是与文学因素相关的生活世界层面。相关的生活世界是指诗歌文本描写的事物在生活世界中的事实形态，生活世界事物与诗文描写的事物之间的关系是研究的主要任务之一。这就意味着相当多的研究不是直接研究诗歌文本，而要研究生活世界的事物，最后以生活世界的事实为依据，再研究诗歌文本存在的问题。与诗歌文本直接相关的文献丧失殆尽，但在有效时间与空间范围内，生活世界留下的印迹必然更为丰富，这就提供了根据生活世界研究诗歌文本的条件。由于研究对象伸向生活世界，就扩大了使用文献的范围，或者可以认为能够使用的文献范围扩大到了极限。只要生活世界留下了一定的印迹，韩国上古诗歌还是可以研究的。现在以文学理论为基础的研究方式，也可以研究孤立的文学文本，但此类研究不管分析得如何奇妙有趣，都难以摆脱主观分析的限阈，难以证明诗歌的事实状态。文学考古学与此类研究不同，将研究对象从文学文本扩展到生活世界的目的，是为了还原和证明事实，而不是理论分析。

文学考古学只能是综合研究，不可能限定在文学研究的传统范围以内，必须将研究的触角伸向需要研究的所有领域。文学文本出现了什么事物，就必然要研究什么事物。研究触角伸向无边无际的生活世界，就会极大地扩大调查范围。这似乎是一种不太专业的"野路子"，或者说脱离了文学研究的传统方式。但实际上这是比现在的传统研究方式更为传统悠久的研究方式。回顾古代学术的治学方式，尤其是古代的注释与校勘，无不是在无边无际的领域展开。诗文的各种事物都需要校勘、注释，其内容远远超出了现在的文学研究范围。各种各样的研究都是校勘与注释的一部分，小学、史学、天文学、植物学、地理学、器物学等等，都是校勘与注释需要的知识。然而学术界并没有因为校勘与注释超出了文学研究的一般范围，就认定其为是"野路子"，因为这是最为古老而又纯正的研究方式之一。校勘与注释从来都是综合研究，只是没有以综

---

① 参见拙著《第三种比较文学的观念——文学考古学的可能性》，北京大学出版社2016年。

合研究来认识校勘与注释，从这个意义上说综合研究是回到了古代学术的传统。韩国上古诗歌的研究将涉及卧篌篌、燕方言、鸟类、人参生长特征、龟卜方法等，这些事物显然不是文学研究的传统范围，它们分别属于音乐史、方言史、鸟类学、本草学史、占卜学史等等，这些是完全不同、毫不相干的学科与领域。但现在成了文学考古学的研究领域，因为它们是生活世界的一部分。生活世界是综合性的，文学考古学也只能是综合研究。综合研究必然涉及各种领域和学科，是整合各种学科的综合研究。现今的文学研究传统其实并不是中国固有的研究传统，而是西方文学研究的传统。此类研究方式一方面与东亚古代文学相合，另一方面又不相合，毕竟不是土生土长的研究方式，水土不服也不奇怪。

三首诗歌的文本研究主要是以校勘与注释的方式展开的，文学考古学的校勘、注释与古代的校勘学、注释学基本重合，但也存在一定的不同。校勘与注释有古代学术研究积累下来的一般规则，要依据各种版本对校、本校、他校与理校，四种校勘方法能够解决文本的常规问题。但不能不承认古代文本还存在超越常规的各种问题，这需要采用校勘、注释的常规方法，也要构建不同于常规的方法。文学考古学的校勘与常规的理校类似，理校是没有古本或各种版本互异时，根据史实校勘的方法。然而文学考古学的校勘与常规理校并不完全相同：其一，还原史实或事实。理校是根据史实进行校勘，然而这个前提必须是史实比较清楚，如果史实本身并不清楚，就不能直接依据史料记载来判断。在这种情况下还原史实是不可省略的，有时需要以相当大的篇幅还原史实。这个篇幅可能长达数千字，或者是一万字、数万字，这就超越了理校的常规范围。其二，追溯生活世界事物的源流。一般的理校只需要提供例证即可，但文学考古学不会停留在例证的层面，要研究生活世界事物的源流。根据事物源流的变化、发展过程，确定诗歌中事物处于生活世界事物源流发展过程中的位置，据此来判断诗歌中事物的时间；诗歌中事物的时间又是判断诗歌形成时间范围的依据。这样的校勘与注释也超出了校勘、注释的一般范围。一条校勘或注释可以是一篇常规论文或是篇幅较大的论文，甚至可以是数篇论文。

这样的论文既是校勘与注释，又不完全是校勘与注释：如果不是校勘与注释，那么应当认为是为校勘与注释提供依据的论文；如果是校勘与注释，那么应当认为是校勘、注释与依据合而为一，也是校勘、注释与论文合而为一。二者自然而然地合而为一是可能的，这种方法的最大好处是使校勘、注释与研究论文可以达到最大限度的结合：一方面，校勘、注释与研究论文的结合保持了传统校勘、注释的基本功能，也保持了研究论文的功能；另一方面，二者的功能也有所补充和改变。校勘、注释为论文确定需要研究的问题，研究论文根据校勘、注释需要的问题展开深入研究，还原事实，还原的事实又是校勘、注释的依据。校勘、注释与研究论文合而为一，就能够大大地提高校勘、注释、研究的可靠度。理校、注释与研究论文的结合超出了常规的理校，在常规理校的基础上有了一定的推进和发展。在以往的学术研究中校勘、注释与一般的学术研究是不同的，前者多被认为是古籍整理，后者被认为是学术研究。其实校勘、注释可以采用论文的方式，反之，论文也可以采用校勘、注释的方式，这就是校勘、注释与学术论文的结合。在一般情况下古籍整理与学术研究是分离的，因而以综合方式校勘、注释，不会遭到学人的反对，但以校勘、注释的综合方式进行学术研究，就会遭到不少人的否定，因为超出了文学研究的范围。其实校勘、注释与学术研究之间并不存在不可跨越的界线，合二为一是文学考古学方法的一部分。校勘与注释在校注类著作中会以规定的形式体现出来，研究类著作的实际内容、研究方式可以与校勘、注释相似，但不会采用校勘与注释的规定形式。从方法论的角度来看，校勘与注释的形式并不重要，重要的是实际上是否继承了校勘、注释的方法，又是否在传统方法基础上有一定的发展，校勘、注释与研究论文的结合正是与传统理校不同的地方。

《龟旨歌》与《高丽人参赞》的校勘就是按照文学考古学的方式校勘的，校勘《龟旨歌》的"喫"字写了数万字，校勘《高丽人参赞》的"椵"字也写了数千字。校勘二字使用了各种版本，但版本没有提供最为关键的信息，关键的信息是来自于还原的生活世界。《龟旨歌》难以读懂是因为诗歌文本有误，但这种判断不是建立在小学层面，而是建立在对《龟旨歌》与龟卜方法关系的认识与判断上。龟卜方法是生活世界的一部分，但同时也属于《龟旨歌》。初步判断《龟旨歌》的基本性质之后，研究《龟旨歌》的每一因素与龟卜方法的关系，就会发现《龟旨歌》的所有因素都与汉代龟卜方法切合。金首露神话中的龟卜因素也与汉代龟卜方法相合，金首露神话的龟卜因素还补充了《龟旨歌》的龟卜因素。如果《龟旨歌》与金首露神话是一致的，就可以证明《龟旨歌》的基本性质就是龟卜歌。但是只有一个因素与龟卜方法不合，这就是"喫"字。从龟卜方法来看，此字当为"契"。最后回到小学层面来看，"喫"与契字形相似，完全可能出现讹误。但这种讹误在小学层面难以看出，必须把此歌置于龟卜方法中考察，实际也是置于还原的生活世界中进行研究。"喫"字的校勘过程与通常的理校存在相似之处，但并不完全相同：首先，由于龟卜方法失传，对龟卜方法了解甚少，因而必须还原相关的龟卜方法，包括龟卜的基本用语，这些将成为校勘与研究《龟旨歌》的基本依据。其次，还原了龟卜方法之后，就有了考察《龟旨歌》的基本依据，也就具有了校勘《龟旨歌》诗歌文本的可能性。但在实际研究中二者并不一定要分先后，完全可以揉在一起。《三国遗事》的校注本、注译本相当多，尚未见如此校勘与注释。绝大多数的注译本对《龟旨歌》并无校勘与注释，只是译成了韩国语。注译者认为《龟旨歌》的诗句明白易懂，不需要校勘与注释。其实《龟旨歌》不仅需要校勘，也需要注释，除了虚词之外，其他的首、现、燔、灼等实词都需要注释，注明每一个词是指龟卜的何种因素，没有注释就无法明白此歌的基本意义。金首露神话的注释有一条重要的古注，是一然为龟旨峰添加的注释，以为龟旨峰即龟卜用的十朋大龟。当今学者又为一然的古注加注解释，以为十朋大龟就是《周易》中的十朋大龟。但仅仅指出龟旨峰为十朋大龟，还不足以证明《龟旨歌》就是龟卜歌，必须证明《龟旨歌》的每一因素与龟卜方法的关系。这样的注释提供了一定的信息，达到了注释应当注出的程度，但还没有达到研究的程度，因为这样的注释不足以解决《龟旨歌》性质的问题，也仍然不能解决难以读懂的问题。

《高丽人参赞》的"椴"字校勘也应当使用同样的方法，此歌的版本与《龟旨歌》稍异，其中个别迟晚的版本将"椴"字刊为椴字，但也许这样的版本时间过于迟晚，并没有引起学界的注意，没有成为校勘古本的依据。为了正确校勘《高丽人参赞》，就需要调查和了解人参生长的一般特征，包括现代人参种植的技术，这些都属于生活世界。有关高丽人参的知识既有历史的部分，也有当代的技术，因而与其说是史实，不如说是生活世界的事实更为准确。生活世界的调查范围大于历史的调查范围，一些事物超越了历史范围，并不具有历史的时间性。《高丽人参赞》的校勘最终可以证明此歌是否使用了燕方言词，《高丽人参赞》与燕方言词的关系也可以作为《黄鸟歌》与燕方言词关系的旁证。

《箜篌引》与《黄鸟歌》的诗歌文本没有校勘，是以注释方式来研究的，有关卧箜篌与黄鸟的研究其实就是卧箜篌与黄鸟的两条注释。确定《箜篌引》的生成时间是关键问题，研究这个问题可以采用文学考古学的方法：其一，《箜篌引》研究的综合性。《箜篌引》需要研究的问题大多都不是文学问题，可以认为这样的研究不是文学研究。但如果不研究这些非文学的问题，就无法解决《箜篌引》生成时间的文学问题。解决非文学问题是解决文学问题的前提，因而综合研究是非文学研究，但也是文学研究。学术界都是以《史记》的记载为依据直接判断《箜篌引》生成时间，但《史记》的记载语意不明，已有很多《史记》学家校勘过这个问题。校勘"空侯瑟"是《史记》学家的历史研究，这一校勘关系到箜篌的各种名称、箜篌瑟与考古文物的形制变化，包括二十五弦、危柱、品柱等问题。这些问题彼此关联，互为条件。如果不研究这些问题，就永远也解决不了文学问题。其二，研究的复杂性与校勘、注释的长度。《史记》"空侯瑟"的校勘与注释涉及的问题相当复杂，超出了一般校勘与注释的复杂程度，局限在《史记》是远远不够的，需要调查卧箜篌的最初形成与发展过程。其复杂程度不只是超越了一般的校勘、注释，甚至也超越了一般的论文，也就更加需要文献和完整的证明过程。其结果一条校勘、注释就会变成数篇论文，篇幅必然超越校勘、注释的一般常规。做什么样的注释只能是根据诗歌文本的需要来决定，注释有多种，可以做最为简明的注释，但也可以做字数超长、内容复杂的注释。

《黄鸟歌》的黄鸟也需要一条注释，有关《黄鸟歌》的注释一般注明黄鸟是哪一种鸟类，至多再加一两个使用黄鸟一词的诗文例句，此外并不需要其他的注文。对于一般的注释而言，这就完成了注释的任务。校勘与注释的一般任务是解决阅读障碍，在语言层面上稍加解释就可以了，不需要更多的解释。但对研究《黄鸟歌》最初是汉诗还是汉译诗的问题而言，这样的注释完全没有价值，是一条失败的注释。将注释与研究的问题、目的结合起来，是注释论文化的一部分。实际上各类《三国史记》的注译本没有为《黄鸟歌》注释，《黄鸟歌》字词浅显明白，并不需要注释。然而《黄鸟歌》不仅需要注释，而且需要篇幅庞大的注释。不只是应当调查黄鸟的鸟类及其分布，还应当研究黄鸟的各种名称及其使用范围：如果《黄鸟歌》使用了有效的生成时间范围内应当使用的汉语名称，那么表明此歌是汉诗；如果没有使用应当使用的汉语名称，那么表明此歌应当是汉译诗。瑠璃王与燕人女子的婚姻关系也是研究《黄鸟歌》语言问题的一个重要因素，这个问题与瑠璃王使用的语言相关。

《黄鸟歌》与中国文学的关系也是注释内容的一部分，这一部分有助于解决汉诗或汉译诗问题。《黄鸟歌》的黄鸟是爱情的象征，在瑠璃王之前的中国文学史中，是否出现过类似的黄鸟形象是必须调查的问题：如果中国文学中没有出现类似的黄鸟形象，那么只能证明爱情鸟的黄鸟是原生态因素。《黄鸟歌》的诗歌形式与使用词汇都明显指向《诗经》的几首黄鸟诗，但《诗经》的黄鸟与《黄鸟歌》的黄鸟是否为同一鸟类，是否具有相同的形象，是比较研究《黄鸟歌》与《诗经》黄鸟诗的关键问题。《黄鸟歌》使用了《诗经》的字词，这似乎可以作为《黄鸟歌》是汉诗的证据，但在解决《黄鸟歌》是汉诗还是汉译诗的问题之前，《黄鸟歌》与《诗经》黄鸟诗的任何相似字词，都不足以作为研究的证据。尽管先行研究已经展开了《黄鸟歌》与《诗经》黄鸟诗的比较研究，指出二者之间的相似形式与语言因素。但在解决汉诗还是汉译诗的问题之前，无法判断应当在哪一层面上使用二者的相似因素。

现今流行的文化研究与文学考古学的综合研究非常类似，但二者也存在明显的不同：文学考古学更强调时间与空间的有效范围，这是还原生活世界的两个基本条件。事物在生活世界中出现必有一定的时间与空间范围，这个时间与空间范围是研究文学中事物的依据。这就如同警察破案，犯罪者必须在特定的时间与空间出现过，才能够初步锁定为嫌疑犯。如果事物在有效的时间与空间范围内根本没有出现过，要么表明生活世界的事物与文学作品中的事物没有关系，必须排除，不能作为研究对象；要么假定的文学作品生成的时间范围是不正确的，这就必须修正文学作品生成的时间范围，或者修正文学作品部分因素的生成时间范围。时间与空间是考古学的基本因素，对文学考古学同样有着重要意义。生活世界中事物的性质、构造、特征、意义等在特定的历史时间产生，还在不同的历史时间发生变化，因而有必要研究事物生成的上限时间与下限时间，确定事物产生变化的时间范围。这样可以给事物描画一个大体的时间坐标，这个时间坐标对文学考古学十分重要。根据事物的时间坐标，可以了解文学作品生成与变化的时间范围。

文学考古学使人想到文学文献与考古文物双重证据的证明，或者说这是王国维所说的地下文献与地上文献双重证明法则的翻版。文学考古学的意义在于还原生活世界的事实，为此可以使用考古文物，也可以不用考古文物，使用什么类型的文献固然非常重要，但这并不是文学考古学最重要的因素。在《黄鸟歌》与《高丽人参赞》的研究部分中完全没有使用考古文物，但仍然是文学考古学的研究。有的学人忙于建构二重证据法之上的三重证据法、四重证据法，在文献史料与考古史料基础上加上口述史料，或者加上民族史、民俗学、人类学史料，有的是增加了古文字资料，有的是加上文化人类学的田野调查、社会调查，或者是再加上绘画资料。诸如此类的说法可以追溯到陈寅恪，然而陈寅恪并不是在论述治学的一般方法，而是在概括王国维学术成就的三个方面。王国维成就的第一方面是上古历史的研究，采用了"地下之实物"与"纸上之遗文"互证的方法。① 第二类成就是异族研究，使用"异族之故书"与"吾国之旧籍"互证。第三类是戏剧、小说等方面的成就，这是"外来之观念"与"固有之材料"的互证。这并不是在概括王国维的研究方法，王国维的研究方法并不是限定使用什么领域的文献。其实王国维的表述更为准确："吾辈生于今日，幸于纸上之材料外，个别更得地下之新材料。由此种材料，我辈固得据以补正纸上之材料，亦得证明古书之某部分全为实录，即百家不雅训之言亦不无表示一面之事实。此二重证据法惟在今日始得为之。"② 无论是地下出土的文字文献或实物，还是地上的各种文献，其实无非都是文献。地下与地上的文献可以覆盖世界上所有的文献，无论如何分类都无法超越这一范围，地上文献与地下文献之外并无第三重或第四重的证据。王国维的重点不在于地上文献与地下文献的分类，而是在于发现了地下的新文献，这些文献能够确定"某部分全为实录"，是否为实录才是关键。文学考古学的使命也在于确定是否实

---

① "殆可举三目以概括之者。一曰取地下之实物与纸上之遗文互相释证。凡属于考古学及上古史之作，如《殷卜辞中所见先公先王考》及《鬼方昆夷玁狁考》等是也。二曰取异族之故书与吾国之旧籍互相补正。凡属于辽金元史事及边疆地理之作，如《萌古考》及《元朝秘史之主因亦儿坚考》等是也。三曰取外来之观念，与固有之材料互相参证。凡属于文艺批评及小说戏曲之作，如《红楼梦评论》及《宋元戏曲考》、《唐宋大曲考》等是也。"（陈寅恪：《金明馆丛书二编》，三联书店 2001 年，第 247—248 页）

② 王国维：《古史新证》，清华大学出版社 1994 年，第 2—3 页。

录，还原生活世界的事实，但更重要的问题在于如何还原生活世界，因而应当关注还原的基本方法，了解还原生活世界产生作用的基本因素与功能。

第一章 《箜篌引》是古朝鲜的歌谣?

第一节 《箜篌引》形成时间的诸因素与卧箜篌的起源

一、《箜篌引》的形成时间与作者、人名

一般认为《箜篌引》是古朝鲜歌谣[①],产生于卫满朝鲜时期,因而有时也被认为是现存的第一诗歌。然而这一说法还有重新探讨的空间,现在需要解决的最大问题是《箜篌引》生成的时间。国内外学术界大多是依据《古今注》为底本研究《箜篌引》的,存在的基本问题如下:第一,《箜篌引》的生成时间与作者、人名的关系问题。文学作品的生成时间总是与作者的生存年代密切相关,因而通过作者来确定作品的生成时间是常用方法。但大多学者基本放弃了这种方法,因为《箜篌引》的作者争议颇多,即使确定了作者,也未必能够提供《箜篌引》生成的时间信息。第二,《箜篌引》的形成时间与地名的关系是中外学者共同关心的问题。《箜篌引》的本事中出现了朝鲜二字,朝鲜就成为探究《箜篌引》生成时间的主要依据。这里的朝鲜只能是指古朝鲜,古朝鲜就是坛君朝鲜、箕子朝鲜与卫满朝鲜。韩国学术界普遍认为《箜篌引》生成于卫满朝鲜时期,因而应当是古朝鲜歌谣。但是本事的朝鲜二字不是国家名称,而是地名的一部分,因而还存在重新研究的必要性。第三,《箜篌引》的生成时间与箜篌的关系。箜篌是研究《箜篌引》生成时间的又一因素,《箜篌引》不可能生成于箜篌形成之前,因而箜篌的生成时间就成了关键问题。很多学者根据箜篌的生成时间认为《箜篌引》生成于

---

① 参见李家源:《韩国汉文学史》,普成文化社1998年,第13页。

公元前 111 年之前，卫满朝鲜灭亡于公元前 108 年，因而认定为古朝鲜歌谣，然而箜篌的生成时间也存在重新研究的空间。韩国学术界主要是围绕《箜篌引》的作者、背景、本事、时间等基本问题展开研究的①，中国学者的研究大多也是如此②。《箜篌引》的基本信息并不清楚，因而研究的问题集中在上述方面。

《箜篌引》的生成时间与作者问题总是纠缠在一起，作者问题相当古老，古代学者已经提出了各种说法，主要有狂夫说、狂夫妻说、丽玉说、汉人说、朝鲜人说等等。较早记录《箜篌引》的是中国的《琴操》与《古今注》，研究《箜篌引》当从这两个文献开始。最早记载《箜篌引》的《琴操》是一部记载琴曲的著作③，共著录了 47 曲，分别记述了琴曲的作者、命意、本事等，有的还记录了歌词。《琴操》在宋代之后亡佚，现存的《琴操》有两种版本：一是王谟汉魏遗书钞本，现有清嘉庆三年（1798）自序本和嘉庆五年（1800）张敦仁序本。此类版本采用辑佚书体例，书不分卷，内容辑自《初学记》等类书。二是以平津馆丛书本为代表，现有六种版本，专书体例，分上、下卷，文字基本相同。

---

① 〔韩〕徐首生：《箜篌引新考》，《语文学》通卷第七号（1961、03、01）。崔信浩：《箜篌引异考》，首尔大学校东亚文化研究所《东亚文化》第 10 集（1971、9）。林甲郎：《〈公无渡河歌〉的原型研究（공무도하가의 원형의 연구）》，启明大学校《韩国学论集》14 辑（1987 年）。成基玉：《〈公无渡河歌〉研究——兼论韩国抒情诗的发生问题（공무도하가의연구：韓國 抒情詩의 發生問題와 관련하여）》，首尔大学校 1989 年学位论文。成基玉：《〈公无渡河歌〉形成的历史背景（〈公無渡河歌〉형성의 역사적 배경）》，蔚山语文论集》5 辑（1989 年）。此文主要研究了《公无渡河歌》的地理背景、形成年代等问题。董达：《〈公无渡河〉考》，《韩国语言文学（한국언어문학）》28 辑（1990 年）。李永泰：《〈公无渡河曲〉论》，《韩国学研究（한국학연구）》第 6、7 辑（1996 年）。柳锺国：《〈公无渡河歌〉论》，《国语文学》37 辑（2002 年）。金荣洙：《〈公无渡河歌〉新解释》，《韩国诗歌研究》3 辑（1998 年）。김성기：《箜篌引의 作家에對한研究》，韓國古詩歌文學會《古詩歌研究》第 13 集（2004、2）。金星洙：《从〈史记〉看〈公无渡河歌〉的作品背景与位置考（史记를 통해 본 公無渡河歌의 작품배경과 위치고）》，《大东文化研究》第 60 辑（2007 年）。

② 许辉勋：《乐府诗"箜篌引"研究新探》，《延边大学学报》1983 年 7 期。朴正阳：《〈公无渡河〉之辨析》，《延边大学学报》1989 年 10 期。胡大雷：《从〈焦氏易林〉占辞看"公无渡河"的早期影响与原型》，《广西师范大学学报：哲学社会科学版》第 44 卷第 3 期，2008 年 6 月。李岩：《朝鲜古代名谣〈箜篌引〉存疑续考》，《东疆学刊》2004 年第 4 期。

③ 《琴操》的作者尚有争议，或认为此书并非蔡邕所撰，《汉志》未载《琴操》，隋、唐《艺文志》载为晋孔衍所撰。但六朝刘昆注《后汉书》与唐李善注《文选》，都确定《琴操》为蔡邕所作。清马瑞辰认为《琴操》是蔡邕《叙乐》的一部分，孔衍是传述者。其实蔡邕说比较可靠，书中内容与汉代琴有较多关系，蔡邕对汉代以及更早的音乐比较熟悉，因而蔡邕说是比较可信的。此书有不少民间传说，但并非所有本事皆为民间传说。

《箜篌引》是九引中的第七引，其中记载了作者与歌词，还有《箜篌引》的本事。两种《琴操》版本的差异很大，下面是汉魏遗书钞本《琴操》的记载：

> 七曰：箜篌引：樗里子高所作也，即《公无渡河》曲。①

清平津馆丛书本《琴操》的记载：

> 《箜篌引》者，朝鲜津卒霍里子高所作也。子高晨刺船而濯，有一狂夫被发提壶涉河而渡。其妻追止之，不及，堕河而死，乃号天嘘唏，鼓箜篌而歌曰："公无渡河，公竟渡河。公堕河死，当奈公何？"曲终，自投河而死。子高闻而悲之，乃援琴而鼓之，作《箜篌引》，以象其声，所谓《公无渡河》曲也。②

汉魏遗书钞本的记载仅两句，并无《箜篌引》的本事，明确记载霍里子高为《箜篌引》的作者。霍里子高记载为樗里子高，霍里子高是根据《太平御览·乐部》校改的。清平津馆丛书本记载的《箜篌引》作者也是霍里子高，但此本记载了《箜篌引》的本事。《古今注·音乐第三》的记载与清平津馆丛书本基本相同：

> 《箜篌引》，朝鲜津卒霍里子高妻丽玉所作也。高晨起刺舡而濯，有一白首狂夫被发提壶，乱河流而渡，其妻随而止之，不及，遂堕河水死，于是援箜篌而鼓之，作《公无渡河》之曲，声甚凄怆，曲终自投河而死。霍里子高还，以其声语其妻丽玉，玉伤之，乃引箜篌而写其声，闻者莫不堕泪饮泣焉。丽玉以其曲传邻女丽容，名之曰《箜篌引》。③

---

① 吉联抗：《琴操（两种）》，中国古代音乐文献丛刊，人民音乐出版社1990年，第9页。
② 汉·蔡邕：《琴操》卷上，清平津馆丛书本。
③ 晋·崔豹：《古今注·音乐第三》卷中，《古今注·中华古今注·苏氏演义》，商务印书馆1956年，第12页。

崔豹《古今注》记载的文本不是最早的，但最为完整，因而学术界经常以这个文本为基础展开研究①。《琴操》与《古今注》的记载虽然基本相同，但有一个最大的不同，《古今注》的记载多出了两个女性人物，也就是霍里子高的妻子丽玉和邻居丽容，而且记载作者是丽玉，而不是霍里子高。由此产生了两个问题：

其一，丽玉与丽容究竟是辑佚本《琴操》遗漏的人物，还是《古今注》衍生出来的人物？这个问题与《箜篌引》的生成时间存在一定的关系。文献学一般认为辑佚本可靠度相对较低，由于辑佚本的文本不完整，总会存在遗漏；或语境不全，意义不明；抑或辑佚本是从其他文章引用中搜寻出来的，引用者不一定是原样引用，或者引用中也存在讹误，总之辑佚本存在各种问题，尽可能使用足本是研究的基本原则。但是文献学的基本原则不能替代所有个例，每一个个例的研究还是要具体情况具体研究。《琴操》是辑佚本，确实存在漏掉丽玉与丽容的可能性。但是比较《琴操》与《古今注》两个文本，可以认为《琴操》的《箜篌引》本事应当是完整的，其根据有二：一是两个文本的字数差异不大，《琴操》本为107个字，《古今注》本为127字。这说明《琴操》虽然是辑佚本，可靠性较低，但《箜篌引》的本事部分应当是完整的，丽玉与丽容应当不是被遗漏的人物。二是20个字可以多写出两个人物，但是《琴操》本与《古今注》本句式类似，丽玉与丽容是《古今注》本衍生出来的人物。《琴操》记载"《箜篌引》者，朝鲜津卒霍里子高所作也"，《古今注》本记载"《箜篌引》，朝鲜津卒霍里子高妻丽玉所作也"，两个句子基本相同，只是更换并增加了作者的名字，表明《古今注》本做了

---

① 《四库全书总目·子部二十八·杂家类二》卷一百十八："《古今注》三卷，旧本题晋崔豹撰。《中华古今注》三卷，旧本题后唐太学博士马缟撰。豹书无序跋。缟书前有自序，称昔崔豹《古今注》博识虽广，殆有阙文，泊乎黄初，莫之闻见。今添其注，以释其义。然今互勘二书，自宋、齐以后事二十九条外，其魏、晋以前之事，豹书惟草木一类及鸟兽类吐绶鸟一名功曹七字为缟书所无，缟书惟服饰一类及开卷宫室一条、封部兵陈二条、马《鼠勹》犬二条为豹书所阙，其余所载，并皆相同，不过次序稍有后先，字句偶有加减，缟所谓增注释义，绝无其事。又缟书中卷云：棒，崔正熊注车辐也。使全袭豹语，不应此条独着豹名。考《太平御览》所引书名，有豹书而无缟书，《文献通考·杂家类》又只有缟书而无豹书，知豹书久亡，缟书晚出，后人摭其中魏以前事赝为豹作。又检校《永乐大典》所载《苏鹗演义》与二书相同者十之五六，则不特豹书出于依托，即缟书亦不免于剿袭。特以相传既久，姑存以备一家耳。"（《四库全书总目提要》卷二一一八，中华书局1965年，第1015—1016页）其实崔豹《古今注》亦早已亡佚，故有人以为魏以前赝为豹作，但《箜篌引》一条见于《琴操》，可见并非伪作。不过正如四库馆臣所言，"字句偶有增减"，故与《琴操》并不完全相同。

修改。《琴操》与《古今注》还有很多极其类似的辞句，说明《古今注》本是在《琴操》本基础上改编而成，丽玉与丽容应当是传承过程中衍生出来的，并不是原初就有的人物。另外根据卧箜篌的形制发展来看，《箜篌引》应当生成于乐浪郡时期，霍里子高作为汉朝驻守平壤的底层小卒，妻子随军同行不合常理，这只能说明《琴操》本更为可靠。

其二，《古今注》明确记载《箜篌引》的作者是丽玉，丽玉说是最为流行的说法，尤其是朝鲜的学者较多主张此说①，国内亦有响应者。也有人以为丽玉是《箜篌引》的作者之一，狂夫妻是歌辞作者，丽玉是曲作者②。但根据清平津馆丛书本的记载来看，《箜篌引》的作者应当是狂夫妻。狂夫妻在狂夫死后，"鼓箜篌而歌"，表明狂夫妻唱的《箜篌引》既有音乐旋律，也有即兴而作的歌辞，因而应当是完整的一首乐歌。霍里子高"作《箜篌引》"是"以象其声"，是指霍里子高为眼前发生的悲惨情景与狂夫妻的哀歌所感动，以琴记录了狂夫妻的歌曲。因而霍里子高不是作者，而是《箜篌引》的记录者。狂夫妻唱的哀歌原本并无歌题名称，《箜篌引》的名称当是霍里子高所起。这就是说《箜篌引》的实际作者与《琴操》的汉魏遗书钞本、清平津馆丛书本记载的作者是矛盾的，但是根据本事可以清楚地明白狂夫妻才是《箜篌引》的作者。丽玉说显然不可信，这与丽玉是衍生人物的事实相合，一个衍生虚构的人物不可能是《箜篌引》的作者。

其实围绕霍里子高与丽玉研究何人为作者是没有意义的，《琴操》与《古今注》记载的基本事实比较明确，没有可以争论的空间，但仍然产生二说，是因为《琴操》与《古今注》记载了霍里子高或丽玉是作者。这个问题与古代作者的概念比较宽泛、混乱有关，这是将霍里子高与丽玉误为作者的原因。有的古代文章全都是引用他人诗文而成，但引用者也往往混同为作者。现代学者接受了古代混乱的作者概念，这样作

---

① 《朝鲜文学史（古代中世编）》，朝鲜民主主义人民共和国社会科学院文学研究所 1977 年，第 26—27 页。韩国文学史家李家源亦认为："此《箜篌引》即船工霍里子高（？）的妻子丽玉所作，亦称之为《公无渡河》。"（李家源：《韩国汉文学史》，普成文化社 1998 年再版，第 13 页）

② "'箜篌引者，朝鲜津卒霍里子高妻丽玉所作也'，是从音乐角度讲的。'丽玉伤之，乃引箜篌而写其声'，说明丽玉所写的是'声'，非其辞。其辞作者最初应是无名氏之妻。霍里子高尽管有可能传误或误传一部分歌辞，但他不可否认地起到了传其辞的作用。故作者并非为一人。"（朴正阳：《〈公无渡河〉之辨析》，《延边大学学报》1989 年第 10 期，第 200 页）

者就成了一个问题。不过古代的作者概念并不都是混乱的，有的文人有明晰的作者概念。真正的作者应当是《箜篌引》的原创者，这个原创者只能是狂夫妻。白居易在《白孔六帖》中记载《箜篌引》的作者是狂夫妻，而不是霍里子高或者丽玉：

> 崔豹《古今注》：津吏霍子高见白首狂夫，被发提壶乱流而渡。其妻止之，不及，遂溺死。妻乃援箜篌作《公无渡河》之曲，歌终亦投河而死。①

白居易引用崔豹的《古今注》，但是没有将丽玉误为作者，而是认定狂夫妻作了《箜篌引》，狂夫妻才是真正的作者。白居易的说法很准确，遗憾的是没有受到当今学者的注意。现在剩下的问题是狂夫妻为何人。现在无法了解狂夫妻是何许人，甚至是汉人还是朝鲜人的问题也都无法解决。这个问题直接关系到《箜篌引》的国籍，如果狂夫妻是汉人，那么《箜篌引》就是中国文学；如果狂夫妻是朝鲜人，那么《箜篌引》是朝鲜文学，但这恐怕是永远也解决不了的问题。根据狂夫妻的记载不可能得到有效可靠的时间信息，也就无法将狂夫妻作为研究《箜篌引》生成时间的因素。

《箜篌引》形成时间的问题并非只能通过作者来解决，还可以通过人名、地名探索。李氏朝鲜实学派的代表诗人朴趾源根据《太平御览》记载的《箜篌引》认为霍里子高是朝鲜人，于是确定《箜篌引》为朝鲜乐府。

朴趾源《铜兰涉笔》

《太平御览》云：汉时霍里子高，朝鲜人也。晨起刺船，见一白首狂夫，被发携壶，乱流而渡。其妻止之，不及，遂溺死。妻乃携箜篌鼓之，歌曰："公无渡河，公终渡河。公淹而死，当奈公何。"音甚凄切。曲终亦投河而死。子高还，以其声语妻丽玉。丽玉

---

① 唐·白居易：《白氏六帖事类集》卷二，文物出版社1987年影印本（傅增湘旧藏南宋刻本）。

伤之,引箜篌写其声,为《箜篌引》。①

霍里子高是朝鲜人,丽玉也是朝鲜人,这一直是学术界的主流说法,现在韩国文学的研究论著、文学史教材也都是按照这种看法来撰写的。李朝文人李德懋根据《箜篌引》的人名,以存疑的方式提出了与朴趾源完全不同的看法,他认为霍里子高是居住于朝鲜半岛的中国人,而不是朝鲜人。李德懋的说法没有得到大多数古代文人与当今学者的支持,但他的看法不可以忽略,必须认真对待:

霍里子高、丽玉、丽容,名甚美雅,殊异于夷俗名字鄙侧不可究之类。卫满本燕人,意者,子高亦自中国而来居欤?②

李德懋在车天辂看法的基础上提出了这一看法,他根据卫满朝鲜燕人与夷人的名字特征,认为霍里子高、丽玉、丽容不是朝鲜人。丽玉、丽容等名字是朝鲜半岛北部以及中国东北的朝鲜民族非常喜欢用的名字,但在统一新罗之前的人名与地名大多还没有汉化,说明丽玉等人应当是中国人,而非朝鲜人。即使是在数百年之后的统一新罗时期,仍有不少新罗人的名字非常怪异,很多诗人的名字也是如此,强首、帝文、守真、良图、风训、骨番等就不是汉化的名字,不合汉人起名的习俗,应当没有汉化。夷俗人名用汉字标记会体现出汉化的特征,看起来朱蒙像是汉化姓名,朱是姓,蒙是名。事实上朱蒙还有其他的标记方法,如邹牟等,表明朱蒙并不是汉化名字。从这个角度来看丽玉和丽容应当是汉人,不是朝鲜人。

霍里子高的名字与丽玉、丽容稍异,似乎保存了夷俗人名的特征,不能一眼就能确定是汉化人名还是夷俗人名。霍里似乎是汉人的复姓,子高是汉化的名字,合在一起就是复姓的汉人姓名。但如果霍里不是复姓,那么霍里子高就应当是夷俗人名。那么霍里到底是否为汉人的复姓呢?明代的《万姓统谱》与清代的《续通志》都把霍里作为复姓,而且

---

① 〔韩〕朴趾源:《燕岩集·热河日记》卷之十五,影印标点《韩国文集刊》第 252 册,首尔:民族文化推进会 2000 年,第 322 页。

② 〔韩〕李德懋:《青庄馆全书·盎叶记三·朝鲜津卒》卷之五十六,影印标点《韩国文集刊》第 258 册,首尔:民族文化推进会,2000 年,第 535 页。

是朝鲜人的复姓：

> 霍里：汉霍里子高，朝鲜人。晨起刺船，见一白首狂夫被发携壶，乱流而渡。……子高还，以其声语妻丽玉。丽玉伤之，引箜篌写其声为箜篌引。①

《万姓统谱》非常明确地将霍里记载为姓氏，"子高还"一句表明子高是名字。《续通志》也把霍里记载为姓："霍里氏：汉霍里子高，朝鲜人。"② 宋代的《事类备要》直接把《箜篌引》记载为《霍里歌》："《霍里歌》：《琴操·箜篌引》者，霍里子高所作也。"③ 将《箜篌引》记载为《霍里歌》，是因为把《箜篌引》的作者当成霍里子高，《霍里歌》是把霍里当成了姓氏。然而《万姓统谱》等文献的记载是不正确的：首先，霍里不是复姓。在各种文献中确有霍里姓氏的记载，但只要提到霍里就是霍里子高，霍里作为复姓的用例只有一个霍里子高。如果霍里是复姓，那么应当有更多的用例，不能仅有一例，这说明霍里不是复姓。其次，在《箜篌引》形成的时代，朝鲜人只有夷俗的姓名，并无霍里的姓。

其实霍里子高并不是一个人名，当成人名是错误的。霍里是地名与居住地方的名词组合，霍为地名，里是居住地方的意思，即故里、返里、邻里等词的里；古代五家为邻，五邻为里。霍是地名，但也是姓，以地名为姓是古代常见的现象。霍里子高就是霍那个地方的子高，如果霍是姓，那么霍里子高当写为霍子高。有的文献就将霍里子高直记为霍子高，《艺文类聚》：

> 《琴操》曰：《箜篌引》者，朝鲜津卒霍子高所作也。④

---

① 明·凌迪知：《万姓统谱》卷一百三十八，文渊阁《四库全书》第 957 册，台湾商务印书馆 2008 年，第 809 页。
② 清·嵇璜：《续通志·氏族略》卷八十五，文渊阁《四库全书》393 册，台湾商务印书馆 2008 年，第 393 页。
③ 宋·谢维新：《事类备要外集·音乐门》卷十五，文渊阁《四库全书》941 册，台湾商务印书馆 2008 年，第 530 页。
④ 唐·欧阳询：《艺文类聚·乐部四》卷四十四（上册），上海古籍出版社 1999 年第 2 版，第 789 页。

《艺文类聚》直记为霍子高，并不是误记，或版本的脱漏。因为霍为姓，里不是姓的一部分，省略里字合乎常理。白居易的《白孔六帖》亦直记为霍子高，宋代的《事类备要》也是如此："九引：一《列女》，楚樊姬作；二《伯飞》，鲁伯飞作；三《贞次》，鲁女作；四《思归》，卫女作；五《霹雳》，楚商梁作；六《走马》，恭侯作；七《箜篌》，霍子高作；八《琴引》，秦皇作；九《楚引》，楚龙丘子作。"① 上述文献将霍里子高记载为霍子高，是因为古代文人对此习惯比较清楚，这样记载并不会改变文本。上述文献证明霍里子高并不是朝鲜人的夷俗姓名，霍里子高当为霍子高，这是典型的汉人姓名，因而霍里子高是汉人。

除了霍子高的记载之外，还有一种霍里子的记载，见于徐居正的一首咏史诗：

《次韵朝鲜正使杂咏·其五》
津流何太急，太急不可临。
公乎无渡河，渡河烟沉沉。
良人去骑鲸，青鸟无来音。
红颜随以逝，一一愁人心。
我闻箜篌引，浪浪沾我襟。
珍重霍里子，声名横古今。
谪仙不可作，聊效西昆吟。②

霍里子似乎是霍里子高的一种简称，但实际不是，应当是霍里加一个子字，也就是霍里人的一种尊称。霍里子高又记载为朝鲜里子高，似乎证明霍不是地名，也不可能是子高的姓。《初学记》将《箜篌引》的朝鲜津记载为朝鲜里，现今通常使用的平津馆丛书本《琴操》也转录了《初学记》的记载：

《箜篌引》：《箜篌引》者，朝鲜津卒霍里子高作也。……（《初

---

① 宋·谢维新：《事类备要前集·技术门》卷五十七，文渊阁《四库全书》939册，台湾商务印书馆2008年，第455页。
② 〔韩〕徐居正：《四佳集·四佳诗集补遗·诗类·皇华集》卷二，影印标点《韩国文集丛刊》第11册，首尔：民族文化推进会1988年，第165页。

学记·乐部》引此作孔衍《琴操·箜篌引》。下又有操曰:"朝鲜里子高尔"八字。)①

"朝鲜里子高"与"朝鲜津卒霍里子高"不同,这是传抄过程中出现的脱漏,漏抄了"津卒霍"三个字。漏抄之后字句不顺,"朝鲜里"是不通的,朝鲜半岛有不少以里字命名的地名,例如春川里,但不会将国家名称加上里字,因为里是一个较小的行政单位,国家不能后缀里字,这说明"朝鲜里子高"当有脱漏之字。

根据上述文献可以确定霍里子高为汉人,那么从这个汉人名字能够获得怎样的时间信息呢?从中国人的姓名能够捕捉的有效信息是有限的,但在此基础上加上地名因素,就能够缩小《箜篌引》生成的时间范围。学界认定《箜篌引》为古朝鲜歌谣的依据是朝鲜津的"朝鲜"二字②,"朝鲜"确实透露了有效的时间信息,根据"朝鲜"二字可以推出《箜篌引》形成的大体时间范围应当是在坛君朝鲜、箕子朝鲜与卫满朝鲜时代。中国文献中初见朝鲜二字是在公元前7世纪,因而公元前7世纪可以作为《箜篌引》生成的上限时间。《箜篌引》生成的下限时间是东汉末期,因为《琴操》成书于东汉末期。从古朝鲜的公元前7世纪到东汉末年的3世纪,时间漫长,对研究《箜篌引》没有多大的帮助。但是如果把霍里子高、朝鲜、卒等因素组合起来,可以确认的信息是《箜篌引》的本事应当发生在中国人移居朝鲜或中国军队驻守朝鲜的时代。但这样的信息仍然无法有效地缩小时间范围,因为从箕子朝鲜时期开始一直有中国人移居古朝鲜。这说明对《箜篌引》本事的因素还需要做更细

---

① 吉联抗:《琴操》(两种),中国古代音乐文献丛刊,人民音乐出版社1990年,第36页。

② "朝鲜,在此指古朝鲜。古朝鲜建立于公元前10世纪中期,公元前7世纪已与我国春秋时的齐国有过交往,公元前2世纪初,燕人卫满入朝鲜,乘朝鲜之乱,推翻朝鲜王准的政权,建立了卫满朝鲜。古朝鲜灭于汉武帝元封三年(公元前108年)。……此后的史书,举朝鲜之时,常称高丽、三韩、挹娄、新罗、百济等,不再提'朝鲜',如提只是指三韩地区。从此而推论,《公无渡河》的创作时间,当于古朝鲜灭亡的公元前108年以前,或离此时不很远。"(朴正阳:《〈公无渡河〉之辨析》,《延边大学学报》1989年第10期,第200页)"《箜篌引》是公元前7—5世纪间由'朝鲜津卒'霍里子高创作的、影响较广的一首早期四言乐府诗。《箜篌引》产生以来,曾自古朝鲜传到汉中境内,复由中原流入朝鲜。《箜篌引》如此奇特的流传过程,使朝鲜学者尹衡圣、李德懋等认为《箜篌引》是汉人之作,又使蔡邕、崔豹等我国文人把《箜篌引》认定为朝鲜所作。"(许辉勋:《乐府诗"箜篌引"研究新探》,《延边大学学报》1983年第7期,第65页)

致的研究。

最后还需要补充一点,《琴操》记载的不是霍里子高,而是樗里子高。樗里子即樗里疾,《史记》:"樗里子者,名疾,秦惠王之弟也,【索隐】按:樗,木名也,音摅。高诱曰:'其里有大樗树,故曰樗里'。然疾居渭南阴乡之樗里,故号曰樗里子。又按:纪年则谓之「楮里疾」也。"① 明张自烈《正字通》:"樗:又姓。秦相樗里疾则是樗姓里疾名也。误与《万姓统谱》以樗为姓里疾为名同。又云樗里复姓,以樗里子别号,为复姓犹之以老莱子之老莱为复姓也。"② 那么究竟是霍里子高还是樗里子高呢?樗里子高为历史名相,故疑误为樗里子高。《箜篌引》的霍里子高只是一个身份低微的津卒,不会有霍里子之类的别称。另外《琴操》所录曲名又出现过樗里,《文献通考》:"五曰《霹雳》,楚商梁遇风雨而作也。六曰《走马》,樗里牧恭为感天马而作也。七曰《箜篌》,樗里高所作也。八曰《琴引》,秦屠门高所作也。九曰《楚引》,楚龙邱子高所作也。自余歌诗操引不可胜纪,要其大致,亦不出乎此。"③ 在转录过程中将霍里误为樗里。然而无论是樗里还是霍里,都应当是中国人,而不是朝鲜人,通过这一线索只能得到这样的信息:不足以解决《箜篌引》产生时间的问题。

二、《箜篌引》的形成时间与地名、箜篌种类

《箜篌引》本事的朝鲜解读为古朝鲜是不准确的,本事记载的是"朝鲜津",不能分解为朝鲜与津,朝鲜津当为一个地名。分解为朝鲜与津之后,必然将朝鲜解读为古朝鲜。《箜篌引》为古朝鲜歌谣的基本依据是朝鲜津,这一判断是建立在错误解读基础之上的,因而这一结论是无法接受的。朝鲜津是一个地名,应当作为地名进行研究,确定这一地名产生的各种条件,而不是单单把朝鲜二字抽离出来,应当寻找朝鲜津的地理位置与这一地名的使用时间。

朝鲜津是一个地名,但中国与韩国文献中并没有出现过朝鲜津的地

---

① 汉·司马迁撰、宋·裴骃集解、唐·司马贞索隐、唐·张守节正义:《史记·樗里子甘茂列传第十一》卷七十一,中华书局1997年,第2803页。

② 明·张自烈:《正字通·木部·十一》卷五,北京:中国工人出版社1996年,第531页。

③ 元·马端临:《文献通考·乐考十·丝之属》卷一百三十七,中华书局1986年,第4185页。

名,《三国史记》《三国遗事》无朝鲜津的记载,《高丽史》亦无朝鲜津的记载。所有朝鲜津的地名都是在与《箜篌引》本事的相关记载中出现的,这表明朝鲜津的地名来源都是《箜篌引》的本事。朝鲜津的地名不载于历史文献,并不等于历史上没有存在过名为朝鲜津的地方,历史文献不可能记载所有的地名,尤其是较偏远的小地名。朝鲜津应当是一个渡口的名称,朝鲜津是由两个因素构成:朝鲜是一个特定地方的名称;津表示地名的性质,也就是渡口,因而朝鲜津就是渡口的名称。在当地地名基础上,加上地名性质的因素,组合为一个地名,是古代东亚常见的地名生成方式,朝鲜津为渡口名称的说法应当是可靠的。一个渡口名称不见于历史文献,是非常普遍的现象,如果没有发生过重大事件,更是不大可能见于历史文献,因而朝鲜津不见于历史文献并不能证明不存在。

李德懋对于霍里子高、丽玉等人名有独到的看法,对于朝鲜津也有精到的看法:

> 车五山天辂以为朝鲜津,即今大同江也。案:箜篌,汉武帝时所作。《宋书》(误,当为《汉书》)云:箜篌初名坎篌。汉武帝灭南粤,祠太一后土,用乐。令乐人侯晖,依琴作坎篌。所谓坎应节奏也;侯者,因工人姓。后言空音讹。而又曰:朝鲜津卒,则此卫满朝鲜时也。亦或为汉置四郡后欤?①

车天辂是较早提出朝鲜津在大同江说法的文人,他的《五山说林草藁》转录了《古今注》的记载,然后指出朝鲜津当在大同江。大同江具备《箜篌引》产生的地理条件和历史条件。平壤一带曾经名为朝鲜,这里有朝鲜的第五大江大同江。大同江发源于朝鲜咸镜南道狼林山东南坡,由此流向西南,先后流经平安南道、平壤市,在南浦附近入西朝鲜湾,注入黄海,全长 439 公里。大同江河水较深而广,可航行 2000 吨到 4000 吨的船只。这样的大河完全具备了《箜篌引》本事发生的地理条件,可以确定平壤必有渡口,但是否可以将大同江渡口名为朝鲜津还需要研究。

李德懋接受了车天辂的看法,认为朝鲜津当为卫满朝鲜时期的地名,卫满朝鲜时朝鲜津由汉人兵卒把守。霍里子高是中国人,满足了《箜篌

---

① 〔韩〕李德懋:《青庄馆全书·盎叶记三·朝鲜津卒》卷之五十六,影印标点《韩国文集刊》第 258 册,首尔:民族文化推进会 2000 年,第 535 页。

引》本事记载的所有条件。如此说来霍里子高等人是卫满朝鲜时期移居朝鲜的燕人,霍里子高在当地还有妻室,似乎进一步证明了这一点。因而《箜篌引》应当形成于卫满朝鲜(公元前195—公元前108)时期,可以说是古朝鲜歌谣,证明韩国学术界通行的说法是正确的。李德懋基本认定朝鲜津是卫满朝鲜时期的地名,但没有完全肯定,而是留有疑问,这是一个没有彻底解决的问题。李德懋在这个问题上的贡献非常明显,他大大地缩小了《箜篌引》生成的时间范围,范围缩小到了卫满朝鲜与乐浪四郡时期。

车天辂和李德懋的看法产生了一定的影响,柳得恭是李德懋同一时期的文人,他的看法与李德懋完全相同:

《都怀古诗·卫满朝鲜平壤府》
魋结人来汉祖年,同时差拟赵龙川。
箕王可恨无分别,填补枭雄博士员。
乐浪城外水悠悠,谁识荻苴汉代侯。
不及当年津吏妇,箜篌一曲艳千秋。①

此诗是根据朝鲜津即卫满朝鲜平壤渡口的说法写的,第一联写的是卫满逃入朝鲜半岛之事,第二联写的是箕准逃离南下,第三联写的是乐浪郡时期,第四联写的是《箜篌引》的本事。据此柳得恭的看法似乎与李德懋不同,实则不然,第三联、第四联是回忆,以乐浪郡时期作为回忆时间点,采用了叙述卫满朝鲜时期故事的方式,因而与李德懋的看法并无不同。诗题《卫满朝鲜平壤府》可以证明这一点,柳得恭认为《箜篌引》的本事发生在卫满朝鲜时期,故诗题为"卫满朝鲜平壤府"。卫满朝鲜时期平壤名为王险,并不名为平壤,诗人为了避免重复使用平壤之名,换用了乐浪。李德懋、柳得恭认为《箜篌引》的本事发生在卫满朝鲜时期,这种解释还有一个可取之处,平壤一带是卫满朝鲜的中心,因而也可以名为朝鲜,大同江渡口具备了名为朝鲜津的条件。

朴趾源与丁若镛的看法并不相同,他认为《箜篌引》的本事发生于汉代。朴趾源《铜兰涉笔》记载:"汉时霍里子高";明代《万姓统谱》

---

① 〔韩〕柳得恭:《泠斋集》卷之二,影印标点《韩国文集丛刊》第260册,首尔:民族文化推进会2000年,第37页。

也载："汉霍里子高。"汉代的时间范围更广，基本覆盖了卫满朝鲜与乐浪郡时期。但此说显然不是指东西两汉的时间范围，而是指汉代所设的乐浪郡，汉乐浪郡就是汉朝之事。丁若镛认为：

> 朝鲜县者，乐浪郡之所治，即今之平壤府也。则朝鲜津者，大同河也。然唐李白诗有《公无渡河》之歌，首叙大禹之治河，此以黄河当之也，与崔说异矣。①

丁若镛的记载中包括了三点看法：一是朝鲜津当在浿水（大同江）流域，也就是平壤府的大同江。丁若镛的看法与车天辂相同，更具体地指出朝鲜津应当在平壤府。二是丁若镛以为《箜篌引》的本事当发生于汉乐浪四郡时期，指出朝鲜县是乐浪郡的建制。三是丁若镛认为李白将朝鲜津写成黄河，与崔豹的记载不同，实际上也是批评了李白的《公无渡河》。

如果认为《箜篌引》的本事发生于乐浪郡时期，同样也可以满足《箜篌引》本事记载的所有条件：

第一，乐浪郡时期平壤一带名为朝鲜县，大同江的渡口完全具备名为朝鲜津的条件。既然朝鲜津是地名加渡口形成的，那么首先必须确定朝鲜在何处。历史上确有过名为朝鲜的地方，韩国学术界认为有两个，但顾炎武以为名为朝鲜的地方有三处：

> 《汉书·地理志》：乐浪郡之县二十五，其一曰朝鲜。应劭曰：故朝鲜国，武上封箕子于此。《志》曰：殷道衰，箕子去之朝鲜。《山海经》曰：朝鲜在列阳东，海北山南。注："朝鲜，今乐浪县，箕子所封也。"在今高丽国境内。慕容氏于营州之境立朝鲜县，魏又于平州之境立朝鲜县，但取其名，与汉县相去则千有余里。《一统志》乃曰："朝鲜城在永平府境内，箕子受封之地。"则是箕子封于

---

① 〔韩〕丁若镛：《与犹堂全集第六集·地理集·大东水经其三·浿水二·平壤、中和、江西》第七卷，影印标点《韩国文集丛刊》第286册，首尔：民族文化推进会2002年，第385页。

今之永平矣。当日儒臣，令稍知古今人者为之，何至于此，为之太息。①

三个名为朝鲜的地方：一是乐浪郡的朝鲜县，在现在的平壤；二是慕容氏之营州的朝鲜县，在现今辽宁营口一带；三是魏之平州的朝鲜县，在现今河北东北部的卢龙一带。那么《箜篌引》的朝鲜津是在哪一个地方呢？《箜篌引》的本事没有具体记载朝鲜津的地理条件，但可以确定朝鲜津当有无船不渡的大河。《箜篌引》初载于东汉末年蔡邕（133—192）的《琴操》，因而朝鲜津的地名应当出现于东汉末年之前，这是时间条件。朝鲜津作为历史上的地名，至少应当满足上述的地理条件与时间条件。

先来考察平州的朝鲜。河北东北部、辽宁西部名为朝鲜当与箕子有关。箕子曾在此地滞留或迁居，因而后人名之为朝鲜。此地曾经名为朝鲜，若有渡口，固然可以名为朝鲜津。但此地即使有《箜篌引》产生的大河与渡口，也不大可能是《箜篌引》记载的朝鲜津。箕子朝鲜过于遥远，那时尚未出现卧箜篌②，没有卧箜篌也就不可能形成《箜篌引》。营州的朝鲜县是由鲜卑慕容氏设置的，营州有辽河入海，辽河下游可以行驶大船，确实是无船不渡的大河。但营州朝鲜县的设置是在慕容氏建立鲜卑之后的南北朝时期，这个时间迟于《箜篌引》初载文献的东汉末年，因而《箜篌引》的本事不大可能发生在营州的朝鲜县。

乐浪郡（公元前108—公元313）是唯一符合地理与时间条件的地方，汉武帝于公元前108年设乐浪郡，朝鲜县是乐浪郡的建制之一，而且郡首府在朝鲜县（今平壤大同江南岸）。汉昭帝始元元年（公元前86），将临屯、真番并入乐浪郡：

> 乐浪郡亦朝鲜地，元封三年置郡，领朝鲜等县二十五，今朝鲜西境是也。朝鲜县即平壤城，今朝鲜谓之西京。《汉纪》：武帝初置玄菟、乐浪、临屯、真番四郡，始元五年省临屯、真番入乐浪郡。③

---

① 清·顾炎武撰、黄汝成集释：《日知録集释·大明一统志》卷三十一（下册），上海古籍出版社2006年，第1744—1745页。
② 相关论述见本节下文及下一节。
③ 清·顾祖禹：《读史方舆纪要》卷二（第一册），中华书局2005年，第66页。

乐浪郡存在的时间比较长，朝鲜县的名称与建制也存在了较长的时间。由于乐浪郡一直存在，四郡并为二郡之后，朝鲜津的名称应当不会改变。西晋之后中原大乱，高句丽开始南下，313 年高句丽吞并了乐浪郡。这是在《箜篌引》初载文献之后，高句丽吞并乐浪郡之后不可能派汉人军卒驻守朝鲜津，即使高句丽时期继续使用朝鲜津的地名也完全可以忽略。

第二，乐浪郡时期驻守朝鲜津的是汉人兵卒。"朝鲜津卒"的记载包含了地名朝鲜津以外的信息，表明汉人军兵驻守在朝鲜津。除了卫满朝鲜之外，中国士兵把守朝鲜津的历史时期只有汉设乐浪郡，乐浪郡可以满足《箜篌引》本事的条件。如果《箜篌引》本事发生于乐浪郡时期，那么霍里子高应当就是戍边的汉朝兵卒，故有的文献将霍里子高记载为征夫。如果本事发生于卫满朝鲜时期，那么霍里子高就应当是移居卫满朝鲜的燕人。从朝鲜津地名生成的方式来说，乐浪郡比卫满朝鲜更为合理一些。乐浪郡时平壤名为朝鲜县，那么根据县名将渡口名为朝鲜津就比较合理。卫满朝鲜是一个国家名称，在国家名称后面加一个津字，构成一个渡口的名字是不大常见的。根据上述作者、人名、地名、把守渡口的津卒等因素的研究，可以初步认定《箜篌引》的本事发生于乐浪郡时期。

箜篌是研究《箜篌引》生成时间的最重要因素，也是学术界最常作为研究的因素。《箜篌引》本事没有提供多少有关箜篌的信息，只有"箜篌"二字。如何根据仅有的"箜篌"二字，获得更多有效的信息是必须突破的关键问题。这里存在两个基本问题：一是《箜篌引》中的箜篌是哪一种。箜篌有两种，竖箜篌与卧箜篌，不同箜篌产生的时间不同，这就关系到《箜篌引》的生成问题。二是卧箜篌的生成时间与形制，生成时间与形制问题是联系在一的。然而箜篌生成的问题极为复杂，不能用三言两语解决，不能不去专门研究。专门研究箜篌，似乎又偏离了研究《箜篌引》的范围，成为枝蔓横生的无关问题。但是如果不去专门研究箜篌，就无法了解卧箜篌真正起始的时间。不能确定卧箜篌起始的时间，就无法确定《箜篌引》生成的时间。因而这不是枝蔓横生的问题，二者之间存在着必然关系。

《隋书》记载了隋朝时期流行于高句丽的乐器，其中涉及箜篌的种类问题：

> 高丽，歌曲有芝栖，舞曲有歌芝栖。乐器有弹筝、卧箜篌、竖

箜篌、琵琶、五弦、笛、笙、箫、小筚篥、桃皮筚篥、腰鼓、齐鼓、檐鼓、贝等十四种，为一部。工十八人。①

《新唐书》也有类似的记载，乐器种类稍异：

> 高丽伎，有弹筝、搊筝、凤首箜篌、卧箜篌、竖箜篌、琵琶，以蛇皮为槽，厚寸余，有鳞甲，揪木为面，象牙为捍拨，画国王形。②

《隋书》与《新唐书》明确记载高丽乐有竖箜篌、卧箜篌，据此只能明白高句丽有两种箜篌，无法判断《箜篌引》的箜篌是哪一种。不过可以根据竖箜篌的传入时间，大体可以认为不是竖箜篌，而是卧箜篌。③

---

① 唐·魏征：《隋书·志第十》卷十五，中华书局1997年，第102页。
② 宋·欧阳修、宋祁撰：《新唐书》卷二十一，中华书局1997年，第140页。
③ 《箜篌引》与箜篌的关系较为复杂，名为箜篌的乐器有三种：一是竖箜篌；二是卧箜篌；三是凤首箜篌。不同箜篌形成的上限时间不同，《箜篌引》没有具体描写箜篌，因而《箜篌引》的箜篌是何种乐器不明。为了研究《箜篌引》的形成，必须确定《箜篌引》箜篌的种类。学术界已经有不少学者指出，《箜篌引》的箜篌是卧箜篌，但没有具体证明为何是卧箜篌，因而在这里有必要展开论述。《箜篌引》的箜篌不会是凤首箜篌，凤首箜篌出现的时间比《箜篌引》形成的时间迟晚太多。卧箜篌产生与竖箜篌传入的时间都在《箜篌引》产生之前或同时，因而《箜篌引》的箜篌有可能是竖箜篌或卧箜篌。竖箜篌与卧箜篌的名称始用于隋唐时期，在此之前所有的文献只记箜篌，因而仅仅通过名称简单判断《箜篌引》箜篌种类的可能性是不存在的。

文献与考古研究中最常出现的是竖箜篌，一般而言提到箜篌首先想到的是竖箜篌。日本学者田边尚雄以为《箜篌引》的箜篌当为竖箜篌，朝鲜中部江源道上院寺钟的表面刻画了天女弹奏竖箜篌的图形。（参见田边尚雄：《日本音乐史》，东京电机大学出版部昭和三八年，第72页）竖箜篌为L型，琴弦对角斜张。根据文献记载和古代壁画，竖箜篌的弦有23根、22根、16根、7根等数种。日本正仓院藏有两张竖箜篌，皆为23弦。下面是敦煌壁画，通过这个壁画可以直观地了解竖箜篌。

药叉伎乐

（莫高窟二五四窟，北魏，排箫与箜篌。史敦宇、金洵瑨：《敦煌舞乐线描集》，甘肃人民美术出版社2007年，第4页）

中间一个人所持的乐器就是竖箜篌，竖箜篌又名胡箜篌，源于西亚巴比伦，经过西域传入中原。西域的古坟与壁画中出现了不少竖箜篌，文献也明确记载西域诸国使用竖箜篌：（转下页注）

(接上页注③)

"西戎五国。(高昌、龟兹、疏勒、康国、安国。)《高昌乐》,舞二人,白袄锦袖,赤皮靴,皮带,红抹额。乐用答腊鼓一、腰鼓一、鸡娄鼓一、羯鼓一、箫一、横笛一、筚篥一、五弦琵琶二、琵琶二、铜角一、竖箜篌一、(今亡。)笙一。《龟兹乐》……舞四人,红抹额,绯白袴(奴)[帑],乌皮靴。乐用竖箜篌一、琵琶一、五弦琵琶一……"(唐·杜佑:《通典·乐六》卷一百四十六(下册),中华书局1988年,第3723页)到了明清时期已经不大使用竖箜篌,20世纪之后根据壁画制造竖箜篌,25弦。古代文献中也有竖箜篌25弦的记载。

对《箜篌引》的形成来说,最重要的是竖箜篌传入中原与朝鲜半岛的时间。中国最早记载竖箜篌名称的文献是唐魏征《隋书·志第十》卷十五:"今曲项琵琶、竖头箜篌之徒,并出自西域,非华夏旧器。"(中华书局1973年,第378页)不过竖箜篌传入的时间要早得多,一说以为传入的时间是东汉,一说以为是晋朝。《后汉书·五行志第十三·五行一》卷二十三记载竖箜篌传入中原的时间是东汉:"灵帝好胡服、胡帐、胡床、胡坐、胡饭、胡空候、胡笛、胡舞。京都贵戚皆竞为之。此为服妖也。"(中华书局1997年,第843页)所谓的胡箜篌当是竖箜篌,据此可以认为东汉时竖箜篌已经传入。唐杜佑《通典·乐六》卷一百四十六承袭了此说:"竖箜篌,胡乐也。汉灵帝好之。体曲而长,二十二弦,竖抱于怀中,用两手齐奏,俗谓之擘箜篌。"(中华书局1988年,第3680页)东汉说在古代比较流行,但日本学者林谦三否定此说:"竖箜篌是发生于西亚细亚地方而远播到东亚,已经成为定说,无复可疑。而此乐器传入中国内地的时期,俗说以为后汉灵帝时,其根据甚为薄弱,不足置信。从考古资料、文献、历史各方面情况来判断,其系统地传入时期,早亦当在东晋初世,为说较妥。"([日]林谦三:《东亚乐器考》,人民音乐出版社1996年,第227页)《后汉书》记载的是胡箜篌,胡箜篌即竖箜篌,考古发现能够支持此说,也能够支持东汉传入说。

伎乐图

(南阳市石画像,南阳汉代画像石编辑委员会编:《南阳汉代画像石》,文物出版社1985年. 图479)

东汉画像石中出现了竖箜篌,石长100厘米,高37厘米。图中七人,左起一人击鼙鼓,第二人抚琴,第三、四人各抱弓形乐器,当为竖箜篌。画像石描画的乐器比较粗糙,但竖箜篌的大体轮廓比较清楚,这个轮廓与隋唐时期竖箜篌的形态相同。东汉没有其他类似竖箜篌的乐器,因而完全可以确定画中的弓形乐器就是竖箜篌。南阳画像石是公元25年到220年的遗物,汉灵帝的在位时间正是在这个时间范围以内。汉灵帝刘宏(156—189)是东汉的第十一位皇帝,在位时间是168年—189年。唐杜佑《通典·樂四》卷一百四十四记载:"竖箜篌,胡乐也,汉灵帝好之,体曲而长,二十二弦,竖抱于怀中,而两手齐奏,俗谓'擘箜篌'。"(中华书局1988年,第3680页)文献记载竖箜篌的时间比卧箜篌迟晚得多,这也足以证明竖箜篌出现于中原的时间比卧箜篌迟晚。《通典》的记载固然迟晚,但与画像石的时间相合,证明《通典》的记载是可靠的。竖箜篌于东汉末期传入中原,这意味着《箜篌引》的箜篌不大可能是竖箜篌。竖箜篌传入中原的时间与《箜篌引》形成的时间大体吻合,但是东汉画像石的空间范围与《箜篌引》形成的地域范围不合,从中原的河南到朝鲜半岛的乐浪郡朝鲜县(平壤),存在着遥远的空间距离。空间距离其实也是时间距离,从河南流传到平壤需要一定的时间。因而从地域空间来看,竖箜篌传入朝鲜半岛的时间不可能与《箜篌引》形成的时间相合。事实证明在这一时期中国东北与朝鲜半岛的考古发掘中并没有出现竖箜篌,高句丽古墓壁画中就没有出现过竖箜篌。《箜篌引》的本事记载会弹箜篌的人比较多,狂夫妻、霍里子高、丽玉和丽容都会弹奏箜篌。这些人不是社会上层人物,但都会弹箜篌,说明当时箜篌已经比较普遍,并非传入不久,表明《箜篌引》的箜篌不可能是竖箜篌。

第一章 《箜篌引》是古朝鲜的歌谣？ | 039

即使能够初步断定是卧箜篌，也不是就解决了问题，其实还有很多更为复杂的问题，箜篌是东亚乐器史上问题最多的乐器之一。箜篌对当今学者来说相当陌生，甚至古代文人对箜篌的了解也是甚少。朴趾源对《箜篌引》抱有极大的兴趣，但他也不无遗憾地记载"不识其制"：

> 余在热河太学，阅乐器，无所谓箜篌者。皇城琉璃厂中，多使人求之，而适未得果，不识其制。①

朴趾源购买箜篌的欲望很强烈，为此不仅专门到过北京琉璃厂，还托很多人求购，但最终未能如愿。箜篌早已失传，在日常生活中不大容易见到了。实际上并不只是李氏朝鲜的文人不识其制，即使是当代著名的音乐史学者岸边成雄也承认"卧箜篌的实际形态并不清楚"②。公元9世纪之前的韩国文献几乎荡然无存，目前东亚从没有出土过卧箜篌实物，只有卧箜篌的壁画、陶俑等。

《箜篌引》使用的箜篌当是卧箜篌，因为在《箜篌引》生成的下限时间之前，在有效的空间范围内，只出现过卧箜篌，并没有出现过《隋书》《新唐书》记载的竖箜篌，《隋书》《新唐书》的记载大大迟于《箜篌引》生成的下限时间，不能作为研究《箜篌引》的依据。卧箜篌在卫满朝鲜、乐浪郡、高句丽地理范围的古坟壁画中出现过多次，最早出现于辽阳棒台子东汉古坟一号墓壁画。这个古坟初次发掘是在1957年，壁画现存于辽宁博物馆。

奏箜篌者是画中右上角的第一个乐人，长条状的乐器斜搭在腿上演奏。由于画面不清，弦数也不清楚，但可以比较清晰地看到七个品柱。日本学者林谦三以为这个乐器不是瑟、琴，而是卧箜篌。辽阳在汉朝属辽东郡，与高句丽相邻。这个壁画表明箜篌曾经传入辽东郡、高句丽一带。有趣的是辽阳北园一号墓、棒台子一号墓等为东汉后期古墓，这个时间与《箜篌引》初载文献的时间相合，证明《琴操》记载的《箜篌引》及其本事是可靠的，公元3世纪可以作为《箜篌引》生成的下限时间，也就是在东汉末期以前出现了《箜篌引》。

---

① 〔韩〕朴趾源：《燕岩集·热河日记》卷之十五，影印标点《韩国文集丛刊》第252册，第322页。
② 〔日〕岸边成雄：《唐代音乐的历史研究》续卷，大阪：和泉书院2005年，第398页。

辽阳棒台子一号墓壁画（摹本）①

高句丽吉安（即辑安）古坟壁画出现过三个长条乐器，林谦三以为都是筝筑，具有类似的形制。

五盔坟四号墓壁画摹本②　　　丸都城古坟舞踏冢壁画摹本③

---

① 李文信：《辽阳发现三座壁画古墓》，《李文信考古文集》，辽宁人民出版社2009年，第259页。壁画中席坐乐师四人，李文信以为："三人分奏琵琶、洞箫和筝或琴瑟，另人所持乐器已漫漶不清。"此说不可靠，作者没有仔细辨析筑筝与琴、瑟、筝的异同。
② 李殿福：《吉林集安五盔坟四号墓》，《考古学报》1984年第1期。
③ 〔日〕林谦三：《东亚乐器考》，人民音乐出版社1996年，第198页。

五盔坟四号墓的年代是 5 世纪末 6 世纪初，相当于北朝时期。这个时间比《箜篌引》初载文献的时间迟晚了很多，但毕竟可以证明在高句丽出现过卧箜篌。乐人头上戴的是晋朝以后中原壁画中代表性服饰之一的莲花冠，右腿盘坐，琴置于左腿，右手拨弦，左手抚琴。琴体有 12 个品柱。丸都城古坟舞踏冢壁画中的卧箜篌有 4 根弦，17 个品柱，也是将卧箜篌斜搭在腿上演奏。高句丽王城国内城和丸都山城（始名尉那岩城）是高句丽早中期（1—5 世纪）的都城，是高句丽时间最长的都城，这说明壁画中的卧箜篌是 5 世纪之前的形态。

辑安北魏墓弹卧箜篌壁画①

摹本②

---

① 刘东升：《中国音乐史图鉴》，人民音乐出版社 2008 年修订版，第 87 页。
② 〔日〕林谦三：《东亚乐器考》，人民音乐出版社 1996 年，第 198 页。

此画出土于吉林集安第 17 号古墓（辑安即今吉林集安），是高句丽古都所在之地。1954 年由辽东省划归吉林省通化专区管辖，1965 年辑安县改名集安县。画中的卧箜篌画有品柱，由左向右斜抱在胸前演奏。对棒台子古坟壁画、高句丽古坟壁画的描述，一方面有助于了解卧箜篌的形制；另一方面也证明朝鲜半岛具备了产生《箜篌引》的条件，《箜篌引》中的箜篌当是卧箜篌。

第二节　文献与考古之间：卧箜篌形制的发生与发展

一、《史记》"箜篌瑟"的校勘与卧箜篌的起源

如果没有箜篌传入，就不会出现《箜篌引》，卧箜篌形成的上限时间是研究《箜篌引》不可缺少的因素，确定这个时间有助于最终确定《箜篌引》生成的时间范围。通常认为箜篌形成于汉武帝时代，但是这个问题比较复杂，这个问题必须细化为三个问题：其一，汉武帝时代覆盖了卫满朝鲜与乐浪郡的部分时间，因而这个问题必须细化为箜篌是生成于汉武帝灭卫满朝鲜之前还是之后。其二，箜篌形成的时间应当分为两个问题：一是箜篌名称出现的时间；二是箜篌特有的形制出现的时间。箜篌的真正形成应当以出现箜篌特有的形制为标志。其三，最初记载箜篌的文献是《史记》，《史记》的记载存在各种问题，无法直接作为箜篌生成时间的证据。然而目前学术界一般都是将《史记》的记载直接作为证据来使用，这使箜篌生成的时间问题变得异常复杂。

箜篌的起始有多种说法，主要可以分为两类：第一，素女说、师延说、师涓说等。箜篌的创造者是素女，素女受泰帝（太昊伏羲氏）之命创制了箜篌。素女是神话传说中的人物，是第一个操琴的女乐师。素女弹奏的瑟是五十弦，这种乐器的音质过于悲哀，就破五十弦为二十五弦，制成了箜篌。此说一般记载的是素女造二十五弦瑟，但有的文献记载造的是箜篌。不管造的是二十五弦瑟还是箜篌，此说不足为据，神造诸物说是事物起源的一般模式，都是无稽之谈。师延是黄帝的乐师，也是神话人物，师延造箜篌说也是此类说法。师为音乐官名，故后代乐官以师为姓。师涓是春秋时期卫国的乐师，据说他在濮水之上听到师延的郑卫

"靡靡之乐",此为殷末亡国之音,盖空国之侯所好,故名空侯(箜篌)云云①。但此说不可信,如果箜篌是亡国之音,不可用于国家祭祀仪式,但《史记》记载箜篌用于祭祀之乐。明代梅鼎祚亦云:"然以臣所见今大乐有箜篌器,何得如此说。"② 明代大乐所用箜篌不是卧箜篌,显然梅鼎祚没有明白卧箜篌与竖箜篌的不同。如果殷商时期已经出现了箜篌,那么《箜篌引》完全可能生成于卫满朝鲜,甚至是箕子朝鲜时期。箕子朝鲜也具备了《箜篌引》本事记载的基本条件,但是上述诸说皆不可信,因而不存在《箜篌引》生成于箕子朝鲜的可能性。

第二,汉武帝时乐人侯调、侯辉创制说。《史记》记载汉武帝用箜篌祭祀泰一和后土,没有记载侯调、侯辉创制箜篌。但《汉书》《风俗通义》等文献记载侯调创制了箜篌:"谨按:《汉书》:'孝武皇帝赛南越祷祠太乙、后土,始用乐人侯调依琴作,坎坎之乐,言其坎坎应节奏也。侯以姓冠章耳。'或说空侯取其空中,琴瑟皆空,何独坎侯耶?斯论是也。诗云:'坎坎鼓我',是其文也。"③ 此说基本承袭了《史记》的记载,但多出了侯调的名字。《旧唐书》中除了侯调之外,还记载了侯辉:"箜篌,汉武帝使乐人侯调所作,以祠太一。或云侯辉所作,其声坎坎应节,谓之坎侯,声讹为箜篌。或谓师延靡靡乐,非也。"④《旧唐书》否定了师延或师涓造箜篌、奏靡靡之乐的说法,认为箜篌一词源于坎侯,是乐师的侯姓与乐器声音组合而成,后讹为箜篌。

学术界基本采纳了汉武帝时期形成说,箜篌的乐器名称始出于《史记》,司马迁作为汉武帝时代的史官,必然要记载国家的祭祀仪式,因而《史记》记载的说法应当是可靠的。但问题是《史记》的记载含糊不清,后世史家与学者以为《史记》的这段记载是难以理解的,主要问题是"作二十五弦及箜篌瑟自此起"一句:

---

① 唐·段安节:《乐府杂录·箜篌》:"箜篌乃郑、卫之音,权舆也;以其亡国之音,故号'空国之侯',亦曰'坎侯'。古乐府有《公无渡河》之曲:昔有白首翁,溺于河,歌以哀之;其妻丽玉善箜篌,撰此曲,以寄哀情。"(《中国古典戏曲论著集成》第一册,中国戏剧出版社1959年,第53页)

② 明·梅鼎祚编:《古乐苑衍录·总论乐府》卷一,文渊阁《四库全书》第1395册,台湾商务印书馆2008年,第555页。

③ 汉·应劭撰、王利器校注:《风俗通义校注·声音》第六,中华书局2010年,第297页。

④ 后晋·刘昫等撰:《旧唐书·志第九·音乐二》卷二十九,中华书局1997年,第290页。

公卿曰:"古者祀天地皆有乐,而神祇可得而礼。"或曰:"泰帝使素女鼓五十弦瑟,悲,帝禁不止,故破其瑟为二十五弦。"于是塞南越,祷祠泰一、后土,始用乐舞,益召歌儿,作二十五弦及箜篌瑟自此起。①

《史记·封禅书》也有类似的记载,但文字稍异:

作二十五弦及空侯琴瑟自此起。②

此处的记载多了一个琴字,箜篌瑟与箜篌琴瑟是不同的表述。这段记载的主要问题是"箜篌瑟",还有二十五弦与"箜篌瑟"的关系问题。从东汉末年以来就争议不断,诸多文人学者研究过这个问题,主要是围绕着这段文字的校勘展开研究的。绝大多数的文人学者以为这段文字是需要校勘的,但校勘不是根据不同的版本校勘,而是采用了理校的方法。其原因是"箜篌瑟"的表述不一定是在刊印时产生的讹误,早在东汉末年苏林就校勘过"箜篌瑟",表明苏林看到的文本就是"箜篌瑟"。然而中国古代音乐史上没有箜篌瑟的乐器,只有箜篌和瑟。从校勘学的角度来看,这显然是一个问题。总体来说,文人学者采用了三种校勘的方法。

第一,"箜篌瑟"是两种乐器,这是一直以来的主流看法。唐代颜师古为《汉书》做注云:

作二十五弦及箜篌瑟自此起(苏林曰:"作空侯与瑟。")。③

苏林为东汉末年学者,与司马迁的时代较近,此说似最为可靠。苏林以为箜篌与瑟是两种乐器。空侯即箜篌,对此没有争议。苏林的看法不仅得到颜师古的赞成,也受到其他文人学者的支持。宋人叶廷珪《海录碎事》:"作二十五弦及坎侯瑟自此始。注作空侯与瑟。"④ 20 世纪的

---

① 汉·司马迁:《史记·孝武本纪第十二》卷十二,中华书局 1997 年,第 123 页。
② 汉·司马迁:《史记·封禅书第六》卷二十八,中华书局 1997 年,第 355 页。
③ 唐·颜师古注:《汉书·郊祀志第五上》卷二十五上,中华书局 1997 年,第 319 页。
④ 宋·叶廷珪:《海录碎事·坎侯》卷十六,文渊阁《四库全书》第 921 册,台湾商务印书馆 2008 年,第 736 页。

日本音乐史家岸边成雄采纳了此说：

> 首先《前汉书》记载："（元鼎六年）……益召歌儿，作二十五弦及箜篌，瑟自此起。"箜篌在前汉武帝的元鼎六年（公元前111）已经存在，可以认为已经使用了"空侯"之字。①

此说最有力的依据是箜篌与瑟确为两种乐器，这是众所周知的。按照苏林的意思，《史记》的这段记载应当标点为"作二十五弦及箜篌、瑟自此起"，而不是"作二十五弦及箜篌瑟自此起"。王叔岷《史记斠证·孝武本纪》也是按照这种理解断句的："于是塞南越，及箜篌。瑟自此起。"② 这与"及箜篌、瑟自此起"并无本质的不同，虽然标点不同，但不会改变句意。如此断句之后，《史记》的表述就会变得完全不可理解，与瑟的历史事实完全不合。瑟在先秦时期已经出现，并不是始出于汉代，这一点可以得到先秦文献的证明，也可以得到考古文物的证明。《尸子》记载：

> 夫瑟二十五弦，其仆人鼓之则为笑。贤者以其义鼓之，欲乐则乐，欲悲则悲。虽有暴君亦不为之立变。③

尸子是战国时期的人，战国时期显然已经出现了二十五弦瑟。《庄子》也有瑟二十五弦的记载："于是乎为之调瑟，废一于堂，废一于室，鼓宫宫动，鼓角角动，音律同矣。夫或改调一弦，于五音无当也，鼓之，二十五弦皆动，未始异于声，而音之君已。且若是者邪？"④ 考古发现的先秦古瑟大体与文献记载的时间相合。湖南长沙浏城桥一号楚墓出土的瑟是年代最早的，此墓为春秋晚期或战国早期的古墓。湖北随县曾侯乙墓、湖北江陵以及河南信阳等地都出土了瑟。弦数二十三至二十五弦不等，二十五弦居多。

---

① 〔日〕岸边成雄：《唐代音乐的历史研究》续卷，大阪：和泉书院2005年，第398页。
② 王叔岷：《史记斠证·孝武本纪》，中华书局2007年，第455—456页。
③ 周·尸佼：《尸子》卷下，《二十二子》，上海古籍出版社1986年，第380页。
④ 清·郭庆藩撰、王孝鱼点校：《庄子·杂篇·徐无鬼第二十四》，中华书局1985年，第839页。

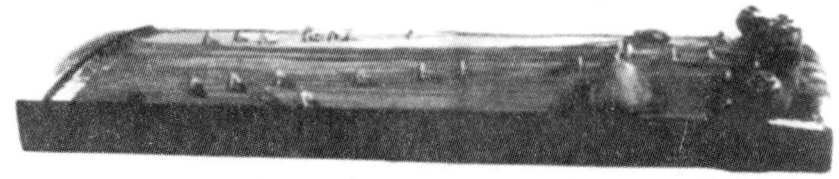

曾侯乙墓出土的瑟①

二十五弦瑟并非始于汉武帝是确定无疑的事实，因而"瑟自此起"的说法完全不成立，箜篌与瑟之间不能断开，断开就是错误的。

《史记》记载的二十五弦指瑟，这不只是根据语境来判断的。马王堆汉墓出土的汉瑟就是二十五弦。

马王堆一号汉墓瑟②

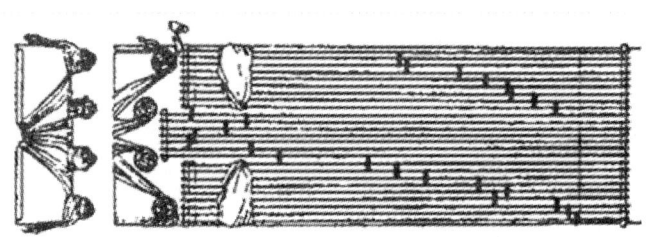

瑟线描图③

---

① 刘东升：《中国音乐史图鉴》，人民音乐出版社 2008 年修订版，第 28 页。
② 刘东升：《中国音乐史图鉴》，人民音乐出版社 2008 年修订版，第 73 页。
③ 项阳：《中国弓弦乐器史》，国际文化出版公司 1999 年，第 77 页。

马王堆出土的瑟与曾侯乙墓出土的外形没有多大的差异,琴体没有曲线变化:"1 号墓出土瑟为木制,长 116 厘米,宽 39.5 厘米。瑟面略作拱形。首尾两端髹黑漆,通体光素无饰。瑟首岳一条,首岳右边面板上有 25 个弦孔。尾岳有外、中、内子条。将弦分为三组:中间一组七弦,内外两组九弦。"① 这个瑟的面板上可以张弦 25 根,这与《史记》的记载相同。中间七弦比两边的琴弦稍长,这就是"大弦长""小弦短"的依据。瑟二十五弦,"箜篌瑟"是在二十五弦基础上改造而成,最初也是二十五弦。既有二十五弦瑟,又有二十五弦箜篌瑟,这就引起了混乱。李商隐的《锦瑟》一诗就混同为箜篌,甚至有人以为李商隐将二十五弦箜篌误为二十五弦瑟。②

第二,"箜篌瑟"的"瑟"是衍字,只要删除就可以了。元代马端临《文献通考》、明代的顾起元《说略》与韩邦奇《苑洛志乐》记为"二十五弦及箜篌",删掉了"瑟"字,也就是认为"瑟"是衍字,其依据是箜篌与瑟是两种乐器。这种看法与苏林、颜师古等人的看法虽然稍异,但并无本质不同。马端临的《文献通考》等文献删除了"瑟"字之后,《史记》"空侯自此起"的表述可以理解了。可是仅仅因为箜篌与瑟是两种乐器,就删除"瑟"字,恐怕也存在问题。班固《汉书》也转录了《史记》的这段记载,字句几乎毫无差异:"于是塞南越,祷祠泰一、后土,始用乐舞,益召歌儿,作二十五弦及空侯瑟自此起。"③ 只是将"箜篌"二字记载为"空侯",其他没有任何改变。这说明班固看到的《史记》版本就是如此,另外班固了解西汉的历史与音乐,他不认为箜篌瑟的瑟字是衍字,因而保留了此字,说明箜篌瑟的"瑟"字不可妄删。宋王益之《西汉年纪》卷十五、宋徐天麟《西汉会要·乐上》卷二

---

① 刘东升主编:《中国音乐史图鉴》,人民音乐出版社 1988 年,第 53 页。
② 明代郎瑛《七修类稿》记载:"《锦瑟》诗,玉溪生作也。《续笔》解云:说者以锦瑟为令狐丞相侍儿小名。此篇皆寓言,而不知五十弦所起。然既举其名,而复引诸书明箜篌之义,似将箜篌为锦瑟也。且言起自汉武后,虽能引《史记·封禅书》之说,亦不能引《世本》五十弦起于伏羲,知尾而不知首,可哂也。况五十弦之义,一无所解。按《琴瑟中论》曰:朱襄氏使士达制为五弦之瑟,瞽叟判为十五弦,舜益之为二十三,又有二十七之说。"(明·郎瑛:《七修类稿·辩证类·锦瑟无端五十弦》卷十九,中华书局 1959 年,第 283 页)类似的记载也见于明韩邦奇《苑洛志乐》卷九、清张英《渊鉴类函·帝王部十四》卷五十三。郎瑛以为五十弦锦瑟即箜篌,虽然不太确定,但也意识到了瑟与箜篌的特殊关系。
③ 汉·班固撰、唐·颜师古注:《汉书·郊祀志第五上》卷二十五上,中华书局 2011 年,第 1232 页。

十一、元马端临《文献通考·乐考一》卷一百二十八等，都不赞成"瑟"字是衍文，这是值得考虑的问题。

"箜篌瑟"的"瑟"不可认为是衍文的另一原因是"箜篌瑟"的"瑟"断为衍字删除之后，还存在其他的问题：删除"瑟"字之后，箜篌的形制就变得不明。"作二十五弦及箜篌瑟自此起"的"及"字表明二十五弦与箜篌瑟有一定的关系，二十五弦所指为二十五弦瑟，"箜篌瑟"的"瑟"字表明卧箜篌与二十五弦瑟应当有一定的关系。如果箜篌与瑟毫无关系，形制上完全没有类似之处，那么卧箜篌与琴、瑟就没有比较的基础。现今学界认为卧箜篌是长方形的乐器，这种认识的最初依据也是源于《史记》。如果认定"瑟"为衍字，就意味着西汉文献没有记载过卧箜篌形制的任何信息，卧箜篌就变成无法研究的问题。然而东汉以来的考古文物证明卧箜篌与琴、瑟极为相似，表明卧箜篌与瑟、琴应当存在一定的渊源关系。

第三，"箜篌瑟"和"箜篌琴瑟"颠倒了词序，因而此句变得不明。颠倒词序是古代文献常见的误刊现象，因而校勘为颠倒也有其合理性，但还是应当看看如何解释颠倒的。其证据之一是《史记·封禅书》"箜篌琴瑟"的记载表明"空侯瑟"的"瑟"字不是衍字。一般来说衍字为一个字，瑟或琴与"空侯"字形并不相似，上下文亦不应衍出"瑟"或"琴"字，"箜篌琴瑟"显然与"空侯瑟"有关。《史记》学家韩兆琦以为箜篌琴瑟不是衍文，而是倒字，这段文字应当是"作二十五弦瑟及空侯琴"，如此理解不是完全没有道理。瑟多为二十五弦，故把"瑟"字移到二十五弦的后面。这种理解固然解决了二十五弦与瑟的问题，但是无法解解决"箜篌琴"与"自此起"的问题，"箜篌琴"的说法不见于文献，"自此起"仍然难以理解，因而应当删除"自此起"。他的根据是："郭嵩焘引《札记》云：'"瑟"字疑当在"及"字之上，与"二十五弦"相属。'……《正义佚存》引《释名》云：'箜篌，师延所作，靡靡乐，后出于桑间濮上之地。'盖自先秦已有矣。梁玉绳曰：'"琴"字衍。'《孝武本纪》与《汉书·郊祀志》皆无'琴'字。又，此句句首'作'字与句尾'自此起'三字，二者应去其一。"① 这样的解释显然也存在太多的问题，但清楚地表明了"琴"与"瑟"都不是衍字的看

---

① 韩兆琦译注：《史记·书·封禅书第六》，中华书局2010年，第2073页。

法。但此说的问题还在于二十五弦是瑟的别称,既然直记二十五弦,就没有必要在二十五弦后面再加一个"瑟"字。瑟有多种,二十五弦瑟最多见。为了特别标明是二十五弦瑟,才有必要在二十五弦后面加一个"瑟"字。

前文的三种校勘都存在难以解决的问题,证明三种校勘都不是正确的。除此之外还有一种解读方式,也是唯一的方式,那就是不需要任何校勘,按照《史记》的原文直读即可,直读字面的意思就是制作了二十五弦瑟与箜篌瑟,箜篌瑟从此时开始出现。箜篌瑟不是两种乐器,而是一种乐器的名称,是箜篌的最初名称。从《史记》的记载来看,二十五弦瑟与箜篌瑟有一定的关系,这种关系就是:箜篌瑟是在二十五弦瑟的基础上有所改造而成,与二十五弦瑟差异不大。这也是箜篌的最初形制,也是箜篌的起始。另外还有一点必须特别注意:卧箜篌在汉武帝时代还没有稳定的名称,箜篌瑟是当时的一种名称,箜篌琴瑟是另一种名称。古代文献还记载箜篌实际是源于琴,因而与琴非常相似。按照《旧唐书》等文献的记载来看,箜篌与琴只是形制大小有所不同而已。箜篌与琴、瑟极其相似,因而东汉初期产生了箜篌与琴瑟难辨的说法。桓谭(公元前23—公元50)字君山,沛国相(今安徽濉溪县西北)人,东汉经学家、琴家,遍习五经,爱好音律,善鼓琴,博学多通。其《新论》有如下记载:

> 东方朔短辞薄语,以谓信验。人皆谓朔大智,后贤莫之及。谭曰:"鄙人有以狐为狸,以琴为箜篌,此非徒不知狐与瑟,又不知狸与箜篌,乃非但言朔,亦不知后贤也。"①

琴、瑟与箜篌相似,世人不辨,经常把箜篌当成琴瑟。李瀷《答真耳老》:"近世论易,只如见狐而莫觉其非狸,闻箜篌而不省其非瑟。"②李瀷《宋襄公论》:"先儒或以文王之战为言,此非徒不知襄公,其昧于文王之甚者也。有鄙人者谓狐为狸,谓瑟为箜篌,其不知狐瑟则信矣。

---

① 东汉·桓谭:《新论·见征第五》卷上,上海人民出版社1977年,第15页。
② 〔韩〕李瀷:《星湖先生全集·答慎耳老》卷之二十二,影印标点《韩国文集丛刊》第198册,首尔:民族文化推进会1997年,第459页。

其有见于狸与箜篌者乎。"① 李瀷承袭了桓谭的说法，认为瑟与箜篌难以识辨。李瀷在《答秉休》中又以为其实没有必要区别箜篌与瑟："古今许多文字，都似隔帘数落花貌样。虽谓狐为狸，谓瑟为箜篌，未有真见得不是也。"② 没有必要区别箜篌与瑟，是因为二者几乎相同，不加区别，也不会造成太大的错误。

把箜篌瑟解读为一种乐器名称之后，《史记》的表述就变得通畅明白，此句的意思就是字面直读的意思：制作了二十五弦瑟，箜篌瑟是仿制二十五弦瑟而成，由此开始出现箜篌瑟。只要不将箜篌瑟理解为两种乐器，一切问题就不复存在。其实箜篌瑟是箜篌的早期名称，箜篌本来就是瑟类乐器，产生箜篌瑟的名称是极其自然的。清胡彦升以为："箜篌，瑟类也。……《史记·封禅书》云武帝'召歌儿作二十五弦及箜篌琴瑟自此起'，是箜篌本汉武时所制。刘熙《释名》云'箜篌，师延所作'，非也。李贺《箜篌引》云'二十三丝动紫皇'，则箜篌二十三弦与雅瑟同也。《元志》'箜篌制以木，阔腹，腹下施横木而加轸，二十四柱头，及首并加凤喙'，据此则有二十四弦也。唐乐有竖箜篌、卧箜篌，二器小异。……（考《三才图会器用图》：箜篌似瑟而小，但首尾翘上，首刻如猴状，虚其中，下以两架承之，用两手拨弹，即卧箜篌也。）"③ 瑟类乐器就是瑟，只不过是瑟中比较特别的乐器，因而以为二十三弦箜篌与雅瑟并无不同。新事物的名称往往是在旧事物名称的基础上加上其他新因素而成，这是新事物名称产生的基本方式。古代文人学者也持有类似的看法，宋代谢维新的《事类备要》记载：

  箜篌：《音乐旨归》：箜篌瑟，名二十五弦，汉武帝始作，及其后也，代有制造，是不一体。④

---

① 〔韩〕李瀷：《星湖全集·宋襄公论［上］》卷之四十七，影印标点《韩国文集丛刊》第 199 册，第 353 页。
② 〔韩〕李瀷：《星湖全集·答秉休》卷之三十七，影印标点《韩国文集丛刊》第 199 册，第 163 页。
③ 清·胡彦升：《乐律表微》卷七，文渊阁《四库全书》第 220 册，台湾商务印书馆 2008 年，第 489 页。
④ 宋·谢维新：《事类备要外集·音乐门》卷十五，文渊阁《四库全书》第 941 册，台湾商务印书馆 2008 年，第 529 页。

谢维新是据《史记》记载的，谢维新显然认为箜篌瑟是一种乐器的名称，而不是两种乐器名称。不过谢维新的误读也很明显，《史记》记载的二十五弦不是箜篌的异名，而是二十五弦瑟的异名。"作二十五弦及箜篌瑟自此起"的记载表明二十五弦与箜篌瑟不是指同一种乐器，应当是两种乐器，这是二十五弦瑟与箜篌瑟两种乐器，如果二十五弦是指箜篌瑟，那么《史记》的句意又无法理解了。"作二十五弦及箜篌瑟自此起"的意思就变成了制作二十五弦箜篌瑟，箜篌瑟从此开始出现。此意也是通的，但置于《史记》记载的语境就不通了，在此句之前《史记》记载的是素女破瑟五十弦为二十五弦之事，素女所做的二十五弦不是箜篌，而是瑟，因而二十五弦应当指瑟，实际上音乐史上绝大多数的情况下二十五弦是指瑟。

诸多《史记》专家妄改，是因为只知瑟与箜篌，不知瑟与箜篌的形制与历史。前文的任何一种校勘不只是无法与原句字面意思吻合，也无法与两种乐器的发展历史吻合。如果改动原句，那么就违背了《史记》的原意。不过箜篌瑟与箜篌琴瑟的名称使用的时间并不太长，过了五十年左右，《急就篇》里就出现了"空侯"的名称。从箜篌瑟到箜篌名称的转变，说明这种乐器的形制也在变化。这种变化清晰地体现在文献记载与考古文物的不合，考古发现的箜篌没有一件是与《史记》等文献的记载相合的，说明箜篌逐渐走向自己的发展道路。这表明箜篌形制的产生并不是在汉武帝时期，而是半个世纪之后，或者在更为迟晚的时期。

二、箜篌瑟与卧箜篌的弦柱：从危柱到品柱的变化

从箜篌瑟到箜篌或卧箜篌，乐器的形制到底发生了怎样的变化，是接下来的重要问题。卧箜篌形制的标志是固定不动的弦柱，也就是品柱，品柱又称通品、通柱，这是卧箜篌与琴、瑟的根本差异。日本音乐史家林谦三较早提出了这一看法，东亚学界普遍接受了林谦三的看法。林谦三以为：

> 卧箜篌，古来以为是瑟类，然其不同于瑟、筝，又不同于琴，盖由于有这固定柱。此外不能想象琴瑟状的乐器而不属于琴，也不属于瑟的。我觉得必须考虑到这特异的固定柱，才可以抓住箜篌的正体。[①]

[①] 〔日〕林谦三：《东亚乐器考》，人民音乐出版社1996年，第202页。

大体而言东亚弦乐器的弦柱有两种：一是以琴、瑟为代表的弦柱，此类弦柱可以活动，根据宫商调整，所谓"设柱和弦，柱无定位，各随宫调"①。一是以琵琶、月琴、阮等乐器为代表的品柱，此类弦柱是固定不动的。弦柱能否活动是乐器史上极为重要的问题：如果弦柱能够活动，那么必然是一柱一弦一音，有多少弦就有多少音，弦数等于音数，也就会直接关系到音域的宽窄。如果弦柱是固定的，那么就会一柱多弦多音，在弦数相对较少的情况下，音域仍然较宽。

通品与通柱是现代用语，不见于古代文献。品柱的用语见于古代文献，然而出现的时间比较迟晚。品柱的用语可以追溯到唐代，杨虞卿《过小妓英英墓》："萧晨骑马出皇都，闻说埋花在路隅。别我已为泉下土，思君犹似掌中珠。四弦品柱声初绝，三尺孤坟草已枯。兰质蕙心何所在，焉知过者是狂夫。"② 四弦品柱指何种乐器不明，琵琶、月琴皆为四弦品柱。宋陈旸《乐书·乐图论·俗部·月琴》卷一百四十一记载月琴"四弦十三品柱"，元马端临《文献通考》转录了《乐书》的记载："月琴（五弦十三柱，形似琵琶）：月琴形圆项长，上按四弦，十三品柱，豪琴之徽，转弦应律，晋阮咸造也。唐太宗更加一弦，名其弦曰金、木、水、火、土。自开元中编入雅乐用之，岂得舜之遗制欤！"③ 古代文献很少使用品柱一词，一般都是用柱字④，此字可用于品柱，也可用于危柱。此词记载的究竟是何种弦柱，只能根据实物、绘画或乐器名称来辨别，仅从这一名称无法了解指怎样的弦柱。

---

① 《清史稿·志七十六·乐八》卷一百一（第一册），中华书局1997年，第808页。
② 清·曹寅编：《全唐诗·杨虞卿》卷八八四（第八册），中华书局1999年，第5534页。
③ 元·马端临：《文献通考·乐考十》卷一百三十七（上册），中华书局1986年，第1216页。
④ 如果考察相关的文献，就会发现此说并不是完全没有可能性。古代文人没有使用过通品或通柱的用语，品柱的用语也始见于唐代，而且在古代文献中仅见二例。古代常用的用语是柱或促柱，这个用语可以使用于各种乐器，既用于琴、瑟、筝，也用于琵琶。东汉侯瑾《筝赋》："于是急弦促柱，变调改曲。卑杀纤妙，微声繁缛。散清商而流转兮，若将绝不复续。"（《全后汉文》卷六十六，商务印书馆1999年，第671页）清徐珂编撰《清稗类钞·音乐类·舒铁云闻河间琵琶》："舒铁云闻河间琵琶而作诗曰：'车班班，入河间，河间姹女工数钱。请上琵琶弦，为君踌躇一再弹。一弹弦未整，再弹声忽警。三弹四弹风雨并，不见弦丝见指影。……别有危弦促柱起，南部烟花非北里。满堂宾客不愿闻，两豆行将塞其耳。'"（中华书局1986年，第4989—4990页）清戴璐《藤阴杂记·中城 南城》卷五："灯红酒绿声声慢，促柱移弦节节高。……君不见莺喉一变蛾眉蹙，斜抱琵琶定场屋。不然去作执鞭人，车前自理当年曲。"（上海古籍出版社1985年，第65页）筝与琵琶的弦柱完全不同，促柱一词可以用于固定的品柱，也可以用于活动的弦柱。

林谦三认为卧箜篌的标志是品柱的依据来自日本《体源抄》,《体源抄》记载卧箜篌形状如琴而小,弦柱固定,似琵琶。

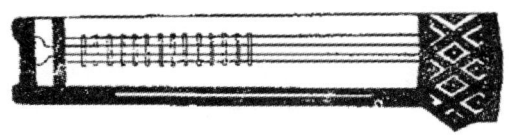

卧箜篌（《体源抄》)①

《体源抄》（1512）是一部雅乐书,与《乐家录》《教训抄》并称三大雅乐书。"体源"是作者丰原统秋（1450—1524）在丰（豊）原二字加了偏旁构成的,意思是家书,丰原家是平安初期开始传承的乐家。15世纪日本发生了应仁之乱,雅乐因此中断。乐师的后裔为了恢复与保存雅乐,就重新整理记录雅乐,这就是《体源抄》成书的原因。根据《体源抄》可以知道卧箜篌的形制如上图,图中的卧箜篌弦柱是固定不动的品柱,而不是琴瑟那样可以活动的危柱。

《体源抄》是16世纪的文献,不能证明汉代卧箜篌的形制。不过辽阳棒台子壁画与高句丽辑安古坟壁画的箜篌也是品柱,这是林谦三已经研究证明的。在林谦三之后中国还出土了一些壁画与陶俑,尤其是鄂州晋墓出土的乐俑,虽然弦数不明,但六条通品清晰可辨,这是卧箜篌的标志。音乐史家做了如下的说明:"湖北鄂州七里界晋墓弹卧箜篌俑系黄釉青瓷制,俑人高19.5厘米,屈膝而坐,横置于腿上的乐器长12.8厘米、宽2.8厘米。略呈长方形,面板上有6条通柱,柱上刻有弦痕。其左侧置小扁鼓,可能两者能一起演奏。它为我们提供了卧箜篌的具体形制和生动的演奏形象。"②

鄂州晋墓弹箜篌俑③

---

① 〔日〕林谦三:《东亚乐器考》,人民音乐出版社1996年,第201页。
② 刘东升:《中国音乐史图鉴》,人民音乐出版社2008年修订版,第87页。
③ 刘东升:《中国音乐史图鉴》,人民音乐出版社2008年修订版,第87页。

乐俑的卧箜篌出土于湖北,这与文献记载完全吻合,证明乐俑演奏的乐器就是卧箜篌。沈约的《宋书》记载:

> 空侯,初名坎侯。汉武帝赛灭南越,祠太一后土用乐,令乐人侯晖依琴作坎侯,言其坎坎应节奏也。侯者,因工人姓尔。后言空,音讹也。古施郊庙雅乐,近世来专用于楚声。①

卧箜篌专用于楚声,大体来说楚地就是湖南、湖北一带,这与乐俑出土的地域相合。沈约所说的近世是以南朝为基准而言的,晋朝当然属于近世,这就与沈约所说的时间相合。时间与地域范围吻合,因而可以证明乐俑弹奏的乐器是卧箜篌。由于《史记》记载箜篌时出现了南越,很多学者认为卧箜篌来自南越,此说其实未必可靠。到现在为止南越没有出土箜篌的陶俑或壁画,箜篌瑟始用于祭祀乐,但并不等于箜篌瑟来自南越。卧箜篌较多出现于楚地、中国的东北、朝鲜半岛以及日本,还有中国西部地域,据此来看卧箜篌源于南越的可能性不大。

下面是嘉峪关魏晋古墓的砖画,此画也是学者常常用来研究卧箜篌的主要依据之一。

嘉峪关魏晋墓弹卧箜篌砖画②

壁画中右边的人演奏的是卧箜篌,卧箜篌是长条状:"嘉峪关魏晋墓砖画弹卧箜篌图第二幅的卧箜篌的长 34.5 厘米、宽 17 厘米。辽宁辑安北魏塞藻井壁画中所弹之琴,这些乐器的面板上所张的弦数不等,但都

---

① 南北朝·沈约:《宋书·志第九》卷十九,中华书局 1997 年,第 148 页。
② 刘东升:《中国音乐史图鉴》,人民音乐出版社 2008 年修订版,第 87 页。

有品柱，应是文献所载的卧箜篌。"① 此画的画面不够清晰，但确有品柱，琴弦一根。琴体不是斜搭在腿上，而是平放在腿上演奏的，与鄂州乐俑的演奏姿势稍异。

嘉峪关砖画的卧箜篌一般是根据乐器有无品柱来判断的，没有提供文献依据，但也可以找到文献依据。《隋书》记载这一地区流行过卧箜篌：

> 西凉者，起苻氏之末，吕光、沮渠蒙逊等，据有凉州，变龟兹声为之，号为秦汉伎。……其乐器有锺、磬、弹筝、搊筝、卧箜篌、竖箜篌、琵琶、五弦、笙、箫、大筚篥、长笛、小筚篥、横笛、腰鼓、齐鼓、担鼓、铜钹、贝等十九种，为一部。工二十七人。②

嘉峪关晋墓的出土地点与文献记载完全相合，嘉峪关在凉州地域，凉州在不同的时期有着不同的地名，西凉是南北朝时期的地名。砖画的卧箜篌证明《隋书》关于地域的记载是正确的。《隋书》的记载可以作为认定砖画中的乐器就是卧箜篌的文献依据，在《隋书》记载的各种乐器中，只有卧箜篌与筝的琴体相似。既然画中乐器有品柱，就可以认定为卧箜篌。《隋书》不是随意记载的，在龟兹、敕勒、高昌等国的记载中并没有出现卧箜篌，可见《隋书》西凉乐器的记载是可靠的。

上述的乐俑、壁画与文献可以证明所描述的乐器就是卧箜篌，但也应当特别注意有关品柱的认定都是依据乐俑与壁画的乐器做出的。上述文献记载了卧箜篌流行的时间和地域，但没有一条文献记载过卧箜篌与品柱的关系。既然没有任何文献记载过卧箜篌使用的是品柱，那么判断品柱是卧箜篌标志的依据除了考古文物之外，是否还有文献依据呢？除了日本的《体源抄》之外，中国有无文献记载呢？卧箜篌产生于中国，如果没有中国文献记载卧箜篌的弦柱是品柱，就必然是一个问题。林谦三注意到了这个问题，他提供了梁简文帝的诗歌《赋乐器名得箜篌》，但此诗不能提供箜篌使用品柱的证据："捩迟初挑吹，弄急时催舞。钏响逐弦鸣，衫回半障柱。欲知心不平，君看黛眉聚。"③ 从衣衫遮住了一半

---

① 刘东升：《中国音乐史图鉴》，人民音乐出版社 2008 年修订版，第 87 页。
② 唐·魏征：《隋书·志第十》卷十五，中华书局 1997 年，第 101 页。
③ 陈·徐陵：《玉台新咏》卷七，中华书局 1985 年，第 297 页。

弦柱的诗句，可以知道诗中写的箜篌有可能是通品，因为通品的位置比较集中，不像危柱那样分散。但此诗没有直接写弦柱的形态，因而证据不足。

中国描写卧箜篌弦柱的诗文数量极少，而且这些诗歌的时间较为迟晚，但从诗歌的描写中可以看到卧箜篌与通品的关系。明清诗人喜欢使用"箜篌柱"一语，但几乎没有描写箜篌柱是怎样的。明谢肇淛《闺意》："碧纱风暖烟如雨，美人双双隔窗语。春梦羞栖玳瑁梁，离心怕促箜篌柱。流莺声尽花枝殚，胭脂憔悴随风堕。玉阶寂寞又黄昏，还掩朱扉下金锁。"① 清宋琬《春日曹侍御秋岳斋中社集》："感君意气如霜雪，论交杵臼情何深。箜篌柱急杯数倾，起视银河低玉绳。螺蠃螟蛉之二虫，仰天笑尔徒营营。"② 王穉登《碧云寺月出赠朱十六短歌》稍有不同，透露了更多的信息：

>……
>齐门弹瑟相知少，汉庭执戟郎官小。
>渐离筑傍流水立，干将剑上青虹绕。
>才子风流多落魄，青楼狭邪善谐谑。
>赵玉刻就箜篌柱，蜀绘裂作秋千索。
>禅灯绣佛夜厌厌，半醉能歌阿鹊盐。
>朱公大笑黄金尽，三十青衫一孝廉。
>……③

箜篌柱是以赵国之玉雕刻成的，那么玉刻的箜篌柱是通品还是活动的危柱呢？如果以玉刻成箜篌的弦柱，那么应当不是可以活动的危柱。危柱是活动的，容易滑落，因而应当使用不易破碎的材料。弦柱一般以竹或骨制成，《元史》记载："篡，制如筝而七弦，有柱，用竹轧之。"④

---

① 明·谢肇淛撰、江中柱点校：《小草斋集·七言古诗二》卷九，福建人民出版社 2009 年，第 800 页。
② 清·宋琬：《安雅堂未刻稿》卷二，《续修四库全书》第 1405 册，上海古籍出版社 2002 年，第 109 页。
③ 清·钱谦益编：《列朝诗集·丁集第八·碧云寺月出赠朱十六短歌》，中华书局 2007 年，第 4742 页。
④ 明·宋濂：《元史·志第二十二》卷七十一，中华书局 1997 年，第 467 页。

竹性坚硬，可以作为弦柱的材料，现今乐器的活动弦柱也多以竹制成。但此诗的箜篌柱以玉制成，玉虽然容易破碎，但可以刻成细条，镶嵌于琴板固定起来，不会滑落破碎，又美观奢华，这样的弦柱应当是品柱。古代乐器之中确有一些品柱是以玉制成的，元稹《六年春遣怀·其三》："公无渡河音响绝，已隔前春复去秋。今日闲窗拂尘土，残弦犹迸钿箜篌。"① 钿指镶嵌在箜篌的宝石之类，钿箜篌的钿应当包括了玉刻的品柱。王九思的《无题》"黄昏斜抱玉箜篌"②，与陆承宪的诗句类似。所谓"玉箜篌"指箜篌的部分配件是以玉制成的，其中应当包括了箜篌品柱。明代的诗歌不足以证明东汉末年的卧箜篌装置了品柱，但根据出土壁画的描绘来看，这一描写也不是完全没有道理。

晋孙琼《箜篌赋》记载了较多相关信息，是一篇不可多得的重要文献，尤其是记载了箜篌的弦柱：

> 考兹器之所起，实侯氏之所营。远不假于琴瑟，顾无取乎竽笙。……陵危柱以颉颃，凭哀弦以踯躅。于是数转难测，声变无方。或冉弱以飘沈，或顿挫以抑扬。或散角以放羽，或摅徵以骋商。③

李善注释谢灵运《道路忆山中》时引用《箜篌赋》的辞句，并解释说："凄凄明月吹，恻恻广陵散。殷勤诉危柱，慷慨命促管。（危柱，谓琴也。孙氏《箜篌赋》曰：陵危柱以颉颃。促管，谓笛也。阮籍《乐论》曰：琵琶筝笛，间促而声高也。）"④ 明田艺蘅《留青日札》："箜篌，一名坎侯，因姓。二十三弦，或曰二十四弦，或曰二十五弦，有柱。孙氏赋'凌危柱以颉颃，凭哀弦以踯躅。'鼓之曰捩，又曰撮。"⑤ 琴使用危柱，故琴又名危柱。危柱还用于瑟、筝等乐器，宋程公许《今日良宴会》："危柱瑟难和，急轸琴失按。"⑥ 元陈岩《渐渐水》："危柱抨抨

---

① 《元稹集》卷九，中华书局 1982 年，第 103 页。
② 清·钱谦益编：《列朝诗集》丙集卷十一（第七册），中华书局 2007 年，第 3497 页。
③ 清·严可均：《全晋文》卷一四四（下册），商务印书馆 1999 年，第 1568 页。
④ 唐·李善注：《文选·诗丁 道路忆山中》卷二十六（第三册），上海古籍出版社 1986 年，第 1249 页。
⑤ 明·田艺蘅：《留青日札》卷十九，上海古籍出版社 1992 年，第 353 页。
⑥ 宋·程公许：《沧洲尘缶编·五言古诗》卷四，文渊阁《四库全书》第 1176 册。台北：台湾商务印书馆 1986 年，第 925 页。

曳素丝,水声还解发天机。风来未定风还住,恍讶山中鼓瑟希。"① 宋黄庭坚《再作答徐天隐》:"危柱鸣哀筝,知音初见求。"② 明朱彝尊《将归留别粤中知已》:"请君膝上琴,弹我游子吟。哀弦激危柱,离思难为音。"③ 危柱的意思就是非常高的弦柱,《文献通考》记载了瑟的危柱高度:"全设二十五弦,弦一柱,崇二寸七分。"④ 二寸七分高的弦柱不可能是品柱,品柱一般都较为低矮,只比弦板略高一些就可以了。因而品柱又名为小柱,小柱不是严密的概念,大体而言小柱低矮。元马端临《文献通考》记载:"秦汉琵琶本出于胡人弦鼗之制,圆体修颈如琵琶,而小柱十有二。"⑤ 危柱是可以活动的弦柱,参差地分布于琴面⑥;品柱应当是有规律地镶嵌在乐器的固定区域。危柱与品柱的差异很大,一般不会将危柱当成品柱。

孙琼的《箜篌赋》比较难以理解:既然箜篌不用危柱,为何描写箜篌使用危柱呢?更奇怪的是李善注释琴的危柱时,使用的文献却是《箜篌赋》,琴与箜篌不是一种乐器,难道李善不明白吗?这不是难以看出的错误,可是同一错误又被明田艺蘅所继承。如果《箜篌赋》的描写是可靠的,那么意味着古坟壁画、陶俑的箜篌就不是箜篌,是其他乐器,可是同类乐器中除了箜篌之外,就没有其他乐器的可能性。那么是相信考古的陶俑、壁画,还是相信这篇《箜篌赋》呢?《箜篌赋》是晋朝的文献,比明陆承宪《碧云寺月出赠朱十六短歌》早得多,应当具有更高的可信度。

其实这个问题的答案就在《箜篌赋》之中,这篇《箜篌赋》描写的不是晋朝的箜篌,而是讲述了箜篌产生之初的历史。"考兹器之所起,实

---

① 元·陈岩:《九华诗集》,文渊阁《四库全书》第1189册。台北:台湾商务印书馆1986年,第692页。
② 宋·黄庭坚:《黄庭坚诗集注·山谷外集》卷十七(第四册),中华书局2003年,第1394页。
③ 明·朱彝尊:《曝书亭集》卷四,《清代诗文集汇编》第116册,上海古籍出版社2010年,第67页。
④ 元·马端临:《文献通考·乐考十》卷一百三十七(上册),中华书局1986年,第1214页。
⑤ 元·马端临:《文献通考·乐考十》卷一百三十七(上册),中华书局1986年,第1218页。然而小柱也可指筝的弦柱,张昱《湖上漫兴》:"蛱蝶画罗宫样扇,珊瑚小柱教坊筝。"(钱谦益辑:《列朝诗集·甲集前编第七之上·张员外昱(六十一首)》,中华书局2007年,第410页。)
⑥ 唐·孔庄《对私雇船渡人判》:"上洛飞湍,中桥施构。参差危柱,若星影之全开。"(《全唐文》卷八百四十八(第四册),上海古籍出版社1997年,第3949页)

侯氏之所营"一句清楚地说明所写的是创制之初的箜篌,是汉武帝时的乐人侯调、侯辉创制的箜篌瑟。按照《箜篌赋》的记载来看,最初箜篌使用的是危柱,而不是东汉、魏晋时期壁画、陶俑的箜篌那样使用品柱。这个说法值得考虑,根据《史记》"作二十五弦及箜篌瑟自此起"的记载,箜篌瑟是在二十五弦瑟的基础上有所改造而成,因而"箜篌瑟"应当是使用了危柱,这也是箜篌瑟归为瑟类乐器的原因,但半个世纪后箜篌瑟开始不用危柱,改用品柱,箜篌瑟就变成了箜篌。这就是《箜篌赋》的记载与出土文物的箜篌使用不同弦柱的原因,最早的品柱箜篌都是东汉晚期壁画和晋朝的陶俑、壁画。直到今天从未出土过危柱的"箜篌瑟",其原因是"箜篌瑟"存在的时间不是很长,只有五十年左右。另外即使有"箜篌瑟"出土,也只能认定为瑟或琴,不会认定为箜篌,这也是没有"箜篌瑟"出土的原因之一。

  品柱是卧箜篌的标志,那么卧箜篌的品柱来自何处呢?首先可以确定品柱不是始于卧箜篌,在卧箜篌之前就已经有了品柱,因而从箜篌瑟到卧箜篌的形制变化过程中,只要将已经存在的品柱用于卧箜篌就可以了。品柱的特征是固定不动,这种弦柱概念早在先秦时期就已经出现。胶柱是用于琴瑟的概念,所谓胶柱就是固定的弦柱。琴瑟的弦柱不能活动,就不能正常调音,因而谓之胶柱调瑟、胶柱鼓琴。胶柱调瑟出于《文子》:"老子曰:'执一世之法籍,以非传代之俗,譬犹胶柱调瑟。圣人者,应时权变,见形施宜,世异则事变,时移则俗易,论世立法,随时举事。上古之王,法度不同,非古相反也,时务异也。'"①胶柱鼓琴出于《史记》:"秦数挑战,廉颇不肯。赵王信秦之间。秦之间言曰:'秦之所恶,独畏马服君赵奢之子赵括为将耳。'赵王因以括为将,代廉颇。蔺相如曰:'王以名使括,若胶柱而鼓瑟耳。括徒能读其父书传,不知合变也。'赵王不听,遂将之。"②齐人学瑟的笑话讲的就是根据琴柱能否活动杜撰出来的故事:"齐人就赵人学瑟,因之先调胶柱而归。三年不成一曲,齐人怪之。有从赵来者,问其意,方知向人之愚。"③这个笑话初载于《笑林》,《笑林》已佚。《隋书·经籍志》记载《笑林》是中国最早的笑话

---

① 李定生、徐慧君校注:《文子要诠·道德》卷五,复旦大学出版社1988年,第109页。
② 汉·司马迁:《史记·廉颇蔺相如列传》卷八十一,中华书局1997年,第620页。
③ 宋·李昉等编:《太平广记·嗤鄙五 齐人学瑟》卷二六二(第六册),中华书局1961年,第2053页。

集，共三卷，东汉邯郸淳（?）撰（132—?）。胶柱的概念与品柱在观念上是相通的，但卧箜篌的品柱未必直接来自胶柱的观念，在卧箜篌使用品柱之前，已经有了使用品柱的乐器，具有代表性的乐器就是琵琶。

琵琶是使用品柱的代表性乐器之一，卧箜篌之前主要有秦琵琶和汉式琵琶。琵琶创始于秦朝，流行于汉代。

北朝石刻画中的秦琵琶[1]

日本正仓院的中国唐代曲项琵琶与琵琶拨子[2]

---

[1] 韩淑德、张之年：《中国琵琶史稿》，上海音乐学院出版社2013年，第9图。
[2] 韩淑德、张之年：《中国琵琶史稿》，上海音乐学院出版社2013年，第14、15图。

秦琵琶又名秦汉子，其形制与现今常见的琵琶不同，汉式琵琶的形制与秦琵琶类似。傅玄《琵琶赋序》是较早记载琵琶形制的文献："世本不载作者，闻之，故老云：汉遣乌孙公主嫁昆弥，念其行道思慕，使工人知音者，载琴、筝、筑、箜篌之属，作马上之乐。观其器中虚外实，天地象也。盘员柄直，阴阳叙也。柱有十二，配律吕也。四弦，法四时也。以方语目之，故云琵琶，取易传于外国也。杜挚以为嬴秦之末，盖苦长城之役，百姓弦鼗而鼓之。二者各有所据，以意断之，乌孙近焉。"① "柱有十二"是第一次记载琵琶的品柱，虽然没有使用品柱一词，但可以确定所说的柱就是指品柱。

在古代乐器形制的产生与发展过程之中，移用从其他乐器的形制是较为常见的现象。既然在卧箜篌之前，已经有琵琶之类的乐器使用了品柱，那么卧箜篌的品柱应当来自使用品柱的乐器。《旧唐书·志第九·音乐二》卷二十九记载："（箜篌）旧说亦依琴制。今按其形，似瑟而小，七弦，用拨弹之，如琵琶。"② 箜篌"如琵琶"的说法是值得注意的，箜篌与琵琶的外形差异极大，很难认为箜篌"如琵琶"。"如琵琶"一句所指的是"用拨弹之"，清代文人毕沅在《题仇十洲箜篌图四首·其三》中描写卧箜篌是用木拨弹奏的，这一点与《旧唐书》的记载相同："木拨轻笼蜀国弦，歌传昔昔怨师涓。升庵仙去风流绝，古器沦亡三百年。"③（杨升庵先生曾于蜀中得古箜篌一）杨升庵即明代三大才子之一的杨慎（1488—1559），字用修，号升庵，四川新都（今成都市新都区）人，祖籍庐陵。正德六年状元，曾任翰林院修撰等官。他兴趣广泛，善于诗文，亦喜词曲，还有不少论古考证之作。杨慎曾在四川得到一张古箜篌，就是用木拨来拨弹琴弦的。毕沅的诗歌没有具体写是哪种箜篌，

---

① 晋·傅玄：《琵琶赋序》，清·严可均辑：《全晋文》卷四十五，商务印书馆1999年，第460页。

② 后晋·刘昫等撰：《旧唐书·志第九·音乐二》卷二十九，中华书局1997年，第290页。

③ 清·毕沅：《灵岩山人诗集·青琐吟香集》卷十二，《续修四库全书》第1450册，上海古籍出版社2002年，第122页。毕沅这一组诗歌的其他诗歌如下："其一：拂地宫衣弱不胜，花深入夜醉懵腾。银镫倚阁春风暝，旧谱传来自李凭。其二：桑濮繁音大雅羞，哀丝脆竹遏云留。乱邦事事堪亡国，冤尔偏名空国侯。其四：哀怨无端蹙翠蛾，檐头皎月simmilar金波。分明一曲公无渡，泪落声声唤奈何。"这三首诗歌的内容也都是指向卧箜篌，李凭箜篌是卧箜篌，空国之侯创造的乐器也是卧箜篌。最后一首写的是《箜篌引》，毕沅认为《箜篌引》的箜篌是卧箜篌。

但从师涓的人名可以确定杨慎得到的应当是卧箜篌。《旧唐书》的记载迟于卧箜篌起始的年代太远,不能作为证明的依据,但这种可能性显然是存在的。在唐人看来琵琶是代表性的品柱乐器,《通典》记载:

一弦琴十有二柱,柱如琵琶。①

"柱如琵琶"的意思是一弦琴也装置了品柱,故有此喻。这里还隐含着卧箜篌形制起源的另一种可能性:卧箜篌的形制源于琴。卧箜篌改用品柱之后,音色与瑟、琴完全不同,品柱乐器一般来说音色短促清亮,比较有力,但不能持久,时值较长的音符需要不间断地弹奏同一音符来表现。使用危柱的琴或瑟弹奏的音符可以持久,不是必须不断弹奏同一音符来表现长时值的音符。从箜篌瑟到箜篌,音色发生了巨大变化,音乐表现力也会完全不同,因而可以认为这是革命性的变化。

---

① 唐·杜佑:《通典·乐四·琴》卷一百四十四(下册),中华书局1988年,第3678页。一弦琴是古琴的一种,其形制与卧箜篌相似。琴体大体也是长条形,形如古琴,以木制成。

一弦琴

(宋·陈旸:《乐书·乐图论》卷一百四十一,文渊阁《四库全书》第 221 册,台湾商务印书馆 2008 年,第 648 页)

这是《乐书》中的一弦琴,最令人注意的因素是弦柱,弦柱显然是固定不动的品柱,共有六个,确实是"柱如琵琶"。一弦琴的弦柱使用品柱,与一弦箜篌几乎没有区别,只是琴体外形有些不同,箜篌的琴体为长条状,没有曲线变化。如果以危柱与品柱作为判断的基准,那么一弦琴应当更近于一弦箜篌,应当称之为一弦箜篌,而不是称为一弦琴。从瑟、琴、箜篌的形制变化可以明白,古代乐器的形制不像现在这样固定不变,经常有所改变,一些乐器就是产生于这种改变之中。一弦琴与卧箜篌相似,表明卧箜篌有可能源于一弦琴。晋王嘉《拾遗记·殷汤》卷二:"师延者,殷之乐工也。设乐以来,世遵此职。至师延,精述阴阳,晓明象纬,终莫测其为人。世载辽远,而或出或隐。在轩辕之世,为司乐之官。及殷时,总修三皇五帝之乐。抚一弦之琴则地祇皆升,吹玉律则天神俱降。当轩辕之时,年已数百岁,听众国乐声,以审世代兴亡之兆。至夏末,抱乐器以奔殷。而纣淫于声色,乃拘师延于阴宫之内,欲极刑戮。"(《汉魏六朝笔记小说大观》,上海古籍出版社1999年,第505页)一弦琴的创制者是商朝的师延,没有必要认真对待此说,但可以明白卧箜篌与一弦琴的形制相似是事实,只是文献记载一弦琴的时间较为迟晚。晋葛洪《神仙传》卷六记载孙登善弹一弦琴:"孙登:字公和,汲郡人,无家属,于郡北山为土穴居之。好读《易》,抚一弦琴,性无恚怒,人或投诸水中,欲观其怒,登既出便大笑。"(中华书局2010年,第238页)现在无法证明一弦琴早于卧箜篌,因而也就无法认为卧箜篌源于一弦琴。

最后还剩下一个问题，玄琴是与卧空篌类似的古代韩国乐器，玄琴也使用品柱，这就存在将玄琴误认为卧箜篌的可能性。不过如果认为玄琴就是卧箜篌，就存在如下的问题：其一，玄琴也用品柱，但玄琴的品柱不是通柱，不是所有琴弦共享的，只有中间的三根琴弦共享品柱。这说明玄琴与卧箜篌还是存在着较大的不同。

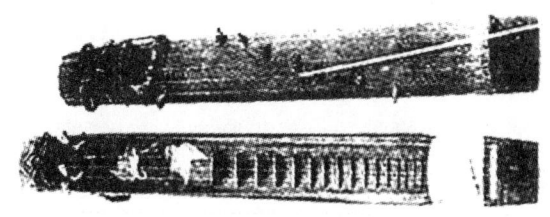

七弦琴与玄琴①

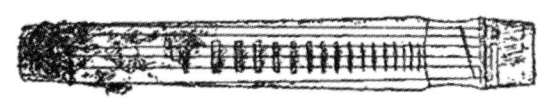

玄琴的摹本②

其二，玄琴的起始时间迟于辽阳棒台子古坟壁画卧箜篌的时间。金富轼《三国史记》记载了玄琴的渊源："新罗古记云：'初，晋人以七弦琴，送高句丽。丽人虽知其为乐器，而不知其声音及鼓之之法，购国人能识其音而鼓之者，厚赏。时第二相王山岳存其本样，颇改易其法制而造之，兼制一百余曲，以奏之。于时，玄鹤来舞，遂名玄鹤琴，后但云玄琴。'"③玄琴是在晋人所赠的七弦琴基础上改造而成的，起始时间不会早于晋朝，亦晚于《箜篌引》与卧箜篌的下限时间，因而古坟壁画的乐器不可能是玄琴。

玄琴的名称来源于玄鹤来舞的故事，汉代王充《论衡》："师旷不得已援琴鼓之，一奏有玄鹤二八从南方来，集于郭门之上危，再奏而列，

---

① 〔日〕岸边成雄：《唐代音乐的历史研究》续卷，大阪：和泉书院2005年，第412页。
② 〔日〕林谦三：《东亚乐器考》，第198页。
③ 〔韩〕金富轼：《三国史记·志一·乐》卷三十二，吉林文史出版社2003页，第408页。

三奏延颈而鸣，舒翼而舞音。中宫商之声，声彻于天。平公大悦，坐者皆喜。平公提觞而起，为师旷寿。"①《论衡·感虚篇》卷第五亦有记载，但没有记载演奏的是何种乐器。汉代应劭《风俗通义》记载了玄鹤来舞："谨按：《世本》：'宓羲作瑟。长八尺一寸，四十五弦。'《黄帝书》：'泰帝使素女鼓瑟而悲，帝禁不止，故破其瑟为二十五弦。'《春秋》：'师旷为晋平公奏清徵之音，有玄鹤二八，从南方来，进于廊门之危，再奏之而成列，三奏之则延颈舒翼而舞。音中宫商，声闻于天。平公大说，坐者皆喜。……'今瑟长五尺五寸，非正器也。"② 玄琴名称来源的文献早于玄琴产生的时间，也早于卧箜篌产生的时间，但名称来源的文献无助于提早玄琴的起始时间。在上述两条文献中师旷演奏的乐器不同，琴与瑟形制类似，故有混同的记载。伽耶琴与琴、瑟、箜篌类似，但伽耶琴与卧箜篌只是琴体皆为长条状而已，弦柱、弦数不同③，伽耶

---

① 汉·王充：《论衡·纪妖篇》第二十二，《诸子集成》第七册，中华书局1954年，第213页。
② 王利器校注：《风俗通义校注·声音第六·瑟》卷六，中华书局1981年，第286页。
③ 丁若镛曾经详细考辨了琴、瑟与伽耶琴的区别，以为主要区别在于大小和弦数："又加耶嘉悉王，制十二弦琴，至今流传。（金富轼《乐志》云：加耶国嘉实王，见唐之乐器，造加耶琴。乃命乐师省热县人于勒，造十二曲，以象十二月之律。后于勒以其国将乱，携乐器投新罗真兴王。王受之，安置国原。今忠州乃遣大奈麻注知阶、古大、舍万德，传其业。三人既传十二曲，约为五曲，奏之王前。王闻之大悦。谏臣献议：'加耶，亡国之音，不足取也。'王曰：'加耶王淫乱自灭，乐何罪乎？'遂行之，以为大乐。加耶琴有二调，一河临调，二嫩竹调，共一百八十五曲。于勒所制十二曲，一曰下加罗都，二曰上加罗都，三曰宝伎，四曰达己，五曰思勿，六曰勿慧，七曰下奇物，八曰师子伎，九曰居烈，十曰沙八兮，十一曰尔赦，十二曰上奇物。……《文献通考》曰：'弁韩国有瑟，其形如筑。弹之有音，曲与胡琴类。'见乐考。镛案：我邦琴瑟之可以得名者，唯有伽倻琴一种而已。马氏乃云：'弁韩国有瑟，其形如筑。则伽耶之为韩，岂不明甚。谓之瑟者，弦有十二，其形差大也。'"）（〔韩〕丁若镛：《与犹堂全书·地理集第二卷·疆域考·疆域考其二》第六集，影印标点《韩国文集丛刊》第286册，第252页）伽耶琴为亡国之音的说法与卧箜篌的空国之音说法相同，当源于卧箜篌的传说。〔韩〕李瀷《星湖全集·海东乐府·娘城曲》卷之七记载了伽耶琴，伽耶琴源于筝，而非源于琴、瑟："真兴王十二年，王如娘城，召见于勒及其弟子尼文于河临宫，令奏其乐。二人各制河临嫩竹二调奏之，调共一百八十五曲。先是伽倻国王嘉悉，法唐乐部筝而制十二弦琴，以象十二月，乃以诸国方言各异，声音难一。命乐师于勒造十二曲，后于勒等知国将乱，携乐器来投。王置之国原，王命法知、阶古、万德等学乐于于勒。于勒因其材教阶古以琴，法知以歌，万德以舞。业成奏之。王曰：'与前娘城无异。'乃厚赏焉。三人既传十二曲。相谓曰：'此乐繁淫不雅。'遂约为五曲。于勒始闻而怒，及听终叹曰：'乐而不流，哀而不悲，可谓正也已。'遂奏之，王大悦。谏者言伽倻亡国之音不足取也。王曰：'伽倻王淫乱自灭，于乐何有？盖圣人制乐，缘人情以为节。国之理乱，不由音调，遂用之，名其琴曰伽倻。伽倻琴十二弦，二弦柱柱声宛转。于勒师发天和，众籁齐鸣云倏卷。啾䗌冤鸟正愁绝，拂羽动角新声变。忆曾巡游访古乐，匀韶响彻河临殿。娘城旧谱忽倾耳，喜色春入君王面。歌喉舞袖各献巧，法酒共醉金宫宴。清如瓠巴临海动新操，波间鼓鼙鱼龙见。杳如缑岭仙子骑凤过，三清玉箫来风便。呜呼伽倻琴声不尽，至今乡乐东华遍。"（影印标点《韩国文集丛刊》第198册，第163页）伽耶

琴的产生时间更为迟晚,不可能将伽耶琴误为卧箜篌。

三、考古文物与文献记载的弦数:弦数的变化及其原因

考古发现的箜篌与文献记载的箜篌差异不只是在品柱与危柱,还在于弦数。很多古代文献记载卧箜篌为二十五弦,但没有一个考古发现的箜篌是二十五弦。这种巨大差异又是如何产生的呢?这种差异是从箜篌瑟到卧箜篌变化的结果,还是证明已经认定的箜篌其实是其他乐器呢?

先来看看考古发现的卧箜篌弦数,下面的表格是根据考古出土的壁画与乐俑编制的,都是被学术界认定为卧箜篌的出土文物。有一部分壁画的画面驳落不清,弦数无法辩识,但这并不妨碍卧箜篌基本弦数的判断。

卧箜篌的弦数与通品数表

地点	年代	弦数	通品
辽阳棒台子	东汉后期	不明	7
湖北鄂州	晋	不明	6
甘肃酒泉	晋	2	4
甘肃嘉峪关	晋	1	6
甘肃嘉峪关	晋	2	5、6
山西云冈石窟	北魏中期	不明	2
吉林集安(丸都城舞踏冢)	高句丽中后期	4	17
吉林集安(五盔坟)	高句丽中后期	3、4	12
吉林集安(17号古坟)	高句丽中后期	4	13
日本(法隆寺)	飞鸟时代	4	11
日本(体源抄)	室町时期(16世纪)	4	14

根据这个表格可以得出如下的结论:第一,卧箜篌的基本弦数是四弦,但弦数并非固定不变。四弦最多,此外还有一弦、两弦、三弦,还有的弦数不明。品柱的数量从2个到17个,多少不等。品柱的数量与音符的多少有关,但只有两个品柱的可能性不大,这应当是因为年代久远画面驳落,并不是只有两个品柱。① 如果只有两个品柱,也就只能构成

---

① 弹拨乐器的音符数量是由弦数与品柱的数量决定的,品柱太少,音域就会太窄。

一组五声音阶，难以满足音乐旋律的需要。

云冈石窟十二窟的竖箜篌与卧箜篌①

图中的竖箜篌与卧箜篌都是只有大体轮廓，看不清楚细部的构造。不过北魏（386—557）中期的时间范围与高句丽的箜篌时间比较接近，说明卧箜篌传播的时间比较迟晚，与《史记》记载的箜篌瑟没有直接的关系。

除了出土壁画之外，古代文献也记载了使用品柱之后的弦数，《旧唐书》记载：

（箜篌）旧说亦依琴制。今按其形，似瑟而小，七弦。②

唐代的卧箜篌为七弦，从东汉到 6 世纪之前壁画与陶俑中的卧箜篌没有七弦，但这并不能证明《旧唐书》的记载不可靠。卧箜篌本来弦数不定，七弦与四弦数量较近，唐代使用七弦也应当是事实。

第二，卧箜篌的弦数不会有二十五弦，超过十弦的可能性也不大。卧箜篌弦数不多是由品柱的性质决定的，一柱可以多弦，也可以一两根弦。品柱与弦数共同决定卧箜篌音域的广狭，四弦就能够有三组以上的音阶，三组音阶就可以演奏一般的乐曲，甚至可以演奏比较复杂的乐曲。既然可以演奏比较复杂的乐曲，就不需要配数十条琴弦。改用品柱之后的卧箜篌形制构造决定了不可能有二十五弦，这是东汉以来陶俑、

---

① 云冈石窟研究院编：《云冈石窟》，文物出版社 2008 年，第 81 页。
② 后晋·刘昫等撰：《旧唐书·志第九·音乐二》卷二十九，中华书局 1997 年，第 290 页。

壁画的卧箜篌没有太多弦数的原因。活动弦柱是一弦一柱一音,因而箜篌瑟不可能只有四弦,四弦只有四音,连一组音阶都不够,难以完成一般乐歌。为了扩大音域,只能增加琴弦。配置二十五弦,就有二十五音,就具备了较为完整的音乐表现力。装置品柱的琵琶、月琴等也多是四弦、五弦或六弦,西洋乐器吉他也是六弦。有的壁画中的卧箜篌弦数不清,但是按照乐器构造的一般原理可以推知弦数的大体范围,即使无法确认具体弦数,也可以明白不可能有二十五弦。卧箜篌弦数的巨大变化,证明从箜篌瑟危柱到卧箜篌品柱的形制变化是事实,并不是虚构。

既然卧箜篌不再是二十五弦,为何古代文人不断描写二十五弦箜篌?这种文献记载与考古箜篌之间的巨大差异又是如何产生的?从林谦三开始只关注考古文物,不大关注文献记载与考古文物的差异,也就无法解决这个问题。实际上林谦三等学者根本就没有把文献记载与考古文物的差异作为需要研究的问题,但这个问题显然是存在的,不能视而不见。为此有必要调查后世文人描写的二十五弦箜篌,下面来看看唐代描写二十五弦的诗文。唐代拟乐府《箜篌引》有时会描写箜篌,因而不应遗漏此类文献。

唐温庭筠《公无渡河》

二十五弦何太哀,请公无渡立徘徊。①

此诗的二十五弦当是卧箜篌的弦数,不是瑟的弦数,温庭筠既然写的是《公无渡河》,就绝无指瑟的理由。然而温庭筠描写的不是唐代的卧箜篌,而是使用了典故。瑟五十弦破为二十五弦为箜篌的传说,早已成为典故。"二十五弦何太哀"的意思就是五十弦太悲,故减半为二十五弦,这个典故与《箜篌引》本事的故事情感完全吻合,温庭筠将两个典故合在一起。根据这一描写认定唐代卧箜篌二十五弦,必然是错误的看法。

温庭筠的《公无渡河(拂舞词)》另有一种文本:"黄河怒浪连天来,大响伀伀如殷雷。龙伯驱风不敢上,百川喷雪高崔嵬。二十三弦

---

① 宋·郭茂倩编:《乐府诗集》卷第二十六(第二册),中华书局1979年,第379页。

何太哀,请公勿渡立徘徊。下有狂蛟锯为尾,裂帆截棹磨霜齿。"①"二十三弦何太哀"的另一种文本"二十五弦何太哀"前文已经引用,形成两种文本有其深刻的原因,并非出于版本之误。这种文本的不同来自于卧箜篌与竖箜篌的差异,"二十五弦何太哀"是在用典,"二十三弦何太哀"是用竖箜篌来弹奏《箜篌引》,仍唱二十五弦显然不合适,于是诗句就改为二十三弦。这就是说唐代的《箜篌引》不是只用卧箜篌,有时也用竖箜篌,这一变化就是体现在温庭筠同一诗歌的不同文本。

竖箜篌、卧箜篌与瑟都有二十三弦、二十五弦的记载,因而很容易引起混乱。且看此句的注释:"嗣立案:《周礼乐器图》:雅瑟二十三弦,颂瑟二十五弦。《吕氏春秋》:朱襄氏作五弦瑟,以采阴气,以定群生。瞽叟乃拌五弦为十五弦之瑟,命之曰大章。舜立,乃益八弦为二十三弦之瑟。《高氏小史》:太昊作二十五弦箜篌。《汉书·郊祀志》:泰帝使素女鼓五十弦瑟,悲,帝禁不止,故破其瑟为二十五弦。"②注者将卧箜篌、瑟与竖箜篌混为一谈,这种混乱并不限于一两个人,很多文献都存在同样的问题。如果不细致研究,必然会认为唐代仍然存在二十五弦或二十三弦的卧箜篌。

唐代诗文描写的箜篌并不都是用典,也有写实的诗文。李贺的《李凭箜篌引》、顾况的《李供奉弹箜篌歌》以及杨巨源的《听李凭弹箜篌》,是描写唐代乐人李凭弹箜篌的诗歌。李供奉即李凭,是唐宪宗时期的宫廷乐师,因善弹箜篌,名噪一时。三首诗歌不是凭空想象李凭弹箜篌,诗歌中描写的箜篌也应当是李凭实际弹奏的箜篌。李贺《李凭箜篌引》:"吴丝蜀桐张高秋,空山凝云颓不流。江娥啼竹素女愁,李凭中国弹箜篌。昆山玉碎凤凰叫,芙蓉泣露香兰笑。十二门前融冷光,二十三丝动紫皇。"③"二十三弦动紫皇"是指箜篌有二十三弦,据此一般认为李凭弹的是竖箜篌。宋吴子正以为:"杜佑《通典》云:胡乐有竖箜篌,汉灵帝好之,体曲而长,二十三丝,抱于怀中,用两手齐擘,俗谓之擘

---

① 清·曾益笺注:《温飞卿诗集笺注》卷第一,上海古籍出版社1980年,第17页。
② 清·曾益笺注:《温飞卿诗集笺注》卷第一,上海古籍出版社1980年,第17页。
③ 吴企明笺注:《李长吉歌诗编年笺注·李凭箜篌引》,中华书局2012年,第330页。

箜篌。"① 二十三弦是竖箜篌的弦数，也是凤首箜篌的弦数，元张翥《周昉按乐图》："美人按乐春昼长，绿鬟翠袖双鸣珰。玉箫高吹银管笛，二十三弦啼凤凰。后来知是调筝手，窈窕傍听曾误否。梁州徧彻六幺翻，此曲惟应天上有。"② 竖箜篌与凤首箜篌构造完全相同，只是头部稍异。顾况的《李供奉弹箜篌歌》写的也是李凭弹的箜篌，这首诗歌也可以证明李凭弹的是竖箜篌，而不是卧箜篌。顾况以大弦与小弦描写了李凭的箜篌："大弦似秋雁，联联度陇关；小弦似春燕，喃喃向人语。"③ 很多注家以为大弦就是粗弦，小弦就是细弦，但实际上大弦是长弦，小弦是短弦："大弦长，小弦短，小弦紧快大弦缓。"④ 显然大弦小弦的区别不是粗细，而是长短。卧箜篌的琴弦都是一样长，并无长短之别。竖箜篌是由长短不齐的琴弦组成，可以证明李凭所弹的是竖箜篌，而不是卧箜篌。

宋元时期也有箜篌弦数的记载，宋孟元老的《东京梦华录》记载了皇宫为皇帝祝寿的盛大仪式，其中描写了各类乐器的形态与位置："次列箜篌两座，箜篌高三尺许，形如半边木梳，墨漆镂花金装画。下有台座，张二十五弦，一人跪而交擘之。"⑤ 箜篌两座当是竖箜篌，因为形如半边木梳。跪而交擘的当是瑟，而非卧箜篌。宋代《事类备要》记载箜篌二十五弦，元代《韵府群玉》记载："箜篌：二十五弦，汉武命侯晖造，因姓及声。坎坎应节，故名坎侯，今讹为箜篌。"⑥《韵府群玉》记载的二十五弦箜篌，显然不是记录元代的箜篌弦数而是记录汉武帝时的箜篌瑟弦数，因而同样不能作为卧箜篌二十五弦的证据。

明清时期也有一些文献记载箜篌二十五弦或二十三弦，但这些记载

---

① 宋·吴正子注、刘辰翁评：《笺注评点李长吉歌诗》卷一，文渊阁《四库全书》第1078册，台北：台湾商务印书馆1986年，第485页。不过《旧唐书》记载竖箜篌是二十二弦，并非二十三弦："竖箜篌，胡乐也。汉灵帝好之。体曲而长，二十有二弦，竖抱于怀，用两手齐奏，俗谓之擘箜篌。"（后晋·刘昫等撰：《旧唐书·志第九》卷二十九，中华书局1997年，第290页）竖箜篌的弦数也有多种，并非只有二十三弦一种。

② 元·张翥：《蜕庵集》，清·顾嗣立编：《元诗选》卷三十八（第二册），中华书局1987年，第1343—1344页。

③ 王启兴、张虹注：《顾况诗注》，上海古籍出版社1994年，第130页。

④ 王启兴、张虹注：《顾况诗注》，上海古籍出版社1994年，第130页。

⑤ 宋·孟元老：《东京梦华录·宰执亲王宗室百官入内上寿》卷九，中华书局1982年，第220页。

⑥ 元·阴劲弦、阴复春编：《韵府群玉·下平声》卷八，文渊阁《四库全书》第951册，台湾商务印书馆2008年，第311页。

同样不能作为卧箜篌二十五弦的证据。明代彭大翼《山堂郁考》记录的是汉武帝时的箜篌瑟："箜篌：吴竞解题：汉武帝祠太乙、后土，令乐人侯调依琴作坎侯……其制二十有四弦，一曰有二十五弦。"① 明杨慎将箜篌瑟与竖箜篌混为一谈："空侯：《乐书》云：师延为空国之侯所制，其字正当作空侯，今作箜篌加竹，赘矣。其器丝木二物，与竹了无相干也。大乐部空侯二十三弦，在乐器中最大且高。"②"空国之侯"的箜篌是箜篌瑟，"最大且高"的箜篌是竖箜篌，箜篌瑟不可能是最高的乐器，只有竖箜篌是高的乐器。杨慎不知道两种乐器虽然都名为箜篌，但形制完全不同。明代卧箜篌已经失传，混同两种箜篌毫不奇怪。明代诗人的《箜篌引》也写到了二十五弦：

> **明姚绶《箜篌引》**
> 二十五弦能应节，清怨不胜弹夜月。
> 惊鸿落雁隔潇湘，请君莫教声咽切。
> ……③

> **明高启《空侯引》**
> 二十五弦弹且歌，公今渡河将奈何！④

二十五弦所指的乐器应当就是箜篌瑟，"应节"二字源于《史记》记载的坎坎应节，表明此诗写的是箜篌瑟。高启的诗歌是按照《箜篌引》本事来写的，二十五弦当指箜篌瑟。明袁宏道《长安有狭斜行》："二十五弦弹箜篌，猩红衫子葡萄绌。"⑤ 清赵希璜《木兰川》："明月榭，燕子楼，二十五弦弹箜篌。"⑥ 袁宏道与赵希璜的"二十五弦弹箜

---

① 明·彭大翼：《山堂肆考·音乐》卷一百六十二，文渊阁《四库全书》第 977 册，台湾商务印书馆 2008 年，第 295 页。
② 清·陈元龙：《格致镜原·乐器类二·箜篌》卷四十六（上册），江苏广陵古籍刻印社 1989 年影印本，第 523 页。
③ 明·姚绶：《穀庵集选》卷二，台湾学生书局 1973 年，第 84 页。
④ 《高青丘集》卷一，上海古籍出版社 1985 年，第 14 页。
⑤ 清·钱谦益辑：《列朝诗集·丁集第十二·袁稽勋宏道（八十七首）》第十册，中华书局 2007 年，第 5324 页。
⑥ 清·赵希璜：《四百三十二峰草堂诗钞》卷三，《续修四库全书》第 1471 册，上海古籍出版社 2002 年，第 599 页。

箜"并非实写眼前的景象,写的也是典故。明朱谏释李白的《箜篌引》:"被发之叟,即子高所见狂夫也。……箜篌,乐器也,其状如瑟,二十五弦或二十四弦。汉武帝命侯晖造,或曰侯调,因姓,及声坎坎应节,故名坎侯,今讹为箜篌。"① 明清时期的诗文是依据《史记》等文献来写的,对于箜篌其物没有深入的了解,难于作为卧箜篌二十五弦的文献依据。

考古文物的箜篌与文献记载的箜篌无法相合,并不能证明《史记》等文献的记载是错误的,也不能表明当今学者认定的考古文物卧箜篌是错误的,二者的巨大差异是来自于箜篌瑟到卧箜篌的形制变化。二十五弦箜篌瑟是卧箜篌的最初形态,数十年之后箜篌瑟随着改用品柱,也就不再使用二十五弦,而是多用四弦。但四弦形制也没有固定,时常有所改变。这就是文献记载与考古文物的弦数不能相合的原因,由此可以明白箜篌瑟与箜篌不只是乐器名称的变化,其中也包含了乐器形制的变化。箜篌瑟名称出现的时间早于卧箜篌的形制,然而历代文献只关注最初的记载,并不关心箜篌形制后来发生的变化,这样必然造成文献记载与陶俑、壁画的箜篌不能对应。《箜篌赋》是晋朝的文献,与晋朝古坟出土的陶俑、壁画不能相合。《箜篌赋》记载的不是晋朝的卧箜篌,而是汉武帝时的箜篌瑟,这样文献记载与出土文物必然不合。根据上述研究可以明白,古代诗文与当今学界有一个常见的缺陷:古代文人只喜欢用最初的记载,没有关心最初记载之后发生的变化。当今学者使用文献时也是一味地重视初载文献,并不关注后来的变化,其结果就无法明白考古文物与文献记载的不同,由此带来的混乱不一而足。

四、卧箜篌的材料、技巧与《箜篌引》生成时间的最终结论

卧箜篌与瑟的渊源关系不只是体现在乐器形制方面,还体现在制作材料以及演奏姿势。

第一,卧箜篌的制作材料与瑟、琴的材料。

由于没有出土卧箜篌实物,仅靠壁画与乐俑,无法知道制造卧箜篌的材料。不过诗文记载了卧箜篌的材料,一般来说卧箜篌是以桐木制成的,晋孙琼《箜篌赋》:

---

① 明·朱谏选注:《李诗选注》卷二,《续修四库全书》第 1305 册,上海古籍出版社 2002 年,第 558 页。

尔乃陟九崚之增岩，晞承温之朝日。剖峄阳之孤桐，伐楚宫之椅漆。征班输之造器，命伶伦而调律。浮音穆以遐畅，沈响幽而若绝。乐操则寒条早荣，哀曼则晨华朝灭。①

峄阳孤桐典出《尚书·禹贡》，据说山东邹县峄山南面多桐树，是用来制作琴瑟的上等材料。《箜篌赋》是用典，但也不只是用典，箜篌确实是以桐木为材料。唐代阙名《箜篌赋（以"奇弄已阙"为韵)》也有相似的记载："山有梧兮猗猗，乍云郁而风披，岂雅琴之独得，谅箜篌之可为。操斧者取则不远，度木者形之又奇。篌以姓而得，箜以坎为知，考宫商于制氏，穷巧妙于般倕。……叹彼狂且，公莫渡兮宛其死。苟哀乐之能变，可谓感人情之不已。且礼则常履，乐焉可阙？礼处身而不至，乐因心而乃发。惟宏雅焉铿锵，守之不变，岂桑间与濮上，而能乱越？恨牙琴之不知，奚由瑟之自伐。"② 此赋与孙琼的《箜篌赋》类似，几乎全篇用典，梧桐、侯调制造箜篌、狂夫渡河本事都纳入赋中。两篇《箜篌赋》都写箜篌以桐木为制作材料，其实琴、瑟的制作材料主要也是梧桐。如果箜篌最初源于瑟或琴，那么应当使用相同的制作材料。唐代《箜篌赋》的"岂雅琴之独得，谅箜篌之可为"一句，已经表明了箜篌的制作材料与琴的制作材料的渊源关系。这一点可以在历史文献中得到证明，《文献通考》记载：

> 姜夔定瑟之制，桐为背，梓为腹，长九尺九寸，首尾各九寸，隐间八尺一寸，广尺有八寸，岳崇寸有八分。中施九梁，皆象黄锺之数。梁下相连，使其声冲融。首尾之下为两穴，使其声条达。是传所谓大瑟达越也。四隅刻云以缘其武，象其出于云和。漆其壁与首尾腹，取椅桐梓漆之全。③

宋代姜夔记载的制瑟规则是以桐木为背，以梓木产为腹。以桐木为材料是承绪了先秦以来的传统，并不是姜夔的别出心裁，这一传统足以

---

① 清·严可均：《全晋文》卷一四四（下册），商务印书馆1999年，第1568页。
② 唐·阙名：《箜篌赋（以"奇弄已阙"为韵)》，清·董诰等编：《全唐文》卷九五八（第五册），上海古籍出版社1990年，第4411页。
③ 元·马端临：《文献通考·乐考十》卷一三七（上册），中华书局1986年，第1214页。

证明箜篌在改造瑟的过程中继承了以梧桐为材料的传统。

造瑟并非只能用桐木,还可以用槐木和桑木。《通典》记载:"《易通卦验》曰:人君冬至日,使八能之士,鼓黄钟之瑟,瑟用槐木,长八尺一寸;夏至日,瑟用桑木,长五尺七寸(槐取气上也,桑取气下也。)"① 但槐木与桑木不如梧桐的音色优美,桐木的硬度比较适合,音色优美,易于传声。《文献通考》:"《易通》:冬日至,鼓黄锺之瑟,用槐八尺一寸;夏日至,用桑五尺七寸。'是不知美檟槐桑之木,其中实而不虚,不若桐之能发金石之声也。昔仲尼不见孺悲,鼓瑟而拒之;赵王使人于楚,鼓瑟而遣之。"② 正因为桐木是制造乐器的上等材料,其他乐器也会使用桐木。梁吴均《行路难·其一》:"洞庭水上一株桐,经霜触浪困严风。昔时抽心曜白日,今旦卧死黄沙中。洛阳名工见咨嗟,一剪一刻作琵琶。白璧规心学明月,珊瑚映面作风花。帝王见赏不见忘,提携把握登建章。掩抑摧藏张女弹,殷勤促柱楚明光。年年月月对君子,遥遥夜夜宿未央。"③ 直到今天桐木依然是制造乐器的绝佳材料,制作琵琶用桐木④,琴、瑟也用桐木。既然琴、瑟与箜篌存在渊源关系,创制卧箜篌就没有理由选择其他的材料。

最后还需要指出的是孙琼《箜篌赋》记载箜篌使用"楚宫之椅漆","楚宫之椅漆"就是楚漆⑤。漆树主要产于湖北、湖南西部和四川东部、河南与陕西南部。楚地潮湿,寿命大大缩短,因而家具都要涂漆保护,使楚漆技术得到了发展。战国以来琴瑟之漆多是楚漆,因而箜篌也传承了琴、瑟使用楚漆的传统与技术。

第二,演奏的姿势。

---

① 唐·杜佑:《通典·乐四·丝五》卷一四四(下册),中华书局1988年,第3678页。
② 元·马端临:《文献通考·乐考十》卷一三七(上册),中华书局1986年,第1211页。
③ 逯钦立辑校:《先秦汉魏晋南北朝诗·梁诗卷十》(中册),中华书局1983年,第1727页。
④ "琵琶的面板都是用梧桐木制造的。梧桐树分布较广,在我国河南、河北、安徽、江苏、浙江、福建和江西等地都有生长。从清代、明初制造的琵琶来看,面板大多采用福建、浙江的桐木制作。新中国成立以后,通过用各地桐材进行试制和对比,确认以河南省兰考、开封等地产的'泡桐'(又叫'沙桐')为最好。它的优点是:木质较松,木纹较顺直,传声迅速。经验告诉我们,一只琵琶的面板最好取材于较粗大的原木的近根部与中部,年轮之间的宽度宜于控制在1.5公分左右。当然在选择木纹宽窄的同时,还须注意木质的松硬度,使两者配合得当。"(高占春、林石城:《琵琶制作》,《乐器》1981年第12期)
⑤ 参见桂俊荣:《楚漆器文化艺术特质研究》,中国社会科学出版社2011年。

斜抱筌篌是演奏卧筌篌的基本特征，唐代诗人权德舆的《秋闺月》描写了斜抱筌篌的美人：

露浓香迳和愁坐，风动罗帏照独眠。
初卷珠帘看不足，斜抱筌篌未成曲。
稍映妆篝临绮窗，遥知不语泪双双。①

斜抱筌篌未能成曲，这是在描写美人之美，也是在描写卧筌篌的基本演奏姿势。明代卧筌篌已经失传，但斜抱筌篌的常识并没有失传，王九思《无题》："寂寞西风翡翠楼，黄昏斜抱玉筌篌。彩鸾影逐秦箫断，红叶心随御水流。"②斜抱筌篌的姿势常见于古坟出土的壁画与乐俑，诗文的描写与壁画、乐俑的形态完全相合。

嘉峪关魏晋墓弹卧筌篌砖画③

弹奏卧筌篌并非只有斜抱筌篌的姿势，也可以平放在腿上。平放和斜抱似与卧筌篌的大小有关，大的卧筌篌斜抱，小的卧筌篌平放。除了日本法隆寺的奏筌篌画之外，其他的壁画与乐俑斜抱的方向都是一致的。

斜抱的姿势也多见于瑟，这说明瑟与卧筌篌的演奏姿势相同。下面是汉代的石画像，这是由竽、排箫、瑟、笛组成的乐队，演奏者把瑟斜搭在腿上，也是从右向左斜搭的。

---

① 清·曹寅编：《全唐诗·权德舆》卷三二八（第五册），中华书局1999年，第3675页。
② 清·钱谦益编：《列朝诗集》丙集卷十一（第七册），中华书局2007年，第3497页。
③ 刘东升：《中国音乐史图鉴》，人民音乐出版社2008年修订版，第87页。

山东南武阳汉乐舞、杂技画像石及摹本①

这个石画像的画面并不清楚,不知如何将画中的乐器断定为瑟。筝与琴瑟类似,筝与卧箜篌也是相似的。南朝宋人王义庆《箜篌赋》:"侯牵化而始造,鲁幸奇而后珍,名启端于雅引,器荷重于吴君。等齐歌以无警,似秦筝而非群。"②在王义庆的眼中,卧箜篌与秦筝相似,但又不同于秦筝。

酒泉丁家闸晋墓乐舞壁画③

---

① 刘东升:《中国音乐史图鉴》,人民音乐出版社2008年修订版,第74、75页。
② 清·严可均辑:《全宋文》卷十一,商务印书馆1999年,第98页。
③ 刘东升:《中国音乐史图鉴》,人民音乐出版社2008年修订版,第53页。

丁家闸五号壁画墓位于酒泉市肃州区西北八公里的戈壁滩，距今约1600年，即东晋时期。丁家闸五号墓壁画保存基本完好，为研究音乐史提供了珍贵的资料。前室壁画环绕，后室西壁绘画略显简约。上图中右起第一个人是在演奏筝，但也有学者以为是卧箜篌①。画中的乐器到底是筝还是卧箜篌，抑或是瑟，这个问题恐怕难以解决，主要因为画面不够清晰，再加上这几种乐器的演奏姿势也基本相似，就必然会出现此类的争议。

横置箜篌也是常见的姿势，嘉峪关壁画的卧箜篌演奏就是这种姿势。横置也是演奏瑟、琴的常见姿势，下面是演奏瑟、琴的乐俑。

咸阳平陵十六国墓乐俑②　　　　　　　汉抚琴俑③

这个乐队从左向右分别是小鼓、阮、瑟、竖吹乐器，瑟是平放在腿上演奏，而不是斜搭在腿上演奏的，汉抚琴俑的演奏姿势也是相似的。

前文主要是从作者、人名、地名和箜篌等四条线索展开了调查，四条线索之间看起来没有关系，枝蔓丛生，混乱无序。其实四条线索之间存在着内在关系，因而必须展开细致的调查，否则任何一个小小的疏漏，都可能导致错误的结论。从每一条线索得到的信息多少不等，但每一条线索的信息都不完整，不足以解决《箜篌引》生成时间的问题。综合四条线索的调查结果，可以明白从四条线索得到的信息彼此没有矛盾，可以互相印证，因而能够得到最终的结论：

---

① 吴礽骧：《酒泉丁家闸五号墓壁画内容考释》（《敦煌学辑刊》1983年第6期）、张宝玺编：《嘉峪关酒泉魏晋十六国墓壁画》（甘肃美术出版社2001年）等均以为是卧箜篌。
② 刘东升：《中国音乐史图鉴》，人民音乐出版社2008年修订版，第47页。
③ 刘东升：《中国音乐史图鉴》，人民音乐出版社2008年修订版，第79页。

第一，箜篌形制的研究证明卧箜篌形制形成的下限时间是公元 3 世纪，上限时间还需要研究。箜篌瑟与卧箜篌的形制不同，这一变化只能发生在公元前 111 年到公元 3 世纪之间。学术界一般以为卧箜篌的起始时间是公元前 111 年之前，箜篌瑟或箜篌琴瑟的名称始于汉武帝时期，但这个时期箜篌瑟的形制与卧箜篌存在着根本性的差异，不宜将公元前 111 年作为卧箜篌的下限时间，因为卧箜篌的形制变化不可能产生于箜篌瑟最初起始的阶段，只能发生于箜篌瑟后来的发展过程之中。在这里值得注意的一个文献是西汉史游编写的《急就篇》，在中国历史上第一次使用了箜篌的乐器名称，《急就篇》记载：

竽、瑟、空侯、琴、筑、筝。①

自从《急就篇》使用箜篌名称之后，箜篌瑟的名称再也没有被使用过。《汉书》使用箜篌瑟的名称是因为转录了《史记》的记载，不能作为《急就篇》之后使用箜篌瑟名词之例。除了《急就篇》之外，汉代文献使用箜篌名称的用例不多，只有四五例，见于《风俗通义》、《释名》以及《琴操》等文献，本书引用了所有的用例。东汉末应劭（约 153—196）的《风俗通义·声音第六》记载："谨按：《汉书》：'孝武皇帝赛南越，祷祠太乙后土，始用乐人，侯调依琴作坎坎之乐，言其坎坎应节奏也。侯以姓冠章耳。'或说：空侯取其空中，琴瑟皆空，何独坎侯耶？斯论是也。诗云'坎坎鼓我'，是其文也。"② 刘熙（生卒年不详，约生于 160 年左右）《释名》卷第七也有类似的记载："箜篌，此师延所作，靡靡之乐也，后出于桑间濮上之地，盖空国之侯所存也。师涓为晋平公鼓焉，郑卫分其地而有之，遂号郑卫之音，谓之淫乐也。"③《后汉书》不是汉代撰写的史书，但也使用了箜篌的名称："单于前言先帝时所赐呼韩邪竽、瑟、空侯皆败，愿复裁赐。念单于国尚未安，方厉武节，以战

---

① 汉·史游撰、唐·颜师古注：《急就篇》卷三，丛书集成初编，上海商务印书馆 1936 年，第 195 页。《急就篇》的注释以为箜篌是马上弹奏的乐器："空侯，马上所弹也。一名坎侯琴，神农所作也，长三尺六寸六分五，弦曰宫、商、角、徵、羽。"此说不确，当是将竖箜篌误为卧箜篌。

② 汉·应劭撰、王利器校注：《风俗通义校注·声音第六》，中华书局 1981 年，第 297 页。

③ 汉·刘熙撰、清·毕沅疏证、王先谦补：《释名疏证补·释乐器第二十二》卷第七，中华书局 2008 年，第 227—228 页。

攻为务,竽瑟之用不如良弓利剑,故未以赏。"① 《风俗通义》与《释名》虽然使用了箜篌一词,但记载的是箜篌瑟,而不是卧箜篌。这似乎表明箜篌与箜篌瑟之间并无形制的不同,但是考古文物已经证明箜篌瑟与卧箜篌的形制不同是事实。乐器名称与实物之间失去了对应关系,其原因是二书只是记载与箜篌有关的最初文献,后来的形制变化完全没有成为记录的对象,因而形制的变化完全没有留下痕迹。《风俗通义》与《释名》均为东汉末期的文献,与出土壁画的时间也大体相合。据此可以认为箜篌瑟的形制开始变化的时间不会太早,东汉时期开始发生了形制变化的可能性较大。上限时间最多追溯到《急就篇》,《急就篇》撰写于西汉元帝时期(公元前48—公元前33),公元前48年应当是卧箜篌形制形成的上限时间。这意味着卧箜篌形制变化的时间范围是公元前48年到公元3世纪。《急就篇》的"空侯"一词成为固定名称,不再像箜篌瑟那样只是早期的临时性名称。据此来看《急就篇》"空侯"的固定名称中,应当包含了卧箜篌形制的变化。

第二,根据卧箜篌的出现时间来看,《箜篌引》不是生成于卫满朝鲜时期,应当生成于乐浪郡时期。卫满朝鲜(公元前195—公元前108)有一段时间与汉武帝在位时期(在位公元前141—公元前87)重合,汉武帝在公元前109年起兵征伐卫满朝鲜,公元前108年灭了卫满朝鲜。卧箜篌生成的上限时间是在公元前48年,因而卧箜篌不是在汉武帝时代传入朝鲜半岛的,应当是在公元前48年之后,甚至是东汉时期才传入朝鲜半岛,卧箜篌从形成再到传入朝鲜半岛总是需要一定的时间。乐浪郡(公元前108—公元313)一直到4世纪初才灭亡,《箜篌引》的下限时间是《琴操》成书的东汉末期3世纪。从公元前48年到3世纪之前的时间范围只能是乐浪郡,不可能是卫满朝鲜,因而《箜篌引》是乐浪郡时期生成的歌谣,不是卫满朝鲜时期的歌谣,也不可能是古朝鲜的歌谣。因而《箜篌引》不可能是现存的韩国文学的第一诗歌,《黄鸟歌》比《箜篌引》早了至少一百多年。

第三,《箜篌引》的生成时间范围证明《琴操》比《古今注》更为可靠。霍里子高当为驻守乐浪郡朝鲜津的汉朝兵卒,而非卫满朝鲜驻守朝鲜津的当地汉人兵卒。《琴操》记载的霍里子高没有妻子,这一状态

---

① 宋·范晔撰、唐·李贤等注:《后汉书·南匈奴列传第七十九》卷八十九,中华书局1997年,第762页。

与乐浪郡驻守边关的汉朝兵卒的身份完全吻合，也与前文根据《琴操》和《古今注》的版本考察得出的看法吻合。丽玉、丽容是《箜篌引》本事衍生因素的看法是正确的，既然是虚构人物，就更不可能是《箜篌引》的作者。研究《箜篌引》当以《琴操》为底本，《古今注》是开始传说化的文本，不宜作为底本。《古今注》记载的本事无法与乐浪郡汉朝兵卒的身份相合，一个底层兵卒携带妻室驻守边关是不可理解的，即使是较高级别的军官，也不大可能带着妻子驻守边塞。不少文人感到霍里子高身份过于低微，就将津卒改为津吏，白居易的《白孔六帖》就是如此，清毛奇龄《东城》："东城初跃紫骅骝，万里亲随博望侯。赤羽自传光禄塞，红妆新下绿珠楼。春还海雁天南尽，日照黄河水北流。寂寞朝鲜津吏妇，长联裙带学箜篌。"① 李氏朝鲜的申景浚有"津吏之妻"的说法，柳得恭《都怀古诗·卫满朝鲜平壤府》有"不及当年津吏妇"的诗句。然而津卒与津吏只是小异，不能彻底改变霍里子高的身份。

根据卧箜篌的形制变化时间，可以明白《箜篌引》当是生成于乐浪郡。不过霍里子高是汉朝人还是乐浪郡的当地汉人的问题，仍然不能仅仅依据《箜篌引》形成于乐浪郡的时间做出判断，因为乐浪郡有当地的汉人，也有汉朝派驻的军队。这个问题关系到《箜篌引》本事真伪的问题，也关系到《琴操》与《古今注》两种版本的可靠性问题，因而不能不继续研究。《汉书·地理志》记载乐浪郡的建制与人口构成："乐浪郡：武帝元封三年开，户六万二千八百一十二，口四十万六千七百四十八。县二十五：朝鲜，讲邯，浿水……"②《汉书》记载乐浪郡有25个县，乐浪郡的人口为40多万，朝鲜县排在第一位，这些人口不可能都是汉人，也不可能都是朝鲜人，应当是汉人与朝鲜人以及其他民族杂居。《三国志·魏志三十·乌丸鲜卑东夷传》卷三十记载辰韩右渠帅廉斯鑡为汉人，他遇到了户来，根据户来讲的语言知道户来是汉人，就决定率领1000名汉人一起投奔乐浪郡。乐浪郡究竟有多少是汉人，现在无法考知，但一次投奔乐浪郡的汉人就有1000人，说明乐浪郡的汉人数量不会太少。

---

① 清·毛奇龄：《西河集·七言律诗》卷一百七十四，文渊阁《四库全书》第1321册。台北：台湾商务印书馆1986年，第788页。
② 汉·班固撰、唐·颜师古注：《汉书·地理志》卷二十八下，中华书局1997年，第419页。

那么乐浪郡汉朝军队的兵源是否来自于当地呢？如果按照汉朝的一般兵役制度来看是可能的。汉代的兵役制度见于汉代文献，《汉书·食货志》引董仲舒论徭役语："又加月为更卒，已，复为正，一岁屯戍，一岁力役，三十倍于古。"①《汉官仪》卷上："民年二十三为正，一岁以为卫士，一岁为材官、骑士，习射御骑驰战阵。八月，太守、都尉、令、长、相、丞、尉会都试，课殿最。水家为楼船，亦习战射行船。"② 上述文献记载的是汉代地方的一般兵役制度，所谓的材官是指步兵，兵源当是来自当地，故有力役的记载。然而必须注意的是边境的兵役制度与其他地方不同，不可以用其他地方的兵役制度来推论乐浪郡。《汉官仪》又载：

> 边郡太守各将万骑，行鄣塞烽火追虏。置长史一人，丞一人，治兵民。当兵行长领。置部尉、千人、司马、候、农都尉，皆不治民，不给卫士、材官、楼船。③

边郡就是边境的郡治所在地方，这条文献明确记载"不给卫士、材官"，也就是说驻守边境的兵源不是当地，这是完全可以理解的。边境多是其他民族，即使有汉族，也未必能够满足常年需要的兵员数量。另外当地汉人多与当地女子通婚，又与当地社会存在着千丝万缕的关系，其可靠度就会存在一定的问题，朝廷派遣边境汉军是必然的选择。边郡守卒是否可以带妻从军也是一个问题，近年来有学者以为卒妻在汉代军队中并不鲜见，但此说问题颇多。④

---

① 汉·班固撰、唐·颜师古注：《汉书·食货志第四》卷二十四上，第295页。
② 清·孙诒让辑、周天游点校：《汉官仪》卷上，《汉官六种》，中华书局1990年，第81页。
③ 清·孙诒让辑、周天游点校：《汉官仪》卷上，《汉官六种》，中华书局1990年，第81页。
④ 王子今《汉代军队中的"卒妻"身份》（《南都学刊》2009年第1期）以为汉代军卒有妻随军并不鲜见，然而所举证的文献几乎无一例是卒妻，至多是军中的女性。文中最有力的证据是《汉书·李广苏建传第二十四》卷五十四："陵曰：'吾士气少衰而鼓不起者，何也？有女子乎？'始军时，关东群盗妻子徙边者，随军为卒妻妇，大匿车中。陵搜得，皆剑斩之。"（中华书局1962年，第2453页）然而根据此条文献来看，所谓的卒妻当是非法的隐妻，并非经过正式婚姻程序迎娶的妻子。故李陵搜得之后，全部斩杀。汉代文献中卒妻的说法仅见此一例，这不只是说明卒妻并非汉代兵役制度，也说明卒妻的说法只是临时性的比喻说法而已，不能认为是普遍现象。

乐浪郡无疑是边郡，乐浪郡汉朝军队的兵源不会是当地。据此可以认为霍里子高不是当地汉人，是汉朝派驻的兵卒，说明霍里子高有妻子的记载不是历史事实。《琴操》《古今注》的版本状况与乐浪郡、卧箜篌的研究结果完全相合，因而可以最终确认《琴操》记载的《箜篌引》本事比《古今注》更为可靠，《古今注》记载的《箜篌引》本事确实添加了虚构的衍生因素。

第三节　《箜篌引》在李氏朝鲜文学中的延伸

一、李朝拟乐府《公无渡河》的生成与唐代拟乐府

　　韩国文学的乐府概念与中国文学的乐府概念稍有不同，除了乐府歌题的汉诗之外，还包括了时调等母语诗歌。时调可以入乐歌唱，基本符合乐府的概念。韩国文人写的《公无渡河》与《箜篌引》不能入乐，但使用了乐府歌题，属于拟乐府。古乐府《箜篌引》产生于朝鲜半岛，失传数百年后重新传回朝鲜半岛，出现了一批拟乐府以及相关作品。拟乐府《箜篌引》或《公无渡河》的产生存在两种可能性：一是在古乐府《箜篌引》的基础上产生；二是受到中国拟乐府的影响产生。韩国学术界关注古乐府与拟乐府《箜篌引》的思想、意象等问题，最多研究的是狂夫之死的意义，有的学者将《箜篌引》看成挽歌，比较了《箜篌引》与其他挽歌的特征。还有的学者以《箜篌引》为中心比较了韩日文学中的死亡问题。水的意义、女性形象、女性文学的源头等也是被关注的问题①。这些问题没有直接研究古乐府《箜篌引》与李氏朝鲜拟乐府的关系，但也会涉及二者的关系。

　　徐居正不是最早创作拟乐府《箜篌引》的诗人，但他是最早提及

---

①　〔韩〕李缓衡：《〈公无渡河〉与〈祭亡妹歌〉的挽歌的特征（「公無渡河歌」와「祭亡妹歌」와 挽歌의 性格에 대하여）》，《语文研究》24 辑（1993 年）。权赫建：《夏目漱石的〈梦十夜〉、〈第四夜〉与韩国古典文学〈公无渡河歌〉的死亡意象比较（나쓰메 소세키의『夢十夜』「第四夜」와 한국 고전문학『公無渡河歌』에 나타난 죽음의 이미지 비교）》，《日本语文学》12 辑（2002 年）。柳庆桓《〈公无渡河〉中的水的形象与机能（공무도하가에 나타난 물（水）의 象征의 意味와 機能）》，《语文研究》26 卷 1 号（1998 年春）。黄在君：《海东女性诗歌的源流——公无渡河歌的研究（해동 여성시가의 원류 공무도하 노래 연구）》，《明知语文学（명지어문학）》16 号（1984 年）。

《箜篌引》的诗人之一。①《次韵朝鲜正使杂咏》是一组表现民族意识的诗歌，徐居正作为远接使与明使祁顺等人唱酬，创作了这一组诗歌，收于《皇华集》。《皇华集》是明朝使臣与李朝的迎接使、远接使唱酬之作的合集，从世宗（1418—1450）末年开始到仁祖（1623—1649）时期的180年之间，明使到朝鲜24次，明使与朝鲜诗人丰富的诗酒唱和是产生《皇华集》的基础。徐居正这一组诗歌主要介绍了韩国的历史文化，目的是使明使更多地了解朝鲜。徐居正的诗歌写到了坛君、箕子、东明王、妙香山、首阳山②、西京（平壤），此外还描写了朝鲜半岛的山水风光，将朝鲜半岛的山水想象为神仙之境。丹丘羽人、蓬瀛、飞腾术、千年桃、扶桑、珊瑚、金鸡、仙蚕、咸池等，这些幻想的仙境之物集中出现在朝鲜半岛。徐居正不遗余力地赞美韩国的历史与文化，体现了极其强烈的民族意识。

《次韵朝鲜正使杂咏》第五首是咏史诗，基本内容是古乐府《箜篌引》的本事。徐居正将《箜篌引》与组诗中所咏的坛君、箕子、东明王等并列，可见《箜篌引》在他心中极其重要。这首诗歌有三个特征：第一，采用了拟乐府的写法。这一组诗的其他诗歌采用了不同的写法，坛君、箕子、东明王都有可写的故事，但徐居正只是提到了这些人物，没有写他们的故事。只有第五首比较完整地讲述了《箜篌引》的本事，朝鲜津、霍里子高与狂夫、狂夫妻等都是古乐府《箜篌引》本事的因素。徐居正没有必要按照古乐府《箜篌引》的本事来写，只要提到本事的一、两个因素，或是提到《箜篌引》就可以了。祁顺等人都很熟悉古乐府《箜篌引》的本事，徐居正不是不了解这一点，但仍坚持重新讲

---

① 徐居正（1420—1488）字刚中，号四佳亭，是一位诗人和学者，对天文、地理、医学都很有造诣，官至大提学。徐居正著有《四佳集》，他的《东人诗话》是15世纪代表性的诗话。他是一个具有强烈民族意识的诗人，保存韩国文学和记述韩国历史是徐居正一生的使命，为了更好地保存韩国古代文人的作品，他编选了《东文选》，收录了新罗以来的诗文。《东文选》是韩国古代最重要的文学总集之一。他还编撰了《三国史节要》《东国通鉴》《笔苑杂记》《新撰东国舆地胜览》《太平闲话》《滑稽传》等历史著作和稗说作品。

② 〔韩〕徐居正：《四佳集·四佳诗集补遗·诗类·皇华集》二，影印标点《韩国文集丛刊》第11册，第165页。又《次韵正使朝鲜杂咏》："瞻彼首阳山，盘根几千里。茫茫西海水，极目无涯涘。昔人一何奇，来往倏彼此。无因蹑其踪，有术不我示。望望去之乎，飒飒风生耳。至今已千载，欲寻良不易。独立望大洋，日暮风涛起。"（徐居正：《四佳集·四佳诗集补遗·诗类·皇华集》二，第165页）首阳山为伯夷、叔齐二人饿死之处，在此指孤竹国。中国历史上有多处首阳山，但从诗中描写的内容来看，应当是指河北东北部的首阳山，只有这里离海不远。《旧唐书》等文献记载箕子东走朝鲜就在此地。

述本事的内容。这似乎是多此一举,然而这正是拟乐府的写法。拟乐府丧失了音乐旋律之后,只能在文学方面保持关系。不过徐居正没有将此诗题为《公无渡河》,因而不是标准的拟乐府。但这不是徐居正的独创,在此之前元稹的《六年春遣怀八首·其三》也采用了相同的写法。

第二,狂夫妻殉情而亡与韩国历史的关联想象。"红颜随以逝,一一愁人心"一句源于《古今注》的本事"曲终,自投河而死",徐居正的诗歌没有将狂夫妻与韩国的开国历史联系起来。李朝文人成海应的《丽玉辨》,就是从儒家忠贞思想的角度解读了狂夫妻,还与箕子朝鲜的历史结合起来解释了狂夫妻忠贞性格形成的渊源:

> 朝鲜平壤府,狂夫所溺大同江。平壤箕子所都,八条之教,妇人贞信,不淫辟,烈妇之行,有由然也。然有箜篌传写之曲,故遂流布千古,苟无是也,亦湮灭无闻矣。余邻邑,有人死于水,其妇之溺死者有数辈,或旌或不旌。彼狂夫之妻,不亦幸乎。①

成海应以为《箜篌引》的本事发生在平壤,这里是箕子朝鲜的都城。箕子实行八条之教,建立了理想的儒家国度。高度的儒家化使狂夫妻忠贞不贰,从夫而死。箕子朝鲜遗风尚在,"烈妇之行"的历史悠久淳厚,狂夫妻是美好民风的集中体现。溺水而亡的女性不计其数,不可能都传记于世,狂夫妻能够因《箜篌引》传世是幸运之事。中国文人的《箜篌引》《公无渡河》没从儒家思想解读狂夫妻,这是李朝文人的独特理解。

第三,李白《公无渡河》的影响。第五首诗歌除了讲述古乐府的本事之外,还有李白《公无渡河》影响的明显痕迹。"良人去骑鲸"不是根据古乐府本事写的,古乐府本事中并无鲸鱼,此句的依据是李白的《公无渡河》:"有长鲸白齿若雪山,公乎公乎挂骨于其间。"徐居正受到李白诗歌影响的印迹比较明显,但两首诗的鲸鱼形象完全不同。李白诗歌的长鲸是非常恐怖的食人兽,徐居正的鲸载人入水飞天,是一个美好的形象。"谪仙不可作"的意思是虽然当不了像李白那样的谪仙,但可

---

① 〔韩〕成海应:《研经斋全集续集·东国地理辨·丽玉辨》册十六,影印标点《韩国文集丛刊》第279册,首尔:民族文化推进会2001年,第422页。

以像西昆体那样学着写拟乐府。这一联透露出李氏朝鲜拟乐府与唐代拟乐府的关系。

成俔（1439—1504）是稍迟于徐居正的李朝初期的诗人与学者①，他的《公无渡河》是现存最早的拟乐府《箜篌引》，可以认为是标准的拟乐府：

成俔《公无渡河》

长风卷地吹洪涛，洪涛翻作银山高。
公随一叶溯万顷，瞬息性命如秋毫。
饥蛟垂涎作威猛，短狐含沙工射影。
水途险恶乃如此，妾言虽无可箴警。
公今重义轻舍生，舍生终难保义名。
身名两全为上荣，莫学飞蝇投热羹。
公无渡河宜少住，卬须我友当共渡。②

成俔的《公无渡河》在韩国文学史上具有特别的意义：第一，歌题名称与李白《公无渡河》影响的痕迹。这是最早题名为《公无渡河》的诗歌之一，歌题名称是拟乐府的唯一标志，有没有题名为《公无渡河》或《箜篌引》是标志性的差异。成俔的《公无渡河》沿用了古乐府的歌题名称，还延续了古乐府的本事内容。这首拟乐府不是直接来自于古乐府，而是来自于李白的拟乐府《公无渡河》。成俔的《公无渡河》与古乐府《箜篌引》的差异比较明显，成俔用了一半的篇幅描写河流的景象，古乐府《箜篌引》没有具体描写河流的景象。成俔的《公无渡河》与李白的《公无渡河》非常相似，李白《公无渡河》描写的河流是"咆哮万里""湍湮洪流""茫然风沙"；成俔描写的河流是河广无际，狂涛

---

① 成俔字磬叔，号慵斋、浮休子、虚白堂、菊坞，昌宁人，父为知中枢府事成念祖。1462年试年文科与1466年的拔英试，皆以第三名的成绩及第，除为博士，又累迁待教、司录等。1468任经筵官，随兄成任来到北京，留下了纪行诗《观光录》。1474年迁成均直讲，随韩明浍再次到北京。1485年任金知中枢府，又以千秋使出使明朝。1488年任平安北道观察使，此时接待了明朝的使节董越、王敞，留下了唱和诗歌。当年以同知中枢府事的身份任谢恩使，再赴北京。着有《虚白堂集》，与柳子光等人共编《乐学轨范》

② 〔韩〕成俔：《虚白堂集·虚白堂风雅录·乐府杂体》卷之二，影印标点《韩国文集丛刊》第14册，首尔：民族文化推进会1988年，第405页。

骇浪，饥蛟翻滚，生命瞬间消失。二人描写的字词不同，但两条河的形象基本相似；李白的诗歌中没有出现饥蛟，但出现了长鲸。成倪的诗歌没有提及李白的《公无渡河》，也没有直接使用李白诗歌的因素，但河的想象是相同的，说明成倪的《公无渡河》受到李白《公无渡河》的影响。

第二，舍生取义的狂夫与狂夫妻。成倪的《公无渡河》讲述了狂夫与狂夫妻的故事，故事之中，狂夫被塑造为重义舍生、应当效法的悲剧英雄，狂夫没有神经失常，不是手提酒壶的酒徒，也不是趋炎附势的小人。狂夫妻也十分感人，她愿随夫君共渡险河，同赴死亡："公无渡河宜少住，卬须我友当共渡。"此句与徐居正的诗句字词不同，但想象相同，是徐居正想象的延续。在此之前的中国文学中曾经出现过类似的狂夫形象，但未曾出现过类似的狂夫妻形象。成倪的拟乐府《公无渡河》注入更多的儒家思想，改变了狂夫与狂夫妻的意义，但比较严谨地遵从了古乐府《箜篌引》的本事。

成倪还有一首拟乐府《箜篌引》，李朝诗人的拟乐府大多都是题为《公无渡河》，题为《箜篌引》的拟乐府相当少见。

成倪《箜篌引》

云间金凤垂双翅，上有朱字卢生记。
繁弦大小三十六，清香自生纤指媚。
公无渡河公竟渡，被发提壶觅无路。
仓皇丽玉长呼咷，一身幽怨凭谁诉。
空余乐谱传至今，沧海茫茫烟水暮。①

此诗的主角是狂夫妻，狂夫妻的幽怨是诗的主旨，这其实也是古乐府《箜篌引》的主旨。成倪的《箜篌引》在古乐府的基础上描写得更为具体细致，狂夫妻的容貌、才能都是古乐府中没有的内容，读起来多少有一些闺怨诗的味道，但没有丢弃古乐府的本事内容。"繁弦大小三十六"一句不可理解，卧箜篌并无三十六弦的记载，竖箜篌与凤首箜篌亦无三十六弦的记载，不明三十六弦的依据是什么。

---

① 〔韩〕成倪：《虚白堂集·虚白堂风雅录·引体》卷之二，影印标点《韩国文集丛刊》第14册，第398页。

另一首《箜篌引》的作者申钦①，这首拟乐府《箜篌引》与成俔的《箜篌引》虽然都是题名为《箜篌引》，但内容完全不同。

《箜篌引》

今夕知何夕，适我清燕时。
况有良朋来，寻我问佳期。
佳期即此辰，迎客肃轩墀。

中庭列鼓吹，上堂陈娃姬。
擘豕和姜桂，胹熊宰蹯肌。
欢言谐素愿，进以金屈卮。

泽云固变蒸，溟海亦耕菑。
人生无百年，百年易盛衰。
会心不可得，乐事随手移。

所以雍门讴，田文涕涟洏。
唯当尽兹酌，兹酌且难持。
酌罢调箜篌，箜篌声正悲。②

申钦的《箜篌引》不是古乐府《箜篌引》的拟乐府，而是曹植拟乐府《箜篌引》的拟乐府。申钦的《箜篌引》有24句，曹植的《箜篌引》也是24句。申钦的拟乐府题为《箜篌引》，曹植的拟乐府也是题为《箜篌引》。申钦写的是与友人的宴会，曹植的《箜篌引》描写的也是类似

---

① 申钦（1566—1628）字敬叔，号敬堂、百拙、南皋、玄轩、象村居士、玄翁、放翁、旅庵，谥号文贞，与李恒福、李睟光交游，与李廷龟、张维、李植并称朝鲜中期文章四大家。申钦现存有《象村稿》六十卷，有张维与金尚宪的序文，还有申钦自己的序文（1621）。申钦作有辞、赋、古诗、近体诗，也写了不少乐府诗，卷三都是乐府诗，可见他对乐府诗比较熟悉。归隐与流配时期也写了不少诗歌，卷五十六收录了和陶诗。集中还收录了张维的谥状（1628）、金尚宪的行状（1629）、李廷龟的神道碑铭（1629）、李睟光的墓志铭（1628），还有李廷龟等人的祭文、尹昉等人的挽词。1606年与明使朱之蕃酬唱，1609年作为迎慰使到过中国熊化的义州，1609年又以世子册封奏请使来到中国。申钦是李朝中期的代表性诗人。
② 〔韩〕申钦：《象村稿·乐府体 一百四十九首》卷之四，影印标点《韩国文集丛刊》第71册，首尔：民族文化推进会1991年，第330页。

的场面，诗句不同，内容相似。最后一章写了箜篌，但诗中的箜篌只是友人宴会上弹奏的乐器，与古乐府《箜篌引》的本事无关。李朝文人对古乐府不是没有兴趣，但更重视的是中国诗人的拟乐府。

李朝中期文人郑斗卿①的《公无渡河》更为严谨地遵守了古乐府的本事，没有注入新的故事因素，也没有注入新的意义。

《公无渡河》

白首狂夫溺水死，箜篌一弹声凄凄。
借问谁能为此曲，朝鲜津卒子高妻。②

这首拟乐府《公无渡河》的所有因素几乎都出自古乐府的本事，第三句是本事之外的内容，但这一句并没有实际的内容，不会改变古乐府的本事。遵守本事是诗歌评论家推崇的写法，采用这种写法的诗人不多，意想不到的是这种诗人却出现在异国朝鲜。

李白的拟乐府《公无渡河》在李氏朝鲜文学中产生了深远的影响，权克中③的拟乐府也是在李白的影响下写出来的：

《翻古乐府·公无渡河》

积石之山石巉岏，河源流出于其间。
东来中国几万里，吞纳众水成一水。
惊涛白日斗晴雷，千仞龙门中断开。
黄波浊浪深复深，鱼龙杂沓水中吟。
昔有愚夫愚莫悟，无船无舰徒步渡。
妻呼女唤终渡之，乘鼋逐鳖更何疑。

---

① 郑斗卿（1597—1673）字君平，号东溟，温阳人，是郑顺朋的五世孙，李恒福的门人。14岁时初选及第，文名大噪。仁祖四年（1626）与金鎏等人一起接待了中国的使节。1629年状元及第。现存《东溟集》二十六卷。

② 〔韩〕郑斗卿：《东溟集·七言绝句·三百二十八首》卷之二，影印标点《韩国文集丛刊》第100册，首尔：民族文化推进会1996年，第402页。

③ 权克中（1585—1659）是李朝中期的性理学者和道教学者，字正之，号青霞，安东人。8岁遇壬辰倭乱，13岁开始从崔命龙等人学习性理学，从赵缵韩学习诗文。28岁（1612）进士及第，在太学短期留学。与郑斗卿、李植等人交游，主张内丹思想。现存文集《青霞集》，1704年全罗道观察使闵镇远刊行。此外还有《参同契注解》《历代史要》《备要卜筮诀》《经筵疑对》《中兴十条》等。

> 他山檀木可作舟，吕梁亦是寻常流。
> 嗟尔狂夫奈若何，箜篌一曲传乐府。
> 能使千秋伤绮罗。①

权克中的拟乐府题为《翻古乐府·公无渡河》，但不是直接翻作古乐府《箜篌引》，而是翻作了李白的《公无渡河》。最重要的是权克中没有将狂夫与狂夫妻的故事设定在朝鲜津，而是设定在黄河边上："积石之山石巑岏，河源流出于其间。东来中国几万里，吞纳众水成一水。"黄河出于大积石山与小积石山，东流中国几万里。"黄波浊浪""千仞龙门"等描写表明写的是黄河，"吕梁"是黄河经过的地域，而不是大同江流过的地域，这些描写都证明权克所写的是黄河，而不是长江，这显然是受到了李白的影响。在权克中的诗歌中狂夫是主角，虽然也写到了狂夫妻，但只是一带而过，这是李白《公无渡河》的写法，古乐府《箜篌引》是以狂夫妻作为主人公来写的。李白的影响极为深刻，在权克中的拟乐府中可以再一次看到李白《公无渡河》影响的明显印迹。

李朝中后期的诗人李玄锡②也受李白《公无渡河》的影响，写了一首《公无渡河》。这是次韵李白《公无渡河》的文人乐府，与李白《公无渡河》的关系更为明确。李白的《公无渡河》因偏离古乐府本事而受到批评，但李白的《公无渡河》对后世的中国文人和韩国文人产生了深远的影响。评论家的评价与文学史上的影响并不统一，评论家评价不高的作品反而产生了深远影响，影响了文学史发展的轨迹。应当遵从评论家的主观评价，还是应当根据文学史发展的事实来评价，是学术研究应当注意的问题。

---

① 〔韩〕权克中：《青霞集·诗集·七言古诗》卷之二，影印标点《韩国文集丛刊》第21册，首尔：民族文化推进会2006年，第421页。
② 李玄锡（1647—1703）字夏瑞，号游斋。敬宁君的八世孙，李晬光的曾孙，李尚揆之子。李玄锡的思想以儒学为主，但反对宋时烈的儒学。李玄锡著有《游斋集》，还有《易义窥斑》《四子经纶集》儒学著作。此外还值得特别一提的是李玄锡参与了《明史纲目》的编撰，《明史纲目》早于他的文集刊行。李玄锡的文集是他的后人编辑而成，刊行于1735年之前，共二四卷八册。诗歌收于卷一到卷十一。李玄锡写了很多挽诗，《显宗大王挽词》《孝宗大王迁葬挽词》代表了他的挽诗。他的诗歌关注社会现实，《催租吏》等就是此类诗歌。李玄锡做过多首次韵中国诗人的诗歌，有次韵陶渊明、王维、李白、杜甫、苏轼、陆游等唐宋诗人的诗作。李白始终是韩国文人最喜欢学习、模仿的对象，《次李白宫中行乐词》等诗歌表明李白对李玄锡的影响是多方面的。

《公无渡汉,次李白〈公无渡河〉韵》

五台山脉出昆仑,汉水西流入海门。
津利涉,谁怨嗟。
玉节按峤南,学士即名家。
方舟列祖帐,樯楫簇如麻。
行子无舡,蚁聚平沙。
日暮途远心如痴,满舫争登欲奚为?
舟中黑气谁知之,公无渡汉苦渡之。
水入舡,鱼沸鼎,傍人叫噪江之湄。
到中流沈没若摧山,尸乎尸乎乱漂于波间,歌舞夕阳丞相还。①

李玄锡的诗歌是次韵李白的《公无渡河》,两首诗歌的关系不限于韵,一些诗句显然来自于李白《公无渡河》的诗句。"五台山脉出昆仑"源于李白的"黄河西来决昆仑","公无渡汉苦渡之"源于李白的"公无渡河苦渡之","尸乎尸乎乱漂于波间"一句源于李白的"公乎公乎挂骨于其间",这些诗句明白无误地证明了李白对李玄锡的影响。唱和次韵并不是一定要使用或化用原诗的诗句,不过李玄锡刻意地保持了与李白诗歌的关系。李白的《公无渡河》是杂言诗,李玄锡的诗歌也是杂言诗,句数与李白的《公无渡河》完全相同。

李玄锡的诗歌与李白的《公无渡河》也非完全相同:在李白的《公无渡河》中狂夫妻已经不是主要人物,李玄锡的《公无渡汉》完全删去了狂夫妻,但仍然保存着古乐府《箜篌引》本事的因素,题为《公无渡汉》并无不可。李白将狂夫所渡之河写成了黄河,李玄锡则写成了汉水。汉水即汉江,古时曾叫沔水,全长 1532 公里,是长江最大的支流之一,发源于陕西秦岭与米仓山之间的宁强县(今属陕西汉中市,旧称宁羌)冢山,经陕南汉中、安康等市,进入鄂西后又经襄樊、荆门,在武汉汇入长江。李玄锡将黄河改为汉水的原因不明,"汉水西流"的描写亦有问题。李白《公无渡河》的意义不太明显,故有不少争议,但可以确定的是完全改变了古乐府《箜篌引》的意义。李玄锡的《公无渡汉》在删除了狂夫妻之后,狂夫与狂夫妻的爱情自然也被删了出去。涉利之徒如

---

① 〔韩〕李玄锡:《游斋集·市隐录·庚午以后所录》卷之七,影印标点《韩国文集丛刊》第 156 册,首尔:民族文化推进会 1995 年,第 405 页。

蚁聚集渡口，尽管无舡不渡，但仍有无数的人冒险渡河，弃尸于河。

俞汉隽（1732—1811）的《古歌谣变》是由古歌拟作构成的一组诗歌，其中有一首就是《公无渡河》的拟作：

> 公胡渡河，渡河公死。
> 河深千尺，河广十里。
> 《箜篌引》：霍里子高晨起刺船，有白首狂夫披发提壶，乱流而渡。其妻止之不及，遂坠河死。于是妻援箜篌，作《公无渡河》之曲。曲终，亦投河而死。子高还，以其声语其妻丽玉。玉伤之，乃作箜篌而写其声……①

这首拟作与古乐府《箜篌引》极为相近，前两句改用了古乐府的原句，后两句是全新的诗句，描写了河之深广。这一描写无非是强调了河的危险，与古乐府的基本内容没有太大的变化，初读像是古乐府《箜篌引》在韩国古代的另一种传本，但实际上并不是另一种传本，而是新的拟作，《古歌谣变》歌题的意思就是在古歌谣基础上有所变化。然而此类拟作在韩国文学史中也是不多见的，此歌集中体现了韩国文人遵守古乐府本事的拟乐府特征。

纵观李朝文人的《公无渡河》，可以发现如下特征：第一，李朝拟乐府《公无渡河》是在中国拟乐府的基础上生成的。从成倪开始一直到李朝末期，都有李白拟乐府《公无渡河》影响的浓重印迹，据此可以认为李朝拟乐府《公无渡河》不是生成于古乐府《箜篌引》的基础上，而是受到唐代拟乐府的影响生成的。李朝文人的拟乐府几乎都是题为《公无渡河》，只有成倪和申钦的拟乐府题为《箜篌引》，这种现象与唐代拟乐府基本相似。唐代拟乐府几乎也都是题为《公无渡河》，题为《箜篌引》的拟乐府数量稀少，只有三例。唐代拟乐府《箜篌引》或是写了古乐府本事，或是完全没有写古乐府本事，显得比较自由，李朝拟乐府《箜篌引》也有着近似的自由特征。绝大多数的李朝拟乐府严格遵守了古乐府的本事，一般而言拟乐府有四种类型：一是讲述本事，注入新意，使本事成为表现新意义的载体。二是改编本事，注入新意。三是讲述本

---

① 〔韩〕俞汉隽：《自著·古歌谣乐府之变〔上〕·古歌谣变》卷之三，影印标点《韩国文集丛刊》第249册，首尔：民族文化推进会2000年，第45页。

事，表现本义。四是几乎完全脱离旧的故事和意义。李朝的《公无渡河》主要是按照前三种方式写作的，几乎没有出现与《箜篌引》的本事、中国拟乐府毫无关系的作品。但这不证明李朝拟乐府形成于古乐府的基础之上，恰恰证明接受了唐代拟乐府的影响。唐代之前的中国文人没有提出遵从古乐府本事的要求，唐代文人才提出了这一要求，由此可以看到李朝拟乐府与唐代拟乐府的深厚关系。李朝与唐代拟乐府的类似特征不是偶然巧合，只能说明李朝拟乐府与唐代拟乐府之间存在着密切的影响关系，李朝拟乐府是在唐代拟乐府的基础上形成的。

第二，李朝拟乐府《公无渡河》产生于唐代拟乐府《箜篌引》的原因。很多李朝文人更愿意将古乐府《箜篌引》视为韩国文学的一部分，又刻意强化民族意识，那么李朝拟乐府《公无渡河》《箜篌引》应当直接来自于古乐府《箜篌引》，而不是来自于唐代拟乐府《公无渡河》或《箜篌引》。但是上述研究证明事实并非如此，那么这种现象是如何产生的呢？拟乐府的创作方式不是李朝文人的创造，是中国文人的创造，李朝文人移用了中国的拟乐府形式。因此李朝文人的直接学习对象不是古乐府《箜篌引》，而是中国文人的拟乐府《公无渡河》。中国诗人的拟乐府《公无渡河》并非始于李白，在李白之前既出现过拟乐府《公无渡河》，也出现过拟乐府《箜篌引》。然而李朝文人并不需要关注中国的拟乐府何时开始出现，在李白之前又有过多少拟乐府《公无渡河》，李朝文人只关注最出色的诗人的拟乐府，就足以使他们写出拟乐府《公无渡河》。李朝文人与唐代拟乐府的关系是直接关系，与古乐府《箜篌引》的关系是间接的次要关系，这种关系决定了李朝拟乐府《公无渡河》不可能来自于古乐府《箜篌引》，只能是产生于中国拟乐府的基础之上。

第三，李朝《公无渡河》的民族性因素。李朝《公无渡河》还存在着与中国同题拟乐府不同的特征，这种民族特征体现在狂夫与狂夫妻的形象。狂夫与狂夫妻体现了更为浓厚的儒家思想，也把悲壮情感推向了极点。悲剧性不是韩国文学的民族特征，但韩国文人更喜欢酣畅淋漓、极度悲喜的情感模式。民族性始终是韩国文学的一个难题，在李朝的《公无渡河》中也存在这一问题，无论是儒家思想还是酣畅淋漓的情感模式，都不是韩国文学独有的因素，在中国文学中也较为常见。如果中国文学与韩国文学中的儒家思想与酣畅淋漓的情感模式有什么不同，那么最多是程度的差异或普遍的程度。这种描述显然又回到了中韩文学民族性大同小异的常见套语之中,不能不回到这一套语,是因为事实如此。李朝拟乐府《公无渡河》更加谨严地遵守了古乐府本事,这也是民族性的一个方面。然而这不是说中国文学就没有遵守古乐府本事的拟乐府,只是韩国文学在这一方面体现得更为彻底。唐代文人提出的遵从古乐府本事的要求,不能解释李朝文人能够谨严遵守古乐府本事的全部原因。中国文人在唐代以后也没有像李朝文人那样遵从唐人的要求,相当多的拟乐府完全没有继承古乐府本事的内容,差异显然是存在的。

李朝《公无渡河》的这种差异应当来自于民族性的作用:一是韩国文学的民族特征之一是更加追求文学艺术的单纯之美,描写的内容相对集中而又纯真,也更为突出鲜明,无论是诗歌还是小说往往具有这种倾向。这种特征体现在拟乐府,就会更加自觉地保持古乐府的本事。二是韩国文学受到中国文学影响时,会呈现出极力靠近影响者的倾向,变得与影响者完全相同,甚至比影响者更为完全彻底,李朝拟乐府《公无渡河》较为充分地体现了这一倾向。从某种角度来说这是超越了影响者,这种超越的价值不宜做主观评价,但这种超越无疑可以使影响的接受者产生优越感与自豪感。三是在刻意遵从古乐府《箜篌引》本事的现象之中,隐含着回归和追溯韩国上古民族文学的渴望与激情。这种情感的表现其实就是民族意识产生作用的结果,徐居正的诗歌就较为鲜明地表现了这种民族意识。显然民族性表现得相当复杂,在大多情况下是与中国文学的普遍特征混杂在一起。只有细致地考察与研究,才能够发现混杂于中国文学影响中的民族因素。

二、李朝文学中《公无渡河》的挽歌化与死亡想象

在李氏朝鲜文学中还可以发现《公无渡河》影响的另一种现象,《公无渡河》的挽歌化与死亡想象,这一现象同样也存在是源自于古乐府还是来自于其他文学现象的问题。

第一,《公无渡河》的挽歌化。

《公无渡河》的挽歌化是指悼念死者的挽歌中摄入《公无渡河》的因素,使挽歌与《公无渡河》建立了经常性的联系。较早将《公无渡河》摄入挽歌的诗人是张维。①

---

① 张维(1587—1638)是李朝中期四大家之一,字持国,号溪谷,谥号文忠。其父云翼官任判书,其岳父为金尚容,其女为仁宣王后。1609年文科及第。张维不只是善于诗文,还在哲学方面卓有成就,接受了王阳明的气一元论。文集有《溪谷集》,此外还有《溪谷漫笔》《阴符经注解》。

张维《挽崔瀗·崔海州孙溺水死》
冤血贞魂绝古今,覆巢完卵认天心。
芳兰正爱新芽苗,明月俄惊碧海沈。
精卫无成留至恨,箜篌有引托哀音。
茫茫神理终难问,薤露声边泪洒襟。①

这是一首标准的挽歌,具备了《公无渡河》挽歌化的三个条件:其一,《公无渡河》与挽歌的组合关系。这首诗歌具有典型的挽歌标题,也有着典型的挽歌内容。"箜篌有引托哀音"一句显然源自《公无渡河》,以《箜篌引》为用事,这就使挽歌与《箜篌引》产生了关系。其实《箜篌引》就是一首挽歌,是狂夫妻为狂夫之死而做的挽歌。然而必须将《箜篌引》作为挽歌使用,才会真正具有挽歌的意义。在中国文学史上虽然不是没有将《箜篌引》视为挽歌的诗文,但在大多的情况下《箜篌引》并没有作为挽歌使用。张维在挽歌中摄入《箜篌引》的因素,是将《箜篌引》视为挽歌,这首诗歌中的另一因素《薤露》也是汉代挽歌,并且一直是作为挽歌使用的。不过并不是挽歌使用的因素都是挽歌,精卫填海就不是挽歌。不过挽歌中使用挽歌的典故,无疑会强化挽歌的追悼色彩,也会使《箜篌引》挽歌化。

其二,张维的挽歌摄入《箜篌引》因素的原因是亡者的死亡方式。张维追挽的亡者不是虚构的,亡者的死亡方式也是真实的。崔海州即崔沂(1553—1616),字清源,号西村、双柏堂等,李氏朝鲜中期文人,本籍海州,曾任海州牧使,著有《朝天日记》等。崔海州之孙的死是当时轰动一时的讼冤之事:"崔海州之从孙,闻名而不得见。闻来泪滋,见削之事,尤极可骇。为师讼冤,何可加罚。想年少气锐,有此举也。若遇泮宫儒,当言之。但老病之言,谁肯采听。"② 崔海州之孙溺水而亡,这是将挽歌与古乐府本事联系起来的纽带。

其三,《箜篌引》的正面化与儒家化是挽歌化的前提条件。挽歌都是悼念亡者,对亡者的情感以正面化的情感为前提,如果对亡者的情感

---

① 〔韩〕张维:《溪谷集·挽崔瀗·崔海州孙溺水死》卷之三十一,影印标点《韩国文集丛刊》第92册,首尔:民族文化推进会1992年,第524页。
② 〔韩〕李廷龟:《月沙集·书牍下·与崔生大容名有海》卷之三十六,影印标点《韩国文集丛刊》第70册,首尔:民族文化推进会1991年,第112页。

是负面的，就不会写挽诗。这就必然要求《箜篌引》本事的正面化，如果将狂夫与狂夫妻负面化，就无法写入挽诗。《箜篌引》的正面化是通过儒家化来完成的，狂夫妻追随狂夫溺水而亡，想象为贞洁烈女，这就是儒家化和理想化。将《箜篌引》的因素带入挽歌之后，就是以隐喻的方式赞美亡者。《箜篌引》的儒家化在张维之前已经形成，《箜篌引》与挽歌的联系是自然而然的关系。

李光庭①的《落花岩》是悼百济嫔妃的诗歌，没有题名为挽歌或挽诗，但并不缺少挽歌的特征。

《越中怀古八首·落花岩》
锦江江上苍壁古，百丈临江凛欲折。
行人怕说景泰年，欲语未语心先绝。
当时漂转几朵花，杜宇啼尽春山血。
十月天风吹雷雨，岩上片片坠如雪。
贞魂化作箜篌怨，江流到此声愈咽。②

这首诗歌具有和张维的诗歌相似的特征：其一，追怀百济妃嫔与《箜篌引》的结合。此诗的主要内容是追怀百济亡国时沉江而死的的妃嫔，不是咏史诗，题名"怀古"二字是准确的。此诗与挽诗有所不同，挽诗追挽的亡者一般来说是当时的人物，而不是古代的人物。此诗虽然不是挽诗，但追怀死者，与挽诗类似，因而使用了《箜篌引》，"箜篌怨"指的就是《箜篌引》。其二，死者与死亡的方式不是虚构的。落花岩是百济历史的胜地，百济嫔妃群体在此跳悬崖沉水而亡，死亡的方式与《箜篌引》的相同。后世文人来到落花岩，想到了那些嫔妃，也想到了《公无渡河》的狂夫妻，二者就联系在一起。其三，亡者的正面化与儒家化。百济的嫔妃跳崖沉水是为了君王和国家，也是为了爱情，她们的死完全符合儒家的规范，是儒家舍生取义的典范，也是悲剧英雄。从历史的发展来看朝鲜半岛的统一战争是必要的，百济的灭亡是合理的。

---

① 李光庭（1674—1756）是朝鲜后期的隐士，字天祥，号讷隐。1696年中进士，但没有为官。赵显命任庆尚道观察使时努力推进地方的教化，因而李光庭有机会就任安东府训都长。

② 〔韩〕李光庭：《讷隐集》卷之三，影印标点《韩国文集丛刊》第187册，首尔：民族文化推进会1997年，第182页。

但百济灭亡的合理性没有解构百济王妃沉水而死的正面意义，这种合理性不是来自于历史逻辑，而是来自于儒家思想。

李光庭的《落花岩》以《箜篌引》追思亡者，他的《黄池穿石》描写了水灾夺去无数生命的恐怖景象："天潢出地灵液聚，奔流潋汩引旁注。抵崖坠石洿屈曲，飞霜叠雪翻鸥鹭。当口巨石摩天长，回涡逆折浩怀襄。地灵潜愁役夸娥，神斧凿穿穿崖苍。然后狂澜怒涛从直道，平田麻菽菀成行。……一道奔潆云舂撞，撞云崩雪神灵怒。咆吼十里闻风雨，两岸棱棱石色老。秋声半折丹枫树，汇科蓄秘未可傍。神物盘嬉挐怪状，太守何年羡渊鱼。触神呵兮激雷浪，沿溪窟宅几万家。一朝潆没湮泥沙，箜篌之曲至今嗟。君不见龙门神禹迹，太史西来壮心魄。我独何为栖栖东海隅，尺剑长啸倚穹壁。"① 水灾袭来，狂涛骇浪，瞬时之间吞没数万家，多少生命被巨浪卷走。

申纬②的挽歌应当特别关注，他的挽歌有一篇较长的诗序，比较详细地记述了亡者的死因，这对考察《箜篌引》与挽歌、亡者的关系有特别的价值。

《曹公武哀辞并序》

曹公武，松下公之子也。早孤，落拓江湖，常悒悒无乐于世。一日早起，歌呜呜，笑嘻嘻，笑如歌，歌如哭。其神情恍惚，如有所思，家人窃怪之。既夕，从数客荡舟门前，益酣放乐甚。少焉，

---

① 〔韩〕李光庭：《讷隐集》卷之一，影印标点《韩国文集丛刊》第187册，第148页。
② 申纬（1769—1845）字汉叟，号警修堂、紫霞，平山人。申纬的始祖是世宗时期的申概，是文僖公派的后人。申纬科举及第，除为抄启文臣。金泽荣以为申纬以诗、书、画称三绝闻名于世，名闻中国、日本。申纬初学唐诗，后师苏轼。申纬自编文集时遗弃了这个时期的诗歌，只留43岁（1811）以后写的诗文，自编为《警修堂集》。警修堂是中国文人翁方纲送的堂号，他在凡例中说"以诗系地，以地系年"。申纬之子申命衍与其他文人一起搜集和整理了1811年之前写的诗歌，附于《警修堂集》，共十余册。1811年之前的诗歌题为《焚余录》，是从1787年开始到1808年写的诗歌，共有494首。金泽荣亡命中国时把在首尔没有刊行的《警修堂集》带到了中国，删掉了四分之一，名为《申紫霞诗集》。全锡润到上海见到金泽荣，资助金泽荣在江苏通州的翰墨林书局刊行了六卷两册铅活字印刷的诗集（1907年3月）。从1812年7月到1813年2月写的诗歌中，还包括了申纬与正使李时秀、副使金铣一起出使清朝时写的诗歌，此时与翁方纲、翁树崑父子交游。第九册到十一册是《花径剩墨》，花径一词源于翁方纲给他写的对联"弹琴邀月来花径，得句移云到竹窗"。第十三册收入《脚气集》，七言半格诗40首，写于1826年12月，是读了袁枚编辑的《新齐谐》之后写的诗歌。1827年再到燕京，并与清朝诗人交往。

月上潮生，忽解衣自投于渊，舟人救之无可及。实癸未秋七月既望也。公武得年甫三十三，有妻无子。尝育一女，亦夭，嘻其绝矣。其娣夫申汉叟诗以哀之。

龙汀呜咽鹤汀悲，海色潮声无尽时。
浩唱临风哀世狭，长终抱月与谁期。
空传丽玉《箜篌引》，不见曹娥蕫白碑。
志决吾宁沉自洁，万人何故费情辞。

国俗禁锢庶孽，是年八月，有六道万人疏鸣冤之举，廷议竟不许伸。①

此诗是申纬为曹公武沉水而亡写的，曹公武就像《箜篌引》的狂夫那样精神失常，哭笑失控，最终沉水而死。曹公武之死是当时的社会事件，有六道万人疏为曹公武鸣冤，但朝廷不许申冤。曹公武生卒、生平不详，查《朝鲜王朝实录》没有任何记载，曹公武之父松下公的生平亦不详。② 有关曹公武的记载还见于申维的另一首诗歌——《送曹公武赴尹节度（郁烈）统御营幕府兼示节度》："松翁子女汝最弱，爱汝额类心作恶。橐鞬鞭弭行色壮，统御云辟红莲幕。入幕但问所从谁，关西饶将功第一。上楼熟睡似雷鼾，下楼击贼如风疾。（辛林、松林之役，尹节度以咸从军，驻安州之百祥楼。时升平日久，士卒莫有斗志。节度饮斗酒，枕阑熟睡。军心稍安，曰：'将军临战，独无惧乎？战非死地也。'鸡鸣，一蹴渡江。士皆贾勇，大捷焉。）主公何取汝书生，水犀三千谘画诺。楼船一举波澜阔，箚鼓嘲轰颭旗脚。乘风破浪此其始，慎莫将身空

---

① 〔韩〕申纬：《警修堂全槀·花径剩墨八 癸未八月至甲申二月·曹公武哀辞并序》册十一，影印标点《韩国文集丛刊》第 291 册，首尔：民族文化推进会 2002 年，第 228 页。
② 〔韩〕金兴洛：《西山先生文集·成均进士瓢阴权公行状》卷之二十一："公讳锡揆字伯翼，瓢阴其号也。权氏出安东，丽太师幸，其鼻祖也。……所与交，皆一时贤杰，如李公景翼、柳公泳、柳公晋铉、权公运大、郑公天相、权公致、金公瑞一、金公复濂、金公璞。其倾心相与之意，见于往复唱酬之间，可按也。……松下公心揆尝述公遗事，而其嘉言懿行。尚有未尽收录者，仲胤公乃追记，以补其略。"（影印标点《韩国文集丛刊》第 321 册，首尔：民族文化推进会 2004 年，第 406 页）此文之松下公恐非曹公武之父，与权公交游者柳泳、柳晋铉中的一个人当为松下公，奇宇万：《松沙先生文集·道长斋重建记》卷之十七也写到了松下公："结庐道藏之洞，抱道而深藏，近古处士松下柳公其人也。第念松下公几案于此斋也。"（影印标点《韩国文集丛刊》第 345 册，首尔：民族文化推进会 2009 年，第 412 页）曹公武之父松下公与金兴洛文中的松下公不是一人。申纬诗序中的松下公姓曹，而金兴洛与奇宇万文中的松下公姓柳。

落魄。他日褊裨万户侯,看君勋业凌卫霍。"① 从这首诗歌可以了解曹公武的一些生平事迹,曹公武受到民众热爱,民为其申冤不是没有缘由的。曹公武是松下公诸子之中身体最弱的一个,在节度使尹郁烈帐中当过幕僚,随从尹郁烈建立过功勋。申纬赞美曹公武具有卫青、霍去病之才,完全可以建立比卫青、霍去病更了不起的伟业。然而他郁郁寡欢,精神痴狂,沉水而死,死得毫无价值。无足轻重的死亡与盖世英雄的壮举构成了极大的反差,也构成了曹公武的英雄悲剧。曹公武的功绩与可悲的死亡反而显现出了曹公武的正面价值,肯定亡者与肯定狂夫之死是一致的。

朝鲜末期性理学的代表性学者奇正镇(1798—1879)也有一首挽歌②,是与友人、弟子酬唱次韵之作。

《悼姜舜如二首·其一》

叹息申徒迹已寒,玄冥一路不曾拦。
他年枉入箜篌引,斯子难同畏压看。
多少人能牖下殁,险巇世独水中宽。
东城文酒浑成梦,孤月征鸿夜夜酸。③

奇正镇没有具体地写姜舜如是何许人,但是可以肯定姜舜如不是虚构想象出来的人。从诗句的描写来看应当是一个文人,曾经当过司徒,申徒即司徒。姜舜如与李朝后期的文人金迈淳有过交往,金迈淳(1776—1840)字德叟,号台山,安东人。其父金履锈,母竹山安氏,安宗周之女。著有《台山集》,集中有一首送别诗《次斗南新居韵送姜舜如大重归安东丙戌》:"杨花渡口怅分违,又送征骖向碉扉。垂老每怀桑梓地,临歧翻愧薜萝衣。山中有月堪长抱,天末看云未定飞。一部朱笺千古业,宫墙晨夕共瞻依。"④ 从此诗来看姜舜如也是安东人,性理学

---

① 〔韩〕申纬:《警修堂全稿·蕉斋二笔·丁丑正月至六月》册三,影印标点《韩国文集丛刊》第291册,第65页。
② 奇正镇字大中、大仲,号芦沙、鳌山老人,幸州人。与崔益铉、宋秉璿等交游。著有《芦沙先生文集》。奇正镇作为性理学家没有严格意义上的师承关系,但是与宋时烈、李珥有渊源关系。在李朝道学家之中,奇正镇的诗歌不算很多,文集的卷一和卷二收录了272首。
③ 〔韩〕奇正镇:《芦沙集·悼姜舜如二首》卷之一,影印标点《韩国文集丛刊》第310册,首尔:民族文化推进会2003年,第49页。
④ 〔韩〕金迈淳:《台山集》卷二,影印标点《韩国文集丛刊》第294册,首尔:民族文化推进会2002年,第306页。

家，热衷于为朱熹集作笺。金迈淳以为姜舜如的朱笺是千秋不灭的伟业，应当是朝廷日夜习读之作。金迈淳《台山集》中还有写给姜舜如的两封信，其一《答姜舜如》："客夏一往复后，阔焉更未嗣音。窃纠之思，不能自已，则时阅前牍，以寄瞻挹，纸渝而字几漫矣。……近得朱子全书。置之床头，未知曾或经览否？此是康熙时学士李光地等所纂次。盖以论学论理，经史道统，排列门目，而杂采大全语类，分配属比，以便考据。其中琴律说，尺寸勘正颇详，对校见行乡板，讹谬非一，不可不照此厘改矣。千万书不能悉，统希当寒珍护。不宣。"① 这封信的主要内容有二：一是讨论朱熹的思想；一是讨论其他的学问。金迈淳给姜舜如的另一封信《答姜舜如》，主要也是讨论学问："有一事可疑，别幅求教，幸因便剖示。外此必多妙见精解关系大头段者，并望勿秘，既以前说贡愚，复此云云。殆近于杨诚斋之求见楚辞注，此其说在答疑中矣。览之想发一大笑也，余非尺幅可罄。惟祝以时保卫，副此悬悬。"② 从这些文献不能完整地了解姜舜如其人，但也可以窥见其人风貌。奇正镇将《公无渡河》与姜舜如联系起来不只是出于友情，《公无渡河》的儒家化与作为性理学家的姜舜如也存在着联系，说明《公无渡河》的儒家化受到李朝时期作为统治意识形态的朱子学的影响。

《箜篌引》的挽歌化是以溺水而亡为条件，可是奇正镇没有明确地写姜舜如是以何种方式死亡的。但从诗句的描写来看，应当是溺水而死。"多少人能牖下殁，险巇世独水中宽"的意思是在窗下自殁的人不多，投水自杀的人比较多，此句暗含了姜舜如沉水而亡的意思。如果将这两句与"他年枉入《箜篌引》"一句结合起来细读，就可以进一步确定姜舜如是沉水而死。《悼姜舜如》的第二首没有涉及《箜篌引》，但更多地描述了姜舜如的生活观念："墨妙未干箧笥深，一封书里短长吟。平生知尔曾冰戒，暮道胡然鲁蹈心。揭厉无情邻贝阙，琼瑰留响恨枫林。断魂莫作投书吊，何处人闲陆未沈。"③ 姜舜如洁身自好，没有轻生之念，但到暮年忽然自杀，匆匆离开了人间。奇正镇把死者的世界与现实的世界对立起来，死者的世界是纯洁的，现实的世界是恶浊的，姜舜如属于纯

---

① 〔韩〕金迈淳：《台山集》卷六，影印标点《韩国文集丛刊》第294册，第389页。
② 〔韩〕金迈淳：《台山集》卷六，影印标点《韩国文集丛刊》第294册，第387页。
③ 〔韩〕奇正镇：《芦沙集·悼姜舜如 二首》卷之一，影印标点《韩国文集丛刊》第310册，第49页。

洁的死者世界,这是对姜舜如的肯定、赞美与追怀。

李朝末期金允植的《长湖舟中》是一首山水诗,同时也是一首挽诗。金允植以《箜篌引》描写了山水风景,又由山水风景写到沉水而亡的死者,就使挽歌与山水诗融合起来。

《长湖舟中》

一疋长湖剪越罗,东风过岸麦生波。
滩头轻舫闲时少,烟外遥峰缺处多。
苔线宛如飞白字,渔谣时杂采青歌。
杜香芳草年年绿,一曲箜篌恨奈何。
杜香,退溪先生宰丹阳时房妓也,投死于此水云。①

金允植在长湖触景生情,想到了在长湖中溺死的李退溪的房妓杜香,"一曲箜篌"指的就是《箜篌引》。李退溪的房妓投水自杀与狂夫妻的溺水而亡没有什么关系,但金允植将这两件事联系起来,只是因为二人都是沉水丧命,二人皆为女性。

由于《箜篌引》是溺水者的哀歌,也就与水灾发生了关系。水灾可以夺走无数人的生命,因而水灾与《箜篌引》的挽歌化产生了关系。赵时谦②《牟阪行》描写了水灾袭来的恐怖景象:"金城之北交州南,曰有天险名是牟。瀺灂不闻摧车阪,青泥不闻覆舟流。怪底胡为乎此地,兼而有之绝趋泅。两岸绝壁千尺高,黑如漆城无点缀。一条路通仅容线,石角石齿纷相缪。其间大川地底泻,俯视有如窑窣幽。其声咽咽地灵泣,其色沉沉羲驭愁。云烟黯惨天冥冥,白昼水鬼恣啾啾。人行马步杳如蚁,颠倒沈没相随稠。孝女哀爷记黄绢,寡妻伤夫传箜篌。嘻嘻其险天下无,使人听之霜满头。我曾年前被人咀,谪宦栖栖关北陬。艰辛于此五去来,踯躅几多怀烦忧。今行正当大潦中,淫潦处处盈渠沟。……"③ 在水灾之中妻子失去了丈夫,丈夫失去了妻子。使用《箜篌引》本事的基本原

---

① 〔韩〕金允植:《云养集·湿游漫吟》卷之一,影印标点《韩国文集丛刊》第 328 册,首尔:民族文化推进会 2004 年,第 241 页。
② 赵时谦(1639—1685)字光甫,号迂斋、鸠浦,1663 年进士及第,1670 年别试文科及第,历任正字、检阅、持平等职,1685 年任庆尚道观察使,留有《迂斋集》。
③ 〔韩〕赵时谦:《迂斋集·牟阪行》卷之二,影印标点《韩国文集丛刊》第 147 册,首尔:民族文化推进会 1995 年,第 422 页。

则不是意义,而是溺水而亡。至于因何溺水而亡并不重要,溺水而亡的意义可以因人而异,不断变化,不变的因素就是溺水而亡。

漂流是另一种灾难,由于台风、飓风等自然灾害,渔民时常漂流到无法预料的地方。海上漂流是通向死亡的通道,也就与《箜篌引》有了关系,李海应的《漂流舟子歌》就是写了漂流者的死亡①。

《漂流舟子歌》

黑山民俗太蠢蠢,滨海逐利多困窘。
石尤何曾爱行人,万顷恶浪吹不尽。
一苇茫然纵所之,泛泛忽如嘘楼蜃。
道通江浙天浩渺,帆落吴楚山巉嶙。
日鹿国人皮为衣,猛如逐雀秋风隼。
海东女儿空结恨,为谁更作箜篌引。
使汝若具文章眼,触境有诗能排闷。
愿汝乡山归去日,安息田家服畦畛。②

这是为漂流者写的诗歌,不是亡者的挽歌,主要的内容是描写漂流的惊险经历。诗序详记了漂流者的始末③:他们先是漂流到了琉璃国,

---

① 李海应(1775—1825)是李朝后期的文人,字圣瑞,号东华,韩山人。祖父李思闵,父赠司仆寺正李宽采,母南阳洪氏,题洪希求之女,弟李海广。李海应与赵寅永、赵万永、韩致奫、李止渊、李晦渊、徐长辅、赵秀三等人交游。著有《东华遗稿》等。1803年作为书状官随冬至使徐长辅到了北京,《蓟山纪程》就是记录了此次燕行。《蓟山纪程》为五册五卷,卷一至卷四是往返途中之事,卷五记载了行总、沿路城邑、官衙、岁币、食例、赏赐、公役、城阙、宫室、器用、舟车、科制、畜物、言语、胡蕃、贡税等。

② 〔韩〕李海应:《蓟山纪程·甲子正月·初五日乙未》卷之三,原京城大学内图书馆藏写本。

③ 诗序:"我国黑山岛民,漂流南海,转到于此,留馆中者四人。是夜招问其颠末,则曰:辛酉冬,为买鱼,船载如干谷物,自小黑山往大黑山。翌年正月,回船至中洋,被飓风漂荡。凡十日而泊一港口,适有人隔水迎接,略会东语。问其地,是琉璃国也。俄而,自官检船,乃安接于官廨,供给衣食。至十月初,同随燕京进贡使,发船十余人。又遇风漂流,贡使二船,忽焉不见矣。潸荡之际,泊到一处。远望旋走。同舟人谓其有生路,多跟随而去者。夜深,一人忙急还。泣曰:我们太半被所害。故我则逃命而来。遂与忙忙移舟。下碇于洋中,不知所泊。如是者四日,忽有小艇横来,乃苏州人做商业至此者也。自此遂赖而安接房屋,且贸米相资。问此地何处,则乃日鹿国云。于是,又发船,十五日而抵沙分地。是三月小晦也。又三朔而行。抵苏州,自此下舟从陆。官人供馈,极稳便。十月三日,自苏州发。十二月四日,抵燕京,自礼部给衣馈食。以待节使之行,而行中二人载他船。尚未追到,其存没不可知。以此论之,可谓壮观天下,而惜乎其无文,不得记其万一也。漂人姓名,即文好谦,文顺得、朴亮信、李百根、李重泰、金玉文。而顺得、玉文,是尚未追到者也。余闻其言而壮之,满酌一大白,与之。"(《蓟山纪程·甲子正月·初五日乙未》卷之三,原京城大学内图书馆藏写本)

后遇燕京进贡使，又与进贡使失散，漂到白衣者出现的地方。再漂到日鹿国，与苏州商人相遇。后来到达苏州，再从苏州北上来到北京。在北京与李朝使节相聚，也算是遇到亲人，也就意味着能够安全返回故国。这首诗歌其实也是挽歌，黑山岛的六个渔民不幸漂流，其中有四人得还，文顺得与金玉文二人不知所踪，应当已经死亡。因而诗中不无追挽亡者的内容，"海东女儿空结恨"就是指已经死亡的漂流者，亡者的妻子需要重新翻作《箜篌引》，可是又为谁来重写《箜篌引》呢？当下的亡者与《箜篌引》结合，是《箜篌引》挽歌化的标志，因而此诗也可以看成是挽歌。此诗描写了万顷恶浪，浩渺蜃楼，这种描写类似文人乐府《箜篌引》描写的黄河。这种描写不一定是来自于文人乐府，而来自于对于大海的想象。

《箜篌引》狂夫的死亡同战争没有直接的关系，但是霍里子高是朝鲜津的军卒，这就与战争多少有了些许的关系。

权万《行琴引》

……
万里悬军犯十忌，况复三韩兵力勍。
一鼓二鼓弦欲绝，皇穹不照余衷诚。
幄中谋士问为谁，终使君王下城盟。
却抱行琴转征声，大明经理东征行。
城中义士泪如雨，抉腹经喉死为荣。
行琴行琴竟何补，南汉山城空峥嵘。
迩来一百有二年，独有行琴旧谱传。
吾闻昔者霍里子，妻写箜篌出朝鲜。
东方之音多感慨，行琴别调殊瀿悁。
南汉山城城可怜。①

权万②的这首诗歌写的是战争，战争中无数的将士丧失了生命，这

---

① 〔韩〕权万：《江左集·行琴引》卷之三，影印标点《韩国文集丛刊》第209册，首尔：民族文化推进会1998年，第101页。

② 权万（1688—1749）是李朝后期英祖时的文人，字一甫，号江左，安东人。1721年参加司马试及第，1728年为义兵将，镇压逆徒有功。著有《江左文集》。

就是在诗歌中融入《箜篌引》的原因。守城的将士未必都是沉水而亡，死亡的方式显然不同于《箜篌引》，但此诗仍然把将士之死与《箜篌引》联系起来。此诗比较特别，与上述诗歌不同。但权万以为《箜篌引》是"东方之音多慷慨"，将士之死是气壮山河，感动天地，二者大体相似，但仍有些许乖离之感。

第二，溺水死亡的危险想象与《箜篌引》。

李朝文人在运用《箜篌引》时还有一个特别之处，不是以《箜篌引》追挽亡者，而是写水带来的死亡危险。金昌业①的诗歌写了风雨中的河流，想到了《箜篌引》：

《自成陵闻儿病冒雨向东庄记行·其十一》
拚为一木偶，非复千金躯。
纵令堕河死，何人怨箜篌。②

金昌业冒雨急行去看病中的孩子，横在面前的河水骤涨，惊涛骇浪，难于渡过。金昌业心急如焚，想象自己变成木偶，飘浮过河。可是如果真的变成木偶堕河而死，不会有人吟唱《箜篌引》。这既是当时河水景象的描写，也是渡河与死亡的想象。这首诗歌的死亡想象与《箜篌引》的挽歌化不无关系，正因为《箜篌引》与挽歌已经建立了经常性的关系，才会产生此类的死亡想象。

申纬写过《箜篌引》挽歌化的诗歌，也写过山水诗中的死亡想象，在诗歌中注入《箜篌引》的因素。

申纬《阻水黄州登月波楼观涨遇雨醉题·其二》
白雨跳珠沾翠黛，乌云泼墨压朱栏。

---

① 金昌业（1658—1721）是李朝后期文人、画家，也是17世纪极为活跃的政治家。金昌业字大有，号稼斋或老稼斋，安东人。其父金寿恒是著名的儒学者，兄金昌协、金昌翕等皆为当时文坛重镇。1681年进士及第，却隐居于汉阳东郊松溪。朝廷诏入为官，金昌业没有应诏。金昌业渴望亲眼看到中国的山川，1712年从燕行正使金昌集到了北京，留下《稼斋燕行录》，记载了中国的山川、风俗以及人物、制度等。金昌业有人物画《宋时烈》，《秋江晚泊图》是他绘画的代表作，他的山水画对李朝后期实景山水画产生了深远的影响。

② 〔韩〕金昌业：《老稼斋集·自成陵闻儿病，冒雨向东庄记行》卷之一，影印标点《韩国文集丛刊》第175页，首尔：民族文化推进会1996年，第24页。

临河不觉心飞渡，莫遣箜篌丽玉弹。①

申纬因洪水不能前行，在黄州的登月波楼看着暴雨倾泻，登月波楼下是滔滔河水。申纬的心早已飞过暴涨的河水，但身体只能是停留在登月波楼，此时申纬想到的也是《箜篌引》，与金昌业的诗歌非常相似。

李学逵（1770—1835）是李朝后期汉诗八大家之一。② 李学逵《七疗》表明了《箜篌引》与儒家思想的关系："前琵却琶兮，明妃晨发。公无渡河兮，箜篌悄拨。放妾为之敛涕，孽子为之解颐。去摽擗丧，殿屎蹲蹲，蹈厉而不自知。吾子能强起而从予乎？洛下子曰：'仆闻先王不听靡曼之乐，乐师不陈非礼之诗。子所以命我者，是皆桑间濮上之所未闻。况可厕乎君子之贞一者邪？仆病未能从也。'"③ 狂夫妻不可谓不忠不贞，绝不是非礼之诗，因而李学逵将《箜篌引》列为可陈之诗。

赵学逵的《大世叶》也不是挽诗，诗中塑造了一位素有方外之志的大世。《箜篌引》与寻求方外之志似乎没有什么关系，但是赵学逵在二者之间找到了联系，并将大世描绘成类似狂夫的形象。

《大世叶》

新罗真平王时，有大世者，奈勿之后也。少有方外志，与僧淡水言曰："在此山谷间以终一生，则何异池鱼笼鸟。吾将航海以至吴越，寻师访道，若神仙可学，则飘然乘风于泬漻之表。子能从我乎？"淡水不肯。有仇漆者耿介有志，大世与之游南山寺，忽落叶泛庭潦。大世谓仇漆曰："吾欲与君西游，今各取一叶为舟，以观行之先后。"俄而大世之叶在前，大世笑曰："吾其行乎？"仇漆曰："予亦男儿也。"遂自南海弃舟共去，不知其所往。

---

① 〔韩〕申纬：《警修堂全稿》册二《鸣琴采药之轩存稿·甲戌正月至十二月》，影印标点《韩国文集丛刊》第 291 册，第 34 页。

② 申纬、金正喜、金泽荣、李建昌、姜玮、黄玹、赵秀三、李学逵并称八大家。李学逵字醒叟、惺叟，号洛下生或洛下，平昌人，出生于首尔。其父李应熏，其母骊州李氏，进士李用休之女。李学逵从学于外祖父李用休和舅舅李家焕、李森焕等人，当时以星湖家门驰名，大体上属于实学派。与申纬、丁若镛等人交游，有《洛下生稿》等著作，1985 年将他的诗文合编为《洛下生集》。李学逵的思想基本上近于儒家思想，他对《公无渡河》的理解也是基于儒家思想。

③ 〔韩〕李学逵：《洛下生集》册十四《文漪堂集〔庚辰〕·七疗》，影印标点《韩国文集丛刊》第 290 册，第 456 页。

> 风起也大世叶，水逝也大世叶。
> 三千之界大世名，死不愿守闺中妾。
> 仙邪佛邪何所从，生乎死乎无所惻。
> 噫乎大世，噫噫乎大世。
> 谁汝驱之去威之胁，公肰掉头诀妻孥。
> 风波去荡南溟檥，君不闻箜篌所悲。
> 悲狂叟一去，胃死长鲸鱻。①

李学逵描写的大世是修行者，诀别妻孥，飘海渡洋，欲游中国学佛修道。飘海渡洋被喻为狂夫所渡之河，前面只有死亡，死于鲸鱼之口，这里再一次可以看到李白《公无渡河》影响的因素。在这里大世与狂夫多少有些类似，都是面对死亡毫无畏惧，勇往直前。《公无渡河》与大世的联结点是水与死亡，然而死亡并没有发生，死亡只是想象，这种想象是借助《公无渡河》来表现的。

三、中国文学中《公无渡河》的挽歌化与死亡想象

《公无渡河》与挽歌的关系、死亡想象是如何建立起来的？是始于古乐府《公无渡河》，还是始于拟乐府？是始于李朝文学，还是始于中国文学？如果中国文学也出现了《公无渡河》的挽歌化，而且早于李朝文学，那么李朝《公无渡河》的挽歌化可能源于中国文学。为了解决这个问题，必须调查中国文人乐府与挽歌的关系。

第一，中国拟乐府与挽诗关系的建立。

拟乐府《公无渡河》的挽歌化在中国文学中出现的时间较早，张正见《公无渡河》追悼了死者，可以看成是《公无渡河》挽歌化的起源。李贺的《箜篌引·公乎公乎》描写了溺水的亡者，王昌龄的《箜篌引》也写及战争与死亡。然而最为明确地以拟乐府《公无渡河》悼念死者，将《公无渡河》与挽歌联系起来的是陆游。

陆游《公无渡河（闻雅安守溺死于嘉陵江，代其家人作）》
大莫大于死生，亲莫亲于骨肉。

---

① 〔韩〕李学逵：《洛下生集·秋树根斋集〔辛巳〕·海东乐府》册十七，影印标点《韩国文集丛刊》第 290 册，第 521 页。

河不可凭兮非有难知,言之不从兮继以痛哭。
望云九井兮白浪嵯峨,刳肝沥血兮不从奈何。
秋风飒飒兮纸钱投波,从公于死兮下饱蛟鼍。①

陆游的这首诗歌在拟乐府《公无渡河》的发展过程之中具有着特别的地位,陆游开创了新的发展方向,他的诗歌具备了《公无渡河》挽歌化的三个基本条件:其一,《公无渡河》与挽歌建立了关系。在唐人拟乐府《箜篌引》或《公无渡河》之中,出现了《公无渡河》的正面化,这是《公无渡河》挽歌化的条件。但唐人的《公无渡河》没有能够进一步发展,将《公无渡河》与挽歌联系起来。将《公无渡河》与挽歌联系起来的人是陆游,陆游以拟乐府的形式写了挽诗,诗题《公无渡河》明确表明了拟乐府的性质。标题的注文可以看成是副标题,写明了亡者及其死亡的方式,这显然是挽诗的标题。标题与注文组合在一起,明确地表明了拟乐府与挽诗的关系,开启了《公无渡河》拟乐府的新方向,是最为典型的拟乐府《公无渡河》的挽歌化。陆游没有直接使用《公无渡河》的诗句,但是诗句中的"公""河""奈何"等字词,给人以来自《公无渡河》的感觉。"江"与"河"并无本质的差异,用哪个字都可以。既然嘉陵江的地名用的是江字,那么诗歌也应当用江字。可是诗中使用"河"字,表明此字来自《公无渡河》。

其二,亡者与死亡方式不是虚构的。挽歌是为追挽亡者写的,雅安太守是陆游的友人,陆游与雅安太守的家人比较熟悉,此诗是代替雅安太守的家人写的。雅安太守是何人不明,陆游的诗文之中只出现过一次。雅安是四川中部的一个城市,《大清一统志·雅州府》卷三百六记载,汉置严道县,属蜀郡。永嘉后废。隋开皇十三年改曰蒙山,大业三年改曰严道,为临邛郡治。唐为雅州治,宋、元因之。明洪武初省县入州,清雍正七年,复置雅安县为雅州府治。陆游记载的雅安太守的时间与雅安地名、建制的时间相合,所记不虚。溺水而亡是《公无渡河》挽歌化的基本条件,雅安太守正是溺嘉陵江而亡,诗题清楚地记载了这一点。

其三,正面化是《公无渡河》挽歌化的一个条件,这一点在陆游的

———————————
① 宋·陆游:《剑南诗稿》卷四(中册),中国书店1986年,第70页。

这首诗歌中体现得不太明显。"亲莫亲于骨肉"写的就是亡者与家人生离死别的痛苦,"秋风飒飒兮纸钱投波"描写的是家人为亡者往水里投放纸币,这都是从亲情的角度来写的。陆游是代雅安太守的家人写诗,因而是以家人的语气来写的。此诗的情感基点是亲情,亲情也是儒家思想的核心之一,因而认为这首诗歌的情感内容是儒家化的,也没有什么不妥,儒家化与正面化是一致的。陆游的《公无渡河》与挽歌的三个关系和条件,正是《公无渡河》挽歌化的条件,从这个意义上说陆游的诗歌迈出了《公无渡河》挽歌化的第一步。

此后类似的诗歌不是很多,但还是有一些文人继续写出了类似的诗歌,都具备三个挽歌化的条件。

明王穉登《垞城阻风见溺者饷卒,赋公无渡河四章》

公无渡河,河之水汤汤。
蛟龙齿,如镆铘,干将以人血为酒,人肉为粮。
奈何乎?公盍归来兮故乡。
先逍遥,后号咷。
猛兽有穴,鸟有巢。
嗟嗟匹夫,没于渊涛。
滔滔者水耶,浮沉尔耶。
孰为父母耶,妻耶子耶。
家万里耶,安知尔溺以死耶?
河水西东兮,鱼兮鳖兮,葬汝于腹中兮。①

王穉登②这首诗歌的标题相当特别,是"公无渡河"与其他文字组合而成,相当于陆游的诗题《公无渡河》与题注的结合。"垞城阻风见溺者饷卒赋"相当于题注,但在这首诗歌中变成标题的一部分。标题与注文完全合而为一,实际上也是拟乐府与挽歌的合而为一。"见溺者"

---

① 《王百穀集十九种·青雀集卷上》,王钟翰主编:《四库禁毁书丛刊》集部第175册,北京出版社2000年,第180页。
② 王穉登(1535—1612)字伯谷,百谷、百谷、号半偈长者等等,江阴(今江苏江阴)人,移居吴门。嘉靖四十三年(1564)移居北京,万历十四年(1586)曾与汪道昆、王世贞、屠隆、汪道贯、汪道会等在杭州共举"南屏社"。

等文字不是挽歌标题常见的写法，表面看来只是客观记述看到溺者的情形，但实际也包含了追挽的意义，因而具有挽歌的色彩。此诗是拟乐府，也是挽歌，标题包括了两种因素。诗句移用或化用了《公无渡河》的诗句，保留了《公无渡河》的较多因素。王穉登所写之事当为事实，诗人因天气原因滞留垞城，恰巧看到了陌生者的溺亡。垞城遗址位于微山湖畔，今在江苏徐州市铜山区柳新乡垞城村。这里原为南北朝戍守之所，也是水运要塞。由于垞城在漕黄交汇之处，明嘉靖末年黄河多次泛滥，旧址逐渐不复存，但诗人记载的地点不是虚构的。

明末小说家董说①记载的《反公无渡河》极为特别，与挽歌存在着奇妙的逆反关系。

《反公无渡河》

（为亡友玄趾也，亦曰祭王子之乐章。北兵至，玄趾死，玄趾将坠于江，致书念台刘先生曰："门生已得死所矣。"书至，先生亦自决。）

牍曰："门生已得死所，师当复奈何。"刘夫子发书："慨然王郎，死而念我。公无渡河，公竟渡河。天行之马，必有带剑之鱼。"儒衣冠南向再拜稽首，会稽弟子员臣蓍。"二祖列宗，先皇陛下，当复奈何，哀痛奈何。"再拜稽首。下土章句："臣蓍皇天，后土鉴之。臣蓍水死，渡河而死。当奈公何，嗟今之人，孰不戴青天高履黄土？"②

《明史》有王毓蓍传，王毓蓍字玄趾，会稽诸生，受业刘宗周之门，气节矜然，时时放达。清兵入杭州时王毓蓍曾与其师刘宗周相约共死，不降清兵。王毓蓍投河而亡，又促刘宗周自决。董说重点记载《反公无渡河》，张岱则较为详细地记载了王毓蓍自溺而死之事。

乙酉六月，清兵至武林，辄告友人："北使朝入吾朝死，夕入吾

---

① 董说（1620—1686）字若雨，号西庵，明亡后隐居丰草庵，改名为林蹇，又名林胡子。中年在苏州灵岩寺出家为僧，法名南潜。
② 明·董说：《丰草庵诗集》卷九，王钟翰主编：《四库禁毁书丛刊》集部第三十三册，北京出版社 2000 年，第 60 页。

夕死。"时郡倅张愫等咸奉图籍去,坊民迎犒者比户酿金备牛酒,未及毓蓍。毓蓍方食,闻之,投箸起,援笔大书其门曰:"会稽王毓蓍不降。"里老爱毓蓍,为代毓蓍具进而潜去其门署。则语其兄毓芝曰:"弟死矣。"兄曰:"好,却难。"毓蓍曰:"难,何难?"乃作愤时《致命篇》。闻其师念台先生方饿未绝,以书促之曰:"吾辈非复大明黎赤矣,毓蓍已得死所,愿先生早自决,毋为王炎午所用吊。"廿三日早,独肃衣冠谒唐将军祠,以《致命篇》粘其壁,再书一绝曰:"敷天左袒竟如何,立马吴山第几坡。袖里尚存卫士石,此中犹佩信公歌。"趋拜文庙,欲沉泮水,泮水浅,乃之柳桥投河死。①

此事记载于多种文献,互有差异,但主要内容相同。② 王毓蓍与刘宗周的《公无渡河》显然不是写于死后,而是死前,这与狂夫妻痛哭狂夫之死完全相反;《公无渡河》是为他人之死而写,《反公无渡河》是诗人为自己之死而写;《公无渡河》表现的是无限的哀思,《反公无渡河》并无追挽之意,表现的是誓死赴义的决心。这一切都与《公无渡河》相反,故云《反公无渡河》。然而《反公无渡河》并不是与《公无渡河》全都相反,王毓蓍投于柳桥而死,与狂夫之死相似,这是王毓蓍之死与狂夫之死联系起来的原因。

《反公无渡河》的基本情感是儒家化的,王毓蓍之死完全是出于儒家忠君的思想。明代《公无渡河》儒家化的倾向更为明显,明刘基的《公无渡河》明确地表现了丈夫之死与儒家思想的关系:"丈夫不爱死,成仁心所安。殒身苟无故,哀哉徒自残。水能杀人人共知,公独茫然狂以痴。黄河渺渺无津涯,乃欲绝流而渡之,公也溺死人谁悲。世路如何,险恶实多。平地倏忽,滔天风波。利淫欲饵,孰知其佗。

---

① 明·张岱:《石匮后书·义人列传》卷五十七,中华书局上海编辑所1959年,第316—317页。
② "乙酉夏,大兵入杭州,官吏迎降。毓蓍作《致命篇》揭通衢,上言宗周曰:'愿先生早自裁,毋为王炎午所吊。'其友赵广生过之,毓蓍问曰:'子意何如?'广生曰:'无有也,不有渊明处士例乎?'毓蓍曰:'噫,何言之易,吾与若皆声色中人,久难自持,不如速死之为得也。'乃招其素所与知者,令伶人携乐器,至呈艺竞欢,酒酣而罢,即持炬出门,正衣冠,自投柳桥下死,时六月十二日也。宗周临终叹曰:'吾二十年讲学,仅得一王玄趾。'"(清·温睿临:《南疆逸史·列传第四十一》卷四十五,《续修四库全书》第332册,上海古籍出版社2002年,第408页)

不见不闻,纵横网罗。固不必如公之痴,可揸以鱼中之铍。亦不必如公之狂,可禽以伏甲之觔。眼前言笑百媚出,宁知兵刃罗心肠。公无渡河河无津,箜篌一曲愁杀人。"① 刘基将狂夫塑造为儒士,他的死亡带来极为强烈的悲剧感。《反公无渡河》是刘基《公无渡河》的延续,体现了杀身成仁的悲壮,王毓蓍是狂夫一样的悲剧英雄,然而悲剧英雄显然不是古乐府《公无渡河》狂夫的角色,这是《公无渡河》儒家化的结果之一。

第二,挽诗中的《公无渡河》因素。

元代初期的黄溍②在挽诗中融入《公无渡河》因素,这是《公无渡河》挽歌化的另一种形态。

《哭御史王公十首·其二》
被发胡为竟渡河,由来魑魅喜人过。
不须待听山阳笛,一曲箜篌哀思多。③

这是比较典型的挽诗,挽、悼、哭、哀等都是挽诗标题中常用的字,也是挽诗的标志之一。此诗不是拟乐府,但诗句明显地体现了与《公无渡河》的关系。第一句与第四句源于古乐府《公无渡河》,第一句是化用《公无渡河》的诗句,第四句是以《公无渡河》的本事为用事。全诗有四句,其中两句与《公无渡河》有关,另两句描写溺水而亡之事。与陆游等人的《公无渡河》比较,就会发现此诗题为《公无渡河》亦无不可。这意味着拟乐府的挽歌化与挽歌的拟乐府化之间不存在分明的界线,从陆游等人的拟乐府产生黄溍等人的挽歌是极其自然的。黄溍的《哭御史王公》由十首诗歌构成,上面引用的诗歌只是其中的一首,其他诗歌并没有摄入《公无渡河》的因素,因而不可题为《公无渡河》。

---

① 明·刘基:《诚意伯文集》卷之十,文渊阁《四库全书》第1225册,台湾商务印书馆2008年,第26页。
② 黄溍(1277—1357)是元代文人,婺州义乌(今浙江义乌市)人,字文晋。仁宗延祐间进士,任台州宁海县丞、侍讲学士知制诰等官。《四库全书总目提要》称其为文原本经术,应绳引墨,动中法度。学者承其指授,多所成就。黄溍除了《文献集》十卷之外,还有《日损斋笔记》等。
③ 王珽校注:《黄溍全集》上册,天津古籍出版社2008年,第91页。

黄潜追挽的亡者也是历史人物，御史王公疑为黄潜的同乡王龙泽。黄潜《义乌先达题名记》："义乌邑庠礼殿之西南，故有文昌祠，宋先达题名在焉。祠废而石毁已久。……宋咸淳甲戌进士第一王公龙泽，为行御史台、监察御史。公，邑人也。"① 黄潜是为同乡先达写挽诗。那么御史王公是否死于溺水呢？上引的诗歌没有较为明显的记载，但在这一组诗歌的其他诗中透露了御史王公之死的信息："其一：有人新自甬东来，别后音书第一回。欲问布帆无恙否，岂知尘世隔蓬莱。""其三：早岁栖身拟凤池，桑田为海已多时。路人方为乘骢止，流水生涯诚可悲。"② 这两首诗歌暗写王龙泽是溺水而亡，故有"隔蓬莱""流水生涯"的描写，这也是第二首诗歌中摄入《公无渡河》的原因。

明代祝世禄的《望江台诗哀程孝子而赋之》是挽诗，也是一首山水诗。③

《望江台诗哀程孝子而赋之》
公无渡河公渡河，渡河叒叒奈公何。
孤儿泣望荒台暮，风雨萧萧落木多。④

诗题的哀字是挽诗标题常用的字，表明此诗是为哀悼程孝子而作。"望江台诗"表明此诗是山水诗，描写的是望江台的山水景色，自然景色又为悼挽程孝子服务。此诗不是拟乐府，然而诗句的内容与陆游等人的《公无渡河》并无明显的不同。"公无渡河公渡河，渡河叒叒奈公何"两句来自《公无渡河》，另外两句不是源于《公无渡河》，但描写了程孝子坠河而死之事，因而也可以题为《公无渡河》。挽诗与《公无渡河》的界线同样十分模糊。程孝子是何人不明，明清时期的程孝子有数人，望江台也有数处。此诗没有直接写程孝子的孝行，程孝子之名已经表明

---

① 元·黄潜撰、王珽校注：《黄潜全集》上册，天津古籍出版社2008年，第286页。
② 元·黄潜撰、王珽校注：《黄潜全集》上册，天津古籍出版社2008年，第91页。
③ 祝世禄（1539—1610）字世功，江西德兴人。万历十七年（1589）进士，选为南科给事，历尚宝司卿。祝世禄工诗，善草书，有《环碧斋》诗集三卷等。
④ 明·祝世禄：《环碧斋诗》卷二，四库全书存目丛书集部第94册，齐鲁社1997年，第184页。

其人有超越凡人的孝行①。即使诗句没有儒家化的痕迹，仍然可以认为此诗是儒家化的。

梅鼎祚②的《纪张氏诗》与黄溍、祝世禄的挽诗不同，但有着相似的特征，因而也可视为《公无渡河》挽歌化的诗歌。

《纪张氏诗（有引）》

定远张贞妇殒于嘉陵，凡九阅月而为。丙戌午日，浮出江上。事具尊侍御自述中，邑人士请有司表之谓曹娥。为父而三日抱尸，张氏死夫而九月完魄，盖实录也。

哀哀黄鹄不胜歌，忽奏箜篌怨渡河。
自是贞心原匪石，依然完魄出层波。
化时填海同精卫，归日怀沙吊汨罗。
纵有好辞惭幼妇，谁能片碣比曹娥。③

梅鼎祚的这首诗歌没有题为乐府诗题，也没有题为挽歌化的诗题。从标题来看这首诗和乐府诗歌无关，也和挽诗无关。但实际上这是一首挽诗，诗人写诗的目的是为了记载张贞妇的贞烈之举，也是为了追挽张贞妇之死。诗引与诗句的每一句都是写张贞妇之死，尽管记载是粗略的，但可以了解张贞妇的死亡。张贞妇最终还是沉水而亡，官府为此表彰张贞妇为曹娥。此诗也融入《公无渡河》的因素，"忽奏箜篌怨渡河"当为用事。全诗只有这一句写《公无渡河》，这正是《公无渡河》挽歌化的典型方式。挽诗与《公无渡河》的关系主要建立在这一句，此句本来也是应当用"江"字，但用了"河"字。这一方面是《公无渡河》的影响，另一方面也是为了押韵。

---

① 清《（光绪）重修安徽通志》卷二百四十五记载："程士俊，霍邱人。雍正间舟泊洪泽湖，夜有人厉声曰：'程孝子船免死。'平旦众船覆，程独无恙。父患疽，已不治，祷天求代父，梦神语曰：'怜尔子诚孝，疮愈矣。'明日痂脱。（霍邱县志新增）"（清·沈葆桢、吴坤修等修、何绍基、杨沂孙等撰，《（光绪）重修安徽通志·人物志·孝友》卷二百四十五，《续修四库全书》第654册，上海古籍出版社2002年，第224页）

② 梅鼎祚（1549—1615）是明代诗人，也是戏曲家和小说家。字禹金，号胜乐道人，宣城（今属安徽）人。申时行荐他入朝，但他辞不赴，归隐于书带园，致力于收藏书籍，与藏书家焦竑、冯梦桢、赵琦美等人交游。

③ 明·梅鼎祚：《鹿裘石室集·诗集卷十八》，《续修四库全书》第1379册，上海古籍出版社2002年，第2页。

明清时期的张贞妇有数人①,诗引记载张贞妇为定远人,然而定远亦有多处,四川、安徽、甘肃等皆有定远。诗中的定远当为四川重庆府的定远县,嘉陵江在重庆府,故张贞妇投嘉陵江而亡。《四川通志》记载:"定远县:宋合州地之女菁坪,元至元四年创为武胜军行、和溪安抚司事,后改为定远州。二十四年降为县,属合州。明隶重庆府,嘉靖三十年,知县胡濂以江水坏庐,移治庙儿坝,即今治所。"②《四川通志》记载了几位贞妇,但没有记载张贞妇,这并不说明梅鼎祚是杜撰的。亡者的儒家化与正面化是挽诗的标志,这一点在这首诗中体现得最为鲜明。诗引与诗句都将张贞妇誉为曹娥,曹娥是中国历史上最闻名的孝女之一。《后汉书·列女传》记载曹娥为会稽上虞人,其父溺死,不得尸骸。娥年十四,沿江号哭,昼夜不绝,旬有七日投江而死。曹娥是历代朝廷褒扬的孝女典范,将张贞妇说成是明代的曹娥,是为了赞美张贞妇,但也是挽诗的需要和儒家化的需要。

明末清初的布衣诗人吴嘉纪也有一首同类的挽诗③:

《哭吴雨臣》

歙县人,讳元霖,自号古迁。甲辰九月十日,覆舟皖江溺死。
男儿终一死,沟壑亦堪息。所嗟七尺躯,乃为蛟龙得。
常闻抱忠信,可以履不测。斯人忽沦丧,天不与有德。
波涛浩茫茫,闺中怆胸臆。日暮弹箜篌,哀音正凄恻。④

此诗有典型的挽诗标题,哭字表明了追挽的意义。诗句的内容也没

---

① 名为张贞妇的女性颇多,明代张世《自广斋集》卷十一《张贞妇沈氏状》记载的张贞妇是沈氏,不是死于沉水,当非梅鼎祚诗歌中的张贞妇。明陆师道《悼张贞妇》是一篇长诗,详细地记述了张贞妇的生平事迹,此诗的张贞妇亦非梅鼎祚诗歌中的张贞妇。陆师道的诗歌载于《(万历)嘉定县志·文苑三》卷二十一,嘉定张贞妇当非定远张贞妇。"可怜金石贞,竟死椎斧余"一句表明张贞妇死于椎斧,而非沉于江河。陆师道写的张贞妇之死引发了巨大的社会反响,有褒有贬,陆师道是为了赞美张贞妇写了《悼张贞妇》,归有光是为了批驳诽谤张贞妇的社会舆论写了《贞妇辨》。清萧穆《敬孚类稿》卷十三《张贞妇传》记载的张贞妇是盛氏,咸丰元年离世,时间与梅鼎祚诗歌中的张贞妇不合,应当是另一个张贞妇。
② 清·黄廷贵等监修、张晋生等编撰:《四川通志·建制沿革·合州·定远县》卷二,文渊阁《四库全书》第559册,台湾商务印书馆2008年,第76页。
③ 吴嘉纪(1618—1684)字宾贤,号野人,生活清贫,经常无米可炊,但仍喜读书做诗,曾应府试。明王朝覆灭,清兵南下,他决意仕途,隐居家乡。
④ 杨吉庆:《吴嘉纪诗笺注》,上海古籍出版社1980年,第50页。

有超出挽诗的范围,《公无渡河》的因素不是很多,只是体现在最后两句。吴雨臣是吴嘉纪的友人,二人关系密切,吴嘉纪还有《怀吴雨臣》《送吴雨臣》《九月四日吴雨臣见过》等诗歌。吴雨臣在皖江覆舟沉水而亡,皖江指安徽的长江流域。吴嘉纪将吴雨臣写成了忠信之士,儒家化也是这首诗歌挽歌化的一部分。

第三,堕河而死的危险想象与《公无渡河》。

李白等人描写了狂夫所渡之河之后,这条河不再只是自然山水的符号,而是变成了具体可感的形象,象征着死亡与危险。《公无渡河》可以用来追悼已经死亡的人,还可以表现即将到来的死亡与危险。

明顾梦圭《石川翁游阳山大风覆舟诗以慰之》
兰桡桂棹有清缘,三江五湖阅岁年。
阳侯何事偶相戏,狂飙激荡孤帆前。
谁知孙登旷襟宇,掀髯一笑临苍渊。
葛翁避热得所适,至理妙悟神斯全。
天公况扶跛男子,岂使蛟鳄长腾骞。
夕阳对酒山自好,万顷霞月还澄鲜。
米家图书不须惜,龙宫珠贝应争妍。
公无渡河亦浪语,仙槎曾泛斗牛边。①

此诗的作者顾梦圭字武祥,号雍里昆山人,生卒不详。嘉靖二年(1523)进士,官至江西右布政使。这首诗歌显然不是挽诗,与《公无渡河》的挽歌化存在着本质的差异:诗中没有亡者,没有追挽亡者的哀思,没有着意表现出来的儒家化与正面化,也没有赞美的色彩。此诗描写了覆舟落水,虽然死亡没有变成事实,但经历了死亡的体验,这样就与《公无渡河》产生了关系,也可以说是《公无渡河》挽歌化的另一种延伸。

明末布衣诗人何白也有过类似的危险经历,何白(1562—1642)字无咎,家境贫寒,但孜孜不倦地学习。他的《杨木甫过宿山房,醉归堕会昌湖,作歌自伤,且嘲同舟金师厚拯之不力,戏成和章》写了沉水未

---

① 明·顾梦圭:《疣赘录·七言古诗》卷七,《四库全书存目丛书》集部第83册,齐鲁书社1997年,第133页。

死的遭遇:"君不见丽玉箜篌声正哀,公无渡河归去来。又不见吕梁悬流空荡瀁,丈人蹈波与波出。得全于天复全酒,何人濡身且濡首,弃之者谁如敝帚。一昨杨郎棹晚风,耳热扣舷明月中,翻然撞入冯夷宫。醉眼模糊不知处,解衣欲卷水绡卧,脱巾便挂珊瑚树。调笑灵妃颊薄怒,歌翻地轴百川注。贝阙峨峨歆欲什,赤龙磨牙撼铜柱……"① 此诗也写了覆舟落水中的经历,仿佛游历了水中龙宫,这是使用《公无渡河》本事的原因。何白还有一首写的也是会昌湖,风雨中的会昌湖使他想到了《公无渡河》与死亡——《归舟至会昌湖,遇大风雨作歌》:"紫芝峰前雨如注,天低云压吞江树。万马奔涛涧溜悬,六龙卷海雷声怒。扁舟初出会昌湖,六鹢退飞那可渡。两涯不辨望欲迷,咫尺风波如滟滪。双童舞桨颠且僵,泄云狼籍难禁当。空中斗笠出还没,浪底孤篷低复昂。一叶浮沈寄微命,去留不得翻仓皇。眼望前山逐飞电,树杪河流时可见。柴门渐近剧传呼,稚子竹中灯火乱。灯前放歌,公无渡河。百年一日,哀乐何多。拂衣脱帽浇以酒,耳热起舞朱颜酡。君不见人心波澜更难测,平地虎须高百尺。今日下堂昨倾国,朝种芝兰暮荆棘。拂床且就北窗眠,梦破华胥东日白。"② 暴风雨中的会昌湖展现出恐怖狰狞的景象,虽然没有遭遇覆舟之险,但同样也会想到《公无渡河》。《公无渡河》的想象没有局限在挽歌,这种延伸的想象可以形成《公无渡河》挽歌化的类似形态。此类想象形成的时间迟于《公无渡河》的挽歌化,应当是在《公无渡河》挽歌化的基础上形成的。

前文分别研究了中韩《公无渡河》的挽歌化与死亡想象,可以发现两个重要特征:一是中韩《公无渡河》的挽歌化非常相似,都是将挽歌与《公无渡河》结合起来,把《公无渡河》作为悼念亡者或想象死亡的因素。正面化、儒家化都是中韩文学共有的因素。二是中国《公无渡河》的挽歌化与死亡想象尽管没有李朝文学那么普遍,数量不多,但早于李朝《公无渡河》的挽歌化与死亡想象。产生时间的早晚是研究的重要依据,中韩文学存在同类现象,中国文学又早于韩国文学。这只能表明二者之间存在影响关系,李朝《公无渡河》的挽歌化、死亡想象是受到中国同类诗歌的影响产生的,不是直接源于古乐府《箜篌引》。其原因有二:其一,由于拟乐府的内容大多脱离古乐府本事,在内容方面具

---

① 沈洪保点校:《何白集·汲古堂集卷十》,上海社会科学院出版社2006年,第183页。
② 沈洪保点校:《何白集·汲古堂集卷八》,第160页。

有相当大的自由空间，因而在没有任何影响的情况下，难以朝着同一个方向推进。即使在唐代提出遵从古乐府本事的要求之后，历代诗人仍然是按照各自的需要使用古乐府本事。如果李朝的《公无渡河》与中国的同类文学具有了相同的推进方向，只能说明二者之间至少在信息或知识层面上产生了交流，因而才会出现同类现象。其二，李朝的拟乐府《公无渡河》不是直接产生于古乐府《公无渡河》，而是在唐代拟乐府基础上生成的。李朝拟乐府与中国拟乐府之间是更为重要的直接关系，李朝拟乐府《公无渡河》与古乐府《箜篌引》是次要的间接关系，因而李朝《公无渡河》的挽歌化是在与中国拟乐府及其相关诗歌的关系中产生的。

如果认定李朝《公无渡河》的挽歌化、死亡想象是源于宋代以来中国文学的同类现象，就会发现另一个问题：很难认定李朝《公无渡河》的挽歌化与死亡想象是受到中国同类诗歌的哪一篇产生的。既然李朝《公无渡河》的挽歌化、死亡想象与中国同类诗歌之间是影响关系，那么应当可以落实到具体作品，但实际上无法落实为具体诗歌的影响关系。其结果只能落实到现象层面，无法落实到具体诗歌，这就与通常所说的影响关系具有了本质的不同。陆游的《公无渡河（闻雅安守溺死于嘉陵江，代其家人作）》是最早也最具有代表性的此类诗歌，但在李朝《公无渡河》的挽歌化、死亡想象中根本看不到陆游的影响痕迹，当然也看不到其他中国诗人直接影响的痕迹。元黄溍的《哭御史王公》更接近于李朝《公无渡河》的挽歌化、死亡想象，但也只是更为接近而已，无法确定为影响关系。

影响关系明明存在，但无法证明为特定诗歌之间的影响关系，那么影响关系究竟是否存在呢？这是不同于影响关系、平行关系的第三种比较文学关系①，中韩《公无渡河》挽歌化的诗歌之间没有影响关系，并不等于二者之间就没有关系。这种关系不是以作品之间影响关系方式的存在的，而是以知识信息的方式产生交流关系的。知识或信息层面的交流是比较文学交流的主要方式之一，只是比较文学的学者几乎没有在这个层面上考察与研究。

---

① 参见拙著《第三种比较文学的观念》，北京大学出版社 2016 年。

所谓的知识是通过经验或学习获得的专门技能,也指特定领域实用的观念或理论,在特定的领域内广为人知的事实与信息也是知识,尚未人知却可通过研究发现的事实与信息,也可以成为知识。文学知识是文学领域内为人知晓的事实与信息,或者观念与理论,也可以是尚未发现、但通过研究可以发现的事实与信息。然而知识应当是正确的,文学的知识也是如此。文学知识不应当是个人的感觉,应当是与事实吻合的概念与观念,在知识面前文学研究没有特权。

知识是从很多具体作品与现象中概括出来的,知识与具体作品是一对多的关系,是松散对应的关系。知识或信息是中朝文人或文本交流的中间媒体,《公无渡河》与挽歌关系的知识或信息是第三种比较文学的中间媒体,中间媒体的知识或信息是否形成,是第三种比较文学关系研究的关键因素。文学信息或知识的交流可以存在于文学层面,文学信息或知识既然属于文学,也就可以认为存在于文学层面,这是第三种比较文学关系中比较特别的因素。然而也可以认为文学知识或信息存在于生活世界,因为生活世界无所不包。文学知识或信息也具有生活世界知识或信息的性质,因而与通常所说的影响关系仍然存在着较大的差异。《公无渡河》与挽歌的关系只是一个信息,还没有形成以概念形式存在的知识。李朝诗人不管以何种途径获得这一信息,只要了解了这一信息,即使没有读过陆游、黄潛等人的诗歌,只要是按照已经得到的信息去写诗歌,各自写自己的生活世界,追挽他们认识的人的死亡,或者面临现实中的江河湖泊产生的死亡想象,完全可以写出《公无渡河》挽歌化形态的诗歌。这也就是说并不需要在诗歌文本层面必须建立影响交流的关系,在没有影响关系的情况下,李朝文人完全可以写出《公无渡河》挽歌化的诗歌,根本就不需要模仿或学习陆游等人的诗歌。即使在李朝文人的阅读史中能够找到阅读过陆游等人诗歌的证据,也无法证明李朝诗人的诗歌是受到中国诗人的直接影响产生的,因为两国诗歌文本之间完全没有直接交流的蛛丝马迹。如果是在古乐府《箜篌引》基础上直接形成了挽歌化,那么具体表现形态应当与中国《公无渡河》的挽歌化不同,但现在看到的形态几乎完全相同,因而只能认为李朝《公无渡河》的挽歌化只能是在第三关系层面上形成的。

第二章 《黄鸟歌》与《高丽人参赞》

第一节 《黄鸟歌》的作者与历史叙事的关系

一、《黄鸟歌》的作者及其问题：是歌谣还是瑠璃王所作？

研究《黄鸟歌》首先遇到的是《黄鸟歌》的作者与背景问题，这一直是《黄鸟歌》研究的主要问题，近年的研究也多是围绕着《黄鸟歌》的创作时间、诗歌背景与形式特征等方面展开的①。《黄鸟歌》的作者主要有二说：一是歌谣说；一是瑠璃王说。与这个问题密切相关的另一问题是《黄鸟歌》是汉诗还是汉译诗的问题：

第一，歌谣说以为《黄鸟歌》是上古歌谣，并非瑠璃王所作，因而此歌为汉译诗，而非汉诗。张德顺在《国文学通论》中将《黄鸟歌》作为了上古歌谣②，任东权、郑炳昱等学者认为此歌当为民间歌谣，后译

---

① 近年来研究《黄鸟歌》的论文主要如下：任周卓、周文京《黄鸟歌的新理解(〈황조가（黃鳥歌）〉의 새로운 해석)》，《冠岳语文研究》第29辑，2004年。金成基《黄鸟歌的恋慕对象与创作时间（黃鳥歌의 戀慕 對象과 創作時點）》，《古诗歌研究》第8辑，2001年。金荣洙《黄鸟歌研究·再考》，韩国诗歌学会《韩国诗歌研究》第6辑，2000年。李权宰《黄鸟歌研究》，朝鲜大学校传统文化研究所《传统文化研究》第6辑，1999年。玄丞桓《〈黄鸟歌〉的背景说话与文化背景的意义（〈黃鳥歌〉背景說話의 文化背景의 意味）》，济州大学校师范大学百录论丛编辑委员会《百录论丛（백록논총）》创刊号，1999年。这些论文主要是研究了《黄鸟歌》的文体、爱情、创作时间等问题，尤其爱情是韩国学者感兴趣的问题。中国国内有以《黄鸟歌》、《箜篌引》与《龟旨歌》为中心研究的延边大学硕士论文，由此可知国内学术界没有将《黄鸟歌》作为主要的研究对象，其原因是《黄鸟歌》的问题较少。

② 〔韩〕张德顺：《国文学通论》，新丘文化社1983年，第76—80页。张德顺所关心的是《黄鸟歌》是抒情诗还是叙事诗的问题，但这个问题意义不大，此歌虽然有叙事性的本事，但诗歌本身是抒情诗，而非叙事诗。

为汉诗。郑炳昱以为《三国志》等文献记载过迎鼓、隧神祭等祭神活动，此歌是高句丽的原始祭祀歌，写的是男女性关系的祭礼仪式，因而诗歌作者、写作年代不明，是在流传过程中编入瑠璃王的生平①。也有人以为此歌是农耕时代的英雄歌谣，禾姬与雉姬的冲突应当是汉族与高句丽族的政治对立、冲突，瑠璃王没有能够成功地调节两个种族的冲突。歌谣说多是与祭神活动联系在一起，如果《黄鸟歌》是祭神仪式歌唱的歌谣，那么诗歌内容中应当留下祭神痕迹，但是《黄鸟歌》全无祭神的因素。本来《黄鸟歌》与瑠璃王的爱情、婚姻生活的关系完全吻合，明白清楚，但一定要从《黄鸟歌》中另外找出象征意义，就不免牵强附会。将两个王妃之间的冲突释为两个部落的战争与冲突，也是需要通过转化才能够解释出的象征意义。歌谣说都使用了相同的象征化研究方法，此类研究方法往往用于上古文学研究，存在同样的问题，任何的象征与转换必须建立在坚实的证据基础上，不可以随意想象。

第二，瑠璃王说以为《黄鸟歌》是瑠璃王所作的汉诗。《黄鸟歌》是汉诗还是汉译诗的问题，是与歌谣说、瑠璃王说密切相关的一个问题，如果认定为歌谣，那么基本上可以认为《黄鸟歌》是汉译诗，最初当为高句丽的母语歌谣。近些年韩国学者又有新的说法，甚至有人提出《黄鸟歌》是金富轼译为汉诗载入《三国史记》的，但难以提供较为有效的依据。其实瑠璃王说与汉诗说、汉译诗说又是不同的两个问题，《黄鸟歌》即使是瑠璃王所作，也可能是汉诗或汉译诗。有一些韩国学者认为《三国史记》记载的本事虽然存在问题，但基本上是实录，因而《黄鸟歌》当为汉诗，文璇奎、李家源等人是此类看法的代表性学者。李家源以为：

> 此歌的写作年代是瑠璃王四年（公元前16）春，其诗歌形态与《箜篌引》相同，是一篇四言四句诗，但与其受到《诗经》的影响，不如认为受到汉曲的影响更多。另外"国初始用文字，时有人记事一百卷，名曰《留记》。"（《三国史记》卷二十《高句丽本纪第八·婴阳王》）据此来看，瑠璃王写出这样的诗歌应当是可能的。②

---

① 〔韩〕李钟出等：《国文学概论》，正和出版文化1985年，第35页。
② 〔韩〕李家源：《韩国汉文学史》，普成文化社1998年再版，第21页。

李家源的看法非常明确：一、《黄鸟歌》是瑠璃王的诗歌，并不是无名氏的歌谣；二、《黄鸟歌》为汉诗，最初就是以汉文写成的，一百卷的《留记》可以证明高句丽建国初期具有很高的汉文写作能力。李家源以为瑠璃王（？—18）一方面沉迷于汉文化，另一方面又想保护本土文化，具有一定的反抗意识，因而瑠璃王应当具有汉文的写作能力。李家源的看法是建立在《三国史记》的记载，但也认为《三国史记》的记载存在一些问题，认为《黄鸟歌》的写作时间并不可靠。有的学者认为此歌是后人的汉译诗或伪作，与李家源的说法针锋相对。其主要依据是瑠璃王的时代不可能有成熟的《诗经》四言诗形式①。然而《箜篌引》与《黄鸟歌》相隔时间不算太远，《箜篌引》是成熟的四言诗，断言高句丽初期没有出现过四言诗，未免过于武断。尤其是在上古诗歌几乎失传的情况下，更是无法轻言没有四言诗。

歌谣说是学术界的主流说法，除了上述学者主张歌谣说的证据之外，其实还有其他更值得认真商讨的证据，下面有将围绕这些证据展开讨论。

第一，瑠璃王是神话人物，因而不可能是《黄鸟歌》的作者。

此说最有力的依据是瑠璃王的神性，一个神话人物创作了《黄鸟歌》，显然是一个极为荒诞的说法。瑠璃王（瑠璃明王，公元前38？—公元18？）是高句丽的第二代国王，也是朱蒙的长子，在位时间大约是公元前19年—公元18年。朱蒙是高句丽建国神话的主要人物，也是高句丽的开国君王，瑠璃王是从建国神话开始出现的人物，因而也是神话人物。最早记载瑠璃王的是中国文献，在《魏书》的记载中瑠璃王并无神性："初，朱蒙在夫余时，妻怀孕，朱蒙逃后生一子，字始闾谐。及长，知朱蒙为国主，即与母亡而归之，名之曰闾达，委之国事。朱蒙死，闾达代立。闾达死，子如栗代立。如栗死，子莫来代立。"②《三国史记》的记载更为详细，朱蒙还在扶余时与礼氏生了瑠璃王，瑠璃王姓高，讳

---

① 参见李康秀：《〈黄鸟歌〉的解释（황조가의 해석）》，《韩国文学的争点》，集文堂1986年，第99页。
② 北齐·魏收：《魏书·列传第八十八》卷一百，中华书局1997年，第569页。参照《魏书》的记载，其中还有一些问题。瑠璃王诸子的名字中并无与如栗发音比较接近的名字。王莽为讨伐匈奴，要求高句丽出援军。高句丽候驺一直拒绝，但最终迫于胁迫，出了援军。但决战之时，高句丽兵纷纷逃离，于是王莽罪责候驺，给候驺以刑罚，将高句丽名为下句丽。高句丽的候驺究竟是何人不明，仅从名字的发音来看与朱蒙比较像，但从年代来相当于瑠璃明王。

类利或孺留。朱蒙从扶余逃到了卒本，瑠璃（类利）留在扶余，不知道自己的父亲。后来到高句丽寻父，立为太子，继承了王位。瑠璃王的异母兄弟沸流和温祚离开高句丽，来到朝鲜半岛的南部，温祚后来成为百济的始祖。公元前9年，瑠璃王讨伐鲜卑，将鲜卑作为属国。公元前6年，扶余王带素与瑠璃王建立了国家关系，约定交换人质。瑠璃王准备将太子都切作为人质交给扶余，但都切恐惧，不肯前往。于是扶余王率5万军兵入侵，但因遇大雪退兵。此后扶余再一次入侵，王子无恤（大武神王）击退扶余军队，公元14年立无恤为太子，委以军事与国政的大权。同年8月，命乌伊与摩离吞并梁貊国，又攻陷汉朝玄菟郡高句丽县。公元3年10月迁都于国内城（今中国吉林省集安市），建造了尉那岩城。东盟祭没有祭礼可用的猪，于是派人寻找猪。家臣在国内城找到了猪，于是认为这里土地肥沃，可以作为都城。瑠璃王考察了国内城一带，决定迁都。公元18年行幸豆谷，并在离宫死去，埋葬于豆谷东原，谥号瑠璃明王。

上文记述了瑠璃王的基本生平，根据这样的生平难以认为瑠璃王是神话人物。但瑠璃王确有两点神性因素：一是瑠璃王的名称，《魏书》记载的闾达应当就是瑠璃，《广开土王碑》记载为儒留王。瑠璃二字当是高句丽语的音译，是佛教化的结果①。佛教化也是一种神性，但佛教的神性与神话的神性不同。这种神性是在瑠璃王死后的历史叙事中产生的，不足以作为研究的依据。二是瑠璃王出现于朱蒙神话，有一个神话人物的父亲，因而他是一个神话人物。那么应当如何理解这种现象呢？

其一，高句丽的建国神话是由神话与历史嫁接而成。其主要特征是开国君王既是神话人物，也是历史人物，神话故事与历史事实汇集于开国君王。神话最初形成的时间与建国事实的时间不一定完全一致，甚至可能相隔非常遥远的时间。朱蒙神话的各个部分不一定都是形成于公元前1世纪左右，不能因为金蛙王子的神话出现于朱蒙神话中，就认为金蛙王子的神话形成于公元前1世纪。金蛙王子的神话还出现于扶余神话中，扶余国何时建国不明，但应当早于高句丽的建国时间，最晚公元前

---

① 瑠璃也是佛教之物，佛经中经常会写到瑠璃："大正殿内立八万四千楼，以四宝作金、银、瑠璃及水精。金楼银覆，银楼金覆。瑠璃楼水精覆。水精楼瑠璃覆阿难。""彼大华池周匝绕有四宝钩栏金、银、瑠璃及水精。金栏银钩，银栏金钩。瑠璃栏水精钩。"（《中阿含经》卷十四，《日本大正新修大藏经》第一册，第516页）

108年卫满朝鲜灭亡时已经存在了。这说明金蛙王子的神话应当形成于公元前2世纪之前,朱蒙神话继承了扶余神话的一部分。柳花弃卵的神话故事也不一定是形成于公元前1世纪,这个神话与中国后稷出生的神话如出一辙,应当有更早的渊源。《史记》记载:"姜嫄出野,见巨人迹,心忻然说(悦),欲践之,践之而身动如孕者。居期而生子,以为不祥,弃之隘巷,马牛过者皆辟(避)不践;徙置之林中,适会山林多人,迁之;而弃渠中冰上,飞鸟以其翼覆荐之。姜嫄以为神,遂收养长之。初欲弃之,因名曰弃。"① 朱蒙神话研究经常提到这条文献,后稷出生的神话并非始于汉代,《诗经·大雅·生民》:"厥初生民,时维姜嫄,生民如何?克禋克祀,以弗无子。履帝武敏歆,攸介攸止,载震载夙,载生载育,时维后稷。……诞寘之隘巷,牛羊腓字之。诞寘之平林,会伐平林。诞寘之寒冰,鸟翼覆之。鸟乃去矣,后稷呱矣。实覃实吁,厥声载路。"② 《诗经》的时代与朱蒙建国的时代相去甚远,如果柳花弃卵的神话源于后稷出生的神话,这个部分显然不可能生成于高句丽的建国时代。只能是高句丽的建国神话吸收了早已存在的神话故事,使之成为高句丽建国神话的一部分。神话与历史的交织使遥远的神话时代与现实的客观时间交织在一起,相隔遥远的两个时间交叠在一起,遥远的神话人物与当时的历史人物生活在同一时间。从现代学术来看,神话与历史属于两个不同的领域,是性质完全不同的叙事,但二者以荒诞离奇的方式组合在了一起。

其二,分离和区别神话与历史是研究《黄鸟歌》必须注意的问题。朱蒙神话的神话部分与建国历史留下了明显的嫁接痕迹,具体表现是神话人物与历史人物截然分开,产生了分明的界线。朱蒙是神话人物,同时也是历史人物,但他的儿子瑠璃王和他的父亲完全不同,是一个没有神性的历史人物,完全失去了神话色彩。开国君王与第二代君王是生活在同一时间里,如果开国君王有很多神话故事,那么他的儿子也应当有许多神话故事,但事实上完全相反。这不是高句丽建国神话独有的现象。刘邦的出生是一个类似于神话的奇异故事,刘邦的儿子就完全没有类似的神异故事。汉代以后多半也是如此,开国君王总会被附会出一些神异

---

① 汉·司马迁:《史记·周本纪第四》卷四,中华书局1997年,第33页。
② 程俊英、蒋见元:《诗经注析·大雅·生民》(下册),中华书局1991年,第798—802页。

故事。朱蒙与瑠璃王虽为父子,但各自属于相隔遥远的不同时代。不能因为朱蒙神话的荒诞离奇,就认定瑠璃王也是神话人物。瑠璃王虽由神话人物所生,但他的生平事迹不是虚构出来的神话,完全走出了神话时代,成为一个现实世界的君王。研究者不应受到神话的影响,必须分离与区别二者,混同就会引起错误的判断。这就要求神话部分当以神话方式研究,建国部分当以历史方式研究;不能把神话研究方式用在研究建国历史上,不能被神话部分迷惑,向错误的方向推进。

瑠璃王是历史人物,而不是神话人物,就不能剥夺瑠璃王的作者资格,不能认为《黄鸟歌》是歌谣。如果将神话研究的常用方法移用于《黄鸟歌》,就会认为此歌的生成年代不明。即使《三国史记》明确记载了时间,也会认为这个时间不足为据。瑠璃王作为历史人物,创作《黄鸟歌》的可能性是存在的,并无任何不妥之处。

第二,上古诗歌都是歌谣,因而《黄鸟歌》也是歌谣。

歌谣说的另一证据是韩国早期诗歌几乎皆为无名氏的诗歌,只有《黄鸟歌》有明确记载的作者,这说明《黄鸟歌》也应当是无名氏的歌谣。

早期诗歌表

作品名称	作者	年代	文献出处
箜篌引	狂夫妻	汉武帝乐浪郡时期	琴操、古今注、海东绎史
黄鸟歌	瑠璃王	高句丽、公元前17年	三国史记
来远城歌	不详	高句丽	高丽史乐志、文献备考
延阳歌	不详	高句丽	高丽史乐志、文献备考
井邑词	不详	百济	乐学轨范
智异山歌	不详	百济	高丽史乐志
禅云山歌	不详	百济	高丽史乐志
兜率歌	不详	新罗儒理王5年	三国史记、三国遗事
会苏曲	不详	新罗儒理王？—57	三国史记
眵述岭曲	不详	新罗讷祇王？—458	增补文献备考
碓乐(대악)	百结先生	新罗慈悲王？—479	三国史记、高丽史乐志
龟旨歌	不详	新罗儒理王17年	三国史记
海歌词	不详	新罗圣德王	三国遗事

这个表格完全可以证明早期诗歌几乎都是无名氏作品的说法，所谓无名氏的诗歌其实往往都是歌谣。世界大多民族起源时期的诗歌也多是歌谣，韩国民族的早期诗歌也是如此，因而这个表格是可信的。然而只有《黄鸟歌》与其他最早的诗歌不同，不仅有明确的作者，还有《黄鸟歌》产生的本事。《黄鸟歌》显然不只是与世界很多民族的早期诗歌现象不合，也与韩国民族或高句丽的早期诗歌现象不合，因而有理由怀疑《黄鸟歌》的作者，可以认为《三国史记》记载的《黄鸟歌》作者是不可靠的。然而这种看法显然不是建立在确定的文献记载上，而是根据早期诗歌的一般现象推测而已，此外并没有提供更为可靠的证据。如果其他较早的文献记载《黄鸟歌》的作者不是瑠璃王，那么就有理由否定《黄鸟歌》的作者是瑠璃王。根据早期诗歌的一般状况来否定《黄鸟歌》的作者是瑠璃王，显然不是十分有力的。不过这不是说对此类说法完全可以忽略不计，还是应当认真探讨。

第三，《三国史记》的相关记载不是信史，因而《黄鸟歌》当为歌谣。

其实歌谣歌说最有力的证据是《三国史记》的相关记载不是信史，因而《三国史记》瑠璃王作《黄鸟歌》的记载不一定可靠。此说是最值得认真探究的，《三国史记》的相关记载被认定为不是信史的证据有四：一是瑠璃王三年松妃并没有死，不可能有更娶二妃之事；二是高句丽历史上没有出现过同时妻的制度，但瑠璃王娶了禾姬与雉姬两位王妃；三是瑠璃王写《黄鸟歌》的时间是十月，中国东北与朝鲜半岛北部的十月已经相当寒冷，不可能出现黄鸟；四是《黄鸟歌》应当作于瑠璃王三年十月（公元前17年10月）之前，"王尝息树下"的尝字表示的是更早以前的时间①。尝字解为曾经，据尝字怀疑《黄鸟歌》的写作时间早于瑠璃王三年并不充分。

瑠璃王三年十月松妃薨，这一记载引起学术界的争议，其原因是大武神王的年龄及事迹，无法与松妃死的时间相合。《三国史记》大武神王元年记载：

---

① 〔韩〕权宁彻：《黄鸟歌新研究》，晓星女子大学国文学科《国文学研究》1968年1号。

> 大武神王立。讳无恤，瑠璃王第三子。生而聪慧，壮而雄杰，有大略。瑠璃王在位三十三年，甲戌，立为太子，时年十一岁，至是即位。母松氏，多勿国王松让女也。①

这里明确记载大武神王是松妃之子，瑠璃王三十三年立为太子，立为太子时是 11 岁。然而《三国史记》记载瑠璃王二年七月（公元前 18），纳多勿侯松让之女为妃，瑠璃王三年十月（公元前 17），王妃松氏薨。瑠璃王与松妃的婚姻生活只有一年又三个月，大武神王只能出生于瑠璃王三年。到了瑠璃王三十三年，大武神王应当是 31 岁，但上面引文记载当时只有 11 岁。如果瑠璃王三十三年时，大武神王只有 11 岁，松妃生大武神王的时间应当是在瑠璃王二十二年，也就是公元 3 年。那么意味着松妃并没有死于瑠璃王三年，而是死于瑠璃王二十二年之后。两个时间无法吻合，显然有一个时间是错误的。那么哪一个时间是正确的呢？瑠璃王三十三年（14），瑠璃王立王子无恤为太子，这一记载本来没有什么可疑之处，但如果细读就会发现这个年龄是有问题的。瑠璃王将无恤立为太子，并"委以军国之事"就十分奇怪了，一个 11 岁的儿童能否具有指挥一个国家军队的能力是一个很大的疑问。瑠璃王将无恤立为太子，并将军权交给无恤，是因为瑠璃王三十二年（13），无恤设计大败扶余入侵之兵："三十二年，冬十一月，扶余人来侵。王使子无恤，率师御之。无恤以兵小，恐不能敌，设奇计，亲率军，伏于山谷以待之。扶余兵直至鹤盘岭下，伏兵发，击其不意，扶余军大败，弃马登山。无恤纵兵尽杀之。"② 这也就是说无恤在年仅 10 岁时率领军队，谋设奇计，以少胜多，大败来侵犯的扶余军队。哪个时间更为准确，一目了然。无恤 30 岁时打败了扶余军队是可信的，10 岁时打败强大的扶余军队不可信。由此来看松妃薨于瑠璃王三年十月的记载应当是正确的，松妃生无恤于瑠璃王二十二年必然是错误的。这一时间的差异是大武神王的年龄脱漏了"三"字造成的，三十一岁变成了

---

① 〔韩〕金富轼：《三国史记·高句丽本纪二·大武神王元年》卷十四，吉林文史出版社 2003 年，第 182 页。
② 〔韩〕金富轼：《三国史记·高句丽本纪二·高句丽本纪一·瑠璃明王三十二年》卷十三，第 181 页。

十一岁。① 但认为松妃在瑠璃王二十二年还没有死,就是一种想象了。这里显然需要校勘,但现行的诸本没有认真校勘,也就会出现这样的问题。

高句丽以及新罗、百济的历史上确实没有实行过同时妻的制度,同时妻就是同时有两位以上的妻子。那么金富轼是否将禾姬与雉姬记载为同时妻,还是去看《三国史记》的文本:

> 三年,秋七月,作离宫于鹘川。冬十月,王妃松氏薨。王更娶二女以继室,一曰禾姬,鹘川人之女也;一曰雉姬,汉人之女也。二女争宠,不相和,王于凉谷造东西二宫,各置之。后,王田于箕山,七日不返。二女争斗,禾姬骂雉姬曰:"汝汉家婢妾,何无礼之甚乎?"雉姬惭恨亡归。王闻之,策马追之,雉姬怒不还。王尝息树下,见黄鸟飞集,乃感而歌曰:
> 翩翩黄鸟,雌雄相依。
> 念我之独,谁其与归?②

在金富轼的记载中并无所谓的同时妻,对君王而言同时妻就是有两位王后,但金富轼记载的是妃,并没有记载为王后。《三国史记》没有具体记载禾姬与雉姬的身份,但她们二人是顶替松妃的,她们的身份应

---

① 刘子敏《高句丽大武神王研究》(《北方文物》2009年第2期)、《也谈大武神王伐扶余》(《东北史地》2008年第3期)等文章以为大武神王十一岁立为太子不误,主要原因是其他王子的年龄无法吻合。其实君王之妻并非都要载于史册,载于史册的王妻一般要具有较高的身份,《三国史记》记载的都是妃以上的女性,其他女性虽然生子,但未必载入史书。无恤为瑠璃王的第三子,在无恤之上还有两子,年龄要比无恤大得多,都切为长子,曾立为太子,但在瑠璃王二十年死去。刘子敏以为松妃所生的是都切,而不是无恤。这样解释未免离《三国史记》的记载太远,改动亦太大,因为这是在改编。《三国史记》并不是均衡记载丽、罗、济,主要详记新罗。新罗君王妃妾众多,景哀王四年条记载:"秋九月……萱又纵其兵,剽掠公私财物略尽,入处宫阙,乃命左右索王。王与妃妾数人在后宫,拘致军中。逼令王自尽,强淫王妃,纵其下,乱其妃妾。乃立王之族弟,权知国事,是为敬顺王。"(《三国史记·新罗本纪十二·景哀王四年》卷十二,第168页)又:"我太祖,妃嫔众多,其子孙亦繁衍,而显宗自新罗外孙,即宝位,此后继者,皆其子孙,岂非阴德之报者欤!"(《三国史记·新罗本纪十二·敬顺王九年》卷十二,第172页)君王拥有众多的后、妃、嫔、妾,然而载入史籍的人极少。由于《三国史记》的高句丽本纪记载粗略,入于史籍的嫔妃就更少。如果仅仅依据见于记载的后妃来研究,必然误入歧途。

② 〔韩〕金富轼:《三国史记·高句丽本纪一·瑠璃明王三年》十三卷,吉林文史出版社2003年,第177页。

当是王妃，而不是王后。其实松氏不是王后，而是王妃，至多是元妃。《三国史记·高句丽本纪》的记载相对粗略，但明确地区别了后与妃，并没有混同。闵中王五年条记载："五年，王薨。王后及群臣，重违遗命，乃葬于石窟，号为闵中王。"① 显然高句丽并非没有王后之制，后与妃的身份等级是完全不同的，妃可以立为后，故国川王二年条："二年，春二月，立妃于氏为王后。后，提那部于素之女也。"② 故国川王将于氏王妃立为王后，证明王妃与王后不同。高句丽的王妃有等级差别，瑠璃王之子大武神王有元妃与次妃："冬十一月，王子好童自杀。好童，王之次妃、曷思王孙女所生也。颜容美丽，王甚爱之，故名好童。元妃恐夺嫡为太子，乃谗于王曰：'好童不以礼待妾，殆欲乱乎？'王曰：'若以他儿憎疾乎？'妃知王不信，恐祸将及，乃涕泣而告曰：'请大王密候，若无此事，妾自伏罪。'于是，大王不能不疑，将罪之。或谓好童曰：'子何不自释乎？'答曰：'我若释之，是显母之恶，贻王之忧，可谓孝乎？'乃伏剑而死。"③ 王后是君王的正妻，元妃也是君王的正妻，相当于王后，但仍与王后不同，没有王后拥有的地位和权力，所谓的同时妻制度是不存在的。元妃与次妃虽然都是王妃，但主次先后不同。禾姬与雉姬是王妃，不是王后或元妃。根据《三国史记》的记载，不能得出禾姬与雉姬是同时妻的结论。瑠璃王娶禾姬与稚姬符合当时的后妃制度，君王不能同时设立两个王后，但可以拥有多位王妃，禾姬与雉姬只是王妃而已。

新罗的王宫历史固然不能等同于高句丽，但亦可参考。新罗似乎存在过双王后，《三国史记·新罗本纪十·哀庄王六年》："六年，春正月，封母金氏，为大王后；妃朴氏，为王后。……其母叔氏为大妃，妻朴氏为妃。"④ 这段记载中出现了两个王后，但这与双王后不同，大王后是哀庄王的母亲，相当于太后。新罗的历史上除了大王后之外，还有太后。《三国史记·新罗本纪十二·神德王一年》："元年，五月，追尊考为宣圣大

---

① 〔韩〕金富轼：《三国史记·高句丽本纪第二·闵中王五年》，吉林文史出版社2003年，第188页。
② 〔韩〕金富轼：《三国史记·高句丽本四·故国川王二年》卷十六，吉林文史出版社2003年，第200页。
③ 〔韩〕金富轼：《三国史记·高句丽本纪第二·大武神王十五年》，吉林文史出版社2003年，第186页。
④ 〔韩〕金富轼：《三国史记·新罗本纪十·哀庄王六年》卷十，第138页。

王,母为贞和太后,妃为义成王后,立子升英为王太子。"① 母后可以是大王后,也可以是太后,不知这只是名称的差异,还是存在其他的差异。新罗的王后与王妃也是不同的,《三国史记·新罗本纪八·圣德王十九年》:"十九年……三月,纳伊顺元之女,为王妃。……六月,册王妃为王后。"② 新罗也有元妃、次妃之制,《三国史记·新罗本纪九·惠恭王十六年》:"十六年……夏四月,上大等金良相与伊敬信,举兵诛志贞等,王与后妃为乱兵所害。良相等谥王为惠恭王,元妃新宝王后,伊维诚之女,次妃,伊金璋之女,史失入宫岁月。"③ 元妃追赠为王后,元妃与王后显然也不同,这一点与高句丽相同。高句丽与新罗的君王婚姻之制可能存在差异,但从上述文献的记载来看,大体还是相似的。纵观上述《三国史记》的记载,根据禾姬与雉姬而认为《三国史记》记载了同时妻制度,完全是当今学者的误读,与《三国史记》的记载并不符合。如果据此认为瑠璃王与禾姬、雉姬的婚姻只是传说,更是在错误理解的基础上的判断。

瑠璃王写作《黄鸟歌》的时间也存有疑问,一般以为《黄鸟歌》作于瑠璃王三年十月,因为《黄鸟歌》记载于《三国史记》瑠璃王三年十月条。然而《黄鸟歌》写的黄鸟是候鸟黄鹂,入冬之前已经飞离北方。当时的十月大体相当于现在的十一月,已经是初冬了,瑠璃王不可能看到黄鸟赋诗。《三国史记》的记载显然有问题,这是很容易得出的判断。因而《黄鸟歌》的作者与本事是传说,不足为据。然而这是没有能够正确解读瑠璃王三年十月条造成的,所有的事件都是按照时间条目记录的,每一条都以时间为标题,表明记载的事件发生于条目记载的时间,这的确是官修正史的惯例。但是并非所有的记载都是遵循了这一惯例,有的条目打破了这一惯例,瑠璃王元年条就是变化方式④。瑠璃王元年记载

---

① 〔韩〕金富轼:《三国史记·新罗本纪十二·神德王一年》卷十二,第164页。
② 〔韩〕金富轼:《三国史记·新罗本纪八·圣德王十九年》卷八,第114页。
③ 〔韩〕金富轼;《三国史记·新罗本纪九·惠恭王十六年》卷九,第130页。
④ 瑠璃王元年:瑠璃明王立。讳类利,或云孺留。朱蒙元子,母礼氏。初,朱蒙在扶余,娶礼氏女有娠。朱蒙归后乃生,是为类利。幼年,出游陌上,弹雀误破汲水妇人瓦器。妇人骂曰:"此儿无父,故顽如此。"类利惭,归问母氏:"我父何人,今在何处?"母曰:"汝父非常人也,不见容于国,逃归南地,开国称王。归时谓予曰:'汝若生男子,则言我有遗物,藏在七棱石上松下,若能得此者,乃吾子也。'"类利闻之,乃往山谷,索之不得,倦而还。一旦在堂上,闻柱础间若有声,就而见之,础石有七棱。乃搜于柱下,得断剑一段。遂持之与屋智、句邹、都祖等三人,行至卒本,见父王,以断剑奉之。王出己所有断剑,合之,连为一剑。王悦之,立为太子,至是继位。(《三国史记·高句丽本纪一·瑠璃明王元年》卷十三,第176页)

了瑠璃王出生到立为太子期间的事件，这些事件显然不会都发生在瑠璃王元年。其实传主早年的生平并不是逐年逐月记载的，这也是官修正史的惯例。研究者应当了解官修正史的一般惯例，也要了解记载早年生平的惯例。细读瑠璃王三年十月条，就会发现此条记载的事件并非都是发生于十月。

其一，建造东西二宫需要比较长的时间，不可能在不到一个月的时间里建造出两座王宫。王田于箕山，"七日不返"，是在建造二宫之后，那么建造两座王宫的时间还不足一个月，意味着在二十三天之内建造了二座王宫。这显然是不可能的，至少表明十月条记载的事件并不都是发生于十月。其二，瑠璃王娶禾姬与雉姬也未必是同时娶的，《三国史记》记载"王更娶二女以继室"，但没有记载是同时娶了二妃，还是分别娶了二妃。娶二妃是在松妃死的十月之后，具体时间也不明确。禾姬与雉姬产生矛盾、雉姬离开、吟诵《黄鸟歌》等事件，应当有一个相对较长的发展过程，不是在短短的时间内产生的。这些事件不是发生于十月，应是发生于十月松妃死后，具体时间无法考定。据此不能认为《黄鸟歌》作于十月，十月作《黄鸟歌》的说法是建立在错误的解读基础上。同时还必须指出《三国史记》瑠璃王三年十月条的记载应当是信史，并非杜撰或者传说。

二、《黄鸟歌》的幸存原因：历史叙事的起源与基准

在韩国上古诗歌中，只有《黄鸟歌》有明确的作者，显然《黄铭记》极其反常。如果不能明白这一反常的个案，就解决不了《黄鸟歌》作者的问题。其实这个问题不只是关系到诗歌的作者，也关系到诗歌的传承方式。《黄鸟歌》能够得以保存与作者的特殊身份不无关系，这一关系从另外一个角度证明了此歌的作者就是瑠璃王。《黄鸟歌》保存在官修正史《三国史记》中，官修正史与《黄鸟歌》的关系是研究《黄鸟歌》作者的另一线索，从这一线索能够得到《黄鸟歌》载入《三国史记》的原因。

金富轼撰写《三国史记》受到《史记》的影响，这是众所周知的事实。《史记》插入韵文，也有韵散相间的文体。金富轼只要移用《史记》的记录方式和韵散相间的文体，就自然而然地可以插入《黄鸟歌》，从而形成韵散相间的文体。《史记》确立了记事为宗的原则，不过没有放

弃记言，仍然沿用了韵散相间的文体：

  其后箕子朝周，过故殷虚，感宫室毁坏，生禾黍，箕子伤之，欲哭则不可，欲泣为其近妇人，乃作麦秀之诗以歌咏之。其诗曰：
  麦秀渐渐兮，禾黍油油。
  彼狡僮兮，不与我好兮！
  "所谓狡僮者，纣也。"殷民闻之，皆为涕泣。①

  史家的使命是真实记录历史事件，司马迁作为史家没有必要记录《麦秀歌》，但他还是记载了《麦秀歌》。《史记》还记载了刘邦的《鸿鹄歌》："四人为寿已毕，趋去。上目送之，召戚夫人指示四人者曰：'我欲易之，彼四人辅之，羽翼已成，难动矣。吕后真而主矣。'戚夫人泣，上曰：'为我楚舞，吾为若楚歌。'歌曰：'鸿鹄高飞，一举千里。羽翮已就，横绝四海。横绝四海，当可奈何！虽有矰缴，尚安所施！'歌数阕，戚夫人嘘唏流涕，上起去，罢酒。竟不易太子者，留侯本招此四人之力也。"②《麦秀歌》《鸿鹄歌》是文学，不是历史，完全可以删去诗歌，删去了也不会影响记事的完整性，只是缺少了箕子返回中原的感受，也缺少了刘邦对戚夫人的真切情感。

  删去诗歌也不会影响历史的叙事，那么《史记》与《三国史记》为何要插入诗歌呢？这种韵散相间的文体与小说或散文的韵散相间很不相同，小说或散文插入韵文并不会改变文学的基本性质。但官修正史插入韵文，是文学与非文学类文体的结合。这只能使历史叙事更为生动，似乎对历史叙事不能产生助益，反而可能破坏历史叙事的真实性，历史叙事并不需要韵散相间的文体。可是《史记》与《三国史记》仍然坚持插入诗歌究竟是什么原因呢？由此而产生的问题是历史叙事的韵散相间文体是如何生成的，又是以怎样的基准选择诗歌插入历史叙事，只有解决了这个问题，才可以了解《史记》与《三国史记》的韵散相间文体，才能明白韵散相间文体与《黄鸟歌》得以保存的关系。

  韵散相间文体的生成是一个老问题，早在上一个世纪初就已经开始围绕变文与小说为中心展开了讨论。梁启超以为这种文体形成于中国本

---

① 汉·司马迁：《史记·宋微子世家第八》卷三十八，中华书局1997年，第412页。
② 汉·司马迁：《史记·留侯世家第二十五》卷五十五，中华书局2011年，第2047页。

土，以为汉赋就有韵散相间的文体①。陈寅恪研究了唐代变文，以为韵散相间的文体源于佛典②。郑振铎也认为源于佛典，并认为唐代以前的文体只有纯粹的散文或纯粹的韵文③。现在也有个别学者讨论这个问题。韵散相间的文体并非始于唐代，在唐代之前的各类文体中都有不同程度的应用。通常认为韵散相间的文体是较为晚近时期形成的，单纯的韵文与单纯的散文是早期的文体，随着各类文体的复杂化、丰富化与成熟化，散文与韵文结合起来，形成了韵散相间的文体，这是文学研究者在文体层面上思考的结果。

但事实上并非如此，韵散相间的文体是东亚最古老的文体之一，早在先秦历史文献中就出现了这种文体。最令人关注的是《尚书》，此外《左传》《吕氏春秋》《吴越春秋》等也都有程度不同的运用。韵散相间的文体不是诗人的创造，其实是史家的创造。最初的史家未必是有意识地创造了韵散相间的文体，应当是在君王与史家的相关制度中自然而然生成的。下面以《尚书》为核心探讨一下韵散相间文体的形成，先来看看古代文人对《尚书》的基本认识和争论。班固在《汉书·艺文志》中曾经概括《尚书》的基本性质与成书原因：

> 左史记言，右史记事，事为《春秋》，言为《尚书》，帝王靡不

---

① "究竟变文是由印度来的还是从演绎佛经中来的？是从我们民间来的呢？还或是受外来的影响而与民间形式结合的结果呢？……总的来说，因为中国文体原来已有……体物叙事的汉赋，也有乐府民歌的叙事诗，用散文和韵文来叙事都具有很稳固的基础。而且诗歌和音乐在中国文学传统上就不怎样分开的。因此，遇到那些用散文说经中故事，用韵文来梵叹歌赞的体制，很快就为那些俗讲僧人和民间艺人把二者结合起来，于是产生了'变文'。"（梁启超：《印度与中国文化之亲缘关系》，《晨报副镌》1924 年 5 月 3 日第 96 号）

② "佛典制裁长行与偈颂相间，演说经义自然仿效之，故为散文与诗歌互用之体。后世演变既久，其散文中偶杂以诗歌者，遂成今日章回体小说。其保存原式仍用散文诗歌合体者，则为今日之弹词。此种由佛经演变之文学。"（陈寅恪：《敦煌本〈维摩诘经·文殊师利问疾品演义〉跋》，周绍良、白化文编：《敦煌变文论文录》下册，上海古籍出版社 1982 年，第 447 页。原载《清华周刊》37 卷，1932 年 9、10 期合刊）

③ "究竟我们以韵、散合组成文来叙述、讲唱，或演奏一件故事的风气是如何产生出来的呢？……但一种新的文体……若不是本土才人的创作，便当是外来影响的输入。在唐以前，我们所见的文体，俱是以纯粹的韵文，或纯粹的散文组织起来的。（《韩诗外传》一类书引诗，《列女传》一类书之有赞，那是引用韵文为结束的，并非韵散合组的新体的起源。）并没有以韵文和散文合组起来的文体。这种新文体究竟是如何产生的呢？在什么时候产生的呢？最可能性的解释，是这种新文体是随了佛教文学的翻译而输入的。"（郑振铎：《插图本中国文学史》第二册，作家出版社 1957 年，第 448 页）

同之。①

《尚书》与《春秋》是史官记录而成的史书，但二者有所不同，《春秋》为记事之史，《尚书》为记言之史，《春秋》与《尚书》的不同是因为不同的史官记载的，左史与右史的职能不同。左史记言、右史记事的说法并非始于班固，最早记载于《礼记·玉藻》篇："（天子）动则左史书之，言则右史书之。"② 这两则史料涉及先秦典籍的编纂、分类和史官建置、职能等各个方面的问题，历代的史家和学者围绕着这些问题展开了很多的讨论。主要问题是：一、先秦有无左史与右史的官职；二、记事与记言的区别和分离。清人章学诚明确否定了"左史记言，右史记事"的说法：

> 《记》曰："左史记言，右史记动"，其职不见于《周官》，其书不传于世，殆礼家之想文钦？后儒不察，而以《尚书》分属记言，《春秋》分属记事，则失之甚也。夫《春秋》不能舍传而空存其事目，则左氏所记之言，不舍千万矣。《尚书》典谟之篇，记事而言亦具焉；训诰之篇，记言而事亦见焉。故古人事见于言，言以为事，未尝分事言为二物也。刘知几以《二典》《贡》《范》诸篇之错出，转讥《尚书》义例之不纯，毋乃因后世之空言，而疑古人之实事乎？《记》曰："疏通知远，书教也"，岂曰记言之谓哉？③

章学诚认为《周官》没有记载左史与右史的官职，说明"左史记言，右史记事"是编造出来的，其实根本就没有左史与右史；记言与记事不能分离，"《尚书》记言""《春秋》记事"之说是无稽之谈。金景芳也否定了"左史记言，右史记事"，认为根本不存在"记言"和"记事"分工④。近来史学界再提这一问题，因为《逸周书》《左传》等文献记载了左史，可以确定左史在周朝早期已经存在。右史不见于文献，

---

① 汉·班固撰、唐·颜师古注：《汉书·艺文志》卷三十，中华书局1997年，第441页。
② 《礼记正义·玉藻第十三》卷二十九，清·阮元校刻：《十三经注疏》下册，中华书局1980年，第1473—1474页。
③ 清·章学诚、叶瑛校注：《文史通义校注·弓教上》，中华书局1985年，第31页。
④ 金景芳：《"左史记言，右史记事，事为春秋，言为尚书"讆言发覆》，《史学集刊》复刊号，1981年10月。

不过在铜鼎铭文中找到了右史的记载，只是字形的辨认还存在问题①。到底有无右史暂时还不能得出最终的结论，但即使没有右史，也不能否定左史。

现在要讨论的不是有无左史，而是"左史记言"的性质、对象和范围，这是韵散相间文体形成的关键。唐人刘知几指出："盖古之史氏，区分有一焉：一曰记言，一曰记事。而古人所学，以记言为首。至若虞夏之典，商周之诰，仲虺、周任之言，史佚、藏文仲之说，凡有游谈、专对、献策、上书者，莫不引为端绪，归其的准。"②刘知几非常清楚地指出，记言才是史家的首要任务，记言的性质就是记史。这种观点与现在的历史观念存在着较大的差异，从现在的史学观念来看，记言不是史家的核心，记事才是核心。刘知几认为记言是上古史家首要的使命，"古人所学，以记言为首"的看法可以得到先秦文献的证明。先秦有四条文献记载了左史，但没有记载右史，说明左史记言确实比右史记事更为主要，记言是史家首要任务的说法并非没有依据。《左传》一向被认为是记事的典范，但实际上记言占了一半以上。钱钟书说："吾国史籍工于记言者，莫先乎《左传》，公言私语，盖无不有。"③诸子的著作也多采用记言的文体，《论语》《墨子》《孟子》《庄子》等差不多都是记言，《战国策》的记言类策文有205篇，是全书的41.3%④。这都说明记言是先秦史官的首要使命，先秦史书是在记言的基础上形成的。史家的最初任务是记言，而不是记事，这与史家的形成、记言的形成有关。

《尚书》被认为是最早的史书，也是后世文人模仿的典范，《尚书》对记言概念的形成有着直接的作用。《尚书》用散文写成，其中主要的

---

① 先秦记载左史的文献主要有《逸周书·史记解》："维正月，王在成周。昧爽，召三公、左史戎夫曰：'今夕朕寤，遂事惊予。'乃取遂事之要戒，俾戎夫主之，朔望以闻。"《春秋左传正义·襄公十四年》："左史谓魏庄子曰：'不待中行伯乎？'庄子曰：'夫子命从帅。染伯，吾帅也，吾将从之。从帅，所以待夫子也。"（清·阮元校刻：《十三经注疏》下册，中华书局1980年，第1956页）《春秋左传正义·哀公十七年》："楚子问帅于大师子谷与叶公诸梁，子谷曰：'右领差车与左史老，皆相令尹、司马以伐陈，其可使也。'"（清·阮元校刻：《十三经注疏》下册，中华书局1980年，第2179页）右史之名最早见于西周青铜器《利簋》铭文："武王征商，佳（唯）甲子朝，岁鼎（贞）克，闻（昏）夙又（有）商。辛未，王才（在）管师，易（锡）又吏利金，用乍（作）旜公宝［阝尊］彝。"（《铭文拓片》，《文物》1978年第6期）"又吏"二字的辨认争议很大，或认为是"又事（有司）"，或认为是"右史"。

② 唐·刘知几撰、清·浦起龙释：《史通通释·疑古》，中华书局1978年，第379页。

③ 钱钟书：《管锥编》（一），中华书局1982年，第164页。

④ 郑杰文：《战国策文新论》，山东人民出版社1998年，第114页。

文体如下：典是重要史实或典章；谟记载了君臣谋略；训是臣开导君主之言；诰是勉励的文告；誓是君主训诫的誓词；命是任命官员、赏赐诸侯的册命，这些都是记言的文体。有些篇章没有使用上述文体的名称，《盘庚》《微子》以人名为题，《高宗肜日》《西伯戡黎》以事为题，《洪范》《无逸》以内容为题，其实都是记言的散文。最为常见的形式是君王与大臣的谈话，仲虺、周任、史佚、藏文仲皆为贤臣哲人，他们围绕着各种论题展开讨论。所谓的记言就是记录他们讨论时的观点，也就会形成记言体。不过《尚书》并非都是记言体，《顾命》《尧典》叙事较多，《禹贡》记录了夏禹治水，其实是地理志。《尚书》之外的先秦文献大多采用了记言体的形式，《国语》是记言体史书，记录了各诸侯国的君王、贤臣之语。《论语》是以记言体写成的，记录了孔子与弟子有关政治、道德、社会、文化的论说，是记言，也是记史。

　　《尚书》是记言之史，其中收录了诗歌。史书与诗歌属于各自完全不同的领域，那么诗歌为何载入《尚书》的呢？诗歌具有怎样的性质呢？

　　　　夔曰："戛击鸣球、搏拊、琴、瑟、以咏。"祖考来格，虞宾在位，群后德让。下管鼗鼓，合止柷敔，笙镛以间。鸟兽跄跄；箫韶九成，凤皇来仪。夔曰："于！予击石拊石，百兽率舞。"庶尹允谐，帝庸作歌。曰：
　　　　敕天之命，惟时惟几。
　　　　乃歌曰：
　　　　股肱喜哉！元首起哉！百工熙哉！
　　　　皋陶拜手稽首飏言曰："念哉！率作兴事，慎乃宪，钦哉！屡省乃成，钦哉！"乃赓载歌曰：
　　　　元首明哉，股肱良哉，庶事康哉！
　　　　又歌曰：
　　　　元首丛脞哉，股肱惰哉，万事堕哉！
　　　　帝拜曰："俞，往钦哉！"①

---

① 《尚书正义·益稷第五·夏书》卷四，清·阮元校刻：《十三经注疏》上册，中华书局1980年，第144页。

显然诗歌是通过记言进入《尚书》的，记言是诗歌进入史书的通道，由此诗歌成为记言之史的一部分。诗歌在这段引文中，其实是舜与陶皋的对话，只是他们以歌唱的方式说出来而已。这段引文由两个部分构成：一是对话，对话的部分字数不多，也没有实际性的内容，不是记言的核心。一是诗歌，共有四首诗歌，一首是两句，三首是三句，这些诗歌是核心，字数也最多。这些诗歌的演唱者不同，如同对歌；如果不考虑音乐，其实就是对话①。不同的歌唱者以歌唱的方式表达了各自的内容，诗歌与散文对话只是形式不同，记言的本质没有什么不同。史官的职责就是记录，史官只要如实记录，就会形成韵散相间的文体。

这段文字既有记言，也有记事。散文部分是记事，记述了夔与舜、皋陶等人奏乐、歌咏的事件。夔的音乐非常美妙，于是凤凰来仪，百兽率舞，百官相谐，舜与陶皋就用夔的音乐填写了歌辞。记事的内容极为简单，由于记事内容无足轻重，就难以成为记录的核心。正如刘知几所言，记言是主体，记事是次要的。初设史官时期，记言是史官的首要任务。章学诚以为记言与记事不可分离，记事不可能不使用语言，记言不可能脱离事件。这个说法固然不错，不过章学诚只说对了一半，记言与记事并不是没有区别，各有侧重。在记言中事件不是重点，因而记事不一定完整。在记事中事件相对完整，即使记载得非常简略，也会记载事件、时间、人物、地点等等。

《元首子之歌》完全符合记言的对象与范围的特征，记录的对象是王者与贤臣，王者是舜，贤臣是皋陶等人。史官记录他们的语言和诗歌，就是因为他们的身份特殊。如果同样的诗歌是由常人合乐演唱，那么就未必会载入《尚书》。左史是为记录君王等人的语言专门设立的史官，因而记言对象的身份是首选的条件。治国之道是记言的首选范围，这些诗歌的内容属于治国之道。第一首的意思是奉天之命，唯在顺时和慎微。第二首的意思是股肱之臣喜乐，尽忠君之治功，乃起百官之业。第三首的意思是君王贤明，大臣贤良，诸事就会顺利成功。第四首的意思是君

---

① 四句为主的诗歌形式是在两句体基础上发展成为主体形式的，因而三句体的诗歌没有受到应有的注意。六句体是在三句体的基础上形成的，三句体在先秦时期具有相当的普遍性，后来在乐府诗歌中也相当普遍，这也影响了韩国母语诗歌时调六句体形式的形成。韵文部分是要合乐演唱的，"帝庸作歌"就是"帝用此作歌"的意思，庸即用，有一些文献直接将"帝庸作歌"记载为"帝用此作歌"，其意为夔的音乐填写歌辞。这表明先有音乐，后有歌辞，显然为已有的音乐旋律填写歌辞，是极为古老的诗歌与音乐结合的方式。

王琐碎,胸无大略,大臣就会懈怠,万事堕废,其功不成,歌以申戒。《尚书》记载《元首子之歌》完全符合记言的要求,这样也就必然会形成韵散相间的文体。

除了《元首子之歌》之外,《尚书·夏书》还记载了《五子之咏》:

太康失邦,昆弟五人,须于洛汭,作五子之歌。太康尸位以逸豫,灭厥德,黎民咸贰,乃盘游无度,畋于有洛之表,十旬弗反。有穷后羿,因民弗忍,距于河,厥弟五人,御其母以从,徯于洛之汭,五子咸怨,述大禹之戒以作歌。其一曰:
皇祖有训,民可近,不可下,民惟邦本,本固邦宁。
予视天下,愚夫愚妇,一能胜予,一人三失,怨岂在明,不见是图。
予临兆民,懔乎若朽索之驭六马,为人上者,奈何不敬?
其二曰:
训有之,内作色荒,外作禽荒。
甘酒嗜音,峻宇雕墙。
有一于此,未或不亡。
其三曰:
惟彼陶唐,有此冀方。
今失厥道,乱其纪纲,乃底灭亡。
其四曰:
明明我祖,万邦之君。
有典有则,贻厥子孙。
关石和钧,王府则有。
荒坠厥绪,覆宗绝祀!
其五曰:
呜呼曷归?予怀之悲。
万姓仇予,予将畴依?
郁陶乎予心,颜厚有忸怩。
弗慎厥德,虽悔可追?①

---

① 《尚书正义·五子之歌第三·夏书》卷七,清·阮元校刻:《十三经注疏》上册,中华书局1980年,第156—157页。

《五子之歌》不是君王之言，是兄弟五子之言。五子身份不明，但显然不是普通人，他们深知国家强盛之道，可以看成是贤哲。散文记事的部分并非重点，简要记载了社会现状。诗歌部分显然是重点，记载了君民关系、君戒荒淫的思想。《五子之歌》也是治国之道的诗歌，以劝戒君王为宗旨，史家记载《五子之歌》的目的就在于此。《五子之歌》的五首诗歌不是五子之间的对歌，也不是五子与君主之间的对歌，虽然不具有对话的性质，但仍然是记言。五首诗歌其实是五子所说的话，五子之诗就是五子之言，只是没有以平常的语言表述，而是以诗歌的形式表达了看法，因而符合记言的范围。研究《尚书》的韵散相间的文体，可以得出这样的看法：韵散相间文体不是发生于文体的内部，而是产生于与文体并无直接关系的外部，是史官制度的副产品。左史并不需要思考文体的形式，只要直录当时的场景和语言，就可以不自觉地创造韵散相间的文体，因而设立左史的史官制度是韵散相间文体的真正创造者。

　　然而史官记言的制度应当有更为久远的源头，记言不是始于史官，最早的记言也未必始于记录君王、贤哲之言，应当始于记录天神之言、巫觋之言。巫觋可以通达天神，也可以与人类沟通。巫觋之言是人之言，也是神之言。原始人极其重视天神之言，当开始记忆或记录天神之言时就形成了记言的传统。《国语·楚语下》记载：

　　　　又有左史倚相，能道训典，以叙百物，以朝夕献善败于寡君，使寡君无忘先王之业；又能上下说于鬼神，顺道其欲恶，使神无有怨痛于楚国。①

　　左史的职责记载得很清楚，一是可以道训典、叙百物，使君王从历史中总结教训，不忘先王之业。二是左史能够上下通于鬼神，将鬼神之言传达给人间，具有记录传达天神之言的功能。前一种是史官的职责，后一种是巫觋的职责。看起来不相干的两种职责集合于左史，是因为左史之职源于巫觋。楚国的左史将记录巫觋之言与君王之言集于一身，是处于从记录天神之言到君王之言的过程，表明记言始于记录天神之言。

---

① 《国语·楚语下》卷十八，上海古籍出版社1978年，第580页。

天神之言与记言的关系在神话之中可以找到印证:"《涂山歌》:禹年三十未娶,行涂山,恐时暮失嗣,辞曰:'吾之娶必有应矣,乃有白狐九尾,而造于禹。'"禹曰:"白者,吾服也。九尾者,其证也。'于是涂山人歌曰云云。于是娶涂山女。绥绥白狐,九尾庞庞。成于家室,我都攸昌。"① 涂山人歌并不直接就是天神之言,但神的意志体现在涂山人歌。九尾白狐的出现是天意,表现天意的诗歌也可以看成是天神之言。《涂山女歌》载于《吕氏春秋·季夏纪第六·音初》卷六:

> 禹行功,见涂山之女。禹未之遇,而巡省南土。涂山氏之女,乃令其妾候禹于涂山之阳,女乃作歌曰:"候人兮猗"。②

《涂山女歌》是大禹之妻涂山女的诗歌,涂山女不是君王,但属于王族,也是记言的对象之一。《涂山女歌》记载了涂山女期待大禹的心情,这种内容与治国之道没有直接的关系,是男女爱情的诗歌,与瑠璃王的《黄鸟歌》相似。天神之言多种多样,诗歌载入神话有两个直接的原因:一、诗歌是最宜于演唱的文学形式。天神之言通过巫觋来传达,巫觋常以歌舞来演唱天神之言,因而记录作为天神之言的诗歌是必然的。二、诗歌也是最易记忆的形式,无论是对于巫觋的表演,或者是有意通过口耳相传保存,诗歌无疑是最合适的形式。

记言的对象始于记录天神之言,从记录天神之言、巫觋之言到记录王侯之言、贤哲之言,再扩大记言对象的范围,记录百姓庶民之言的民歌民谣,这是人类社会发展的必然结果。人类社会最初的掌权者是神权的掌握者巫觋,大巫将神权与王权集于一身。后来随着社会形态的发展,政治权力不断扩张,王权得到强化,王权与神权也会逐渐地剥离。君王不再是集神权与王权于一身,转变为单纯的王权掌握者,于是记录天神之言发展成为记录君王之言和公卿、贤哲之言。从远古的神话、左史职能的记载都可以看到这一发展过程,诗歌成为左史记言的内容是极其自然的。

---

① 逯钦立辑校:《先秦汉魏晋南北朝诗·先秦诗》卷一(上册),中华书局1983年,第4页。

② 逯钦立辑校:《先秦汉魏晋南北朝诗·先秦诗》卷一(上册),中华书局1983年,第4—5页。

记言的对象决定了记言的内容范围，君王之言、治国之言，是左史记言的首选，但并非记言的唯一选择。记言的对象与范围应当是指向性的规定，并不是界线性的规定。现存的文献中存在一些与治国之道无关的诗歌，男女之爱、亡父之痛的诗歌皆可入史，亦可作为记言的对象。刘知几以为《静女》之类的诗歌是女史记事："又案诗《邶风·静女》之三章，君子取其彤管。夫彤管者，女史记事规诲之所执也。古者人君，外朝则有国史，内朝则有女史，内之与外，其任皆同。故晋献惑乱，骊姬夜泣，床笫之私，房中之事，不得掩焉。"①"床笫之私，房中之事"也是历史，属于女史。

随着时间的流逝，记事逐渐替代记言，成为史官的主要使命，史官记载的对象与范围也会变得更为宽松模糊。以君王为中心的记言也会受到影响，尤其是受到民本思想的影响，逐渐扩大了民歌载入史书的可能性，史家通过民间诗歌来考察和记述当时社会的民风。《吕氏春秋》与《吴越春秋》已经呈现强化记事的倾向，《史记》与《汉书》更是明确了记事为宗的原则。因而刘知几以为："孔安国有云：序者，所以叙作者之意也。窃以书列典谟，诗含比兴，若不先叙其意，难以曲得其情。故每篇有序，敷畅厥义。降逮史、汉，以记事为宗，至于表志杂传，亦时复立序。文兼史体，状若子书，然可与诰誓相参，风雅齐列矣。"② 刘知几认为记言与记事的地位发生颠覆性变化还不够，应当把诗歌驱逐出记言的范围：

> 逮左氏为书，不遵古法，言之与事，同在传中。然而言事相兼，烦省合理，故使读者寻绎不倦，览讽忘疲。……愚谓凡为史者，宜于表志之外，更立一书。若人主之制、册、诰、令，群臣之章表、移檄，收之纪传，悉入书部，题为"制册"、"章表书"，以类区别。他皆放此。亦犹志之有"礼乐志"、"刑法志"者也。又诗人之什，自成一家。故风、雅、比、兴，非《三传》所取。自六义不作，文章生焉。若韦孟讽谏之诗，扬雄出师之颂，马卿之书封禅，贾谊之

---

① 唐·刘知几撰、清·浦起龙通释：《史通通释·史官建置第一》卷十一，上海古籍出版社2009年，第299页。

② 唐·刘知几撰、清·浦起龙通释：《史通通释·序例第十》卷四，上海古籍出版社2009年，第80页。

论过秦,诸如此文,皆施纪传。窃谓宜从古诗例,断入书中,亦犹《舜典》列《元首子之歌》,《夏书》包《五子之咏》者也。夫能使史体如是,庶几《春秋》、《尚书》之道备矣。……故前史之所未安,后史之所宜革。①

刘知几讨论了各种文体与史的关系,以为各种文体皆可入史,但应当除了表、志之外,再立一个书的体例,放入各类应用文体。但诗歌不同于其他文体,自成一家,"故风、雅、比、兴,非《三传》所取"的意思不是三传中没有诗歌,而是认为三传不应当载有诗歌。其实三传中载有诗歌,是史家众所周知的事实,也是先秦以来的史书传统,这一点刘知几不会不了解,他自己也列举了"韦孟讽谏之诗"。"窃谓宜从古诗例,断入书中"的意思也不是《尚书》中没有诗歌,而是认为《尚书》中不应有诗

---

① 唐·刘知几撰、清·浦起龙通释:《史通通释·载言第三》卷二,上海古籍出版社2009年,第31页。刘知几的这段记载与古代史书的实际情况较多不合,因而引起了学术界的争议。程千帆以为:"春秋左传引诗多矣,不得谓非其所取也。"(《程千帆全集》第五卷,河北教育出版社2000年,第28页)许刚以为:"刚谨案:知几所论,乃就诗体而言,史书不取风雅比兴,非谓不载引诗语也。春秋左传引诗多矣,知几安得不知哉?惟文辞日多,不可胜载,故知几谓凡为史者,宜于表志之外,更立一书。"(许刚:《国学而立集》,华中师范大学出版社2013年,第112页)讨论的焦点是三传有无引诗,刘知几的意思并不是三传没有入诗,"逮左氏为书,不遵古法,言之与事,同在传中"一句已经指明"言"与"事"同在,"言"之中包括了诗歌,因而并不是说三传中没有诗歌,而是认为三传中不应入诗。在刘知几看来,《左传》是比较理想的史书,"言事相兼,烦省合理",因而"寻绎不倦,览讽忘疲"。但并不是因此就认为《左传》的史书体例就是典范,一切皆应遵从《左传》的史体,他认为《左传》载引不少诗歌是不合适的。与此相关的另一句是"窃谓宜从古诗例,断入书中",此句亦甚费解。"断入书中"的意思是不管诗歌长短,皆不宜入书,即使像《元首子之歌》《五子之咏》不长的诗歌,亦当"断入书中",此句显然与风雅比兴不入三传的意思相同。此句的"书"究竟指什么,也是一个问题:如果指刘知几主张的新设的书之体例,那么就不会说"宜从古诗例";如果指《尚书》,刘知几接着就举证了载于《尚书》中的《元首子之歌》和《五子之咏》,这就与"断入书中"的说法是矛盾的;"左氏为书"的书当指史书,如果指史书,史书载引诗歌不少,刘知几自己也举证了诗歌。因而刘知几不是在客观地记述先秦以来的史书体例,而是在述说他所主张的诗不入史的体例和写法。"宜从古诗例"的意思是应当遵从古诗的范例,古诗例就是诗歌都入《诗经》,三传虽有诗歌,但数量不能与《诗经》相提并论。刘知几以为不只是"宜从古诗例",而且还要"断入书中",即所有诗歌皆不宜入书。风雅比兴是诗体,但风雅比兴几乎包括了大多数的诗歌类型,因而以诗体来限定是不通的。因而"断入书中"并不是指诗歌没有入史,而是认为诗不应入史。"故前史之所未安,后史之所宜革",前史存在不合适的地方,后史就应当有所改变,其中既指更立书的体例,也指诗不入史,诗不入史也是体例的问题之一。"愚谓""窃谓"之类的表述,明确表明刘知几是在强调他自己的看法,而不是描述已经存在的史书体例与写法。

歌。刘知几不是不知道《尚书》中有诗歌,他自己也列举了《元首子歌》与《五子之咏》。因而他不是认为史书中没有诗歌,而是认为诗歌不应入史。"《春秋》、《尚书》之道"是指史体,《尚书》与《春秋》的史体相同,那么就具备了《尚书》《春秋》的史体,也就是诗歌入史了。如果《尚书》中不应当载入诗歌,那么其他官修正史也不应当入史,然而各朝的史家多大程度上接受了刘知几的看法是另外一个问题。

《黄鸟歌》在现存的韩国上古诗歌中怪异独特,但这不足以作为瑠璃王作《黄鸟歌》的依据。把《黄鸟歌》置于东亚韵散相间文体的源流中考察,就会明白《黄鸟歌》毫无怪异独特之处,与东亚韵散相间文体的基本性质完全吻合。司马迁的《史记》采用了记事为宗的叙事原则,但并没有完全抛弃《尚书》以来的史家记言传统,只是记言退化为不太重要的形式。《史记》既有《麦秀歌》,也有《鸿鹄歌》;既有表现国家政治的诗歌,也有表现帝王男女情感的诗歌。在《史记》之前有《涂山歌》《涂山女歌》载于史书,在《史记》之后《黄鸟歌》载于《三国史记》。《黄鸟歌》写了瑠璃王与王妃的爱情关系,风花雪月不是治国之道,但也符合史家的选择基准。金富轼坚持直书,客观记录了瑠璃王与两个王妃的婚姻,使《黄鸟歌》得以载入官修正史传承下来。韵散相间的文体不能作为瑠璃王创作《黄鸟歌》的直接证据,最有力的证据应当是《三国史记》记载《黄鸟歌》的文献来源,但遗憾的是已经无从了解《黄鸟歌》的文献来源。在《三国史记》之前存在过各类史书,那些史书应当是《三国史记》的文献来源,但那些史书早已亡佚。不过韵散相间文体的源流还是能够消解《黄鸟歌》在上古诗歌中的怪异性带来的疑问,即使不能最终解决作者问题,也没有丧失研究的价值,对于理解瑠璃王作《黄鸟歌》以及《黄鸟歌》的流传具有一定的助益。

第二节 《黄鸟歌》与燕方言词:
是汉诗还是汉译诗?

一、《黄鸟之歌》与《黄鸟歌》的燕方言词及其变化

《黄鸟歌》是瑠璃王的诗歌,不是上古歌谣,但这不等于解决了《黄鸟歌》是汉诗还是汉译诗的问题。双语写作是东亚常见的现象,东

亚的君王和王族往往具有良好的修养,能够以母语与汉语双语写作。瑠璃王是否具有双语的写作能力,《黄鸟歌》最初是汉诗还是母语诗歌,何时译为汉诗,诸如此类问题应当继续研究。此类问题似乎是一个伪命题,高句丽时期没有创制过母语文字,不存在双语写作的可能性。瑠璃王只能以汉文写作,《黄鸟歌》只能是汉诗,不可能是母语诗。现存的《黄鸟歌》就是汉文文本,似乎足以证明《黄鸟歌》是汉诗,而不是汉译诗。在《黄鸟歌》之中还能够找到受到《诗经》影响的因素,《黄鸟歌》是四言诗,借用了《诗经》的主流形式,一些字词也受到《诗经》的影响,这些影响因素可以作为《黄鸟歌》原本就是汉诗的依据。然而汉译是保存母语文学的常用方法,在训民正音出现之前一般都是汉译母语诗歌载于文献,因为当时没有母语文字。训民正音出现之后,仍然是汉译母语诗歌载于文献,因为汉文与母语文字的地位完全不同。汉诗还是汉译诗,是韩国古代文学的普遍问题,认为《黄鸟歌》是汉译诗,不是不着边际的看法。古代后期一部分汉译诗歌保存了母语文本,或者著录了母语文本的信息,研究这个问题的难度就不会太大。但上古诗歌的母语文本早已失传,也没有留下母语文本的任何信息,汉译诗与汉诗在形式上没有任何差异,这就使得上古诗歌是汉诗或汉译诗的问题成为难度极大的问题。尽管如此由于这个问题的重要性,韩国学术界没有放弃研究,提出了各种学说,但几乎都是大而化之的推测,难以认为真正地解决了这个问题。

其一,《黄鸟之歌》的发现与汉译诗的可能性。

如果一首汉诗有一定差异的多种文本,就极有可能是母语诗歌的汉译诗。汉诗也会有多种版本,但汉诗的多种版本与汉译诗的多种文本完全不同,前者的差异极小,后者差异较大。如果能够找到同一首汉诗的不同文本,应当是研究汉诗还是汉译诗的重要发现。现在学术界研究《黄鸟歌》一般都是使用金富轼《三国史记》记载的《黄鸟歌》,其实除了《三国史记》的文本之外,还有一个李种徽记载的另一个文本《黄鸟之歌》。《黄鸟之歌》无疑是《黄鸟歌》为汉译诗的最有力证据,然而《黄鸟之歌》存在诸多需要研究的问题,还无法直接认定《黄鸟歌》为汉译诗的证据。《黄鸟之歌》载于李种徽的《东史·东史列传》:

瑠璃松后,沸流国君松壤女也。生大武神王,早薨。又有禾姬、雉姬，俱宠幸而不相能，乃筑东西二宫于凉谷以处之。雉姬，汉人也。禾姬乘王出猎箕山，诟而逐之。王闻，躬自追之。雉姬恚，终不肯返。王尝见黄鸟绕林而飞，于是感而伤之。作《黄鸟之歌》曰：

　　黄鸟之姗姗集桂枝兮，其妃之优游群而不离兮。
　　优游优游，黄鸟之不如兮。①

　　首先可以确定《三国史记》的《黄鸟歌》与《东史》的《黄鸟之歌》应当是同一首诗歌：《黄鸟之歌》与《黄鸟歌》的本事相同，都是瑠璃王与雉姬、禾姬之间发生的事件。既然本事相同，又都以黄鸟为题，那么二诗其实就是同一首诗歌。但是同时也不能不指出二诗的差异极大，甚至如果没有同一本事，完全有可能误认为这是两首没有关系的诗歌，并不是同一首母语诗歌的不同汉译。《三国史记》记载的《黄鸟歌》是四句，李种徽记载的《黄鸟之歌》也是四句。两首诗歌颇为类似，但差异也不小。《黄鸟歌》是四言诗，《黄鸟之歌》是骚赋体，这是完全不同的文学形式。两首诗歌的具体内容也存在一些差异，《三国史记》的《黄鸟歌》中并无桂枝，"雌雄相依"与"群而不离"的意义也稍有不同。第二联的内容也有一定的变化，《黄鸟歌》的意思是我是多么孤独，谁与我一同回归？但《黄鸟之歌》的意思是黄鸟自在飞翔，没有离群，而我连黄鸟都不如。《黄鸟歌》强调的是雌雄相依关系与孤独，《黄鸟之歌》并没有突出"雌雄相依"，更着重描写的是黄鸟的群体。《黄鸟之歌》与《黄鸟歌》文本的巨大差异，已经充分地表明这不是同一首汉诗的不同版本，因为同一首汉诗的不同版本不可能有如此巨大的差异。这种差异表明《黄鸟之歌》与《黄鸟歌》应当都是母语诗歌的汉译，否则不会出现如此巨大的差异，巨大的差异只能是译者在汉译过程中造成的。据此可以说解决了《黄鸟歌》是汉诗还是汉译诗的问题，《黄鸟歌》只能是汉译诗，最初是以高句丽语创作的。

　　然而李种徽记载的《黄鸟之歌》还存在文献来源的问题。从瑠璃王到李种徽，或者从《三国史记》到李种徽，都存在着相当漫长的时间。李种徽（1731—1797）是18世纪的文人，字德叔，号修山、南川子，全

---

① 〔韩〕李种徽：《修山集·东史列传·高句丽家人列传》卷之十一，影印标点《韩国文集丛刊》第247册，首尔：民族文化推进会2001年，第522页。

州人。18世纪远离《黄鸟歌》产生的公元前1世纪，即使与《三国史记》也有600年之久。这就有必要追问《黄鸟之歌》的文献来源，《东史列传》是抄录各种相关文献汇成的，上面的《黄鸟之歌》显然不是来自于《三国史记》。虽然记载了同一件事，但字句完全不同，表明有不同的文献来源。《黄鸟之歌》有三种文献来源的可能性：一是除了《三国史记》还有其他的文献记载过《黄鸟歌》，然而除了李种徽之外尚未见到其他文献记载过《黄鸟歌》的其他版本。李种徽没有提供《黄鸟之歌》的文献来源，因而沿着这个方向探索的可能性几乎不存在。二是从公元前1世纪到18世纪，一直流传着母语文本的《黄鸟歌》，李种徽是根据当时流传的母语文本译为汉诗的。然而母语文本在没有母语文字的情况下，一直口头流传1800年的可能性极低。时调形成于15世纪，比《黄鸟歌》迟晚得多，仍然无法保存母语文本，只能汉译记载。如果《黄鸟歌》确实流传到15世纪创制母语文字之后，那么必须发现母语文本，在没有发现母语文本的情况下，无法做出根据一直流传的母语文本汉译的推断。三是根据《三国史记》的《黄鸟歌》译为母语文本，后来根据母语文本再一次汉译。在韩国古代时调文学的发展过程中经常出现类似现象，时调产生初期没有创制母语文字，只能译为汉文记载。出现母语文字之后，根据汉译时调译为母语文本，重新作曲入乐演唱。后来又再依据母语时调译为汉诗。《黄鸟之歌》出现于18世纪的中后期，为了入乐演唱《黄鸟歌》，将《黄鸟歌》译为母语诗歌。李种徽的《东史列传》是以汉文写成的，李种徽只能把母语文本的《黄鸟之歌》再译为汉诗，撰入《东史列传》。

第三种看法最接近于事实，从李种徽的《平壤宫词》可以窥视到《黄鸟歌》的传承状况，找到部分证据：

> 长袖紫罗通夜裁，柳花宫里祭蚕回。
> 雉姬不语汉姬去，苇箔缲车尽日开。
> 九梯宫里早编名，红褶蓝衫逐队行。
> 君王命奏先朝乐，《黄鸟歌》中引凤笙。
> 六部歌姬翠黛重，暎池娇妩白芙蓉。

鸡林初进伽倻乐，学得新翻舞海龙。①

　　李种徽的《平壤宫词》比较别致，前三联写的是当年雉姬在平壤没有告别愤然离去，后三联写的是后世君王命宫女表演《黄鸟歌》。诗人想象雉姬彻夜剪裁衣服，又去祖母柳花的王宫祭蚕归来。自从雉姬离开了王宫之后，宫门的苇箔与缫车就整日打开着。宫女在朱蒙的九梯宫里排列起舞，表演瑠璃王的《黄鸟歌》。前三联存在稍不可解之处，柳花宫一般是指高丽乐浪公主的柳花宫，金泽荣《院谷新业记》："开州院谷，不知始何称。或曰：此古新罗敬顺王所娶高丽公主之柳花宫所在而宫废，仍为王享院也。"② 新罗敬顺王（？—979）是新罗最后一位国君，姓金名傅。927 年甄萱攻陷新罗金州，景哀王被捉后自尽而亡。甄萱就将王族的后裔金傅立为新国王，935 年金傅让国于高丽。高丽太祖王建将乐浪公主许给金傅为妻，封为乐浪王政丞，食邑八千户，居于柳花宫，仍治理新罗旧都庆州。柳花宫不在平壤，而是在开州。乐浪公主之事与高句丽毫无关系，无法将两者联系起来。此诗中的柳花宫当非高丽乐浪公主的柳花宫，柳花当指高句丽开国君王朱蒙的母亲，柳花宫自然是指柳花居住的王宫。九梯宫是朱蒙的王宫，在平壤。成倪《浮碧楼记》："时监司朴公楗、庶尹安君璇、判官郑君叔墩来迓舟中，仰指楼崖，执盏谓余曰：'高句丽三壤皆大邑，而惟此平壤为最阜。檀君之所起，东明之所居，九梯宫之基，即今之永明寺。'岿窟深而獜马不返，石出江心，而朝天马迹如旧。青云白云东西有桥，而仙驭之游已远，其神踪诞迹，恍惚难信。"③ 然而九梯宫不可能是朱蒙的王宫，平壤是高句丽的第三个都城，在高句丽还没有迁都平壤时，朱蒙早已死去了，显然九梯宫为朱蒙王宫的说法是传说而已。这是一首咏史诗，但前三联的内容并不见于《三国史记》，而见于其他诗人的诗歌，柳得恭的《高句丽平壤府》也写了禾姬与雉姬争宠之事，但禾、雉二妃之事并非发生于平壤，显然在《三国史记》之外还流传着一些其他版本的传说。

---

① 〔韩〕李种徽：《修山集·平壤宫词》卷一，第 287 页。
② 〔韩〕金泽荣：《合刊韶濩堂集补遗》卷二，影印标点《韩国文集丛刊》第 347 册，首尔：民族文化推进会 2005 年，第 432 页。
③ 〔韩〕成倪：《虚白堂集》卷之三，影印标点《韩国文集丛刊》第 14 册，首尔：民族文化推进会 1988 年，第 439 页。

最重要的是此诗的后三联,"君王命奏先朝乐,《黄鸟歌》中引凤笙"一句问题最多,也最为关键:君王是指何时的君王?这个问题关系到《东史列传》记载的《黄鸟之歌》的来源。"先朝乐"自然是指《黄鸟歌》,《黄鸟歌》在朱蒙的九梯宫里曾经表演过,君王现在命令重新表演《黄鸟歌》。从诗句的用词来看,君王似乎是指新罗君王,一般而言鸡林是指新罗,"鸡林初进伽倻乐"可以证明这一点。然而如果鸡林指新罗,诗句就语义不通。高句丽与新罗基本上是三国时期并存的两个国家,新罗(公元前57—935)的建国时间还早于高句丽,高句丽早于新罗灭亡,也不可能成为新罗的先朝,将《黄鸟歌》说成先朝乐是不通的。但如果鸡林指李氏朝鲜,高句丽的《黄鸟歌》就可以说成是"先朝乐"。鸡林的意义有多种,多指新罗,但亦指鸡林府,或泛指东国,亦可指李氏朝鲜。申光洙(1712—1775)《送冬至下价李圣辅赴燕·其十七》:"虞山名噪启祯时,中国文人近有谁。莫道鸡林隔海外,宋苏唐白昔闻知。"① 李圣辅在李氏朝鲜时期出使清朝,申光洙的诗歌是为送别李圣辅而写的。此诗的鸡林不可能是指新罗或鸡林府,而是指东国,指当时的李氏朝鲜。既然鸡林亦可指李氏朝鲜,"君王命奏先朝乐"应当是指李氏朝鲜的君王,描写的是李氏王朝时期宫廷表演《黄鸟歌》的情形。

"鸡林初进伽倻乐,学得新翻舞海龙"也传达出了重要的信息,但并不是很好理解。整首诗歌写的是《黄鸟歌》,最后又突然描写了伽倻乐和舞海龙,伽倻乐不是高丽乐,是指伽倻国的音乐,二者毫无关系。那么应当如何理解此联呢?其实此句写的仍然是《黄鸟歌》。"新翻"二字透露了重要的信息,意思是根据原有的歌辞重新翻作。"新翻"包括两个方面:一是歌舞。君王命奏的先朝《黄鸟歌》,不是依照先朝的歌舞表演的,而是重新翻作的。高句丽建国初期《黄鸟歌》的音乐在没有乐谱的情况下,流传到18世纪也是不可能的,因而《黄鸟歌》的音乐与舞蹈需要重新翻作,是以伽耶乐与舞海龙翻作了《黄鸟歌》。二是歌辞也是新翻的。乐人表演《黄鸟歌》,但乐人未必懂汉语,他们只能以母语演唱《黄鸟歌》。真正掌握中文口语的朝鲜人是极少的,大多是曾经留学或长期滞留中国的朝鲜人,能够以中文演唱《黄鸟歌》。李氏朝鲜

---

① 〔韩〕申光洙:《石北集》卷之十,影印标点《韩国文集丛刊》第231册,首尔:民族文化推进会2001年再版,第393页。

的乐人只能根据《三国史记》的《黄鸟歌》重新翻译为母语,再合乐演唱。李种徽撰写《东史列传》时,应当是把母语的《黄鸟之歌》再一次译为汉文记载下来,这就是《黄鸟之歌》的文献来源。

不过李种徽直接看到王宫演唱《黄鸟之歌》的可能性不大,他终生官位不显。乾隆三十六年(1771)进士及第,乾隆四十八年(1783)任玉果县监,乾隆五十七年(1792)任公州判官等职。洪良浩的《修山集序》记载:"其识虑之远,力量之大,非近世士大夫所及。而白首沈屈,栖栖于下邑以终,宁不惜哉。百世之后,必有旷感而喜东方之有人矣。"① 作为底层的官员终了一生,未必有机会接近宫廷生活。但李种徽是阳明学学者,兼治史学,史学成就更为显著,受到后世文人的赞扬。洪良浩称:"学以经术为宗而发为文章,兼治史学,尤明于东方地志。上自檀、箕、三韩之远,下逮新罗、丽、济之间。其山川险易,疆界沿革,无异手抚而足蹑。至如肃育、沃沮、濊貊、渤海之穷绝荒昧,载籍难稽。离合无常者,率皆旁引曲证。缕分丝络,如合璋而知珪,联袂而成衣,粲然罗列于目中。其用功之专且博,何其伟也。"② 赵重镇《修山集后叙》:"观于诗文而得其为人修洁勤谨,泊然无伪。知其发乎外者由于中,而为君子之文也。至若东国史,博考实传,不取奇衺杂说。尤详于地界风俗,足为信史。而志论有得于欧阳史论,皆可读也。"③《东史列传》是《三国史记》与《三国遗事》之后比较重要的史学著作,作为可靠的史学家,不可能杜撰出《黄鸟之歌》,必然有文献的来源。

《黄鸟之歌》的文献应当来自李种徽修订孝宁大君家谱过程中看到的文献。李种徽虽然终生在下层官位奔波,但曾有机会接触孝宁大君的后人,并为孝宁大君的家谱写过序言。孝宁大君(1396—1486)是李氏朝鲜太祖的次子,母为元敬王后闵氏。修订家谱是艰苦的史学研究,一些并非孝宁大君子孙的人也混入家谱,需要辨别:"后孙廷珪氏为是之惧,谋诸宗人,悉加厘改。自朱溪君以下七派,收其伪牒。而其余可疑者,亦将沿流雠校,以归于正,其意勤矣。乃谓我刚靖公之世,而要为

---

① 〔韩〕洪良浩:《修山集·序》,第277页。
② 〔韩〕洪良浩:《修山集·序》,第277页。
③ 〔韩〕赵重镇:《修山集·后叙》,第280页。

之序其颠末,以备后考。"① 为了修好家谱,必须审读考辨大量的文献。李种徽在《孝宁大君靖孝公子孙谱序》中记载:"盖谱体当谨,若务博而至滥,则非尊祖敬宗之义也。第今璿系之疎枝远叶,衰零沦落,陵夷编氓者,亦或有之,其岂无中间失谱者乎?新谱之未及收者,使之自为别谱无不可。而若本非姬氏,而欲自托于鲁卫毛聃之族者,又或拘牵濡忍,不欲用一切之法。……使知吾先祖清节不可累而宝系不可污者,惟有文字可征,此廷珪氏之意,而悉在旁孙者。不敢以无文辞,遂为之序。"② 序言表明他接触过不少与孝宁大君相关的各种文献,这是接触《黄鸟之歌》的机会。根据上述文献,可以认为《黄鸟之歌》不能证明李氏朝鲜时期仍然存在着从公元前开始一直传承的《黄鸟歌》的母语文本,因而《黄鸟之歌》不能作为《黄鸟歌》为汉译诗的证据。

其二,《黄鸟歌》的燕方言词汇与扬雄的《方言》。

《三国史记》记载的《黄鸟歌》文本提供了两个有效的信息,可以将这两个信息作为线索展开调查,找到确证《黄鸟歌》是汉诗或汉译诗的依据:首先,黄鸟是《黄鸟歌》提供的一个有效信息。在物质层面上考察黄鸟是有效的研究途径,黄鸟究竟是哪一种鸟类?黄鸟与《黄鸟歌》的文本语言存在怎样的关系?按照这一线索展开调查,应当是可靠有效的。《黄鸟歌》诗歌文本是确定的,黄鸟一词正确无误,并不需要校勘,因而可以在黄鸟一词的基础上做彻底的调查、详尽的注释,调查黄鸟一词的使用历史和时间范围、空间范围。根据时间范围与空间范围,可以确定《黄鸟歌》诗歌文本生成的时间,据此还可以判断《黄鸟歌》是汉诗还是汉译诗的问题。

其次,可以确定《黄鸟歌》是一首爱情诗,黄鸟是爱情鸟。第一联八个字是起兴,但也不仅仅是起兴,雌雄相依的黄鸟与形单影只的瑠璃王构成了鲜明的对比。瑠璃王借助黄鸟的雌雄相依劝雉姬不要离开自己,希望两个人要像黄鸟一样相依生活,寄托了瑠璃王的美好愿望,黄鸟成为了爱情之鸟。作为爱情鸟的黄鸟是否为韩国古代文学的原生态因素,是需要调查研究的线索:在《黄鸟歌》产生之前,如果中国文学出现过作为爱情鸟的黄鸟形象,就难以直接认定爱情鸟的黄鸟是原生态因素;如果没有出现过,就可以确定是原生态因素。原生态因素可以作为解决

---

① 〔韩〕洪良浩:《修山集》卷之一,第295页。
② 〔韩〕洪良浩:《修山集》卷之一,第295页。

汉诗或汉译诗问题的补助性证据，结合黄鸟一词的时间、空间范围的调查结果，最终应当能够解决这一问题。

首先必须调查第一个线索，研究瑠璃王描写的黄鸟及其所使用的名称。瑠璃王描写黄鸟雌雄双飞，这并非完全出自诗人的浪漫想象，根据这一信息可以确定《黄鸟歌》所写的鸟类是哪一种。《本草纲目》是一部药草学的综合性著作，其中涉及鸟类学、植物学等诸多方面的内容，下面看看《本草纲目》的相关记载：

> 莺（食物）【释名】：黄鸟（《诗经》），离黄（《说文》），鸝黄（《尔雅》），仓庚（《月令》、《尔雅》作商庚）、青鸟（《左传》）、黄伯劳。……陆机云：齐人谓之搏黍，周人谓之楚雀，幽州谓之黄鹂，秦人谓之黄鹂鹠，淮人谓之黄伯劳。唐玄宗呼为金衣公子，或谓之黄袍。【集解】时珍曰：莺处处有之。大于鸜鹆，雌雄双飞，体毛黄色，羽及尾有黑色相间，黑眉尖觜，青脚。立春后即鸣，麦黄椹熟时尤甚，其音圆滑，如织机声，乃应节趋时之鸟也。①

《本草纲目》记载了黄鹂的一般特征与习性，黄鸟性喜双飞，雌雄相居，故名为鹂，鹂字表明了雌雄相依的特性。清陈大章《诗经名物集览》："罗氏曰：性好双飞，故鹂字，从丽。又曰鹂必匹飞，鹍必单栖。"② 古代诗文中雌雄双飞的黄鸟一般都是指黄鹂，而不是其他黄鸟，杜甫的"两个黄鹂鸣翠柳"写的就是黄鹂鸟。据此可以认定《黄鸟歌》写的就是黄鹂，对此学术界并无异议。

不过这里应当注意黄鸟不是一个严格意义上的鸟类学概念，名为黄鸟的鸟类较多，除了黄鹂之外，还有黄雀等。可以确定《黄鸟歌》的黄鸟不是黄雀，黄雀并不雌雄双飞。《本草纲目》有一个明显的失误，《本草纲目》记载黄丽即莺，李氏朝鲜的文人也有类似的看法，李德懋释《诗经》云："莺即黄鹂。《诗·小雅》：交交桑扈，有莺其羽。《毛传》：莺有文章也。则莺之为莺，以音同，亦取其文章而名也。"①但莺不是黄

---

① 明·李时珍：《本草纲目·禽部》卷四十九，人民卫生出版社 2004 年第二版，第 2133 页。
② 清·陈大章：《诗传名物集览·鸟》卷一，《丛书集成初编》，商务印书馆 1937 年，第 2 页。

鹂，而属于莺亚科，黄鹂属于黄鹂科，这是完全不同的两种鸟类。在各种莺鸟中只有黄莺是黄鹂的别名，如不注意，完全可能将《黄鸟歌》的黄鸟当成莺。日本文学也存在类似的问题，日本和歌中经常出现的莺不是黄鹂，而是另一种莺鸟。②现代鸟类学记载黄鹂又名黄莺，还称青鸟、鸧鹒等③。韩文名황조，又名꾀꼬리，日文名为高丽莺。黄鹂有二十余种，中国有六种，最有代表性的是黑枕黄鹂，学名 Oriolus chinensis，古代诗文经常提到的黄鹂就是黑枕黄鹂。

黄鸟④

身上的主要颜色是黄色与黑色，头部两侧有黑纹，通过眼周而直达枕部，翼和尾的中央呈黑色。体长 25cm，以昆虫为食。黄鸟为候鸟，应时趋节，因而被看成是报春鸟。主要分布于中国东部各省，每年四月末到朝鲜半岛。据此来看《黄鸟歌》的黄鸟就是黑枕黄鹂，赵正阶《长白

---

① 〔韩〕李德懋：《青庄馆全书·盎叶记·续诗传鸟名卷》卷之五十四，影印标点《韩国文集丛刊》第 258 册，首尔：民族文化推进会 2001 年再版，第 483 页。

② 日本文学中的莺也是爱情鸟，不过日本文学的莺不是黄鸟，在日本文献中黄鸟标记为高丽莺（こうらいうぐいす）。日本文学中莺（うぐいす）的学名 Cettia diphone bush warbler，中文名日本树莺。两种鸟都是候鸟，都赋予了报春的功能；声音都很美妙，但声音与体态差异较大，分类也完全不同。日本文学受中国文学影响，经常描写梅莺的组合。然而日本几乎没有黄鸟，每年只有极少的一种黄莺飞到日本。日本原本也没有梅，梅是飞鸟时代由中国传入的。日本歌人不得不以日本的莺替代中国的黄鸟，构造出与中国文学相似的画面，但实际的物质形象完全不同。参见杭馥兰《中国鸟类名称手册》，中国林业出版社 1997 年，第 169 页。

③ 参见郑作新等编：《中国动物图谱·鸟类》，科学出版社 1966 年第三版，第 135 页。

④ 田建华：《本草纲目彩色图集》，河北科学技术出版社 2007 年，第 314 页。

山鸟类志》并记黄鹂与黄雀①，表明朝鲜半岛有黑枕黄鹂，因而《黄鸟歌》的黄鸟即黄鹂的看法不误。黄鹂是后世文献中最为常用的名词，《黄鸟歌》似乎也可以名为《黄鹂歌》，但事实上《黄鸟歌》并没有名为《黄鹂歌》。其原因是黄鹂一词最初出现于晋朝，挚虞《槐赋》："上拂华宇，下临修渠。凑以夷迳，带以通衢。乐双游之黄鹂，嘉别挚之王雎。春栖教农之鸠，夏憩反哺之乌。鼓柯命风，振叶致凉。"②挚虞（？—311）也描写了黄鹂喜欢双游的习性，但这篇赋的时间迟于瑠璃王的《黄鸟歌》大约300年。《黄鸟歌》名为《黄鹂歌》的可能性不存在，也不存在作为研究依据的可能性。

《本草纲目》记载的另一个主要内容是黄鸟的各种名称，更早记载黄鸟各种方言名称的文献是西汉扬雄的《方言》，此书记载了先秦到西汉的各种方言与使用的地域范围。《方言》完全可以作为研究《黄鸟歌》的依据，空间范围、时间范围都与《黄鸟歌》完全吻合：其一，从时间范围来看，《方言》与《黄鸟歌》几乎是同一时期的文献。扬雄（公元前53—公元18）是公元前1世纪的人，大体上与朱蒙、瑠璃王生存于同一时代，时间范围是吻合的。其二，从空间范围来看，扬雄记载朝鲜的汉语属自关而东的燕方言区，这一方言区对于研究《黄鸟歌》同样也是有效的。燕方言区并非只限于中国境内，还包括了中国的东北与朝鲜半岛的北部。既然扬雄记载的方言完全符合《黄鸟歌》的时间与空间的范围，那么《黄鸟歌》的语言应当与《方言》记载的词汇相合。如果《黄鸟歌》的语言与《方言》不合，那只能证明《黄鸟歌》在瑠璃王创作之初并没有使用汉语，而是以母语创作的。下面来看看《方言》的记载：

鹂黄，自关而东谓之鸧鹒（又名商庚）。自关而西谓之鹂黄，（其色鵹黑而黄，因名之）。或谓之黄鸟，或谓之楚雀。③

扬雄明确记载关东幽燕地区，黄鸟名为鸧鹒，并没有使用黄鸟的名称。《方言》的这一条不是根据先秦资料记载的，应当是根据汉代方言

---

① 参见赵正阶：《长白山鸟类志》，吉林科学技术出版社1985年，第252、262页。
② 晋·挚虞：《槐赋》，《全晋文》卷七十六，商务印书馆1999年，第805页。
③ 西汉·扬雄撰、华学诚校释：《方言校释汇证》第八，第568页。

的调查记载的，因为《方言》的记载与《诗经》不合。① 根据这一记载，

---

① 《诗经》有一些诗篇写了鸧鹒，此类诗中的鸧鹒意义与分布应当有所研究。《东山》："我徂东山，慆慆不归。我来自东，零雨其濛。仓庚于飞，熠耀其羽。之子于归，皇驳其马。亲结其缡，九十其仪。其新孔嘉，其旧如之何？"（程俊英、蒋见元：《诗经注析·国风·豳风·东山》上册，中华书局1991年，第424页）《七月》："七月流火，九月授衣。春日载阳，有鸣仓庚。女执懿筐，遵彼微行，爰求柔桑。春日迟迟，采蘩祁祁。女心伤悲，殆及公子同归。"（程俊英、蒋见元：《诗经注析·国风·豳风·七月》上册，第409页）这两首诗歌与其他黄鸟诗不同，诗中有婚姻的因素。《东山》写了踏上归家路途的士兵回想到了当年结婚的场景，那是鸧鹒飞翔，五花马迎接新娘的场面。那新娘的面孔，是否依旧那么美丽呢？黄鸟与五花马是结婚场景中出现的，认为象征了婚姻亦可，认为只是描写了婚姻场景亦无不可。《七月》描写的是春光明媚、鸧鹒鸣叫的时候，女子采摘嫩桑与白蒿，可是女子想到出嫁离开父母，不免伤心悲哀，描写了女子复杂的心情。诗中同样包含了婚姻的因素，但难以明确地认为诗中的黄鸟是爱情的象征，黄鸟与婚姻的关系并不明显。《出车》也写到了鸧鹒："春日迟迟，卉木萋萋。仓庚喈喈，采蘩祁祁。执讯获丑，薄言还归。赫赫南仲，玁狁于夷。"（程俊英、蒋见元：《诗经注析·小雅·鹿鸣之什·出车》下册，第473页）但此诗中完全没有婚姻的因素，描写的是将士出征捉获探子回来的欢乐场面，鸧鹒与草木只是自然描写，并无更多的社会内容。《出车》的词句与《七月》相同或相似，二者之间应当存在影响关系。纵观三首诗歌，黄鸟都是自然景色的一部分，还没有成为爱情或婚姻的象征。从《七月》《东山》等诗篇来看，仓庚（黄鹂）应当分布于豳，即今陕西栒（邠）县，今属咸阳市。那么陕西有无黄鹂的分布呢？下面看看唐代诗人的描写，王维《积雨辋川庄作》："积雨空林烟火迟，蒸藜炊黍饷东菑。漠漠水田飞白鹭，阴阴夏木啭黄鹂。山中习静观朝槿，松下清斋折露葵。野老与人争席罢，海鸥何事更相疑。"（清·赵殿成笺注：《王右丞集笺注》卷十，上海古籍出版社1987年，第187页）辋川在长安南边的终南山，这里是秦岭的北坡，这与郑作新《秦岭鸟类志》的记载相合，但与《中国动物图谱·鸟类》的记载不合。从唐人的诗歌来看，《秦岭鸟类志》的记载是正确的。有很多唐代诗人都写到过长安的黄鹂，李白《灞陵行送别》："古道连绵走西京，紫阙落日浮云生。正当今夕断肠处，鹂歌（萧本作黄鹂）愁绝不忍听。"（清·王琦：《李太白集注》卷十七，中国书店1996年，第387页）灞陵在长安的东边，这里是唐人经常送别的地方。李白描写的黄鹂应当是他所看到的，不是出自于他的想象虚构。除了李白之外还有其他唐代诗人在这一带看到过黄鹂，岑参《青门歌送东台张判官》："东出青门路不穷，驿楼官树灞陵东。……陌头落花没马蹄，昨夜微雨花成泥。黄鹂翅湿飞转低，关东尺书醉懒题。须臾望君不可见，扬鞭飞鞚疾如箭。"（《岑参集校注》卷二，上海古籍出版社2004年，第159页）青门为长安的东门，从东门再往前就是灞桥，也就是诗中所写的灞头。岑参在与李白相同的地方也看到过黄鹂，并且写进了诗歌。诗人之间彼此影响是可能的，但李白与岑参的诗歌并无影响的痕迹。长安城外有黄鹂，城内也有黄鹂。唐中宗《立春日游苑迎春》："神皋福地三秦邑，玉台金阙九仙家。寒光犹恋甘泉树，淑景偏临建始花。彩蝶黄莺未歌舞，梅香柳色已矜夸。"（清·曹寅编：《全唐诗·唐中宗》卷二（第一册），中华书局1999年，第24页）武平一《奉和立春内出彩花树应制》："銮辂青旗下帝台，东郊上苑望春来。黄莺未解林间啭，红蘂先从殿里开。"（清·曹寅编：《全唐诗·武平一》卷一百二（第二册），中华书局1999年，第1083页）这是在皇家园林看到的景象，綦毋潜《送章彝下第》写的也是长安城内的景象："长安渭桥路，行客别时心。献赋温泉毕，无媒魏阙深。黄莺啼就马，白日暗归林。三十名未立，君还惜寸阴。"（清·曹寅编：《全唐诗·綦毋潜》卷一百三十五（第二册），中华书局1999年，第1369页）这三首诗歌写的是黄莺，黄莺即黄鹂。这些唐代诗歌的描写表明陕西确有黄鹂，《七月》《东山》写的鸧鹒应当是黄鹂，而不是黄雀。

可以认为《黄鸟歌》是汉译诗，而不是汉诗。因为《黄鸟歌》没有使用《黄鸟歌》产生时期应当使用的燕方言词鸽鹈，这与平仄格律无关。① 如果《黄鸟歌》最初是以汉文写成，那么应当使用当时当地使用的语言词汇，因而《黄鸟歌》的第一句应当是"翩翩鸽鹈"，而不是"翩翩黄鸟"。诗歌标题是后人所起，《三国史记》中的《黄鸟歌》并没有标题。尽管如此《黄鸟歌》也应当名为《鸽鹈歌》，而不是《黄鸟歌》。瑠璃王没有使用鸽鹈一词，其原因只能有一个，最初此诗不是汉诗，而是母语诗歌。现存的《黄鸟歌》汉诗文本，应当是后人根据流传的母语文本汉译记载的，据此可以得出结论认为《黄鸟歌》是汉译诗，而非汉诗。

然而黄鸟名称的研究还需要做一些延伸调查，延伸调查会超出《黄鸟歌》生成的时间与空间范围，但延伸调查不是完全没有价值的。在燕方言中并非没有使用黄鸟一词的历史，发现这一点非常重要，这表明《黄鸟歌》使用黄鸟一词并不是没有历史依据。燕方言区使用黄鸟一词的时间不是在西汉，而是在东汉末年。东汉高诱注释的《吕氏春秋》中记载幽冀一带将黄鹂称之为黄鸟，而不是鸽鹈：

> 苍庚鸣鹰化为鸠（苍庚，《尔雅》曰商庚、黎黄、楚雀也。齐人谓之抟黍，秦人谓之黄离，幽冀谓之黄鸟。诗云"黄鸟于飞、集于灌木"是也。至是月而鸣，鹰化为鸠，啄正直，不鸷击也。鸠，盖布谷鸟。）②

高诱少时从学于卢植，建安十年（205）任司空掾，后任东郡濮阳（今属河北）令、监河东等。著有《孟子章句》《孝经注》，今皆佚，另外还有《战国策注》（今残）及《淮南子注》《吕氏春秋注》等著作。高诱记载"幽冀谓之黄鸟"，幽冀的大部分与燕国地域相合，幽和冀是燕国一带不同时期的名称，这正是燕国方言区。高诱的记载应当无误，高诱是东汉涿郡（今河北涿县）人，也就是幽冀一带的当地人，后来也曾在这一带任官，他对这一带的方言应当相当熟悉。高诱的记载还可以

---

① 《黄鸟歌》使用黄鸟的名称，并不是出于平仄的需要，《黄鸟歌》是古体诗。在汉译《黄鸟歌》的时代，中国没有出现近体诗。
② 东汉·高诱注：《吕氏春秋·仲春纪第二》第二卷，上海书店1986年，第12页。

得到三国吴人陆玑《毛诗草木鸟兽虫鱼疏》的证明：

> 黄鸟于飞：黄鸟，黄鹂鹠也，或谓之黄栗留。幽州人谓之黄莺，或谓之黄鸟。一名仓庚，一名商庚，一名鵹黄，一名楚雀。齐人谓之抟黍，关西谓之黄鸟。当葚熟时，来在桑间，故里语曰："黄栗留，看我麦黄葚熟。"亦是应节趋时之鸟。或谓之黄袍。①

陆玑与高诱的记载稍异，但基本相同。幽冀记载为了幽州，其实地域范围没有发生多大的变化，都是与古燕国一带重合。《本草纲目》也有类似的记载："幽州谓之黄鹂。"幽州人称黄鹂为黄莺或黄鸟，多了一个黄莺的名称，但对《黄鸟歌》的研究不会产生影响。陆玑字符恪，吴郡（今苏州）人，任太子中庶子、乌程令等。他撰写的《毛诗草木鸟兽虫鱼疏》二卷，解释了《毛诗》中的动物、植物名称，是较早的博物学著作。高诱与陆玑差不多是同一时代的人，高诱是东汉末期的人，或许稍早于陆玑。二人的记载大体相同，证明二人的记载都是正确的。

燕方言区在东汉末年开始使用黄鸟一词，这是极其重要的信息。根据这一信息可以得出另外一个重要的结论：《黄鸟歌》的汉译文本应当出现于东汉末年之后，即在东汉末年之后汉译的。《黄鸟歌》汉译的下限时间不明，但可以明确的一点是在使用燕方言的时期。扬雄《方言》的记载与高诱等人的记载不同，但这并不说明扬雄的《方言》是错误的，也不证明高诱等人的记载是错误的。这里不应当忽略的是从扬雄的时代到高诱、陆玑的时代隔了200多年。一个方言区域在200多年的时间里发生整体性的变化不大容易，但个别名词发生变化完全是可能的。一个名词在甚至在数十年或数年之间就可能发生变化，扬雄《方言》记载的是西汉以及更早时期的方言，高诱与陆玑记载的是东汉末年、三国时期的方言。

二、瑠璃王与燕方言的特殊关系

上述结论还需要两个前提：一、高句丽作为燕方言区的说法应当是

---

① 吴·陆玑：《毛诗草木鸟兽虫鱼疏》卷下，中华书局1985年，第44页。

有效的。二、瑠璃王使用的是燕方言。如果不能证明这两个前提条件，那么《黄鸟歌》与燕方言的关系仍然存在不小的疑问，《黄鸟歌》是汉译诗的看法也会存在问题。

其一，高句丽为燕方言区是有效的。

高句丽存在的700年间，书面语言是汉文，口头语言较为繁杂。有的学者认为使用的是高句丽语①，也有的学者认为使用通古斯语，或者以为高句丽时期没有形成统一的语言。高句丽人使用的是高句丽语，高句丽语已经完全失传，但在一些地名、人名以及其他名称中保存了零星的词汇，这些词汇足以证明高句丽人的语言与燕人的语言完全不同。《三国史记》记载了一些地名和人名：

> 夏六月，松让国来降，以其地为多勿部，封松让为主。丽语谓复旧土为多勿，故以名焉。②

复旧土是汉语，多勿部是当地语，汉语与当地语显然不同，《三国史记》记载的当地语就是高句丽语。已经失传的语言往往会在地名中保存一些词汇，从地名还是可以窥视到当地曾经普遍使用过怎样的语言。根据扬雄《方言》与《三国志》的记载来看，高句丽杂居着燕人，因而高句丽除了使用高句丽语之外，应当还有其他的语言，其中包括了燕方言

---

① 高句丽语指在高句丽（公元前37年—668年）使用的语言，大体而言属于扶余语系，主要使用于扶余、沃沮、东濊、百济（统治阶层），与邑娄的语言是两种不同的语言。朝鲜半岛南部与北方的语言不同，一般认为高句丽语与新罗语有所不同。美国印地安纳大学的白桂思（Christopher. Beckwith）在他的《日本·高句丽语系的民族和早期中国》（The Japanese-Koguryoic People sand Early China）一文中，认为日语属扶余语系，日语中有扶余语的痕迹；高句丽语在语词发音、文法构词方面与日语相似。因而提出古代日本人（倭）和高句丽人的共同起源地可能是在渤海湾的中国辽西地区。这一带人群的一支向东越海到达日本，几百年后另一支向东北迁徙，形成了高句丽人。高句丽的语汇主要散见于《三国志·东夷列传》的高句丽条、《后汉书·东夷列传》的高句丽条与《日本书纪》等，最重要的是《三国史记》卷三十七的《高句丽地理志》与卷三十五《新罗地理志》记录的高句丽地名，在词汇上与高句丽语相似性最高的是古代日本语，高句丽语的四个数词与日语的音韵相似，其次是中世朝鲜语，与通古斯语的差异较大（此文见于《高句丽语：日语在亚洲大陆的姐妹语言》（Koguryo, the Language of Japan's Continental Relatives, 2004））。中国学者徐德源《高句丽族语言微识录》（《中国边疆史地研究》第15卷，2005年第1期）也持类似的看法。扬雄《方言》记载了数十例高句丽词汇，但大多的学者认为《方言》的高句丽语词更近于汉文。

② 〔韩〕金富轼：《三国史记·高句丽本纪第一·东明圣王二年（公元前36年）》卷十三，吉林文史出版社2003年，第175页。

与其他通古斯民族的语言。高句丽并用几种语言，在这种情况下一个人能够使用当地的两三种语言是完全可以想象的。

高句丽初期汉文的使用状况记载于中国的古代文献，这对了解《黄鸟歌》的文本状态有一定的帮助。扬雄的《方言》是在周朝以来的方言资料和实际调查的基础上整理而成的，共有669条。其中与朝鲜有关的词条25个，大多是与燕组合在一起记述的。

北燕、朝鲜洌水之间。①
燕之外郊、朝鲜洌水之间。②

此类的表述有23个，有2个只提到朝鲜，没有提及燕，记载为"朝鲜洌水之间"。其他的所有表述都是将燕与朝鲜放在一起记载的，表明燕与朝鲜是同一个方言区。"北燕、朝鲜洌水之间"的表述包括了高句丽，其地域从燕国一直延伸到了朝鲜半岛北部。扬雄记载的是从先秦到汉代的方言分布，朝鲜是这一带较早的地名与国家名称，在扬雄的时代高句丽刚刚建立或尚未建立，扬雄使用朝鲜的名称是正常的。

扬雄将燕的北部与辽东、朝鲜半岛北部划为相同的燕方言区应当是事实：第一，这一记载不只是能够得到方言词汇的证明，也可以得到历史事实的证明。汉高祖十一年（公元前196），燕王卢绾反叛汉朝。汉高祖十二年（公元前195），汉朝派兵攻打卢绾，卢绾逃亡到匈奴地区，卫满率领数千燕人移居中国东北与朝鲜半岛的北部，因而这一带应当使用燕方言。中国东北与朝鲜半岛北部的古坟出土了大量的铁器，这一带的制铁技术来自于燕国，燕国拥有当时先进的制铁技术。由于地理、政治、经济、技术等诸方面的原因，燕国对古朝鲜、高句丽产生了深远的影响，这也是这一区域使用燕方言的另一原因。公元前1000年左右，箕子带领不少中原人移居朝鲜，据此来看高句丽应当使用中原雅言。但从箕子时代到卫满朝鲜时代，时间过于遥远，其间有不少燕人移居朝鲜，卫满消灭箕子朝鲜之后，箕准等人逃亡到朝鲜半岛的南部，因而《方言》记载这一地区为燕方言区是可靠的。

第二，除了《黄鸟歌》之外，还有其他汉诗使用燕方言的用例。如

---

① 西汉·扬雄撰、华学诚校释：《方言校释汇证》第五，中华书局2006年，第329页。
② 西汉·扬雄撰、华学诚校释：《方言校释汇证》第七，第508页。

果《黄鸟歌》是使用燕方言的唯一用例，那么燕方言区的记载值得怀疑。但事实上燕方言词的用例并非只有《黄鸟歌》，在所剩无几的高句丽诗歌中还有使用燕方言词的诗歌，《高丽人参赞》的"椴树相寻"一句就使用了燕方言，椴就是燕方言词①。这表明在《黄鸟歌》之后，燕方言并没有在高句丽消失，至少到初载《高丽人参赞》于文献的5世纪之前仍然在使用，这也可以证明扬雄《方言》记载的燕方言区是有效的。不过燕方言与中原雅言的关系是复杂的，燕方言的主要因素有二：一是燕方言词汇的发音，这一部分现在已经无从考察，无法了解公元前1世纪到公元5世纪燕方言的发音。二是燕方言独有的词汇，这一部分才是现在能够考察高句丽与燕方言关系的主要依据。但燕方言词汇并不都是燕方言独有的词汇，更多的词汇与中原雅言词汇相同。高句丽的汉文学即使使用了燕方言，也不可能全部都是以燕方言独有的词汇写作。5世纪的《好太王碑》（414）、诗歌《碓乐》以及6世纪之后的木简，就不一定使用了燕方言独有的词汇。《碓乐》并没有使用燕方言独有的词汇："慕荣启期之为人，常以琴自随。凡喜怒悲欢不平之事，必于琴宣之。岁将暮，邻里舂粟。其妻闻杵声曰：'人皆有粟可舂，我独无，何以卒岁？'先生仰天叹曰：'夫死生有命，富贵在天。其来也不可拒，其往也不可追。汝何伤乎？'乃鼓琴作杵声以慰之，世传为碓乐。"② 百结因为家贫闻名，衣百结若悬鹑，时人因号为百结先生，真实姓名已经失传。即使这一段记载没有使用燕方言独有的词汇，也不证明燕方言区的记载是不可靠的。

随着高句丽与中国的交流越来越密集，语言也会发生一定的变化。到了7世纪，高句丽与唐朝的交流更为密切，《旧唐书》记载唐高祖李渊武德七年（624）道士在高句丽讲老子的情况："遣前刑部尚书沈叔安往册建武为上柱国、辽东郡王、高丽王，仍将天尊像及道士往彼，为之讲老子，其王及道俗等观听者数千人。"③ 这里记载的高丽即高句丽，高句丽王与辽东郡王、道士、俗人数千人去听道士

---

① 详见本章第四节。
② 〔韩〕李瀷：《星湖先生全集·海东乐府·碓乐》卷之七，影印标点《韩国文集丛刊》第198册，首尔：民族文化推进会1997年，第162页。
③ 后晋·刘昫等撰：《旧唐书·列传第一百四十九上》卷一百九十九上，中华书局1997年，第1358页。

讲老子，道士来自于中原，讲的是中原雅言，听者达数千人。但这是《黄鸟歌》出现六七百年之后，对《黄鸟歌》毫无意义。如果瑠璃王使用了中原雅言，那么必须举出使用中原雅言的证据。在没有任何证据和线索的情况下，任意想象使用了何种语言，显然不是科学的研究方法。

其二，瑠璃王与燕方言、儒家文化的特殊关系。

瑠璃王是《黄鸟歌》的作者，他使用的语言是研究《黄鸟歌》是否为汉译诗的直接依据之一。瑠璃王作为君王能够使用汉文并不奇怪，但没有文献直接记载瑠璃王使用怎样的语言。除了高句丽语之外，瑠璃王最熟悉的语言应当是燕方言，他与燕方言有着与其他人不同的特殊关系。瑠璃王在第一个王妃松氏死后，续娶汉人之女雉姬。李氏朝鲜文人李德懋以为雉为姓氏："雉氏：《东国通鉴》：高句丽瑠璃王有二姬，曰禾姬、雉姬。"① 雉显然不是姓氏，应当是名字，这是李德懋的失误。雉姬可能是中原汉人，是高句丽与汉朝联姻的结果；也可能是秦汉时期移居中国东北或朝鲜半岛的燕人之后，也就是当地的汉人。第一种可能性最小，文献并无汉朝与瑠璃王联姻的记载。据此来看雉姬应当是当地燕人之女，雉姬与禾姬争吵之后，赌气出走，只能是回娘家，雉姬的娘家离高句丽王宫应当不远。如果雉姬的娘家在中原，雉姬赌气回家是不可能的。雉姬只能是当地汉人豪门之女，当地汉人多是燕人，因而雉姬是燕人之女，她所使用的语言是燕方言。如此看来瑠璃王与燕方言的关系不只是与燕方言区的关系，更为重要的是瑠璃王的妻子也使用燕方言，如此亲近关系足以证明瑠璃王使用的汉语应当就是燕方言。

瑠璃王与燕人之女雉姬的婚姻应当是可靠的，当地汉人与其他民族通婚在当时并不罕见，在高句丽王族的系谱中，瑠璃王不是唯一与当地汉人之女婚姻的君王。瑠璃王之孙、大武神王之子好童就娶了乐浪郡的汉人之女为妻。在高句丽消灭乐浪郡之后出现了崔氏乐浪，好童娶的是崔氏乐浪之女。

（太武神王十五年）夏四月，王子好童游于沃沮，乐浪王崔

---

① 〔韩〕李德懋：《青庄馆全书·盎叶记［四］·罗、勾、济、丽奇姓》卷之五十七，影印标点《韩国文集丛刊》第 259 册，首尔：民族文化推进会 2001 年再版，第 14 页。

理出行，因见之，问曰："观君颜色，非常人，岂非北国神王之子乎。"遂同归，以女妻之。后好童还国，潜遣人告崔氏曰："若能入而国武库，割破鼓角，则我以礼迎，不然则否。"先是，乐浪有鼓角，若有敌兵则自鸣，故令破之。于是，崔女将利刃潜入库中，割鼓面角口，以报好童。好童劝王袭乐浪。崔理以鼓角不鸣，不备，我兵掩至城下。然后知鼓角皆破，遂杀女子，出降。或云：欲灭乐浪，遂请婚，娶其女为子妻，后使归本国坏兵物。①

崔氏乐浪存在的时间很短，后被高句丽吞灭。瑠璃王与雉姬、好童与崔氏之女的婚姻是当时政治的需要，当地的汉人在政治、文化方面具有一定的影响力。

语言的传播与交流不是单纯的语言问题，思想文化总是会伴随语言得到传播。瑠璃王三年十月条的记载表明，瑠璃王的婚姻生活还融入了儒家文化。禾姬怒斥雉姬的理由就证明了这一点，禾姬骂雉姬"汝汉家婢妾，何无礼之甚乎"。禾姬以无礼来指责禾姬，因为礼是儒家文化的核心思想之一，儒家文化是汉人与异族区别的标志之一。雉姬既然是汉家之女，就应当有儒家的礼义，然而在禾姬看来雉姬完全不懂礼义。禾姬如此指责，表明高句丽人对汉文化有一定的了解，同时汉文化也一定程度地融入瑠璃王的婚姻生活。

禾姬的指责应当是可信的，高句丽建国初期已经接受了儒家思想文化，儒家思想甚至成为高句丽建立君臣关系、父子关系以及异国关系的基本原则。高句丽建国初期有关儒家文化的记载还是比较多见的，瑠璃王本纪记载："秋八月，扶余王带素使来让王曰：'……夫国有大小，人有长幼，以小事大者，礼也，以幼事长者，顺也。今王若能以礼顺事我，则天必佑之，国祚永终，不然则欲保其社稷，难矣。'于是，王自谓：'立国日浅，民羸兵弱，势合忍耻屈服，以图后效。'乃与群臣谋，报曰：'寡人僻在海隅，未闻礼义。今承大王之教，敢不惟命之从。'"② 扶余与高句丽的国家关系是以礼来表述的，扶余准备侵略高

---

① 〔韩〕金富轼：《三国史记·高句丽本纪·大武神王十五年》卷十四，吉林文史出版社2003年，第186页。

② 〔韩〕金富轼：《三国史记·高句丽本纪一·瑠璃明王二十八年》卷十三，第180页。

句丽是以儒家礼的观念作为借口来表述的。不管这种说法是否真正符合儒家礼的观念,但从中可以了解到儒家的思想观念确实已经影响了扶余和高句丽。

在瑠璃王的家族生活中,儒家思想也发生了作用。《三国史记》记载:"太子曰:'……今父王以我为不孝,赐剑自裁,父之命,其可逃乎?'乃往砺津东原,以枪插地,走马触之而死,时年,二十一岁。以太子礼,葬于东原,立庙。""论曰:孝子之事亲也,当不离左右以致孝,若文王之为世子。……传曰:'可谓父不父,子不子矣。'"① 瑠璃王的长子因为恐惧,未能执行父王之令,以孝的观念反省自己的行为,最终自杀而亡。他的葬礼是按照太子应当享受的礼仪等级举行的。史家评论的依据也是儒家思想,以为父不父、子不子是长子自杀而亡的原因。儒家思想已经普遍地进入高句丽人的生活,禾姬以礼来指责汉人之女雉姬应当不是虚构。

瑠璃王的家庭、家族以及国家的政治生活,都已经融入相当的儒家文化因素,所有痕迹都表明汉语一定程度地进入高句丽王族以及上层贵族的生活。瑠璃王与燕方言区的关系,与燕人之女的夫妻关系,都是可靠的事实。据此可以认为瑠璃王具有高句丽语与燕方言的双语能力。尽管如此,瑠璃王没有使用当时的燕方言来创作《黄鸟歌》,因为没有使用当时的燕方言词。瑠璃王以高句丽语吟诵了《黄鸟歌》,这也没有超出合理的范围。雉姬是当地汉人,能够听懂高句丽的母语也不是怪事。《黄鸟歌》是汉译诗的说法是正确的,韩国学术界尽管从各种角度研究过这个问题,但至今没有研究过《黄鸟歌》与燕方言的关系,更没有根据《黄鸟歌》与燕方言的关系探索是汉诗还是汉译诗的问题。

第三节　《诗经》中的黄鸟与《黄鸟歌》的关系

一、《秦风·黄鸟》:黄鸟的死亡鸟形象

学术界认为《黄鸟歌》与《诗经》存在影响关系,《黄鸟歌》的四

---

① 〔韩〕金富轼:《三国史记·高句丽本纪一·瑠璃明王二十八年》卷十三,第179页。

言形式与描写词汇、虚词运用皆源于《诗经》。根据这一影响关系可以得出另一个重要看法：《黄鸟歌》的黄鸟一词当源于《诗经》的中原雅言，而不是源于燕方言。显然只研究燕方言与《黄鸟歌》的关系是不充分的，毕竟《黄鸟歌》与《诗经》存在着影响关系。然而《黄鸟歌》与《诗经》的影响关系、黄鸟一词源于《诗经》的可能性，都存在重新研究的空间，为此必须研究《诗经》诸篇的黄鸟及其意义。在此之前难以认定黄鸟一词是否源于《诗经》。

《诗经》中有两首《黄鸟》，即《秦风·黄鸟》和《小雅·黄鸟》，此外还有《葛覃》《凯风》《绵蛮》等诗篇中出现过黄鸟，共有14次。《诗经》的黄鸟自古以来争议颇多，一种看法以为《诗经》中的黄鸟有时是黄鹂，有时是黄雀；也有一种看法认为都是黄雀，或者都是黄鹂。如果将《诗经》中写到黄鸟的诗歌全部细读一遍，就会明白黄鸟的形象很不统一，甚至还有正反对立的形象。这种现象不免让人疑惑，不同或对立的形象可能来自于同一鸟类的不同意义，但也可能来自于物质层面。由于物种不同，产生了不同的意义也是常见的。《诗经》中黄鸟的差异是属于前者还是后者，抑或是两者兼有，是需要研究的问题。

《诗经》中黄鸟的名称并不是指同一种鸟类，其中包括了多种鸟类，《禽经》记载："仓鹒、黧黄，黄鸟也。（今谓之黄莺、黄鹂是也。野民曰黄栗留，语声转耳，其色黧黑而黄，故名黧黄。《诗》云黄鸟，以色呼也。）"① 张华《禽经》的注释记载了黄鸟的两种概念：一是鸟类学概念的黄鸟，一般是指黄鹂；一是一些身体有黄色毛羽的鸟类就是黄鸟，其中包括了多种鸟类，不是专指黄鹂。《诗经》的黄鸟概念是第二种概念，其中包括了各种黄色鸟类，每一首诗歌写的是哪一种鸟类，必须具体研究确定，仅从黄鸟一词直接确定鸟类的可能性是不存在的，这使《诗经》的黄鸟变得极其复杂。

《秦风·黄鸟》是《诗经》具有代表性的黄鸟诗，首先可以确定《秦风·黄鸟》的黄鸟是死亡鸟，也是忠义鸟，与爱情无关。

《黄鸟》

交交黄鸟，止于棘。谁从穆公？子车奄息。维此奄息，百夫之

---

① 周·师旷撰（？）、晋·张华注：《禽经》，中华书局1991年，第6页。

特。临其穴，惴惴其栗。彼苍者天，歼我良人。如可赎兮，人百其身！

交交黄鸟，止于桑。谁从穆公？子车仲行。维此仲行，百夫之防。临其穴，惴惴其栗。彼苍者天，歼我良人。如可赎兮，人百其身！

交交黄鸟，止于楚。谁从穆公？子车鍼虎。维此鍼虎，百夫之御。临其穴，惴惴其栗。彼苍者天，歼我良人。如可赎兮，人百其身！①

这首诗记述了秦国的三壮士之死。三良指秦穆公时的奄息、仲行、鍼虎。秦穆公以大量的活人殉葬，子车氏的三壮士就是殉葬而亡的。《秦风·黄鸟序》直接指出："黄鸟，哀三良也。国人刺穆公以人从死，而作是诗也。"② 这是学术界普遍接受的看法，现在几乎没有什么不同的意见。黄鸟承载的是哀悼三良之死的情感，象征的是三良之死，黄鸟与三良之死的关系十分清楚。《左传》文公六年记载了三良之死，并明确记载秦人为了哀痛三良之死作了《黄鸟》："秦伯任好卒，以子车氏三奄息、仲行、鍼虎为殉，皆秦之良也，国人哀之，为之赋《黄鸟》。"③ 惨无人道的殉葬制度使三良丧失了生命，三良是秦国难得的人才，失去三良是秦国的巨大损失。不过后世文人也有不同的看法，以为三良是自愿殉葬而死，三良的生命价值是与秦穆公捆绑在一起的，三良的生命最大限度地体现了生命的忠义价值。那么为何要以黄鸟象征三良之死呢？"凡记时者皆言仓庚，形色有中和之美，以命其德也。故哀三良，刺宣王，皆言黄鸟。"④ 黄鸟的黄色象征了中和之美，也象征了三良之德。黄鸟与死亡产生了特别的关系，或以为体现了正面价值，忠义是生命的价值体现；或认为体现了负面价值，三良之死毫无价值，体现了君王对生命的

---

① 程俊英、蒋见元：《诗经注析·秦风·黄鸟》上册，中华书局1991年，第350—353页。

② 程俊英、蒋见元：《诗经注析·秦风·黄鸟》上册，中华书局1991年，第350—353页。

③ 《春秋左传正义》卷第十九上，清·阮元校刻：《十三经注疏》下册，中华书局1980年，第1844页。

④ 清·陈大章：《诗传名物集览·鸟》卷一，《丛书集成初编》，商务印书馆1937年，第3页。

粗暴践踏。

《诗经》不是普通的诗歌集，是千百年来儒家的经典，因而《秦风·黄鸟》不可能不产生深远的影响，在后世的诗文之中黄鸟仍然象征着死亡。中国古代祭文挽诗常以黄鸟缅怀亡者，赞美死者。蔡邕《太傅胡广碑》："春秋八十二，建宁五年三月壬戌薨于位。……四月丁酉，葬于洛阳茔。故吏济阴池喜，感公之义，率慕《黄鸟》之哀，推寻雅意，彷徨旧土，休绩不烈，宜宣于此，乃树石作颂，用扬德音。"① 蔡邕《陈仲宝碑文》："峨峨崇岳，吐符降神。于皇先生，抱宝怀珍。如何昊穹，既丧斯文。微言圮绝，来者曷闻？交交黄鸟，爰集于棘。命不可赎，哀何有迹！"② 所谓的黄鸟之哀自然是指《秦风·黄鸟》的悲哀情感，也是借助三良来赞美亡者的品德。由于三良之死，黄鸟与碑文产生了不解之缘，也与坟茔产生了不解之缘。阙名《费凤别碑》：

> 英马循大路，褰裳而涉洧，悠悠歌《黍离》，黄鸟集于楚。惴惴之临穴，送君于厚土。嗟嗟悲且伤，每食（缺）不绝。夫人笃旧好，不以存亡改。文平感渭阳，凄怆益以甚。诸姑咸擗踊，爰及君伯姊。孝孙字符宰，生不识考妣。③

临穴、厚土所指的就是坟墓，碑文中黄鸟与坟墓的关系是明确的，然而这种关系是否具有描写性质并不明确。如果黄鸟时常出现在墓地，那就不只是象征性地表现了悲痛，而是还具有了描写的性质。

唐代的墓志铭也时而出现黄鸟，陈子昂《袁州参军李府君妻张氏墓志铭》记载了黄鸟与墓穴的关系："夫人令仪有穆，惠问无喧。敦雅志于诗书，婉娴情于琴瑟。……悲摧栾棘，思结寒泉。永惟同穴之仪，仰遵归祔之典。以大周天授二年二月日朔，迁祔于袁州府君之旧茔，礼也。合葬非古，奉周公之仪。墓而为坟，宗仲尼之训。……原陵何代铭志无文，有哀《黄鸟》之诗，遂勒青乌之兆。"④ 这篇墓志铭记载了张氏迁坟

---

① 《全后汉文·蔡邕八》卷七十六（下册），商务印书馆1999年，第768页。
② 唐·李善注：《文选·碑文上·陈仲宝碑文·蔡伯喈》卷第五十八（第六册），上海古籍出版社1986年，第2507页。
③ 《全后汉文·费凤别碑》卷一百三（下册），第1040页。
④ 唐·陈子昂：《唐故袁州参军李府君妻张氏墓志铭》，《全唐文》卷二百十六（第二册），上海古籍出版社1990年，第963页。

之事，陈子昂为此撰写了这篇墓志铭。此篇墓志铭的黄鸟与坟墓也有了关系，不过没有描写的性质。陈子昂《唐故朝议大夫梓州长史杨府君碑铭》："其后十六代，有杨宝者，天锡黄鸟，授以白环，若曰：'命君子孙，世登三事。'迨震、秉、彪、赐，四代五公，烈光昭于汉室，盛德充于海内，金圭铭鼎，至今为宏农世家也。"① 此篇碑铭的黄鸟与前文的黄鸟有所不同，黄鸟虽然是赞美亡者之词，但显然不仅仅是赞美与哀思，更多的是象征了世登三事的吉祥之兆，具有了美好的意义。

黄鸟与挽诗也有特别的关系，东汉的《伤三贞诗》是一首挽诗，追悼了三位忠贞的妻子，赞美了她们的高洁品格。

《伤三贞诗》

间关黄鸟，爱集于树。窈窕淑女，是绣是黼。
惟彼绣黼，其心匪石。嗟尔临川，邈不可获。②

三位妻子的忠贞中包含了爱情的因素，因而可以认为这是黄鸟与爱情建立关系的起点。但此诗不是爱情诗，爱情不是主要的因素，因而不能认为此诗构筑并完成了黄鸟与爱情的象征关系。此诗写的三贞是"永初中，广汉汉中羌反，虐及巴郡，有马妙祈妻义、王元愦妻姬、赵蔓君妻华，执共姜之节，守一醮之礼，号曰三贞。遭乱兵迫匿，惧见拘辱，三人同时沉于西汉水而没死。有黄鸟鸣其亡处，国人伤之，乃作《诗》曰：……"③ 三位妻子为了忠贞自沉而亡，可谓是贞洁烈女。三位妻子名为三贞，恰如其分地概括了三位妻子的意义。三贞沉水而亡的时间是在永初年间，永初（107—113）是汉安帝刘祜的第一个年号，这个时间比《黄鸟歌》迟了100年。此诗撰写的时间只能迟于三贞沉水的时间，因而不可能早于《黄鸟歌》。

《伤三贞诗》没有完成黄鸟变成爱情鸟的过程，在《伤三贞诗》中可以清楚地看到三良的遗迹，从三良到三贞延续的是忠义。《秦风·黄

---

① 唐·陈子昂：《唐故朝议大夫梓州长史杨府君碑铭》，《全唐文》卷二百十四（第二册），第957页。
② 逯钦立辑校：《先秦汉魏晋南北朝诗·汉诗》卷十二（上册），中华书局1983年，第325页。
③ 逯钦立辑校：《先秦汉魏晋南北朝诗·汉诗》卷十二（上册），中华书局1983年，第325页。

鸟》三良的主要意义不是忠义,但后世的诗人将三良定位于忠义,曹植《三良诗》:"功名不可为,忠义我所安。秦穆先下世,三臣皆自残。生时等荣乐,既没同忧患。谁言捐躯易,杀身诚独难。揽涕登君墓,临穴仰天叹。长夜何冥冥,一往不复还。黄鸟为悲鸣,哀哉伤肺肝。"① 阮瑀《咏史》:"误哉秦穆公,身没从三良。忠臣不违命,随躯就死亡。低头窥圹户,仰视日月光。谁谓此可处,恩义不可忘。路人为流涕,黄鸟鸣高桑。"② 三良的意义在于忠义,三贞的意义在于忠贞,这是《伤三贞诗》产生的思想依据。

从南北朝开始黄鸟较少作为死亡鸟出现,不过有时也会象征死亡。唐顾况《送柳宜城葬》:

> 鸣笳已逐春风咽,匹马犹依旧路嘶。
> 遥望柳家门外树,恐闻黄鸟向人啼。③

顾况与柳宜城是友人,顾况为送葬写了这首诗歌。柳宜城即柳浑,《新唐书》记载:"浑警辩好谈谑,与人交,豁如也,情俭不营产利。免后数日,置酒召故人出游,酣肆乃还,旷然无黜免意。时李勉、卢翰皆以旧相阖门奉朝请,叹曰:'吾等视柳宜城,真拘俗之人哉!'五年卒,年七十五,谥曰贞。"④ "恐闻黄鸟向人啼"一句表明诗人不愿意听到黄鸟的叫声,因为黄鸟的叫声象征着死亡,这是因为延续了《诗经》以来黄鸟与死亡的象征关系。这样的黄鸟形象与顾况《郑女弹筝歌》的黄鸟

---

① 黄节:《曹子建诗注(外三种)》卷二,中华书局 2008 年,第 83 页。
② 逯钦立辑校:《先秦汉魏晋南北朝诗·魏诗》卷三(上册),中华书局 1983 年,第 379 页。
③ 王启兴校注:《顾况诗注》卷二,上海古籍出版社 1994 年,第 137 页。王启兴先生认为黄鸟当为黄雀,此处指报恩。王启兴先生所引的《后汉书·列传第四十四·杨震》卷五十四的注文如下:《续齐谐记》曰:"宝年九岁时,至华阴山北,见一黄雀为鸱枭所搏,坠于树下,为蝼蚁所困。宝取以归,置巾箱中,唯食黄花,百余日毛羽成,乃飞去。其夜有黄衣童子向宝再拜曰:'我西王母使者,君仁爱救拯,实感成济。'以白环四枚与宝:'令君子孙洁白,位登三事,当如此环矣。'"(中华书局 1997 年,第 463 页)按照这种理解黄鸟如果是来报恩,恐怕没有什么可害怕的,应当是一件愉快的事情,显然与诗句的内容不合。实际上此处的黄鸟是象征死亡,而非报恩。此诗写于顾况在长安时,柳浑卒于贞元五年二月,未几,顾况贬于饶州。黄雀主要分布于东部各省,依此来看也应当不是黄雀。
④ 宋·欧阳修、宋祁等:《新唐书·列传第六十七》卷一百四十二,中华书局 1997 年,第 1198 页。

形象是不和谐的:"郑女八岁能弹筝,春风吹落天上声。一声雍门泪承睫,两声赤鲤露鬐鬣,三声白猿臂拓颊。郑女出参丈人时,落花惹断游空丝。高楼不掩许声出,羞杀百舌黄莺儿。"① 黄莺儿就是黄鹂,顾况以为黄鹂像有百舌那样,能够发出各种美妙的声音。可是黄莺听到郑女的琴声,也会感到羞愧,自觉不如郑女的琴声。顾况是在赞美黄鹂的叫声,但更赞美郑女的琴声。顾况两首诗歌中的黄鸟形象互相矛盾:一方面黄鸟的叫声象征死亡,是最不愿意听到的叫声之一;一方面黄鸟的叫声又是妙不可言,是世上最美丽、最愿意听到的声音之一。《郑女弹筝歌》是一首闺怨诗,即使郑女的歌声是悲哀的,也是美丽动听的音乐。黄鹂是鸟类中最善鸣的鸟之一,即使是悲鸣,也会动听悦耳。黄色鸥鹎不是善鸣的鸟类,声如哭叫,不是悦耳动人的声音。两首诗中的黄鸟显然无法统一,不知道顾况是否体会到了这种尖锐的对立,两种感受很难协调,这是以黄鸟象征死亡的诗歌越来越少的原因之一。

  死亡与黄鸟美丽的外表、动听的声音存在着较大的距离,那么死亡是如何与黄鸟产生关系的呢?《秦风·黄鸟》不是最早将死亡与黄鸟联系起来的文献,《秦风·黄鸟》是春秋时期的诗歌,但早在西周的初期,或是更早的原始神话时代,黄鸟与死亡就产生了象征关系,只不过象征的是君王之死与国家之亡。《山海经》之中黄鸟出现的次数不是很多,其中有三次都写到国家之亡与君王之死。《山海经》记载:

    五色之鸟,人面有发。爰有青鸴、黄鷔、青鸟、黄鸟,其所集者其国亡。②

    女祭、女戚在其北,居两水间,戚操鱼䱷,祭操俎。鵹鸟、𪄀鸟,其色青黄,所经国亡。在女祭北。鵹鸟人面,居山上。一曰维鸟,青鸟、黄鸟所集。③

  黄鸟象征国家之亡,所经之处的国家必然灭亡,因而黄鸟是国家的丧钟。黄鸟也是君王之死的象征,帝颛顼与九嫔所葬之处出现了黄鸟。

---

  ① 王启兴校注:《顾况诗注》卷四,上海古籍出版社 1994 年,第 231 页。
  ② 清·郝懿行:《山海经笺疏·大荒西经》卷十六,巴蜀书社 1985 年影印本。
  ③ 清·郝懿行:《山海经笺疏·海外西经》卷七,巴蜀书社 1985 年影印本。

> 东北海之外，大荒之中，河水之间，附禺之山，帝颛顼与九嫔葬焉。爰有鸱久、文贝、离俞、鸾鸟、凰鸟、大物、小物。有青鸟、琅鸟、玄鸟、黄鸟、虎、豹、熊、罴、黄蛇，视肉、璇瑰、瑶碧，皆出卫于山。①

黄鸟与坟墓的关系不是始于汉代的碑文，显然在神话时代就已经开始了。黄鸟出现在颛顼与嫔妃的坟地，是因为黄鸟与帝王存在着特别的关系。《山海经》还有一处写到黄鸟，虽然没有与君王之死联系起来，但仍然与帝有关："有巫山者，西有黄鸟。帝药，八斋。黄鸟于巫山，司此玄蛇。"② 根据这些文献可以确定黄鸟与帝王，尤其是与帝王之死产生了特别的象征关系。

《山海经》充满了荒诞想象，仅以《山海经》为据讨论黄鸟与君王之死、国家之亡的关系似乎不够充分。不过黄鸟确实与君王、国家的历史产生过关系，黄鸟曾经象征纣王之死和殷商之亡，同时也象征周武王伐纣的胜利，象征新的君王与国家的诞生。黄鸟是纣王、殷商的丧钟，也是周武王的祥瑞。《墨子》记载：

> 赤鸟衔珪，降周之岐社，曰："天命周文王伐殷有国。"泰颠来宾，河出绿图，地出乘黄，武王践功。梦见三神曰："予既沉渍殷纣于酒德矣，往攻之，予必使汝大堪之。"武王乃攻狂夫，反商之周，天赐武王黄鸟之旗，王既已克殷。成帝之来，分主诸神，祀纣先王。通维四夷，而天下莫不宾，焉袭汤之绪，此即武王之所以诛纣也。若以此三圣王者观之，则非所谓攻也，所谓诛也。③

天神命周武王伐纣，并赐以黄鸟之旗。黄鸟之旗恐怕与《山海经》记载的神话传说有关，因为黄鸟象征着君王之死与国家之亡。周武王以黄鸟为旗就是在宣告纣王与商朝必将灭亡，周武王必将胜利。黄鸟是征战诛伐之旗，象征着强大无比的军事力量。梁任昉《宣德皇后敦劝梁王令》："惟彼狡僮，穷凶极虐，衣冠泯绝，礼乐崩丧。既而鞠旅誓众，言

---

① 清·郝懿行：《山海经笺疏·大荒北经》卷十七，巴蜀书社1985年影印本。
② 清·郝懿行：《山海经笺疏·大荒南经》第十五，巴蜀书社1985年影印本。
③ 清·毕沅校注：《墨子·非攻下第十九》卷之五，中华书局1985年，第56页。

谋王室，白羽一麾，黄鸟底定，甲既鳞下，车以瓦裂，致天之届，拱揖群后，丰功厚利，无得而称。是以祥光总至，休气四塞，五老游河，飞星入昂，元功茂勋，若斯之盛。"① 狡僮即纣王，纣王穷凶极虐，为恶不仁，必须前去诛伐剿灭，才符合天道，举起黄鸟之旗就意味着战争的开始。虞世南《北堂书钞》所列的条目很好地概括了黄鸟的军事意义："天赐武王黄鸟之旗、天兵之法、诛讨之事"②，黄鸟与天兵、诛伐联系在一起，其意义比较明显。黄鸟是新君的莫大吉兆，象征着君王的更换，国家的更替。左思《魏都赋》："旼旼率土，迁善罔匮，沐浴福应，宅心醇粹。馀粮栖亩而弗收，颂声载路而洋溢。河洛开奥，符命用出。翩翩黄鸟，衔书来讯。人谋所尊，鬼谋所秩。刘宗委驭，巽其神器。窥玉策于《金縢》，案图篆于石室。考历数之所在，察五德之所莅。量寸旬，涓吉日。陟中坛，即帝位。改正朔，易服色。继绝世，修废职。徽帜以变，器械以革。"③ 改正朔，易服色，变徽帜，都是改朝换代的标志，因而黄鸟的出现是新君与新国的吉祥。梁简文帝《南郊颂序》："周称黄鸟之旗，夏有玄圭之锡，无以逾此嘉祥，方兹总萃。道洽世昌，国殷民阜，乡知舜让，邑比尧封。"④ 黄鸟不只是标志着改朝换代，还象征着新的国家繁荣昌盛，祥和礼让，各种意义源于《山海经》与周武王。

二、《秦风·黄鸟》：千古误读与黄色鸱鸮

那么黄鸟之旗是怎样的旗帜，旗上的黄鸟又是怎样的鸟类呢？清人孙诒让以为黄鸟即赤鸟："黄鸟之旗，疑即周礼中车之大赤，亦即司常之鸟隼为旟。《考工记》辀人云'鸟旟七斿，以象鹑火也'。《国语·吴语》谓之赤旟。《曲礼》云'行前朱雀而后玄武'，朱雀，即指鸟旟言之，黄与朱色近，故赤旟谓之黄鸟之旗。大赤为周正色之旗，流俗缘饰，遂以为天锡之祥。"⑤ 孙诒让认为周旗是赤色之旗，也就是朱雀之旗，朱雀即

---

① 梁·任昉：《宣德皇后敦劝梁王令》，《全梁文》卷四十二（下册），商务印书馆1999年，第447页。
② 唐·虞世南：《北堂书钞·帝王部二》卷第二，中国书店1985年，第5页。
③ 晋·左思：《魏都赋》，清·严可均《全晋文》卷七十四（中册），商务印书馆1999年，第789页。
④ 梁·简文帝：《南郊颂（并序）》，《全梁文》卷十二（上册），商务印书馆1999年，第131页。
⑤ 清·孙诒让：《墨子间诂·非攻下第十九》卷五，上海书店1986年，第95页。

黄鸟。为了将朱雀释为黄鸟，勉强将赤色与黄色说成是相近的颜色，其实二色差别甚远。黄鸟就是黄色的鸟，不可能是朱雀。孙诒让以为旗上纹饰的黄鸟应当是鸟隼，也就是鹰类的猛禽，可是通常所见的鹰类不是黄色的，这是孙诒让不得不强解的原因。不过孙诒让这样认识也不是没有根据，《墨子》记载"赤乌衔珪"，降于岐社，因而孙诒让将赤乌与黄鸟当成了一回事。赤乌与黄鸟同出于《墨子》，但并不相同。武王渡孟津时，有火自上复于下，至于王屋流为鸟，其色赤，其声魄，这才是赤乌，是受命之符。萧绎《金楼子》的记载更为详细：

> 甲子昧爽，武王朝至于商郊牧野，乃誓，武王左仗黄钺，右秉白旄。纣闻武王来，亦发兵七十万人距武王。纣师虽众，皆无战心，心欲武王亟入。及纣师皆倒兵以战，以开武王，武王驰之，持太白旗以麾。诸侯毕拜武王，王乃揖诸侯，诸侯毕从武王至商国，商百姓待于郊。于是天锡黄鸟之旗，遂入至纣死所，武王身射之，三发而后下车，以轻剑击之，以黄钺斩纣头，悬之大白之旗。①

《金楼子》与《史记·周本纪第四》卷四的记载大体相似，但《史记》并无黄鸟之旗的记载，不过《金楼子》应当另有文献依据，因为《金楼子》的记载与《墨子》所记大体吻合。从《金楼子》的记载可以明白黄鸟之旗与朱雀之旗不是同一种旗，朱雀也不可能是黄鸟。正如《山海经》记载，与帝王相关的鸟类并非只有黄鸟，还有青鸟、白鸟等，黄鸟之旗只是周武王各种旗帜中的一种。

各种文献没有记载黄鸟之旗的黄鸟是什么形态，但《山海经》明确记载了黄鸟的身体特征：

> 又东北二百里，曰轩辕之山，其上多铜，其下多竹。有鸟焉，其状如枭而白首，其名曰黄鸟，其鸣自詨，食之不妒。②

《山海经》中黄鸟的形态特征有四：一是其状如枭，也就是身体如枭，枭就是猫头鹰；二是白色的头部；三是身上有较大面积的黄色羽毛，

---

① 南北朝·萧绎：《金楼子》卷一，中华书局1985年，第7—8页。
② 清·郝懿行：《山海经笺疏·北山经第三·轩辕山》卷三，巴蜀书社1985年影印本。

这是名为黄鸟的原因。四是其鸣如狡。这种形象与《本草纲目》记载的黄鸟完全不同。《本草纲目》的黄鸟（黑枕黄鹂）头顶并无白毛，雄鸟头顶或颏部有黑斑，雌性头顶为暗绿色，身体形状如同麻雀。《本草纲目》记载黄鸟是善鸣的观赏鸟，叫声润滑悦耳是黄鹂的最突出标志之一。但《山海经》的黄鸟叫声并不美妙，"其鸣自狡"。汉刘安《淮南鸿烈》卷第六记载狡或作狡，狡，哭也。这是如哭的叫声，不是美好动听的声音，这种声音如果象征死亡是可以理解的。仅仅根据文献记载，也可以明白《山海经》与《本草纲目》记载的黄鸟是完全不同的鸟类。清人郝懿行等学者也指出《山海经》中如枭白首的黄鸟当非黄鹂，《周书·王会篇》的皇鸟即《山海经》的黄鸟。

> 懿行案：《周书·王会篇》云：方扬以皇鸟。《尔雅》云：皇黄鸟，盖皆此经黄鸟也。郭注《尔雅》以为黄离留，误矣。俗人皆言黄莺治妒，而梁武帝以仓庚作膳为郗氏疗忌，又本此经及《尔雅》注而误也。[1]

如枭白首的黄鸟与黄鹂的外观形态差异很大，将两种完全不同的鸟类混为一谈，是因为两种鸟类都名为黄鸟。郝懿行指出二者并非同一种鸟类，但没有指出如枭白首的黄鸟与《诗经·秦风·黄鸟》、周武王黄鸟之旗的关系。

《山海经》记载了不少超现实的想象之鸟，但黄鸟是现实之鸟，较为相似的是鸱鸮科的鸟类。领鸺鹠、黄脚渔鸮与长耳鸮、短耳鸮都是鸱鸮科的鸟类，以黄、白、黑为基本颜色，"其状如枭"，头有白毛，又有大面积的黄毛，大体符合《山海经》黄鸟的形态与颜色。

领鸺鹠[2]　　　　　　　　黄脚渔鸮[3]

---

[1] 清·郝懿行：《山海经笺疏·北山经第三·轩辕山》卷三，巴蜀书社 1985 年影印本。
[2] 《中国鸟类图鉴》，河南科学技术出版社 1995 年，第 195 页。
[3] 《中国鸟类图鉴》，河南科学技术出版社 1995 年，第 193 页。

长耳鸮① 短耳鸮②

领鸺鹠（Glaucidium brodiei）长 14—17 厘米，上体与体侧、尾为棕黑色，布满棕黄色横斑，头顶为小白点，后颈为棕黄色颈圈，下喉与胸为白色，上喉与背同色，形成一道横带，两胁白色。栖于山区密林，昼伏夜出，以鼠为食。黄脚渔鸮（Ketupa flavipes）身体硕大，长达 61 厘米。眉斑黄白色，脸盘棕褐色，耳羽、头顶、颈、上体暗褐色，黄褐色羽缘，翅上覆羽有黄褐色斑点，下体黄褐色。居水域附近的林中，以鱼及其他小动物为食，昼夜皆可活动。长耳鸮（Asio otus）身长 35—40 厘米，脸盘中部有白色，上体棕黄色，下体黄褐色，头顶两侧有长耳羽。一般是昼伏夜出，捕食鼠类等小动物。短耳鸮（Asio flammeus）体型较长，长 35—42 厘米，上体大多是棕黄色，下体棕白色。短耳鸮和一般的鸮类不同，昼夜活动，夜间多食鼠类，白天多食昆虫。大多为冬候鸟或旅鸟，亦有少数的留鸟。

上述四种鸱鸮科的鸟类皆分布于陕西、甘肃一带，领鸺鹠分布于甘肃、陕西、河南、江苏、台湾等地③。黄脚渔鸮分布甘肃、陕西、四川、安徽、江苏与台湾等地④。长耳鸮繁殖在我国东北、内蒙古、青海以至新疆；冬时几遍全国各地⑤，亦分布于秦岭北坡的西安、南坡洋县等地⑥。

---

① 《中国鸟类图鉴》，河南科学技术出版社 1995 年，第 199 页。
② 《中国鸟类图鉴》，河南科学技术出版社 1995 年，第 199 页。
③ 参见《中国鸟类图鉴》，河南科学技术出版社 1995 年，第 194 页。
④ 参见《中国鸟类图鉴》，河南科学技术出版社 1995 年，第 192 页。
⑤ 郑作新：《中国动物图谱·鸟类》，科学出版社 1984 年，第 100 页。
⑥ 郑作新：《秦岭鸟类志》，科学出版社 1973 年，第 95 页。

短耳鸮繁殖在北方；迁徙及越冬时，几遍全国各地①。根据分布的情况来看，四种鸟类都有可能是《秦风·黄鸟》中的黄鸟，也都可能是周武王黄鸟之旗的黄鸟。然而从鸟类的体态、大小与活动特征来看，黄脚渔鸮与短耳鸮可能性较大。这两种猛禽不仅身体较大，也能够在白天活动，容易被人看见颜色，因而名之为黄鸟。

领䴓鹠、黄脚渔鸮、长耳鸮、短耳鸮都是现代的鸟类名称，䴓鹠是在古代文献中出现过的名称，《禽经》记载："恠鹏塞耳（一名休鹠，《广雅》曰：江东呼为恠鸟，闻之多祸，人恶之，掩塞耳矣。）"② 其他鸟名均不见于古代文献，因而在先秦文献中使用上述鸟名的可能性是不存在的。那么先秦文献只能使用其他的鸟名来指称，能够使用的鸟名有三种：一是黄鸟，二是鸱鸮，三是恠鹏。鹏形似猫头鹰，又名山鸮，其名称与鸱鸮类似。名为黄鸟固然符合基本形态，但名为鸱鸮也比较合理。《山海经》将黄鸟描述为"其状如枭"，表明对鸱鸮有一定的了解，完全可以名为黄枭或黄鸮，抑或鸱鸮。但《山海经》偏偏没有使用此类名称，有意避开了枭或鸮字，其原因是普通鸱鸮与黄脚渔鸮、短耳鸮确实存在一定的差异，形态与习性存在一定的差异，意义也存在较大的差异。

鸱鸮是《诗经》中出现较多的鸟类，《墓门》《鸱鸮》《瞻卬》《淬水》等四篇写到了鸱鸮，所有的鸱鸮都是恶鸟，也都喻为恶人，象征着不祥，主要是预示着死亡与灾难。《陈风·墓门》："墓门有梅，有枭萃止。夫也不良，歌以讯之。讯予不顾，颠倒思予。"③ 墓门与枭放在一起描写是起兴，但也不仅仅是起兴。鸮经常出没于坟场墓地，因为坟地常有野鼠可以捕食，这也使人想到墓地的亡者。鸮与坟墓的联系不完全是出于想象，这种想象是建立在对鸮了解的基础上，这种想象在《山海经》的神话想象中也出现过。《豳风·鸱鸮》象征的也是恶人："鸱鸮鸱鸮，既取我子，无毁我室。恩斯勤斯，鬻子之闵斯。"④ 鸱鸮象征了贪得无厌、带来灾难的恶人。《墓门》与《鸱鸮》描写的是普通鸱鸮，普通鸱鸮只是不祥灾难的预兆，象征的是常人之死。然而《山海经》中的黄

---

① 郑作新：《中国动物图谱·鸟类》，科学出版社1984年，第101页。
② 周·师旷（？）、晋·张注：《禽经》，中华书局1991年，第12页。
③ 程俊英、蒋见元：《诗经·国风·陈风·墓门》，中华书局1991年，第375页。
④ 程俊英、蒋见元：《诗经注析·国风·豳风·鸱鸮》上册，中华书局1991年，第418页。

鸟不同，虽然也象征死亡，但象征的是君王之死，君王之死与常人之死在先秦人看来完全不可同日而语。另外《山海经》的黄鸟不只是象征君王之死和国家之灭，同时还象征着新君与新国家的诞生。因而将黄鸟名为鸥鹆是不合适的，这也就是了解鸥鹆与黄色鸥鹆（为了叙述方便，姑且名为黄色鸥鹆）的类似特征，但有意避开鸥鹆而名为黄鸟的原因所在。

从上述各种文献可以知道，周武王黄鸟之旗的黄鸟应当就是《山海经》记载的黄鸟，也就是黄色鸥鹆。黄鸟之旗象征着征伐纣王的军队，象征着恶君的死亡和国家的灭亡。仅据黄鸟的名称很容易将黄鹂与黄色鸥鹆混同起来，晚唐易静《兵要望江南·占鸟第二十二·其五十》："燕雀闹，邻境动兵争。更有黑头黄鸟至，腹黄身黑不知名。彼已出精兵。"① 易静生卒年、里籍不详，晚唐时任武安军左押衙。《兵要望江南》是一部兵法占卜书，以各种自然现象来预测兵事。占鸟就是以鸟类预测兵事，黑头黄鸟指黄鹂，黄鹂又称黑枕黄鹂，就是因为颈部有黑色。然而黄鹂与兵事无关，与兵事有关的是黄色鸥鹆。由于黄色鸥鹆曾名为黄鸟，因而易静将黄色鸥鹆误为黄鹂。又如《占鸟第二十二·其五十四》："城营内，黄鸟赤其头。必有官灾三日内，兼防奸叛有因由。荧惑祸堪忧。（荧惑祸者，火灾也。）"② 黄鸟成了灾难的象征，一般而言预示灾难的是鸥鹆，因而此占的黄鸟应当是黄色鸥鹆，而不是黄鹂。疗妒的黄鸟也不是黄鹂，应当是具有杀伐之气的黄色鸥鹆。清人罗惇衍记载："疗妒：《山海经》云：鸲鹆为膳，可以疗妒。杨夔《疗妒论》曰：梁武帝郗后性妒，或言仓庚作膳可使妒疗，遂令茹之，果减半。"③ 梁武帝误将黄鹂作为黄色的鸥鹆，当成疗妒的良药。

一切误读的直接起源是《秦风·黄鸟》：第一，古今学者皆以为黄鸟象征的是三良之死，"哀三良"的说法从来没有受到过怀疑。受到《秦风·黄鸟》的影响，后人又多以黄鸟悼念亡者，甚至将黄鸟形色的中和之美与三良之死联系起来。然而这一切都是对《秦风·黄鸟》的误

---

① 《全唐五代词·易静词·占鸟第二十二·其五十》卷二（上册），中华书局1999年，第362页。
② 《全唐五代词·易静词·占鸟第二十二·其五十四》卷二（上册），第363页。
③ 清·罗惇衍：《集义轩咏史诗钞》卷二，《续修四库全书》第1542册，上海古籍出版社2002年，第567页。

读和附会。"交交黄鸟，止于棘。谁从穆公？子车奄息"，这一诗句也明确表明主要的亡者是秦穆公，三良只不过是从者。既然秦穆公是主要的亡者，黄鸟又与君王之死有着特殊的象征关系，因而《秦风·黄鸟》的黄鸟不是象征三良之死，而是象征秦穆公之死，表现了对秦穆公的批判之意。亡者与黄鸟的关系主要体现在秦穆公之死，而不是体现在三良之死，黄鸟与三良之死的关系是由秦穆公之死带进去的。由于后人的误读，将黄鸟与三良之死作为主要的象征关系，因为《秦风·三良》主要是哀悼三良的诗歌。这一误读使黄鸟从象征君王之死转向象征贤良或常人之死，因而黄鸟失去了与王权的特定关系，也失去了黄鸟的原始意义。这应当发生在东周的春秋时期，秦穆公三十九年（公元前621），秦穆公死，埋葬于雍（今陕西凤翔东南），距周武王时代近400年。《秦风·黄鸟》只能是写于秦穆公死亡之后，对《秦风·黄鸟》的误读也只能是产生于更为迟晚的时期。在《秦风·黄鸟》出现之后，几乎从来没有正确地解读过。其原因是没有注意在秦穆公死亡之前黄鸟是何种鸟类，有怎样的意义。只有将《秦风·黄鸟》置于黄鸟的历史源流之中考察，才能够正确地把握和解读《秦风·黄鸟》中的黄鸟，才能明白误读与变化的过程，也会明白《秦风·黄鸟》在误读中产生了怎样的作用。

第二，《秦风·黄鸟》的黄鸟应当是黄色鸱鸮，而不是名为黄鸟的其他鸟类。《山海经》以及周武王黄鸟之旗中的黄鸟是黄色鸱鸮，那么《秦风·黄鸟》的黄鸟应当也是黄色鸱鸮，因为黄色鸱鸮的意义与《秦风·黄鸟》相通。在《秦风·黄鸟》之后，也有较为完整地记载过黄色鸱鸮的文献，名称稍异，意义也有变化，但仍然可以看到黄色鸱鸮与黄鸟关系的痕迹。李时珍《本草纲目》记载："时珍曰：其状似鸱，而有毛角，故曰鸱，曰角，曰雚，雚字象鸟头目，有角形也。"李时珍记载的鸟类显然是猫头鹰之类，李时珍注意到了这种鸟类的颜色：

> 此物有二种，鸱鸺大如鸱鹰，黄黑斑色，头目如猫，有毛角两耳。昼伏夜出，鸣则雌雄相唤。其声如老人，初若呼，后若笑。所至多不祥。①

---

① 明·李时珍：《本草纲目·禽之四》卷四十九（下册），人民卫生出版社2005年，第2174页。

黄黑斑色的鸱鸺应当就是上述黄色鸱鸮，具有基本相同的形态与特征。然而李时珍描述的鸱鸺除了"黄黑斑色"之外，与普通鸱鸮并无什么特别之处，象征的意义也只有不祥，与君王之死、国家之亡没有什么关系。《本草纲目》记载："一种鸺鹠，大如鸲鹆，毛色如鹠，头目亦如猫，鸣则后窍应之。其声连啭，如云休留休留，故名曰鸺鹠。江东呼为车载板，楚人呼为快扛鸟，蜀人呼为春哥儿，皆言其鸣主有人死也，试之亦验。"① 明毛晋的《陆氏诗疏广要·鸱鸮》记载："此鸟夜至人家，拾取爪视之，则知吉凶，辄便鸣其家有殃。《本草》云：钩鹠入城，城空；入宅，宅空，怪鸟也。"② 随着黄色鸱鸮丧失与王者的特别关系，与普通鸱鸮几乎没有什么不同的意义了。

那么在先秦时期普通鸱鸮与君王有无发生过关系呢？虽然《山海经》《墨子》等文献有意避开鸱鸮的名称，并不能改变黄鸟与鸱鸮的关系，在先秦文献中还是留下了鸱鸮与王事相关的记载。旧说《鸱鸮》乃周公所作，《尚书·周书·金縢第八》："武王既丧，管叔及其群弟乃流言于国，曰：'公将不利于孺子。'周公乃告二公曰：'我之弗辟，我无以告我先王。'周公居东二年，则罪人斯得。于后，公乃为诗以贻王，名之曰《鸱鸮》。王亦未敢诮公。"③ 现今学界皆否定此说，此说的确未必可靠，但产生此说的根源在于黄色鸱鸮与王者的象征关系。《左传》记载："丁亥，伐西门，弗克。还伐北门，克之。入，伐内宫，弗克。反，陈于岳，请战，弗许。遂来奔。献车于季武子，美泽可以鉴。展庄叔见之，曰：'车甚泽，人必瘁，宜其亡也。'叔孙穆子食庆封，庆封汜祭。穆子不说，使工为之诵《茅鸱》，亦不知。既而齐人来让，奔吴。"④《茅鸱》一诗已经失传，无法了解具体的内容，但从诗名与具体记载可以知道鸱鸮与战事有一定的关系。诗题《茅鸱》表明所写的鸱鸮似乎不是如枭白首的黄鸟，而是其他鸱鸮。其实无论普通鸱鸮或黄色鸱鸮，都与君王、战争有关。将黄色鸱鸮名为黄鸟，是人为地区别黄色鸱鸮与普通鸱鸮而已，实际上两种鸱鸮的意义相似，这说明《秦风·黄鸟》的黄鸟只

---

① 明·李时珍：《本草纲目·禽之四》卷四十九（下册），第 2174 页。
② 明·毛晋广要：《陆氏诗疏广要·释鸟》卷下之上，中华书局 1985 年，第 83 页。
③ 《尚书·周书·金縢第八》，清·阮元校刻：《十三经注疏》上册，中华书局 1980 年，第 197 页。
④ 《春秋左传·襄公二十八年》，清·阮元校刻：《十三经注疏》下册，中华书局 1980 年，第 2000 页。

能是黄色鸥䴗。

由于在黄鸟的名称下,鸟的种类模糊不清,几乎没有人注意到《秦风·黄鸟》写的是如枭白首的黄鸟,而误解为黄鹂或黄雀。误读和附会使黄鸟的意义与鸟的种类发生了巨大的变化。在黄鸟名称所指不明的情况下,黄色鸥䴗的意义不知不觉地转嫁于黄鹂等其他鸟类,其结果与鸟类的习性完全不合,使黄鸟形象变得十分怪异,然而这都是误读造成的。

三、《诗经》其他诸篇:黄雀、黄鹂与《黄鸟歌》

《小雅·黄鸟》是《诗经》中另一篇名为《黄鸟》的诗篇,诗中的黄鸟是邪恶之鸟,带来的是灾难,体现了完全不同的负面价值。

《小雅·黄鸟》

黄鸟黄鸟,无集于谷,无啄我粟。
此邦之人,不我肯谷。
言旋言归,复我邦族。

黄鸟黄鸟,无集于桑,无啄我粱。
此邦之人,不可与明。
言旋言归,复我诸兄。

黄鸟黄鸟,无集于栩,无啄我黍。
此邦之人,不可与处。
言旋言归,复我诸父。①

此诗黄鸟的意义十分明显,如同硕鼠,谈不上中和之美。黄鸟无疑是害鸟,那么造成了多大的灾害呢?诗中没有具体的描写,不过描写黄鸟的目的是以黄鸟比喻为彼邦之人,彼邦之人像黄鸟一样成群结队地来抢夺劳动果实。诗中没有具体描写黄鸟的数量,如果是几只黄鸟,就不会造成伤害,也不值得写入诗歌,更不值得以之比喻为彼邦之人。诗中写的是一个流落他邦的游子,彼邦之人是以整体形象出现的。实际上加

---

① 程俊英、蒋见元:《诗经注析·小雅·黄鸟》下册,中华书局1991年,第536—538页。

害于他的彼邦之人未必有那么多人，但在游子的印象之中加害他的不是有限的人数，彼邦之人似乎是无以数计的群体。这是游子以黄鸟比喻为彼邦之人的理由，彼邦之人给游子造成的是记忆深刻、无法忘怀的深重灾难。

那么《小雅·黄鸟》写的到底是黄雀还是黄鹂呢？清人钱绎以为："《周南·葛覃》篇'黄鸟于飞'，毛传云：黄鸟，搏黍也。《豳风·东山》篇'仓庚于飞'，传笺不言即黄鸟。《邶风·凯风》篇'睍睆黄鸟'、《秦风·黄鸟》篇'交交黄鸟'，亦皆不言即仓庚。而《小雅·黄鸟》篇郑笺称其'宜啄粟'，《绵蛮》篇又称之为'小鸟貌'，则诗言黄鸟，显非仓庚，疑即今之黄雀。而此云或谓之黄鸟者，盖方俗语言不同，非即指诗之所谓黄鸟也。"①在钱绎看来《小雅·黄鸟》与《葛覃》《东山》《凯风》《绵蛮》《秦风·黄鸟》写的都是黄雀。《小雅·黄鸟》明确记载黄鸟啄食谷粟，因而写的应当是黄雀，黄鹂主要是以昆虫为食物，足以证明此诗的黄鸟不是黄鹂。

古代文献中的黄雀有两种：一是指麻雀的幼仔，一是鸟类的名称。《本草纲目》记载："【释名】瓦雀、宾雀：……俗呼老而斑者为麻雀，小而黄口者为黄雀。【集解】时珍曰：雀处处有之，羽毛斑褐，颔觜皆黑，头如颗蒜，目如擘椒，尾长二寸许，爪距黄白色，跃而不步。其视惊瞿，其目夜盲，其卵有斑，其性最淫。小者名黄雀。八九月群飞田间。"②显然《小雅·黄鸟》写的不是麻雀的幼仔，麻雀的幼鸟没有黄鸟的别名，也不可能造成灾害。《小雅·黄鸟》写的应当是黄雀，黄雀亦名黄鸟，别名金雀、芦花黄雀，韩文名황작，日文名マヒワ③，学名Carduelis spinus。

黄雀④

---

① 清·钱绎撰、李发舜、黄建中点校：《方言笺疏》第八，中华书局1991年，第294页。
② 明·李时珍：《本草纲目》卷四十八（下册），人民卫生出版社2005年第2版，第2113页。
③ 杭馥兰《中国鸟类名称手册》记载黄雀即검은방울새，검은머리방울새，恐误，疑为黑头黄鹂（中国林业出版社1997年，第313页）。
④ 中国野生动物保护协会编：《中国鸟类图鉴》，河南科学技术出版社1995年，第515页。

由学名可知黄鹂与黄雀皆名黄鸟，但确是不同鸟类。黄雀体长约12厘米，羽毛以黄绿为主。雄鸟的羽毛多是亮黄色，雌鸟色暗而多纵纹，顶冠和颏无黑色。性情温顺活泼，鸣叫时姿态优美。黄鸟杂食各种植物种子及嫩芽，飞翔能力强、飞速快，可飞数万里。这种鸟类性喜结群，一群可达数百只，啄食谷粟，造成自然灾害。曹植曾经描写过黄鸟造成的灾害："苦黄雀之作害兮，患螳螂之劲斧。冀飘翔而远托兮，毒蜘蛛之网罟。欲降身而卑窜兮，惧草虫之袭予。"① 苏辙《黄雀》描写的更为具体："秋风下，黄雀飞。禾田熟，黄雀肥。群飞蔽空日色薄，逡巡百顷禾为稀。"② 从苏辙的描写来看，黄鸟的数量庞大，否则不会遮天蔽日，百顷良田，顷刻间变得稀稀落落。苏辙的描写不是想象虚构，完全符合黄雀的习性。

那么黄雀的地理分布是否与《小雅·黄鸟》的地理分布相合呢？郑作新院士修订的《中国动物图谱·鸟类》中提及黄雀的地理分布："繁殖在内蒙古东北部及东北北部，迁徙时经沿海一带，而抵东南部越冬。"③ 1995年出版的《中国鸟类图鉴》也有类似的记载。具体而言就是分布于南欧至埃及，东至日本、朝鲜半岛、台湾岛以及中国大陆的东北、内蒙古、河北、河南、山东、江苏、浙江、福建、广东、四川、贵州等地。中国古代诗文中的黄雀是否如此分布，还需要继续调查。《李太白文集·野田黄雀行》卷二："游莫逐炎洲翠，栖莫近吴宫燕。吴宫火起焚巢窠，炎洲逐翠遭网罗。"④ 吴地有东宫西宫，东宫周一里二百七十步，西宫周一里二十六步，秦始皇十一年，守宫者照燕失火烧之。此诗为乐府诗，黄雀出现于吴宫是想象，但这一想象符合现代鸟类学著作记载的黄雀的地理分布。古代诗文中黄雀的地理分布超出了现代鸟类学著作记载的地理范围，杜甫《朱凤行》记载黄雀分布于湖南："君不见潇湘之山衡山高，山巅朱凤声嗷嗷。侧身长顾求其群，翅垂口噤心甚劳。下悯百鸟在罗网，黄雀最小犹难逃。愿分竹实及蝼蚁，尽使鸱枭相怒号。"⑤ 湖南衡山属于朱凤，也属于黄雀。黄雀还分布于江西，宋杨万里

---

① 《曹植集校注·蝉赋》卷四，人民文学出版社1984年，第92—93页。
② 宋·苏辙：《栾城集·诗九十六首》卷十，上海古籍出版社1987年，第245页。
③ 郑作新修订：《中国动物图谱·鸟类》，科学出版社1987年，第184页。
④ 瞿蜕园、朱金城校注：《李白集校注·野田黄雀行》卷三，上海古籍出版社1980年，第254页。
⑤ 清·仇兆鳌：《杜诗详注·朱鳳行》卷二十三，中华书局1979年，第2038页。

《小饮，俎豆颇备江西淮浙之品，戏题》："满盘山海眩芳珍，未借前筹已咽津。鲨酱子鱼总佳客，玉狸黄雀是乡人。"① 杨万里是江西人，对江西的菜肴、动物都有特别的感情，他还有一篇《李圣俞郎中求吾家江西黄雀醢法，戏作醢经遗之》："诸公俎豆惊四筵，犹得留侯借箸前。昔为飞仙今酒仙，更入太史滑稽篇。"② 诗句没有直接提及黄雀的做法，但诗题已经明确写明。可以确定江西确有黄雀，显然诗文的记载是不可忽略的。

现代鸟类学与古代诗文中的黄雀分布并不完全相同，古代诗文中的黄雀分布更为广泛，但不足以推翻现代鸟类学所认定的地理分布。如此看来黄雀的分布与《小雅·黄鸟》不合，《小雅·黄鸟》写的是周朝王畿一带，然而黄雀主要分布于东部与南部的各省。因此似乎可以认为《小雅·黄鸟》写的不是黄雀，而是其他鸟类。不过《小雅·黄鸟》写的是周朝王畿的人流落于他邦，不是周朝王畿，此诗写了周朝王畿的人在异邦的经历和感受。诗中没有具体写是何邦，但应当是东部的某一诸侯国，因而地理分布不合不能作为否定《小雅·黄鸟》为黄雀的证据。古代亦有描写长安黄雀的诗歌，骆宾王《帝京篇》："山河千里国，城阙九重门，不睹皇居壮，安知天子尊。……倏忽抟风生羽翼，须臾失浪委泥沙。黄雀徒巢桂，青门遂种瓜。黄金销铄素丝变，一贵一贱交情见。"③ 此诗明确地标明了地点，但青门种瓜是典故，黄雀巢桂也是典故，出自于汉代歌谣④，不能作为黄雀分布于长安的证据。黄雀是中国文学中最常见的鸟类之一，典故也非常多，常见典故之一就是《曹子建集·野田黄雀行》卷六："罗家得雀喜，少年见雀悲。拔剑捎罗网，黄雀得飞飞。飞飞摩苍天，来下谢少年。"⑤ 捕鸣蝉于前，不知黄雀在其后，也是常用典故。作为典故的黄雀是古代诗文中的常态形象，因而黄

---

① 辛更儒笺校：《杨万里集笺校·小饮，俎豆颇备江西淮浙之品，戏题》卷八（第二册），中华书局2007年，第427页。
② 辛更儒笺校：《杨万里集笺校·李圣俞郎中求吾家江西黄雀醢法，戏作遗之》卷十九，第982页。
③ 《骆丞集·七言古诗·帝京篇》卷二，中华书局1985年，第42页。
④ 黄雀巢桂的典故见于《汉书·五行志》卷二十七中之上："成帝时歌谣又曰：'邪径败良田，谗口乱善人。桂树华不实，黄爵巢其颠。故为人所羡，今为人所怜。'桂，赤色，汉家象。华，不实，无继嗣也。王莽自谓黄象，黄爵巢其颠也。"（中华书局1997年，第360页）爵通雀。
⑤ 赵幼文：《曹植集校注》，人民文学出版社1984年，第206页。

雀失去了时间与地域的活动标志，不能作为研究黄雀分布的依据。①

《小雅·绵蛮》《邶风·凯风》《周南·葛覃》是研究难度最大的三篇诗歌，主要是有关黄鸟的信息稀少，也就不容易确定写的是哪一种鸟类。可以明确的是三首诗歌中的黄鸟基本是自然形象，较少社会内容，也没有被赋予爱情。《小雅·绵蛮》："绵蛮黄鸟，止于丘阿。道之云远，我劳如何。饮之食之，教之诲之。命彼后车，谓之载之。"② 全诗三章反复咏叹，描写了一个游子游走之时的困苦。游子的困苦与爱情无关，整首诗歌全无爱情的因素，因而黄鸟也就无法与爱情搭上关系。《邶风·凯风》："睍睆黄鸟，载其好音。有子七人，莫慰母心。"③ 全诗的核心内容是子女对母亲的情感，与男女爱情毫无关系，最后一章写了七个儿子如何安慰母亲的心情。《周南·葛覃》的黄鸟稍为复杂一些，需要更多的研究：

> 葛之覃兮，施于中谷，维叶萋萋。
> 黄鸟于飞，集于灌木，其鸣喈喈。
> 葛之覃兮，施于中谷，维叶莫莫。
> 是刈是濩，为絺为绤，服之无斁。
> 言告师氏，言告言归。
> 薄污我私，薄澣我衣。
> 害浣害否，归宁父母。④

此诗的内容是否与爱情婚姻有关，现今也颇有争议。一种看法认为女子回家准备出嫁，一种看法认为女子已经结婚，是回娘家看父母。如果女子是去嫁人，那么黄鸟就与爱情或多或少有了关系。有人将女子服役的主人家看成是夫家，也是不太可靠的解释。然而这种争议没有意义，

---

① 《陈子昂集·感遇·其二十》卷一："蜻蛉游天地，与物本无患。飞飞未能止，黄雀来相干。"（中华书局1960年，第8页）赵殿成《王右丞集笺注·青雀歌》卷六："青雀翅羽短，未能逐食玉山禾。犹胜黄雀争上下，唧唧空仓复若何。"这两首诗歌讲述的是超越时间与空间的黄鸟，此类诗歌较为多见。
② 程俊英、蒋见元：《诗经注析·小雅·鱼藻之什》下册，中华书局1991年，第734—736页。
③ 程俊英、蒋见元：《诗经注析·国风·邶风》上册，中华书局1991年，第83页。
④ 程俊英、蒋见元：《诗经注析·国风·周南》上册，中华书局1991年，第6—8页。

因为诗歌文本完全没有提供婚姻的信息。高亨以为此诗写了在领主家服役的农家女奴,要求请假回家看望父母之事。全诗没有比兴,只是单纯的赋,记载了所见所闻、所做所想。既然没有比兴,黄鸟就是诗中女子所见的景象,也就与爱情没有关系。

三首诗歌共同面临的问题是不明所写的鸟类是何种黄鸟,清人郝懿行认为《葛覃》写的是黄雀,不是《山海经》的黄鸟,也不是黄鹂:"皇黄鸟:俗呼黄离留,亦名搏黍。诗《葛覃》疏引舍人曰皇,名黄鸟。按此即今之黄雀,其如雀而黄,故名黄鸟,又名搏黍,非黄离留也。诗凡言仓庚必拄春时,其言黄鸟即不拘时。"① 清人钱绎也有类似的看法:"《周南·葛覃》正义引《诗义疏》云:黄鸟,黄鹂留也。……是误,以仓庚释黄鸟也。"② 二人的看法相同,可是《葛覃》并没有描写黄鸟啄食谷物的细节,郝懿行所说的依据不能成为证据。《葛覃》的"其鸣喈喈"提供了有效的信息,此句的意思是黄鸟的叫声非常动人。《凯风》的"载其好音"也描写了黄鸟的美妙叫声,表明所写的黄鸟是叫声很美的鸟类。凯风是指南来的春风,诗中的黄鸟应当是候鸟,春风吹来的时候就飞了过来。美妙的叫声似乎可以作为黄鹂的依据,黄鹂向来被认为是善鸣的鸟类,然而黄雀也是善鸣的鸟类,现今普遍将黄雀作为笼中观赏鸟,是因为黄雀十分美丽,叫声也十分美妙。黄雀是候鸟,黄鹂也是候鸟,显然无法根据诗歌的描写来判断黄鸟是何种鸟类。《绵蛮》的绵蛮二字向有多种解释,或认为是小鸟的样子,或认为是羽纹,或认为是叫声。除了绵蛮之外,诗中没有提供其他有关鸟类的信息,因而就更加难以明白《绵蛮》写的是何种鸟类。

三首诗歌都提供了地理信息,涉及的地方有三个:一、小雅写的是周朝王畿之地,应当是陕西、河南一带;二、邶风写的是古邶之地,也就是现在河南汤阴一带;三、周南写的是河南的西南、湖北的北部一带。黄鸟的分布与《诗经》诸篇提供的地理信息吻合,这就提供了判断鸟的种类的可能性。鸟类学的调查可以为判断三首诗歌中黄鸟的类别提供一定的依据,然而鸟类学调查的结果并不令人满意。郑作新院士撰写的《秦岭鸟类志》记载黄鹂分布于秦岭:"(黄鹂)分布:秦岭南北坡地、

---

① 清·郝懿行:《尔雅义疏》卷下之五,上海古籍出版社1983年影印本,第1245页。
② 清·钱绎撰、李发舜、黄建中点校:《方言笺疏》第八,中华书局1991年,第294页。

丘岭、平原。"① 1987年郑作新重新修订的《中国动物图谱·鸟类》记载："夏时我国东部各省均能见到。"② 二书的记载很不相同，《中国动物图谱·鸟类》出版多次，直到1987年再版一仍其旧。《秦岭鸟类志》早于《中国动物图谱·鸟类》的修订版十几年，似乎1987年《中国动物图谱·鸟类》的说法代表了更新的调查成果。1995年出版的《中国鸟类图鉴》的记载与《中国动物图谱·鸟类》的记载相同，证明了《中国动物图谱·鸟类》的调查结果。两种调查结果究竟哪一种正确呢？鸟类学的调查结果往往差异甚大。完全依赖于鸟类学的调查，显然不能解决问题。调查鸟类的分布不是文学研究者的任务，但是古代诗文的描写提供了调查鸟类分布的可能性。诗人的描写往往是亲眼所见，因而可以作为鸟类分布的证据，只是不能依据一两首诗歌来确定鸟类的分布。

《中国动物图谱·鸟类》记载黄鹂只分布于东部各省，但考查唐代的诗歌，可以知道黄鹂分布于西部。杜甫的《蜀相》是一首日记化③的诗歌："丞相祠堂何处寻？锦官城外柏森森。映阶碧草自春色，隔叶黄鹂空好音。三顾频烦天下计，两朝开济老臣心。出师未捷身先死，长使英雄泪满襟。"④ 此诗的另一题名是《蜀相庙》，仇兆鳌记载此诗是杜甫初至成都时所作，地点是武侯庙。《方舆胜览》记载庙在成都府西北二里。杜甫在武侯庙隔着树叶听到黄鹂美妙的叫声，表明成都有黄鹂。杜甫的另一首诗歌也写到了黄鹂："两个黄鹂鸣翠柳，一行白鹭上青天。窗含西岭千秋雪，门泊东吴万里船。"⑤ 此诗写的是成都东部城外的景象。仇兆鳌根据范成大的《吴船录》认为蜀人入吴者，皆从合江亭登舟，其西是

---

① 郑作新：《秦岭鸟类志》，科学出版社1973年，第128页。
② 郑作新修订：《中国动物图谱·鸟类》，科学出版社1987年，第135页。
③ 所谓的日记化就是诗人以诗歌的形式撰写日记，在诗题、诗句、诗注等方面写入时间、地点、人物、事物等因素，表明诗人所写多是真实的记录，也提供了事物分布的信息。诗歌的日记化始于魏晋时期，但相当普遍是在唐代。由于诗歌日记化，诗人的描写就完全有可能是目击记录。如果数位诗人未经商定，在相近时间里共同描写同一种动物出现在同一地点，就表明诗人的描写不是虚构，目击所见的描写完全可以作为鸟类分布的依据。鸟类学的调查固然可以提供有用的信息，但仅靠现代动物学的调查是不充分的，古代诗文的记载是不可缺少的。在诗歌日记化之后，根据古代诗文了解黄鹂分布范围是可能的。通过不断地考辨诗中的描写，甚至可以勾勒较为完整的古代黄鹂分布图，这是动物史研究的重要课题，对古代文学的研究也不无意义。
④ 清·仇兆鳌注：《杜诗详注》卷九（第二册），中华书局1979年，第736页。
⑤ 清·仇兆鳌注：《杜诗详注 绝句四首 其三》卷十三，中华书局1979年，第1143页。

万里桥，此桥为赴吴之人所设，故杜诗云"门泊东吴万里船"。《赴青城县出成都寄陶王二少尹》注释云：蜀城之东二水合流而南下，土人谓之合水。西山近接，维松上有积雪，经夏不销。西山是与青城山连接的山①。杜甫的这首诗歌不只是实写了当地的地理，也实写了黄鹂，可以证明成都有黄鹂。成都的黄鹂还见于花蕊夫人的诗歌，《宫词·其十七》："春风一面晓妆成，偷折花枝傍水行。却被内监遥觑见，故将红豆打黄莺。"② 花蕊夫人就是后蜀主孟昶的费贵妃，自幼能文，长于宫词。其诗多写后宫生活，语言浓艳，有的诗歌显示了特有的想象力。参照杜诗来读，宫中打黄鹂的描写应当不是虚构。苏颋（670—727）号称燕许大手笔之一，他的《赠彭州权别驾》说："双流脉脉锦城开，追饯年年往复回。秖道歌谣迎半刺，徒闻礼数揖中台。黄莺急啭春风尽，班马长嘶落景催。莫怆分飞岐路别，还当奏最掖垣来。"③ 此诗还载于《蜀中广记·名胜记第五·川西道·成都府五》卷五的彭县条，彭州即彭县，诗中的黄莺是黄鹂，说明彭县有黄鹂。苏颋曾任检校益州大都督长史、按察节度剑南诸州，他对四川应当有较深的了解。从上述诗歌的记载来看，四川有黄鹂是确定无疑的事实，黄鹂只分布于东部的调查结果是错误的。

黄鹂亦分布于中原，这一点在《诗经》与后世诗歌中得到证明。《邶风·凯风》主要写的是古邶国之地，邶离洛阳并不远。古代诗人时常描写洛阳的黄鹂，温庭筠《洛阳》："巩树先春雪满枝，上阳宫柳啭黄鹂。桓谭未便忘西笑，岂为长安有凤池。"④ 吴融《寒食洛阳道》："路岐无乐处，时节倍思家。彩索扬轻吹，黄鹂啼落花。"⑤ 两位诗人在诗题中明确记载了地点，温庭筠描写的是春天，吴融在诗题中写的时间是寒食，寒食节是春天，也是黄鹂飞来的季节。白居易《三月三日祓禊洛滨》也写了洛阳春天的黄鹂："三月草萋萋，黄莺歇又啼。柳桥晴有絮，沙路润

---

① 清·仇兆鳌注：《杜诗详注》卷十（第二册），中华书局 1979 年，第 824 页。
② 清·曹寅编：《全唐诗·花蕊夫人徐氏》卷七百九十八（第十二册），中华书局 1999 年，第 9064 页。
③ 清·曹寅编：《全唐诗·苏颋》卷七十三（第二册），中华书局 1999 年，第 804 页。
④ 《温飞卿诗集笺注》卷八，上海古籍出版社 1980 年，第 177 页。
⑤ 清·曹寅编：《全唐诗·吴融》卷六百八十四（第十册），中华书局 1999 年，第 7925 页。

无泥。禊事修初半游人,到欲齐金钿耀桃。"① 地点是洛阳河边,三月三日是上巳节,上巳节与寒食节相邻。三位诗人描写黄鹂飞临洛阳的时间相近,证明他们描写的是亲眼所见,不是虚构。洛阳离汤阴不算太远,诗人的描写可以证明汤阴一带也有黄鹂。《周南·葛覃》写的周南在河南西南、湖北北部,这一带出现黄鹂也是可能的。

根据古代诗文的调查来看,《诗经》中的三首诗歌所写的鸟类应当就是黄鹂,至少三首诗歌与黄鹂的分布范围相合。近年出版的鸟类学著作可以证明古代诗文的描写是正确的,赵欣如等人编撰的《中国鸟类图鉴》记载:"野外分布:印度、中国、东南亚、巽他群岛及苏拉威西岛。北方鸟南迁越冬。中国除新疆、西藏、青海外,见于各省。现存状况:地区性常见。高可至海拔1600m。习性:栖于林地。成对或以家族为群活动。飞行呈波状。"② 黄鹂的分布正如中国古代诗文所描写的那样,范围极为广泛。《中国鸟类图鉴》还记载了黄雀的分布:"野外分布:不连贯。分布于欧洲至中东及东亚。现存状况:较为常见。繁殖于中国东北,迁徙时至中国东部,越冬在台湾、西藏、长江下游、华南及华东沿海地区。习性:冬季结大群作波状飞行。性活泼。觅食似山雀。"③ 黄雀的分布与郑作新编撰的《中国动物图谱》基本相同,因而黄雀分布于中国东北以及东部沿海的记载是准确的。根据鸟类学的调查来看,《周南·葛覃》与《邶风·凯风》写的不是黄雀,是黄鹂。《小雅·绵蛮》写的是旅途中的人,诗句描写的景象不是周朝王畿的自然景象,此诗的原作者也未必是周朝王畿人,其中有一部分是翻作,或者受到了国风的影响,因而无从了解此诗的黄鸟是哪一种。一首诗歌的黄鸟种类无法确定,不会妨碍《诗经》中黄鸟的基本形象。

四、作为原生态因素的爱情鸟形象与汉译诗的关系

《黄鸟歌》是汉诗还是汉译诗的问题,还与原生态因素有着密切的关系。韩国古代文学产生、发展过程中存在的一个普遍问题,是由于韩国诗人不断积极地接受中国文学的影响,无论在内容或形式上都表现出

---

① 谢思炜:《白居易诗集校注》卷第三十三(第五册),中华书局2006年,第2547页。
② 赵欣如等:《中国鸟类图鉴》,山西科学技术出版社2015年,第184页。
③ 赵欣如等:《中国鸟类图鉴》,山西科学技术出版社2015年,第301页。

与中国文学极其类似的诸多特征。这一方面提高了韩国古代汉文学的水平，另一方面也逐渐地遗失或淡化了韩国文学的原生态因素。韩国文学不是没有独一无二的因素，但此类因素多是语言、形式、地名、人名等。中韩文学的形象大多相似，确实难以找到独一无二的原生态形象。然而这种看法也存在一定的问题，问题在于不能超越有效的时间与空间范围比较研究，比较研究应当在一定的时间范围内，按照时间先后为基准，纵向历史地比较中韩文学。中国文学先于韩国文学产生，韩国文学又是全面受到中国文学的影响，因而很多的文学因素是先生成于中国文学，后出现于韩国文学，但不能因此认为韩国文学没有先于中国文学生成的原生态因素。如果坚持在有效的时间范围横向比较研究，能够发现韩国文学独一无二的原生态因素。

《黄鸟歌》与很多韩国古代诗歌不同的一个特征就是诗中包含着原生态因素，这个原生态因素就是作为爱情鸟的黄鸟形象，这一因素可以证明此歌是汉译诗，不是汉诗。这个原生态因素不是通过直接阅读能够感受到的，必须在东亚文学中比较研究，才能够发现《黄鸟歌》的原生态因素是什么：无论是在韩国文学史上，还是在东亚文学史上，《黄鸟歌》第一次塑造了黄鸟的爱情鸟形象，即使置于之前的先秦文学、汉代文学之中也是独一无二的，这表明《黄鸟歌》没有直接受到先秦两汉文学的影响。如果《黄鸟歌》最初是以汉诗写成，那么黄鸟的形象应当留下先秦两汉文学的痕迹，但事实上全无先秦两汉文学影响的痕迹。母语文学与汉文学虽然都是韩国文学，但由于使用的语言不同，内容也存在一定的差异。如果瑠璃王写的是汉诗，就会流于中国文学描写的模式，也就难于创造作为爱情鸟的黄鸟。但以母语写作，就可以脱离中国文学的模式，自然而然地描写诗人自己的生活遭遇与自然景象。这不只是语言问题，更重要的是母语展现的文学形象不同于中国文学，尤其是在韩国古代文学产生初期，更容易发现尚未受到中国文学影响的原生态因素。

《黄鸟歌》的黄鸟形象不大见于韩国的其他黄鸟诗，黄鸟在韩国文集丛刊中出现过1264次，这个数字足以说明黄鸟是韩国诗人非常喜欢吟咏的对象。韩国诗人如此喜欢黄鸟，后世诗人应当受到《黄鸟歌》的深远影响。但事实并不如此，作为爱情鸟的黄鸟极其少见，表明韩国文人的黄鸟诗与《黄鸟歌》之间存在着断层，不是近于《黄鸟歌》，而是近于中国的黄鸟诗。只有韩国诗人的文人乐府与咏史诗,还保存着与《黄鸟歌》的关系,这说明《黄鸟歌》只能在特定的诗歌范围内产生影响,超出了这个范围就难以看到《黄鸟歌》的影响痕迹。这种断层充分显示了《黄鸟歌》的原始底色,这本来也是韩国文学的底色,但这种底色逐渐被遮盖了。《诗经·秦风·黄鸟》深深地影响了韩国诗歌,成俔《悲吊辞》:"知秦之不复东征兮,只霸西戎之一边。作俑者之甚不仁兮,竟贻害于万千。后乎骊山之家破兮,无过者之伤怜。慨三良之枉死兮,徒咏思乎黄鸟之篇。右吊三良采苓采苓兮,胡为乎首阳之高冈。"① 黄鸟是三良之死的象征,成俔也表现了明确的批判精神。申光汉(1484—1555)《哀三良赋》:"神龙之自珍兮,袭九渊而深隐。般纷纷其离此辜兮,亦人谋之不淑。览黄鸟之篇诗,足垂戒于今日。人或谓子为从死兮,若田横之二客。嗟慷慨以杀身兮,士固输于知己。"② 这种意义上的黄鸟是延续了《秦风·黄鸟》的黄鸟形象,与《黄鸟歌》的黄鸟完全不同。

在韩国古代文学中黄鸟是死亡的象征,经常出现于碑文、墓志与祭文、挽诗中。赵宪(1544—1592)《祭朴汝翼文》:

> 命之不融,谁实尸之。天道悠悠,杳不可知。宪之飘零,黄鸟为邻,出门茫茫,四顾无亲,独与兄家昆季为晚得之友。虽耕养多艰,未由亲就。而旅雁失侣,兄实怜之。疾病忧患,恋思先之。磨津水涨,惊君马殒。③

18世纪诗人俞肃基(1696—1752)《祭弟嫂洪氏文》:

> 今嫂之得年,已不及丘嫂七龄。而身后呱呱者,只一弱女耳。况吾弟半体之痛,又在孤露之余。而只鹏离群,黄鸟起吟,茫茫人

---

① 〔韩〕成俔:《虚白堂文集·悲吊辞》卷之二,影印标点《韩国文集丛刊》第14册,第424页。
② 〔韩〕申光汉:《企斋集·哀三良赋》卷之一,影印标点《韩国文集丛刊》第22册,首尔:民族文化推进会1989年,第242页。
③ 〔韩〕赵宪:《重峰集》卷之十三,影印标点《韩国文集丛刊》第54册,首尔:民族文化推进会1990年,第427页。

世，无与为依，此其可哀而可悲。①

在此类的描写之中似乎可以嗅到《黄鸟歌》或《黄鸟之歌》的气息，无依无靠，离群孤独，都是与《黄鸟歌》《黄鸟之歌》类似的画面。然而这两篇文章中的孤独无依并不是因为与相爱之人分离，而是与友人或亲人分离，这是生离死别的孤独。赵宪《七月九日，以君不见黄河之水天上来，分韵得见字，各为言志之约，奉赠同游诸贤》："惟蒙天网宽，末减遭薄谴。北驾风裂裳，病母忧瞑眩。南吟黄鸟歌，丘墓隔畿甸。姻家苦相邀，佳归诚眷眷。牵挽祖母衣，朝夕言笑宴。"② 此诗不是挽诗，也不是祭文，是赵宪与诸位同游的诗人唱和之作，没有规定内容，各抒其情。赵宪想到的是病中的母亲，还有黄鸟歌与坟墓。黄鸟歌似乎是指瑠璃王的《黄鸟歌》，但仔细阅读就会发现与瑠璃王的《黄鸟歌》无关，黄鸟歌唱的不是爱情，而是死亡与坟墓。

在韩国文学中黄鸟不只是象征常人之死，还象征着君王之死，这一点在李朝诗歌中体现得比较清楚。金寿兴（1626—1690）《孝宗大王挽词·其三》：

蝼蚁微臣雨露偏，几年銮披忝周旋。
诗成黄鸟空遗恨，云断苍梧杳上仙。
未死报恩宁有日，此生无地更瞻天。③

此诗的黄鸟是用了中国文学中黄雀报恩的典故，喻指诗人虽然受到孝宗大王的偏爱，但未能报恩，孝宗大王就离开了人世。黄雀报恩的典故载于梁吴均的《续齐谐记·黄雀报恩》："弘农杨宝，性慈爱。年九岁，至华阴山，见一黄雀为鸱枭所搏，逐树下，伤瘢甚多，宛转复为蝼蚁所困。宝怀之以归，置诸梁上。夜闻啼声甚切，亲自照视，为蚊所啮，乃移置巾箱中，啖以黄花。逮十余日，毛羽成，飞翔，朝去暮来，宿巾

---

① 〔韩〕俞肃基：《兼山集》卷之十一，影印标点《续韩国文集丛刊》第 74 册，首尔：民族文化推进会 2009 年，第 393 页。
② 〔韩〕赵宪：《重峰集》卷之二，影印标点《韩国文集丛刊》第 54 册，第 162 页。
③ 〔韩〕金寿兴：《退忧堂集》卷之二，影印标点《韩国文集丛刊》第 127 册，首尔：民族文化推进会 1994 年，第 30 页。

箱中。如此积年,忽与群雀俱来,哀鸣绕堂,数日乃去。是夕,宝三更读书,有黄衣童子曰:'我,王母使者。昔使蓬莱,为鸱枭所搏,蒙君之仁爱见救,今当受赐南海。'别以四玉环与之,曰:'令君子孙洁白,且从登三公事,如此环矣。'宝之孝大闻天下,名位日隆。子震,震生秉,秉生彪,四世明公。及震葬时,有大鸟降,人皆谓真孝招也。"① 诗中的黄鸟与中国典故的关系十分明确,诗人自称蝼蚁微臣,就是源于这个典故。然而这是一首挽诗,挽诗与黄鸟存在着特别的关系。黄鸟象征着死亡,尤其是象征着君王之死,这一点金寿兴应当是有所了解的。亡者孝宗大王(1619—1659,在位1649—1659)是李氏朝鲜第17代国王,金寿兴以黄鸟追挽孝宗大王是十分合适的。黄雀报恩的典故与黄鸟象征君王之死并存于这首诗歌,然而这两个典故的黄鸟并一定是同一鸟类,黄鸟的意义彼此协调,但物种并不统一。

韩国古代诗人是否意识到象征死亡的黄鸟是哪一种鸟类,不是很明确。正祖释云:"黄鸟,黄鹂也,旧注作鵹黄。盖以鸟本黄色,而间以黑色故名之也。字书作鶬黄,加鸟文。《说文》遂作离黄。《文选·东京赋》又作丽黄。丽字加鸟,则为鹂字。顾野王《玉篇》始出鹂字,注曰鹂黄。而俗亦呼之曰黄鹂。是鸟也其色黄,鹂兼两色矣。"② 丁若镛的解释基本相同:"御问曰:'黄鸟,黄鹂也。旧注作鵹黄,字书作鶬黄,《说文》作离黄,《东京赋》作丽黄。顾野王《玉篇》始出鹂字,注曰鹂是黄鸟也。黄鹂兼两色,若单以鹂称,不成黄鸟。故说者以集传为非,谓黄鹂非一字鸟。此说何如?'丽有黑色之义,马从丽则为骊。集传之单称鹂,果似可疑。臣对曰:'李白杜甫王维之诗,皆称黄鹂,无单言鹂者。'"③ 正祖与丁若镛二人的讨论中只有黄鹂,没有其他的鸟类。李文载(1615—1689)的《璇玑玉衡注解》节气与动植物有关系:"甲二月节,惊蛰。一度三百三十九分:桃华始。一度三百三十九分:仓庚鸣,

---

① 梁·吴均:《续齐谐记·黄雀报恩》,《汉魏六朝笔记小说大观》,上海古籍出版社1999年,第1004—1005页。
② 〔韩〕正祖:《弘斋全书·经史讲义二十五·诗[五]己酉选·丁若镛、尹寅基、沈能迪、金羲淳、金履乔、安廷善、庚戌选、赵得永、崔璧、宋知濂、李羲甲、郑鲁荣、金履载、李明渊、徐有榘、严耆、金达淳、洪秀晚、朴宗京等对·周南》卷八十八,影印标点《韩国文集丛刊》第264册,首尔:民族文化推进会2001年,第327页。
③ 〔韩〕丁若镛:《诗经讲义·周南·葛覃》卷一,《第二集经集第十七卷》,影印标点《韩国文集丛刊》第282册,首尔:民族文化推进会2002年,第386页。

黄鹂也。鹂鹒同。又曰楚雀，又曰黄栗留，又曰鵹黄、商庚，或云：齐人谓抟黍。今曰布谷，与抟黍声相近。鸤鸠鹕鴂。皆其号也。"① 这些文献与韩国古代诗歌中的黄鸟都是指黄鹂，看不出韩国古代文人已经了解黄鸟所指的鸟类并非只是黄鹂，也看不出韩国古代文人已经意识到黄鸟与死亡象征关系中的鸟类，并不一定是黄鹂。

自然美是韩国古代文学中黄鸟的另一形象，黄鸟象征着春天，也象征着生命，常与垂柳组合在一起，婉转美妙的叫声是报春的音乐。成倪《避病移寓叔强家。家在社稷洞》："山前华屋间晴岚，步上冈头引客谈。岩罅紫樱花蔌蔌，对头黄鸟羽毵毵。连村松暗句龙社，出岫云开福世奄。咫尺春曹途不远，朝朝来往不劳骖。"② 诗人因病在淑强家里休养，看到黄鸟，感觉到近在咫尺的春天。韩国古代诗歌中的黄鸟也是善鸣的鸟类，"黄鸟语"之类的描写是韩国诗人喜欢用的词汇，巧舌如簧亦可用于黄鸟。李奎报《冠成，置酒朴生园，饯梁平州公老，得黄字》："朴生好事郎，气侠谁敢当。入门语琅琅，告去将饯梁。幸此春日晴，已扫园林荒。相将往茅堂，黄鸟咔如簧。杂花红锦张，高树青旗扬。乐极反凄伤，临别泪沾裳。"③ 成运（1497—1579）《幽居》："山叶初抽翠幄张，多情黄鸟语如簧。北窗别有宽天地，午睡能容双脚长。"④ 从此类描写来看，诗中所写的黄鸟应当是黄鹂。韩国古代诗文中的黄鸟基本上都是黄鹂，这恐怕也是丁若镛等人没有怀疑黄鹂的原因之一。

在这些自然美的黄鸟中，也可以嗅到中国文学的气息，看到与中国文学类似的画面，甚至也可以读到中国文学的典故。卞季良（1369—1430）《送栗监生》：

　　四月林木秀，黄鸟遗好音。
　　之子忽言还，归骥何骎骎。

---

① 〔韩〕李文载：《石洞先生遗稿·璇玑玉衡注解》卷之四，影印标点《韩国文集丛刊》第 33 册，首尔：民族文化推进会 1989 年，第 287 页。
② 〔韩〕成倪：《虚白堂集·虚白堂诗集》卷之一，影印标点《韩国文集丛刊》第 14 册，首尔：民族文化推进会 1988 年，第 352 页。
③ 〔韩〕李奎报：《东国李相国全集》卷第七，影印标点《韩国文集丛刊》第 1 册，首尔：民族文化推进会 1990 年，第 362 页。
④ 〔韩〕成运：《大谷集》卷之上，影印标点《韩国文集丛刊》第 28 册，首尔：民族文化推进会 1988 年，第 17 页。

幽怀物易感，送别情难任。
且以一罇酒，殷懃为君斟。
祝君策高驾，随时爱光阴。
勖哉佐唐虞，好展平生心。①

　　这是一首送别诗，黄鸟是自然景象的一部分，完全没有《黄鸟歌》的遗昧。诗人也是描写了黄鸟的叫声，所谓的好音就是圆润悦耳。李穑（1328—1396）《晨兴》："黄鸟音圆绿树凉。风吹小雨入虚堂。"② 南龙翼（1628—1692）《早诣芙蓉榭，供具颇侈，来客亦盛，醉次主翁韵》："黄鸟啭林声正滑，碧荷浮水叶初圆。"③ 好音、圆、滑等都是中国文学描写黄鸟叫声时常用的词汇，这当然是中国文学的影响。这首诗歌的中国文学气息并不是停留在这个层面，更重要的是黄鸟与友情、送别的关系是中国诗歌中经常出现的因素。隐逸也是黄鸟形象中的常见色彩，洪贵达《门前杨柳》："陶家门柳立搋搋，隐士高风酷似庞。万缕垂桥连汉阙，千丝窣枝护隋邦。翠眉泹露啼春恨，黄鸟吟风响晚腔。折赠年年还不尽，春来依旧锁晴摠。"④ 汉阙、隋邦与"折杨柳"都使人感到诗中描写的不是韩国，而是中国，诗人描写的是他所看到的门前杨柳。将门前杨柳与中国的诗人、景色、习俗联系起来，确有一种想象的妙趣，但不免过度中国化，难以感受到韩国诗人独有的气息。如果认为将韩国的山水与中国联系起来就是特有的气息，也是可以接受的，但不免产生隐隐的缺憾。

　　在韩国诗人的笔下，并不是完全没有再现瑠璃王描写的黄鸟形象。成倪是最喜欢吟诵黄鸟的诗人之一，写了多首咏黄鸟的诗歌，但只有一首诗歌写了爱情鸟黄鸟。

---

① 〔韩〕卞季良：《春亭集》卷之四，影印标点《韩国文集丛刊》第8册，首尔：民族文化推进会1990年，第63页。
② 〔韩〕李穑：《牧隐诗藁》卷之二十二，影印标点《韩国文集丛刊》第4册，首尔：民族文化推进会1990年，第301页。
③ 〔韩〕南龙翼：《壶谷集》卷之四，影印标点《韩国文集丛刊》第131册，首尔：民族文化推进会1993年，第73页。
④ 〔韩〕洪贵达：《虚白亭集·虚白先生续集》卷之二，影印标点《韩国文集丛刊》第14册，首尔：民族文化推进会1988年，第148页。

成伣《怨春曲》

> 夭桃半缬雨廉纤，吴姬睡罢褰珠帘。
> 罗袖新裁翠云薄，螺鬟掠削遥山尖。
> 香闺十载闲不出，无限忧怀托瑶瑟。
> 梦断江堧音信少，春风吹度关山月。
> 獭髓初调白玉颗，无言恐被花相猜。
> 一双黄鸟忽飞来，和我弦上声声哀。①

怨春是全诗的主旨，诗中的女性因为没有得到渴望的爱情，面对春天的美好景象心中无限哀伤。一双黄鸟飞来，黄鸟的啭鸣与琴弦相和，更显出了人的形单影只、孤独寂寞。这种情感与《黄鸟歌》的情感一脉相承，可以认为潜藏着《黄鸟歌》的影响因素。尤其是最后一句"一双黄鸟忽飞来"与《黄鸟歌》的"雌雄相依"，给人以更为明显的相似感觉。然而这种爱情鸟的黄鸟究竟是源于《黄鸟歌》还是源于中国的齐梁文学，是不大容易区别判断的，从时间上说受到《黄鸟歌》或齐梁文学影响的可能性都是存在的。诗人将诗中的人物想象为吴姬，也就是中国的少女。黄鸟与哀愁、春风、香闺、罗袖等，都是齐梁诗歌中常见的因素。因而使人觉得《怨春曲》不是更近于《黄鸟歌》，而是更近于齐梁诗歌或唐代诗歌。令人奇怪的是像《怨春曲》这样的诗歌在韩国古代文学中极其少见，即使以黄鸟为用事，也不大以《黄鸟歌》为典，几乎都是以中国文学为典。

《黄鸟歌》的影响主要体现在文人乐府和咏史诗中，韩国诗人把《黄鸟歌》当成乐府，拟《黄鸟歌》而作的诗歌，只要遵从《黄鸟歌》的本事，就会再现爱情鸟的黄鸟形象。咏史诗多吟咏瑠璃王与雉姬之事，自然也就会表现《黄鸟歌》的本事，保持了与《黄鸟歌》的关系。文人乐府与咏史诗有时也会合而为一。星湖李瀷的《黄鸟歌》的诗序部分转记了《三国史记》的内容，从儒家思想描写和批判了《黄鸟歌》②。

---

① 〔韩〕成伣：《虚白堂集·虚白堂诗集》卷之一，影印标点《韩国文集丛刊》第14册，第243页。
② 李瀷（1681—1763）是李朝时期的诗人，他的《海东乐府》具有一定的代表性。他的文集初编于1774年，共七十卷四十册，后因火灾烧失了两册。1890年李南珪与李明翊重新编定，为五十卷二十七7册，1917年李瀷的后人炳意与七代孙德九等在密阳退老书塾以木板初刊。安禧远与金镐承等人反对退老本的删定方式，以收录全稿为原则，整理补充了李秉休本，1922年刊于密阳慕濂堂。

《黄鸟歌》

……

筑宫复筑宫，鹘川双嶙峋。
一国有二妃，宠均妒亦均。
邦风重土产，冷视域外身。
禾姬一怒雉姬走，一鞭径渡清浿滨。
悠悠去不返，王独归来影无邻。
枝头忽闻睍睆鸣，雄飞从雌意自亲。
声声入耳感在心，鸟犹如此况于人。
黄鸟兮黄鸟，有知应相嗔。
夫昧并嫡嫌，妻失三从伦。
奈何箕圣墟，遗教都丧沦。
君不见鸭绿室中无媒从，天荒未开犹荆榛。①

李瀷从两个角度进行了批判：第一，对瑠璃王的批判。李瀷认为"一国有二妃"是不正常的，不合儒家礼义。其结果是"宠均妒亦均"，只能是使后宫矛盾重重。如果只有一个王妃，就不会产生禾姬与雉姬的矛盾，后宫的矛盾是瑠璃王制造出来的。从君王的后妃制度而言，瑠璃王没有什么可以过多指责或批判之处。禾姬与雉姬不是王后，而是王妃，没有超出当时的后宫制度。第二，对雉姬的批判是此诗的主要内容。李瀷认为禾姬与雉姬妒恨争宠是"妻失三从伦"，雉姬不肯与夫君一起回来，更是违背了三从四德。"黄鸟兮黄鸟，有知应相嗔"一句指黄鸟如果知道儒家的伦理道德，也应当斥责雉姬的行为。诗人慨叹东国朝鲜称礼仪之邦，痛心箕子朝鲜如今也变成了礼义的废墟。柳得恭的《高句丽平壤府》也写了类似的内容："昔日夫余挟弹儿，东明王子号瑠璃。数声黄鸟啼深树，犹似禾姬骂雉姬。"② 柳得恭以为黄鸟的数声啼鸣，如同禾姬骂雉姬，这是将黄鸟的鸣唱喻为禾姬与雉姬的争斗。第三，李瀷对瑠璃王与二妃的批判立场主要是来自于儒家思想，不可能来自于瑠璃王

---

① 〔韩〕李瀷：《星湖先生全集·海东乐府》卷之七，影印标点《韩国文集丛刊》第198册，首尔：民族文化推进会1997年，第170页。

② 〔韩〕柳得恭：《泠斋集·古今体诗一百九十八首·二十一都怀古诗》卷之二，影印标点《韩国文集丛刊》第260册，首尔：民族文化推进会2001年，第37页。

《黄鸟歌》。《黄鸟歌》表现的悲哀不是批判雉姬缺乏夫为妻纲的道德，而是哀叹爱情。李瀷的批判因素亦见于禾姬骂雉姬的语言，但这显然不是《黄鸟歌》的内容，李瀷放大了禾姬对雉姬的批判。李瀷的诗歌继承了《黄鸟歌》本事的很多内容，但唯独没有继承《黄鸟歌》的原色，这不能不是一个令人思考的问题。

《黄鸟歌》作为最早的韩国诗歌之一，应当对韩国后世文学产生深远的影响，但事实完全相反，其影响相当稀薄。韩国古代的黄鸟诗主要是受到了中国文学的影响，韩国诗人热衷于使用中国文学的本事，使黄鸟形象更近于中国文学。《黄鸟歌》与其他的韩国黄鸟诗不相同，与中国的黄鸟诗也不相同。黄鸟并不是中国文学的陌生形象，早在《诗经》中黄鸟就已经是令人注意的形象，但不能不指出《诗经·秦风·黄鸟》的黄鸟形象与《黄鸟歌》的黄鸟形象完全不同，看不到任何相似之处。不只是黄鸟形象不同，甚至黄鸟的种类也不同。汉代《长歌行》的黄鸟体现的是思乡之情："岩岩山上亭，皎皎云间星。远望使心思，游子恋所生。驱车出北门，遥观洛阳城。凯风吹长棘，夭夭枝叶倾。黄鸟飞相追，咬咬弄音声。伫立望西河，泣下沾罗缨。"① 黄鸟相追，咬咬好音，由此很容易想到爱情，但诗中表现的不是爱情，体现的是游子的思乡之情。黄鸟成双结伴飞行，使中国诗人首先想到的也不是爱情，而是友情。

嵇康《四言赠兄秀才入军诗》

轻车迅迈，息彼长林。春木载荣，布叶重阴。
习习谷风，吹我素琴。交交黄鸟，顾俦弄音。
感悟驰情，思我所钦。心之忧矣，永啸长吟。②

黄鸟彼此对唱应和，似乎情深意长。如果不是诗题明确标记，完全有可能将这首诗歌理解成为爱情诗，然而这首诗歌不是爱情诗，黄鸟还没有成为爱情鸟和相思鸟。此后黄鸟作为友情鸟时常与杨柳一起出现于

---

① 逯钦立辑校：《先秦汉魏晋南北朝诗·汉诗》卷九（上册），中华书局1983年，第262—263页。

② 逯钦立辑校：《先秦汉魏晋南北朝诗·魏诗》卷九（上册），中华书局1983年，第483页。

送别诗中,表现与友人的惜别的情感,或许可以认为友情鸟是生成爱情鸟的准备阶段。

中国文学中的黄鸟成为爱情鸟的时间比较迟晚——齐梁时期,从忠义之鸟变成爱情之鸟经历了漫长的时间。齐梁文学将黄鸟诗中的人物换成了女性,鸟类换成了黄鹂,黄鸟从友情鸟变成了爱情鸟:

齐虞炎《玉阶怨》
紫藤拂花树,黄鸟度青枝。
思君一叹息,苦泪应言垂。①

虞炎生卒不详,488 年前后在世。初为博士,累迁散骑侍郎、骁骑将军。此诗的黄鸟是自然景象的一部分,还象征着爱情,也象征着相思。黄鸟终于归入在今天看来最典型的画面与情感模式中。这是巨大的变化,然而这个变化是在 6 世纪前后形成的。齐梁时期有很多此类诗歌,梁武帝萧衍《子夜四时歌·夏歌四首·其四》:"含桃落花日,黄鸟营飞时。君住马已疲,妾去蚕欲饥。"② 梁王僧孺《春思诗》:"雪罢枝即青,冰开水便绿。复闻黄鸟声,全作相思曲。"③ 梁费昶《长门怨》:"向夕千愁起,自悔何嗟及。愁思且归床,罗襦方掩泣。绛树摇风软,黄鸟弄声急。金屋贮娇时,不言君不入。"④ 黄鸟在此类画面中爱情化,成为爱情鸟。唐代诗歌继承了齐梁文学中的画面,继续将黄鸟描写为爱情鸟。沈佺期《折杨柳》:"玉窗朝日映,罗帐春风吹。拭泪攀杨柳,长条宛地垂。白花飞历乱,黄鸟思参差。妾自肝肠断,傍人那得知。"⑤ 崔国辅《王孙

---

① 逯钦立辑校:《先秦汉魏晋南北朝诗·齐诗》卷五(中册),中华书局 1983 年,第 1459 页。
② 逯钦立辑校:《先秦汉魏晋南北朝诗·梁诗》卷一(中册),中华书局 1983 年,第 1517 页。
③ 逯钦立辑校:《先秦汉魏晋南北朝诗·梁诗》卷十二(中册),中华书局 1983 年,第 1769 页。
④ 逯钦立辑校:《先秦汉魏晋南北朝诗·梁诗》卷二十七(下册),中华书局 1983 年,第 2082 页。
⑤ 宋·郭茂倩编:《乐府诗集·横吹曲辞二》卷二十二(第二册),中华书局 1979 年,第 330 页。

游》:"自与王孙别,频看黄鸟飞。应由春草误,着处不成归。"① 黄鸟的叫声是黄鸟的主要形象特征之一,自然也会汇入爱情之中。金昌绪《春怨》:"打起黄莺儿,莫教枝上啼。啼时惊妾梦,不得到辽西。"② 温庭筠《杨柳枝八首·其三》:"苏小门前柳万条,毵毵金线拂平桥。黄莺不语东风起,深闭朱门伴细腰。"③ 温庭筠《杨柳枝八首·其六》描写的画面与瑠璃王《黄鸟歌》的画面极为相似:

> 两两黄鹂色似金,袅枝嘅露动芳音。
> 春来幸自长如线,可惜牵缠荡子心。④

两两双飞的黄鸟,美丽动人的叫声,终于使美人与荡子联系起来。然而黄鸟不是男性眼中的爱情鸟,而是女性眼中的爱情鸟。中国古代诗人热衷于从女性的角度描写爱情,而不是从男性角度来写黄鸟与爱情。黄鸟与杨柳、空床、罗帐、愁思、春怨等构成了典型的爱情画面,这种画面也成为描写黄鸟的主流画面。在人们的记忆之中黄鸟应当就是此类画面的一部分,但没有想到的是此类画面生成的时间如此迟晚。很多诗人一方面继承了齐梁诗人创造的画面,另一方面又不断地批判齐梁诗人。其实齐梁诗人对中国文学的贡献是巨大的,只是淹没在价值判断的否定之中,不能不说是憾事。

前文研究了《诗经》中的黄鸟诗,也研究了中韩古代文学中的黄鸟形象,由此可以了解中韩古代文学中黄鸟形象的产生与发展过程,可以总结出如下的基本看法:

第一,《黄鸟歌》中爱情鸟的黄鸟形象是原生态因素,证明《黄鸟歌》与《诗经》没有影响关系,证明《黄鸟歌》是汉译诗。原生态因素的爱情鸟形象、母语诗歌、影响关系之间存在着必然的关系,母语诗歌

---

① 宋·郭茂倩编:《乐府诗集·杂曲歌辞十四》卷七十四(第四册),中华书局1979年,第1051页。
② 唐·沈佺期撰、连波等校注:《沈佺期诗集校注》卷二,中州古籍出版社199年,第58页。
③ 唐·温庭筠:《温飞卿诗集笺注·集外诗》卷第九,上海古籍出版社1980年,第208页。
④ 唐·温庭筠:《温飞卿诗集笺注·集外诗》卷第九,上海古籍出版社1980年,第209页。

是产生原生态因素的条件之一，并不是所有的母语诗歌都能够产生原生态因素，但要产生原生态因素，就需要使用母语创作。使用汉语写作，就不能不受到汉语词汇的形象与意义的影响，最终很容易使《黄鸟歌》与《诗经》之间产生影响关系。但《黄鸟歌》中爱情鸟的黄鸟形象是原生态因素，表明《黄鸟歌》与《诗经》之间不存在影响关系，这也是爱情鸟的黄鸟形象早于中国文学出现在《黄鸟歌》的主要原因。

中国诗歌并不缺少爱情，也不缺少黄鸟双飞的自然景象，黄鸟是最早进入诗歌的鸟类之一。那么为何作为爱情鸟的黄鸟形象迟于瑠璃王的《黄鸟歌》呢？齐梁之前的中国文学中没有出现过作为爱情鸟的黄鸟形象，主要是死亡鸟、灾难鸟与自然鸟。在韩国古代文学中黄鸟不是鲜见的形象，绝大多数的黄鸟是死亡鸟、灾难鸟与自然鸟，也就是说与齐梁之前的中国文学极其相似。《黄鸟歌》是韩国的上古诗歌，但对后世韩国文学的影响相当薄弱，这凸显了黄鸟作为爱情鸟的原生态色彩。产生这种现象的原因是《诗经》的黄鸟形象产生了深远的影响，死亡鸟、灾难鸟与自然鸟正是《诗经》中黄鸟的基本形象。

黄鸟的概念比较混乱也影响了黄鸟的爱情化，在古代文献中黄鸟有时是鸟类学的概念，有时不是鸟类学的概念。黄鸟包含了不同的鸟类，也就形成了不同的黄鸟形象。在大多的情况下中国古代诗人没有区别不同的黄鸟，从先秦开始一直到清代大多如此。其结果之一是各种黄鸟形象纠缠在一起，彼此影响，作为爱情鸟的黄鸟形象也就难于形成。黄鸟的死亡鸟与灾难鸟形象，与爱情的形象不合，也就必然阻碍它成为爱情鸟。齐梁文学倾向于唯美，也就剥离了道德与黄鸟的关系，也就比较容易生成作为爱情鸟的黄鸟，这也是中国文学中作为爱情鸟的黄鸟迟于瑠璃王《黄鸟歌》的原因。

第二，从《诗经》与《黄鸟歌》的语言来看，二者的影响关系也是值得怀疑的。《黄鸟歌》与《诗经》的相似因素有二：一是四言诗的形式，一是黄鸟一词以及"翩翩"等词。四言诗的形式来自于《诗经》的可能性最大，但《诗经》不是唯一。即使四言诗的形式来自于《诗经》，也无法证明《黄鸟歌》与《诗经》黄鸟诗的关系。四言诗在《诗经》之后已经普及，脱离《诗经》也完全可以作为独立的知识流传，并不需要将四言诗与《诗经》的特定诗篇联系在一起，也就是说建立了比较文学的第三关系①。因而即使四言诗的形式来自于《诗经》，也不能证明《黄鸟歌》与《诗经》的黄鸟诗之间存在着影响关系。黄鸟、翩翩等词是确定《黄鸟歌》与《诗经》黄鸟诗影响关系的主要依据，不过此类词汇并不是集中出现在《诗经》中某一首黄鸟诗，而是零散地出现在诸篇中，因而无法确定《黄鸟歌》究竟是与哪篇《诗经》的黄鸟诗有影响关系。其实比《诗经》诸篇更为接近《黄鸟歌》的是左思的《魏都赋》："河洛开奥，符命用出。翩翩黄鸟，衔书来讯。人谋所尊，鬼谋所秩。"②"翩翩黄鸟"一句与《黄鸟歌》完全相同，《诗经》中没有相似到这种程度的诗歌。但这并不证明《黄鸟歌》与左思的《魏都赋》之间存在影响关系，因为除了字词之外，二者毫无相似之处。如此看来《黄鸟歌》与《诗经》黄鸟诗影响关系的确定证据一个都没有，现在只能认为《黄鸟歌》与《诗经》的影响关系相当小。即使能够认定《黄鸟歌》的汉文文本与《诗经》之间存在影响关系，也只能认为是汉译者将《诗经》的因素带入了汉译文本，与瑠璃王《黄鸟歌》的母语文本没有任何影响关系。

第三，《黄鸟歌》的黄鸟一词不是源于《诗经》。学术界多认为《黄鸟歌》与《诗经》存在影响关系，如果此说可以确定，那么黄鸟一词确实有可能来自于《诗经》的中原雅言。然而《黄鸟歌》的母语文本与《诗经》黄鸟诗的影响关系是不存在的，在这种情况下根本无法提出黄鸟一词源于中原雅言的看法。如果《黄鸟歌》的黄鸟一词源于《诗经》，就存在无法解决的问题：

其一，《黄鸟歌》的黄鸟与《诗经》的黄鸟虽然汉文名词相同，但所指的鸟类物种不同，因而不可能源于《诗经》。《诗经》的黄鸟诗属于各自不同的地域，不同地域的黄鸟一词所指的种类不同，不同地域的黄鸟一词与鸟类种类之间存在着对应关系。黄鸟诗必然将这种对应关系带入了诗歌，因而会造成黄鸟一词相同，但所指鸟类种类不同的现象。在没有形成标准语言之前，诗歌的受众首先是本地人，每一地方有每一地方的名词与实物的对应关系。如果黄鸟一词与鸟类种类不对应，就无法

---

① 参见拙著《第三种比较文学的观念——文学考古学的可能性》，北京大学出版社2016年。

② 晋·左思：《魏都赋》，清·严可均：《全晋文》卷七十四（中册），商务印书馆1999年，第789页。

使本地人明白，因而黄鸟一词与鸟类种类的对应关系一定是来自于当地语言，不可能来自于其他地域，或受到其他地域的影响。《诗经》诸诗与《黄鸟歌》的黄鸟一词都不会超出这一使用规则，因而《黄鸟歌》的黄鸟一词应当是来自于燕方言区，黄鸟所指的是黄鹂，而不是其他鸟类。《黄鸟歌》的黄鸟一词确实由汉译者带入，但并不证明黄鸟一词来自于《诗经》，而是来自于燕方言。

其二，《黄鸟歌》与《诗经》黄鸟的鸟类不同，形象也不同。《秦风·黄鸟》与《小雅·黄鸟》是《诗经》黄鸟诗的主要诗篇，二诗所写的黄鸟是黄色鸱鸮与黄雀，这两种黄鸟形象是死亡鸟与灾难鸟；前者与儒家思想结合在一起，象征君王之死和忠臣之死。《黄鸟歌》写的黄鸟是黄鹂，塑造的形象是爱情鸟，从鸟类到形象全然不同。《凯风》等诸篇写的可能是黄鹂，但均为自然鸟形象，与爱情鸟的形象全无关系，难以认为《黄鸟歌》的黄鸟一词来自于《诗经》。如果《黄鸟歌》的黄鸟一词源于《诗经》，那么应当有《诗经》中黄鸟形象的因素，但《黄鸟歌》全无这种因素，因而黄鸟一词源于《诗经》中原雅言的可能性是不存在的。与《黄鸟歌》最为接近的是《诗经》中出现鸧鹒的诗歌，此类诗歌包含着与婚姻有关的因素。但《黄鸟歌》偏偏又没有使用鸧鹒一词，而使用了黄鸟一词。《黄鸟歌》与《诗经》诸篇的相似度相当低，相似因素组合在一起之后，难以贯连起来形成彼此证明的链条，不足以证明二者之间存在过影响关系。

第四节 《高丽人参赞》与燕方言词

一、《高丽人参赞》的文本校勘与燕方言词

《高丽人参赞》是不大提及的一首诗歌，韩国文学史著作也鲜有研究，说明《高丽人参赞》的文学价值没有得到广泛的承认。但并不表明《高丽人参赞》没有研究的价值，尤其是早期诗歌屈指可数，如果放弃研究，无疑会遗漏早期诗歌生成与发展的重要信息。非常有趣的是《高丽人参赞》也使用了燕方言词，这就更不能放弃《高丽人参赞》。因为这首诗歌涉及高句丽诗歌、《黄鸟歌》与燕方言词的关系，自然也会涉及汉诗与汉译诗的问题。

首先应当调查《高丽人参赞》的文本状态及其相关的文献目录,还原正确的诗歌文本是研究的基础。《高丽人参赞》最初记载于梁陶弘景的《本草经集注》(约480—498):

> 一名人衔,一名鬼盖,一名神草,一名人微,一名土精,一名血参。如人形者有神。生上党山谷及辽东。二月、四月、八月上旬采根,竹刀刮,曝干,无令见风。(茯苓为之使,恶溲疏,反藜芦。)上党郡在冀州西南。今魏国所献即是,形长而黄,状如防风,多润实而甘。世用不入服乃重百济者,形细而坚白,气味薄于上党。次用高丽,高丽即是辽东。形大而虚软,不及百济。百济今臣属高丽,高丽所献,兼有两种,止应择取之尔。实用并不及上党者,其为药切要,亦与甘草同功,而易蛀。唯纳器中密封头,可经年不坏。人参生一茎直上,四、五叶相对生,花紫色。高丽人作《人参赞》曰:
> 三桠五叶,背阳向阴。
> 欲来求我,椵树相寻。
> 树叶似桐甚大,阴广,则多生阴地,采作甚有法。今近山亦有,但作之不好。①

陶弘景的《本草经集注》具有双重意义:一是《本草经集注》最早收录了此诗,因而具有权威的意义;二是陶弘景为医药学家,对于药草十分熟悉,因而《本草经集注》记载的《高丽人参赞》应当没有问题。在《本草经集注》之后,很多文献转录了《高丽人参赞》。宋代的版本向来受到学术界的高度关注,然而宋代版本与《本草经集注》无异,李石《续博物志·高丽人参赞》卷八:"三桠五叶,背阳向阴。欲来求我,椵树相寻。椵木叶似桐,甚大,阴广,参多生其阴。"② 这说明宋代的博物学家也没有认为这个版本存在问题,此外宋郑樵《通志·昆虫草木略第一》卷七十五、唐慎微《证类本草·草部上品之上总八十七种》卷六、杨伯嵒《六帖补·养生疗病》卷十九、叶廷珪《海録碎事·工

---

① 南朝梁·陶弘景撰、尚志钧、尚元胜辑校:《本草经集注·草木上品·人参》卷第三,人民卫生出版社1994年辑校本,第207—208页。
② 宋·李石撰、李之亮点校:《续博物志》卷八,巴蜀书社1991年,第119页。

医技部》卷十四、曾慥编《类说·尔雅》卷三十五等文献也有转录，文本完全相同。元代有黄公绍原编、熊忠举要的《古今韵会举要》卷十，明代主要有王士禛撰《居易录》卷三十四、《池北偶谈》卷十四、《香祖笔记》卷十，慎懋官《华夷花木鸟兽珍玩考·花木考》卷一、李时珍《本草纲目·草之一》卷十二上等，清代主要有《佩文斋广群芳谱·药谱甘草》卷九十三、《盛京通志·物产二》卷一百七、吴其濬《植物名实图考》卷三十四、《骈字类编·草木门二十三》卷一百九十八、《佩文韵府》卷二十一之六（卷二十二、卷二十七、卷六十六等其他诸亦有转录）等，《高丽人参赞》的文本亦同。上述目录不是收录《高丽人参赞》的全部文献，收录《高丽人参赞》的目录文献主要有两类：一是博物类、本草类，一是语言类。收录《高丽人参赞》的文学类文献不多，只有清代吴旭升《历代诗话》根据《续博物志》转录了此诗，还有施元之原注、邵长蘅删补的《施注苏诗》卷三十四在注释中引用了此诗。这说明博物学家、本草学家与语言学家高度重视这首诗歌，文学家不大重视。《高丽人参赞》的文本在上述所有文献中几乎完全相同，只有个别的文本稍有不同，可以看作是例外，这说明博物学家、本草学家与语言学家均不觉得此诗需要校勘，文本无误。

　　清代小学是中国小学研究的巅峰，段玉裁与王念孙可以代表清代小学的水平，他们也提到了《高丽人参赞》，但都没有提出需要校勘的问题。段玉裁（1735—1815）在《说文解字注》中说："椵：椵木。可作床几。（床，错本作伏，疑误。释木曰：櫠，椵。《本草》：陶隐居说人参曰：高丽人作人参赞曰：三桠五叶，背阳向阴。欲来求我，椵树相寻。椵树，叶似桐，甚大，阴广。《图经》亦言人参春生苗，多于深山背阴，近椵漆下润湿处。是则椵为大木，故材可床几。郭云子大如盂者，未知是不也。）从木，叚声，读若贾。（古雅切。五部。）"① 王念孙（1744—1832）在《广雅疏证》中支持了这种看法："参、地精，人参也。（……陶注本草云：上党人参形长而黄，状如防风，多润实而甘。百济者形细而坚白，高丽者形大而虚，并不及上党者。人参生一茎直上，四五相对生。花紫色。高丽人作赞曰：'三桠五叶，背阳向阴。欲来求

---

① 清·段玉裁：《说文解字注·木部》第六篇，中州古籍出版社2006年，第244页。

我，椵树相寻。')"① 他们在音义、字形等方面没有提出不同的说法，段玉裁认为椵字"从木，叚声，读若贾。（古雅切。五部。）"，从这一注音可以明白段玉裁没有认为"椵树相寻"有误，椵字也不是刻工之误。王念孙只是转录了《高丽人参赞》，没有注音，但刊刻的字是椵字，王念孙也没有觉得此字有误。李氏朝鲜的文献也多载此诗，与中国文献的文本基本无异。李圭景记载人参多生长在椵树下："椵，一作櫕。椵，音贾，叶似桐。许浚《东医宝鉴·汤液篇》以为，此草多生深山中，背阴近椵漆树下湿润处。采者以此为准。"② 李朝文人的误记是中国文献的影响。

  既然段玉裁、王念孙认为《高丽人参赞》的文本没有问题，就完全可以相信《高丽人参赞》的文本应当无误。但事实并非如此，此诗的最后一句"椵树相寻"疑为"椵树相寻"，"椵"为椵字之误。这似乎是一目了然的简单问题，"椵"与椵字形极似，容易误刊，根据字形简单校勘就可，并不需要用较大篇幅展开研究。然而这个问题比想象得复杂，否则段玉裁、王念孙不会校勘不出。其原因有二：其一，从梁朝到清朝几乎所有文献与版本最后一句并无异字，表明"椵"字无误。校勘一般是以各种版本为据，如果最早的版本或者所有的版本皆同，表明文本正确，不需要校勘。如果认为所有版本都是错误的，那么就不仅仅是校勘一个字的问题，似乎是在挑战校勘学的一般原则。其二，"椵"与椵是通假，并非误刊。此说可以找到依据，唐代陆德明《经典释文》卷三十载："椵：徒乱反。"③ "椵：徒乱反。《字林》云：木似白杨，一名柂。"④ 卷十一："椵柂：徒乱反。"⑤ 椵字还有其他音，卷三十："椵：古雅反。"⑥ 卷八："如椵：音加沈，一音瑕。"⑦ 按照陆德明的说法，"椵"字多音，同音通假，注音就是在解义，因而"椵树相寻"并非误刊，"椵"当是椵字的通假字。陆德明《经典释文》研究的是《尔雅》，

---

 ① 清·王念孙撰、钟宇迅点校：《广雅疏证·引之述·释草》卷第十上，中华书局1983年，第321页。
 ② 〔韩〕李圭景：《五洲衍文长笺散稿·人事篇·技艺类·医药》，抄写本，刊者未详。
 ③ 唐·陆德明：《经典释文·尔雅音义下·释草第十三》卷三十，中华书局1983年，第424页。
 ④ 唐·陆德明：《经典释文·尔雅音义下·释木第十四》卷三十，第428页。
 ⑤ 唐·陆德明：《经典释文·尔雅音义下·檀弓下第三》卷十一，第170页。
 ⑥ 唐·陆德明：《经典释文·尔雅音义下》卷三十，第424页。
 ⑦ 唐·陆德明：《经典释文·周礼音义上·地官司徒第二》卷八，第115页。

并不是《高丽人参赞》，但同样对《高丽人参赞》有着直接意义。如果二字是通假，那么就不存在误刊的问题。

然而这个问题必须深入研究，因为一字之差包含着《高丽人参赞》不可遗漏的信息。如果遗漏了这一信息，就无法看到《高丽人参赞》与燕方言词的重要关系。《高丽人参赞》的"椵"字当为椴字之误刊，并非通假，"椵树相寻"当为"椴树相寻"，其依据如下：

其一，"椵"与"椴"不是通假字。如果"椵"为"椴"字的通假字，那么除了《高丽人参赞》之外，还有更多其他的通假用例，但事实上并没有其他的通假用例。今人编的通假字字典没有"椵"或"椴"通假的字条，更无通假的用例。① 如果"椵"是"椴"的通假字，那么两个字除了字形相近之外，还应当有相近的发音。很多古代语言学文献记载，"椵"有两个发音，jiǎ 和 duàn。陆德明《经典释文》以为"椵"与"椴"同音，这就表明二字是通假字。但如果扩大调查范围，就会发现这一看法不一定正确。《广韵》（1008）是宋代编写的韵书，陈彭年、邱雍等人奉旨在隋陆法言的《切韵》（601）、《唐韵》基础上增广而成，是现今保存最古老重要的韵书，也是我国第一部官修韵书，完整详细地记录了从南北朝到宋末的语言系统，是研究中古语音的主要依据。《广韵》并无"椵"与"椴"同音的记载，二字分别属于完全不同的韵部，椵字归于《广韵》卷三的"三十五马"，椴字归入《广韵》卷四的"二十八翰"，二字的发音相去甚远。清代的《康熙字典》亦无"椵"与椴同音的记载。陆德明的《经典释文》与《广韵》记录的汉字字音的时间范围是重合的，那么二书应当一致，但实际上并不相同，或者陆德明正确，或者陈彭年正确，必须做出正确的判断。《经典释文》更早一些，似乎应当以《经典释文》为是。但这个问题还需要调查《经典释文》的版本，版本调查表明"椵"与"椴"并不同音。下面是《经典释文》的不同版本，从中可以看到问题的所在。

---

① "椵 jia：通'枷'，系犬具。《周礼·地官·封人》'设其楅衡。'汉郑玄注：'衡设于鼻，如椵状也。'唐贾公谚疏：'汉时有置于犬之上谓之椵。'按：清朱骏声《说文通训定声》：'汉时系犬之具，有曰椵者。'"（王海根编着：《古代汉语通假字大字典》，福建人民出版社2006年，第462页）

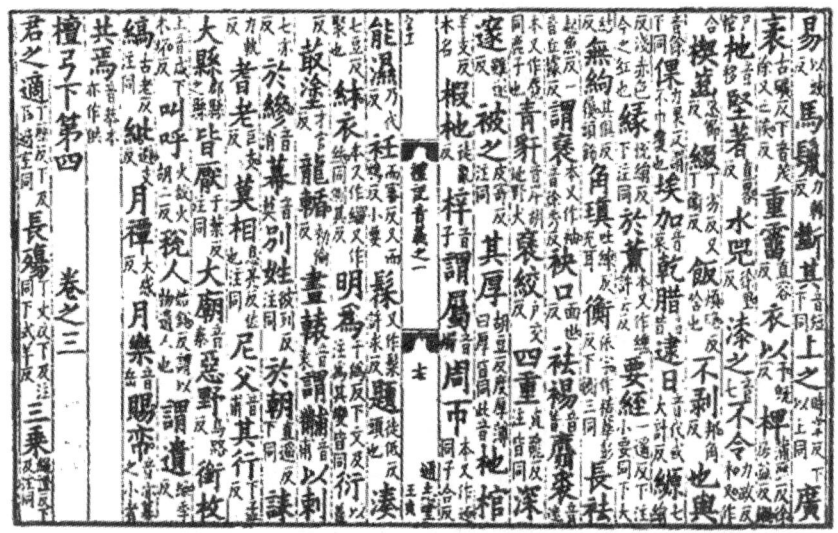

黄焯断句《经典释文》影印本①

　　黄焯断句的影印本是以宋本为底本、徐乾学《通经堂经解》为对校本，又参照唐石经、唐写本、影宋本以及清儒、黄侃、吴承仕等诸本。此本延续了绝大多数版本的相同注音："椵"注为"徒乱反"。下面是抱经堂丛书本的同一部分。

---

① 唐·陆德明撰、黄焯断句：《经典释文》卷三十、卷十一，中华书局1983年影印本。

《经典释文》抱经堂丛书本①

抱经堂丛书本是精校的古籍汇刻，最为可贵之处是据宋本而不"唯宋是从"。此本明确区别了椴、"椵"二字的字形与音，"椵：徒乱反"，而不是"椵：徒乱反"，"椵"为"古雅反"。这在《经典释文》的各种版本中极其罕见，其他版本都将"椵"注为"徒乱反"。按照抱经堂丛书本来看，椴与"椵"没有同音，不可能是通假字。上面两种版本的差异仅在于词条本字不同，注音与释文相同。宋本以来的诸本是否在词条本字使用通假字呢？这种可能性是不存在的，《经典释文》是一本词典，词条使用本字是铁律，不可使用通假字，这与释文或文章使用通假字完全不同。这意味着宋本以来的诸本与抱经堂丛书本只有一种是正确的，或者误刊，或者没有误刊，没有通假或其他变通解释的可能性。由此带来的问题是"椵"字或有"徒乱反"的注音，或者没有。根据方言、树

---

① 唐·陆德明：《经典释文》卷三十，抱经堂丛书本。卢文弨（1717—1795）字召弓，号矶渔，又号檠斋、抱经，人称抱经先生，清仁和（今浙江杭州）人。乾隆十七年（1752）一甲三名进士，授翰林院编修、翰林院侍读学士、广东乡试正考官、提督湖南学政等职。三十四年辞归，在书院讲经义二十余年。其最大成就是校勘，与戴震、段玉裁友善。

木分布与人参种植技术来看,"椴"字为误刊,这一点将在后文论述。如果字典词条的本字误刊,将会带来极大混乱,会产生一系列注音与字义的错误。

《高丽人参赞》的版本情况基本类似,绝大部分版本都是记载为"椵树相寻",个别版本记载为"椴树相寻"。

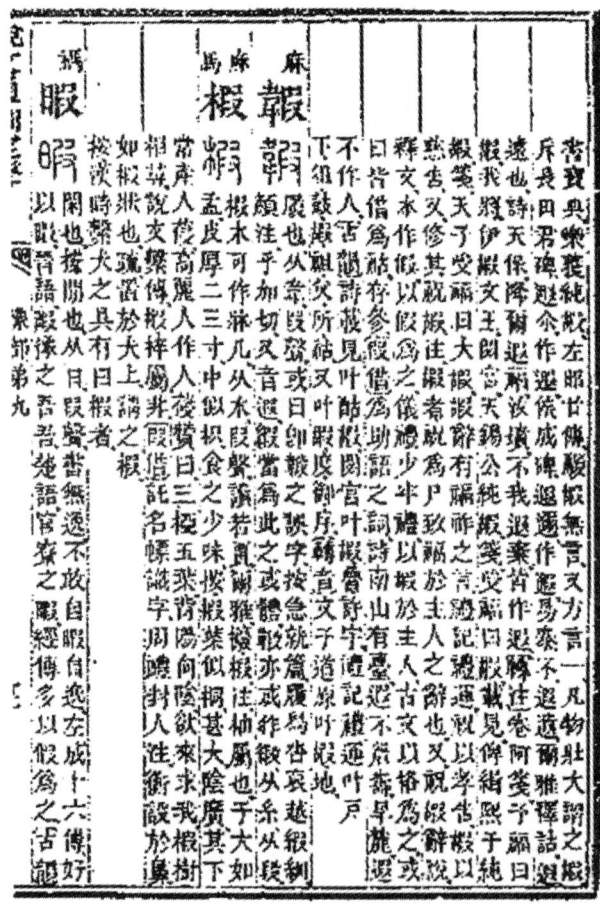

朱骏声《说文通训定声》①

朱骏声是清代最有成就的小学家之一,他的《说文通训定声》麻马部收录了《高丽人参赞》,第四句为"椵树相寻"。但是古代文献并不都

---

① 清·朱骏声:《说文通训定声·豫部第九(凡九十六切)·叚二十二名·凡叚之派皆衍叚声(古雅切)·麻马》,临啸阁藏本。

刊为"椴树相寻",王士禛的《香祖笔记》刊为"椵树相寻"。

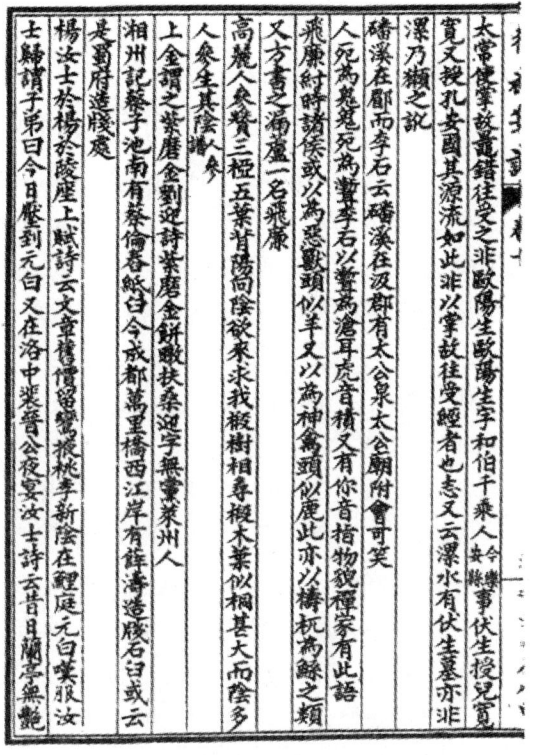

清王士禛《香祖笔记》卷十①

《香祖笔记》的广陵古籍刻印社石印本亦同。《高丽人参赞》的"椵"与《经典释文》不同,是诗歌行文的用字,理论上可以是通假字。但认定通假字的前提是"椵"字应当有与椴字相同的字音,这个问题的解决与"椵"字字音有密切的关系。

其二,燕方言词与树木分布的事实证明当为"椴树相寻"。汉语史的文献证明"椵"当为椴,椴为燕方言词。扬雄《方言》记载了椴字,这是极为珍贵的文献资料:

> 櫠:燕之东北、朝鲜洌水之间,谓之椴。(揭, 也。江东呼都,音段。案:《尔雅》:櫠,谓之闌。《曲礼》:大夫、士入君门,

---

① 清·王士禛:《香祖笔记》卷十,扫叶山房石印本。

由闑右，不践阈。郑注云：闑，门橜。阈，门限。《说文》：槷，弋也。槷、橜同。杙、弋，古通用。各本棪讹作棪。棪，徒乱反。椴，古雅反。都，椴，一声之转。')①

这是扬雄的记载与郭璞、戴震的解释，这段文献有两点值得注意：一是椴为燕方言词，用于燕之东北与朝鲜洌水之间。《方言》的记载是准确的，至今中国东北仍然使用椴字，"棪"对东北人来说是一个陌生的名词。这里的朝鲜应当包括高句丽，高句丽与燕属于一个方言区，洌水指平壤一带。二是戴震将"棪"校勘为"椴"。戴震以为《方言》的"棪"都是椴字之误，而不是通假，其证据是二字的字音不同。戴震是唯一校勘此字的清代学者。王士禛的《香祖笔记》正确地将"棪"字刊印为"椴"字，但王士禛没有写校记，因而不能认为校勘了此字，最多算是异文。戴震与段玉裁、王念孙的差异，就是指出了"棪"与"椴"二字的字音不同，因而戴震校勘出了讹误；段玉裁与王念孙没有指证二字字音不同，因而没有能够校勘出讹误。通假与讹误的不同之一就是通假不仅要字形相似，还要字音相同或相近。戴震正是根据字音的异同明确判断是讹误，并把"棪"校勘为"椴"。这似乎比较容易，但涉及确认字音的问题，就会变得微妙复杂。很多文献记载"棪"与"椴"二字有同音，但这一记载是错误的。戴震没有提供二字不同音的证据，最难之处也在于此，这没有影响戴震准确地校勘了讹误。戴震与段玉裁、王念孙都是代表中国小学最高水平的学者，但是他们的认识不同，可见只是根据小学校勘存在一定的局限性。最后还应当指出一点，戴震校勘的是扬雄的《方言》，而不是《高丽人参赞》，但对《高丽人参赞》同样有效。

其实除了语音的证据之外，椴为燕方言词的另一证据是树木的分布，这一证据比二字的语音证据更为直接可靠。方言的分布总是与事物的分布对应，如果方言区内没有相应的事物，只能说明使用的词汇存在一定的问题，并不说明事物分布有问题。椴与"棪"的分布充分证明了这一点，也证明《高丽人参赞》的"棪"字当为椴字。"棪"是柚子一类的树，实大如盂，皮厚可吃。英文为 pompelmoose，canque。此类树木生长

---

① 清·戴震：《輏轩使者绝代语译别国方言》卷五，中华书局1985年，第112页。

在温暖潮湿的亚热带，主要产于中国的广东、广西、福建、江西、湖南、湖北、浙江、四川等地，亦多产于东南亚诸国。中国东北、朝鲜半岛北部的气候于"椴"树不适，因此《东北木本植物图志》没有记载此类树木。椴树是温带植物，分布在欧洲、美洲和亚洲的温带地区。椴树（Tilia）属椴树科（Tiliaceae），落叶乔木或小乔木，有些非常高大，直径可达1米以上。单叶互生，卵形或宽卵形，叶柄长。花小，通常两性，花萼、花瓣通常为5数。核果或浆果，球形或椭圆形。子叶掌状，5—7裂。花期6—7月，果期9—11月。椴树有50多种，中国有40种。《东北木本植物图志》记载："本科有35属，300余种，分布于热带、亚热带及温带区域，东北有2属4种。"① 北方和东北有紫椴（T. amurensis）、蒙椴（T. mongolica）和糠椴（白椴，T. mandschurica）等。紫椴生于小兴安岭、长白山海拔500—1600米处。椴树稍耐阴或喜光，适生于深厚、肥沃、湿润的土壤中。山谷、山坡均可生长。生长速度中等，萌芽力强。木材纹理致密，不翘不裂，易加工，供家具、建筑、雕刻、胶合板、铅笔杆等用材；气味特殊，可制水桶、蒸笼等。树皮纤维可代麻制绳或袋，也是优良的蜜源植物。日本植物学学者上原敬二撰写的《树木大图说》亦载椴树分布于中国东北与朝鲜北部，与《东北木本植物图志》记载相同。但《树木大图说》亦将椴字写成"椵"字，字形太近，极易混误，现代植物学著作也难免此误。② 树木的分布完全可以证明"椵"字是讹误，"椵树相寻"当为"椴树相寻"。

---

① 刘慎谔等：《东北木本植物图志》，科学出版社1955年，第416页。
② 日本学者上原敬二是植物学学者，他所撰写的《树木大图说》是常用的工具书，但也是将椴树误为椵树，幸好他注明了椴树的西文学名："紫椴：Tilia amurennsis Rupr，落叶乔木，高20米，直径0.7米，树皮灰色，幼枝无毛或微毛。叶互生，长柄，不等边心形，尾状锐尖，锐锯齿，上面无毛，下面脉沿密毛。六月开化。果实球形，倒卵形，生白色或褐色毛。朝鲜（北部）、满洲、东西伯利亚产，用于路树。"（〔日〕上原敬二：《树木大图说》第二册，有明书房昭和三四年，第1128页）又："白椴：念珠木，Tilia mandshurica Rupr. Et Max, Mandschuriche Silberlinde，落叶乔木，高20米，径0.3米，幼枝有褐毛，叶互生，通常枝的东西是卵圆形，长28cm，巾23cm，锯齿，上面有少量星毛，后无毛，下面星毛密生，果枝上的东西歪广卵形，卵状四角形，上面无毛，下面星毛密生，灰白色，急锐尖，截或凹脚，有锯齿，苞是倒披针形，长7—9cm，有星毛，果实球形、扁球形，有星毛，基部近处有5肋，作数珠。朝鲜（北部）、满洲、分布中国。《盛京通志》：'糠椴，椴质白之物称糠椴，其皮可以引火，可供军之需'随纪：'白椴又一种白椴木，叶大如团扇，初生时可蒸冷淘，霜后则鲜赤，如同枫叶，其皮可为绳，用为鱼网。'"（〔日〕上原敬二：《树木大图说》第二册，第1129页）

其三，古代与现代的人参种植技术证明当为"椵树相寻"。戴震仅从小学的角度以为"椵"为椴字之误，但小学的证据并不充分。只有真正了解椵树与高丽参的关系，才能够真正解决这个问题。人参生长在椵树之阴，而不是生长在椴树之阴，人参与椵树的这一特殊关系见于《高丽人参赞》，现代人工种植人参技术也可以证明椵树与人参的关系。种植人参的方法有两种：一是在林下种植，一是在平原种植。杜韧强等人的《林下种植野山参技术》介绍了林下种植人参的方法，以为现代人参种植技术模仿了山参生长于椵树下的特征："野山参是缓慢生长的长寿植物，在林下培育小参，必须模拟山参的生态环境，自然生长15年以上，就会培植出与自然生长的野山参相同的山参。一、选地。1. 植被条件选择椵树、柞树、桦树、榆树等为主的阔叶天然林，树木稀疏高大，林冠下生有2米以上的灌丛，即二层林，郁闭度在0.5～0.8之间，透光率在15%～25%之间。2. 土壤条件选择土壤肥沃、团粒结构好的黑土或砂壤土，含砂量在15%～20%，腐殖土层在10厘米以上，pH值在5.5～7.0之间，通透性好的土壤。3. 坡向与坡度坡向选择东坡，东南坡，南坡，北坡，东北坡，以东北坡为最好。坡度选择10～30度之间。坡度过大不利于保水保肥，影响人参生长。稍有沟、岗、石头等都无妨碍，均可种植。"① 类似的说法也见于其他的农业科技文章，可见这是广泛运用的方法。② 人工种植技术是源于野山参自然生长条件的模仿，证明了椵树与野山参的生长关系，因而《高丽人参赞》的最后一句只能是"椵字相寻"。

用很多篇幅校勘了一字之误，似乎是一种浪费。然而校勘一字之误的意义不只是一字，除了还原正确的文本之外，还有其他的重要意义：

第一，一字之误掩盖了《高丽人参赞》与燕方言词关系的重要

---

① 杜韧强、康尔艳、宋连彬：《林下种植野山参技术》，《现代农业》2001年第4期。
② "1. 林地选择：野生人参，一般生长在以红松为主的针阔叶混交林中。对环境条件要求比较严格，多生长在腐殖质深厚的阴坡密林中，阳坡只见于隐蔽的石砬子及林木遮阴良好的地方，有时亦见于松柞林内较湿润的地方。仿照野生人参的生长环境，选择排水良好，有15cm左右厚的腐殖质土层，郁闭度0.7～0.8，半阴半阳坡，坡度15°～30°，主林层以柞、椵、桦、色等树种组成的杂木林或红松人工林为宜。"（佟立君、李春伟等：《人参林下栽培技术》，《中国林副特产》1999年第1期）。

信息。"椵"校勘为"椵"之后,就意味着《高丽人参赞》使用了燕方言词。《高丽人参赞》与燕方言词的关系是极其重要的信息,这个信息恰恰是通过校勘获得的,如果没有正确校勘,也就无从了解《高丽人参赞》与燕方言词关系的信息。这在所剩无几的高句丽早期诗歌的研究之中,无疑是重大的损失。残存的诗歌屈指可数,了解燕方言与高句丽早期诗歌关系的机会也极其有限。因而这一机遇不可浪费,任何的浪费都会使上古诗歌的研究陷入困境。在此之前没有校勘过《高丽人参赞》,清王士禛《香祖笔记》正确刊印过此字,但遗憾的是没有引起学术界的注意,实在是令人扼腕叹息。校勘还原正确文本极其重要,无论如何强调都不过分,因为这是正确研究《高丽人参赞》的前提,也是从《高丽人参赞》挖掘正确信息的必由途径。

《高丽人参赞》与燕方言词的关系对于《黄鸟歌》也有重要的意义,《高丽人参赞》可以作为《黄鸟歌》的旁证。《黄鸟歌》与《高丽人参赞》是不同的两首诗歌,二诗之间没有直接关系,但都使用了燕方言词,表明高句丽诗歌与燕方言词的关系不是偶然巧合,而是存在着紧密关系。这一关系只能来自于高句丽的燕方言区,《黄鸟歌》与《高丽人参赞》都是燕方言区的诗歌,因而共同使用了燕方言词。《高丽人参赞》是劳动歌谣,现在的汉文本应当是汉译本,椵是汉译者带入诗歌文本的,不是母语诗歌的词汇。这种状况与《黄鸟歌》完全相同,《黄鸟歌》的燕方言词也是汉译者带入汉译文本的,因而《黄鸟歌》只能是汉译诗。

第二,《高丽人参赞》的校勘证明生活世界的事实应当成为校勘学的原则之一。校勘是订正语言文字的倒脱衍误,需要的是小学知识。然而小学知识不能够解决所有的倒脱衍误,除了小学之外还需要还原生活世界。任何文献都是生活世界的记载,生活世界的事实才是真正的基础文本,也是校勘的最终依据。比语言文字更重要的是生活世界,必须根据生活世界的事实校勘。只在语言文字层面上校勘会存在局限和盲区,生活世界可以补充只据版本、文献校勘不足的问题。《高丽人参赞》多收录于本草类、博物类文献,但几乎所有的文献都载为"椵树相寻",这似乎表明生活世界对于校勘学没有任何意义。陶弘景是最初收录《高丽人参赞》的本草学家,但从他开始就是错误的。此后很多博物学、本草学家都收录过《高丽人参赞》，但收录的文本几乎都是错误的。唐陆龟蒙的《和袭美谢友人惠人参》也是如此："五叶初成椴树阴，紫团峰外即鸡林。名参鬼盖须难见，材似人形不可寻。品第已闻升碧简，櫹持应合重黄金。殷懃润取相如肺，封禅书成动帝心。"①这是《四库全书》文渊阁本陆龟蒙《甫里集》卷九的诗歌文本，正确地刊印了椴字，四部丛刊本《甫里先生文集》卷九也正确刊印了诗歌文本。此诗还载于很多文献，总体来说也是误者多，正确者少。皮日休辑《松陵集》卷八、宋高似孙《纬略·紫团参（参花蜜）》卷五、《佩文斋咏物诗选·人参类》卷三百七十七、《佩文韵府·下平声·八庚韵》卷二十三下等均误。陆龟蒙别集的两种不同版本是正确的，但其他转录多误。其原因与陆龟蒙不无关系，陆龟蒙（？—881）是唐代诗人，也是一位出色的农学家。他早年热衷于科举，落榜后随湖州刺史张博游历，后来回到了故乡松江甫里（今江苏吴县东南角直镇）务农，撰有《耒耜经》。此诗的"五叶初成椴树阴"是指高丽参生成于椴树阴下，表明陆龟蒙了解人参和椴树的关系，因而他的别集是正确的。其他各种文献皆误的原因是其他文献的编撰者和刊刻者未必具有人参生长的知识，因而几乎都是错误的，由此可以看到生活世界的重要作用。

然而生活世界与语言文字毕竟是两种事物，即使熟悉生活世界，也不能保证使用正确的文字。文字即使有误，也还有可能借助生活世界了解事物原本的事实，从而还原正确的文本。朴趾源记载："《高丽人参赞》：'三桠五叶，背阳向阴。欲来求我，椴树相寻。'中国文书多载此赞。椴树叶似桐而甚大多阴，故人参生其阴云。椴树即我国所谓自作木，以为册板。我国至贱，而中原坟墓皆种此树。"② 朴趾源的知识来自于生活世界：一是"椴"树即自作木（자작나무）的知识是来自于李氏朝鲜时期的生活世界，自作木一词非汉语词汇，当是从韩国语译为汉字而成。二是朴趾源了解人参与自作木树荫的关系，韩国语的自作木只有两种：椴木与桦木，并无椴树。因而从朴趾源的记载

---

① 清·张廷玉、汪霦辑：《佩文斋咏物诗选·人参类》卷三百七十八，清康熙四十六年内府刻本。
② 〔韩〕朴趾源：《燕岩集·热河日记·铜兰涉笔》卷之十五，影印标点《韩国文集丛刊》第 252 册，第 322 页。

可以明白,他所说的应当是椴村,而不是椴树。朴趾源的知识来自于《高丽人参赞》,也来自于生活世界,因而通过他对生活世界中人参的记述,还是能够还原《高丽人参赞》的正确文本。李圭景写过一篇专门研究人参诗的文章《人参诗文辨证说》:"槚盛处宜参。参性忌污,故田中土虽沃不可用。从深山之阴火不入处,拣树叶积腐黑成土者。审其性柔软如粉,不块不解,乃取之秤土而重者良。且以竹筛筛山上白沙,勿致太细,细则多细毛,苗不善长。筛讫,或三分一或四分一和用之。要之与参性相称停。"[①] 李圭景对人参生长的特征与种植技术相当熟悉,但他记载的是槚,槚亦椵字之误,当源自于"椵","椵"与槚同音。槚是茶树,与"椵"的树种不同。槚字离椵字更为遥远,是讹误之误。这种讹误显然不是源于刻工,中国文献的讹误影响了李圭景。这种讹误影响了表述,但不会影响或改变人参的生长特征与种植人参的技术。李圭景记载了事物的具体状态,明确地记载了椵与人参的特殊关系,即使文字有误,还是有可能根据生活世界还原具体事物,校勘出正确的文本。综合上述研究,可以明白缺乏专门知识,就容易出现讹误。

二、《高丽人参赞》的生成时间与原生态因素

其一,《高丽人参赞》的生成时间与基本性质。

《高丽人参赞》是一首劳动歌谣,这一结论不难得出,只要读过《高丽人参赞》,就可以明白作者不是文人,是与人参有关的劳动者。此类劳动者有两种:一是采参人,一是种参人。无论是采参人还是种参人,都具有丰富的人参知识,因而是采参人的歌谣还是种参人的歌谣就成了一个问题。如果认定是采参人的歌谣,那么此歌应当出现在人工种植技术产生之前。这就涉及两个时间:一是《高丽人参赞》的产生时间;一是人工种植技术产生的时间。最后比较两个时间,就可以明白此歌是否为采参人的歌谣。

诗题《高丽人参赞》明确记载了此歌产生的时间范围,高丽当非王

---

① 〔韩〕成海应:《研经斋全集外集·草木类·续种参谱》卷五十四,影印标点《韩国文集丛刊》第 277 册,首尔:民族文化推进会 2001 年,第 481 页。

建的高丽,而是朱蒙所建的高句丽。① 古代文献多是从宋代《续博物志》等文献转录此诗,如果以宋代为基点考察,《高丽人参赞》有可能形成于王建的高丽时期。清代段玉裁发现初载《高丽人参赞》的是梁朝陶弘景的《本草经集注》。《高丽人参赞》在韩国古代文学史中具有特殊的文献意义:第一、《高丽人参赞》是较早载入文献的古代诗歌。《黄鸟歌》《龟旨歌》被认为是韩国历史上最早的诗歌,但《黄鸟歌》《龟旨歌》初载文献的时间相当迟晚,是在12—13世纪,比《高丽人参赞》迟晚了六七百年。第二、《高丽人参赞》形成的下限时间是536年之前。在陶弘景(456—536)的《本草经集注》之前,《高丽人参赞》已经出现,并流传到了齐梁,否则陶弘景不可能记录《高丽人参赞》。《高丽人参赞》的高丽不可能是指王建的高丽,只能是朱蒙的高句丽,因为《高丽人参赞》出现之时,王建的高丽并不存在。

---

① 高丽是曾经引起学界极大混乱的历史名词,一些学者以为中国古代文人不知朱蒙高句丽与王建高丽的不同,误以王建的高丽指称高句丽。产生这种错误看法的原因是没有明白高丽是较为复杂的名词,至少有三种意义:一是指朱蒙所建的高句丽;二是指王建的高丽;三是指朝鲜半岛或韩国民族的通称。高丽即高句丽,这是最常见的说法之一,这种说法并非源于古代文人的错误认识。高丽一词在王建高丽建国之前就已经出现,这时混同朱蒙高句丽与王建高丽的可能性是不存在的。晋朝《后汉纪》记载:"建光元年春正月,高丽寇玄菟。"(晋·袁宏:《后汉纪·后汉孝安皇帝纪》卷十七,天津古籍出版社1987年,第461页)《魏书》:"且高丽夷狄难以信期,始虽相亲,终恐为变。"(南北朝·魏收:《魏书·列传第八十五·海夷冯跋》卷九十七,中华书局1997年,第547页)《宋书》:"二年春正月……乙巳,大风,天有五色云,占者以为有兵。高丽国遣使贡献。"(南北朝·沈约:《宋书·本纪第四》卷四,中华书局1997年,第25页)这些文献中的高丽就是指高句丽,唐代之后这种用法更为普遍,《通典》:"贞观五年,太宗数幸国学,遂增筑学舍千二百间。国学、太学、四门亦增生员,其书算各置博士,凡三千二百六十员。高丽、百济、新罗、高昌、吐蕃诸国酋长,亦遣子弟请入国学。"[唐·杜佑:《通典·礼十三·吉十二》卷五十三(上册),中华书局1988年,第1467—1468页] 这段记载中的高丽只能是高句丽,不可能是王建高丽,王建高丽(918—1392)建于10世纪初。高丽即高句丽是六朝以来流行的常识,当今学人不知这一常识,以为古代文人混同了高句丽和高丽。高丽又是韩国民族的通称,如同现在使用的朝鲜或韩国等名词。《通典》记载:"凡大燕会,设十部之伎于庭,以备华夷:一曰《燕乐伎》、有《景云之舞》,《庆善乐之舞》,《破阵乐之舞》,《承天乐之舞》;二曰《清乐伎》;三曰《西凉伎》;四曰《天竺伎》;五曰《高丽伎》;六曰《龟兹伎》;七曰《安国伎》;八曰《疏勒伎》;九曰《高昌伎》;十曰《康国伎》。"(唐·杜佑:《通典·乐四》卷一百四十四(下册),第3687—3688页)《通典》编撰于盛唐时期,贞元十七年(801)进呈。此时高句丽已经不复存在,新罗早已统一了朝鲜半岛。唐代流行的高丽伎或高丽乐不是指高句丽的音乐舞蹈,是指高丽民族的音乐舞蹈,主要是新罗的音乐舞蹈。在王建之前已有高丽的名称,这个名称又常常指称朝鲜民族,故名为高丽。

《高丽人参赞》形成的上限时间不明,但不会早于高句丽人认识人参的时间。然而高句丽人认识人参的时间同样也是不明,尤其是高句丽时期的文献几乎无存,只能根据中国的文献来大体推知高句丽人认识人参的时间。中国始载人参的文献是《计然万物录》:"人参:人参出上党,状如人者善。《御览》九百九十一。"① 《计然万物录》又名《范子计然》,范子即范蠡,计然即范蠡的老师辛文。如果此书是计然、范蠡所撰,那么应当成书于春秋末期。但书中出现了很多西汉时期的地名,最初引用于东汉成书的《神农本草经》,因而通常认为成书于西汉或东西汉之际。在汉代之前没有出现过记载人参的文献,有关人参的记载应当是汉人添加进去的。汉代有关人参的记载比较多,还见于汉张机《金匮玉函经》卷八、汉张机撰、晋王叔和编《伤寒论注释》卷第三、汉张仲景《金匮要略方论》卷之上等。汉代医药文献频频记载人参,有关上党参的记载是东亚认识人参的最早记录,可以作为东亚认识人参的上限时间。这个上限时间对于了解高句丽人认识高丽参有一定的参考意义,高句丽人最初认识人参的时间应当不会早于这一上限。这意味着《高丽人参赞》形成于1世纪到6世纪之间,或者更早一些。

那么人工种植人参技术是否会早于6世纪呢?如果早于6世纪,那么《高丽人参赞》就有可能是采参人的歌谣。李朝文人李圭景(1788—1856)记载人工种植人参始于李氏朝鲜:"人参,盖神草,故《本草》以皱面还丹称焉。大抵其种有如人形者,名童子参。其皮恰似人皮肤,色泽纹理甚类也,故古人特命以人参。……我东家参创自正庙初年,至纯庙中叶始盛,遍于一域,今则其贱如桔梗矣。山参亦无处不产,而关西之江界府废四郡为天下第一。"② 正庙即正祖(1752—1800,在位1776—1800),是李氏朝鲜的第22代国王。纯庆庙即纯宗(1790—1834,在位1800—1834),李氏朝鲜的第23代国王。所谓家

---

① 《诗律武库后集及其他二种·计然万物录》,丛书集成初编,商务印书馆1939年,第11页。

② "《和汉三才图会》:白头山自生人参,似人形者,百斤中或一二本,此虽有神而不甚佳云。人形参。我东古为土产,故孤云亦有所得而馈高骈为人事也。按类书:上党山中,每夜有人声。有老翁听而为异,渐入寻声所出,出自地中。标而掘之,有一大参如人形焉。乃尽啖之,归家则身轻体健,气力百倍于平昔,韶颜黑发奄少年。后得仙去,不知所终云。人形参之力,令人不老云。"(李圭景:《五洲衍文长笺散稿·人事篇·技艺类·医药》,抄写本,刊者未详)

参就是人工种植的人参，按照这一记载，人工种植人参始于18世纪末期。

李圭景记载的时间是否准确？中国的明清文献也有相关的记载。王士禛（1634—1711）记载："人参在本地，价不甚高，过山海诸关纳税，加以内监高淮橄取，动以数百斤计，故近日佳者绝不至京师，其中上者，亦几与白镪同价矣。（《五杂俎》）"① 动辄数百斤的人参恐怕不是野生人参，当是人工种植的家参。王士禛的生存年代早于李圭景记载的始种家参的时间，由此来看，李圭景记载的时间不一定是正确的。然而王士禛的记载也颇为可疑，谢肇淛（1567—1624）《五杂俎》并无上述的记载，不明王士禛记载的文献来源。李时珍（1518—1593）《本草纲目》卷十二上记载人工种植辽参，可见16世纪已经开始种植家参。《本草纲目》的记载可以得到李氏朝鲜文献的印证，16世纪开始人参的数量越来越多，表明人工种植人参的面积越来越大。许篈（1551—1588）《朝天记上·万历二年甲戌六月》："唐人辈见通事等查出别求请物件，人参多至四十斤。皆曰：'若此贪墨，近古所无。不独贻害于你国，我等亦不胜其侵割。'"② 申钦（1566—1628）《李永兴墓志铭》："乙巳，吉州牧使转永兴大都护府使。有常贡人参，剩数百斤归私货。公斥卖充民赋，民便之。"③ 郑太和（1602—1673）《西行记·六月》："午后，王世子诣南别宫行宴，当给礼物银子二千两，人参二百斤。而陪从诸宰相议，不为启禀。加银二千两，参一百斤。"④ 数百斤的人参已经不是什么天文数字，而是常见的数量。可见16世纪李氏朝鲜已经掌握了人工种植的技术，否则不会出现此类记载。但16世纪也应当不是人工种植人参的起始，起始时间应当更早。

中国人工种植人参的历史可以追溯到宋末元初，在此之前尝试过种植人参，但没有能够成功。宋苏轼《人参》："上党天下脊，辽东真井底。玄泉倾海腴，白露洒天醴。灵苗此孕毓，肩股或具体。移根到罗浮，

---

① 明·王士禛：《古夫于亭杂录·人参价》卷四，中华书局1988年，第82页。
② 〔韩〕许篈：《荷谷先生朝天记上》，影印标点《韩国文集丛刊》58册，首尔：民族文化推进会1990年，第409页。
③ 〔韩〕申钦：《象村稿·墓志铭一十首》卷之二十四，影印标点《韩国文集丛刊》第72册，首尔：民族文化推进会1991年，第58页。
④ 〔韩〕郑太和：《阳坡遗稿》卷之十二，影印标点《韩国文集丛刊》第102册，首尔：民族文化推进会1993年，第448页。

越水灌清泚。地殊风雨隔,臭味终祖祢。青稊缀紫萼,圆实堕红米。穷年生意足,黄土手自启。上药无炮炙,龁啮尽根柢。开心定魂魄,忧患何足洗。糜身辅吾躯,既食首重稽。"① 苏轼被贬到岭南,将人参移植到罗浮山,罗浮山在广东,但终因地理环境不同,未能成功。沈括的《梦溪笔谈》记载:"王荆公病喘,药用紫团山人参,不可得。时薛师政自河东还,适有之,赠公数两,不受。人有劝公曰:'公之疾,非此药不可治。疾可忧,药不足辞。'公曰:'平生无紫团参亦活到今日。'竟不受。公面黧黑,门人忧之,以问医。医曰:'此垢汗,非疾也。'进澡豆,令公颒面。公曰:'天生黑于予,澡豆其如予何!'"② 可见人参在北宋时期非常珍贵,表明人工种植人参的技术尚未出现。不过到了宋末元初开始出现种植上党人参的记载,上党本来就是产参的地方,人工种植人参始于上党是可信的。

宋谢翱《送上党长》

春雨人参长紫苗,县庭无事坐终朝。
俯看云气千山表,野有新田市有谣。③

新田种植人参,春雨中人参长出了紫苗,说明已经开始种植人参。上党人参又称紫团,故有紫苗之词。宋谢翱《效孟郊体·其二》:"移参窗北地,经岁日不至。悠悠荒郊云,背植足阴阴。新雨养陈根,乃复佐药饵。天涯葵藿心,怜尔独种参。"④ 窗北种植人参,那里是背阴之地,这一点与高丽参相似。谢翱(1249—1295)为宋遗民⑤,谢翱的诗歌表明当时已经人工种植人参,这是人工种植人参的最早记载。东亚人工植参的上限时间更早一些,这个时间对人工种植高丽人参具有参考价值,

---

① 清·张玉书、汪霦辑:《佩文斋咏物诗选·人参类》卷三百七十八,清康熙四十六年内府刻本。
② 宋·沈括:《梦溪笔谈·人事一》卷九,岳麓书社1997年,第81页。
③ 清·张廷玉、汪霦辑:《佩文斋咏物诗选·人参类》卷三百七十八,清康熙四十六年内府刻本。
④ 清·张廷玉、汪霦辑:《佩文斋咏物诗选·人参类》卷三百七十八,清康熙四十六年内府刻本。
⑤ 谢翱字皋羽,自号晞发子,又号宋累,宋长溪(今福建福安)人,徙浦城(今属福建)。试进士不第,后投文天祥任谘议参军,著有《金华游录》《楚辞芳草谱》《晞发集》《遗集》《天地间集》等。

人工种植高丽人参的上限时间不会早于13世纪。

其二，《高丽人参赞》的原生态因素与中韩人参诗的比较。

根据中韩人工种植人参技术的记载和人参的产量，可以知道人工种植人参的技术不会早于《高丽人参赞》产生的时间。《高丽人参赞》只能是采参人的歌谣，而不是种参人的歌谣，采参人的身份决定了《高丽人参赞》含有原生态因素。产生人工种植人参技术的时间比较迟晚，种参人的生活世界包含了太多的中国因素，甚至人工种植人参的技术都有可能来自中国，也就不大容易找到原生态因素。韩国古代的人参诗大多是14世纪开始出现的，在韩国的人参诗中就难以找到原生态因素。如果在《高丽人参赞》中存在原生态因素，与早期采参人的身份不无关系，早期采参人的生活世界与中国文学相去较远，也就比较容易保存原生态因素。

《高丽人参赞》究竟有无原生态因素，只有通过与韩国古代的人参诗比较，才能够清晰地看到。《高丽人参赞》与其他韩国人参诗极不相同，诗歌的内容、审美趋向均不相同，可知《高丽人参赞》是独特的。

《谢旌善守金公惠参》

人参白如雪，高节冷如霜。
*霜雪照吾面，故人如在傍。*①

赵浚（1346—1405）的人参诗是李氏朝鲜人参诗中较早的一首，与《高丽人参赞》一样都采用了拟人化的手法。但赵浚的用意并没有停留在拟人化，拟人化的目的是赞美人的节操，事实上也上升到了思想节操的层面。《高丽人参赞》的拟人化手法没有提升到思想节操的层面，《高丽人参赞》只咏人参，不咏人生，无疑脱离了诗歌的本质。对于采参人而言，诗歌或文学的本质并不是必不可少，更重要的是了解人参生长的基本特征，人生的感悟是可有可无的，这就是《高丽人参赞》与后世人参诗的本质差异，也是《高丽人参赞》的原生态因素。

《高丽人参赞》的原生态因素在后世韩国人参诗中再也没有出现过，随着人工种植技术的普及，人参的产量不断增大，人参就不再只是关系

---

① 〔韩〕赵浚：《松堂文集》卷之一，影印标点《韩国文集丛刊》第6册，首尔：民族文化推进会1990年，第406页。

到个人的人生，而是关系到了社会的普遍现象，这也是《高丽人参赞》缺少的内容。人参成为社会现象是以人工种植技术为条件，人参产量必须达到一定的数量，否则就无法使人参变成社会问题。

李德寿《洪茂朱别章》
不必三山索渺茫，朱溪灵秀即仚乡。
人参篱底寻常采，崖蜜房中郁毓香。
夙世自非炼金骨，名区那得管铜章。
却怜啄腐吞腥客，空望遥天彩鹄翔。①

高丽参本来就不是上品②，但也不至于贱如桔梗。桔梗是中国东北与朝鲜半岛家常菜肴的材料，如果人参的价格变得跟桔梗差不多，就可以知道人参普及到了何种程度。人参入于寻常饭菜的描写还见于其他诗歌，赵晟《宿重兴寺》："急洗茶鼎塔间移，添膏更明佛前烛。人参共煮杂山熏，满瓯甘辛倾入腹。因炊客饭汲寒溪，滑匙新稻嚼香玉。坐来月出前山高，夜深清籁生涧谷。长天玉露明如洗，时见寒光连砌竹。"③ 随着人工种植人参的普及化与人参产量越来越大，人参确实也成了寻常之物。不过17、18世纪仍有人参价值抵金的记载，但这种价格与家参没有关系，应是指野生山参。申濡（1610—1665）《奴入山采黄檗，偶得人参，方病肺服参，促使括干，吟成二绝》："家僮斯檗偶逢参，此物由来价直金。岂有灵神妄徼福，应怜消渴病江浔。神功可但痾消中，久服衰颜也反童。若使此翁常采得，不应渔父问形容。"④ 家僮偶然遇到了人参，故有"价直金"的说法。

人工种植技术的发现，使人参开始政治化和社会化，成为社会政治的一部分，这也是《高丽人参赞》没有的特征。

---

① 〔韩〕李德寿：《西堂私载》卷之一，影印标点《韩国文集丛刊》第186册，首尔：民族文化推进会1997年，第141页。

② 陆羽撰、沈冬梅校注《茶经校注·一之源》卷上："人参上者生上党，中者生百济、新罗，下者生高丽。又云有生泽州、易州、幽州、檀州者，为药无效。"（中国农业出版社2006年，第2页）

③ 〔韩〕赵晟：《养心堂集》，影印标点《韩国文集丛刊》第25册，首尔：民族文化推进会1988年，第374页。

④ 〔韩〕申濡：《竹堂集·清源录》卷之八，影印标点《韩国文集丛刊》第31册，第479页。

崔昌大《送江界李使君》
狄踰岭外但黄云，都护营临汉房分。
圣代百年无战伐，塞门千里尽耕耘。
人参酒熟歌筵密，貂鼠林深猎鼓闻。
不惜士安违省闼，向来边事圣情勤。①

这是一首送别诗，但其重要意义在于赞美太平盛世，喝人参酒成了太平盛世的标志之一。但人参也成为社会灾难的根源，申濡《出门哭行》："恻恻复恻恻，有女出门哭。问女何所哭，夫死经沟渎。江人乏纺绩，阖境无杼轴。入山采人参，商来售私鬻。富者即有余，妻妾被绮縠。贫者固不足，仅能庇腰腹。比年利归公，内外纷相逐。"②此诗具体描写了人参给贫民之女带来的影响，如果说人参给上层社会带来的是福音，那么给下层贫民带来的是灾难。诗中描写不是虚构，李玄逸《经筵讲义》："臣所居宁海府与江原道平海郡为邻邑，本郡以其有难堪之弊。故闻臣赴召，儒品九十余人联名呈状于臣，以为本郡壤地褊少。田结仅百余夫，量田既久，虚结过半。民间弊瘼，不可计数。其中最难堪者，上供人参，元非土产，而封进之数，倍于山郡。一年春秋腊药三等贡参，多至七十二两，专倚参商防纳。"③本来不产人参，但是为了上供，全部都要从参商手中购买，参价奇高，使当地百姓一贫如洗。

人参也成了李氏朝鲜的政治赃物，本来遗赠人参是表达友人情感的一部分，但在李氏朝鲜变成政治活动的一部分。尹淳（1680—1739）《领议政徐公谥状》："有江界守，遍遗朝绅人参，公独不受。台臣发其事，投劾。自首者皆棍服。"④江界守赠送人参给朝绅而被参劾。权斗寅（1643—1719）《通政大夫行江界都护府使成公行状》："十二月，拿命至，阖境皆奔走号泣。及就理，府民追来讼冤以为如使君德政，自有江

---

① 〔韩〕崔昌大：《昆仑集》卷之三，影印标点《韩国文集丛刊》第183册，首尔：民族文化推进会1997年，第51页。
② 〔韩〕申濡：《竹堂集·清源录》卷之八，影印标点《续韩国文集丛刊》第31册，首尔：民族文化推进会2007年，第491页。
③ 〔韩〕李玄逸：《葛庵集》卷之七，影印标点《韩国文集丛刊》第127册，首尔：民族文化推进会1994年，第497页。
④ 〔韩〕尹淳：《白下集·领议政徐公谥状》卷之八，影印标点《韩国文集丛刊》第192册，首尔：民族文化推进会1997年，第307页。

界以来所未有,愿备纳人参二百斤,以赎罪,将诉枉于庙堂。公闻之,惊以为如是。"① 变成解决社会问题的方式,这已经远远超出了作为药草的意义。李夏坤(1677—1724)《送日本从事官李季通序》:"壬戌之后,东山尹公为上使。舟中搜得数百斤人参。尽投诸海,终不谁何其人,一行莫不畏其威而叹其宽。"② 人参制品时常出现于李氏朝鲜与中国、日本的外交活动中③。

中国古代的人参诗与《高丽人参赞》不同,也与李氏朝鲜时期的人参诗不同,总体来说中国古代的人参诗相对比较简单,大多是惠赠诗,主要是表现友情。《佩文斋咏物诗选》卷三七八编排了一组人参诗。这些诗歌也涉及人参的特征,描写的重点不在于人参,而在于人。唐皮日休《友人以人参见惠因以诗谢》:"神草延年出道家,是谁披露记三桠。开时的定涵云液,劚后还应带石花。名士寄来消酒渴,野人煎处撇泉华。

---

① 〔韩〕权斗寅:《荷塘文集》卷之七,影印标点《韩国文集丛刊》第 151 册,首尔:民族文化推进会 1995 年,第 420 页。

② 〔韩〕李夏坤:《头陀草》册十五,影印标点《韩国文集丛刊》第 191 册,首尔:民族文化推进会 1997 年,第 490 页。

③ 《高丽人参赞》能够流传到今天,是因为人参并非寻常之物,是各朝的朝贡之物,这样人参成为朝廷政治的一部分。〔韩〕李廷龟:《月沙集·贡献人参,乞用把参奏》卷之二十二:"朝鲜国王臣姓讳谨奏,为进献事,据户曹判书黄慎等状启节该。本国年例贡献人参,常用生参。乍经霾湿,则浥烂味变,不适药用。千里贡路,经时乃达。虽十袭包裹,常有透湿损伤之虑。窃闻天朝之人,专用把参,不用生参,其必以此也。我国之人初不解把造之法,顷于东征大军出来时分,学得于参商。今则参户、商家如法把造,比比行用,天朝之人见而称赏。生参之易变。即如彼,天朝之所尚。又如此,合无备奏天朝。将把造之参,以充贡献。"(影印标点《韩国文集丛刊》第 69 册,首尔:民族文化推进会 1991 年,第 498 页)原来朝贡所献的是生参,但因生参难以保存,容易糜烂变味,就改献把参。这样的小事都要奏请朝廷批准,可见高丽参之事没有小事。李朝时期将人参制成各种食物,人参汤、人参茶,人参酒等。人参的各类产品不只是李氏朝鲜生活的一部分,也成为国际关系的一部分。明代董越等人出使到李氏朝鲜时,参汤是招待之物,〔韩〕黄景源:《江汉集》卷之二十五:"弘治元年,右春坊右庶子兼翰林侍讲董越、右给事中王敞来颁。越至王京,见康靖王叹曰:'越旧闻贤王,学问高明,通达礼义。今奉使幸亲见之,果然矣。'王即受勅。燕使臣于勤政殿献人参汤一盏毕。王起身向前顾译者张有诚传言曰:'小国之臣尊事朝廷,礼固当。而蒙勅书奖予如此,洪恩难报。'越、敞答曰:'朝廷以盛国素秉忠敬,故恩典视他国不同矣。'王举手加额曰:'难报难报。'"(影印标点《韩国文集丛刊》第 224 册,首尔:民族文化推进会 1999 年,第 510 页)日本使节来时,是以人参茶招待的。〔韩〕李夏坤:《头陀草》册十五:"凡事务为华整,其后往者稍稍向侈丽,至近时益甚。尝闻其从行者言,楼船高数十丈,上设栏楯帷帟,皆以红锦为之。使臣盛衣冠坐其中,左右侍卫者,亦皆绣帻锦袴,腰佩刀用金银饰。人人各顾眄,自疑神仙。蛮贵人来候起居者。日十余辈,烹人参茶,饮以大银碗。关白简蛮僧能诗者号大长老,与我使分席抗宾主礼。日高会,拈韵赋诗。"(影印标点《韩国文集丛刊》第 191 册,首尔:民族文化推进会 1997 年,第 489 页)

从今汤剂如相续，不用金山焙上茶。"① 友人赠送人参给皮日休，皮日休就写诗表达谢意。诗句没有直接表达谢意，但字字句句都在表现谢意。人参较多出现在惠赠诗歌中，唐段成式《与周为宪求人参》："少赋令才犹强作，众医多识不能呼。九茎仙草真难得，五叶灵根许惠无。"② 唐周繇《以人参遗段柯古》："人形上品传方志，我得真英自紫团。惭非叔子空持药，更请伯言审细看。"③ 段成式与周繇皆因惠赠写了诗歌，人参极为珍贵难得，识参的人也稀少，因而需要"审细看"，实际上这也是在表达谢意。唐韩翃的《送客之潞府》不是惠赠诗歌："官柳青青匹马嘶，回风暮雨入铜鞮。佳期别在春山里，应是人参五叶齐。"④ 这是送别诗，本来与人参没有关系，但潞府的山中生长人参，潞府即上党，人参就成了送别诗的内容。诗的重点是送别的情感，而不是人参。

比较《高丽人参赞》与中韩人参诗，就会明白《高丽人参赞》既不同于韩国古代的其他人参诗，也不同于中国的人参诗，韩国古代的人参诗与中国的人参诗也不相同。中国古代的人参诗，没有社会化与政治化，其原因在于人参不多，即使有了人工种植技术之后，也是数量有限，不具备社会化与政治化的条件。上面引用的唐代人参诗，都是人工种植技术产生之前的诗歌，也就更不能社会化与政治化。上文的韩国古代人参诗都是人工种植技术之后的李氏朝鲜诗歌，李氏朝鲜人参诗的社会化、政治化与技术化联系在一起，技术化带来社会化与政治化，但同时也丧失了原生态因素。李氏朝鲜人参诗的社会化、政治化不是原生态因素，只能认为是民族因素，在中国的人参诗中看不到这种现象。李氏朝鲜通过人参种植的技术化，使人参普遍化，也成为民族身份的标志之一。这种社会化与政治化对中国文人来说并不陌生，文学的社会化与政治化本来就是中国文学的普遍特征，陌生的仅仅是人参的社会化与政治化而已。李氏朝鲜人参诗的社会化与政治化不是原生态因素，只能认为是民族因

---

① 清·张廷玉、汪霦辑：《佩文斋咏物诗选·人参类》卷三百七十八，清康熙四十六年内府刻本。
② 清·张廷玉、汪霦辑：《佩文斋咏物诗选·人参类》卷三百七十八，清康熙四十六年内府刻本。
③ 清·张廷玉、汪霦辑：《佩文斋咏物诗选·人参类》卷三百七十八，清康熙四十六年内府刻本。
④ 清·张廷玉、汪霦辑：《佩文斋咏物诗选·人参类》卷三百七十八，清康熙四十六年内府刻本。

素。这样的民族因素不足以作为汉译诗的证据,事实上李氏朝鲜的人参诗都是汉诗,而不是汉译诗。

  《高丽人参赞》的原生态因素不是能够通过技术化获得的,只能生成于人与自然的原始关系。初看《高丽人参赞》像是咏物诗,与咏物诗不同,虽有一定的美学价值,但不是主要价值,主要价值是采参经验的实用价值。《高丽人参赞》写的是野生人参,野生人参相当名贵,不易寻得,这样寻找野生人参的方法就具有较高的实用价值,因而以拟人化的手法介绍了人参的生长特征。《高丽人参赞》第一次描写了高丽参的生长特征,采参知识就是原生态因素,是采参人从采参的实际经验中获得的。此诗没有着重以美的语言和想象营造美的意境,没有着力表现思想情感,也没有塞进社会化的内容或加入人参的传奇故事。① 中国文学总集不大选入此诗,多载于博物类、药草类、文字类著作,是因为与中国古代诗歌的价值标准不合,但这正是未经汉化的原生态因素造成的结果。研究《高丽人参赞》的原生态因素不是为了证明此诗原本是母语诗歌,因为即使不用考察原生态因素,也可以明白《高丽人参赞》不会是汉诗。但是原生态因素是否为上古母语诗歌的特征之一,是需要研究和验证的。如果原生态因素与上古母语诗歌确实存在一定的关系,就可以作为汉译诗的证据之一。这种原生态因素与中国文学毫无关系,与李氏朝鲜人参诗的民族因素也完全不同。如果中国也有类似的歌谣,只能说明产生过毫无影响关系的共生现象。《黄鸟歌》也有着类似的原生态因素,表明《黄鸟歌》最初是母语文本,而不是汉诗。

---

  ① 宋·罗愿《尔雅翼》卷七记载了各种人参的传说:"参:《春秋运斗枢》曰:'摇光星散为人参,废江淮川渎之利,则摇光不明,人参不生。'《礼斗威仪》曰:'君乘木而王有人参生。'《说文》云:'人薓出上党,薓即参也。所以名为人参者。'《本草》云:'如人形者有神。'范蠡计然亦曰:'状类人者善。'说者曰:'出新罗国,所贡有手脚,状如人形,长尺余。'或云:'生邯郸者,根有头足手,面目如人。'或曰:'生上党者,人形皆具,能作儿啼。'说益侈则益诞。大率生深山中,近椴,漆下湿润处。椴似桐而多荫,故人参生其下。"(中华书局1985年,第77页)《隋书》卷二十三:"高祖时,上党有人,宅后每夜有人呼声,求之不得。去宅一里所,但见人参一本,枝叶峻茂。因掘去之,其根五尺馀,具体人状,呼声遂绝。盖草妖也。视不明之咎。时晋王阴有夺宗之计,谄事亲要,以求声誉谮皇太子,高祖感之。人参不当言,有物凭之。上党,党与也。亲要之人,乃党晋王而谮太子。"(中华书局1997年,第169页)

附录：没有原生态因素的汉诗：《遗于仲文》与《咏孤石诗》

《遗于仲文》《咏孤石诗》是五言汉诗，与《黄鸟歌》《高丽人参赞》不同，因而有必要略加讨论。乙支文德的《遗于仲文》是韩国历史上最早的五言诗，柳得恭在《高句丽平壤府》中赞美乙支文德是战功卓著的将军，也是了不起的诗人："辽海归旌数片红，汤汤萨水卷沙虫。乙支文德真才士，倡五言诗冠大东。"①《遗于仲文》向来受到古代文人与文学史家的重视，与原生态因素无关，原生态因素没有成为文学史家的问题，但是有必要从这一角度有所研究，从而探索汉诗与汉译诗的不同之处。

《遗于仲文》载于《北史》、《隋书》和《太平御览·兵部八·儒将》卷第二百七十七、《古今图书集成·理学汇编·文学典·诗部纪事三》第二百五卷。韩国的《东文选》卷十九也收录了此诗，题为《赠隋右翊卫大将军于仲文》。先来看看中国文献的最初记载：

> 辽东之役，仲文率军指乐浪道。军次乌骨城，仲文简赢马驴数千，置于军后。既而率众东过，高丽出兵掩袭辎重，仲文回击，大破之。至鸭绿水，高丽将乙支文德诈降，来入其营。仲文先奉密旨，若遇高元及文德者，必擒之。至是，文德来，仲文将执之。时尚书右丞刘士龙为慰抚使，固止之。仲文遂舍文德。寻悔，遣人绐文德曰："更有言议，可复来也。"文德不从，遂济。仲文选骑渡水追之，每战破贼。文德遗仲文诗曰："神策究天文，妙算穷地理。战胜功既高，知足愿云止。"仲文答书谕之，文德烧栅而遁。时宇文述以粮尽欲还，仲文议以精锐追文德，可以有功。……东至萨水，宇文述以兵馁退归，师遂败绩。帝以属吏，诸将皆委罪于仲文。②

乙支文德本来不敌于仲文，但他运用各种方法打败隋军，成为韩国历史上的民族英雄。韩国文献的描述与《隋书》的记载基本相同，但情感基调完全不同。

---

① 〔韩〕柳得恭：《泠斋集·古今体诗 一百九十八首·二十一都怀古诗》卷之二，影印标点《韩国文集丛刊》第260册，第37页。
② 唐·魏征：《隋书·列传第二十五·于仲文》卷六十，中华书局1997年，第372页。

喟隋唐之黩武，殚宇内之兵粟，壮乙支之用兵。嘉杨君之守墨，屹萨水之髑髅。环市郭以彳亍，咸犇走而死咋，师不得以东牧。……萨水，今清川江。……隋炀帝动天下兵征句丽。婴阳王遣将乙支文德，帅兵御之。隋兵至萨水，文德大破之。遗隋将于仲文诗曰：

神策究天文，妙算穷地理。

战胜功既高，知足愿云止。

初隋兵渡辽者，凡三十万五千人。及败，其得还者纔二千七百人，资储器械亡失殆尽。①

《隋书》记载了于仲文的雄才韬略，《广韩赋》更多记载了乙支文德的文采与武功，记述了于仲文的败绩惨状，《隋书》没有记载军队伤亡数字，理学家宋时烈记载了数字："投诗讽意：隋将宇文述、于仲文等乘胜济萨水，去平壤城三十里，因山为营。文德遗仲文诗曰：'神策究天文，妙算穷地理。战胜功既高，知足愿云止。'又遣使诈降曰：'若旋师，当奉王朝行在所。'述等遂还，文德乃出军钞击。隋军大败，生还者惟二千余人。"② 同一诗歌在不同的语境中，意义有所变化。《隋书》赞美于仲文的武功，但过于贪功。《广韩赋》中乙支文德夸奖自己的胜绩，表明自己见好就收，不会猛打穷寇。然而当以《隋书》的记载为准，因为《隋书》是其他文献的来源。

通常文学史家是以老庄思想解释乙支文德的诗歌，"知足愿云止"语出《老子》，汉严遵《老子指归》释云："名与身孰亲？身与货孰多？得与亡孰病？是故甚爱必大费，多藏必厚亡。知足不辱，知止不殆，可以长久。……是以精深而不拔，神固而不脱，魁如天地，服如日月，既精且神，以保其身，知足而止，故能长存。知止不殆也。此谓逐名而名，我随逃利而利我追者也。是欲盖而彰，可以长久也。"③ 古代文人并不只是根据《老子》来解读《遗于仲文》的，俞汉隽《广韩赋》的序文以儒家思想来解释的："东方九域之地在燕齐外，东西南际海，北邻靺鞨。上

---

① 〔韩〕俞汉隽：《自著·广韩赋》卷之一，影印标点《韩国文集丛刊》第249册，首尔：民族文化推进会2000年，第11页。

② 〔韩〕宋时烈：《宋子大全·随箚卷之一百五十一·祝》卷之十一，影印标点《韩国文集丛刊》第116册，首尔：民族文化推进会1993年，第470页。

③ 汉·严遵：《老子指归·名身孰亲章》卷二，中华书局1994年，第23—25页。

古朴蒙，无国都君长。帝尧世，有神降于檀木下，始有君臣。然其声音服食喜好谣俗，与中国绝不同，盖方外别国也。自檀君千二百有余年而有箕子，自箕子九百二十有余年而有燕人卫满。满之孙右渠皆都平壤，号为朝鲜，是为三朝鲜。自是之后，流而为三韩，分而为四郡，别而为二府。离而为新罗，为高句丽，为百济。合而为高丽，又合而至于我国，复为朝鲜。"① 乙支文德是这一历史过程的一部分，那么支配韩国古代历史发展的基本因素是什么呢？俞汉隽认为："夫平壤仁贤之所更居，故其俗重礼让，用俎豆之器，妇人贞信不淫，门户不闭。至高句丽劲悍好气力尚骑射，惯用弓矢刀矛，犹雍州文武居之，以兴二南之化。……孔子不鄙九夷之陋而欲居之，岂非以仁人之教化风俗深厚哉。凌夷至于季世，常留心兵争末事，攻伐杀夺亡虐日，弑君亡国相随属而不绝。传曰上失其道，民散久矣，岂不信哉。虽然，中国之人自宋以来，皆进之以为礼义之邦。称小中华，此其故何哉？由不废仁义，往往有檀、箕之遗风也。盖尝论之，新罗之德纯厚，高句丽之德侈，百济之德武以懻。音冀，强也。《史记·货殖传》：人民矜懻忮，故其历年。新罗寂久，高句丽、百济次之，而亦不下六七百年。岂所谓神明焘后者非邪？然大率皆荒陋鄙野。高丽五百年，虽文物稍备，而多乱少治。君子不与，风气漓矣。从蚤而暮，自壮而衰，固其理也，又何足怪乎？余采东事，自檀君至高丽之末世，上下三千七百年之间，其故多矣。"② 坛君与箕子的古道遗风是仁义礼让，故称礼仪之邦。仁义礼让使孔子欲居九夷，也使韩国古代的朝代更替没有那么频繁。三国的诸国长达六七百年，甚至近千年，李朝也有五百余年，这在中国历史上并不多见。李晬光评论此诗说："其词近古。"③ 近古是指诗歌的语词表现，然而仅仅是在语词层面上理解是不够的，"古"应当包括了古意或古道的意思，理想存在于逝去的远古世界，贪得无厌不是古道。

《遗于仲文》显然与《黄鸟歌》《高丽人参赞》完全不同，《遗于仲

---

① 〔韩〕俞汉隽：《自著·广韩赋》卷之一，影印标点《韩国文集丛刊》第249册，第11页。

② 〔韩〕俞汉隽：《自著·广韩赋》卷之一，影印标点《韩国文集丛刊》第249册，第11页。

③ 〔韩〕李晬光：《芝峰类说·文章部六·东诗》卷十三，抄本，刊者不详。

文》的思想源于《老子》，似乎与儒家也不无关系。但无论如何此诗的基本思想是来自于中国思想，这恰恰是《黄鸟歌》与《高丽人参赞》没有的因素。《遗于仲文》完全没有原生态因素，这正是汉诗与高句丽汉译诗的区别。《遗于仲文》是走向中国文学的高句丽汉诗，但仍然是高句丽文学，诗中的情感意识属于高句丽，乙支文德基于国家与民族利益，运用了《老子》或儒家的思想。尽管诗句的意义与《老子》或儒家的意思接近，但情感是完全不同的。

《咏孤石诗》是高句丽后期僧人定法师的诗歌，定法师生平不详，从徐坚《初学记》的记载来看当从高骊来到陈朝。高骊是高句丽，高句丽与陈朝（557—589）有共存的时间。有关定法师的文献极少，明代朱棣《神僧传》卷五和曹学佺《蜀中广记》在有关法进①的记载中提到了定法师。唐代的《续高僧传》记载："隋法进，不知氏族，住益州绵竹县回应山玉女寺，为辉禅师弟子，后于定法师所受十戒。恭谨精诚谦恪为务，惟业坐禅。寺后竹林常于彼坐，有四老虎绕于左右。"②《续高僧传》补辑了一些慧皎《高僧传》漏载的高僧，记录了从梁朝到唐贞观十九年（645）之前的高僧，定法师的生存时代与《续高僧传》记载的时间范围相合，文中记载的定法师当为高句丽的定法师，定法师从陈朝活到隋朝是可能的。

《咏孤石诗》载于很多中国文学总集，初载于唐代徐坚《初学记》，后又载于《文苑英华》卷一六一、《古诗纪》卷一一七、明郑若庸《类隽》卷五、林有麟《素园石谱》卷三、正勉《古今禅藻集》卷一、清代的《佩文斋咏物诗选》卷八十、陈祚明《采菽堂古诗选》卷三十一、张英《渊鉴类函》卷二十六等。有这么多的诗集、总集、类书选入此诗，也就充分说明了此诗的价值。《初学记》为唐代重要的类书，文人经常翻阅。《文苑英华》是中国有代表性的文学总集之一，能够入选其中也

---

① 有人据此认为法进是玄宗时扬州白塔寺的佛僧、鉴真的弟子、日本律宗第二祖。玄宗天宝三年（744）法进随鉴真于越州渡海失败，天宝十二年随鉴真抵达日本。代宗广德元年（763）鉴真去世，法进作诗伤悼，日本真人开元的《唐大和上东征传》收录其诗一首。法进（709—778）是申州信阳（位于河南）人，俗姓王，或谓明州（浙江鄞县）人。历史上名为法进的僧人并非只有鉴真的弟子。《神僧传》卷五的记载是根据《续高僧传》转录的，并非最初的记载。《续高僧传》（《唐高僧传》）是由唐释道宣（596—667）撰写的，在鉴真与法进在世的一百多年以前，《续高僧传》已经成书，说明为法进受戒的高僧不可能是为鉴真弟子法进受戒的定法师。

② 唐·释道宣：《续高僧传》卷十八，《日本大正新修大藏经》第 50 册，第 576 页。

是一种证明。韩国的《海东绎史》卷四十七、《大东诗选》卷一也收录了此诗。此诗受到中国各朝文人的注意,不过韩国学术界不大关注这首诗歌,文学史著作不大提及。高句丽的诗歌所存无几,不应当忽略此诗。近年来有所改变,出现了两篇研究论文①。

陈高骊定法师《咏孤石诗》

迥石直生空,平湖四望通。
岩隈恒洒浪,树杪镇摇风。
偃流还渍影,侵霞更上红。
独拔群峰外,孤秀白云中。②

《咏孤石诗》同样缺乏原生态因素:其一,此诗的内容与高句丽无关,描写的是江西九江彭蠡湖的大孤山。描写对象是中国的山水,而不是高句丽的山水,这即使不是不能生成原生态因素的决定性因素,也是具有极大作用的因素。既然连描写对象都是中国的山水,也就更加不容易产生原生态因素了。清人王谟以为:"大小孤山:欧阳公《归田录》曰:江南有大小孤山,在江水中嶷然独立,而世俗转孤为姑。江侧有一巨儿,谓之澎浪儿,遂转为彭郎儿。云彭郎者,小姑婿也。余尝过小孤山,庙像乃一妇人,而勑额为圣母庙,岂止俚俗之谬哉。……今详大孤山在九江东南彭蠡湖中,本名孤石。《水经注》云:孤石介立湖中,周回一里,耸立百丈,蠚然高峻,特为瑰异,上生林木而飞禽罕集,言其上有玉膏可采。《宋书·邓琬传》云:巴东太守孙冲之之郡至于孤石,即此处也。梁朱超、陈标法师、高骊定法师皆有《咏孤石诗》,见《艺文类聚》。小孤山在彭泽县北,壁立大江中,史传无考,亦未知何时改孤石作孤山。又以此山相对为大小孤山也,至转孤为姑,则自中唐时已然。如白乐天《东南行》云:'林对东西寺,山分大小姑。'亦其验矣。"③王谟以为《艺文类聚》载有朱超、定法师等人的诗歌,此误,实载于

---

① 蒋力余:《陈僧高丽定法师〈咏孤石〉赏析》,韩民族语文学会《韩民族语文学》34辑,1999年。此文作者为中国学者。另一篇论文为韩国学者所作,柳莹均:《定法师〈咏孤石〉考(정법사의「詠孤石」시고)》,동양한문학회《東洋漢文學研究》第26辑,2008年。
② 唐·徐坚:《初学记·地部上·石第九》卷六,中华书局1962年,第109页。
③ 清·王仁俊:《江西考古录·山阜》卷三,成文出版有限公司1970年影印本,第133—136页。

《文苑英华》。

比较《咏孤石诗》描写的画面与大孤山的照片,就可以证明王谟所说不误。大孤山的照片是研究大孤山诗不可缺少的文献,大孤山的照片有很多,这里选的两幅照片的山水画面可以作为考察的文献,通过比较《咏孤石诗》与照片的画面,考察《咏孤石诗》的真实性与基本特征。

九江大孤山①　　　　　　　　大孤山侧影②

《咏孤石诗》描写的是第一张照片的画面,定法师以写生的方法描写了眼前的景色:孤石生于湖中,石顶生长着树木,映于湖水,插于白云。照片中冲天而起的巨石就是大孤山,山峰直抵白云,正是所谓"独秀白云中"。四周环水,与"平湖四往通"完全相合。定法师描写峰顶长着树木,照片中的峰顶与定法师的描写完全相同。诗歌描写的景象与照片的山水完全吻合,谓之写生是准确的。《水经注》记述的大孤山位

---

① http://image.baidu.com/i? ct = 503316480&z = &tn = baiduimagedetail&word = %BE%C5%BD%AD%B4%F3%B9%C2%C9%BD&in = 28336&cl = 2&lm = -1&st = &pn = 3&rn = 1&di = 105642889901&ln = 528&fr = &fm = &fmq = 1341714188193_R&ic = &s = &se = &sme = 0&tab = &width = &height = &face = &is = &istype = #pn13&-1&di319343287601&objURLhttp%3A%2F%2Fimg.cthy.com%2Fuploadpic%2Fphotoalbum_images%2F102746%2F5bd7c3b7-e4ed-4495-bd-bd-a29d3f8bf1d7.jpg&fromURLhttp%3A%2F%2Fphoto.cthy.com%2Fpicinfo_2119_9.html&W600&H480&T11868&S64&TPjpg

② http://image.baidu.com/i? ct = 503316480&z = &tn = baiduimagedetail&word = %BE%C5%BD%AD%B4%F3%B9%C2%C9%BD&in = 11608&cl = 2&lm = -1&st = &pn = 6&rn = 1&di = 9693032601&ln = 528&fr = &fm = &fmq = 1341714188193_R&ic = &s = &se = &sme = 0&tab = &width = &height = &face = &is = &istype = #pn8&-1&di259308372001&objURLhttp%3A%2F%2Fwww.86y.com.cn%2Fscenery%2F2007_11_20%2F2007112008270823229.jpg&fromURLhttp%3A%2F%2Fwww.86y.com.cn%2Fd4ea016050.html&W640&H810&T8523&S242&TPjpg

于长江南岸的彭蠡湖中,距离彭泽县城约 0.5 公里,高出湖面约 90 米,周长一里。三面绝壁,只有西北角的一个石穴可以泊舟。《水经注》的记述与定法师诗歌的描写只是字句不同,描写的景象是相同的。此诗如实描绘,简洁明快,读过这首诗歌之后,完全可以按照诗歌的描写想象出孤石景象,而且与实景大体相合。

然而定法师描写的景象与照片的不同之处也很明显,定法师没有描写大孤山上的建筑,如此明显的景象,定法师为何没有描写呢?这是定法师有选择地描写了部分景象,还是其他的原因呢?其实陈隋时期大孤山上还没有建造建筑。唐武后天授年间(690—691)在石矶壁台上建造了寺庙,明清两代多次修缮,造型精秀华美,与大孤山构成了奇美的画面。寺庙建造于定法师的诗歌之后,定法师也就不可能描写大孤山上的佛寺。描写大孤山寺庙的诗歌数量不多,仅有数首。唐许浑《夜归孤山寺寄卢郎中》:"青山有志路犹赊,心在琴书自忆家。醉别庾楼山色晓,夜归萧寺月光斜。落帆露湿回塘柳,别院风惊满地花。他日此身须报德,莫言空爱旧烟霞。"① 明王士禛《大孤山》:"宫亭湖上好烟鬟,鬖髿初成玉镜闲。雾阁云窗不留客,蘋花香里过鞋山。"② 所有写到大孤山佛寺的诗歌都是在唐代以后,证明定法师没有描写佛寺,并不是他不关心大孤山的佛寺,而是陈隋时期还没有建造佛寺。大孤山的佛寺当废于清朝,清严思浚《登大孤山》:"孤山存废寺,放眼一登临。老塔余松竹,寒钟失古今。晚风吹客意,残照下江心。莫便寻春去,春愁苦更深。"③ 寺祠、老塔、寒钟、孤峰、鞋形、宫亭、松柳等,构成大孤山的完整画面。定法师描绘的画面显然残缺不全,然而应当是陈隋时期的完整画面。

定法师描写的是第一张照片,是大孤山的一个侧面。第二张照片中的大孤山是另一侧面,一头高,一头低,像一只巨鞋浮于碧波之中,故

---

① 清·李成谋等编:《石钟山志》卷十四,江西人民出版社 1995 年,第 275 页。孤山为石钟山景区的一部分,故《石钟山志》会有孤山的记载。许多中国文人为石钟山或孤山留下了诗文,谢灵运、鲍照、江淹、张九龄、颜真卿、孟浩然、李白、高适、刘长卿、钱起、白居易、杜荀鹤、陆龟蒙、罗隐、王安石、苏轼、曾巩、苏辙、黄庭坚、王十朋、朱熹、文天祥、吴澄、明太祖、刘基、宋濂、王阳明等等,如此丰富的诗文足以作为专门的研究课题。定法师的诗歌在这些诗文之中,由于身份的特殊性,应当给予特殊的地位。

② 清·李成谋等编:《石钟山志》卷十四,第 279 页。

③ 清·李成谋等编:《石钟山志》卷十四,第 280 页。

又名为鞋山。这一画面平和而安宁,没有成为定法师描写画面的一部分。不过中国文人写到了这一画面,但不同的诗人的想象与画面不同。陈标法师"崖成二鸟翼,峰作一芙莲",明陈文德《咏大孤二首·其一》:"谁削青芙蓉,独插彭湖里。平分五老云,远挹九江水。日月共吞吐,烟霞互流徙。大力障狂澜,与天地终始。"① 二人将鞋形想象为芙蓉和莲花。范成大的《望大孤山》想象为冠:"庐阜冈势断,江流潆相通。大孤如小冠,插入鬵沦中。我欲蜕浊浪,往驭扬澜风。晃晃银色界,漾漾水晶宫。濯足望八荒,列宿罗心胸。客帆讵肯驻,搔首苍烟浓。"② 想象为鞋的诗歌更多一些,宋晁无咎《大孤山祠》:"江吞湖卷气俱豪,崛起孤峰百仞高。归为婵娟买丝屦,却应还我所忘刀。"③ 孤峰耸立与鞋子形状并不相似,但诗人通过想象组合在一起,这恐怕是描写了大孤山的不同侧面。明代徐遵汤《鞋山》:"江空不可涉,沙软若为迎。云逐凌波渡,风随响屧生。"④ 清代黄士屏《游大孤山》:"振屐西风上,云涛面面生。山从庐岳断,江入楚天横。神女沉烟渚,灵祠带晚晴。玉膏何处采,惆怅棹歌声。"⑤ 屦是麻葛制成的鞋,屧是木底鞋,屐是木鞋。不管是哪一种鞋,诗人眼中看到的大孤山是第二幅照片中的景色。大孤山的鞋子想象应当与一个传说故事有关⑥。这个传说故事生成的上限时间可以追溯到宋代。大孤山的鞋形画面没有成为定法师的描写对象,这应当与定法师的描写方法有关。

其二,定法师的《咏孤石诗》与中国的孤山诗大同小异,没有生成原生态因素。定法师《咏孤石诗》的写生方式并非独创,六朝山水诗大多采用了类似的写法。梁朱超《孤石》:"侵霞去日近,镇水激流分。对影疑双阙,孤生若断云。遏风静华浪,腾烟起薄曛。虽然近七岭,独立不成群。"⑦ 陈标法师《孤石》:"中原一孤石,地理不知年。根含彭泽

---

① 清·李成谋等编:《石钟山志》卷十四,第 278 页。
② 清·李成谋等编:《石钟山志》卷十四,第 276 页。
③ 清·李成谋等编:《石钟山志》卷十四,第 276 页。
④ 清·李成谋等编:《石钟山志》卷十四,第 278 页。
⑤ 清·李成谋等编:《石钟山志》卷十四,第 280 页。
⑥ 古代有一个叫胡青的渔夫打鱼时与天界瑶池玉女大姑相遇,后来相爱结婚。渔霸盛泰得知来抢大姑,玉帝派天兵把大姑带走。盛泰去抓胡青,大姑从天上丢下一只绣花鞋压住了盛泰,这只绣花鞋就变成了鞋山。大孤山又名鞋山、大姑山,大概由来于此。
⑦ 宋·李昉编:《文苑英华》卷一百六十一(第二册),中华书局 2003 年,第 768 页。

浪，顶入香炉烟。崖成二鸟翼，峰作一芙莲。何时发东武，今来镇蠡川。"① 这两首诗歌也像定法师的诗歌一样，都是单纯描写了孤石的景象。定法师的焦点在孤峰与湖水，大多中国诗人也是定焦在孤峰与湖水上。不过中国诗人还会描写这一画面以外的其他景象，朱超、标法师是如此，其他后世的诗歌也是如此。唐刘长卿《孤石》："孤石自何处，对之如旧游。氛氲岘首夕，青翠剡中秋。回出奇峰当殿前，雪山灵鹫惭贞坚。一片孤云长不去，莓苔古色空苍然。"② 戴叔伦《孤石》："迥若千仞峰，孤危不盈尺。早晚他山来，犹带烟雨迹。贞坚自有分，不乱和氏璧。"③ "孤生""孤石""孤危""独立"等是这些"咏孤石诗"共有的词汇，是诗人共同选择的特写镜头。但中国诗人还写了"七岭""香炉""他山"等，这些都是江西的山。但中国诗人也织入大孤山的描写之中，因而与定法师的诗歌不同。定法师的诗歌比中国诗人的诗歌焦点集中，更为简单，诗中没有描写与想象的散点。中国诗人也写过像定法师《咏孤石诗》那样的诗歌，只是此类诗歌并不多见。明代王叔承《风雨过鄱湖望大孤山》："乱山为县锁长江，江口湖开万顷苍。湖上孤峰镜中黛，楚风吹雨一船凉。"④ 清蔡彬《大孤山》："茫茫万顷古鄱湖，屹立中流一石孤。地柱天维原不折，试看此石似耶无。"欧阳铉《孤山砥柱》："拭目长江万里宽，玉盘捧出石中山。何须别觅擎天柱，的是东南第一观。"⑤ 这三首诗歌只写了孤山与湖水，也是采用了写生的方法。然而定法师的诗歌早于这三首诗歌1000余年，即使如此也难于认为是原生态因素，因为定法师《咏孤石诗》的写法与六朝朱超、标法师的写法差异不是很大。

唐代山水诗发生了较大的变化，逐渐强调山水中的人的因素，于是产生了另一种山水诗，山水因素淡化，人的因素强化。这是朝着与写生的山水诗不同的方向推进的诗歌，此类诗歌保存了山水的因素，但无法根据山水的因素想象出与山水实景大体相合的景象。刘长卿的"对之如旧游""一片孤云长不去"与戴叔伦的"贞坚自有分"等，或多或少带

---

① 宋·李昉编：《文苑英华》卷一百六十一（第二册），中华书局2003年，第768页。
② 宋·李昉编：《文苑英华》卷一百六十一（第二册），中华书局2003年，第768页。
③ 宋·李昉编：《文苑英华》卷一百六十一（第二册），中华书局2003年，第768页。
④ 清·李成谋等编：《石钟山志》卷十四，江西人民出版社1995年，第281页。
⑤ 清·李成谋等编：《石钟山志》卷十四，第282页。

来了人的气息,这是唐诗的发展。到了宋代,人的因素变得更加浓厚,黄庭坚《船泊大孤山作》:"汇泽为彭蠡,其容化鹍鹏。中流擢寒山,正色且无朋。其下蛟龙卧,宫谯珠贝层。朝云与暮雨,何处会高陵。不见凌波韈,靓妆照澄凝。空余血食地,猨啸枯楠藤。高帆驾天来,落叶聚秋蝇。幽明异礼乐,忠信岂其凭。风波浩平陆,何向非履冰。安得旷达士,霜晴尝一登。"① 根据黄庭坚的诗歌可以知道大孤山位于彭蠡湖,但无法想象出大孤山的具体形象。最后的八句是礼乐忠信,已经完全不是在描写山水了。这不是个例,明代王守仁《过鞋山戏题》:"曾驾双虬渡海东,青鞋失脚堕天风。经过已是千年后,踪迹依然一梦中。屈子漫劳伤世隘,杨朱空自泣途穷。正须坐我匡庐顶,濯足寒涛步晚空。"② 诗歌中的大孤山山水景色已经极其淡薄,幸而诗题为《鞋山》(鞋山即大孤山),否则不知道写的是什么地方。明张思问《大孤》:"选胜时为汗漫游,湖光倒影碧天浮。长风万里谁为志,好挽颓波共溯流。"③ 此诗也是相同,人的因素浓厚了,但山水的面目变得模糊不清。清代的大孤山诗更为丰富,朱彝尊《大孤山》:"两孤去百里,宛在中流半。匪独形胜殊,气亦变昏旦。天梯鬼斧开,庙火神鸦散。昭昭云月辉,历历明星烂。空水既澄鲜,浮光亦凌乱。飘飘御泠风,怳忽度银汉。未有归与情,空深逝者叹。"④ 蒋士铨《大孤》:"凌空留直性,立脚见孤根。不觉规模正,无依气象尊。六鳌扶地轴,一塔语天门。幸有前峰在,中流托弟昆。"⑤ 朱彝尊的诗仍以山水为主,但没有描写大孤山具有特征的画面。蒋士铨的诗歌除了塔、峰之外,几乎没有其他实景,人的因素已经完全淹没了山水的因素。这一类型的山水诗最后发展到了只剩地名的状态,地名只是符号,地名与山水实景的关系变得相当淡薄。

比较定法师的《咏孤石诗》与其他中国诗人的孤山诗,就会明白定法师的描写对象与写作方法都源于中国,但定法师的《咏孤石诗》仍然体现了个人风格。遗憾的是个人风格不足以改变《咏孤石诗》的基本特征,终究还是与中国的孤山诗相当类似,只能认为缺少原生态因素,这

---

① 清·李成谋等编:《石钟山志》卷十四,江西人民出版社1995年,第276页。
② 清·李成谋等编:《石钟山志》卷十四,第277页。
③ 清·李成谋等编:《石钟山志》卷十四,第278页。
④ 清·李成谋等编:《石钟山志》卷十四,第278页。
⑤ 清·李成谋等编:《石钟山志》卷十四,第280页。

其实正是汉诗与高句丽早期汉译诗的不同之处。原生态因素不是价值判断的标准，并不是含有原生态因素的诗歌一定更有价值。但原生态因素可以用来考察韩国上古诗歌的生成与发展，对还原韩国上古诗歌的生成与发展有一定的作用，对于研究汉诗与汉译诗的区别也有一定的价值。

第三章 《龟旨歌》与金首露神话

第一节 《龟旨歌》的先行研究及其问题

一、古代文人对金首露神话的否定与肯定

《龟旨歌》是现存最早的诗歌之一，如果说《黄鸟歌》代表的是诗人之诗的开始，那么《龟旨歌》代表的是歌谣的起源。《龟旨歌》初载于《三国遗事》的金首露神话，这个神话是伽耶的建国神话，也是东亚的典型建国神话。韩国古代文人很少直接谈论《龟旨歌》，更喜欢讨论金首露神话。《龟旨歌》是金首露神话的一部分，对金首露神话的看法也就关系到了《龟旨歌》。13世纪之后有关金首露神话的评述和研究相当丰富，不过基本看法比较简单：或肯定金首露神话，以为记载了伽耶国的真实历史；或认为伽耶国神话是妄诞之说，不可信凭。李朝文人沈光世（1577—1624）有一首《金椟引》，讲述了金椟卵生的神话，并表明了看法：

《金椟引（其事有无，虽不可知，足见我国上世人心之淳古也。）》
　　新罗脱解王夜闻金城西始林间有鸡声，迟明遣人视之。有金色小椟挂树梢，鸡鸣于下。还以告王，取椟开之，有小男儿在其中，姿貌奇伟。王喜谓左右曰：此岂非天祚我以胤乎？名曰阏智，地曰鸡林。阏智七世孙味邹，遂有罗国，凡三十七王。脱解王亦是波那国人，浮海而来，解椟而出。南海王闻其贤，妻以女，遂至为王。驾洛国初无君长，聚居山野。一日，修禊。适见龟旨峰上，紫缨垂下金合。开视，有六金卵。不日皆化为男，推立始生者为首露王，

都金海，余五人各王五伽倻。首露王妃许氏，乃南天竺国王女。渡海而至，绯帆茜旌，来泊主浦。王迎入阙，立为后。后生九子，令二人从其姓。今之金海金氏、许氏，皆其子孙。至今先世之事，传以为实云。龟旨峰，在金海。

  金城城西白鸡鸣，罗王宫中眠不成。
  树梢金椟方取下，中有小儿何为者。
  罗朝好奇多神异，三姓相传从此始。
  贻谋既失争欲售，不独黄吕启来后。
  君不闻龟旨峰头紫缨垂，茜帆载得君王妃。
  至今子孙传为实，斯言可信还可疑。
  毕竟鸿荒时事谁能知。①

  金光世采用乐府诗歌的文体，讲述了新罗与伽倻的金椟卵生神话，他认为无论是新罗的神话还是伽倻的神话都不足为信。然而直到李朝时期，新罗与伽倻的子孙后代都相信这些神话传说是历史事实，表明韩国人是淳朴的。淳朴在这里的意义比较微妙，是对韩国人品性的赞美，但也是否定，批评了韩国人的无知，否定了新罗与伽倻的卵生神话。金光世认为神话传说记载的是鸿荒时代之事，最大的问题是无文可证，真实与否难以考证。

  丁若镛（1762—1836）的《弁辰别考》专门考述了伽倻的建国历史与神话，是一篇考论比较详细的文章。丁若镛认为：

  又按郑史：有金椟金卵之说，妄诞鄙俚，今并删之。余谓《汉史》、《魏志》：皆云辰韩、弁辰之王，皆以马韩人为之，此当时之实闻也。辰韩之昔脱解、弁辰之金首露，皆系西韩之人。而新罗、百济后世，竟成仇隙。新罗之人耻其前代受命百济，讳其根本，遂造椟卵之说，以欺愚俗。而《三国遗事》并载委巷之说，郑公不知删落耳。②

---

① 〔韩〕沈光世：《休翁集·海东乐府并序》卷之三，影印标点《韩国文集丛刊》第84册，首尔：民族文化推进会1992年，第348页。
② 〔韩〕丁若镛：《与犹堂全书·地理集第二卷·疆域考·疆域考其二》第六集，影印标点《韩国文集丛刊》第286册，第252页。

丁若镛讨论的是新罗脱解神话与伽耶金首露神话的生成,历史与神话是思考的基本点。辰韩、弁韩(弁辰)与马韩的依附关系是脱解神话与金首露神话生成的原因,辰韩与弁韩以为受控于马韩(百济)是耻辱,于是就编造神话,试图遮盖可耻的历史。丁若镛否定金首露神话,是因为金首露神话是以历史的面目出现的,其目的是欺骗愚俗。金首露神话不可能是历史,丁若镛所说的郑史是指郑麟趾编撰的《高丽史》,《高丽史》是《三国史记》与《三国遗事》之后的重要史书。《三国遗事》记录金首露神话无可厚非,此书本来就是一部野史。丁若镛以为《高丽史》是官修正史,郑麟趾不辨真伪,在《高丽史》中记载了金首露神话,这就等于肯定了金首露神话。丁若镛认为所有的卵生神话妄诞鄙俚,都是不可靠的,史家应当否定,删除不录。

李朝文人李圭景(1788—?)论述了卵生神话与历史的关系,态度鲜明地否定了朝鲜半岛的卵生神话,也否定了中国的卵生神话。《卵生辨证说》记载:

> 盖荒裔之地,未有信史,愚俗喜谈鬼神之说,以至卵生之君若是之多。无乃齐东野语,好事者,更傅会之,以诳愚氓者耶?中原史上古亦多奇怪说,无异东史,而又有卵生之说。①

卵生之君主要出现在上古时期,信史与卵生神话是反比的关系,信史失传,神话必荣,反之亦然。有了信史,卵生神话就会失去生命力,最终失传。朝鲜半岛更是缺少信史,在《三国史记》之前有过史书,但全都失传。韩国古代的文献多是从高丽时期开始出现的,新罗时期保存了一些文献,但总体而言零散不多。正是所谓"而罗代鲁莽,文献无征"②。缺乏文献,无文可考,也就营造了神话生长和传承的土壤,使荒诞的神话长盛不衰。喜谈鬼神是因为愚昧,这种看法虽然简单,但也有一定的道理。在古代文人的笔下,韩国民族比其他民族更喜谈鬼神,这似乎是韩国民族的性格。但其实也并非如此,姜再恒(1689—1756)以为:

---

① 〔韩〕李圭景:《五洲衍文长笺散稿·经史篇·论史类·论史·卵生辨证说》,抄写本,刊者未详。
② 〔韩〕朴寿春:《菊潭集》卷之二,影印标点《韩国文集丛刊》第17册,第318页。

若罗丽之君者，岂青邱一隅，邈在山海之滨，天地之开物最后。而英杰之人应时而生，为一方生民之主耶？岂夷俗好异，自为怳惚不可测之说，以诳诱愚俗而然耶？然檀君之生，最为灵惟，而事在邃古以前。且以佛书桓雄之说验之，则果为杜撰而不足究矣。至于赫居世、阏英、阏智、首露之生，诚为诡诞而不可知也。若乃脱解、金蛙、解慕漱、柳花、高朱蒙之事，则其惑众诬人之迹，自不可掩。而后人不之察。至今数千百年之间，莫之或觉，可叹也已。①

姜再恒否定了所有代表性的神话人物，从坛君开始一直到金首露都是否定的对象。在通常的印象之中，古代文人唯独对坛君神话的否定偏多，其实这是误解，古代文人喜欢否定一切神话，并非只是坛君神话。

史学和朱子学在否定金首露神话时产生了巨大的力量，但不足以消灭怪诞的神话。朱子学是李朝时期的统治意识形态，支配着朝廷的政治，也支配着庶民百姓的日常生活。肯定或否定金首露神话的文人学者都从朱子学中寻找依据，是因为朱子学的权威性，得到权威思想的支持无疑是得到了巨大的证明力。朴寿春（1572—1652）《世系事实序》：

传说杂出，且涉荒诞，未敢必然。而窃观古昔帝王之生，或有异于人者。虹绕神母而生伏羲，简狄吞卵而生契，姜嫄履迹而生弃，龙交大泽而生汉高。以东方言之，檀君降木下，六部长降山上，至如阏智、朱蒙、首露，或生于卵中，或出于椟里，其亦此类。②

类似的记载也见于《三国遗事》纪异篇的卷首，一然是肯定的，朴寿春也是肯定的。朴寿春的依据是：

朱子尝谓无人道而生，或者以为不祥，先儒颇疑之。……神人之生，有异于人，何足怪哉，斯言得之矣。③

---

① 〔韩〕朴寿春：《菊潭集》卷之二，影印标点《韩国文集丛刊》第17册，第318页。
② 〔韩〕朴寿春：《菊潭集》卷之二，影印标点《韩国文集丛刊》第17册，第318页。
③ 〔韩〕朴寿春：《菊潭集》卷之二，影印标点《韩国文集丛刊》第17册，第318页。

李朝文人多是朱子学的信徒，朱子学的思想必然会影响他们的看法。朱熹《诗经集传》确有类似的表述："无人道而生子，或者以为不祥，故弃之，而有此异也，于是始收而养。"① 朱熹的说法的确可以成为肯定金首露神话的依据，君王之生异于人类，有的人以为这是不祥之兆，但君王本来就不同于常人，因而"始收而养"。朱熹并不否定鬼神，但朱熹的最高鬼神是阴阳之气，无形无色。神话中鬼神多有形有色，还有荒诞的故事，是相对低一层次的鬼神。因而所说的鬼神并不完全相同，但朱熹并没有完全否定鬼神，这就可以作为肯定金首露神话的依据。

肯定金首露神话的力量还来自于首露王与许王后的后人。这是金首露神话长传不衰的主要原因之一。金首露与许王后的后人是金首露神话的主要传承者，这些传承者是不可消灭的。金海金氏是庞大的群体，他们人才辈出，文人大臣无数，在各类的文章与墓志中经常称是金首露王、许王后的后人，这些杰出的后人不是能够用愚俗二字可以简单否定的。他们之中有不少是朱子学的信奉者，也具有深厚的史学修养。他们恰恰以朱子学与史学肯定金首露神话，还使祭祀金首露王成为国家的重要祭仪之一。李朝国君还为金首露王墓题写殿名，以统治者的身份肯定了金首露神话。

金首露神话没有消亡，反而记述的文献越来越多，还在不断地生长和丰富，获得了强大的生命力。近代学者金允植（1835—1922）有感于此，在《訾妃论》中指出：

> 然而金椟之说，不经无稽，至于今千七百余年而不能劈破其虚妄，盖以文献莫征而习俗难变也。夫好奇信怪，东俗本然。金椟之说非出于脱解之时，及至真兴王命大阿飡居漆夫始撰国史。而真兴之世，专尚释道。漆夫之学，偏信齐谐，以为神人之生，异于凡庸。如古所云虺卵巨迹之异，虹流电绕之瑞。今此白鸡金椟，亦安知其必无乎？夫首露之金盒，亦出于捉空驾虚之说。而东人至今笃信，皆以为新罗之金，自椟中始。驾洛之金，自盒中始。②

---

① 宋·朱熹：《诗经集传·生民之什 三之二大雅三》卷第十七，吉林人民出版社 2005 年，第 247 页。
② 〔韩〕金允植：《云养集·杂着·八家涉笔下》卷之十五，影印标点《韩国文集丛刊》第 328 册，第 499 页。

在1700年朝鲜半岛的历史中，金首露神话经久不衰，只能说明意识形态与史学意识的力量相当有限。古代文人以为其原因是东国愚俗与无文可证，这足以抗衡朱子学的统治意识形态，也足以抵抗来自史学界的批判。

古代文人的研究与其说是严格意义上的学术研究，不如说是宏观评论，都没有回到金首露神话与《龟旨歌》本身。这样的宏观评论只要具有一定的评价依据，就可以比较轻松地评述。评价标准并非只有一种，由于评价标准不同，就会有各种不同的评论。比较有趣的是无论是肯定或否定金首露神话，评价依据都是相同的史学传统或朱子学。各取所需，都是只选择对自己的说法有利的部分。现今流行的文学理论研究也是如此，是以外在于中国文学或东亚文学的西方理论来研究，外在的理论同样也是提供了解释或评论的依据。但这种依据并不是来自于文本自身，这样的研究仍然是一种评论，算不上是学术研究。这样的评论无助于还原事实，事实没有得到进一步的还原，学术研究也没有得到推进。

真正的研究应当是回到金首露神话本身，金首露神话是神话与伽耶建国历史的混合体，也就需要回到混合体的层面展开研究。神话一词产生于近代，古代文人没有神话的概念，也就不会区别神话与历史，只能将金首露神话作为历史否定或肯定。现在有了神话的概念，也有历史的概念。因而可以在两个层面展开研究：一方面需要不时地分离神话与历史，从历史中辨析神话因素，严格区别历史与神话；另一方面又要将神话与历史混在一起研究，要研究神话因素的来源。神话的情节是虚构的，但其中的诸多因素不是凭空产生的，这就需要将神话置于生活世界，去探索神话诸因素的来源及其性质。

二、现代学者的主流看法：迎神歌、迎王歌与《海歌词》

现代学者几乎都肯定金首露神话，没有出现肯定或否定的对立。实际上现代学者的研究更为多样化和复杂化，重要的是《龟旨歌》开始成为研究对象，开始出现了专门研究《龟旨歌》的学术论文。然而将《龟旨歌》作为研究对象之后，才发现《龟旨歌》字面意思浅白易懂，实际内容难解不明，此歌的基本性质也就难以确定。越是读不明白，各种学说就越多；旧说问题尚未解决，新说不断出现。问题不是越来越少，而是越来越多，研究成果也越来越密集①，因而比《箜篌引》与《黄鸟歌》的研究成果多得多，很难认为《龟旨歌》的研究取得了真正的突破。下面先来看看最有代表性的主流看法，据此可以了解《龟旨歌》的研究水平和问题。

第一，迎神歌说、迎王歌说。

迎神歌、迎王歌是学术界最为流行的说法，此说集中体现在《龟旨歌》的名称上。《三国遗事》只记诗歌文本，并无诗歌题名。后人题为《龟旨歌》是因为此歌唱于龟旨峰，《龟旨歌》又名《迎神君歌》《龟旨迎神歌》《迎王歌》，因为金首露神话讲述了天神降临成为伽耶君王的故事，迎神立君是基本内容，名为《迎神君歌》或《迎王歌》非常符合金首露神话的基本性质。迎神与迎王间并无矛盾，古国的王与神是统一的，在建国神话中君王都是天神之子。不过此说存在两个问题：一是《龟旨歌》与金首露神话的内容并不相合。《龟旨歌》是金首露神话的一部分，二者的内容确有关联，但并不相同，因而不能以金首露神话的内容替代《龟旨歌》，也就不能把金首露神话的性质说成是《龟旨歌》的性质。《迎神歌》《迎王歌》之类的名称适用于金首露神话，但不适用于《龟旨歌》，《龟旨歌》中没有直接表现迎神或迎王的内容。二是君王与龟首的关系。主张此

---

① 〔韩〕吴泰权：《〈龟旨歌〉叙事的封祭功能研究（龜旨歌 敘事의 封祭 機能 研究）》，《韩国文学》古典研究会电子期刊 2007 年。到现在大多是从《龟旨歌》与农耕祭祀仪式的角度展开研究的，但此文力图突破这一模式，找到新的方向。柳庆桓：《〈龟旨歌〉中显现的龟的象征意义与功能（龜旨歌에 나타난 거북의 象徵的 意味와 機能）》，韩国语文教育研究会《语文研究》26 卷 2 号（1998 年夏）。韩昌勋：《〈龟旨歌〉与〈海歌〉的巫术歌的构造与意义的关系（〈龜旨歌〉와〈海歌〉의 呪（術）歌의 구조와 의미적）》，济州大学校国语教育科国语教育学会《白鹿语文》1994 年十期。李相起：《对〈龟旨歌〉与〈海歌〉的考察（龜旨歌와 海歌에 관한 一考察）》，清州教育大学校《论文集》第 26 辑（1989 年）。金兰珠：《作为俗歌的〈龟旨歌〉与〈海歌〉小考（굿노래로서의「龜旨歌」와「海歌」小考）》，檀国大学校出版部（단국대학교 출판부）《国文学论集》第 14 辑（1994 年）。金侑美：《首露神话与龟旨歌的管见（首露神話와 龜旨歌에 대한 한 管見）》，韩国民俗学会《韩国民俗学报》1995 年第 5 号。金永峰：《驾洛国基与龟旨歌的解释（駕洛國基의 분석과 龜旨歌의 해석）》，渊民学会《渊民学志》1997 年第 5 辑。金性彦：《龟旨歌再考——与祈雨仪式的关系（龜旨歌再考：祈雨儀式과 관련하여）》，东亚大学大学院《大学院论文集》第 13 辑（1988 年）。金昌龙：《龟旨歌的"何"、"也"论辨（龜旨歌의「何」·「也」論辨）》，汉城大学校《论文集》第 13 辑（1989 年）。柳孝锡：《龟旨歌的发生构造与时代的接受（〈龜旨歌〉의 發生構造와 時代的 受容）》，成均馆大学校 1986 年学位论文。柳钟国：《再论〈龟旨歌〉的类型与传承（〈龜旨歌〉類型의 傳承에 對한 再論）》，《国语文学》34 辑（1999）。崔奭东：《古代诗歌的民谣原始性研究：龟旨歌、黄鸟歌、公无渡河歌为中心（古代詩歌의 民謠的 原形性 研究：龜旨歌，黃鳥歌，公無渡河歌를 中心으로）》（서울：建國大學校 1992 年碩士學位論文）。

说的学者都明白《龟旨歌》的文本没有直接表现迎神立君的内容,因而必须在文本中找到相应字词的证据,否则此说难以成立。可是这种证据不存在,唯一的解决途径是转换《龟旨歌》文本字词的意义,也就是认为文本字词除了字面的意义之外,还有更为重要的象征意义。此说以为龟首象征的就是君王,请求伸出龟首,就是请求君王降临。这样就把《龟旨歌》文本的具体字词与金首露神话联系起来,甚至作为迎神立君的证据。研究《龟旨歌》的诸多学说都接受了这一看法,但是龟首与君王并不是同一事物,两种事物的转换或象征需要严密的证据,否则这一说法无法成立。主张此说的学者着重于这一象征关系建立之后的种种分析与解释,但更重要的是产生这种象征关系的证据,在还原这一象征关系产生的事实之前,其他任何研究都是没有价值的。

近几年来仍然有学者推崇迎神歌、迎王歌的说法,高丽大学校教授薛重焕(설중환)是主张此说的学者之一,他研究的着重点也是龟首,经过研究将《龟旨歌》翻译、理解如下:

검하 검하 산신아	神尊神尊,山神啊,
머리를 구지봉을 내어놓고 떠나라	且将头留于龟旨峰离开。
만일에 내어놓고 떠나지 않으면	倘若没有留头离去,
너를 꾸워서 먹어버리겠다.	就将你燔灼而吃啊。①

左边是薛重焕的译文,右边是根据他的译文再译的中文。根据他的译文与解释,再对照《龟旨歌》的原文,可以明白他的基本看法,同时也可以明白其中的问题:

其一,"龟何"即乡札标记,当译为神或山神。乡札是标注韩国语的汉字,龟即검的乡札,검同玄,因而是神的乡札。韩文龟的发音与神(검)、熊(곰)、蛛(거미)相拟,日文龟的读音 Kame 与日文的神(Kami)、熊(Kuma)、蛛(Kumo)的发音亦相似,这些发音都表明龟为神的乡札。"何为하的乡札,是尊称助词하的乡札。"② "何"为阁下、

---

① 〔韩〕薛重焕:《关于〈龟旨歌〉的首的研究(龟旨歌의 首 대한 研究)》,我们语文研究会《我们语文研究》第37辑,2011年。
② 〔韩〕一然著:《三国遗事·驾洛国纪》卷三(上册),李载浩译,松树出版社(솔출판사)1998年,第343页。

陛下之类，故"龟何龟何"韩国语译为"검하검하"，据此再译为中文，可译为"山尊山尊"。尊为敬称，称地位高贵者，称别人或自己的父亲。《三国志》："与州尊相见。"① 《世说新语》："谢公问王子敬：'君书何如君家尊？'"② 검也是山神的乡札，故又译为"산신아"，即"山神啊"。薛重焕也知道仅以乡札为据很不充分，因而他尽可能在金首露神话的文本与朝鲜半岛的龟文化史中寻找证据：一、伽耶有山神信仰，可以在有关许皇后的记载中得到印证。二、龟旨峰的形态与龟相似，因而龟就是龟旨峰的山神。三、伽耶位于洛东江的下游，近海环山，捕鱼与狩猎是伽耶国的生存方式。四、高句丽古坟壁画中四神较多，玄武就是乌龟，乌龟当为祥瑞神灵。韩国古代山神多是女性，女性山神比男性山神多了两倍③，龟旨峰的山神亦为女神。在宇宙之中山与天相对，与天相对的是女性，故山神为女性。龟的身体玄黑，玄黑的方位是北方，北方为阴，阴就是女性，玄黑、冬天、北方、阴、女性存在着组合的象征关系，这些证据表明乌龟是女山神。

其二，龟首并非龟的脑袋，而指国家元首。"龟何龟何，首其现也"，译为"神尊神尊，把头伸出来啊"。"首"即龟头，也指人头，"但不是指普通的人头，是指特别的人的头，即指可以当国王的人的头"。君王"从天上降临人间，在天人合一的真正状态中生活"④。金首露神话的隐形之神问："此有人否？"薛重焕以为此句当指这里有无能够为君的人。

从宏观的角度来看，薛重焕的研究方法是比较可靠的，他的证据分为三个层面：其一，《龟旨歌》文本的语言证据，这也就是乡札。其二，金首露神话文本的证据，龟旨峰的形状、许王后记载中的山神因素与伽耶的环境与生存方式，都可以看成此类证据。其三，龟神文化史的证据。三种证据包括了所有的方面，似乎也形成了彼此相关的证据链。然而从微观角度审查，就会发现宏观角度得到的印象十分可疑：

其一，文本语言层面的乡札标记研究完全不可靠。在以乡札研究

---

① 晋·陈寿撰、宋·裴松之注：《三国志·蜀志卷八·秦宓》卷三十八，中华书局1982年，第972页。
② 宋·刘义庆撰、梁·刘孝标注、朱碧莲详解：《世说新语详解·品藻第九》卷中之下，上海古籍出版社2013年，第362页。
③ 参见李杜铉等著：《韩国民俗学概说（한국민속학개설）》，一潮社1977年。
④ 〔韩〕薛重焕：《关于〈龟旨歌〉的首的研究（龟旨歌의 首 대한 研究）》，我们语文研究会《我们语文研究》第37辑，2011年。

《龟旨歌》之前，首先应当确定《龟旨歌》是标准的汉译诗还是汉文、乡札混用的诗歌。如果是标准的汉译诗，就没有乡札，不能用这样的方法研究。只要认真阅读，就可以明白《龟旨歌》是完整的汉译诗，每一个字都可以按照字面意思理解，字面意思通畅明白，并无不解之处，表明《龟旨歌》中没有一个字是乡札。"龟"不是乡札，就是动物龟，不是其他事物的乡札标记，不需要转换为其他事物与意义。"何"是语气助词，相当于"啊"，没有意义。《古诗为焦仲卿妻作》："隐隐何甸甸。"① "龟何龟何"就是龟啊龟啊，此语通畅明白，符合古代汉语的基本用法，没有理由认为是乡札标记。乡札标记是标注韩国古语发音的汉字，本来就不是汉文词汇，置于汉文之中，必然句意不畅、语法不合。但是"龟何龟何"无此类问题，因而不可认定"龟"与"何"是乡札。如果"龟"与"何"是乡札，那么必须举出乡札的其他用例，没有其他用例，就无法断定是乡札。不能因为"龟"与熊等字词发音相近，就认定为乡札。在本无乡札的汉译诗中寻找乡札，从一开始就是错误的，最终的结论必然也是错误的。

其二，金首露神话的证据也是可以质疑的。伽耶国依海傍山，狩猎与捕鱼是伽耶人的生存方式，这决定了伽耶的山海文化，但不能因此就认为龟就是山神。朝鲜半岛确有不少山神，山神亦多为女山神，金首露神话许王后的部分确实记载了山神，但这不能证明金首露神话的乌龟就是山神。这些证据可能与金首露神话的乌龟有关系，但也可能完全没有关系。日本著名的神话学家三品彰英也持山神说，但他不是将龟释为山神，而是将金首露释为山神②。龟释为山神是令人难以理解的，如果龟

---

① 陈·徐陵编：《玉台新咏笺注·古诗为焦仲卿妻作》卷一（上册），中华书局1985年，第47页。

② 三品彰英持山神说的根据是山峰的古训："首露：首露是 su-ri、sur，是峰的古训。因而天神首露的本质应当是龟旨山灵。本来山神是人工降雨的装置，是农耕社会中最受尊崇的神，它既是山神，也是田神，又是土地神与村神。因而将首露作为金官加罗的第一代国王，与其理解为历史的存在，不如理解为金官加罗国的国魂，如此在神话世界中理解更符合古代思维方法。"（〔日〕三品彰英：《三国遗事考证》中册，塙书房1979年，第324页）如果首露是山神，那么《龟旨歌》自然就是请求神灵出现的咒语："这（《龟旨歌》）是具有请求龟旨峰出现神灵的镇魂咒言。古来山神是土之地之神，同时也被认为是雨神，因而是以引起山神的神意为前提的神话，此类神话在中国、印度、美国印第安广为分布。本书的水路夫人条中的水神龙的出现为前提，同样是以咒言形式唤出了龟。"（〔日〕三品彰英：《三国遗事考证》中册，塙书房1979年，第319页）金首露王为山神是可信的，毕竟金首露王降于山顶，山神、土神又与农耕有着密切的关系。然而三品彰英没有举出首露为山峰古训的文献依据，这就缺少了根本的依据，只能认为是符合古代社会的一般特征，但究竟是否如此还无从判断。

是海神或河神、水神尚可理解。龟旨峰形如一只伏龟，这似乎可以作为龟为山神的证据。但龟旨峰与金首露神话中的龟并不是同一事物，神话中的龟并不就是指龟旨峰，龟旨峰是因为山的形状与神话而得名。神话中的龟与龟旨峰不能混同为一，一旦混同，就容易产生龟为山神的说法①。

其三，朝鲜半岛的神龟文化史是金首露神话龟成为神的前提条件，但不能证明金首露神话的龟与山神的必然关系。在神龟文化史中玄武、玄黑、冬天、北方、阴等都是常见的因素，但看不出这些龟神的因素与金首露神话的龟有何关系，除了都是龟之外，没有任何关系，在金首露神话中全无此类因素。薛重焕在诸多层面展开了研究，但最重要的是乡札研究，其他证据都是建立在乡札的基础上。如果乡札不可靠，那么其他证据会随之坍塌。遗憾的是乡札研究完全没有可靠的证据，因而所有的研究都是建立在相当薄弱的基础之上。

其四，龟首即国家元首的说法没有任何证据。龟首与国家元首的象征关系在《龟旨歌》与韩国文化史中是如何建立的，是必须加以证明的部分，如果不能证明这一象征关系是历史事实，那么龟首即国家元首的说法是无法成立的。龟首与国家元首本来没有象征关系，把龟首强解为国家元首之后，金首露神话与《龟旨歌》的诗句就变得无法解通了。薛重焕以为"此有人否"是指可以为国家元首的人，但金首露神话并无此意。"此有人否？"是指此地有无可以对话的人，因为神又问"吾所在为何"？这是在问我所在的地方是什么地方。众人回答说"龟旨"，也就是在龟旨峰。由此可知"此有人否"不是指有无可以为君的人，而是在问龟旨峰有没有人。将"首其现也"释为"把头留在龟旨峰离开"是因为"现"与"出"相同，"出"又可释为离开。其实"现"与"出"确有相似的意思，二字可以合为现出一词就是例证。但是现出并无离开的意思，"现"也不能释为离开。薛重焕一定要将"现"解读为离开，是因为龟可以离开，但必须留下龟首，留下伽耶建国需要的是国家元首。只有这样才能够解决迎神与杀神、迎君与杀君的矛盾，而这正是迎神歌、迎王歌说无法解决的问题。薛重焕的译文解决了这一难题，但这样的翻译与解释完全不合《龟旨歌》的本意，至少《龟旨歌》的原文并无此

---

① 参见本章第三节第二小节。

意，因而这样的翻译只能是创作。

第二，巫术歌说。

巫术歌说（金东旭、黄浿江①）与迎神歌说基本相似，可以看成同类说法。巫术歌说认为龟是巫咒之物，以巫咒迎接神是《龟旨歌》的基本性质，因而《龟旨歌》是一首巫术歌。黄浿江是韩国最有代表性的学者之一，他比较研究了《龟旨歌》与《海歌词》，两首诗歌的关系相当广泛，并不限于迎神立君的性质。学者喜欢用《海歌词》来解读《龟旨歌》，或者以《龟旨歌》来解读《海歌词》，是因为《龟旨歌》与《海歌词》同载于《三国遗事》，二者之间又存在着影响关系。下面先来看看《龟旨歌》与《海歌词》存在多少相似因素：

《驾洛国记》

开辟之后，此地未有邦国之号，亦无君臣之称。越有我刀干、汝刀干、彼刀干、五刀干、留水干、留天干、神天干、五天干、神鬼干等九干者。是酋长领总百姓凡一百户，七万五千人。多以自都山野，凿井而饮，耕田而食。属后汉世祖光武帝建武十八年壬寅三月禊洛之日，所居北龟旨（是峰峦之称，若十朋伏之状，故云也）有殊常声气呼唤，众庶二三百人集会于此。有如人音，隐其形而发其音曰："此有人否？"九干等云："吾徒在。"又曰："吾所在为何？"对云："龟旨也。"又曰："皇天所以命我者，御是处。惟新家邦，为君后，为兹故降矣。尔等须掘峰顶撮土歌之云：

龟何龟何，首其现也。

若不现也，燔灼而喫也。

以之蹈舞，则是迎大王，欢喜踊跃之也。"九干等如其言，咸忻而歌舞。未几仰而观之，唯紫绳自天垂而着地。寻绳之下，乃见红幅里金合子。开而视之，有黄金卵六圆如日者。众人悉皆惊喜，俱伸百拜，寻还。裹着抱持而归我刀家窴榻上，其众各散。过浃辰，翌日平明，众庶复相聚集开合，而六卵化为童子，容貌甚伟，仍坐于床，众庶拜贺，尽恭敬止。日日而大，踰十余晨昏，身长九尺则殷之天乙，颜如龙焉则汉之高祖，眉之八彩则有唐之高，眼之重瞳

---

① 〔韩〕黄浿江：《龟何歌考》，《国语国文学（국어국문학）》1965年第29号。

则有虞之舜。其于月望日即位也,始现故讳首露,或云首陵(首陵是崩后谥也)。国称大驾洛,又称伽耶国,即六伽耶之一也。余五人各归为五伽耶主。①

这个神话的重要因素可以分解如下:A,龟与《龟旨歌》是金首露神话的主要因素,龟的出现是金首露王降临的吉兆。B,山顶是举行祭祀仪式的地点,这里也是迎接天神或君王的地点。C,六个金卵。金首露王等六个童子是从六个黄金卵中诞生的,六个金卵是装在一个红幅包里的盒子里。D,六个金童降生之后坐在床上,这一内容传达了金首露神话的重要时间信息。这些因素对《龟旨歌》与金首露神话形成的研究具有重要的意义,是后文重点展开研究的因素。

《海歌词》见于《三国遗事》卷二的《水路夫人》,水路夫人是新罗第33代国王圣德王时期(702—737 在位)江陵太守的夫人,这表明《海歌词》的形成年代比《龟旨歌》迟晚得多。此歌载于《三国遗事》,但不一定是13世纪的歌谣,8世纪产生《海歌词》的可能性是存在的。

《水路夫人》

圣德王代,纯贞公赴江陵大守(今溟州)行次海汀昼膳,傍有石嶂,如屏临海,高千丈,上有踯躅花盛开。公之夫人水路见之,谓左右曰:"折花献者其谁?"从者曰:"非人迹所到。"皆辞不能。傍有老翁牵牸牛而过者,闻夫人言折其花,亦作歌词献之,其翁不知何许人也。便行二日程,又有临海亭。昼膳次海,龙忽揽夫人入海,公颠倒躄地,计无所出。又有一老人告曰:"故人有言。众口铄金,今海中傍生,何不畏众口乎?宜进界内民,作歌唱之,以杖打岸,则可见夫人矣。"公从之。龙奉夫人出海献之。公问夫人海中事,四七宝官殿,所膳甘滑香洁,非人间烟火。此夫人衣袭异香,非世所闻。水路姿容绝代,每经过深山大泽,屡被神物掠揽。众人唱海歌。词曰:

龟乎龟乎出水路,掠人妇女罪何极。
汝若悖逆不出献,入网捕掠燔之喫。

---

① 〔韩〕一然撰、李载浩译注:《三国遗事·驾洛国记》卷二(第一册),第371页。

老人献花歌曰：
紫布岩乎过希执音乎手母牛放教遣，
吾肹不喻惭肹伊赐等，
花肹折叱可献乎理音如。①

　　黄渜江力图寻找龟首与元首象征关系的证据，这种证据似乎就存在于《龟旨歌》与《海歌词》之间：《龟旨歌》的重点是引出歌者与图腾龟之间的第三者，这个第三者就是诗歌中并不存在的神、司祭者或国君。《龟旨歌》的"首其现也"与《海歌词》的"出水路"相对应，出与现、水路与首露是对应关系（水即首，二字发音相近。水路即首露，二者的发音也是相近的），它们也有着类似的意义。"首其现也"的首就是首领之意，是即将诞生的第三者君王。最初在迎神君的仪式中，由于词意混同，无意之中，首就转换为元首或君主。此说存在一个难以解决的问题：《龟旨歌》是迎神君歌，龟首象征君王，可是又要杀死龟，也就等于要杀死君王。杀死君王就不是迎接君王，二者显然矛盾。

　　如何解决这个问题呢？这里似乎可以用图腾理论解释，龟是图腾，"燔灼而喫"是图腾祭祀仪式。在图腾社会中一般禁止食用图腾，但在特殊的祭日可以杀死图腾，并食用图腾，因而存在着杀死与哀痛二律背反的意识与情感。《龟旨歌》写的就是在祭日杀死和食用图腾龟肉的活动，这是通过祭礼表现的特殊谢罪。就如同在原始社会中儿子为了生存逐出父亲，也如同精神分析学的俄狄浦斯情结（Oedipus complex），杀死父亲与食用图腾的性质相同。这种说法很有意思，但与《龟旨歌》存在着一定的距离。如果说龟首象征着元首，那么"首其现也"就是祈祷君王的诞生。"燔灼而喫"就是杀死图腾，也是杀死新诞生的元首。杀死图腾尚可理解，但要杀死新诞生的国君，显然不是用俄狄浦斯情结就可以解释的。在金首露神话中金首露结婚生子，没有发生儿子弑父的悲剧。在将龟释为图腾时，必须证明在金首露神话中龟是图腾，然而《三国遗事》的文本中并无与图腾相关的因素。

　　韩国学者郑璟喜在《〈龟旨歌〉型的咒歌与巫术行为》中指出了

---

① 〔韩〕一然撰、李载浩译注：《三国遗事·水路夫人》卷二（第一册），第233—234页。

《龟旨歌》与《海歌词》的类似点：其一，在金首露神话中二三百人聚集在龟旨峰的山顶，撮峰顶土而歌。《海歌词》的"以杖打岸"与"掘峰顶撮土"相似。其二，《龟旨歌》与《海歌词》的诗句相似。"龟何龟何，首其现也"与"龟乎龟乎出水路，掠人妇女罪何极"①两句相似，"何"字与"乎"字的语法功能相似。"汝若悖逆不出献，入网捕掠燔之喫"与"若不现也，燔灼而喫也"的语句与语意基本类似，都是要求龟出现或者龟首出现，如果不出现，就要燔灼而喫。其三，《龟旨歌》的首露王之名与"首其现也"有关，就是要求露出首，因而名为首露王。水路与首露的汉文标记不同，但韩国语的发音相同，这是否为汉译出现的差异尚不明确。《龟旨歌》与《海歌词》的相似性十分明显，歌序记载的故事也有一定的类似性。其四，两首诗都用了"燔"字，意义相同。"喫"字在古代文献中不大使用，但两首诗歌皆用了"喫"字，表明二首诗歌存在影响关系②。

然而两首诗歌的不同也很明显：其一，《龟旨歌》的"掘峰顶撮土"与《海歌词》的"以杖打岸"完全不同，"掘峰顶撮土"就是积土为坛，这是原始时期流传下来的祭祀规则。"以杖打岸"是使鱼龟出现的方法，击打水面或河岸，鱼鳖受到惊吓，落入到早已设好的渔网。高句丽朱蒙神话中就有击打水面的细节，在《海歌词》中也是用这种方法逼迫龟出水。这一行为没有祭祀的性质，与"掘峰顶撮土"不同。首露与水路的韩国语发音相似，但二者的意义完全不同，前者是指第一个伸出脑袋，后者是指江水，无法认为二者有什么直接关系。其二，《海歌词》是海洋文化的产物，《龟旨歌》也是海洋文化的产物，因为龟是海洋动物。"龟（龟旨峰与《龟旨歌》）所象征的是海洋文化，与首露王有着密切的关联性。"③龟源于海洋，但在金首露神话中出现在山顶。龟在古代日常生活之中并不总是海洋的象征，龟在金首露神话中是否标志着海洋文化还需要更多的证明。其三，《龟旨歌》与《海歌词》的影响关系仅限于

---

① 〔韩〕一然撰、李载浩译注：《三国遗事·水路夫人》卷二（第一册），第233—234页。

② 〔韩〕郑璟喜：《龟旨歌型的咒歌与巫术行为（龜旨歌型의 咒歌와 咒術行為——首露王 說話 와〈東明王篇〉의 動物詛咒에 관하여）》，《高朱蒙神话的民俗学研究（高朱蒙神話의 民俗学의 研究）》，第140—142页。

③ 《文化遗迹地表调查报告书》，东亚细亚文化财研究院《地表调查报告书》第61辑，2006年，第8页。

《海歌词》，不能扩大到《海歌词》的本事部分。《海歌词》由本事与诗歌两个部分构成，两个部分之间存在矛盾，并不一致。《海歌词》的主要内容是命令龟从水中出来，献出掠走的水路夫人。"入网捕掠燔之喫"一句就是恐吓龟献出水路夫人，说明掠走水路夫人的是龟。然而在水路夫人的本事中，掠走水路夫人的是龙，而不是龟，最后送还水路夫人的也是龙。这种矛盾表明本事与诗歌原本并不是一个作品，后来传承之中组合为一个作品。金首露神话与《海歌词》的本事部分没有影响关系，因而不能使用《海歌词》的本事部分来研究《龟旨歌》。遗憾的是很多学者使用《海歌词》的本事部分来研究《龟旨歌》，此类研究显然不大可靠。

三、现代学者的其他诸说以及先行研究的基本问题

迎神歌、迎王歌是最有代表性的流行说法，此外还有很多各种说法，下面介绍几种较有影响力的说法。

第一，《龟旨歌》是诅咒歌和牺牲歌。

早在 20 世纪上半期，梁柱东在《古歌研究》一文中认为《龟旨歌》有明显的诅咒龟的内容，这一内容来自于萨满教巫术，因而断定此歌是动物诅咒歌。《龟旨歌》的基本内容就是命令龟伸出头来，否则就将龟烧死吃肉。第四句的"燔灼"与"喫"两个词最具有威胁、诅咒的性质，尤其是"喫"字具有决定性的意义。"燔灼"一词固然也有威胁诅咒的意思，但如果没有"喫"字，完全有可能使威胁诅咒的意思转化或消失。诅咒歌说建立在《龟旨歌》现存文本的基础上，但以《龟旨歌》的文本没有讹误为前提。如果文本有误，此说就未必有效，《龟旨歌》与萨满教的关系也将化为子虚乌有。此说还有一个必备的前提条件，那就是《龟旨歌》的威胁只是假设，也就是口头上诅咒，并不是真的杀死乌龟。可是根据《龟旨歌》与金首露神话，无法直接判断是口头威胁还是杀死，因而不能断定《龟旨歌》是一首萨满教的诅咒歌。

牺牲歌的看法与诅咒歌稍异，此说以为杀龟不是假设，是真实的。《龟旨歌》的主要内容就是杀龟，因为必须杀死龟，才能作为祭天的祭品。《龟旨歌》的内容与祭祀仪式相合，因而《龟旨歌》是祭祀歌或牺

牲歌，是祭祀仪式歌舞的唱词（金烈圭）。① 迎接天神需要举行祭天仪式，祭天仪式也少不了祭品，因而此说比较合理，不仅符合《龟旨歌》，也符合金首露神话。但只是在《龟旨歌》与金首露神话中合理顺畅，还不充分，因为这里还需要证明一个问题，证明东亚确有以龟为祭品的历史。然而这个问题并不容易证明，首先难以提供记载伽耶建国前后以龟为祭品的文献，因为有关伽耶建国前后的文献极其有限，不能提供伽耶以龟为祭品的记载，也是合乎情理。然而问题是即使扩大文献范围，也不大容易提供此类文献。东亚文献有不少记载祭品的文献，一般来说祭祀的动物主要是马、牛、羊、鸡、犬、豕等"六畜"，最常用的是牛羊豕，三牲齐备，名为"太牢"或"大牢"，只有羊和猪叫"少牢"，鱼兔也可用于祭祀仪式。这些动物都是寻常动物，容易得到，如果有的季节和地域不易得到，就不宜作为祭品。龟显然不是易得之物，主要是用于龟卜，或者食用②，因而中国文献未见以龟为祭品的记载。祭祀歌也会使用植物类祭品③，但与龟为祭品就更没有关系了。韩国几乎没有9世纪之前的古代文献，但9世纪之后的文献记载与中国的祭祀形态类似。宋代徐兢《宣和奉使高丽图经·祠宇》卷第十七："自王氏有国以来，依山筑城于国之南，以建子月。率官属，具仪物祠天。……唯王初袭封，与三岁一大祭，则具车服冕圭，亲祠之，其余则分遣官属。岁旦、月朔、春秋、重午，皆享祖祢，绘其象于府中，率僧徒歌呗，昼夜不絶。……其神祠在百里内者，四时遣官，祠以太牢。又三岁一大祭，徧其境内。"④ 古代韩国文献的记载也是如此，李滉《退溪集·上岳山祈雨文》

---

① 〔韩〕金烈圭（김열규）：《〈龟旨歌〉再论（구지가재론）》，《韩国古典诗歌作品论（한국고전시가작품론）》，至文堂1992年。

② 有关伽耶的文献所剩无几，故伽耶祭祀仪式的祭品不明。不过金首露神话中有不少中国文化的因素，例如上已节，因而可以参考先秦两汉的礼法，虽不无过度使用中国文献之虞，但不无意义。《周礼注疏》卷四："鳖人掌取互物，以时籍鱼鳖龟蜃，凡貍物。春献鳖蜃，秋献龟鱼。祭祀，共蠯、蠃、蚳，以授醢人。掌凡邦之籍事。"（汉·郑氏注、唐·陆德明音义、贾公彦疏《周礼注疏》卷四，第122—124页）古人捕龟有季节的限制，不是一年四季皆可捕龟。所谓春献鳖蜃，秋献龟鱼，是要待期长大。王不以饭食之养，害仁政之法度，这样才能率天下之民，以成鱼丽之功告神明。龟以秋者，龟主以卜全而用之，故取以其坚成之时。将捕捉鱼鳖之官名为鳖人，亦取其鳖之味美而名之。据此来看使用龟为祭品的可能性不大，事实上龟也未必是一年四季都能得到的动物。

③ 从《诗经》时代开始，最为常用的祭品是笾豆、羊豕等，参见宋吴自牧：《梦粱录·龙翔宫》卷八，中华书局1985年，第69页。

④ 宋·徐兢：《宣和奉使高丽图经·祠宇》卷第十七，中华书局1985年，第57页。

卷之四十五："维嘉靖二十七年岁次戊申四月丙午朔十九日甲子,通训大夫行丹阳郡守李滉,谨遣留鄉别监张世铨,以少牢之奠,祭于上岳山之神曰:'巍巍维岳。峙于封域。含灵蓄祐。利及群物。……'"① 李植《高峰集附录·谥状》卷第一:"礼官请遣官致祭私亲庙,称以皇伯父。公在外闻之曰:'此与昌邑即位,以太牢祀哀王,同失矣。"② 9 世纪之后的文献固然不能证明 9 世纪之前的历史,但可以作为参考。

祭祀歌的说法以为龟是祭祀用的牺牲品,吃龟肉就必须杀龟,这样就解决了"喫"字难解的问题。祭祀歌的性质、功能完全可以与建国立君吻合,建国立君总是需要举行一些祭祀仪式,祭祀仪式也少不了使用祭品。祭祀歌的特征与《龟旨歌》完全不合,一般而言祭祀歌要赞美祭祀的对象,也要表现祈祷的愿望:"言于祭祀歌之者,言时已太平,可以作颂。颂者告神明之歌,云可以告其成功之状,陈于祭祀之事,歌作其诗,以告神明也。"③《诗经·维天之命》:"维天之命,于穆不已。于乎不显,文王之德之纯!假以溢我,我其收之。骏惠我文王,曾孙笃之。"④ 祭祀歌的内容不是固定不变的,《雩祭歌辞》:"清明畅,礼乐新。候龙景,选贞辰。阳律亢,阴暑伏。耗下土,荐稬秬。震仪警,王度干,嗟云汉,望昊天。张盛乐,奏云僷。集五精,延帝祖。雩有讽,榮有秩。脊鬯芬,圭瓒瑟。灵之来,帝阍开。车煜耀,吹徘徊。停龙牺,遍观此。冻雨飞,祥风靡。坛可临,奠可歆。对泯祉,鉴皇心。"⑤ 但是祭祀歌的基本因素没有变化。东亚各国的祭祀歌不一定相同,但祭祀歌既然都是用于祭仪,那么应当赞美祭祀的对象,也要写祈祷的内容。可是《龟旨歌》完全没有此类内容,因此很难认为《龟旨歌》是祭祀歌。

第二,《龟旨歌》是劳动歌。

赵润济、张德顺在《龟旨歌》中看到了劳动与宗教的因素,于是将《龟旨歌》看成劳动歌。赵润济认为:"它记述的是原始时代的神话或传

---

① 〔韩〕李滉:《退溪集·上岳山祈雨文》卷之四十五,影印标点《韩国文集丛刊》第 30 册,首尔:景仁文化社 1989 年,第 483 页。
② 〔韩〕李植《高峰集附录·谥状》卷第一,影印标点《韩国文集丛刊》第 40 册,首尔:景仁文化社 1989 年,第 286 页。
③ 《毛诗正义·小雅·附释音毛诗注疏卷第九·杕杜四章章七句》卷第九(九之四),清·阮元校刻:《十三经注疏》上册,中华书局 1980 年,第 417 页。
④ 程俊英、蒋见元:《诗经注析·大雅·周颂》下册,第 936 页。
⑤ 《南齐书·志第三·乐》卷十一,中华书局 1997 年,第 49 页。

说，是以一种宗教形式表现出来的，但其表现只是一种修饰或解释，实际上叙述的是九干等人在山顶上掘土劳动时，为减少劳累而高歌龟何龟何歌曲的情形。"① 九干等人在山顶掘土是在做什么，的确是一个问题。如果把掘土一事单独抽离出来，很容易认为这是在劳动。既然九干等人是在劳动时唱了《龟旨歌》，那么《龟旨歌》必然就是劳动歌。伽耶是临海的国家，农耕与渔猎是主要的生存方式，古代文人李植的《古驾洛》描写了古伽耶国的生存方式："首露古邦域，疮痍今可怜。居民多逐客，耕地是屯田。织具输官税，编筐拾海鲜。路逢襁负者，遹役趁新年。"② 如果将《龟旨歌》解为劳动歌，不是没有依据。捕杀乌龟其实也可以看成是劳动，如果为了获得食肉杀龟就是劳动歌；如果为了祭祀杀龟就是祭祀歌。劳动歌与祭祀歌并不完全矛盾，原始人类的渔猎活动少不了原始宗教，原始宗教常在祭祀仪式中祈祷顺利获得食物，然后也可以食用祭祀之物，祭祀歌与劳动歌的目的可以重合。然而《龟旨歌》不大可能是劳动歌，如果是祈祷顺利捕获鱼龟，那么应当有捕鱼劳动的内容。但《龟旨歌》之后的内容是迎立第一代国王，而不是劳动捕猎。《龟旨歌》确有烧龟吃肉的内容，但不是为了充饥果腹，而是为了祭祀仪式。数百人聚于山顶，只是为了分食一只龟肉，显然是不大可能的。《龟旨歌》不是一首劳动歌，此说与金首露神话的建国神话性质完全不合。

《龟旨歌》是丰收歌的说法与劳动歌相似，一些学者认为龟象征多产，象征生殖力，龟"首"释为谷物种子的萌芽。第四句的"燔灼"是指以火照亮，其中包括了威逼、请求的意义。伽耶人在三月的上巳日（상사일）聚集于龟旨峰，是通过净化身体与心灵，祈愿每年丰收，因而可以称之为丰收歌。"三月禊洛之日"即上巳节三月三日，这个时间作为解读《龟旨歌》的依据。然而上巳节的主要意义不在于生殖，男男女女浴净身体，登高佩兰，驱除毒气，是为了祈求身体健康。踏青歌舞游戏，男女表达爱情，也是上巳节的一部分。但据此认为《龟旨歌》目的是祈祷生殖，还是难以理解：一是龟首释为农作物的萌芽是关键，这一象征关系不能主观认定，必须提供象征关系的事实证据。上巳节的确是

---

① 〔韩〕赵润济撰：《韩国文学史》，张琏瑰译，社会科学文献出版社1998年，第11页。
② 〔韩〕李植：《泽堂先生集》卷之二，影印标点《韩国文集丛刊》第88册，首尔：民族文化推进会1992年，第31页。

金首露神话的一部分,但不足以作为龟首与农作物萌芽象征关系的依据。二是踏青求爱不是上巳节的主要部分,男女求爱关系到生殖,但不能等同于生殖,生殖也不能等同于丰收。龟首与农作物的转换关系过于曲折,只能牵强附会。

第三,《龟旨歌》是性爱歌,也是阳物崇拜歌。

这种看法认为《龟旨歌》的龟首即龟头,也就是男性的阳物。龟头与男性性器外形相似,因而象征男性性器。《龟旨歌》是韩国文学史上第一次写到火的诗歌,因而应当高度注意这一因素。火象征着热烈的性欲,烧吃男性的性器,可以提高女性的生殖力,因而龟头也是女性生殖器的隐喻。有的学者认为龟首和龟颈是生命的根源,是以隐喻的方式象征男性的生殖器,因而《龟旨歌》是阳物崇拜之歌(Phallicism)(郑炳昱①)。或认为这是原始女性向男性表达爱情的求爱歌,表现的是母系社会女神的爱情。龟首象征的是男性性器与英雄,火象征着太阳与天,英雄崇拜与太阳崇拜结合在一起。太阳崇拜、天崇拜与阳物崇拜是萨满教的习俗(金炳旭②),因而《龟旨歌》是萨满教的巫歌,这是把萨满教作为解读的依据。

有的学者认为《龟旨歌》是母系社会的神母之歌,是首露王登基前的仪式之歌,表现了在艺术与生活尚未分化之前的母系社会中,一个女性渴望不断更换男性的无意识欲望。这首歌证明了神母的能力,女性传唱此歌,使集群得以发展和繁荣,为此乌龟转换为替罪羊(郑尚均③)。根据纽曼(E. Neumann)的研究,乌龟是男性所变,这种变化与教母统治下的自我意识有关,也与教母强大的魔力有关。按照这种理论,《龟旨歌》的龟应当是母系社会女性的性对象,第一次演唱《龟旨歌》的人应当是掌握一切权力的族长。乌龟试图削弱女性的力量,但又不可能达到目的,只能成为自杀或被他杀的神圣君王。龟旨峰的声音是神母对乌龟的怨恨,九干等人杀死乌龟,歌舞庆祝父系社会的形成。

上述看法分为两种:一是单纯的性爱之歌;一是与社会史结合在一

---

① 〔韩〕郑炳昱:《韩国诗歌文学史》上册,高丽大学校民文研1967年。
② 〔韩〕金炳旭(김병욱):《〈龟旨歌〉的一个考察——其机能与太阳崇拜(구지가의 일고찰 - 의 기능과 태양숭배)》,成均馆大学《成大文学(성대문학)》26辑,1988年。
③ 〔韩〕郑尚均:《龟旨歌小考》,首尔大学校国语教育科《先清语文》10辑,1979年。又郑尚均《驾洛国纪研究(〈가락국기〉연구)》,首尔市立大学校,전농어문연구9,1997。

起的性爱之歌。不管哪一种，都认为《龟旨歌》写的是男女性爱与性器，《龟旨歌》的"首"依旧是关键。此说受到西方精神分析学说的影响，精神分析学可以提供一种解释，但不能提供可靠性与客观性。此说也比较流行，在《龟旨歌》的介绍性文章之中也可以看到此说。如果此说是可靠的，那么必须在13世纪之前，龟头与男性性器之间已经形成比较普遍的象征关系，应当能够找到这一象征关系的文献。但事实上几乎找不到13世纪之前的文献，说明这种象征关系是不存在的。从先秦到汉唐时期，龟是一个非常美好的字词，因而经常用于人名，李龟年之类的人名并不少见。如果龟象征男性生殖器，就不会普遍用于人名。明代之后出现过一例，明代徐应秋《玉芝堂谈荟》卷十记载：

> 男子女饰：男人诈为女妆者，《江湖记闻》：宋端平丙申年，广州尼董师，秀有姿色。偶有欲淫之者，卒揣其阴，男子也。事闻于官，验之，女也，一生婆令仰卧，以盐肉水渍其阴，令犬舐之。已而阴中果露男形，如龟头出殼。①

此类用例极为罕见，只能认为是例外，龟头与性器的关系应当是明代以后逐渐形成的。古代韩国文献中龟头的用例比较丰富，龟或龟头所表示的意义与中国文学相同。《韩国文集丛刊》的龟头用例有120余个，但无一与性器有关，最多出于碑文、墓志、挽诗，还有描写坟墓的诗歌。杨士彦《题平壤善政碑》："抱布握粟买贞玉，一片龟头浿水左。浿水东流几多时，吏民争言壬寅规。壬寅今已十八秋，死者可作碑可休。"② 崔升羽《冶隐续集·采薇亭词·赞咏诸作》卷之下："君不见山间竹里遗墟碑，石面犹带高丽职。又不见洛东江上龟头石，中流砥柱高百尺。"③ 金永寿《浮碧楼》："千年箕子国，落日浮碧楼。大江分燕尾，古

---

① 明·徐应秋：《玉芝堂谈荟》卷十，文渊阁《四库全书》第八八三册，第239页。
② 〔韩〕杨士彦：《蓬莱诗集·题平壤善政碑》卷之三，影印标点《韩国文集丛刊》第36册，首尔：民族文化推进会1997年，第441页。
③ 〔韩〕崔升羽：《冶隐续集·采薇亭词·赞咏诸作》卷之下，影印标点《韩国文集丛刊》第7册，首尔：民族文化推进会1990年，第464页。

碣隐龟头。"① 崔昌大《申兵使輓·其一》："牙旌霜戟塞門秋。父老歡迎舊細侯。半夜悲風摧大樹。百年哀涕灑龟头。"② 龟或龟头多出于碑文墓铭是因为坟墓多置龟石。李朝文人亦以龟为号，李楨（1512—1571），字刚而，号龟岩，龟岩为故乡地名。李楨《龟岩》诗："龟头苔发绿，龟背晴阳曝。贞悔尔须知，主人为取则。"③ 地名用龟字比较常见，奇正镇《莫知处士赵公墓碣铭》："莫知处士赵翁，以宪庙庚申八月初七日终。享年七十一，葬于咸安郡竹山龟头谷負未之原。"④ 如果龟头与性器存在想象关系，那么用于人名、地名很不方便。事实上由龟头产生的想象是仙人，而不是性器。宋秉璿《东游记》："壬子，将向龟潭，近居士友多从之。放舟而下一里，江水成潭，其黑黯然，深不可测。石壁环之，高可百仞，层叠束立，如武库兵甲，左右森列。上有立石，方而长，人称龟头。其下壁间，有似人面目，称以仙人面。"⑤ 俞汉隽《广韩赋》："竹何故而夜合，使万波而息潜。（古纪云：神女王时，东海中忽有一小山，形如龟头。上有一竿竹，昼分为二，夜合为一。王命斲之作笛，名曰万波息笛。）"⑥ 这是神女王时代的传说，与性器无关，讲述的是能使海涛平息的笛子。龟头与性器的想象关系是不存在的，《龟旨歌》中龟首即性器的说法，当出于当代学者的想象。这样的研究极富冒险性，难以得

---

① 〔韩〕金永寿：《荷亭集·浮碧楼》卷之一，影印标点《韩国文集丛刊》第 322 册，首尔：民族文化推进会 2004 年，第 9 页。
② 〔韩〕崔昌大：《昆仑集·申兵使挽》卷之四，影印标点《韩国文集丛刊》第 183 册，首尔：民族文化推进会 1997 年，第 70 页。
③ 〔韩〕李楨：《龟岩集·龟岩》卷之一，影印标点《韩国文集丛刊》第 33 册，首尔：民族文化推进会 1989 年，第 418 页。
④ 〔韩〕奇正镇：《芦沙集·莫知处士赵公墓碣铭》卷之二十六，影印标点《韩国文集丛刊》第 310 册，首尔：民族文化推进会 2003 年，第 562 页。
⑤ 〔韩〕宋秉璿：《渊斋集·东游记》卷之二十，影印标点《韩国文集丛刊》第 329 册，首尔：民族文化推进会 2004 年，第 334 页。〔韩〕权得己《长兴府事朴璕屠大龟以被家祸》："有武人朴璕者为长兴府使，遭母丧罢归。而其旅榇之返者，盖无虑四五，皆其妻子之丧也。……时或有大龟入焉，则从前府使取观讫，放之于水，及朴之时而又入焉。朴命十数人舁取之，观讫，又欲放之。有一座客曰：'大龟头有珠，可取也。'遂命屠之，则泪下如雨，果得珠，而座客暴死，府使家亦连有丧患，最后丧母云。外甥成汝寅闻于朴之隣人。则以为非龟，乃玳瑁也。……疑其实有是事云：古者大龟尺有二寸，此龟乃大如屋宇。数十人舁之，则又怪矣。彼朴之贪货而致祸者，固不足言。然以一龟之微，劳民数十人而致之，又劳民而放之，不如不致而放之之为愈也。"（〔韩〕权得己：《晚悔集拾遗·然松杂录·长兴府事朴璕屠大龟以被家祸》，影印标点《韩国文集丛刊》第 76 册，首尔：民族文化推进会 2001 年再版，第 114 页）这个传说体现的仍然是朝鲜半岛的龟头想象，其中只有神灵崇拜，并无性器的痕迹。
⑥ 〔韩〕俞汉隽：《自著·广韩赋》卷之一，第 249 册，第 11 页。

到可靠的结论。

第四，《龟旨歌》是战争诗。

有人还将《龟旨歌》理解为战争诗，以为描写的是战争（朴镇泰、车在炯）①。战争诗的说法与《龟旨歌》的理解有关，具体解读如下：

1. 龟何龟—何呼名（호명）과 挑戰（도전）。
2. 首其現也—命令（명령）과 服從（복종）의 要求（요구）。
3. 若不現也—拒逆（거역）의 假想（가상）。
4. 燔灼—攻擊（공격）과 勝利（승리）。
5. 喫也—征服（정복）과 支配（지배），所有（소유）와 完全同化（완전동화）。

第一句是挑战，战争就是从挑战开始的，龟是被挑战的对象。第二句是命令敌人降服。第三句是假想敌人拒绝。第四句最重要，有两个因素。"燔灼"是攻击和胜利，"喫也"是征服、统治、占领与完全同化。燔灼是人类与乌龟的战争，人类掌握了火，从而占据了优势。"喫也"的意思是肢解和杀死乌龟，也就是完全占领和同化。乌龟与火的意义是此说的重要因素，二者的关系是对立的。

如此解读的最大问题是诗句的字面意思与潜在意思存在着较大的距离，尽管解读了每一个诗句，但都需要相当曲折的转换。转换之后的每一句意义连贯顺畅，似乎表明这种解读是正确的。但问题在于字面与潜在意义转换的依据，从《龟旨歌》的诗句看不出转换的直接根据。这种转换必须把龟当作敌人，可是金首露神话中完全没有敌我关系，更没有军队或士兵。这首诗歌确有带威胁意味的诗句，但仅仅依据这样的诗句，将《龟旨歌》释为战争诗，显然十分勉强。如果这样的解读是有效的，那么歌唱者与龟的关系也可以看成是夫妻关系，可以认为《龟旨歌》是夫妻吵架歌。

第五，《龟旨歌》是龟卜歌。

---

① 〔韩〕朴镇太：《韩国古典歌谣的构造与历史（한국고전가요의 구조와 역사）》，형설출판사 1998. 15 쪽。车在炯：《〈龟旨歌〉的战争叙事诗特征研究（〈龟旨歌〉의 戰爭敘事詩의 性格 研究）》，韩国文学会《韩国文学论丛（한국문학논총）》2003 年 33 辑，此文原本为车在炯在全南大学校的硕士论文，后来发表在了韩国文学会的杂志。

《龟旨歌》与龟卜的关系最初是由《三国遗事》的作者一然提出来的，他在《三国遗事》龟旨峰的注释中以为龟旨峰的名称与卜龟有关系，可见此说相当古老。日本学者三品彰英也提出了相同的看法："龟旨：……在朝鲜将龟看成神灵也许是原始信仰，这恐怕是中国卜占形式的龟卜法传入的结果。《魏志·倭人传》记载在西历3世纪龟卜法盛行于日本，传入朝鲜的时间应当更早。如果是这样，那么以龟为神灵的看法极为古老，可以认为与原始信仰有关。"① 三品彰英以为神龟崇拜可能是朝鲜的原始信仰，但龟卜方法来自于中国。三品彰英没有证明《龟旨歌》与龟卜方法的具体关系，更没有指出《龟旨歌》记载的是哪一种龟卜方法。实际上三品彰英还没有展开研究，他把龟卜因素锁定在龟旨峰，龟旨峰只是一个山峰名称，至多与灵龟信仰有关②，难以证明《龟旨歌》与龟卜方法的关系。

韩国也有主张龟卜说的学者，李家源是有代表性的韩国文学史家，他的《韩国汉文学史》记载："与中国古代的龟卜相同，在卜筮中烧灼龟片等，并按照卜辞行事。夫余族已经使用原始性的占法，以牛蹄的解与合来判定吉凶。"③ 然而无法认为李家源证明了龟卜说，因为李家源的看法与举证的文献并不相合，举证的《三国志·魏志·东夷》卷三十记载的不是龟卜。李家源还举证了《三国遗事·纪异第二·万波息笛》卷二的山势如龟头的描写，这一描写也无法证明《龟旨歌》是龟卜歌。金承璨在此基础上进一步展开研究，提供了更多朝鲜半岛有关龟卜的文献④：首先，《东文选》卷二的《王者之兴必卜筮决天下赋》记述了龟卜算卦，以决犹疑。《三国遗事·太宗春秋公》卷第一记载百济灭亡时巫者以龟问卜，听到了百济将灭的声音，龟背上的"百济圆月轮，新罗如新月"⑤ 也象征了百济之灭。《北史·百济传》记载百济有医药、相术及

---

① 〔日〕三品彰英：《三国遗事考证》中册，塙书房1979年，第321页。
② 详见本章第三节第二小节。
③ 〔韩〕李家源：《韩国汉文学史》，普成文化社1998年再版，第39页。
④ 〔韩〕金承璨：《韩国上古文学论》，首尔：新文（새문）社1987年，参见第23—43页。此书的第二部分是《龟旨歌》研究：一是首露王的性格；二是《龟旨歌》；三是掘峰顶撮土的解决；四是龟旨峰；五是首露王的诞生与登极仪式；六是汉文化的影响。此书提出了很好的问题，也开拓了正确的研究方向。
⑤ "有一鼠入宫中，大呼曰：'百济亡，百济亡。'即入地。王怪之，使人掘地，深三尺许。有一龟，其背有文：'百济圆月轮，新罗如新月。'问之。巫者云：'圆月轮者满也，满则亏。如新月者未满也，未满则渐盈。'王怒杀之，或曰：'圆月轮盛也，如新月者微也。意者国家盛而新罗浸微。'"（〔韩〕一然：《三国遗事·大宗春秋公》卷一（第一册），第196—197页）

阴阳五行法，《隋书·东夷列传》记载百济有医药、占相。这些是李家源没有举证的文献，金承璨的研究显然是有所推进的。其次，吃龟肉是《龟旨歌》的主要内容。金承璨以为首露王降临人间，以《龟旨歌》告诉伽耶人龟不是只能用来占卜，还可以食用。吃龟肉是《龟旨歌》的核心因素，伸出龟首、燔灼等因素都是以吃龟肉为中心展开的。这种读解也存在不少问题：一、金承璨调查了有关韩国龟卜的文献，但没有解决龟卜与《龟旨歌》字句的关系。这样《龟旨歌》与龟卜的关系仍然停留在空泛的假说层面，没有落实到实处，因而没有能够证明龟卜歌的说法，也就无法认为解决了这个问题。二、如果吃龟肉是此诗的核心，那么《龟旨歌》就应当是食龟歌，而不是龟卜歌。这说明金承璨还是没有明白《龟旨歌》与龟卜有无关系，否则不会又将《龟旨歌》理解为食龟歌，食龟歌与龟卜歌之间毫无关系。

纵观先行研究，或者以萨满教为依据，或者以伽耶地区的历史、生产、习俗为依据，或者以弗洛伊德的精神分析为依据。转换的事物千差万别，或认为是迎神歌，或认为是劳动歌、性爱歌、战争歌等。诸说差异极大，但都存在几乎完全相同的问题：

其一，文本字词的具体问题。《龟旨歌》文本字词的具体问题与研究方法联系在一起，综合各种研究，可以认为存在四个主要问题：第一，"龟何龟何，首其现也"一句的字面意思是请龟伸出头来，可是由于对龟、首等因素的理解不同，对《龟旨歌》的性质的理解也就完全不同了。龟首是国家元首，还是男性生殖器，或者是谷物的新芽，这是必须解决的问题，解决不了这个问题，就无法摆脱随意猜想的困境。第二，"燔灼而喫"的燔灼，字面意义没有争议，都认为是用火来烧龟。然而火指什么，也是各执一说：或认为火是战争，或认为是性欲，或是认为太阳，这种争议对《龟旨歌》的解释也会产生影响。第三，"燔灼而喫"的"喫"是《龟旨歌》的重点，也是难点。《龟旨歌》最难以理解的就是这个字，很多自我矛盾的解释源于这个字。各种学说对此字的字面意义没有异议，都认为是烧龟吃，但对此字的实际意义有着极大的分歧。迎神歌、祭祀歌以为"喫"是杀死龟，诅咒歌、威胁歌以为是假定杀龟，战争歌以为是胜利，劳动歌、丰收歌、龟卜歌以为就是吃龟肉，享受劳动果实，性爱歌以为母系社会的女性欲削弱男性的力量。各种不同的解释都与"喫"有关，可见此字引起了学术界极大的混乱。第四，诸说在《龟旨歌》文本的内部都是可以理解的，甚至每个字句都能找到依据，但将每个字句的解释放到金首露神话中，就会出现字句之间彼此矛盾，或者与金首露神话的语境存在着较大的距离，因而难以理解。每一因素应当互相联系，构成完整的证据链，形成彼此证明的关系，这样每个字句才能够自然顺畅，容易理解。诸说多是在这个层面上存在无法解决的问题，表明已经偏离了《龟旨歌》的原本意义。

其二，研究方法的问题。先行研究大多采用象征研究的方法，以为《龟旨歌》字面记述的事物与实际表现的事物完全不同，诗歌文本背后存在着一个完全不同的象征世界。一般来说神话中确实存在象征，但神话与历史混在一起是东亚神话的普遍特征，因而应当考辨何者为象征因素，何者为历史因素。为此必须首先回归《龟旨歌》文本自身，专注于诗歌出现的事物本身，而不是转换为其他事物。《龟旨歌》字句与内容浅显易懂，没有问题。但置于金首露神话中之后，完全不明在说什么，也不明白与金首露神话存在什么关系。因此大多研究预设了理论或观念，萨满教、精神分析或者迎王、战争之类，都是预设的观念或理论。各种理论或观念存在于《龟旨歌》之外，并不是来自于《龟旨歌》本身。外在的理论或观念能给研究者带来某种看法，但无法引领研究者走向《龟旨歌》本身，只能是越来越远。这样的研究使《龟旨歌》几乎成了可以随意装扮的东西，可以从外部塞进任何意义。这种现象迎合了文学作品具有无限意义空间的当代文学理论，无限的意义空间带来了无限的文学生命力，然而这是以牺牲客观性质与意义为代价的。

第二节 《龟旨歌》的性质与汉代龟卜方法

一、龟卜因素的确认："灼龟首""燔灼"与祝词

《龟旨歌》的研究极其丰富，不缺新说。其实提出新说并不太难，困难在于证明。证明龟卜歌说，必须满足四个条件：一是必须在古代东亚的各种龟卜方法之中，找到与《龟旨歌》相合的龟卜方法；二是《龟旨歌》的所有因素或者绝大部分因素来自于龟卜方法，与龟卜方法完全吻合；三是《龟旨歌》的所有因素能够直接对应为龟卜方法的诸因素，

不需要转换。需要转换就表明所证明的事物并不存在于《龟旨歌》的内部，不属于《龟旨歌》。四是《龟旨歌》的所有龟卜因素与金首露神话相合，甚至与金首露神话的诸因素存在着直接关系。

韩国学术界虽已提出龟卜歌说，但从未认识到《龟旨歌》与何种龟卜方法有关系，也根本没有在这一层面展开过研究。其原因是龟卜方法早在古代已经失传①，加上《龟旨歌》生成时期的韩国文献无存，也就

---

① 随着社会的不断发展，龟卜的基本特征受到各种质疑与挑战，唐人就提出了废弃龟卜的主张。唐代李肇《唐国史补》："李华含元殿赋初成，萧颖士见之，曰：'景福之上，灵光之下，华著论言：龟卜可废，可谓深识之士矣。'"（唐·李肇：《唐国史补·因话录》卷上，中华书局1957年，第20页）宋代也有人主张废弃龟卜，丁度以为龟卜只是一技："度性淳质，不为威仪，居一室十余年，左右无姬侍。然喜论事，在经筵岁久，帝常以学士呼之而不名。尝问蓍龟占应之事，乃对：'卜筮虽圣人所为，要之一技而已，不若以古之治乱为监。'又尝示以敬器曰：'朕欲临天下以中正之道。'"（元·脱脱等撰：《宋史·列传第五十一》卷二百九十二，中华书局1997年，第2494页）重治国，轻龟卜，是唐宋以来士大夫的主张，这恐怕是龟卜逐渐不被重视的原因之一。李氏朝鲜时期的文人对龟卜的失传有着自己的看法，他们以为：其一，龟卜并不总是灵验："筮之神至于如是耶？穆姜之往东宫，遇元亨利贞之辞，而终不得返；南蒯之叛也，遇黄裳元吉之爻，而终至于败。是皆卦吉而不验，筮或不可信如是欤？臧会从倭句为僭，终为臧孙。是卜筮者，所以教奸人为奸计也。圣人所制之法，何反为奸人之利如是欤？龟筮皆圣人之所为，龟尤为重。孔子赞易，唯言筮卦之法，何欤？"（〔韩〕赵翼：《浦渚集》卷之二十八，影印标点《韩国文集丛刊》第85册，第517页）不灵验是龟卜失传的最重要的原因。其二，奸人利用卜蓍，不能因卜蓍而废义："唐太宗之将攻建成也，唐俭卜之。是时灼龟之法犹在欤？然则其法自何时而绝耶？程子传易，不及于揲蓍。作朱子本义，解揲蓍之法，甚为详备，尽得古人筮法。程朱子于筮，何轻重不同如是欤？……盖君子于事，惟当一由乎义。吉凶祸福，皆所不计，则卜筮无所用矣。若惟卜是从，则是不能忘情于祸福也，其害必至于废义也。"（〔韩〕赵翼：《浦渚集》卷之二十八，影印标点《韩国文集丛刊》第85册，第517页）君子行事当则忠义，不计吉凶祸福。忠义与龟卜有时是矛盾的，不能因卜蓍而废义。如果因卜蓍而废义，就应当废弃卜蓍。龟卜之废与儒家思想有一定的关系，随着社会的发展，儒家思想与卜蓍的关系也发生了微妙的变化，对卜筮的相信度不断减弱，最终使龟卜之法失传。
这些说法比较宏观，固然能够说明龟卜失传的部分原因，但应当存在更为直接的具体原因与事件。如果说龟卜被恶人利用或不够灵验，那么其他的占卜方法也应当存在相似的问题，但是蓍法并没有失传。李氏朝鲜文人正祖（1752—1800）曾探讨过龟卜的失传时间与原因："'爰契我龟'出于诗，'大横庚庚'见于史。信乎古人之以龟为重，而蓍法独存，龟书不传，此实千古之慨惜者也。其始兆终废之由，臣未能之知。而龟卜之法，其来已久。自汉以后，未闻灼龟。盖废于西汉耶？元龟长为尺二寸，而古书皆以为千年龟。至于十尾之说，出于六帖，盖或有所考证，而臣未敢信也。"（〔韩〕正祖：《弘斋全书·经史讲义三十二·书〔三〕·癸卯选。李显道、郑万始、赵济鲁、李勉兢、金启洛、李翼晋、成任仁、沈晋贤、金熙朝、李晴、申馥、姜世纶、李昆秀、尹行恁等对》卷九十五，影印标点《韩国文集丛刊》第264册，首尔：民族文化推进会2001年，第508页）赵龟命（1693—1737）以为龟的基本特征来自于龟卜方法，一旦龟卜方法失传，龟卜的基本特征也会随之消失。他在《记梦》中说："丙辰九月十一日梦，有问余者曰：'龟处泥涂，而为介虫之长，与四灵之列。何也？'余曰：'子觏今之龟，而未觏古之龟也。古者，以龟卜以决天下之疑，故圣人神之。龟之长尺二，命之曰守宝，王者藏于庙而礼焉。……今也，龟卜废，龟失其所以为灵矣。"（〔韩〕赵龟命：《东溪集·杂著》卷之七，影印标点《韩国文集丛刊》第215册，首尔：民族文化推进会1998年，第154页）其实古今之龟未必有什么不同，不同的只是是否用于龟卜，问题的关键不在于龟，而在于龟卜方法。

难以了解《龟旨歌》的龟卜方法，研究《龟旨歌》与龟卜方法的关系更是无从谈起。不过龟卜方法并不是完全无法了解，伽耶建国时期的韩国文献虽然已不存在，但中国古代文献有关龟卜的记载比较丰富。根据中国文献可以了解中国的龟卜方法，如果中国的龟卜方法与《龟旨歌》的内容相合，就表明中国的龟卜方法传入朝鲜半岛，也就可以研究《龟旨歌》与龟卜方法的关系了。因而首先应当根据中国文献了解和还原龟卜方法。其实早在清朝，李光地（1642—1718）就感叹龟卜之法的失传，并曾试着根据《周官》等文献恢复龟卜之法。

> 龟卜之法不传，今以《周官》、《书经注疏》凑合想之，粗可言者。大概龟之体，犹筮之卦；龟之兆，犹筮之爻；龟之颂，犹筮之词。卦有六，卜仅三：一五，二廿五，三一百廿五，五，五行也，廿五，五五也；一百廿五，五其廿五也。①

李光地的《榕村语录》是徐用锡、李清植辑的。徐用锡（1657—?）字坛长，号画堂，江苏宿迁人。康熙四十八年（1709）进士，是李光地门人。李清植为李光地从孙，字立侯，号穆亭，雍正二年（1724）进士，授编修，累迁山东巡抚、礼部左侍郎。李光地与徐用锡、李清植皆为一代学人，但对龟卜之法也不甚了解，由此可以窥见当时对龟卜之法已经陌生到了何种程度。不过正如李光地所说，"凑合想之，粗可言者"，根据先秦文献还是能够恢复大体的方法。粗略的龟卜方法对于研究《龟旨歌》也是有价值的，由于龟卜是儒家经学的一部分，留下的文献还是能够提供较为充分的有效信息。还原龟卜方法不是文学研究，但如果不研究还原龟卜方法，就无从了解《龟旨歌》与龟卜方法的关系，也就不能研究《龟旨歌》的性质与意义。根据龟卜的具体方法可以解读《龟旨歌》的字句，可以考察《龟旨歌》与金首露神话到底包含了多少龟卜的因素，就可以明白《龟旨歌》的基本性质与意义。下面将《龟旨歌》分解为若干因素，考察一下这些因素与龟卜方法究竟存在怎样的关系。

第一，《龟旨歌》与《史记》记载的"灼龟首"。

---

① 清·李光地：《榕村语录·三礼》卷十四，中华书局 1995 年，第 250—251 页。

"龟何龟何，首其现也"是《龟旨歌》的头两句，此句的字面意思是请求龟伸出脑袋。如果结合后两句，伸出龟的脑袋应当与"燔灼"有关系，也就是伸出龟首的目的是烧灼。此句的字面意思清楚明白，没有什么可争议的。可是伸出龟首烧灼是在做什么？此句实际表达的意义是什么？此类问题显然难以回答，因为仅仅根据字面意思，不能明白伸出龟头的性质和意义。只有明白了《龟旨歌》的性质，才能够明白伸出龟首的意义。中国文献里记载了伸出龟头灼烧的记载，《史记·龟策列传》中就有与此句相关的记载：

> 卜先以造钻灼，钻中已，又灼龟首，各三；又复灼所钻中曰正身，灼首曰正足，各三。即以造三周龟，祝曰："假之玉灵夫子。夫子玉灵，荆灼而心，令而先知。而上行于天，下行于渊，诸灵数箣，莫如汝信。今日良日，行一良贞。其欲卜某，即得而喜，不得而悔。即得，发乡我身长大，手足收人皆上偶。不得，发乡我身挫折，中外不相应，手足灭去。"①

《龟策列传》非司马迁所撰，是他人补记，但其内容在其他文献中可以印证，是比较可靠的龟卜文献。《史记》的记载分为前后两个部分，前一段记载了龟卜的方法，后一段记载了龟卜的祝词。从这段记载来看，《龟旨歌》存在四个龟卜因素：一是灼龟首；二是燔灼与龟卜之火；三是祝词；四是喫（契、钻）。除了"现"与虚词之外，其他因素全部都包含在《史记》的这段记载中。虚词不表达实际意义，因而不必考虑《龟旨歌》的虚词。"现"也是《龟旨歌》的重要内容，在《史记·龟策列传》的这段记载中，并无直接标记"现"或相近意义的字词，不过可以认为《史记》的记载中隐含了"现"的意义。因而可以认为《龟旨歌》的所有因素都包含在《史记》记载的龟卜方法之中，表明《龟旨歌》与龟卜方法的关系不是偶然巧合，应当存在必然关系，这就意味着《龟旨歌》是一首龟卜歌，只是根据《史记》记载的因素也可以写出《龟旨歌》。如果《龟旨歌》与《史记》的龟卜方法只是偶然相合，那么应当只是有一两个因素相合，不可能所有的

---

① 汉·司马迁：《史记·龟策列传》卷一百二十八，中华书局1997年，第819页。

因素都相合。

在《史记》记载的龟卜方法之中,何为龟首是首先应当研究清楚的问题。首在龟卜中有二义:一是用来描述龟卜兆纹,兆纹之首是指兆纹的起始之处。二是指龟的头部,上述文献记载的是指龟的脑袋,而不是指兆纹之首。龟卜不只是要观察龟板的兆纹,还要观察龟体的变化,通过龟首的形态、动作可以解读其中的意义。胡煦《卜法详考》记载:"全氏曰:盖天龟首俯,地龟首仰。《尔雅》谓之谢龟。甲前长者谓之果,甲后长者谓之猎,首左倪甲亦偏左者,谓之不类;首右倪甲亦偏右者,谓之不若。色有五色,方有五方,各有所宜用,故各以其室藏之,使可辨也。此所谓体也,非兆之体色也。"① 又:"头仰吉,头伏凶。静应迟,动应速,外者,人也。内者,我也。外者,女也。内者,男也。凡头足乖违,身中摧折,及夹丝或如破器,并头足带白,皆非吉也。"② 龟首的仰伏是解读吉凶的基本动作,但这应当是烧灼之后的动作,这样才有龟卜的意义。

根据这样的记载可以明白龟卜并非只有灼烧龟板的方法,灼烧活龟也是龟卜的一种方法。灼烧龟首,观察龟首的姿态,表明灼烧的是活龟,而不是龟片。《史记》记载的"钻中已"与"灼龟首",也应当是灼烧活龟的方法,否则就无法理解了。这样的理解似乎比较怪异,但大量的文献记载证明确实存在灼烧活龟的龟卜方法。只是现今学术界不大提及灼烧活龟的方法,因而学者对灼烧活龟会更为陌生,这样的现状对研究《龟旨歌》显然极为不利。《龟旨歌》的研究陷于困境,难有突破,就在于此。

在灼烧活龟的龟卜方法中,龟首不只是指龟的脑袋,还指灼烧的部位。清人张文虎以为《史记》的记载有脱漏,需要校勘:"灼首曰正足:灼首下疑脱'曰正首,灼足'五字。"③ 此说是正确的,按照此说,《史记》记载的身、首、足是指龟身体的三个部分。汉代其他文献的龟首也是指龟的头部,汉代徐岳的《数术记遗》记载:"龟算,春夏秋成,遇

---

① 清·胡煦:《卜法详考·选龟》卷一,《周易函书·附上学法详考等四种》第四册,中华书局2008年,第1139页。
② 清·胡煦:《卜法详考·古法汇选·龟卜·分断·甲乙金兆》卷四,《周易函书·附上学法详考等四种》第四册,第1245页。
③ 清·张文虎:《校刊史记集解索隐正义札记·龟策列传第六十八》(下册),中华书局1977年,第733页。

冬则停：为算之法，位别一龟。龟之四面为十二时，以龟首指寅为一，指卯为二，指辰为三，指巳为四，指午为五，指未为六，指申为七，指酉为八，指戌为九，指亥为十。龟头指亥、子、丑，不以为数。故云遇冬则停也。"① 龟算是从头部开始的，这个说法与《史记》相同。

灼龟的位置是龟卜的重要因素之一，灼龟时必须仔细识辨烧龟的各个部位，龟首是灼龟不可缺少的位置。元代龙仁夫释《周易》云："六五，或益之十朋之龟，弗克违，元吉。（……损益龟以象言也，二五虚中受益，以理言也，又以象玩之。一阳，龟首也。三阴，龟足也。二阳，龟身尾也。损龟首上向，故言于五；益龟首下向，故言于二。且损主益上，益主益下故也，象义之精如此。）"② 明顾梦麟《诗经说约》：

> 视龟腹骨近足处，其部高，可灼者。先作其墨，俟既灼，观食不食为兆也。又卜师职云：凡卜，辨龟之上下左右阳阴，以授命龟者而诏相之。盖龟首、尾两旁，阴腹阳背，各有高应灼处辨之者，如春灼后左，夏灼前左，秋灼前右，冬灼后右是也。③

据此来看龟首、龟尾与腹背都是指烧灼的部位，而且都要选择高出之处。"灼龟首"就是指以火烧灼龟的头部，不是象征或虚拟，不需要转换为其他的意义。《史记》记载龟首是代表性的灼烧部位，但随着时代的迁移，灼烧的位置也变得不明④。灼龟的位置不明，灼龟的方法也不明了，这正是《龟旨歌》难于读懂的原因，万幸的是《史记》等文献记载了龟卜方法。

根据上述的汉代龟卜方法来看，《龟旨歌》与龟卜方法的关系十分明确：其一，《龟旨歌》的内容与龟卜方法完全吻合。《龟旨歌》的第一联是请求伸出龟首，《史记》也有伸出龟首的内容，只是没有直接记载，

---

① 汉·徐岳：《数术记遗》，《算经十书》下册，中华书局1963年，第546页。
② 元·龙仁夫：《周易集传》卷四，中华书局1985年，第73页。
③ 明·顾梦麟：《诗经说约·大雅三·文王之什三之一》卷十九，《续修四库全书》第六十册，第663页。
④ 清·徐珂：《清稗类钞·鉴赏类·刘铁云藏龟甲牛骨》："二曰钻灼之处。古人灼龟，其部分不甚明了。《周官·大卜》：'视高作龟。'注：'视高以龟骨，高者可灼处，示宗伯也。'龟之骨近足者，其部高云云。兹验之今日所出故龟，其钻灼处皆在腹内之涩面，而不在腹下光滑之处，（骨亦然。）殆以光滑之处难灼也。其部分则或偏或正，式不一，此又可据目验补经史之缺者二也。"（中华书局1986年，第4532页）

而是包含在"灼龟首"中。因为没有伸出龟首,就无法灼烧龟首,龟首又是不可缺少的灼烧部位,灼龟首与伸出龟首之间存在着必然关系,因而可以认为伸出龟首的因素包含在"灼龟首"中。《龟旨歌》的头两句写的就是卜龟没有伸出头来,因而请求伸出龟首,这就是"龟何龟何,首其现也"的含义。如果不了解汉代的龟卜方法,《龟旨歌》的内容是难以理解的。因为伸出龟首与"燔灼"之间是跳跃的,似乎缺乏逻辑关系,实际上在跳跃的诗句之中仍然存在着龟卜的逻辑关系。按照劳动歌的说法,《龟旨歌》写的是烧龟吃肉,如果只是为了吃龟肉,就没有必要灼烧龟首,燔灼龟首反而莫名其妙,不可理解。但如果明白了汉代的龟卜方法,就可以知道伸出龟首的意义是什么,明白伸出龟首与燔灼之间的逻辑关系。

其二,《龟旨歌》的内容与龟卜方法之间不需要任何的转换。首先,《龟旨歌》写的是龟,首就是龟首,不是其他东西,不需要转换为其他事物。如果将龟首转换为国家元首、男性龟头或者农作物的萌芽,脱离《龟旨歌》本身,只能带来牵强附会的想象。既然龟首不能转换为其他事物,"首其现也"也就不能释为国家元首的出现,也不是渴望男性龟头的出现,更不是祈求农作物萌芽。其次,伸出龟首与燔灼之间的逻辑关系也不需要转换为其他事物。《龟旨歌》只是写了伸出龟首与燔灼的前后顺序,但将《龟旨歌》置入汉代龟卜方法中考察,就能够了解前后顺序的逻辑关系。《龟旨歌》与《史记》的记载不只是完全吻合,还可以互相补充,补充《史记》记载简约的不足,也可以补充《龟旨歌》作为诗歌没有能够充分表现逻辑关系的不足。《龟旨歌》与《史记》互为补充、彼此印证的关系,充分证明《龟旨歌》的龟卜方法就是汉代龟卜方法。

第二,《龟旨歌》的"燔灼"与龟卜之火。

"燔灼"是《龟旨歌》的主要语词,《龟旨歌》没有直接写到火,燔是烧烤,灼也是相同的意思,都是与火相关的词汇。因而学术界围绕着火展开了不少的争论,祭祀之火、战争之火还是性欲之火,都是关于火的性质的探讨,也是关系到《龟旨歌》是否为龟卜歌的问题,因而"燔灼"成为学术界研究的核心问题之一。为了解决这个问题,就不能不考察"燔灼"与火,研究"燔灼"与龟卜方法的关系。

"燔灼"与龟卜有无关系呢?"燔灼"不是龟卜的专门用语,但不会淹没《龟旨歌》与龟卜方法的关系。"燔灼"最早出现于《黄帝内经》，因而多用于医学文献。《黄帝内经》多处使用了"燔灼"一词，《黄帝内经素问》记载："盛则梦大火燔灼，阳为火，故梦大火而燔灼也。"①《黄帝内经》记载梦中的大火"燔灼"象征着阳，因此"燔灼"一词也经常出现在占梦书中，是占梦的用语之一。宋邵雍《梦林玄解·梦占》："【肝】属木，旺于春，在卦为震巽，实则梦恚怒忿争，虚则梦林木枯槁，平和则梦台阁壮丽。【心】属火，旺于夏，在卦为离，实则梦大火燔灼，疮疽疼痛；虚则梦烟销焰灭；平和则梦丽日融和，烛光辉耀。"②按照占梦书来看，心属火，梦中大火"燔灼"就会疮疽疼痛。经学也使用燔灼一词。朱熹《诗经集传》："赫赫师尹，则民具尔瞻矣。而其所为不善，使人忧心如火燔灼，又畏其威而不敢言也。然则国既终斩绝矣，汝何用而不察哉。"③清边廷英《周易通义》："言其人一味刚躁，不顾本心，即如自取其心而燔灼之然也。"④龟卜属于经学的一部分，朱熹《诗经集传》："赫赫师尹，则民具尔瞻矣。而其所为不善，使人忧心如火燔灼，又畏其威而不敢言也。然则国既终斩绝矣，汝何用而不察哉。"⑤清边廷英《周易通义》："言其人一味刚躁，不顾本心，即如自取其心而燔灼之然也。"⑥

"燔灼"不是龟卜的专门用语，但用于龟卜也没有什么不合之处。从先秦以来，占梦与龟卜皆属经学，太卜掌管龟卜，也掌管占梦。龟卜著作也提及占梦，《卜法详考》："疏曰：太卜所掌先三兆，后三易，次三梦者，梦蓍并重。梦以叶卜筮，故以先后为次。王氏曰：以龟占象之谓卜，以火灼龟，其象可占之谓兆；三兆之法专掌于太卜，而兼及于三易三梦者，《易》与梦亦占也。其属有筮人占梦，而太卜为

---

① 《黄帝内经素问·脉要精微论篇第十七》卷第五（上册），人民卫生出版社1982年，第228页。
② 宋·邵雍纂辑、明·陈士元增删、何栋如重辑：《梦林玄解·梦占》卷二十四，《续修四库全书》第1064册，上海古籍出版社2002年，第224页。
③ 宋·朱熹：《诗经集传·节南山》卷十一，吉林人民出版社2005年，第165页。
④ 清·边廷英：《周易通义》卷八，《四库未收书辑刊》柒辑壹册，北京出版社2000年，第193页。
⑤ 宋·朱熹：《诗经集传·节南山》卷十一，吉林人民出版社2005年，第165页。
⑥ 清·边廷英：《周易通义》卷八，《四库未收书辑刊》柒辑壹册，北京出版社2000年，第193页。

之长。"① 从这个角度来说，龟卜移用占梦用语也很自然。何况"燔灼"一词可以看成是龟卜用语与其他汉字组合而成的。"燔灼"的灼字是最常见的龟卜专门用语之一，燋、焞、楚、焌等其他灼烧用语的使用频率远远低于灼字，说明"燔灼"虽然不是龟卜的专门用语，但与龟卜存在着较深的关系，给人以较为浓厚的龟卜气息，不会因为使用"燔灼"一词，淹没《龟旨歌》与龟卜的关系。

那么《龟旨歌》中的火到底是什么火呢？在没有转换或象征的情况下，火与诗歌文本、龟卜方法保持通畅自然的关系，是还原的基本准则。其实所有字面写的事物都是《龟旨歌》文本的因素，这些因素不是研究者能够主观决定或修改的。在没有误刊的情况下，应当按照直写的因素来研究。一旦转换或象征之后，诗歌文本原有的客观因素就被消解，因而应当尽可能避免消解客观因素。《龟旨歌》的火不需要转换或象征，火是龟卜不可缺少的因素。《龟旨歌》只是间接地隐含了火，因而有关火的信息极为有限，除了火之外，没有任何其他限定性的信息。不过从龟卜文献来看，有关龟卜之火的记载相当丰富。龟卜之火都是柴火，《清稗类钞》以为：

> 一曰灼龟与钻龟。古人灼龟用荆，谓之燋，(《史记·龟策传》："灼以荆仪。"《礼·士丧礼》："楚焞置于燋。"注："楚，荆也。"《周官·华氏》注："燋，谓灼龟之木也。") 又谓之焞，又谓之焌，(《士丧礼》："楚焞置于燋。"《华氏》："遂吹其焌集契。"焞，灼龟火，或作焌。) 取明火以灼龟。(《华氏》："凡卜，以明火爇燋。"注杜子春曰："明火，阳燧取火于日。") 其灼也，必焦黑，(《卜师》："扬火以作龟，致其墨。"注："致其墨者，熟灼之。") 此灼龟之可考者。②

《清稗类钞》将有关灼龟使用的火以及材料相关的《史记》等文献，集中在一起，可以非常明确地看到从先秦一直到汉代，灼龟用的火以及

---

① 清·胡煦：《卜法详考·三兆》卷一，《周易书函·附卜法详考等四种》第四册，第1147—1148页。
② 清·徐珂：《清稗类钞·鉴赏类·刘铁云藏龟甲牛骨》，中华书局1986年，第4531—4532页。

材料没有什么变化,荆火灼烧显然是龟卜的制度。《白虎通义》记载了必须使用荆火的原因:"龟以荆火灼之何?《礼·杂记》曰:'龟,阴之老也。蓍,阳之老也。龙非水不处,龟非火不兆。以阳动阴也。'必以荆者,取其究音也。《礼三正记》曰:'灼龟以荆。'以火动龟,不以水动蓍何?以为呕则是也。"① 龟是阴,火是阳,无火不兆。以五行说解释也是常见的说法,胡煦《卜法详考》记载了灼烧龟板的方法:"灼龟之法,必五行全具焉。以碗盛水,置钱于中,用二木界尺,架于其上,然后置龟板焉。刻者向下,而近肉者向上。以三一丸灼之,水为水,火为火,钱为金,界尺为木,碗为土。(煦按:当以火化者为土,此灼龟之五行也。)"② 这段记载了灼烧龟板的方法,还可以听到龟板开裂之声的龟语。③ 然而不管采用何种龟卜方法,所使用的火是相同的,都是木火,要阴阳五行俱全。古人以为这关系到龟体的形态、龟纹的走向,也就关系到龟卜的成败,是龟卜极为关键的一个环节。

在《龟旨歌》与金首露神话中只有"燔灼"二字,此外并无其他记载。但是根据龟卜的一般方法,"燔灼"使用的应当是柴火。实际上从公元1世纪到3世纪前后,火的种类相当有限,比较方便使用的就是柴火,位于朝鲜半岛南端的伽耶也是如此。在这种情况下也不大可能将火转换为其他事物,只要按照《龟旨歌》的字面意思理解就可以了。将火转换为为性欲、战争或者其他什么事物,是以其他因素的转换为前提。由于首转换为男性性器,为了与此类转换相合,就只能将火也转换为性欲,这是连带转换。这种转换没有必要,也没有证据。图腾祭祀之火、丰收祭祀之火没有转换为其他事物,这似乎表明图腾祭祀、丰收祭祀的说法是正确的。但此类说法也是以其他因素的转换为前提,龟转换为图腾,龟首转换为农作物萌芽。转换或不转换取决于其他因素的需要,也取决于研究者的看法,很难找到客观的依据。然而在龟卜之中火是不可

---

① 清·陈立撰、吴则虞点校:《白虎通义疏证·蓍龟》卷七(上册),中华书局1994年,第333页。

② 清·胡煦:《卜法详考·古法汇选·龟卜》卷四,《周易函书·附卜法详考等四种》第四册,第1243页。

③ "既灼之后,其龟板炸然有声,是云龟语。然后覆板而视之,即以所盛之水以指濯,其刻处必有坼焉。然后审其直横诸象,以占其吉凶。既占其坼矣,乃以绳约其坼处,以香火供之,必待三日而坼始复合。或有一日二日而龟板仍复作声者,是犹有未尽之言也。须复占之。"(清·胡煦:《卜法详考·占龟》卷三,《周易函书·附卜法详考等四种》第四册,第1200—1201页)

转换为其他事物的,火与"灼龟首"、伸出龟头有着客观直接的关系。一旦把龟首转换其他事物,就会破坏《龟旨歌》诸因素的逻辑关系,就会使《龟旨歌》变得难以明白。

第三,《龟旨歌》是龟卜的祝词。

《龟旨歌》是龟卜歌,内容来自于龟卜方法,那么这首诗歌其实就是龟卜的祝词,这也是《龟旨歌》即龟卜歌的证据之一。《龟旨歌》的内容由两种因素构成:一是龟卜方法,伸出龟头与烧灼就是龟卜方法;一是祈祷因素,祈祷龟首伸出与最后一句表达了实现愿望的情感,这一点将在后文中论述。龟卜祝词的内容由两种因素构成,前文《史记》引文中的龟卜祝词就是如此:一是龟卜方法,荆枝灼烤、选择良日等就是龟卜方法;一是龟卜祈祷的愿望,期盼良贞和获得良贞、未得良贞的心情属于龟卜过程的状态,也是期望出现良贞的期望。汉代的龟卜祝词大体如此,《史记》还记载了另一段龟卜祝词,其内容与《龟旨歌》更为相似:

> 假之灵龟,五巫五灵,不如神龟之灵,知人死,知人生。某身良贞,某欲求某物。即得也,头见足发,内外相应;即不得也,头仰足肸,内外自垂。可得占。①

这篇祝词的内容因素也是有二:一是记载了龟卜方法,"头见足发""头仰足肸"是龟卜方法。一是期盼得到的结果,希望得到某物,"某身良贞,某欲求某物"就是祈祷获得祈求之物,实现祈祷的愿望。然而还应当注意龟卜方法与祈祷是无法分开的,因为祈祷的愿望总会以龟卜的状态来描述。这篇祝词写了两种可能出现的结果:得到吉兆时龟首现出,龟足亦伸,龟板的兆纹也会内外相应。如果不能得到吉兆,那么头会仰起,脚亦收缩,内外兆纹弯折下垂。不管是哪一种状态,都应当是龟卜方法的因素。祝文没有直接写希望出现哪一种状态,但无论有没有写"欲求某物",都不可能祈望出现后一种状态,因而在这种描述状态的语句中包含了所期望的情感。

《龟旨歌》与《史记》的龟卜祝词语言不同,但内容相同。《龟旨

---

① 西汉·司马迁:《史记·龟策列传》卷一百二十八,中华书局1997年,第819页。

歌》记述的龟卜方法与龟卜的过程、期望、结果没有分离，这一特征与汉代龟卜祝词亦完全相同。据此可以确定《龟旨歌》就是龟卜歌，或者更具体地说是龟卜祝词。《龟旨歌》与龟卜祝词似乎也有一点不同，良日是龟卜的因素，《龟旨歌》没有记载良日，但不会影响《龟旨歌》作为龟卜祝词的基本性质。因为良日不是祝词不可缺少的因素，上面引用的《史记》第二篇祝词也没有记载良日。《龟旨歌》的文本确实没有记载良日，但金首露神话记载了良日，即三月三日上巳节。这一天是龟卜的良日，同时也是祈祷君王降临的良日。从这个角度来看，《龟旨歌》还算是比较标准的龟卜祝词。

最后还需要提及《龟旨歌》与祝词文体的关系，从文体关系可以得到一些重要的信息：其一，《龟旨歌》的文体形式应当源于汉代龟卜祝词。《龟旨歌》不大像是诗歌，更像散文。在字数不多的文本中，使用了较多的虚词，其、也、而等虚字，给人以散文的感觉。《龟旨歌》的韵脚更是独特，有三句以"也"字结束，"也"是韵脚，以同一虚词押韵，绝对不是诗歌押韵的规范形式，或者可以认为是诗歌的特殊文体。《龟旨歌》实在不像韵文，因而认为是诗歌也可以，是散文亦无不可。不过《三国遗事》明确记载"歌之云"，表明这是一首诗歌，但只能是散文体的诗歌。《史记》的祝词是散文，不过其中不无押韵之处，亦多用虚词。据此来看《龟旨歌》的文体非常接近于汉代龟卜的祝词文体，汉译者似乎比较熟悉汉代龟卜祝词的写法，有意译成了近于散文的文体，这显然可以作为《龟旨歌》就是龟卜祝词的证据。

其二，《龟旨歌》与南北朝雅乐歌辞、祝词的文体关系。先秦的雅乐歌辞几乎都是四言诗，南北朝时期的雅乐歌辞都是齐言体，四言为主，间以三言。南北朝祝词与雅乐歌辞的形式相类，亦多是使用四言体。梁沈约《宋书》："至元帝建武元年，又依洛京立二社一稷。其太社之祝曰：'地德普施，惠存无疆。乃建太社，保佑万邦。悠悠四海，咸赖嘉祥。'其帝社之祝曰：'坤德厚载，王畿是保。乃建帝社，以神地道。明祝惟辰，景福来造。'礼，左宗庙，右社稷，历代遵之，故洛京社稷在庙之右，而江左又然也。"① 梁萧子显《南齐书》："南郡王冠祝曰：'筮日筮宾，肇加元服。弃尔幼志，从厥成德。亲贤使能，克隆景福。'醮酒辞曰：'旨

---

① 梁·沈约：《宋书·志第七·礼四》卷十七，中华书局1974年，第481页。

酒既清，嘉荐既盈。兄弟具在，淑慎仪形。永屈眉寿，于穆斯宁。'"① 采用四言体的原因是南北朝人以为先秦祝词是四言，清胡煦《卜法详考》据南宋罗泌的《路史》记载了一篇龟卜祝词："《路史》：女娲乘雷车、鞴六龖以御天，申祝词而牧，占之曰：'吉'。词曰：'昭昭九州，日月代极。平均土地，和合万国。'乃设云隉，而致神明。此古龟卜之词也。"② 然而《路史》等文献均无龟卜之词的说法③，胡煦以为文中之词就是龟卜祝词，虽然没有提供任何证据，但其文体符合先秦雅乐歌辞的一般形式。汉代雅乐歌辞与祝词最为独特，使用杂言体，杂言体是汉代雅乐歌辞与祝词的标志之一。杂言体虽不同于散文，但最近于散文。《龟旨歌》用于国家的重大仪式，入乐歌唱，没有超出汉代雅乐歌辞与祝词形式的范围。

其三，《龟旨歌》的文体形式表明，《龟旨歌》译于汉代或距汉代较近的时期。如果《龟旨歌》汉译于南北朝时期或唐代以后，那么应当采用四言为主的齐言体，但《龟旨歌》译为散文化的杂言体，说明汉译者对汉代龟卜祝词与雅乐歌辞的形式比较熟悉。根据这种影响关系，可以认为《龟旨歌》汉译于汉代或距离汉代不远的时期。《龟旨歌》与龟卜方法的关系非常具体实在，落实到字词与龟卜内容的关系，也落实到文体层面。《龟旨歌》的所有因素都指向汉代，文体关系也包含着不可缺漏的信息，对于研究《龟旨歌》有着极为重要的意义，汉译时间的判断应当不是错误的。

二、"喫"字的校勘："喫"字误刊的可能性

《龟旨歌》与汉代龟卜方法关系的研究，可以证明《龟旨歌》当为龟卜歌。不过此说也存在问题，问题在于《龟旨歌》的第四句"燔灼而喫也"仍然难以理解。一般来说龟卜并不需要食用龟肉，可是《龟旨歌》明确记载要食用龟肉。此句显然与龟卜方法不相合，与金首露神话也不相合。金首露神话是建国神话，在迎立国家诞生的仪式中，杀死并

---

① 梁·萧子显：《南齐书·志第一·礼上》卷九，中华书局1972年，第147页。
② 清·胡煦：《周易函书附卜法详考等四种》第四册，中华书局2008年，第1193页。
③ 《路史》采用诸多遗书，记述了三皇五帝的历史、地理、风俗、氏族等方面的史事和传说，富于考证。《路史》之名取自《尔雅》的"训路为大"，即大史也。此书多采纬书，有浓厚的神话色彩，不大为历史学家所用。宋李昉等撰《太平御览·皇王部三·女娲氏》卷七十八："女娲氏：归藏曰：昔女娲筮，张云幕枚占之曰：'吉。昭昭九州，日月代极。平均土地，和合四国。'"（中华书局1961年，第364页）宋王应麟《玉海·艺文》卷三十五亦载有此词，但均无龟卜之词的说法。

食用作为神灵的龟,无论如何不是彼此相合的因素。那么问题到底在哪里呢?是有关龟卜歌的研究有误呢,或者是其他的什么问题?如果调查其他问题,最先应当调查的是《龟旨歌》的各种版本,检查《龟旨歌》的文本是否存在讹误。《龟旨歌》与龟卜方法的关系已经研究过了,因而还是有必要先去调查《龟旨歌》的文本。下面是《三国遗事》的几种版本:

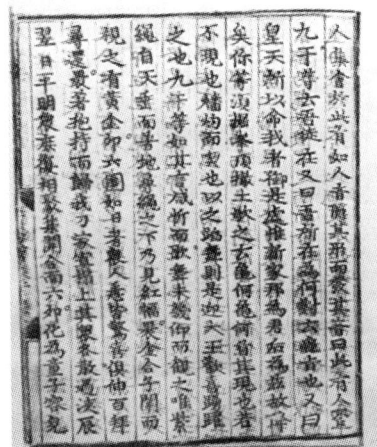
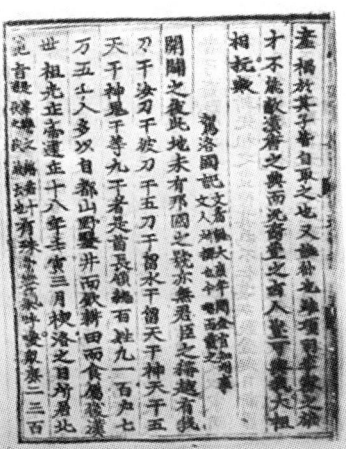

首尔大学校中央图书馆藏本的影印本①

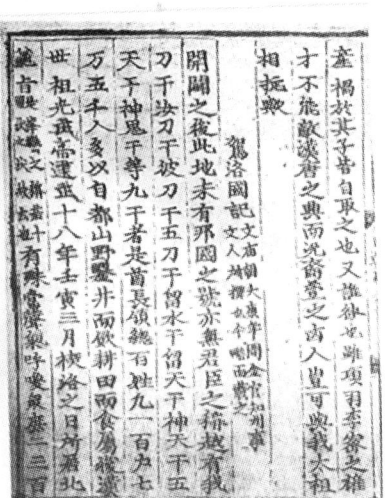

今西本的景印本②

---

① 李东欢校勘:《三国遗事》,景仁文化社 1973 年影印本。
② 京都帝国大学文学部藏版,京都:裵内新之助,1921 年。

晚松本①

现在研究《三国史记》常用的是正德本，正德本《龟旨歌》的第四句就是"燔灼而喫也"。上面的几种版本也是比较重要的版本，这几种版本的《龟旨歌》的文本没有异文。调查范围仅限于上述几种版本显然是不充分的。1997 年韩国学者河廷龙、李根直系统调查了版本，这一次调查的范围相当全面，最重要的是大大地增加了古本的范围，共有 12 种古本：1. 赵钟业所藏古板本；2. 南权熙绍介古板本；3. 鹤山李仁荣旧藏古板笔写本；4. 石南宋锡夏旧藏古板笔写本；5. 首尔大学奎章阁所藏壬申本；6. 高丽大学六堂文库所藏壬申本；7. 高丽大学晚松文库所藏壬申本；8. 天理大学所藏壬申加笔本；9. 国立中央图书馆所藏壬申写真本；10. 南权熙绍介壬申本；11. 蓬左文库所藏壬申本；12. 南权熙绍介壬申笔写本。此外还参考了现代学人的校订本，主要有六堂崔南善新订本、李丙焘译注本、李相浩（리상호）译注本、《三国遗事考证本》等。河廷龙等人的《三国遗事校勘研究》标注了诸本的文字差异，这为《三国遗事》研究提供了极大的方便。他们调查的结果表明《三国遗事》的所有古本皆刊为"喫"字，似乎证明"喫"字正确的。崔南善、李丙焘等现代人的注本虽然没有古本的价值，但他们也没有提出过《龟旨歌》的文本需要校勘的问题。事实上直到今天并没有学者认为《龟旨歌》的文本存

---

① 〔韩〕一然：《三国遗事：晚松文库本：附 石南本 鹤山本》，高丽大学校中央图书馆图书影印第 12 号，首尔：昕晟社 1983 年影印本。

在讹误，需要校勘。无人提出过校勘的问题，是因为所有的版本没有异文，这就足以证明《龟旨歌》的文本不需要校勘。

然而是否所有的刊本皆刊为"燔灼而喫也"，"喫"字就一定无误呢？如果最早的刊本就误刊了此字，以后的所有刊本都延续了这一误字，那么所有刊本必然相同。在这种情况下，仅靠各种刊本是无法解决问题的。版本依据固然最为重要，但并不是最终的依据。其实没有版本的依据，仍然可以怀疑存在讹误。怀疑"喫"字误刊的理由是存在的，主要体现在如下方面：

其一，"喫"字的讹误与《三国遗事》的依据。《三国遗事》几乎全部都用食字，唯有《龟旨歌》与《海歌词》用过"喫"字，除此二例之外没有其他用例。《海歌词》使用"喫"字是受到《龟旨歌》的影响，从这个角度来看《海歌词》的用例可以忽略不计，也就意味着"喫"字的用例只有《龟旨歌》一例。如果全书"喫"字的用例只有一例，那么就有理由怀疑此字原本并非"喫"字。《三国遗事》中其他所有的"喫"的意思，全部都是以食字来记载的，食是最标准的用法，与中国文献无异。如果再扩大调查范围，调查韩国古代所有的文献，也会发现除了《三国遗事》之外，其他的韩国古代文献几乎都是使用食字。既然《三国遗事》与其他韩国文献几乎都用食字，不用"喫"字，为何《龟旨歌》偏偏使用"喫"字呢？《龟旨歌》并没有非用"喫"字的理由，"喫"不存在押韵的问题，也不存在平仄格律的问题，"燔灼而食也"亦无不可。"燔灼而喫也"一语是通的，但不是《三国遗事》以及中韩文献的常见用法。这些依据不足以怀疑此句有讹误，但在此句与金首露神话矛盾的情况下，就会成为讹误的理由。

其二，"喫"字的讹误与喫字的使用历史。喫是吃的俗字，黄侃解释说："喫：今语称食曰㗱，借为叽，字亦作喫。"① 喫字始用于先秦，《庄子》记载："使离朱索之而不得，使喫诟索之而不得也。"② 先秦时喫字用于人名，并不是吃的俗字。汉代喫字亦非吃的俗字，东汉许慎（约58—约147）《说文解字》没有此字的字条，卷二上的注音使用了此字："牵：牛很不从引也，从牛从𠬪，𠬪亦声，一曰大皃，读若贤。喫善切。"③ 新附字亦有此字，但新附字与注音并非《说文解字》原有，这说

---

① 黄侃撰、黄焯整理、黄延祖重辑：《说文笺识·说文段注小笺上》，中华书局2006年，第173页。
② 郭庆藩注：《庄子注·天地第十二》卷五，中华书局1961年，第414页。
③ 东汉·许慎：《说文解字》卷二上，

明汉时"喫"字还不是吃字的俗字。不过汉代有两个此字的用例：一是西汉初期贾谊的《新书·耳痹》记载："越王之穷至乎喫山草，饮腑水，易子而食。"① 但清代郑珍（1806—1864）在《说文新附考》中以为：

> 喫：食也。从口，契声。苦击切。按，《说文》："齕，噬也。"即"喫"本字。从口，犹从齿；契声与刃声一也。唐人诗始见此字，盖六朝已降俗体。或曰《新书·耳痹篇》"越王之穷，至乎喫山草。"即"喫"字，非也。"喫"者"齕"之借。《说文》："齕，啮也。"两字迭韵。然《世说·言语篇》云："'邓艾口喫'，用为'喫'字，知'喫'亦'吃'之俗。"②

郑珍以为《新书·耳痹》中的喫字并非吃字，此说是正确的，因为汉代的用例实在罕见。二是东汉末期华佗的《中藏经》卷下："再熬去一升，取汁二升，分四服，量虚实与之，大泻为度。如喜水，即以水浇之。畏水者，勿与喫，大忌。"③ 这段记此书载也使用了喫字，当是吃的俗字，表达了吃的意义。但此书的成书年代不明④，即使成书于汉代，

---

① 汉·贾谊：《新书·耳痹》卷第七，中华书局2000年，第269页。
② 清·郑珍撰、王瑛、袁本良点校：《郑珍集 小学·说文新附考·卷一》，贵阳：贵州人民出版社2001年，第227页。
③ 东汉·华佗（？）：《华氏中藏经》卷下，人民卫生出版社1963年，第54—55页。
④ 黄作阵《从声韵看〈中藏经〉之成书时代》："《中藏经》始载于宋·郑樵《通志·艺文略》'医方'下篇，题曰'《华氏中藏经》'。陈振孙《直斋书录解题》录为'《中藏经》一卷，汉·樵郡华佗元化撰'。然关于本书作者及成书时代，千年来聚讼纷纭，竟成疑案：有据本书前之序言疑为邓处中撰者，如《宋史·艺文志》题为'灵宝洞主探微真人撰'；有据书中内容及文词疑为六朝人之手笔者，如孙星衍谓：'此书文义古奥，似是六朝人手笔，非后世所能假托'；有据书中避宋讳及某些方药见于《千金要方》、《外台秘要》，因而断定为宋人之作者，如周锡攒、章太炎；有统斥为后人托名之作而又具有元化遗意，或为华佗弟子所辑者，如吕复。种种议论，莫之能定。我们知道，语音的变化具有严密的轨迹和鲜明的时代特征，因此本文试图从本书为数不多的韵文中找出一些蛛丝马迹，以为探求其成书时代之一助。"《中藏经》有一部分是韵文，有的学者根据押韵的韵部认为《中藏经》当是成书于宋代："以上已将《中藏经》中押韵的七韵的字上推至先秦，说明它们在先秦分别属于阳、耕、蒸；下探至宋元，说明它们在宋元语音中实际上是一韵了。《中藏经》并非严格的诗韵，所似它的押韵当是宋代实际语音的反映，而不是偶然的巧合。由此可见，《中藏经》很有可能成书于宋代，至少本书卷上第二篇为宋人作品。当然，书中的某些内容也许渊源更早些。"（《南京中医药大学学报（社会科学版）》2000年5月第1卷第2期）对此学术界也有不同的看法："首先，王叔和《脉经》、皇甫谧《针灸甲乙经》、巢元方《诸病源候论》、孙思邈《千金方》等许多晋唐医书中曾引用过华佗佚文，而这些佚文大多也见于本书。另外，陈寿《三国志》记载的华佗论治疾病的一些思想方法也在本书中得到体现，所以基本可以肯定，华佗时确实有《中藏经》存世。"（于峥等：《再识〈中藏经〉成书于汉》，《中国中医药现代远程教育》第10卷第1期，总第129期，2012年1月上半月刊）

汉唐期间多有修改，因而此书的用例不宜作为重要证据。此外还值得注意的是三国曹魏术士管辂（209—256）的《管氏指蒙·三家断例第八十九》卷下的用例："丑甲庚寅卯，辨阴阳。乙辛，要识龙蛇，分干巽须，分马喫羊。"① 学术界一般以为《管氏指蒙》是集管辂之后相地术的大成之作，汇集了隋萧吉、唐袁天纲、李淳风、宋王伋注。作者并不是管辂，只是托名管辂而已。此书最早著录于《宋史·艺文志补》，多认为成书于晚唐时期，因而《管氏指蒙》的用例不能证明三国时期喫字已经成为吃的俗字。

郑珍以为"喫"字是六朝以后的俗字，这是可靠的说法，因为南朝刘宋开始用例突然增多。刘义庆《世说新语》："友闻白羊肉美，一生未曾得喫，故冒求前耳。无事可咨，今已饱，不复须驻。"② 此外《世说新语》还有数例。北魏贾思勰《齐民要术》："凡初产者，宜煮穀豆饲之。……十五日后方喫草，乃放之。白羊三月得草力，毛牀動則鉸之。（鉸訖，於河水之中淨洗，羊則生白淨毛也。）"③ 羊与喫存在着特别的关系，但"喫"字并不限于吃羊肉，北齐刘昼《刘子》："人送黍饭来饷孔子，孔子不喫诸食，先饭黍，侍者掩口笑。"④ 这段话出自注释，虽然记载"喫"字用于各种食物，但实际上还是存在一定的使用范围。

喫字在南北朝时只用于散文，没有用于诗歌，唐代以后始用于诗歌。李白、杜甫、李贺的诗歌也多用了此字，白居易诗歌中的用例较多，唐白居易《白氏长庆集·紫毫笔》卷第四："紫毫笔，尖如锥兮利如刀。江南石上有老兔，喫竹饮泉生紫毫。宣城之人采为笔，千万毛中拣一毫。"⑤ 白居易《咏怀》："昔为鳳阁郎，今为二千石。自觉不如今，人言不如昔。昔虽居近密，终日多忧惕。有诗不敢吟，有酒不敢喫。今虽在疎远，竟岁无牵役。"⑥ 据此来看散文与诗歌的用字存在着较大的差异，

---

① 三国魏·管辂：《管氏指蒙·三家断例第八十九》卷下，齐鲁书社 2015 年，第 211 页。
② 南朝宋·刘义庆撰、朱碧莲详解：《世说新语详解·任诞第二十三》卷下之上，上海古籍出版社 2013 年，第 466 页。
③ 北朝魏·贾思勰：《齐民要术·养羊第五十七》第六，商务印书馆 1922 年，第 86 页。
④ 北朝齐·刘昼：《刘子·无十·正赏第五十一》卷之十，《中华道藏》第二十五册，华夏出版社 2004 年，第 246 页。
⑤ 唐·白居易撰、谢思炜校注：《白居易诗集校注·紫毫笔》卷第四，中华书局 2006 年，第 424 页。
⑥ 唐·白居易撰、谢思炜校注：《白居易诗集校注·咏怀》卷第八，第 683 页。

这对于研究《龟旨歌》也有一定的参考意义。

根据上述喫字的使用历史，可以得出如下的看法：第一，汉代已经有了喫字，那么《龟旨歌》误为喫字的上限时间覆盖了金首露神话与《龟旨歌》的生成时间范围。这意味着在《龟旨歌》生成不久，就可能讹误为喫字。如果汉代没有出现这个字，讹误的可能性就低了很多。

第二，南北朝并无喫龟的用例。南北朝时期喫字确实已经成为吃的俗字，但在吃龟肉时仍用食字，而不用喫字。南北朝有一条吃龟肉的记载："秣陵令刘沼，梁天监三年，为建康监，与门生作食次，灶里得一龟，长尺许，在灰中，了不以燔炙为弊，刘为设斋会，放之于娄湖，刘俄迁秣陵令。"① （出《续异记》）《续异记》是志怪小说集，作者、卷数、成书时间、亡佚时间均不明。《初学记》《白孔六帖》《太平广记》等书中存有部分佚文。佚文所记内容为汉至梁的志怪故事，今人多以为作者为梁、陈间人，成书于梁、陈间。"食次"并非直接指食用，当指食物。这是最接近《龟旨歌》的用例，"燔炙"与《龟旨歌》的"燔灼"相似，但与"燔炙"组合的不是喫货之类词汇，而是"食次"之类词汇。南北朝时期喫字已经具有吃的意义，但没有找到喫龟的用例。

第三，喫字的使用时间范围与《龟旨歌》汉译的时间范围不合。南北朝时期喫字开始成为吃的俗字，诗歌使用此字始于唐代，这意味着《龟旨歌》汉译的上限时间应当是南北朝，或者应当是更为迟晚的唐代以后。但是《龟旨歌》的内容与文体都源于汉代，应当汉译于汉代或近于汉代的时期。如果汉译的时间范围是正确的，那么就表明喫字是讹误。如果汉译于南北朝或唐代以后，那么喫字就是正确使用。然而如果正确使用了喫字，那么此字的使用时间范围与《龟旨歌》的文体形式不合，因为《龟旨歌》的文体形式以及内容都指向汉代或近于汉代的时期。那么是文体形式的信息准确呢，还是正确使用了喫字呢？应当认为文体形式的信息更为准确，文体形式是不会错误的，但诗歌文本比较容易出现误字。根据上述信息，只能得出一种结论：《龟旨歌》的"喫"字为讹误，而非译词。

如果以汉字使用的历史为依据研究，那么"首其现也"的"现"字是值得怀疑的。通常在印象之中，此字一般是用见字，而现字作为出现

---

① 宋·李昉等编：《太平广记·报应十七·刘沼》卷一一八（第三册），中华书局1961年，第825—826页。

的字义使用始于较晚的时期。如果事实的确如此,那么《龟旨歌》译于汉代或离汉代较近时期的说法显然是值得怀疑的。但在汉代文献中可以找到"现"字作为出现意义使用的用例。汉班固《白虎通》:"故《论语》曰:'麻冕,礼也。'《尚书》:'王麻冕。'冕所以前后遂延者何?示进贤退不能也。垂旒者,示不现邪。"① 此句的现当是出现的意思。汉《太平经》钞甲部卷一:"中下善者,天灭半余,余半滋长日兴,须圣君、明师、大臣于是降现。"②《太平经》卷四十三:"唯天地自守要道,以天保应图书为大命,故所行者,悉得应若神。是迺独深得天意也,比若重现合矩,相对而语也,故神灵为其动摇也。"③ 此二例也是出现的用例,既然汉代有出现意义的用例,《龟旨歌》译于汉代是完全可能的,因而完全有理由怀疑"喫"字为讹误。

其三,"喫"字的讹误与龟卜文献的依据。根据前文的研究,可以确定《龟旨歌》是龟卜歌。但是龟卜从不使用"喫"字,只用食字,因为食或食墨是龟卜的基本用语。然而龟卜的食字不是指吃龟肉,完全没有"燔灼而喫"的意思。孔安国解释《尚书》,释食墨云:

> 我乃卜涧水东,瀍水西惟洛食。(我使人卜河北黎水上不吉。又卜涧瀍之间,南近洛吉,今河南城也。卜必先墨画龟,然后灼之,兆顺食墨。)④

食墨是龟卜的一部分,灼龟之前要在龟身上以墨画好灼烧的位置,然后燔灼,最后是食墨。龟体的各个部分有着各自的意义,因而在龟卜时预先以墨画好烧灼的部位,然后再烧灼,看卜龟颜色的变化能否遮盖墨迹。清人李光地以为:

> 古人卜龟,龟板上以墨画之,墨不浸入,谓不食墨。焦者,烧焦龟版。犯此二者,不待观其词而已,知其不吉。书曰:"乃卜三

---

① 汉·班固撰、陈立疏证:《白虎通疏证·德论》卷第十,中华书局1994年,第498页。
② 汉·佚名撰、王明校:《太平经合校》钞甲部卷一,中华书局1960年,第10页。
③ 汉·佚名撰、王明校:《太平经》卷四十三,中华书局1960年,第33页。
④ 《尚书正义·洛诰第十五》卷十五,清·阮元校刻:《十三经注疏》上册,中华书局1980年,第214页。

龟，一习吉。"谓三龟之兆，同吉也。至观其繇辞，而繇辞又吉，故曰："见书乃并是吉也。"①

墨不浸入就是墨迹与烧灼变色的部分没有能够重合，也就是所谓不食墨。如果墨迹与烧灼的印迹、兆纹吻合，就是食墨，显然食墨、不食墨与食龟肉无关。食墨是后来产生的说法，初无食墨之说。胡煦《卜法详考》："煦按：经文但有洛食，而不云食墨。蔡氏注乃始有食墨之说，非食墨也。盖龟甲所开之方，虽不及一寸，必将有东西存焉。涧瀍与洛，既有东西，则所云食洛者可知矣。"② 韩国古代也有食墨的说法，宋时烈记载："食墨：《书·洛诰》注：龟，卜也。凡卜筮，史先定墨而灼龟之兆，正食其墨也。"③ 此说与中国龟卜的说法完全相同。食墨给人的感觉就是吃龟肉，但实际上并不是吃龟肉。唐代郑稷《唐故括州遂县令张府君墓志铭并序》："己年九月，哉生魄，寝疾，终于怀仁坊之私第。灼龟不食，乃权殡于洛师东偏。夫人扶风郡君，南康丞之季女也。"④ 灼龟不食的意思是通过龟卜来看看能否治愈寝疾，并不是食用龟肉。

龟卜的食与不食意义不在于吃龟肉，而是在于吉与不吉。《文选》的注者引用了孔安国的说法，并认为食墨是吉事："孔安国曰：卜必先墨画龟，然后灼之，兆顺食墨，吉也。"⑤ 清人李光地的《榕村语录》记载："'扬火以作龟，致其墨'。墨者，墨其将灼之处，而灼之以致其兆也。《书》曰'惟洛食'，盖食墨之谓。卜有龟焦者，有不食墨者，皆不待兆成而知其凶也。夫墨，水也；燋契，火也。火过而阳则焦矣，水过而阴则不食矣。"⑥ 灼龟过焦过阴，就不能食。不食就是不吉，因而卜龟时必须注意。李光地又云："古人卜龟，龟板上以墨画之，墨不浸入，谓不食墨。焦者，烧焦龟版。犯此二者，不待观其词而已，知其不吉。书

---

① 清·李光地：《榕村语录·书》卷十二（上册），第218页。
② 清·胡煦：《卜法详考·食墨》卷一，《周易函书·附卜法详考等四种》第四册，中华书局2008年，第1146页。
③〔韩〕宋时烈：《宋子大全随箚·随箚卷之六·书》卷之五十二，影印标点《韩国文集丛刊》第116册，第369页。
④ 唐·郑稷：《唐故括州遂县令张府君墓志铭并序》，《唐代墓志汇编·开元341》，上海古籍出版社1992年，第1392页。
⑤ 唐·李善注：《文选》卷三（第一册），上海古籍出版社1986年，第101页。
⑥ 清·李光地：《榕村语录·三礼》卷十四（上册），中华书局1995年，第250页。

曰：'乃卜三龟，一习吉。'谓三龟之兆，同吉也。至观其繇辞，而繇辞又吉，故曰：'见书乃并是吉也。'"① 食墨一语关系到吉与不吉，固然会成为龟卜的基本用语，在这种情况下《龟卜歌》更没有理由使用"嚱"字，因为这完全不符合龟卜的常规。

其四，"嚱"字与《龟旨歌》、金首露神话的不合。如果把《龟旨歌》作为一首独立的诗歌，似乎没有什么不明之处，就是写了一首烤龟吃肉的诗歌。其内容简单明白，也就没有理由认为此诗的文本存在讹误。但《龟旨歌》的研究史表明，这首诗歌极为晦涩难解，很多说法或者毫无关联，或者矛盾。产生这种现象的原因有二：一是与研究者不无关系，由于研究者的学术修养、研究思路、研究方法不同，完全可能会出现不同的学术见解。一是《龟旨歌》诗歌文本自身的原因，由于诗歌文本存在讹误，使诗歌变得难以明白。《龟旨歌》浅显明白，并无难懂之处，这与研究史的状况完全不合。研究史的事实证明《龟旨歌》极为难解，所以才会出现那么密集的研究成果，也出现彼此风马牛不相及的各种看法。最初的问题都是来自于第四句"燔灼而嚱也"，此句的问题又来自于"嚱"字。"嚱"字的难解其实不是来自于《龟旨歌》本身，而是来自于《龟旨歌》与金首露神话的关系。本来浅显易懂的《龟旨歌》置入金首露神话之后，"嚱"字变得不可理解，《龟旨歌》与金首露神话也发生了矛盾。为了解决这一矛盾，无数学者付出了努力，推进的方向是转换诗歌内容的诸因素。但这一方向是错误的，无论如何倾尽全力，也不可能得到正确的结论，事实也证明了这一点。

其实《龟旨歌》与金首露神话的矛盾，也可能来自金首露神话的形成过程。如果在金首露神话形成之前《龟旨歌》已经存在，后来在金首露神话形成的过程中，被纳入金首露神话，那么《龟旨歌》与金首露神话存在矛盾，后人无法解读，也就不奇怪。如果是这样，那么意味着《龟旨歌》的诗歌文本并无讹误。这当然也是一个推进方向，然而这是以还原金首露神话的形成过程为前提。还原神话的形成过程最为艰难，结果也无法预测。更为简单直接的推进方向是检查《龟旨歌》的文本有无讹误，如果文本存在讹误，也会造成《龟旨歌》与金首露神话的不

---

① 清·李光地：《榕村语录·书》卷十二（上册），第218页。

合，因而也就有理由怀疑讹误就在"喫"字。

三、"喫"字的校勘：文献依据与《龟旨歌》、
金首露神话的关系

《龟旨歌》的所有因素都与龟卜方法吻合，只有"喫"字与龟卜方法不合，这说明"喫"字当是误刻。契是龟卜的基本用语之一，与"喫"字形相似，在传承过程之中应当是契讹误为"喫"。其实契与"喫"也可能不是讹误，而是通假。讹误与通假难以识辨，主要差异是通假比较常见，因而应当有较多的用例。但此字并无通假的用例，证明不是通假①。如此看来此句应当是"燔灼而契也"，这一点可以得到龟卜文献的证明。

其一，龟卜的灼和契具有极高的组合关系，这是"燔灼而契"的文献依据。灼与契形成高度的组合关系，是因为二字都是龟卜的基本用语。如果没有这两个用语的组合关系，就不会形成"燔灼而契"的诗句。契字在甲骨文中就已经存在，但这里不准备讨论甲骨文，与《龟旨歌》的文本直接相关的是契字的具体用法和契字与龟卜其他用语的组合关系。在龟卜中契字有多种用法，究竟哪一种用法是《龟旨歌》文本的用法，直接关系到《龟旨歌》的校勘与解读。契一般训为开，也就是凿开龟板，或谓之钻。《毛诗正义》："又于是契灼其龟而卜之，卜之则又从矣。"② 契灼就是先契后灼，相当于《史记·龟策列传》记载的先钻后灼。《毛诗正义》云："考卜维王，宅是镐京。维龟正之，武王成之。（笺云：考，犹稽也。宅，居也。稽疑之法，必契灼龟而卜之。武王卜居是镐京之地，龟则正之，谓得吉兆，武王遂居之。修三后之德，以伐纣定天下，成龟兆之占，功莫大于此。）"③ 周武王当年选定京城就是通过龟卜来决定的，按照《毛诗正义》记载来看龟卜就是先契后灼。

---

① 王海根编著的《古代汉语通假字大字典》（福建人民出版社 2006 年）并无契通假为喫字的记载，也无通假的用例。
② 《毛诗正义·大雅·文王之什（十六之二）·绵》卷十六，清·阮元校刻：《十三经注疏》上册，中华书局1980年，第510页。
③ 《毛诗正义·大雅·文王之什（十六之五）·绵》卷十六，清·阮元校刻：《十三经注疏》上册，中华书局1980年，第527页。

由于契与灼的组合程度太高，很多经学家以为契就是灼，钻也是灼，二者是一回事，不存在先契后灼的顺序。清徐珂《清稗类钞》："乃经注家多误并钻与灼为一，如《菙氏》'掌其燋契。'注：'《士丧礼》，楚焞置于燋，焞即契，所用以灼龟。'《士丧礼》注：'楚，荆也。荆焞所以钻龟灼龟。'《正义》：'古法，钻龟用荆，谓之荆焞。'殊不知灼龟用焞，钻龟用契，混契与楚焞为一者，误也。且不仅笺注家如此。《周官·卜师》：'扬火以作龟。'其语亦未明了。此笺注家致误之所由来，非实见钻与灼之迹，殆不能发见其讹误，此是正之一端也。"① 契与灼混同之后，很多龟卜的记载就变得不明。其实契与灼不可能是一回事，《刘铁云藏龟甲牛骨》："钻龟，一曰作龟，（《大卜》作龟注：'作龟，谓凿龟。'）凿龟用契，（《华氏》：'掌其燋契。'注：'契谓契龟之凿也。'）此凿龟之可考者。盖古人之卜，先钻后灼。钻与灼自是两事，本自分明。"② 契、灼二字连用，但契和灼并不相同。《龟旨歌》的"燔灼"与契没有经常组合使用的惯例，但"燔灼"之中毕竟有灼字，因而组合使用"燔灼"与契也很自然，这种组合关系证明《龟旨歌》的"喫"应当是契，而不是"喫"。

其二，契是用刀刻准备烧灼之处的记号。契有二义：一是动词，指用刀刻画记号；二是名词。名词之契有二义：一是凿刻的工具；二是刀刻之文。刀刻之文又指符契、书契，还引申为指契约、文卷等，因为刀刻之文不易更改。契字的右边是一把刀形，左边的一竖三横是用刀在木条上刻下的三个记号。楷书的契字有木旁，表明契刻的材料是木。后来木误为大，也就是契字。《诗·大雅·绵》："爰始爰谋，爰契我龟；曰止曰时，筑室于兹。"③ 此句的契为动词。东汉郑玄笺云"契灼其龟而卜之"④，契是作为动词使用的。作为名词的用例也不少，《周易·系辞下》："上古结绳而治，后世圣人易之以书契。"⑤《周礼·天官·小宰》：

---

① 清·徐珂：《清稗类钞·鉴赏类·刘铁云藏龟甲牛骨》，中华书局1986年，第4532页。
② 清·徐珂：《清稗类钞·鉴赏类·刘铁云藏龟甲牛骨》，中华书局1986年，第4532页。
③ 程俊英、蒋见元：《诗经注析·大雅·绵》下册，中华书局1991年，第760页。
④ 《毛诗正义·大雅·文王之什（十六之二）·绵》卷十六，清·阮元校刻《十三经注疏》上册，中华书局1980年，第512页。
⑤ 《周易·系辞下》卷八，清·阮元校刻《十三经注疏》上册，中华书局1980年，第87页。

"听取予以书契。"① 胡煦认为龟卜的契是刻写出来的符号或字：

> 煦按：契者，刻划之称。古者书契用铅刀刻划其简策，持以为约信之具。夬决，即刻划之义也。契字，《周礼》音楔。朱子音器。按：此即书契之契。宗朱子为是，谓刻划其龟板之下方，以定其上下内外之限。《周礼》所云开龟是也。此犹在未灼时，契而后燋，必于所契之地，故曰燋契火，非吹不燃，故曰歗其燋契（歗即吹字）。②

契是在龟板上刻画记号，这就相当于食墨之涂墨做记号，只是不用墨，而是用刀。刀刻记号或墨画记号是因时代和地域不同，使用了不同的标记方法，性质并无不同。胡煦的《卜法详考》记载："或曰：以刀刻龟甲，欲钻之处也。煦按：今之龟卜，以刀刻龟下为方形，当即其遗法。"③《清稗类钞》记载龟甲上有刀刻记号的遗迹："今验之新出之龟甲，其钻迹作〇状，大如海松子仁，以利刃凿之之痕可辨认，或一或二，灼痕或即在钻旁。或去钻痕稍远，灼痕员形，略小于钻迹，此又钻与灼为二事之实验。"④ 显然契即刀刻记号的说法也是正确的，但与第一种用法有所不同。

第三，契是开出其兆，不是名词或动词，是动宾结构的短语。孔颖达在《毛诗正义》中有如下的解释：

> 契，开者，言契龟而开出其兆，非训契为开也。《春官·菙氏》"掌共燋契，以待卜事"。注云："《士丧礼》曰：'楚焞置于燋，在龟东。'"楚焞即契所用灼龟也。燋谓炬，其存火也。《士丧礼》注云："楚，荆也。"然则卜用龟者，以楚焞之木，烧之于燋炬之火，既然，执之以灼龟，故笺云"契灼其龟卜之。"既契乃开出其兆，故《春官·卜师》"掌开龟之四兆"，注云："开，谓出其占书也。"

---

① 《周礼·天官·小宰》卷三，清·阮元校刻：《十三经注疏》上册，中华书局1980年，第654页。
② 清·胡煦：《卜法详考·燋契》卷一，《周易函书·附卜法详考等四种》第四册，第1145页。
③ 清·胡煦：《卜法详考·燋契》卷一，《周易函书·附卜法详考等四种》第四册，第1145页。
④ 清·徐珂：《清稗类钞·鉴赏类·刘铁云藏龟甲牛骨》，中华书局1986年，第4532页。

是既契，乃开之。但传文质略，直言"契开"耳。①

孔颖达认为契不能直接训为打开，应当是"开出其兆"，也就是打开龟板，烧灼出龟纹。将契直接训为开，省略了开出的兆纹，也就简化为打开。孔颖达之说应当给予高度的注意，他所说的是龟卜过程的后一阶段。

从上述"㘦"与契在龟卜方法中的使用与意义来看，"燔灼而㘦"是错误的，应当是燔灼而契，其根据如下：

其一，从语法角度来看，应当是燔灼而契。在"燔灼而契也"的句子之中，契字是动宾结构的短语，意义是开出其兆。龟卜方法是先契后灼，此句是先灼后契，这不符合龟卜的顺序。然而"燔灼而契也"的契不是动词，不是钻或打开；也不是名词，不是指刀刻的符号，不是书契或符契。这个契是动宾结构的短语，既有动词开出的意义，也有名词兆纹的意义。符契和兆纹都是特别的符号，但在龟卜中是不同的，前者是指烧灼之前的刻符，后者是烧灼之后的兆纹。先契后灼是龟卜的前段，先灼后契是龟卜的后段，其意义完全不同。先灼后契也符合龟卜方法，《战国策》记载：

夫服，心之文也。如龟焉，灼其中，必文于外。②

先灼而后文于外，其实就是先灼后契。龟卜的最终目的就是得到吉祥的龟文，以预知未来。文与契用字不同，但其意义相近，契字中包括了文的意义。由于契字在龟卜中经常使用，用法也相当繁杂，不是只有一种用法。"燔灼而契"的契字完全符合此字的语法意义，也符合龟卜方法，因而可以确定"燔灼而㘦"是"燔灼而契"的讹误。《史记》记载"钻中已"与"灼龟首"各三次，但没有记载交替三次，还是先钻三次，再灼三次。如果是交替钻与灼，那么龟卜的前段既有先契后灼，也有先灼后契。

其二，契是动词，是契合、符合的意思，即指所谓的食墨。在烧灼之前按照事先想得到的吉兆，以墨在龟板画好纹线；烧灼之后，如果涂墨的部分与烤灼的兆纹重合，就是食墨。食墨就是契合，契就是合。这

---

① 《毛诗正义·大雅·文王之什（十六之二）·绵》卷十六，清·阮元校刻《十三经注疏》上册，中华书局1980年，第512页。
② 《国语·鲁语下·叔孙穆子聘于晋》卷五，上海古籍出版社1978年，第195页。

种意义上的契也可以指龟板的兆纹与祈祷之事相合,这无疑是龟卜的最终目的。宋代理学家程大昌《演繁露》记载:

  《绵》之诗曰:"爰始爰谋,爰契我龟。"毛、郑皆以契为开,非也。先作其墨,观食不食者。古卜,卜人令龟已遂,预取吉兆,墨画其上,然后灼之。灼文适顺其画,是为食墨者,吉。其兆不应墨,则云不食,不食则龟不从也。……以墨令龟,而兆与墨同,故曰契,契者合也。人谋与龟协合也。①

此说亦见于宋代高似孙《纬略·诗卜筮》卷四等文献。按照此说来看,毛诗、郑玄的解释是错误的,契不是打开,应当是合或契合。这个用法与"燔灼而契"完全吻合,"燔灼而契"的意思是燔灼之后的结果与所期望的结果相合,也是预先以墨画好的吉兆之纹与烧灼之后的兆纹相合。这种说法与前面的第一种说法稍有不同,但并不矛盾。

契在韩国古代文献中也有契合的用法,李廷龟(1564—1635)《东宫致祭文》:"首咨耆硕,简畀宗伯。引正据经,典礼罔缺。识深研几,若契龟卜。皇朝颁庆,太史传诰。公伴宾馆,仪观中度。"② 郑岲(1601—1663)《迎日县监赠兵曹判书朴公墓碣铭》:

  历观前代大家,世渐远,泽将微,则必有人抱才德不究,然后更昌大焉。其不有诸身,以遗其后者,若契合而龟卜。其屈也伸也,其抑也扬也,孰使之? 天也。③

郑岲直接使用了契合龟卜的用法,这与契龟卜的用法相近。赵翼(1727—1814)云:"筮者知为公室辅,其后皆合如符契。"④ 尹宣举

---

① 宋·程大昌:《演繁露·爰契我龟》卷十六,《考古编 外六种》,上海古籍出版社1992年影印本,第199页。
② 〔韩〕李廷龟:《月沙先生集附录》卷之一,影印标点《韩国文集丛刊》第70册,首尔:民族文化推进会1991年,第431页。
③ 〔韩〕郑岲:《愚川集·碣铭》卷之六,影印标点《续韩国文集丛刊》第29册,首尔:民族文化推进会2006年,第184页。
④ 〔韩〕赵翼:《浦渚集》卷之二十八,影印标点《韩国文集丛刊》第85册,首尔:民族文化推进会1992年,第517页。

（1610—1669）《鲁冈书院营建通文》："其精诚所注，真可以泣鬼神，贯金石。而知几先见之明，不翅若蓍龟卜而符契合矣。"① "合如符契"或"符契合"的用法相近，这些用法表达的是与龟卜结果相合的意思。这种契合也可以指契刻的记号与烧灼后的印迹是否相合，韩国古代文人任圣周《答内弟尹孺文》："谓以契置于燋上也。燋以燃火，契以灼龟，燋大契小。卜人抱龟，燋先。奠龟西首，燋在北。注疏皆以为卜人兼抱龟燋，窃恐未然。抱龟似当勾，燋先亦似当勾。盖执燋执席，别有人在堲西。执席者既已席于闑西矣。执燋者至，是执燋而先于龟。逮卜人奠龟而错燋于龟北，宗人遂取龟于席上而示高于莅卜也。燋先，如奠时烛先之类。果如注疏说则上执燋者毕竟无所事。且礼意虽微小之物，必别有执事以将之。况以龟之尊而燋契又麁大，岂可以并抱之乎？"② 这些文献都迟于《三国遗事》，不能证明《龟旨歌》使用了契字的用法，但可以明白龟卜的基本用语与中国古代文献相同。事实上韩国古代文献只要用汉文撰写，每一个字词的用法当与中国文献几乎完全相同，只要中国的文献早于《三国遗事》有过相应的用法，也会具有一定的证明力。

根据上文龟卜文献的契字用法，可以明白"燔灼而喫"是错误的，应当是"燔灼而契"。将"燔灼而喫"还原为"燔灼而契"之后，《龟旨歌》的完整意思是：

龟啊龟啊，
伸出头来。
如果不伸出头来，
最终还是要烧出兆纹。

《龟旨歌》的意义顺畅自然，通晓易懂，不过第四句与前面的三句之间似乎不合，至少存在跳跃。跳跃本来就是诗歌的常见手法，完全可以不去理会，但是有所解释也是必要的。第一句到第三句写的都是伸出龟之脑袋的问题，第三、四句则写如果龟没有伸出头来也要"燔灼"，

---

① 〔韩〕尹宣举：《鲁西先生遗稿·杂着》附录下，影印标点《韩国文集丛刊》第120册，首尔：民族文化推进会1993年，第540页。
② 〔韩〕任圣周：《鹿门先生文集·书》卷之七，影印标点《韩国文集丛刊》第228册，首尔：民族文化推进会1999年，第142页。

既然没有伸出头来,又如何"燔灼"龟的脑袋呢?其实第四句的"燔灼"不只是指"灼龟首",而是指龟卜之事。不管龟首是否伸出,龟卜是必做之事,不是可以做,亦可不做。因而此句的意思是如果龟首没有伸出,最终也得伸出,龟卜之事不可废弃,而且还必须得到祈祷的结果。其实《龟旨歌》在没有校勘"喫"的情况下也是有跳跃的,前三句写的是龟首伸出来的问题,那么第四句应当理解为烧吃龟首。但第四句通常理解为吃龟肉,而不是吃龟首。如果确实将第四句理解为烧吃龟首,就难以理解了,因为一般都是吃龟肉,而不是吃龟首,跳跃显然是存在的。据此《龟旨歌》还可以有另外一种理解:

　　龟啊龟啊,
　　伸出头来。
　　即使不伸出头来,
　　最终也要烧出兆纹,与祈祷的愿望契合。

两种意思稍异,后一种意思似更合于金首露神话。校勘为契字之后,还可以有另外一种解释,其意就是:

　　龟啊龟啊,
　　请伸出头来。
　　即使不伸出头来,
　　最终还是要燔灼,如我所愿伸出头来。

这种解释与前两种显然不同,前两种是以龟卜的兆纹与食墨为中心翻译的,但这种解释中并没有兆纹与食墨的因素。这种解释是在祈求龟卜身体的吉兆,龟的头足显露是吉兆之象,其根据就是《史记》祝词记载的"即得也,头见足发,内外相应"[1]。龟首伸出是一种吉兆之象。《龟旨歌》的"首其现也"就是吉兆的"头见",其实也就是祈祷"头见足发",这种解释与汉代龟卜方法的重合因素更多了。三种解释究竟哪一种正确呢?其实三种解释都建立在文献依据的基础上,诸多文献

---

[1] 汉·司马迁:《史记·龟策列传》卷一百二十八,中华书局1997年,第819页。

与《龟旨歌》的关系是一种极为具体的关系,可以落实到《龟旨歌》的每一句、每一字,而不是笼统地考察《龟旨歌》与龟卜方法的关系。三种现代汉语的翻译都具有客观性,都是正确的解读。无论是哪一种理解,字面意义差别不是很大,没有矛盾之处。所有因素都来自于龟卜方法。按照《龟旨歌》的字面意思组合之后,构成了互相关联、又可印证的关系链和证据链。不过相对而言最后一种更为准确,因为不仅符合龟卜祝词的特征,也符合在金首露神话中的基本意义:

其一,契字与龟卜祝词的特征符合。龟卜祝词总是要写入祈祷的愿望,如果完全没有祈祷的愿望,就失去了祝词的意义。契字正是表达祝愿的关键字,此字被讹误之后,《龟旨歌》就失去了龟卜的关键因素。金首露神话是伽耶的建国神话,建国立君就是最大的愿望,契字正是表达了卜兆与九干等人祈祷君王降临建国的愿望契合的意义。从这个意义上说迎神歌或迎王歌的说法是正确的,此说只是从金首露神话的内容推定《龟旨歌》的性质,并没有建立在《龟旨歌》字句的具体解释的基础之上,因而不能正确把握《龟旨歌》的性质,字句的解释也只能是错误的。如果最后一句不是契,而是"喫",必然脱离龟卜歌的基本意义,其结果《龟旨歌》的愿望就成了吃龟肉,九干等三百多人聚在龟旨山顶目的就是烧烤一只龟,这个目的显得荒诞滑稽。这样就使《龟旨歌》游离于金首露神话之外,与建国立君毫无关系,使《龟旨歌》更加难以明白。

其二,契字与字面意思也基本相合,像《龟旨歌》的其他因素一样,不需要任何转换,不需要任何象征,其实《龟旨歌》是相当写实的诗歌。"喫"字校勘为契字之后,或多或少似有稍微不合之感:既然没有伸出龟首,又何来燔灼而契呢?按照《史记·龟策列传》来看,龟卜并非只燔灼龟首一处,龟体也是燔灼的部位,即使没有伸出龟首,也不等于不能燔灼。由于契字是标志性的龟卜用语之一,再加上燔灼的灼字也是标志性的用语,在同一诗句中连续使用标志性的用语,就不大容易转化为其他事物。两个标志性的用语极为明显地限定了理解的范围,因而校勘之后不大容易理解为龟卜方法以外的事物。诸说把"喫"转化为取得胜利、完全同化,或杀死元首,或理解为食用龟肉等,都与"喫"字的基本意义不无关系。但诸说差异极大,其原因是误刊了此字。

其三，契字与金首露神话相合。契字是作为龟卜歌的《龟旨歌》的一个因素，那么必须与《龟旨歌》的龟卜性质相合，而其性质又必须与金首露神话的关系相合。只有三者相合，才能证明校勘为契字是正确的。经过校勘之后，可以明白三者完全相合，这体现在两个方面：

第一，卜问事件的大小、性质与《龟旨歌》、金首露神话建国立君的内容相合。龟卜是要卜问未来发生的某种事件，事件的大小、性质决定了是否应当采用龟卜的方式。龟卜一般用于决定重大事件，建立国家，迎立帝王，迁移都城，发动战争，诸如此类的重大政治事件，要靠龟卜来决定。《周礼》记载："凡国大贞卜，立君卜。大封则视高作龟，大祭祀则视高命龟，凡小事莅卜，国大迁大师，则贞龟。凡旅陈龟，凡丧事命龟。"①《史记》的记载大体相似：

> 太史公曰：自古圣王将建国受命，兴动事业，何尝不宝卜筮以助善！唐虞以上，不可记已。自三代之兴，各据祯祥。涂山之兆从而夏启世，飞燕之卜顺故殷兴，百穀之筮吉故周王。王者决定诸疑，参以卜筮，断以蓍龟，不易之道也。②

《史记》特别记载君王受命建立国家的时候需要用龟卜来决定，至少魏晋之前龟卜不是随意的。韩国古代文人也有同样的理解，以为大事卜、小事蓍。韩国古代学者赵翼（1579—1655）《策问题五首·卜筮》记述了上古卜蓍的历史，区别了龟卜与草筮的不同：

> 圣人见事之明，揆事之精，盖无毫发之疑也，亦无毫发之差也。其所为无非建诸天地而不倍，质诸鬼神而无疑也，其何待卜筮而决哉。然不但使人勉于人事，又制为卜筮，以教后世。何欤？禹之辞帝位曰：枚卜功臣，惟吉之从。是以传天下之大事，欲决于卜筮也。武王之伐纣，亦惟卜是从。至于周公征武庚，定洛邑，亦惟卜用。

---

① 《周礼注疏》卷第二十四，清·阮元校刻：《十三经注疏》上册，中华书局1980年，第165页。

② 汉·司马迁：《史记·龟策列传》卷一百二十八，中华书局1997年，第815页。

> 何圣人于大事，皆决于卜筮耶？《洪范》稽疑，龟筮皆从。虽卿士国人不从，亦谓之吉，以龟筮重于人也。龟筮之从，岂过于金举之论欤？《洪范》：龟从筮逆，用静犹吉。《礼》：大事卜，小事筮。《春秋传》：亦谓筮短龟长，是皆以龟重于筮也。然春秋时卜筮，用龟少而用筮多。①

筮与卜的差异不只是先后顺序，更重要的是大事龟卜，小事草蓍。出兵征战，择定都城，都是举足轻重的重大事件，因而是"惟卜是从"，以龟卜来决定。

金首露神话的主要内容是迎君建国，这一点是明确的。根据金首露神话的内容性质，即使不能明确《龟旨歌》的内容，也能够知道此歌当与迎君建国有关。当明确了《龟旨歌》即龟卜歌的性质之后，就会发现龟卜的一般规定与《龟旨歌》、金首露神话的内容、性质完全相合。金首露神话是建国神话，《龟旨歌》作为龟卜歌卜问的正是迎接开国君王之事。迎君立王，建国受命，是国家最大的政治事件，龟卜是不可缺少的占卜方式。在金首露神话中，正是采用了龟卜的方式，而不是草蓍，《龟旨歌》无疑是建国立君过程中的重要一环。因而确定《龟旨歌》是龟卜歌，不只是与龟卜方法的一般规定相合，也与金首露神话完全相合，三者相合证明《龟旨歌》是龟卜歌的说法是唯一正确的答案。"燔灼而喫也"是《龟旨歌》的最后一句，也是最重要的一句，表现了《龟旨歌》的最终目的。这个最终目的不是吃龟肉，而是建国立君的重大事件。韩国学者的龟卜说以为天神是通过《龟旨歌》教给伽耶人食用龟肉，产生这种误解的原因就在于"喫"字，如果此字没有讹误，就不会出现此类说法。

第二，《龟旨歌》中的龟卜因素与身份地位的相合。龟卜方法的诸多因素与身份、地位有直接的关系，二者相合也是龟卜因素之一。汉班固《白虎通义》记载：

> 《周官》曰："凡国之大事，先筮而后卜"。凡卜，人君视体，

---

① 〔韩〕赵翼：《浦渚先生集》卷之二十八，影印标点《韩国文集丛刊》第85册，第517页。

大夫视色，士视墨。①

龟卜并不是人君的特权，其他身份的人也可以使用龟卜，但人君的龟卜有所不同。体、色、墨都是龟卜的常见用语，也是观察龟卜结果的不同因素。班固记载人君要看龟体的变化，大夫、士要看色与墨。在金首露神话中使用龟卜的人并不是人君，而是酋长，这一点与《白虎通义》并不完全吻合。不过在人君尚未降临之前，酋长的地位如同人君。使用龟卜者虽然不是人君，但卜问的是人君降临之事，因而不能认为与龟卜方法的一般规定不合。更重要的是《龟旨歌》描写的不是色、墨，而是体。体应当是指龟体的形状、动作等，《龟旨歌》的第四句祈祷龟首伸出，正是祈求龟体的变化。

《龟旨歌》与汉代龟卜方法完全吻合，只有最后一句"燔灼而喫"的"喫"不合，因而根据龟卜方法应当校勘为燔灼而契。燔灼而契与"燔灼而喫"只是一字之误，但产生了难以想象的后果：不只是偏离了龟卜方法与金首露神话，还肢解了《龟旨歌》的意义链，使《龟旨歌》意义不明，难以理解，于是远离《龟旨歌》原意的学说层出不穷。校勘一个字似乎并不是什么重大问题，根本就不需要较大篇幅。但是如果没有深入细致的研究，就无法彻底解决这个问题。能否解决问题是最根本的，繁琐与否固然也是应当考量的因素，但更为重要的是能否解决问题。由于"喫"字的讹误，从13世纪一然的《三国遗事》开始一直延续到今天，各种不正确的看法也就相随到今天。国内外研究的事实证明，在讹误的文本基础上无论怎样研究，都难以得到正确答案。如果校勘还原了正确的文本，就未必会出现那么多奇说异见。从这个意义上说，校勘关键的一个字不仅意义重大，甚至可以认为是最重要的基础研究。

第三节　金首露神话中的龟卜因素

一、黄金六卵与汉代龟卜方法的关系

《龟旨歌》的内容都是汉代龟卜的因素，金首露神话中也有汉代龟

---

① 汉·班固：《白虎通义疏证·蓍龟》卷七（上册），中华书局1994年，第334页。

卜的因素，这一共同之处也是《龟旨歌》与金首露神话之间密切关系的又一体现，也进一步证明了《龟旨歌》为龟卜歌的看法。

  唯紫绳自天垂而着地。寻绳之下，乃见红幅里金合子。开而视之，有黄金卵六，圆如日者。……（金首露）国称大驾洛，又称伽耶国，即六伽耶之一也。余五人各归为五伽耶主。①

  金首露神话中的龟卜因素不可忽略，然而遗憾的是以往研究并没有注意其中有无龟卜因素的问题，只是注意到了金首露神话与道教的关系。卵生与紫色的关系早已得到古代文人的注意，尹愭《咏东史·其三十三》："杨山萝井俯东川，白马长嘶紫卵圆。光彩绕身鸟兽舞，降生神异讵非天。（朝鲜遗民分居东海滨为六村，是为辰韩六部。汉宣地节元年，六村长俱会阏川上，高墟村长苏伐公，望见杨山下萝井林间有异气。一白马长嘶上天，有一紫卵，剖得婴儿，浴于东川。身生光彩，鸟兽率舞，名赫居世。）"② 道教与卵生神话的关系的确是学术界应当关注的问题，但是仅靠这一关系无法揭示黄金六卵的来源与形成，只能揭示紫色的来源，因而无法进一步研究《龟旨歌》与金首露神话的关系。日本学者也注意到了这个问题，但同样停留在金首露神话与道教关系的层面，没有能够进一步推进③。当今中国学者注意到了数字在金首露神话中的特别

---

  ①〔韩〕一然撰、李载浩译注：《三国遗事·驾洛国记》卷二（第一册），第371页。
  ②〔韩〕尹愭：《无名子集诗稿》册六，影印标点《韩国文集丛刊》第256册，第147页。
  ③ 日本学者三品彰英研究过这一段记载，不过他关注的是道教因素："红幅裹金盒子：神灵寓于金盒子降临的神话构想与壶、瓢、柜为神之容器的想象，属于共同的类型，广泛分布于朝鲜、中国台湾等地。与此类容器相关的神话观念现今仍然残存于这些地方，作为迎神仪礼的神圣用具受到尊重。文献记载包裹金盒子的红幅'以帛裹卵并宝物，置于柜中浮海。'……与我国天孙降临神话极为相似。"（〔日〕三品彰英：《三国遗事考证》中册，墒书房1979年，第322页）有的日本学者关注的是道教的紫色观念与韩国神话的关系："中国古代紫色与神仙思想、道教的关系是可以充分理解的。如果进一步补充说明，《史记》封禅书记载汉武帝为了成为不老不死的神仙，在甘泉宫祭祀太一神。天皇大帝在6世纪中期成为道教的最高神，由于元始天尊的出现，让出了那个地位。如果比较具有上述历史的紫色观念与新罗的赫居世、金氏阏智、驾洛国的首露天降神话，就会明白紫色对天降中的紫卵、紫云、紫绳产生了重要作用，天降神话与天上紫宫不是没有关系。"（〔日〕熊谷治：《三国遗事中的神仙思想——天降神话为中心（〈三国遗事〉にみえる神仙思想——天降り神話を中心にして）》，《朝鲜学报》第124辑，昭和六二年）。

意义，以为六的数字来源于中国文化①。这一看法固然不错，但也过于笼统，从金首露神话抽离出数字，然后作为独立的因素加以研究，就脱离了六的数字与金首露神话的关系。金首露神话的局部与整体关系是以往研究普遍存在的一个问题，是作为整体中的部分因素来研究，还是作为独立的因素来研究，是两种完全不同的研究方式。由于研究方式不同，最终得到的结论也不相同。

  黄金六卵究竟源于何处，六的数字又是源于何处，这是必须解决的问题。为了解决这一问题，首先应当按照金首露神话记载的线索去调查。金首露神话记载六卵是六伽耶的始祖，那么意味着六卵应当来自于伽耶建国的历史事实。如果最终得到的答案与伽耶建国的历史事实相合，也与金首露神话相合，那么只能表明黄金六卵确实源于伽耶建国的历史。其实即使伽耶建国初期确实是有六个古国联盟而成的，也需要探索六伽耶与六个金卵是如何产生关系的，这意味着六伽耶只能提供六这一数字的来源，不能提供金卵的来源。现在先来考查六这一数字的来源，这个考察应当是从作为原典文献的《三国遗事》开始。《三国遗事》的记载是比较混乱的："五伽耶按《驾洛记》赞云：垂一紫缨，下六圆卵。五归各邑。一在兹城，则一为首露王。余五各为五伽耶之主，金官不入五数当矣。而《本朝史略》并数金官，而滥记昌宁，误。阿罗（一作耶）伽耶（今咸安）、古宁伽耶（今咸宁）、大伽耶（今高灵）、星山伽耶（今京山玄）、碧珍小伽耶（今固城）。又《本朝史略》云：太祖天福五年庚子改五伽耶名。一金官（为金海府）、二古宁（为加利县）、三非火（今昌宁恐高灵之讹）、余二阿罗星山（同前星山或作碧珍伽耶）。"② 这里只记载了五伽耶，并没有记载六伽耶。金首露王的金官伽耶不入五伽耶，金官伽耶与其他五伽耶合在一起是六伽耶。但《三国遗事》的记载前后矛盾："国称大驾洛，又称伽耶国，即六伽耶之一也。余五人各归为

---

  ① "从驾洛建国神话中的数字'九'和'六'来看，亦包含着汉文化因素。中国人崇'九'，九是最大的阳数，也是多数。刘师培在《古书疑义举例补》中写道：'凡数指其极者，皆得称之为九；《素问》中说：'天地之数，始于一，终于九。'因此，汉语中有'九九归一'或'九九归原'之说。在中国古代官制中，自夏代起即有九卿之设，驾洛国神话中设置有'九干'，应是受汉文化的影响。"（苗威：《"驾洛国"初探》，《朝鲜·韩国历史研究》2011 年 11 辑）

  ② 〔韩〕一然撰、李载浩译注：《三国遗事·五伽耶》卷二（第一册），第 93 页。

五伽耶主。"① 大驾洛即大伽耶,大伽耶就是金首露王的金官伽耶,这就等于五伽耶包括了大伽耶或金官伽耶,表明金首露王的大伽耶不入五伽耶的说法是不对的。由此来看《三国遗事》虽然记载了六伽耶,但只有五伽耶。其实金官伽耶并非早期伽耶联盟的国家,而是后期伽耶联盟的国家,因而不能混入早期的伽耶联盟国家。

考古学家也研究过这个问题,不过考古学家的发现与研究是以《三国遗事》为基本文献,考古学家确定六伽耶是金海(狗邪国、金官伽耶、金官国、南加罗)、咸安(安邪国、阿罗伽耶、阿尸良国、安罗国)、固成(古资弥冻国、小伽耶、古嵯国)、陕川(多罗国)、高灵(大伽耶、大加耶国、加罗国)。松山里古墓群就是小伽耶:"松山里古墓群(庆尚南道固城郡东海面内山里,史迹第120号,三国时代)是三国时代小伽倻统治阶级的中心墓地之一……据此可以了解6世纪上半叶,曾经筑造了内山里古墓的人群以近海的地理优势为基础,从多个角度实施了极其活跃的对外交流活动。"② 此外韩国国立文化财研究所编著的《韩国考古学重大发现》还指出:"松岘洞古墓群(庆尚南道昌宁郡昌宁邑松岘里,史迹第81号,三国史代)和校洞古墓群、桂城古墓群、灵山古墓群,都是非火伽倻的故都——昌宁地区的代表性古墓群。……它们是5世纪末至6世纪初建成的横口式石室墓。"③ 非火伽耶载于《三国遗事》,如果加上非火伽耶,那么就是六伽耶。考古学的发现应当与文献记载相合,既然二者相合,那么似乎完全可以证明六卵就是源于伽耶的建国历史。

然而这里存在的一个问题是考古学家作为依据的《三国遗事》是一部野史,在以《三国遗事》为依据之前,必须证明它所记载的六伽耶是伽耶建国的信史。如果无法证明这一点,那么《三国遗事》与考古遗迹相合的说法,也只能画上一个巨大的问号。这意味着除了《三国遗事》之外,还需要寻找时间更早、也更可靠的历史文献。对此李氏朝鲜的文人丁若镛有过研究,他认为六卵之说是后人附衍出来的,他主张二伽

---

① 〔韩〕一然撰、李载浩译注:《三国遗事·驾洛国记》卷二(第一册),第371页。
② 韩国国立文化财研究所编著:《韩国考古学重大发现(2002—2007)》,方京一译,科学出版社2011年,第174页。
③ 韩国国立文化财研究所编著:《韩国考古学重大发现(2002—2007)》,方京一译,科学出版社2011年,第160页。

耶说：

> 又按《东史略》有六卵之说，而《东国总目》遂云：首露王兄弟六人，分作六伽倻之始祖。此皆后人推演为说，不足征也。唯崔致远以为大伽耶始祖朱日，金官国始祖青裔，为同母兄弟，详见大伽耶，此必有据之言也。①

丁若镛否定六卵之说，也否定六兄弟为六伽耶始祖的说法。他以为："弁辰明是迦罗，而迦罗之迹，仅见于《北史》、《隋书》。兹就罗、丽史，采取迦罗之事，为弁辰别考，以当弁辰之史。辰韩、弁辰，初皆六国，后各十二。而迦罗只有六国者，史家失其六也。镛谓凡作新罗之史者，宜作迦罗本纪一部。以当秦本纪、项羽本纪义例，而金富轼阙焉不录。今考罗、丽地志，凡得迦罗、伽耶之名者，总有六国。金海为金官伽耶，亦名大迦罗。咸安为阿那伽耶，亦名阿尸良，固城为小伽耶，亦名古自国。此皆潢水以南之诸县也。"② 丁若镛肯定的是崔致远的二伽耶说，是朱日与青裔两兄弟的联盟国家。丁若镛没有提出二兄弟说的依据，百济是二兄弟建立的，伽耶与百济的建国历史类似："镛案：《驾洛古记》六卵之说，虽不可信，崔孤云正见二子之说，必有所本。原有山神、天神之说，此其荒诞处。首露王兄弟分立，必如沸流、温祚之事矣。"③ 丁若镛肯定崔致远的二伽耶说，但这也只是"必有所本"的推测，不少韩国古代文人否定了崔致远的说法，指出崔致远记载的其他错误。

在《三国遗事》之前确实有一些文献记载了伽耶的建国历史。较早记载伽耶的是9世纪的崔致远："按崔孤云致远《释利贞传》云：伽倻山神正见母主，乃为天神夷毗诃所感，生大伽倻王恼窒朱日、金官国王恼窒青裔二人。则恼窒朱日为伊珍阿豉王之别称，青裔为首露王之别称，

---

① 〔韩〕丁若镛：《与犹堂全书·地理集第二卷·疆域考·疆域考其二》第六集，影印标点《韩国文集丛刊》第 286 册，第 252 页。
② 〔韩〕丁若镛：《与犹堂全书·地理集第二卷·疆域考·疆域考其二》第六集，影印标点《韩国文集丛刊》第 286 册，第 252 页。
③ 〔韩〕丁若镛：《与犹堂全书·地理集第二卷·疆域考·疆域考其二》第六集，第 252 页。

则何尝有卵生之语耶。"① 伽耶山神正见母主被天神所感，生下了两个兄弟，分别为大伽耶与金官伽耶的首露君王，这里只有两个伽耶，并无六伽耶与六个金卵。这种伽耶的建国神话流传于高灵，一般以为这个神话迟于金首露神话，是后期大伽耶联盟时期的神话。

《三国史记》是一部官修正史，作为历史文献的价值比野史《三国遗事》高得多。《三国史记·金庾信传》记载了伽耶国的建国历史：

> 金庾信，王京人也。十二世祖首露，不知何许人也。以后汉建武十八年壬寅，登龟峰，望驾洛九村，遂至其地开国，号曰加耶，后改为金官国。其子孙相承，至九世孙仇亥、仇充，或云仇次休，於庾信为曾祖。罗人自谓少昊金天氏之后，故姓金。庾信碑亦云：'轩辕之裔，少昊之胤。'则南加耶始祖首露与新罗，同姓也。②

《三国史记》与《三国遗事》记载的应当是同一种伽耶的建国历史，开国君王、时间、地点都完全相同。但是《三国史记》没有记载六伽耶与六个金卵，记载的是四伽耶：古宁加耶、金官国、阿尸良国、大加耶国。《三国史记·乐志》记载了十二国，其中出现了下加罗都、上加罗都、达已、思勿、勿慧、下奇物、居烈、沙八兮、尔赦、上奇物等伽耶联盟诸国的名称，同样也不是六伽耶。

除了韩国文献之外，日本文献更早记载了伽耶属国的数量，因而是不可忽略的。《日本书纪》（720）记载的任那十国有加罗国、安罗国、斯二岐国、多罗国、卒麻国、古嵯国、子他国、散半下国、乞飡国、稔礼国，共为十个联盟国家。任那即加罗，因而这里记载的任那十国就是加罗的十个属国，这意味着伽耶的联盟国家数不是六个，而是十个。这就不只是与《三国遗事》不同，也与《三国史记》不同。显然《三国遗事》的六伽耶得不到其他更早历史文献的证明，很难认为六伽耶就是伽耶建国历史的事实，六卵源于六伽耶的记载也就不能不是一个无法证明的问题。

---

① 〔韩〕李圭景：《五洲衍文长笺散稿·经史篇·论史类·论史·卵生辨证说》，抄写本，刊者未详。

② 〔韩〕金富轼：《三国史记·列传一·金庾信》卷四一，吉林文史出版社2003年，第485页。

《三国遗事》本来就是野史，金首露神话又有不少的虚构因素，必然存在与伽耶建国历史不合的因素。如果黄金六卵不是源于伽耶的建国历史，那么又源于何处呢？龟卜方法是金首露神话的重要因素，因而有必要顺着这一线索展开调查。在龟卜文献中可以找到高度相似的记载，不只是有六这一数字，而且还有卵、黄色等因素。在《史记·龟策列传》记载的汉代龟卜之中，不只是有《龟旨歌》的龟卜因素，而且也有金首露神话的龟卜因素，其实黄色鸡卵与六之数字以及二者的组合关系应当源于龟卜。《史记·龟策列传》记载：

> 人若已卜不中，皆被之以卵，东向立，灼以荆若刚木，土卵指之者三，持龟以卵周环之，祝曰："今日吉，谨以梁卵烯黄被去玉灵之不祥。"玉灵必信以诚，知万事之情，辩兆皆可占。不信不诚，则烧玉灵，扬其灰，以征后龟。其卜必北向，龟甲必尺二寸。①

　　龟卜可能得不到吉兆或者没有出现龟纹，已卜不中时当被去不祥，这时需要的东西就是梁米与鸡卵。比较《史记》与金首露神话的记载，还是容易发现一些相似的因素，黄色与数字六是《史记》以及龟卜文献中的重要因素。

　　第一，金首露神话金卵的颜色与龟卜方法鸡卵的颜色相同。在金首露神话与《史记》记载的龟卜方法中卵都是重要的物质，金首露神话是卵生神话，不可能没有卵；卵在龟卜方法中具有被除不祥的功能，出现卵绝不是偶然的，这是在卵生神话中能够加入龟卜因素的物质条件。卵生神话本身并不证明金卵颜色的来源，在朝鲜半岛不同的卵生神话中，卵的颜色各不相同，有的是白卵，有的是紫卵，说明卵的颜色与卵生神话之间并没有必然的关系，颜色是在卵生神话的基础上另外加入的因素。这表明金首露神话的六卵颜色也自有来源，与朝鲜半岛原有的卵生神话并无关系。金首露神话的金卵颜色应是来源于汉代的龟卜方法，《史记》记载的土卵是指什么呢？是指土鸡之卵，还是卵的颜色呢？土卵不是土鸡之卵，土鸡之卵有白、赤、黄三种颜色，如果是土鸡之卵，必然所指不明。土卵当指鸡卵的颜色，正如白卵、赤卵等名词一样。鸡的名词最

---

① 汉·司马迁：《史记·龟策列传第六十八》卷一百二十八，中华书局1997年，第819页。

初出于梁宗懔《荆楚岁时记》，隋杜台卿《玉烛宝典》卷一亦有用例。汉代尚没有出现土鸡的概念，因而指称土鸡之卵的可能性不大。龟卜与龟卜的被除不祥是以五行理论来建立的，郑玄《礼记注疏》引《五行传》云："案《五行传》云：牛属土，鸡属木，羊属火，犬属金，豕属水。"① 鸡属木，因而不是龟卜被除不祥所需要的因素。《史记》的记载比较重要，历代注家注释得比较详细，对卵、梁以及具体方法解释得都比较清楚。《史记》索隐与正义的解释如下：

> 索隐：梁，米也。卵，鸡子也。焌，灼龟木也，音'次第'之'第'。言烧荆枝更递而灼，故有焌名。一音梯，言灼之以渐，如有阶梯也。黄者，以黄绢裹粱卵以被龟也。必以黄者，中之色，主土而信，故用鸡也。正义：焌音题。焌，焦也。言以粱米鸡卵被去龟之不祥，令灼之不焦不黄。若色焦及黄，卜之不中也。②

索隐与正义的看法不同，索引释土卵："必以黄者，中之色，主土而信，故用鸡也。"黄色代表主土的"中之色"，因而土卵不是白卵或赤卵，黄色是必不可少的因素。正义的看法是不焦不黄，也就是不要有黄色。那么哪种看法正确呢？张守节正义的不焦不黄来自于龟卜方法，但与《史记》记载的"粱卵焌黄"没有关系。原因有二：一、《史记》的原文"以粱卵焌黄被去玉灵之不祥"，在焌黄之前无否定词，并无不焦不黄之意。二、灼烧粱卵不焦不黄是不可理解的，粱是小米，本来就是黄色，无法不黄。卵是鸡卵，鸡卵有白色与赤色、黄色，只有白卵存在不焦不黄的问题，赤卵与黄卵不焦不黄是无法理解的。其实龟卜所说的不焦不黄并非指烧灼粱卵，而是指灼烧龟。焌字有二解，一是灼龟木，一是烧焦，但此字在汉代文献中仅见《史记》的用例。《史记》之后只有 20 余例，除了一二例人名之外，全部来自于《史记》，因而此字的意义不甚明了。但从字形来看，火为烧灼，弟为更迭烧灼，此字当为灼龟木。"粱卵焌黄"是指四种物质：粟米（小米之类）、黄卵、灼龟木、黄绢。土卵当指黄土之色的鸡卵，黄色象征着土或土地，可以被除龟之不

---

① 汉·郑玄：《礼记注疏·附释音》卷第二十，北京大学出版社 2000 年，第 747 页。
② 汉·司马迁：《史记·龟策列传第六十八》卷一百二十八，中华书局 1997 年，第 819 页。

祥，因而龟卜选用的不是白卵或赤卵，只能是黄卵。

第二，金首露神话金卵的数字与龟卜方法数字的关系。在金首露神话中金卵共有六个，这一数字源于龟卜，因为三是龟卜的基本数字单位。《史记》记载"土卵指之者三"，指之三次，绕以三周，都是以三为单位的。《卜法详考》云："土卵指之者三（徐广曰：土，一作十一。《正义》曰：言卜不中，以土为卵，三度指之，三周绕之。周厌不祥也）。持龟以卵周环之。"①《卜法详考》记载绕之三周是为了环绕着驱除不祥，也就是要被除全部的不祥。"钻中已"与"灼龟首"也是三次为基本单位，要钻三次，灼三次，显然三不是偶然与黄卵组合在一起的。三的基本数字单位并非始于汉代龟卜，早在三代就有此规定："所言三兆三易，必是三代异法，故传以为夏、殷、周卜筮各以三代异法。三法并卜，法有一人，故三人也。'从二人之言'者，二人为善既钧，故从众也。若三人之内贤智不等，虽少从贤，不从众也。善钧从众，成六年《左传》文。既言三法并卜，嫌筮不然，故又云'卜筮各三人'也。经惟言三占从二，何知不一法而三占，而知三法并用者。《金縢》云：乃卜三龟，一习吉。《仪礼士》丧卜葬，占者三人，贵贱俱用三龟，知卜筮并用三代法也。"②龟卜的各个因素都是以三为单位，卜人三个，占三龟，兆有三兆：玉兆、瓦兆、原兆。最好的结果是三龟皆吉，《论衡》记载："祝已毕，不知天之许己与不，乃卜三龟。三龟皆吉。如圣人先知，周公当知天已许之，无为顿复卜三龟。知圣人不以独见立法，则更请命，秘藏不见。天意难知，故卜而合兆，兆决心定，乃以从事。"③ 三人要据色、墨、坼做出三种判断。三不只是龟卜的基本单位，其他占卜也多是以三为数字单位。《周易》的基本数字也是三，阴为三条线，阳也是三条线，六条线是取物配形的基本数字。六条阳线与阴线的变化遵循了三、六、九的数字原则，数字与取物配形的象征有关："圣人画卦制度，则象取物配形，合天地之宜，索三女三男，六十四象以上下分之。阳三阴四，法上下分位。……《轩辕本经》云：'紫蓍之下，五龙十朋伏隐，天生灵

---

① 清・胡煦：《卜法详考・龟策传》卷一，《周易函书・附卜法详考等四种》第四册，中华书局 2003 年，第 1161 页。
② 《尚书正义》卷十一，清・阮元校刻《十三经注疏》上册，中华书局 1980 年，第 191 页。
③ 汉・王充：《论衡・知实篇》卷二十六，《诸子集成》第七册，中华书局 2006 年第二版，第 259 页。

菁，圣人采之，而用四十九，运天地之数，万源由也。'"① 龟卜与《周易》是相通的，龟卜的数字单位显然不是随意决定的。由此来看六卵之说应当与龟卜的数字单位有关，六卵是三的倍数，也是遵循了三的基本数字单位。由此来看龟卜的黄卵与金首露神话金卵的黄色相合，数字六与龟卜被除不祥的基本单位相合，黄色与数字的组合关系相合。此外金首露神话的金卵与龟卜的土卵都用布包裹，这也是相合的因素。有如此多的因素相合，表明不是偶然的巧合，两者之间必然存在影响关系，金首露神话的金卵当来自于龟卜的鸡卵。

不过最后还应当指出颜色也有不合的问题，这一问题就是金首露神话中包裹金卵的绢布颜色与龟卜包裹的绢布颜色不同。金卵是包在"红幅里金合子"，汉代龟卜的黄卵是包在黄色绢布中。既然金首露神话的金卵源于龟卜，应当是像《史记》记载的那样使用黄色绢布，但金首露神话使用的是红幅。这似乎表明包裹金卵的红幅不是源于龟卜，而是来自于道教。日本学者早已指出红幅源于道教，此说是正确的，这一点是金首露神话吸收龟卜方法时发生的变化，变化的原因恐怕就是道教。金首露神话是建国神话，不可能都由龟卜因素构成，各种因素都在产生作用，究竟产生怎样的作用，只能根据具体情况加以研究。根据黄金六卵与汉代龟卜方法的关系来看，金首露神话中的龟卜活动不一定是一次成功，中间也出现过卜而不中的情况，但这只是推测，金首露神话并没有记载。

《龟旨歌》、金首露神话与汉代龟卜方法的关系还有一个问题，就是没有朝鲜半岛南端接受汉代龟卜方法的其他证据，只有《龟旨歌》与金首露神话，就不免有些使人不安。9世纪以前的朝鲜半岛文献几乎无存，自然也就无法以伽耶建国时期的文献证明《龟旨歌》、金首露神话与汉代龟卜的关系。现在只能找到更为迟晚时期的文献，此类文献足以证明伽耶接受过龟卜，但不能证明接受过汉代龟卜。首先值得一提的是韩国语龟的发音，黄胤锡（1729—1791）《华音方言字义解》：

四灵之中，其有东俗方言名呼者。龟曰거북，即龟卜也。②

---

① 《古今图书集成·博物汇编·艺术典·卜筮部总论·乾凿度》第五百五十八卷，北京：中华书局，成都：巴蜀书社，1985年，第57043页。

② 〔韩〕黄胤锡：《颐斋遗藁·华音方言字义解》卷之二十五，影印标点《韩国文集丛刊》第246册，首尔：民族文化推进会1996年，第556页。

韩国语龟的发音与中文龟卜的字音读相同,说明韩国语龟一词的发音是中文龟卜一词的音译,当源于中文龟卜一词,古代韩国人认识龟当与龟卜有关。据此来看朝鲜半岛的龟卜与韩国语的龟一词同样古老,究竟古老到什么时期无法证明,不过可以明确龟卜一词不是产生于黄胤锡记录的 18 世纪。既然《龟旨歌》、金首露神话记载了龟和龟卜方法,就有理由怀疑韩国语的龟卜一词,就始于伽耶的建国时期或更早一些。《三国志》记载三国时期倭国已有骨卜:"其俗举事行来,有所云为,辄灼骨而卜,以占吉凶,先告所卜,其辞如令龟法,视火坼占兆。"① 骨卜的辞令如同龟法,其意是骨卜祝词与龟卜祝词相似。《三国志》记载的龟法辞令当是指汉代龟法辞令或曹魏的龟法辞令,曹魏的龟法辞令继承了汉代,因而其实就是汉代的龟法辞令,这与前文《龟旨歌》的祝词源于汉代龟卜祝词的看法相同。《三国志》记载的是骨卜,但三品彰英据此以为日本已有龟卜,朝鲜半岛龟卜的历史应当更早。

朝鲜半岛南端伽耶地域的考古发掘也发现了龟片,证明伽耶的历史上确实存在过龟卜。

城山山城龟甲出土状态②

---

① 晋·陈寿:《三国志·魏书三十》卷三十,中华书局 1997 年,第 225 页。
② 韩国国立文化财研究所编著:《韩国考古学重大发现(2002—2007)》,方京一译,科学出版社 2011 年,第 189 页。

这些龟片的地理空间范围大体与伽耶相合，一般以为城山山城遗址（庆尚南道咸安郡伽倻邑广井里，史迹第67号，三国时代）是阿罗伽耶的遗址，阿罗伽耶是伽耶诸国之一。但最近的考古发掘使这一看法开始动摇："虽然城山山城被认为是以咸安郡为中心的阿罗伽倻的政治军事据点，然而从城的筑造方法和木简墨书的内容来看，实际上它是与新罗有关的6世纪中叶的山城。"① 不管城山山城是阿罗伽耶的遗址，还是新罗的遗址，空间地理范围相近，可以证明朝鲜半岛南端有过龟卜。不过这些龟片是6世纪的，距离伽耶建国的时间太远，因而无法在时间上相合。记载龟卜的韩国古代文献更为迟晚②，更不足以作为研究的证据。这的确是一个问题，在古代文献所存无几的情况下，不能只是依据现有文献的时间来展开研究。实际上《龟旨歌》与金首露神话已经能够证明汉代龟卜方法传入朝鲜半岛南端，因为与汉代龟卜相似的龟卜方法已经出现在朝鲜半岛的南端。这就如同不管白居易的诗歌最初是何时传入朝鲜半岛的，但只要在朝鲜半岛出现了白居易的诗歌，就可以证明白居易的诗歌传入朝鲜半岛。

　　其实金首露神话中的龟卜方法并非是唯一的汉代文化因素，此外还有其他的汉代文化因素，这也可以表明汉代龟卜方法完全可以融入到金首露神话。《三国遗事》记载六卵"抱持而归我刀家寘榻上"，十二天后的早晨六卵化为童子，"仍坐于床"。《三国遗事》的这段记载也透露了时间信息。在一般的印象之中，古代韩国没有床，但从诗文中可以知道

---

① 韩国国立文化财研究所编著、方京一译：《韩国考古学重大发现（2002—2007）》，科学出版社2011年，第186页。
② 韩国文献记载龟卜的时间比龟片的时间迟晚得多，根据现存的韩国古代文献来看，《三国遗事》不是最早记载龟卜的文献，但应当是记载了最早使用龟卜的历史。这意味着除了《龟旨歌》与金首露神话就找不到更早使用龟卜的记载，当然随着考古学的不断发展，也可能会发现更早的龟片。最早记载龟卜的文献出现于新罗时期，崔致远（857—?）的《贺通和南蛮表》："伏以圣主卜征，既以用和为贵，远人从化。"（〔韩〕崔致远：《桂苑笔耕集·表一十首·贺通和南蛮表》卷之一，影印标点《韩国文集丛刊》第1册，第7页）；《奏诱降福建道草贼状》："招谕其贼首何崵等三人，虽行匪有师，而卜能从吉。"（〔韩〕崔致远：《桂苑笔耕集·奏状一十首·奏诱降福建道草贼状》卷之五，第27页）这些文献的卜字是指龟卜，这是崔致远在唐朝为官时写的文章。崔致远之后的韩国文献也有龟卜的记载，李奎报（1168—1241）《次韵赵亚卿冲见和》："行藏难自谋，屡卜龟厌却。世味渐阑珊，宦情何索寞。"（〔韩〕李奎报：《东国李相国集》卷第九，影印标点《韩国文集丛刊》第1册，第383页）李奎报时常龟卜，他的诗文中多处记载了龟卜的情况，表明龟卜在高丽王朝时代仍然比较普遍。《三国遗事》是最早记载《龟旨歌》的文献，因而可以认为《龟旨歌》生成的下限时间是13世纪。

事实并非如此。在新罗时期的文献中就出现了床，崔致远《书两函表》：
"《国语》、《孝经》殊难化俗。床头《周易》，罕见知名。"① 《智证和尚碑铭》："乃以栟榈、梗枏之属，可作床几轮罍者。"② 崔致远的诗歌与碑铭中的床，是用于坐还是用于卧不够清楚。高丽初期的诗歌时常描写床，都是用来躺卧休息的。李奎报《寓居天龙寺有作》："全家来寄碧山傍，矮帽轻衫卧一床。肺渴更知村酒好，睡昏聊喜野茶香。"③《与天台两大士读杜牧诗，以诗赠之》："昼卧一床上，红日射虚幌。有僧来扣门，啄木敲铿响。"④ 白贲华（1180—1224）《本净》："梦里随流与返流，觉时闲卧一如床。一如床上本来身，有底老病多悲凉。"⑤ 古代韩国的床几乎都是卧具，但金首露神话描写的床榻是坐具，这是一个值得特别注意的因素。

如果金首露神话的龟卜是汉代龟卜，那么床榻也应当有和汉代床榻相同的功用。中国上古以来就曾使用床，床的功能发生过巨大的变化。商代甲骨文已有床形的字，说明商代可能已经有了床。考古发现的较早的床出土于河南信阳长台关楚墓，刻有精致的花纹，周围有栏杆，下有 6 个矮足，高仅 19 厘米。《礼记》记载曾子临终，床上簟子不合礼制，换下簟子，曾子才死。汉代的床榻是坐具，这一点在汉代许慎的《说文解字》中记载得很明确："床：安身之坐者，从木，爿声。"⑥ 金首露神话中的床榻正是坐具，与许慎《说文解字》的记载相同。唐代之前床的功能较多，床可以用于安坐休息，可以放置案几，用于读书、写字，也可以用步。唐代出现桌椅后，读书、饮食移于桌椅，床从一种多功能的家具转换为专供睡卧的用具。床作为坐具的时间范围包括了汉代与魏晋南北朝，如果金首露神话的生成时间是东汉，那么床没有超出有效的时间范围，因而可以看成是汉代因素。金首露神话的很多因素集中重合于汉代，龟卜、紫绳、红幅⑦、床等都是汉代因素，或距汉代不远。根据

---

① 〔韩〕崔致远：《孤云集》卷之一，影印标点《韩国文集丛刊》第 1 册，第 157 页。
② 〔韩〕崔致远：《孤云集》卷之三，影印标点《韩国文集丛刊》第 1 册，第 186 页。
③ 〔韩〕李奎报：《东国李相国集》卷第九，影印标点《韩国文集丛刊》第 1 册，第 389 页。
④ 〔韩〕李奎报：《东国李相国集》卷第十，第 401 页。
⑤ 〔韩〕白贲华：《南阳集》卷下，影印标点《韩国文集丛刊》第 2 册，首尔：景仁文化社 1990 年，第 317 册。
⑥ 汉·许慎：《说文解字》卷六上，中华书局 1963 年，第 121 页。
⑦ 参见本章第四节第一小节。

这种现象可以认为金首露神话形成的时间比较集中,主要是生成于汉代到魏晋时期。

二、龟旨峰与龟卜、《周易》的关系

龟旨峰是以往研究探索金首露神话、《龟旨歌》与龟卜关系的唯一线索,也是最早发现的龟卜因素。沿着这一线索考查,究竟能够得到怎样的信息与结论,也是需要进一步考查的。龟旨峰是金首露神话与《龟旨歌》产生的地方,位于朝鲜半岛南端的金海市。李圭景(1788—1856)《卵生辨证说》记载:"《驾洛国记》:后汉世祖光武建武十八年壬寅(新罗儒理王十九年)三月。驾洛九干,禊饮水滨,望见龟旨峰。(《舆地胜览》:龟旨峰在金海府北三里,首露王宫遗址在府内。首露王墓在府西三百步,墓傍有庙。龟旨山有王妃墓,府人并祭正五、八月。)"① 中国清代的文献也有类似的记载:"《文献备考》驾洛或作伽落,即伽耶也,后改为金官。《舆地胜览》:龟旨峰在金海府北三十里,今属庆尚道。"② 金首露神话的研究存在诸多争议,但对龟旨峰没有争议,一致认为龟旨峰就是金海市的龟旨峰。

第一,龟旨峰的名称与山峰形状的意义。

在确定龟旨峰的名称与龟卜关系之前,首先必须解决的一个问题是龟旨峰地名的来源。这个地名可能源于韩国语구지的音译,如果是音译,那么汉字的标记就存在两种可能性:一是单纯标记了韩国语的发音,并没有标记意义;一是标记了韩国语的发音与意义。如果是前者,龟旨就没有任何意义,也就不会有龟卜的因素。如果是后者,可以兼有表意与表音,也就有可能含有龟卜的因素。韩国学者郑璟喜在《九都城考》中认为龟旨是音译地名,这一地名并不少见。龟旨还可标记为仇知,龟旨与仇知在韩国语中发音完全相同③。如果龟旨与仇知只是韩国语구지的发音标记,那么写为龟旨或仇知并无区别,但事实上龟旨与仇知并不相同:

---

① 〔韩〕李圭景:《五洲衍文长笺散稿·经史篇·论史类·论史·卵生辨证说》,抄写本,刊者未详。
② 清·文廷式:《纯常子枝语》卷三十,民国三十二年刻本。
③ 〔韩〕郑璟喜:《九都城考》,《韩国古代社会文化研究》,一志社 1990 年,第 159、161、167 页。

其一，仇知与龟旨的韩国语发音虽然相同，但并不是同一词汇的音译。仇知作为人名的汉字标记是统一的，表明并非只是表音。如果只是表音，那么应当还有其他的汉字标记。但从高丽朝开始一直到李氏朝鲜，所有仇知的人名汉字没有变化，不能以其他汉字替代。在《三国遗事》之前仅见一例，高丽朝诗人白贲华（1180—1224）的《次韵仇知部曲留题》："□舍□人载酒过，闻□□□落银河。江南到□□行乐，何用区区苦忆家。"① 白贲华的《南阳先生集》刊行于1249年，早于《三国遗事》数十年。白贲华将自己的诗歌题为"次韵"，说明在白贲华的诗歌之前还有一首诗歌，其中应当也有仇知。仇知为家奴之名，部曲即家奴。《三国遗事》之前的文献比较有限，别集存世不到一百种。大量的文献是李朝时期的，从李朝开始频繁出现仇知的人名与地名。权橃（1478—1548）的日记中出现了仇知的人名："二十七日，无事。二十八日，御思政殿视事。御夕讲，上曰：'师长可当人，虽非正科出身，兼带学官职检察，可也。'夜赵光辅与金雍来话。二十九日，无事。三十日，雨。宪府杖杀私奴金仇知、金三父兄及其奴一口。院闵其冤欲启，议不一而止。"② 这是出现于日记的人名，当非虚构。郑士诚（1545—1607）《壬辰日录》："辰时，参奉等道路奉行节目取禀事牒呈，付安东公事吏崔仇知送监司，道各官探候传通不来。"③ 正祖《别坛二百三十六人》："义禁府启：瑜自安置顺兴，有异志。赂仲才、顺孙、由性、处强、孝友、军士黄致、辛克长，使仲才之子好仁。招旧奴郑有才与其徒凡三、石丁、石仇知，凡伊及丰山官奴李同共谋起兵。"④ 成海应（1760—1839）《东学寺魂记释》："丙子，预六臣谋，事觉自缢死，戮其尸。延令、九令并诛。权着、金堪、金汉之、李裕基、银山、沈慎、吾乙未、李智英、李思怡、金仇知、李义英……"⑤ 金仇知、石仇知、崔仇知等皆为人名，

---

① 〔韩〕白贲华：《南阳集》卷下，影印标点《韩国文集丛刊》第2册，第315页。
② 〔韩〕权橃：《冲斋集·戊寅日记 五月十五日至十一月六日，承宣时·正德十三年戊寅》卷之六，影印标点《韩国文集丛刊》第19册，首尔：景仁文化社1990年，第423页。
③ 〔韩〕郑士诚：《芝轩集·壬辰日录》卷之三，影印标点《韩国文集丛刊》第56册，首尔：景仁文化社1990年，第32页。
④ 〔韩〕正祖：《弘斋全书·杂着七·别坛二百三十六人》卷六十，影印标点《韩国文集丛刊》第263册，首尔：民族文化推进会2001年，第453页。
⑤ 〔韩〕成海应：《研经斋全集外集·传记类》卷三十七，影印标点《韩国文集丛刊》第277册，首尔：民族文化推进会2001年，第98页。

金仇知的人名较为常见。仇知金的记载是相当特别的,金寿兴(1626—1690)《柳明郁杀狱议》:"此狱断案,只在于辨别奴主。而仇知金本以尹家之奴,被房赎还,仍得自赎于文大男。虽以柳明郁奴方丑名成文,大凡赎身之类,托其亲属,假名成文,自是通行之例。方丑以仇知金之四寸,作为己奴,记上于其主,实是人理之所不忍。"① 上述文献的仇知人名几乎都是家奴,说明仇知具有特殊的意义,与龟旨完全不同,不能与龟旨混为一谈。

其二,龟旨一词作为汉译地名,也具有表音与表意的双重功能。如果龟旨只是구지的音译地名,那么可以标记为龟旨,也可以标记为仇知,汉字不同,但地点应当相同。朝鲜半岛确有名为仇知的地名,金世濂(1593—1646)《通政大夫守黄海道观察使赠礼曹判书郭公神道碑铭》:"乙酉为南原府使,未几罢。粤明年以疾卒于玄风率礼村之私第,实万历十四年丙戌八月六日也,享年六十九。葬于仇知山神堂里先人之墓次。"② 许穆《忘忧堂郭公神道碑铭》:"公卒,万历四十五年四月十日,年六十六。光海赐赙吊祭如仪,命立传。其八月某日,葬于玄风县南仇知山郭氏族葬。明年,乡人为之立祠。"③ 仇知是山名,山南似为墓地,有不少文献记载各类人物葬于仇知山南。仇知山在玄风县,玄风县就是三国时期新罗的推良火县(추량화현)、三良火县(삼량화현)。三国统一之后,景德王时改名为玄骁县(현효현),为火王郡(화왕군)、昌宁郡的领县。高丽初改名为玄风县(玄丰县,현풍현),属密城郡(밀성군)、密阳郡。李朝后期升格为郡,1914年并入达城郡。仇知山与龟旨山都在新罗,但并非同一地方。朝鲜半岛有两个龟旨,一是金海的龟旨峰,一是京畿道杨州的龟旨,同名而地方不同。如果调查更多有구字的地名,就可以看得更为清楚。有的구字地名用龟字,有的使用了其他

---

① 〔韩〕金寿兴:《退忧堂集·柳明郁杀狱议》卷之八,影印标点《韩国文集丛刊》第127册,首尔:民族文化进会1994年,第145页。
② 〔韩〕金世濂:《东溟集·碑志碣铭·通政大夫守黄海道观察使赠礼曹判书郭公神道碑铭》卷之八,影印标点《韩国文集丛刊》第95册,首尔:民族文化推进会1992年,第254页。
③ 〔韩〕许穆:《记言别集·忘忧堂郭公神道碑铭》卷之十六,影印标点《韩国文集丛刊》第99册,首尔:民族文化推进会1992年,第145页。

汉字①。龟旨一词不见于中国文献，所有中国文献记载的龟旨都是金首露神话的龟旨峰，说明这不是一个中文词汇，而是两个词。两个词组合在一起之后，并没有丧失表意的功能，因而龟旨兼有音译与意译两种功能。

龟旨峰的表意功能在一然的注释中体现得非常清楚，一然以为龟旨之名源于山峰的形状：

所居北龟旨（是峰峦之称，若十朋伏之状，故云也）。②

括号的注文是一然加的，不是金首露神话的正文。一然以为龟旨的地名源于龟旨峰的形态，龟旨峰像一只伏下庞大身体的巨龟，龟字显然表达了字面的意义。

龟旨峰③

---

① 1. 龟旨（구지），京畿道—杨州。仇之（구지），黄海道—康翎。求知道（구지도），京畿道—高阳。
2. 龟进（구진），庆尚道—玄风。龟进站（구진참），全罗道—全州。旧镇浦（구진포），黄海道—长渊。旧阵岘（구진현），平安道—铁山。旧栅门（구책문），平安道—义州。丘珍城（구진성），全罗道—长城。
3. 龟川（구천），京畿道—广州。龟川（구천），庆尚道—玄风。九川（구천），庆尚道—巨济。九川洞（구천동），庆尚道—巨济。九千（구천），京畿道—阳城。九千谷（구천곡），忠清道—恩津。
4. 龟草（구초），黄海道—海州。龟峙（구치），忠清道—报恩。鸠峙（구치），京畿道—砥平。

② 〔韩〕一然撰、李载浩译注：《三国遗事·驾洛国记》卷二（第一册），第 371 页。
③ http://www.heritage.go.kr/visit/cyber_2009/images/cont/contn_img_HIS060009_01.jpg

韩国学者李载浩注译的《三国遗事》解释龟旨峰说:"原文注中出现的'十朋伏之状'的'十朋',是省略了《周易》'十朋之龟'的龟字,这里指龟。"① 这个解释是正确的,但是十朋之龟的意义并不如此简单,其中还包括了龟与龟卜的关系。李朝文人李学逵《次韵金再龟纳陵寝郎》:

> 卜兆遗墟看石笋,寝郎居处荫风松。
> 前期更指西林路,清省还应待暮钟。②

所谓的"卜兆遗墟"就是龟卜而得的遗迹,即指首露王的遗迹。卜兆就是龟卜之兆,但诗句没有直接指明是龟旨峰还是《龟旨歌》。根据"石笋"一词来看,遗墟应当是指龟旨峰,龟旨峰的首露王诞生石形状如笋,故云"看石笋"。"卜兆遗墟"指龟旨峰的遗迹,李学逵以为龟旨峰是龟卜使用的龟,但没有将龟卜与《龟旨歌》联系起来。

龟旨峰的形态是龟旨峰与龟卜关系的一个部分,龟的文化意义是龟旨峰与龟卜关系的隐含因素,没有龟的文化意义,也就不会产生龟旨峰的山名,至多只能产生龟峰之类的名称。龟旨峰又名北龟旨,北是玄武,也就是龟的方位,由此来看北龟旨之名源于四神的龟,然而这种意义在金首露神话中体现得并不明显。北龟旨的地名有一个旨字,意思无非是指神龟传达的意义。那么神龟在龟卜中传达出了怎样的意义呢?龟象征着神灵,也象征着王权,《史记·龟策列传》记载了龟与王权的关系:

> 卫平对曰:"龟者是天下之宝也,先得此龟者为天子,且十言十当,十战十胜。生于深渊,长于黄土。知天之道,明于上古。游三千岁,不出其域。安平静正,动不用力。寿蔽天地,莫知其极。与物变化,四时变色。居而自匿,伏而不食。春仓夏黄,秋白冬黑。

---

① 〔韩〕一然撰、李载浩译注:《三国遗事·驾洛国记》卷二(第一册),第342页。
② 〔韩〕李学逵:《洛下生集·菜花居集[丁丑]·次韵金再龟纳陵寝郎》册十二,影印标点《韩国文集丛刊》第290册,首尔:民族文化推进会2002年,第425页。

明于阴阳，审于刑德。先知利害，察于祸福。"①

得龟者可以先于他人预知天地国家的重大变化，把握未来的发展，因而得龟者战无不胜，功成不败。龟是天下至宝，得宝龟者可以为天子。金首露神话的九干等人得到了宝龟，就得到了君王。龟是神灵，身体上圆下方，上圆象天，下方法地，因而上知天文，下晓地理，遍知人间利害祸福：

> （龟，上员，象天；下方，法地。甲有十三文，以象十二月，一文象闰。边翼甲有二十八匡，法二十八宿。骨有六间，法六府。匡有八闲，法八卦。文有十二柱，法十二时。故象天地，辨万物者矣。欲知龟神，看骨白如银；欲知龟圣，看龟千里径正；欲知龟志，看龟十字。分四时所灼之体而用之，春灼后左足，夏灼前左足，秋灼前右足，冬灼后右足。）凡兆以千里径为母，两翼为外；正立为木，正横为土；内高为金；外高为火；细长芒动为水兆，有俯仰、伏倚、着落、起发、摧折、断动之状，而知其吉凶。②

还有一种常见说法以为龟能遍知天下是因为龟寿长久，经历了比人类多得多的天地变化与社会变迁。《白虎通义》："圣人独见先睹，必问蓍龟何？示不自专也。或曰：清微无端绪，非圣人所及，圣人亦疑之。《尚书》曰：'女则有疑。'谓武王也。干草枯骨，众多非一，独以灼龟何？此天地之间寿考之物，故问之也。龟之为言久也，蓍之为言蓍也，久长意也。龟曰卜、蓍曰筮何？卜，赴也，爆见兆也；筮者，信也，见其卦也。"③《淮南子》云："牛蹄彘颅亦骨也，

---

① 汉·司马迁：《史记·龟策列传第二十八》卷一百二十八，中华书局1997年，第817页。

② 唐·李林甫：《唐六典·太常寺·太卜署》卷十四，中华书局1992年，第412页。

③ 清·陈立撰、吴则虞点校：《白虎通义·蓍龟》卷七（上册），中华书局1994年，第328—329页。

而世弗灼，必问吉凶于龟者，以其历岁久矣。"① 龟经历了比人类更为丰富的各种事件，必然要比人类知道得多，也就能够根据经历预知未来，这正是以龟问卜的原因。

第二，十朋之龟与《周易》的卜龟。

一然的注文所说的"十朋"之龟出于《周易》，十朋之龟在《周易》中具有怎样的意义呢？《周易》损卦六五记载：

> 六五：或益之，十朋之龟弗克违。元吉。象曰：六五元吉，自上佑也。②

此句的意思是有人送价值十朋的大龟，不能不要，象云大吉大利，是天之所助。十朋之龟有两种解释：一、十朋之龟指十种龟。一曰神龟，二曰灵龟，三曰摄龟，四曰宝龟，五曰文龟，六曰筮龟，七曰山龟，八曰泽龟，九曰水龟，十曰火龟。二、十朋之龟是价值十朋的大龟。两贝为朋，朋值二百一十六，可见是珍贵的宝龟。也有人认为十朋不是两贝，而是两串贝，一串是五个。清人阮元以为十朋之龟是一尺二寸大小的龟，是天子拥有的，一尺大小的龟是诸侯拥有的：

> 《易》曰十朋之龟，是宝龟，惟天子、诸侯有之。《白虎通》云：天子之龟尺二寸，诸侯一尺，大夫八寸，是卜龟也。③

十朋之龟是用于龟卜的大龟，显然十朋之龟指宝龟，而不是指十种龟。除了《周易》损卦的六五之外，益卦的六二也是以十朋之龟为物象：

> 六二：或益之，十朋之龟弗克违，永贞吉，王用享于帝吉。象

---

① 《淮南子·说林训》卷十七，《诸子集成》第七册，中华书局2006年第二版，第292页。
② 《周易正义·咸》卷四，清·阮元校刻：《十三经注疏》上册，中华书局1980年，第53页。
③ 清·阮元：《积古斋锺鼎彝器款识·商器款识·亚敦》卷二，中华书局1985年，第105页。

曰：或益之，自外来也。①

六二卦辞的意思是有人送来价值十朋的大龟，不能拒绝不收。卜得长久的吉兆。君王用此龟来祭祀天帝，吉利。象辞云：有人送来宝龟，说明宝龟是从外面来的。此卦与六五的意义稍有不同，六五的主要意义在于得到上天之助，卦辞没有直接与王权联系起来。孔颖达释六二卦云：

> 正义曰：六二体柔居中，当位应巽，是居益而能用谦冲者也。居益用谦，则物"自外来"，朋龟献策，弗能违也。同于损卦六五之位，故曰"或益之十朋之龟，弗克违"也。然位不当尊，故永贞乃吉，故曰"永贞吉"。帝，天也。王用此时，以享祭于帝，明灵降福，故曰"王用享于帝吉"也。②

以柔居中，可以接受外来之物。朋龟献策，不能拒而不收。此卦与损卦的六五相同。但居中柔虚，位不当尊，占卜可以得到永久的吉利。用十朋之龟祭祀天帝是吉利之事。

六五、六二与金首露神话完全相合：其一，《三国遗事》中的十朋之龟不是龟的十种分类，而是君王拥有的宝龟③。龟旨峰的照片中只有一只大龟的形态，金首露神话的十朋之龟不可能是十种龟。龟旨峰是一只硕大无比的龟，使用大龟是王者的特权。君王的龟卜与他人龟卜的差异之一是龟体的大小，大龟只属于王者，龟体巨大是王权的标志："《礼三正记》曰："天子龟长一尺二寸，诸侯一尺，大夫八寸，士六寸。龟

---

① 《周易正义·周易兼义下经咸传》卷四，清·阮元校刻：《十三经注疏》上册，中华书局1980年，第53页。

② 《周易正义·周易兼义下经咸传》卷四，清·阮元校刻：《十三经注疏》上册，中华书局1980年，第53页。

③ "郑注引《尔雅》云：一曰神龟，郭注此当龟以为畜在宫沼者。二曰灵龟，注云今江东所用卜龟黄灵黑灵者，此盖与天龟灵属一也。三曰摄龟，注云以腹甲曲然摄敛头尾闭藏之，即当周礼地与四方之龟，知者，以皆有奄敛之义故也。四曰宝龟，即'遗我大宝龟'，及《乐记》曰：青黑绿者，天子之宝龟，及公羊定公八年'龟青纯'皆是也。五曰文龟，注甲有文采者，《河图》云灵龟负书丹甲青文是也。言灵者直是神龟之义，非天龟也。六曰筮龟，注云常在蓍丛下者。七曰山龟，八曰泽龟，九曰水龟，十曰火龟，注此皆说龟所生处也。"（《礼记正义·礼器》卷二十三，清·阮元校刻：《十三经注疏》下册，中华书局1980年，第1433页）龟

阴，故数偶也。天子蓍长九尺，诸侯七尺，大夫五尺，士三尺。蓍阳，故数奇也。"① 龟的大小与人的身份等级相关，这是礼制的一部分。龟卜的第一步是选龟，选龟的内容包括龟的大小尺寸，还包括判别龟的形态与雄雌："古者龟卜之法，先须选龟。盖其体有俯有仰，有前弇有后弇，有左倪有右倪之别。其色有元黄、青、白、赤、黑之别。盖俯者天龟，其色玄（《周礼》名灵属），仰者地龟，其色黄（《周礼》名绎属），前弇者东龟，其色白（《周礼》名靁属），右倪者北龟，其色黑（《周礼》名若属）。"② "选龟之法，先辨雌雄。从近尾之一乂两旁以二指平掇之，掇而起者为雄；掇而不起者为雌。"③ 金首露神话将君王降生之地选择在龟旨峰，不是随意的选择，应当包含了巨龟与王权的特殊关系。金首露是伽耶国的君王，应当拥有十朋之龟。一然以十朋之龟来描绘龟旨峰，是因为一然深解龟旨峰与王权的特殊关系。

---

① 清·陈立撰、吴则虞点校：《白虎通义疏证·蓍龟》卷七（下册），中华书局1994年，第327—328页。《白虎通义》记载君王、诸侯、大臣、庶民皆可龟卜，中韩两国完全相同。《宋史》记载："使者曰：'加请卜筮，占曰从制，使某纳吉。'主人曰：'臣某之女若而人，龟筮云吉，臣预有焉。臣某谨奉典制。'告期，使者曰：'某奉制告期。'主人曰：'臣某谨奉典制。'以上纳吉、纳成、告期。"（元·脱脱等：《宋史·志第六十四》卷一百一十一，中华书局1997年，第706页）朝廷使用龟卜，文人士大夫也会龟卜，陆游《病减》："病减停汤熨，身衰赖按摩。书亏平日课，睡比故年多。龟卜占休泰，医方较阙讹。有时还一笑，隔浦起渔歌。"（《陆放翁全集·剑南诗稿》卷八十四（下册），中国书店1986年，第1164页）龟卜的目的是了解能否病愈。韩国古代诗文也有类似的记载，也有卜筮为业的专人。李奎报《清江使者玄夫传》："或曰：其先神人也，兄弟十五人，皆体巨绝有力焉。天帝所命扶五山海中者是已。《玄中记》曰：鳌，巨龟也。至子孙，形寝小，亦无以力闻者。唯以卜筮为业，相地之利害，不常厥居。故其乡里世系，不得详焉。"（〔韩〕李奎报：《东国李相国集》卷第二十，影印标点《韩国文集丛刊》第1册，第504页）国家重大事件需要龟卜。李奎报《国卜十一曜二十八宿醮礼文》："伏念臣以眇冲之质，承重大之权，念至于忧。虽轸临深之抱，祸生所忽，尚图杜渐之方。况凭龟兆，以稽疑合。屈弯骖而徼福，兹循道范，式峙法坛。"（〔韩〕李奎报：《东国李相国集·醮疏》卷第三十九，影印标点《韩国文集丛刊》第2册，第109页）所谓的国卜当是为朝廷政治问卜，与中国朝廷使用龟卜是相同的。李穑《早兴》："古公走马见风采，大保卜龟图始终。自笑后生迷远略。早逢先主效微忠。"（〔韩〕李穑：《牧隐诗稿》卷之十，影印标点《韩国文集丛刊》第4册，第86页）这首诗也谈到了龟卜，上述引文都是《三国遗事》之前的文献，记载简单，未及龟卜方法，但可以看得出《三国遗事》之前龟卜没有失传。

② 清·胡煦：《卜法详考·古法汇选·龟卜》卷四，《周易函书·附卜法详考等四种》第四册，中华书局2008年，第1242页。

③ 清·胡煦：《卜法详考·吴下卜法·灼契》卷三，《周易函书·附卜法详考等四种》第四册，第1200页。

其二，卦辞的内容与金首露神话的情节吻合。六二卦辞比六五卦辞与金首露神话的吻合度更高：九干的地位较高，也可以说是王，但并非国君的人选，因而他们可以接受外来的君王。九干得到十朋之龟，是大吉大利之事。以十朋之龟占得永久之吉，永久之吉就是金首露王的降临。国君的降临不是临时的，是国家建立与发展的长远之事。孔颖达解释象辞："〔疏〕正义曰：'自外来'者，明益之者从外自来，不召而至也。"① 外来之物是什么呢？一般解为十朋之龟，或解为外来朋党。龟或朋党不召而至，这一点与金首露神话也是吻合的。十朋之龟是瑞兆，六五的意义还在于得到上天之助："获益而得十朋之龟，足以尽天人之助也。"② 伽耶国的建立正是得到了天人之助，才使得金首露王等六兄弟由天而降。十朋之龟传达了上天派金首露降临的意旨，灼龟占卜就是通过朋龟献策，表达天意，也表达了伽耶人祈祷美好吉祥未来的愿望。《周易》损卦六五与益卦六二的十朋之龟的卦象合于《龟旨歌》、金首露神话，也说明《龟旨歌》是龟卜歌。

金首露神话的龟卜与中国龟卜并不完全相同，主要是灼龟地点不同。金首露神话的龟卜是在山顶上进行的，中国文献记载的龟卜一般在庙宇。古代韩国文人对此十分熟悉，很多文献记载了先秦以来在宫庙举行的龟卜："凡取龟，各以其物，入于龟室。郑云：各异室。《礼》云：卜郊于祖庙，灼龟于祢宫，即尊祖亲祢之意。《史记·龟筴传》云：高庙有龟室，又云置室西北隅，藏内以为神宝。褚先生所补与古之祏室。《左传》庄十四年，疏云：于庙之北壁内为祏室，以藏木主，唐之陷室。《唐书·礼乐志》云：掌庙者纳曾祖神主于陷室。宋之龛室，塔下室也。祏室之形如龛，故家礼谓之龛室，其制总同。彼以藏主，此以居龟，皆穿壁方正，仅容其椟。若别起一宫，以为龟室，是宗庙之外，又一龟庙。臧孙虽愚，必无此事。古者竃曰圹室。"③ 隋唐以后延续了先秦以来的传统灼龟地点，《隋书》记载："后齐命将出征，则太卜诣太庙，灼灵龟，授鼓

---

① 《周易正义·周易兼义下经咸传》卷四，清·阮元校刻：《十三经注疏》上册，中华书局1980年，第53页。
② 《周易正义·周易兼义下经咸传》卷四，清·阮元校刻：《十三经注疏》上册，中华书局1980年，第53页。
③ 〔韩〕丁若镛：《与犹堂全书·第二集经集第八卷·论语古今注卷二·公冶长第五凡二十七章》，影印标点《韩国文集丛刊》第282册，第197页。

旗于庙。皇帝陈法驾，服衮冕，至庙，拜于太祖。"①《唐六典》记载在太庙灼龟：

> 凡国有祭祀，则率卜正、占者卜日于太庙南门之外，命龟既灼而占之。（命龟曰："假尔太龟有常。"乃授卜正作龟，与众占之。乃告太常卿曰："某日从"乃彻龟也。）先卜上旬，不吉，次卜中旬、下旬。若卜国之大事，亦如卜日之仪。②

统治者极为重视龟卜，为此要专门建造龟室养龟。金首露神话记载的龟卜地点与上述文献不合，既然《龟旨歌》、金首露神话的龟卜是汉代龟卜，那么应当接受中国先秦以来规定的灼龟地点。但灼龟地点不能成为否定金首露神话与龟卜关系的证据，金首露神话记载的"掘峰顶撮土歌之"，是指在山顶建造神坛，只是原始神坛比较简单。山顶灼龟或庙宇灼龟当与社会发展的状态有关，中国更早的时期也曾在山顶积土为神坛举行仪式。社会发展的形态不同，灼龟地点也会不同，但不会改变灼龟的性质。

以上主要是沿着一然的注文展开的调查，调查的结果在一定程度上能够补充金首露神话与龟卜关系的信息。但是应当承认通过这一线索能够得到的信息相当有限，存在着两个无法补救的问题：第一，一然的注文不是金首露神话文本的一部分，缺乏原典文献的证明力，对后世研究虽然产生了一定的影响，但影响比较有限，没有能够更大幅度地推进金首露神话与龟卜关系的研究。从一然到三品彰英，先行研究只是停留在地名层面上研究龟卜，研究的结果抽象模糊。第二，一然的注文及其相关研究揭示了《周易》与金首露神话的关系，但这只是金首露神话与龟卜关系的一小部分，不是金首露神话与龟卜关系的主体部分。沿着这一线索调查，无论如何深入，都无法将《龟旨歌》、金首露神话与龟卜的关系锁定在汉代龟卜方法上，这是这条线索的局限性。正是这一局限性，使《龟旨歌》、金首露神话与龟卜的关系研究难以有所突破。

---

① 唐·魏征等：《隋书·志第三》卷八，中华书局1997年，第47页。
② 唐·李林甫：《唐六典·太常寺·太卜署》卷十四，中华书局1992年，第413页。

第四节　伽耶与汉朝的交流：
良洞里遗址与大成洞遗址

一、良洞里遗址与大成洞遗址的汉朝文化

《龟旨歌》与金首露神话的龟卜都是汉代的龟卜方法，这表明伽耶与汉朝之间应当产生过交流关系，否则《龟旨歌》与金首露神话不可能出现汉代的龟卜方法，因而证明伽耶与汉朝的交流关系成了新的问题。从公元前2世纪到3世纪，以金海市为中心地域的洛东江流域与汉朝、魏晋有过交流。良洞里古坟群是公元前2世纪到5世纪的古坟群，位于金海市西部酒村面良洞里，在大成洞古坟群西7公里之处。1969年在这里拾到了土器，第一次发现了良洞里古坟群。1984年文化财研究所第一次挖掘，后又发掘了四次。良洞里古坟的主要类型有木棺墓、木椁墓、石椁墓、瓮棺墓等，从500多个墓穴中出土的文物有5100多件。良洞里出土了不少北方系统的文物，有鱼钩、马的模型、铜镜、铜剑、土器、铁器、青铜器、铁鍑（쇠솥）、金箔玻璃珠（금박유리 구슬）等。

金海良洞里古坟群①

---

① 〔韩〕林孝泽、郭东哲：《金海良洞里古坟文化》，大阪朝鲜考古学研究会2001年，第39页。

板甲①

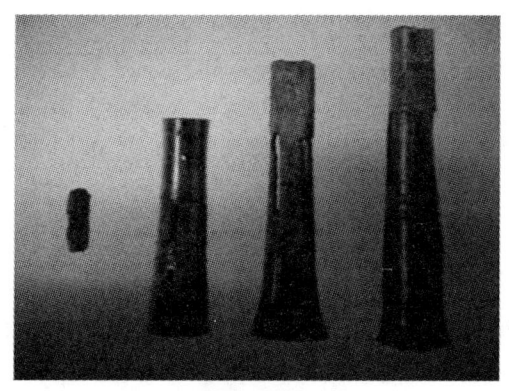
筒形铜器②

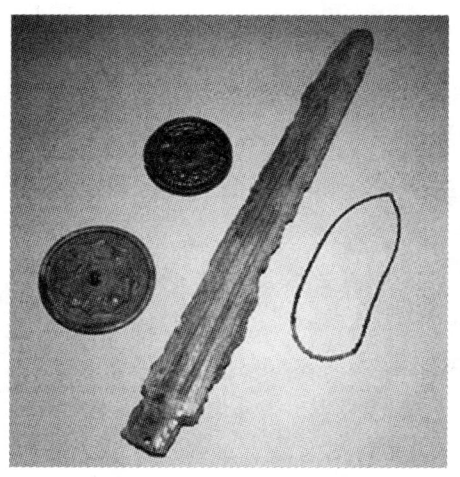
良洞里出土的铜镜与铁剑、项链③

其中比较重要的是第313号墓出土的铁剑，长121cm。第235号墓出土的环头大刀（환두대도）长120cm。第427号墓出土了变异铜剑，第270、322号墓出土了胸饰（흉식）、颈饰（경식）。有些出土文物与大成洞古坟群的出土文物相似，如筒形青铜器，表明良洞里古群与大成洞

---

① 〔韩〕林孝泽、郭东哲：《金海良洞里古坟文化》，第88页。
② 〔韩〕林孝泽、郭东哲：《金海良洞里古坟文化》，第14页。
③ 〔韩〕林孝泽、郭东哲：《金海良洞里古坟文化》，大阪朝鲜考古学研究会2001年，第11页。

古坟群存在着密切的关系。

洛东江流域的国际交流相当频繁,这里出土了汉朝、魏晋时期的文物,具有代表性的是青铜鼎与铜镜:其一,汉朝的青铜鼎。第322号墓出土了有铭文的铜鼎,铭文是"西□宫鼎 容一斗 并盖重十一斤 第七"①,李学勤以为字体篆意很浓,是西汉铜鼎铭文常见的字体,铭文格式亦见于汉代:"《汉金文录》1,23:菑川金鼎,容一斗,并盖重十六斤,第六。该鼎也失盖,而《小校经阁金文拓本》11,51有铭文类似,只是编号不同的鼎盖:菑川金鼎盖,并重十七斤,第十五。"② 此鼎为西汉晚期元帝或稍后的文物。类似的铜鼎在蔚山、平壤也曾出土过。

其二,汉朝制造的铜镜。162号木椁墓是2世纪中叶的墓,也是半岛南部最初的木椁墓。这里出土了十面铜镜,其中二面是汉朝生产的铜镜,八面是仿制镜。

后汉铜镜(良洞里162号墓)③

---

① 李学勤:《韩国金海良洞出土西汉铜鼎续考》,《文博》2002年第6期。

② 李学勤以为菑川鼎的"菑川"是地名,即《汉书·地理志》的甾川国。"西□"必系王侯封地,"西"下的字应为"乡"字。《汉书·地理志》涿郡有西乡,云"侯国",王先谦《汉书补注》以为其地在今河北涿州西北,靠近北京的房山。《汉书·王子侯年表》有西乡顷侯刘容,为封于今北京一带的广阳顷王刘建之子,于汉元帝初元"五年(公元前44年)六月封"。下仅记"侯景嗣免",西乡侯仅有刘容、刘景两代。由此推测良洞里鼎的年代估定在西汉末的元帝或稍后一点的时间。刘容的名字,《补注》云:"钱大昭曰:《三国志》'容'作'弘',《刘放传》云:广阳顷王子西乡侯弘后也。"鼎铭有"容"字,不避讳,似可以证明钱说的正确。李学勤:《韩国金海良洞出土西汉铜鼎续考》,《文博》2002年第6期。另可参看林孝泽:《金海良洞里加耶古墓》,《高丽亚那》1997年春季号。

③ 〔日〕小田富士雄等:《伽耶与古代东亚》,新人物往来社1993年,卷首彩页。

左为内行花文镜,右为四乳鸟文镜。韩国考古学家申敬澈以为:"其中有两面是后汉后半期的内行花文镜与四乳鸟文镜,是中国制造的铜镜,这是推定年代的根据。根据现今的考古报告与研究成果来看,这两面后汉镜是2世纪后半期的东西。其余八面镜皆为仿制镜。"① 这两面东汉的铜镜证明了金海洛东江流域与东汉的交流关系,也证明了汉代龟卜方法传入的可能性。

金海茶户里古坟群出土的汉朝铜镜时间更早,除了铜镜之外还有漆器、五铢钱币和铁矿石、铁斧、板状铁斧。这些出土物主要是公元1世纪前后的文物:"这一地区出现得最早的汉镜是在义昌郡东面茶户里遗址出土的,1988年第一次发掘的4座墓中的1号木棺墓中,出土了1枚西汉内向连弧纹镜。用于埋葬的木棺保存完好,木棺是以整块木头剖制成,木棺的随葬品还有素面的环首铁刀,大量的工具、农具,以及豆和弓等漆器。在木棺下面土坑放置的竹笼里,出土有铜镜,以及3件装在黑漆木制鞘中的细形铜剑,还有铁剑、铁戈、西汉五铢、小铜铎、有黑漆轴的笔等文物。大量的文物都保留着原来埋藏时的状态。……年代大体上相当于公元前1世纪的后半期。年代稍晚的是1969年发掘的金海郡酒村良洞里遗址的土圹墓出土了1枚方格规矩四神镜,这是王莽到东汉时期的代表性器物,还出土了1件铜制的剑首,2件铁剑,2件铁矛,3件陶器。"② 汉代铜镜的产地是洛阳,北方的乐浪郡也出土过汉代铜镜,说明此类铜镜是从洛阳流传到朝鲜半岛的,后来还传入日本九州岛。

加耶仿制的铜镜也能够提供与东汉交流的信息,虽然不是直接交流的证据,但也可以知道东汉铜镜产生了较大的影响。

---

① 〔韩〕申敬澈:《加耶成立前后的诸问题——从最近发掘调查成果来看》,朝日新西部本社1993年,第126页。
② 〔日〕高仓洋彰:《汉代铜镜与东亚世界》,滕铭予译,《边疆考古》2004年第三辑。高仓洋彰又云:"同时由于仅在平壤一带的乐浪郡时代遗址中出土有汉镜,在其他地区,尤其是在朝鲜半岛南部,几乎没有发现汉镜,因此对于汉镜的研究很少。另外对于模仿中国镜制作的仿制镜的研究,开展得也很少。很重要的原因是由于大部分仿制镜都不是出于科学的发掘。不过近年由于庆尚北道朝阳洞遗址和庆尚南道茶户里遗址、良洞里遗址的发掘,都出土了很多铜镜,所以也形成了一个对铜镜的专门研究领域。""在朝鲜半岛南部和日本列岛西端的北部九州岛地区出现的中国铜镜,主要是带有铭文的文字镜。这种铜镜一般用重圈纹和内向连弧纹等很简单的纹饰作为装饰,铭文都是篆书体,多以'絜清白'和'内清质'为开始。在以福冈县为中心的北部九州岛地区,一般是一个地区里有一个墓葬集中随葬这些铜镜,表明这些铜镜是为统治者所有。从西汉王朝传播到东方世界的最早的铜镜,就是在西汉后期流行的这种花纹装饰比较简单、以铭文为主体的文字镜。"

良洞里仿制方格规矩镜①

良洞里式铜镜②

下面铜镜出土于大成洞古坟群木椁墓,也是方格规矩铜镜,收藏在大成洞古坟博物馆。

方格规矩四神镜(23号坟)③

---

① 〔韩〕林孝泽、郭东哲:《金海良洞里古坟文化》,大阪朝鲜考古学研究会2001年,第104页。
② 〔韩〕林孝泽、郭东哲:《金海良洞里古坟文化》,大阪朝鲜考古学研究会2001年,第52页。
③ 〔韩〕申敬澈、金宰佑:《金海大成洞古坟群》第一册,大阪朝鲜考古学研究会2001年,第58页。

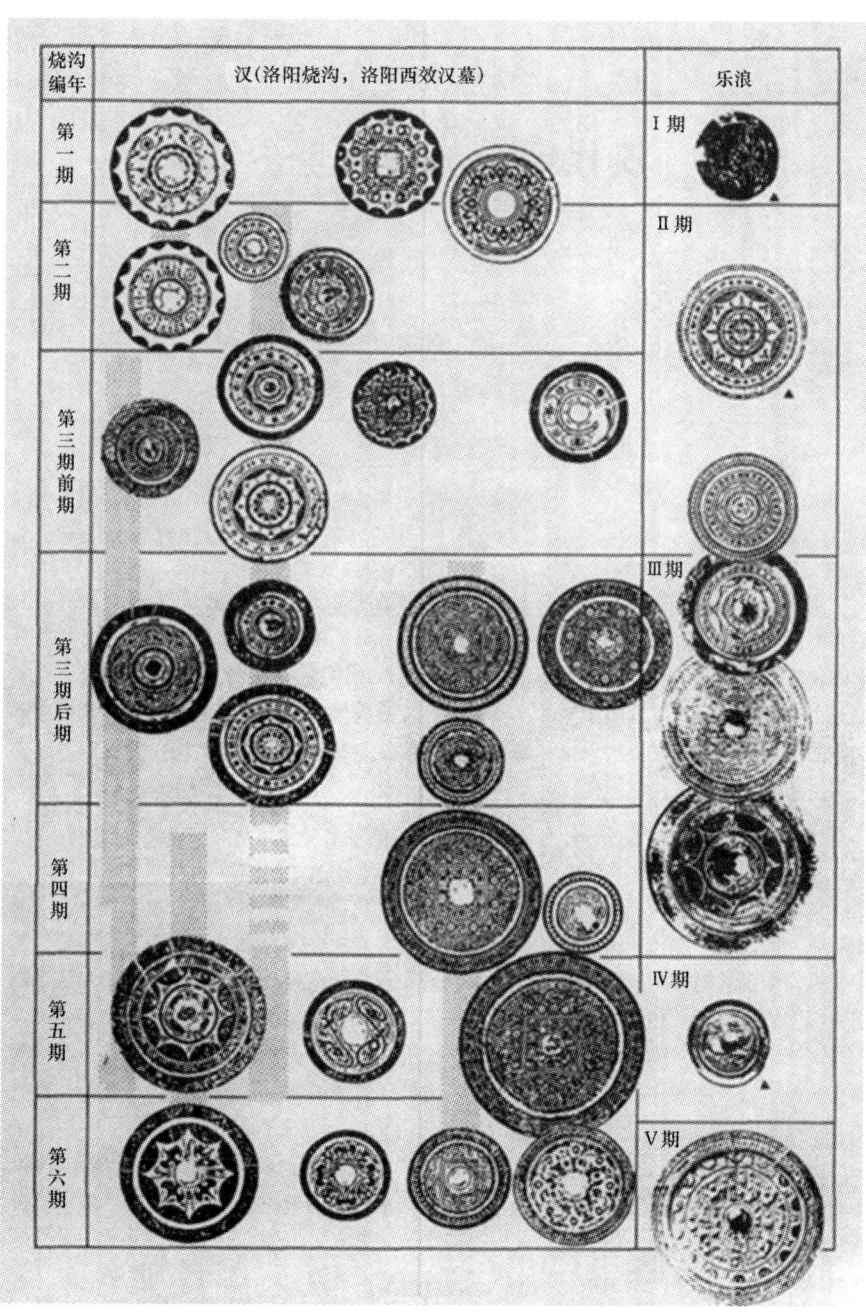

中国汉代铜镜的发展变化①

---

① 〔日〕高仓洋彰:《汉代铜镜与东亚世界》,滕铭予译,《边疆考古》2004年第三辑。

比对照片的铜镜与中国汉代铜镜的花纹，完全可以确证良洞里等遗址出土的铜镜与中国汉代铜镜的密切关系。有趣的是仿制方格规矩镜的铭文与汉朝铜镜的铭文相同，这些仿制镜的铭文不只是证明了铜镜之间的关系，也证明了汉代方术、道教文化传入的信息。良洞里出土的铜镜铭文——"尚方佳竟真大□巧，上有仙人不知老，渴次玉泉泛食枣，浮由天下傲四海"，共28个字。考古学家认为铭文的尺寸及样式是王莽时代盛行的，应当是东汉初期之物。铭文的格式与内容在汉代较为常见，尤其是汉代铜镜铭文常用类似的语句，有常用的套语，只是有些稍有不同而已。

汉代铜镜铭文①

名称	出土地	铜镜直径	铭文
方格规矩四神镜	中国	21.0	尚方佳竟真大□（巧）　上有仙人不知老　渴次王泉饥食枣　□□（浮游）天下敖四海　徘徊名山采芝草　长保二亲宜孙子　寿如金石乐□始
方格规矩四神镜	中国河南省洛阳8号后汉墓	19.8	尚方作竟真大巧　上有仙人不知老　渴次玉泉饥食枣　浮由天下敖四海　宜子孙
方格规矩四神镜	中国河南省洛阳12号后汉墓	18.3	尚方作竟真大巧　上有仙人不知老　渴次玉泉饥食枣　由天下
方格规矩镜	中国浙江省绍兴市	18.5	尚方作竟真大巧　上有山□（人）不知老　渴次玉泉饥食枣
神人车马画像镜	中国浙江省绍兴市	21.21	尚方作竟真大巧　上有仙人不知老　渴次玉泉饥食枣　长保二亲宜国保大吉兮
方格规矩四神镜	乐浪郡	22.57	尚方佳竟真大巧　上有仙人不□（知）老　渴次玉泉饥食枣　浮游天下敖四海　徘徊名山□芝草　寿如金石国之保兮
神兽画像镜	乐浪郡	19.0	尚方作竟真大巧　上有山人不知老　渴欠玉泉饥食枣　东王父西王母

---

① 根据〔日〕三木太郎《古镜铭文集成》（日本新人物往来社1998年）编制。

表格中的铜镜都出土于中国及朝鲜乐浪郡,洛阳曾是汉代铜镜的主要产地,绍兴铜镜的产地应当也是洛阳。良洞里出土的铜镜铭文与表格中铜镜的铭文基本类似,最为接近的是表格中第1、2、6个铜镜的铭文,前四句完全相同,第四句之后稍有不同。铭文的内容体现了方术、道教的思想,东王父、西王母、长生不知老的仙人或山人、可以使人长生不老的玉泉与芝草等,都是方术、道教的标志性因素。根据这些因素,可以断定金首露神话的紫绳、红幅都是方术或道教因素。这些铜镜铭文的时间与金首露神话的时间大体相合,紫绳、红幅成为金首露神话因素的时间应当是在东汉或东汉以后。

洛东江流域金海一带的国际交流广泛得多,与北方、日本都有过密切的交流,大成洞古坟群4世纪之后的木椁墓出土了北方农耕游牧民的随葬品,与中国中原的物品不同,主要有骑马用的蒙古钵形铁制甲胄、马具、铁铤以及其他各种铁制品、胄、挂甲、錾等。这些北方文化来自于辽东、高句丽北部、吉林省北部的民族扶余等。北方系的墓是在前一个时代的坟墓之上建造的,有些地方的坟墓分为上下层。

蒙古钵形胄与颈甲(福泉洞古坟群)①

《三国志》记载弁辰(狗邪、加耶)盛产铁器,可以制造武器,还给乐浪、带方与日本提供铁器。伽耶制铁的技术来自于中国,这是考古学研究早已证明的事实。土器也是国际交流的重要证据,洛东江下游的木椁墓出土了双耳壶,陶质土器受到西晋北方土器文化以及制陶技术的

---

① 〔日〕小田富士雄等:《加耶与古代东亚》,新人物往来社1993年,卷首彩页。

影响①。据中国学者研究，双耳壶受到古越磁的影响，自西晋开始在中国各地出现。《晋书》记载马韩、辰韩与西晋有过交流，《通典》东夷传夫余条记载太康六年（285）由于鲜卑慕容的进攻，夫余统治者逃亡沃沮避难。大成洞古坟群出土的北方系文物，表明伽耶与北方有着密切的关系。这些北方系文物出现在中后期的古坟，并不是初期的古坟群，应与伽耶建国没有关系，是北方高句丽人在加耶国的后期开始进入洛东江下游留下的痕迹。

《三国志》记载加耶与日本关系密切，考古文物也可以证明这一点，这里出土了日本畿内的碧玉、巴形铜器（방패꾸미개）、日本产的宽形铜矛（넓은창）和镜子以及土器等等。

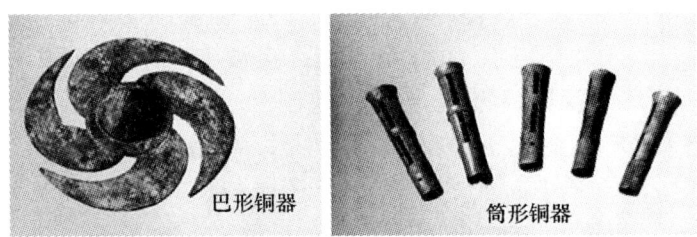

巴形青铜器与筒形青铜器（据大成洞古坟博物馆网站）②

巴形青铜器象征着太阳，体现了太阳崇拜。日本唐津市樱马场遗迹就出土过巴形青铜器，也是2、3世纪的文物。筒形青铜器是枪的象征，里面还有金属片，可使筒形青铜器发出声音。伽耶的土器与铁器一样闻名，日本列岛直到4世纪末还不能以1200度以上的高温烧制土器，在接受伽耶的土器技术之后，也开始可以烧制同类的土器。伽耶土器是以还原焰烧制，可以达到1200度以上的高温，土中包含了硅酸（silicic acid）。随着降温，土器会呈现回青色，是硬质土器。此类土器是3世纪中期开始出现的，洛东江西边出土的是伽耶的土器，东边出土的是新罗样式的土器。考古文物能够充分证明伽耶与汉朝以及北方有过交流关系，一部分汉朝文化是通过北方文化传入朝鲜半岛南端的。

---

① 〔韩〕申敬澈：《加耶成立前后的诸问题——从最近发掘调查成果来看》，朝日新西部本社1993年，第126页。
② 〔韩〕申敬澈、金宰佑：《金海大成洞古坟群1》，大阪朝鲜考古学研究会2001年，第29页。

二、流民是伽耶与汉朝交流的主要渠道

流民是朝鲜半岛南端社会发展的重要角色，然而流民的历史究竟上溯到什么时间是一个问题。良洞里古坟的上限时间是公元前2世纪，那么这时开始到朝鲜半岛南端的流民应作为研究的对象。公元前3世纪末到公元前2世纪初，秦人避乱东来，定居于朝鲜半岛南端，这是出现三韩的主要契机。从公元前2世纪到公元3世纪，从秦汉之际到东汉末年的乱世，朝鲜半岛出现了卫满朝鲜与乐浪四郡，大批汉人流入朝鲜半岛，是汉人流入朝鲜半岛最为集中的时期之一。

秦汉流民是朝鲜半岛与秦汉交流的主体，秦汉流民的重要意义在于带来了中国文化，使朝鲜半岛南部的社会政治、日常生活发生了深刻的变化。这里应当注意三个问题：

其一，秦汉流民避居的地理位置与弁韩的秦汉流民。

朝鲜半岛北部的秦汉流民多是燕人，朝鲜半岛南部的秦汉流民多是齐人。秦人避居朝鲜半岛是常识，很多诗文都写到了秦人避居之事。

睦大钦《送芝翁赴关东营》

金刚乃在秦韩外，癸卯年中初见之。
银海三千挂宝镜，螺鬟万二浮修眉。
摩诃古寺月明夜，杜宇东风花落时。
君今杖节趁秋去，恨无羽翼重相随。
（秦之亡人避役而入韩，韩割东界以与之，仍谓之秦韩。）①

睦大钦（1575—1638）的诗歌不是咏史诗，描写的是金刚山。但因写到了秦韩，就以自注的方式写了秦韩的历史。尹愭《咏东史》较集中地讲述了秦韩的历史："其二十一：舐糠及米室操戈，避客主人越海波。国号马韩金马郡，南迁空弃旧山河。（准与满战败，浮海南奔，至金马郡建国，称马韩，统五十余国。大国万余家，小国数千家。金马郡今益山，后为百济地。）其二十二：避役逃秦入马韩，割他东界与无难。国号曰辰虽继世，不能自立亦堪叹。（秦之亡人，避役入马韩，韩割东界以与之，

---

① 〔韩〕睦大钦：《茶山集》卷之二，影印标点《韩国文集丛刊》第83册，首尔：民族文化推进会1992年，第53页。

常用马韩人为主，不能自立。或称秦韩，统国十二。）"① 这些诗歌都描写了秦汉流民，韩国古代文人对秦之亡人建立秦韩之说都是肯定的，几乎看不到否定的说法。李颐命（1658—1722）《疆域关防图说》："汉初，朝鲜侯箕准，为燕人卫满所攻夺，乃率其左右南奔，至韩地金马郡，今益山郡立为马韩王。辰韩，秦之亡人，避役入韩地。马韩割东界以与之，或称秦韩。常用马韩人作主，制于马韩。弁韩亦曰弁辰，属于辰韩，与辰杂居。"② 辰韩是秦韩的讹误，较早提到这一讹误的是崔致远《谢赐诏书两函表》："昔者周秦质代，燕赵多虞。佳人犹合浦珠移去，壮士若延津剑化来。胥兴邑洛，助守藩隅。是以辰韩误秦韩之名，乐浪拟浍浪之字。"③ 秦韩之于辰韩，如同句丽之于驹骊，实际上是同一国家，只是标记的汉字不同而已。无论是哪一个字，秦韩国家的地理位置与时间范围不会变化。李学逵的《三韩疆域辨》写得更为明确："即据辰韩在东之文，即今之庆尚左道是也。弁辰在南，亦与倭接之文，即今之庆尚右道金海、昌原、熊川、巨济、镇海、固城等地是也。或曰：弁韩之谓弁辰何据？答曰：按《晋》《梁》二书，并皆作弁韩，则中国亦尝以弁辰为弁韩矣。其或以辰为侲，以韩为靬。或谓：秦韩何据？曰：此犹句丽之为驹骊，新罗之为徐那。辰侲韩靬，音同而字异，传写之误也。秦韩之说始见于李延寿《北史》。秦世，亡人避役来适，名之曰秦韩。"④

近人金泽荣（1850—1927）中比较研究了坛君朝鲜与秦韩，他在《檀氏朝鲜纪》中记载：

> 又按今本邦，无所谓檀氏者，岂檀族尽徙北夫余而然耶？抑有其人而世远遂晦耶？又抑檀氏虽无其人，而檀氏之民，宁无其遗耶？……而其后中国人之因乱因事而来居者，不可胜数。陈寿史称

---

① 〔韩〕尹愭：《无名子集诗稿》册六，影印标点《韩国文集丛刊》第 256 册，第 147 页。
② 〔韩〕李颐命：《疏斋集·杂着》卷之十一，影印标点《韩国文集丛刊》第 172 册，首尔：民族文化推进会 1996 年，第 276 页。
③ 〔韩〕崔致远：《孤云先生文集·表》卷之一，影印标点《韩国文集丛刊》第 1 册，第 157 页。
④ 〔韩〕李学逵：《洛下生集·海榴庵集〔己卯〕》册十二，影印标点《韩国文集丛刊》第 290 册，首尔：民族文化推进会 2002 年，第 443 页。

> 秦人避役入马韩，马韩人处之辰韩，遂称秦韩。①

金泽荣以为坛君朝鲜与秦韩的差别就是一个有后裔，一个没有后裔。坛君号称朝鲜民族共同的祖先，但没有形成后裔族群，这就足以让人怀疑坛君朝鲜是传说，而不是历史。秦韩、弁韩是历史上曾经存在过的国家，因而留下了各种印记，这种印迹可以是物质的，或者是文化的，或者是后裔族群。今天的有无不能证明4000年前的有无，但是坛君没有后人，不能不说是一个疑点。

上述诗歌与考辨诸文的说法高度一致，不过这里存在一个问题：秦人避居的是秦韩，几乎没有提到弁韩。好像秦汉流民集中到了秦韩，并没有到弁韩。其实弁韩也有不少的秦汉流民，《三国志》辰韩传记载：

> 辰韩在马韩之东，其耆老传世，自言古之亡人避秦役来适韩国，马韩割其东界地与之。有城栅。其言语不与马韩同，名国为邦，弓为弧，贼为寇，行酒为行觞。相呼皆为徒，有似秦人，非但燕、齐之名物也。名乐浪人为阿残；东方人名我为阿，谓乐浪人本其残馀人。今有名之为秦韩者，始有六国，稍分为十二国。②

秦人避居之事载于辰韩传，因而后世诗文只记秦韩，不言弁韩。然而《三国志》记载秦人东来避居之处是韩国，韩国指马韩、秦韩与弁韩，也就是包括了弁韩。秦人东来最初落脚的地方是马韩，后来移居的地方就是辰韩与弁韩。马韩在西，辰韩与弁韩在东，故有"割其东界地与之"的记载。秦人分居于东界的辰韩与弁韩，而不是只居于秦韩，基本上处于杂居的状态。《南齐书》记载："加罗国，三韩种也。"③ 伽耶人来自三韩，三韩人的一部分来自秦汉流民，因而伽耶人有了与马韩、辰韩共同的来源，新罗金氏与金海金氏有共同的族源是可能的。新罗与伽耶同源说可以在语言方面找到痕迹，《三国志》记载弁韩语与新罗语类

---

① 〔韩〕金泽荣：《韶濩堂集借树亭杂收·甲子文录》卷二，影印标点《韩国文集丛刊》第347册，首尔：民族文化推进会2005年，第480页。
② 晋·陈寿：《三国志·魏书·乌丸鲜卑东夷传》卷三十，中华书局1997年，第224页。
③ 梁·萧子显：《南齐书·列传第三十九·蛮·东南夷》卷五十八，中华书局1997年，第259页。

似，新罗语是朝鲜语的直接先祖。

东汉末年的乱世有大批汉人流入朝鲜半岛南部，主要原因是东汉末年国力衰弱，不能控制郡县。恰好这时韩国强盛，很多汉人就来到了韩国。哪里强大，生活优越，就流向哪里，自古中国人似有这种倾向。《三国志》记载：

> 桓灵之末，韩、濊强盛，郡县不能制，民多流入韩国。①

汉桓帝刘志（132—167），东汉第十位皇帝，在位 21 年（146—167）。汉灵帝刘宏（156—189），东汉第十一位皇帝，在位 22 年（168—189）。这正是 2 世纪后期到 3 世纪之前。作为王权象征的大型木椁墓和贵重的出土物，也较集中在这一时期。这里所说的韩国指三韩，当然包括了弁韩。大成洞与良洞里古坟出土的文物就证明了这一点。

其二，弁韩生活中的秦汉因素。

秦汉流民移居朝鲜半岛南部，必然留下生活印迹，《三国志》弁辰传记载：

> 弁辰与辰韩杂居，亦有城郭衣服。居处与辰韩同。言语法俗相似，祠祭鬼神有异，施灶皆在户西。其渎卢国与倭接界。十二国亦有王，其人形皆大。衣服絜清，长发。亦作广幅细布。法俗特严峻。②

辰韩与弁韩有了共同的外来族源，言语、法俗、衣服、城郭都很类似，也开始出现了城市，金海凤凰洞遗址就是城市生活中心的遗迹。这段文字两次提到法俗，尤其是"法俗特严峻"一句显得相当特别。自从箕子立法八条、以仁治国之后，朝鲜半岛多是俗仁法疏，古道犹存。但弁辰的记载中出现"法俗特严峻"，与很多文献不合。弁辰治法严峻当是秦人东来的结果，秦人将秦朝以法治国的方式带到了弁韩与辰韩，故有"法俗特严峻"的说法。

---

① 晋·陈寿：《三国志·魏书·乌丸鲜卑东夷传》卷三十，中华书局 1997 年，第 224 页。
② 晋·陈寿：《三国志·魏书·乌丸鲜卑东夷传》卷三十，中华书局 1997 年，第 224 页。

"祠祭鬼神有异，施灶在户西"也是弁韩的一个特征，灶位并非只能在西或西南，也可以在东或中央①。灶与神的关系、建灶的位置都是生活世界的一部分，这种特征应当来自于秦汉习俗。这是由来已久的中国传统，宋高承《事物纪原》："灶：《淮南子》曰：炎帝王于火死而为灶。后汉李尤《灶铭》曰：燧人造火灶。《续事始》则曰：灶，黄帝所置。"② 这种说法固然不可为据，但灶神之位是可以考论的。《礼记正义》有如下的记载：

> 司命与厉，其时不著。今时民家，或春秋祠司命、行神、山神，门、户、灶在旁，是必春祠司命，秋祠厉也。或者合而祠之。山即厉也，民恶言厉，巫祝以厉，山为之，缪乎！③

司命、行神、山神，门、户、灶的位置都在一起，民家春秋祭祀。《礼记正义》没有直接记载最佳灶位，但间接记载了最佳灶位："'曰国行'者，谓行神在国门外之西。"④ "《丧礼》有毁宗躐行，出于大门，则行神之位，在庙门外西方。"⑤ 如果行神在西，那么灶、门、户等必然在西。此类习俗盛行于汉代："云'山即厉也'者，以汉时祭司命、行神、山神、门、户、灶等，此经亦有司命、门、行、户、灶等，汉时有山而无厉，此有厉而无山，故云'山即厉也'。"⑥ 宋王应麟《汉制考》卷三也认为此俗为汉制，此俗在其他的文献中可以得到印证，汉黄玄锺《蓬莱山西灶还丹歌》：

---

① 《艺文类聚》记载："《茅君内传》曰：在名山深壑、无人迹之处，临水上作神灶屋，屋长四丈，广二丈，起基四尺，又先当掘基下土令必无故陷井冢瘗之处所也。开南户、西户、东户三也。立灶于屋中央，口向西，灶四边令去釜九寸也。以砖及细土构立之，亦勿令穿坏，神灶之法毕矣。"（唐·欧阳询：《艺文类聚·火部》卷八十（下册），第1375页）《通志略·艺文略第五》记载《蓬莱山东西灶还丹歌》一卷（魏伯阳撰），显然东西各有一灶。
② 宋·高承：《事物纪原》卷八（第三册），丛书集成初编，商务印书馆1937年，第296页。
③ 《礼记正义·祭法第二十三》卷四十六，清·阮元校刻：《十三经注疏》下册，中华书局1980年，第1590页。
④ 《礼记正义·祭法第二十三》卷四十六，第1590页。
⑤ 《礼记正义·祭法第二十三》卷四十六，第1590页。
⑥ 《礼记正义·曾子问第七》卷十八，清·阮元校刻：《十三经注疏》，中华书局1980年，第1390页。

> 臣于紫阳宫少微院西灶,躬受还丹妙道讫,依方潜录。①

道教灶位的设定应当源于民间习俗。唐时沐浴灶位设在西边,《新唐书》记载:"掌事者掘埳于阶闲,近西,南顺,广尺,长二尺,深三尺,南其壤。为块灶于西墙下,东向,以俟煮沐。新盆、盘、瓶、六鬲皆濯之,陈于西阶下。"② 西南之位是尊者之位,也是吉祥之位:

> 室西南隅谓之奥,尊者所居也。灶主饮食,家之所有事也。故以"奥"况人君,"灶"况执事。③

《尔雅》记载室西南为奥,西北隅谓之屋,西南位置的意义具有悠久的传统。中国历史上有过不少灶经,但大多已经失传④。从《礼记正义》与目前尚未失传的灶经来看,西或西南都被认为是最吉的灶位,现今灶经类的五行书籍也是把西或西南视为灶之吉位。弁韩施灶于户西的习俗与汉代习俗相同,应当源于秦汉流民。灶位关系生存,极其重要,因而《三国志》专门记载了灶位。

《三国志》弁辰传还记载了不少来自中国的名物,铁是最具有代表性的,弁辰生产的铁供给韩、濊、倭和乐浪、带方二郡,与诸国、郡县交易中铁还作为货币使用过。弁辰的出土物中出现了不少铁器,证明《三国志》的记载不误。

---

① 汉·黄玄锺:《蓬莱山西灶还丹歌·斯五》卷上,白云观长春真人编《正统道藏·洞神部·众术类》第32册,新文丰出版公司1985年,第120页。
② 宋·欧阳修、宋祁撰:《新唐书·乐志第十》卷二十,中华书局1997年,第135页。
③ 宋·朱熹:《论语精义》卷二上,《朱子全书》第七册,上海古籍出版社2002年,第116页。
④ 《南史》载梁简文帝《灶经》二卷、《隋书·经籍志》载《灶经》十四卷、《唐书·艺文志》载《祠灶经》一卷、孙思邈《神灶经》三卷等,道教《太上感应篇》记载:"对灶吟咏及哭,传曰:按《黄帝灶经》:灶门不得歌咏哭泣,咒骂叫噉。与篇中所言亦皆一也。世人但知灶为一聚砖土,安知有大威力,不可冒犯,乃如是耶。昔嵩山有一庙极灵异,殿上惟有一灶,绝不可近,近则有祸。由是远近祈祀,殆无虚日。一日有一禅师至庙,直入殿中,以柱杖击灶三下曰:汝本泥土合成,圣从何来? 灵从何起? 乃敢恣么烹宰众生。言讫又打三下,灶乃应手破堕,须臾有一青衣峨冠踊出,向师拜曰:某实此庙灶神,久爱京报,今蒙禅师为说无生法忍,已得脱离此处,将生天矣,敢不敬谢。"(宋·李昌龄传、郑清之赞:《太上感应篇·退五》卷之二十八,《道藏要籍选刊》第四册,上海古籍出版社1989年,第819页)

土地肥美，宜种五谷及稻，晓蚕桑，作缣布，乘驾牛马。嫁娶礼俗，男女有别。以大鸟羽送死，其意欲使死者飞扬。国出铁，韩、濊、倭皆从取之。诸买皆用铁，如中国用钱。又以供给二郡。①

朝鲜半岛的铁文化始于公元前3世纪，制铁技术主要源于燕与齐，北路由燕传入，战国时代燕国的铁文化相当发达，日本学者森浩一认为朝鲜半岛初期的铁文化分为三个发展阶段②。制铁技术传入朝鲜半岛还有一个途径是海路，海路是传入朝鲜半岛南端的主要途径。秦汉之际移居朝鲜半岛的秦人有不少是齐人，齐人带来了齐国的技术。春秋战国时期齐国是铜、铁器的主要产地之一，《管子·海王篇》记载齐国设立了铁官："今铁官之数曰：'一女必有一针一刀，若其事立。耕者必有一耒一耜一铫，若其事立。'"③《国语·齐语》："美金以铸剑戟，试诸狗马，恶金以铸鉏夷斤欘，试诸壤土。"④ 恶金就是铁，夷是锄类，这是使用铁制农具最早的记载，可见铁器在齐国的普及。朝鲜半岛南部有铁矿，也有生产技术，后者应当与逃避秦役的齐人有关。

弁韩的另一名物是缣。《三国志》将缣记载于弁辰传，但韩国古代文人记载于辰韩传，许穆《三韩》："辰韩本秦亡人来居，亦曰秦韩。不能自立，马韩置君而附于马韩。其地宜五谷，饶蚕桑织缣，嫁娶有礼俗，男女有别，行者让路。"⑤ 这是将弁韩的名物误记于辰韩。弁辰的织缣技术应当、来自齐人，缣是秦汉时期的高级布料，齐国是缣的主要产地。

---

① 晋·陈寿撰、宋·裴松之注：《三国志·魏书·乌丸鲜卑东夷传》卷三十，中华书局1997年，第224页。

② 第一是燕的铁文化推广到中国的东北，铁斧是代表性铁器，朝鲜考古学界把这一时期编入无文土器的时代。第二是土圹墓的副葬品时代，铁斧、铁镰与铜剑、铜矛一起随葬，时常出土的还有燕国货币明刀钱。第三是从铸造铁器到锻造铁器的三国时代。剑、刀等兵器和凿、斧、镰等农具类、车马具类出土于土圹墓，其中还时常出土西汉与东汉的遗物。主要有咸镜北道茂山郡茂山虎谷遗迹、南道永兴郡所罗里土城内遗迹、平安北道宁边郡梧里面细竹里遗迹、咸镜南道咸兴市会上区域梨花洞土圹墓、庆尚北道月城郡外东面入室里遗迹、庆州市朝阳洞土圹墓、黄海道白川石山里土圹墓、鲁南里南坡洞遗迹等。(参见仓本卿介：《东亚初期铁文化的推移（東アジア·初期鉄文化の推移——彌生時代500年かさ上げ問題を考える）》，《平成15年度前期〈亞洲古學研究1〉報造（平成15年度前期「アジア考古學研究Ⅰ」レポート）》，第7页）。

③ 黎凤翔：《管子校注》，中华书局2004年，第1255页。

④ 《国语》，上海书店1987年，第84页。

⑤ 〔韩〕许穆：《记言·外篇·东事一》卷之三十二，影印标点《韩国文集丛刊》第98册，第182页。

桓宽《盐铁论》："齐陶之缣、蜀汉之布。"① 齐是秦汉时的齐郡（今淄博一带），也就是春秋战国的齐地（山东半岛的大部分地区）。陶是现在山东省西南部的定陶县附近，春秋时归宋国，后归齐国。汉刘熙《释名》："缣，兼也。其丝细致，数兼于绢，染缣五色，细致，不漏水也。"② 缣很特别，由于细密，不漏水。缣在秦汉之时是富人才能用的布料，王充《论衡》："富人之宅，以一丈之地为内，内中所有，柙匮所赢，缣布丝绵也。贫人之宅，亦以一丈为内，内中空虚徒四壁立，故名曰贫。"③《后汉书》记载："天下亡命殊死以下，听得赎论：死罪入缣二十匹。"④ 犯了死罪的人用二十匹缣布可以赎罪，可见缣在秦汉时期价值高昂。辰韩赔偿乐浪郡的 15000 匹布不是辰韩生产的，而是弁韩生产的，说明弁韩的缣或布料是朝鲜半岛的名物，弁韩的纺织技术显然高于朝鲜半岛的其他地方。

其三，半岛南部的语言状况与汉化倾向。

秦汉流民东来朝鲜半岛南部，当地人与外来人杂居，也就会造成语言混杂的现象。这在《三国志》记载中可以看到：

《魏略》曰：初，右渠未破时，朝鲜相历溪卿以谏右渠不用。东之辰国，时民随出居者二千余户，亦与朝鲜贡蕃不相往来。至王莽地皇时，廉斯鑡为辰韩右渠帅，闻乐浪土地美，人民饶乐，亡欲来降。出其邑落，见田中驱雀男子一人，其语非韩人。问之，男子曰："我等汉人，名户来，我等辈千五百人伐材木，为韩所击得，皆断发为奴，积三年矣。"鑡曰："我当降汉乐浪，汝欲去不？"户来曰："可"（辰）鑡因将户来出诣含资县，县言郡，郡即以鑡为译。从岑中乘大船入辰韩，逆取户来，降伴辈尚得千人，其五百人已死。鑡时晓谓："辰韩汝还五百人，若不者，乐浪当遣万兵，乘船来击汝辰韩。"曰："五百人已死，我当出赎直耳。"乃出辰韩万五千人，

---

① 汉·桓宽：《盐铁论·本议第一》，上海古籍出版社 1990 年，第 9 页。
② 汉·刘熙撰、王先谦疏证：《释名疏证补·释彩帛第十四》卷第四，中华书局 2008 年，第 149 页。
③ 汉·王充：《论衡·别通篇》卷第十三，《诸子集成》第七册，中华书局 2006 年第二版，第 130—131 页。
④ 宋·范晔撰、唐·李贤等注：《后汉书·显宗孝明帝纪第二》卷二，中华书局 1997 年，第 45 页。

弁韩布万五千匹。鑡收取直还郡，表鑡功义，赐冠帻田宅，子孙数世。至安帝延光四年时，故受复除。①

这是裴松之根据《魏略》补注的部分，记载的是辰韩、乐浪郡的居民与语言的状况：第一，韩语与汉语的杂用。辰韩与乐浪居住着韩人与汉人，韩语与汉语是各自使用的语言。廉斯鑡是根据户来的语言辨别出户来是汉人，而非韩人。廉斯鑡是汉人，担任辰韩的右渠帅。他兼通韩语和汉语，投乐浪之后当了翻译。兼通韩语与汉语的人是沟通汉族与韩族的渠道，语言的障碍使两个民族不能自由地交流与沟通。廉斯鑡与户来是汉人，他们的名字也保持了汉人的特征，廉是汉人的姓氏，户来当是汉人的名字，这种姓名与土著韩人的姓名完全不同。

第二，韩人与汉人杂居。与廉斯鑡、户来同投乐浪的1000人应当都是汉人，这个数字在当时来说不是小数。死了500人之后，辰韩不得已赔偿15000人与15000匹弁韩的布。廉斯鑡投奔的乐浪并非汉朝人，韩国古代文人称之为乐浪人。成海应《西北疆域辨上》："案：辰韩即新罗也。含资即今文川郡也。文州之距平壤道里似不远，汉人者似指乐浪人而非中国人也。"②丁若镛也有同样的看法，《和杜诗十二首。昔杜甫入蜀，有古诗十二首。春州者，我邦之成都也。山险江涛，若相似然。故次韵和之》是丁若镛和杜诗而作，其中一首是《石门和剑门》："二仪忽昭廓，野色噫何壮。悚息俄纵弛，散朗疑所向。蕞尔曾亦国，天作有殊状。石门复奇谲，渔人常夜傍。缅思兴废迹，千载动哀怆。金汤既失守，土人恣诛放。韩汉竞弈棋，蚤莫纷得丧。廉鑡逞智诈，乐浪竟不王。（《魏略》云：王莽时，廉斯鑡为辰韩右渠帅。闻乐浪土地美人民饶，乐从芩中乘大船入辰韩，率众来降，其云乘大船入辰韩者。忠州时为新罗小京。廉也从南江乘舟率众，由北江降于春川也。是时春川为土酋所据，而汉吏来领之。故廉也降于乐浪，而自称降汉。）策书虽未具，英俊莫相

---

① 晋·陈寿撰、裴松之注：《三国志·魏志·乌丸鲜卑东夷传》卷三十，中华书局1997年，第224页。
② 〔韩〕成海应：《研经斋全集外集·地理类》卷四十七，标点影印《韩国文集丛刊》第277册，第306页。

让。微灭随流水，寂默余青嶂。哀哉夷貊事，俛仰一惆怅。"① 汉人与乐浪人不能等同，这一点在考古学上可以得到印证。②

秦汉流民是朝鲜半岛人口的一部分，全面推行汉语是不可能的。但当地土著语言与汉语产生了交流，交流的痕迹保存在人名、地名、官名中。新罗统一之后推行人名、地名与官名的汉化，这样的尝试早在金首露王的时代就推行过。《三国遗事》记载：

> 一日上语臣下曰："九干等俱为庶僚之长，其位与名，皆是宵人野夫之号，顿非簪履职位之称。傥化外传闻，必有嗤笑之耻。"遂改我刀为我躬，汝刀为汝谐，彼刀为彼藏，五方为五常，留水、留天之名，不动上字，改下字留功、留德，改为神道。五天改为五能，神鬼之音不易，改训为臣贵。取鸡林职仪，置角干、阿叱干、级干之秩。其下官僚，以周判汉仪而分定之。③

金首露王登基之后，就着手改变九干的官名，我刀、彼刀等名称不像是官职之称，必有"嗤笑之耻"。官名的雅化就是汉化，这与国名的雅化是相同的。首露王在原名称基础上稍加改动，尽可能靠近汉文的习惯。我刀改为我躬，汝刀改为汝谐，我躬与汝谐的汉字意义是相通的。其他改后的名称如彼藏、留功、留德、神道、五常、五能、臣贵等，仍

---

① 〔韩〕丁若镛：《与犹堂全书·诗文集第七卷·诗集·穿牛纪行，汉武帝遣彭吴穿牛首州，即春川》第一集，标点影印《韩国文集丛刊》第281册，首尔：民族文化推进会2002年，第154页。丁若镛以为此时发生了战争："镛案：金富轼之史。王莽天凤元年，乐浪南攻金城（庆州之都城）。天凤六年之明年，实为地皇。则辰镕之以乐浪而威胁，于理为允。但此时乐浪之长俨自称王，实非汉吏，乃春川之土酋也。"（丁若镛：《与犹堂全集·地理集第一卷·疆域考·疆域考其一·辰韩考》第六集，第247页）

② "根据乐浪汉墓文化因素构成情况，结合文献记载推断，汉代乐浪郡居民主要由战国汉初东夷后裔、战国燕民后裔、东北地区汉民和东南沿海汉民组成的复合体。乐浪郡居民渊源和成分不一，文化背景和历史传统各异，乐浪汉墓显示出一定地域特点。至于不同阶段各种文化因素的比例构成差别，则直接反映着乐浪居民的构成变化和民族融合情况。""概而言之，乐浪郡的原住居民是东夷系的战国汉初'真番、朝鲜、秽、貊、句丽蛮夷'后裔和中原系的战国燕民后裔，外来居民主要是中原系的东北地区汉民、东南沿海汉民和东夷系的汉代内附秽、貊、韩民。中原系和东夷系居民的文化交流和民族融合可以上溯至箕氏朝鲜和卫氏朝鲜。在汉代大一统的历史背景下，乐浪郡内不同文化渊源，不同民族血缘的各类居民逐渐融合，成为形成中的汉族的一部分。"（郑君雷、赵永军：《从汉墓材料透视汉代乐浪郡的居民构成》，《北方文物》2005年第2期）

③ 〔韩〕一然著、李载浩译注：《三国遗事·驾洛国记》卷二（第一册），第374页。

然不像中国古代的官名，但总算是汉文词汇。语音与语词表达了意义，汉字并非只是记录发音的符号。

这种改革不是很顺利，首露王之后的九代国王名称仍然是无法表达完整意义的词汇，居登王、麻品王、居叱弥王（一云今勿）、伊尸品王、坐知王（一云金叱）、吹希王（一云叱嘉）、铚知王（一云金铚王）、钳知王（一云金钳王）、仇衡王，没有一个词表达出完整的意义。后来的官名也是如此："保定二年壬午九月，新罗第二十四君真兴王，兴兵薄伐。王使亲军卒，彼众我寡，不堪对战也。仍遣同气脱知尔叱今留在于国，王子上孙卒支公等降入新罗。王妃分叱水尔叱女桂花，生三子，一世宗角干、二茂刀角干、三茂得角干。《开皇录》云：梁中大通四年壬子降于新罗。"① 官名的改革及其失败，一方面说明秦人确实流入弁辰，一方面也说明汉文化的推行是缓慢的过程。人名、地名、官名的汉化是表面化的，却常被古代文人看成文明的标志。②

在神话中首露王及其子孙是外来人，但没有像廉斯鑡、户来那样的汉化名字。王后许黄玉是外来人，保持了汉化的姓名，这样也就不能不对首露王外来的身份发生怀疑。如果首露王是外来人，那么他和他的子孙应当有汉化的名字，但他们只有汉化的姓氏，没有汉化的名字。这表明金首露王不是秦汉流民，应当是当地人或其他外来族人。九干等人改换名称表明开始走向汉化之路，虽然不能在短时间内成功，但不是越走越窄，而是越来越宽。金首露王等最初的伽耶统治者推行了汉化的政策，

---

① 〔韩〕一然著、李载浩译注：《三国遗事·驾洛国记·仇衡王》卷二（第一册），第379页。

② 如果新罗是在秦韩的基础上建立的，那么新罗的荒昧无文、非汉化的人名都是不可理解的。丁若镛说："此时三韩之中，新罗犹荒昧无文。其朝聘中国，或附庸于百济，或附庸于迦罗。中国之史，厥有明验。……镛案：萧齐之时，新罗君长，犹称尼师今、麻立干，则其无文可知也。三韩之中，百济最强最文。……新罗自古服属，其附庸无怪也。而既别百济，又乃附庸于迦罗者。岂非文字之技，反逊迦罗而然乎？且自辰弁水路朝天，则迦罗直至海口。习知舟楫之事。新罗深居陆地，但输皮币之供，其势不得不迦罗为主，而新罗附庸也。中国之记东事者，虽有悬闻，至于朝聘中国之迹，不容有误。《北史》、《隋书》，皆信文也。《南史》及齐梁书，亦宜参考。"（〔韩〕丁若镛：《与犹堂全书·地理集第二卷·疆域考·疆域考其二》第六集，第252页）秦韩与乐浪有过密切的关系，秦韩与乐浪的语言吏译互有异同，《裴注三国志》："景初中，明帝密遣带方太守刘昕、乐浪太守鲜于嗣越海定二郡，诸韩国臣智加赐邑君印绶，其次与邑长。其俗好衣帻，下户诣郡朝谒，皆假衣帻，自服印绶衣帻千有余人。部从事吴林以乐浪本统韩国，分割辰韩八国以与乐浪，吏译转有异同，臣智激韩忿，攻带方郡崎离营。"（《裴注三国志·魏书三十》卷三十（下册），岳麓书社1990年，第682页）

汉化因素是不可否认的。《龟旨歌》不是偶然出现的，这是一系列汉化的一部分，高度汉化的因素源于秦汉流民。赵学逵《金州府城古迹十二首·流民山》就是为流民带来的文化交流而写的诗歌："南郡昔阻饥，流民拥山趾。翳桑无可居，凫茈餐非美。谁将安上图，一献金宫里。"①流民为了解决饥饿问题来到朝鲜半岛的南端，他们带来本族的文化以及建造宫殿的技术，还留下了流民山的地名。这首诗歌描写了金海的流民山，也记述了伽耶的历史。

三、伽耶的建国时间与金首露神话的形成时间

1. 建国时间的诸说与文献记载的建国时间

金首露神话是伽耶的建国神话，建国神话的另一因素是伽耶的建国史。伽耶的建国时间直接关系到金首露神话的形成时间，也关系到《龟旨歌》的形成时间，因而不能不研究伽耶的建国时间。《三国遗事》记载伽耶建国于东汉建武十八年，也就是公元42年，丁若镛注意到了不同文献记载的时间不同："镛案：首露开国之年，三国史以为汉光武十八年，壬寅年。《高丽史》以为儒理王十八年，辛丑年。所差一年也，东史诸家，并从三国史，从壬寅，贵古也。"② 两种文献记载的时间差了一年，一般都遵从汉光武十八年的说法。这对《龟旨歌》与金首露神话而言不是多大的问题，相差一年不会对《龟旨歌》与金首露神话的形成有多大的影响。但如果文献记载的建国时间与实际的建国时间差异较大，就会对金首露神话与《龟旨歌》的研究产生较大的影响，这个问题关系到《龟旨歌》与金首露神话形成的有效时间范围。文献记载的建国时间必须得到考古学的印证，然而考古学家的看法各不相同，这给研究伽耶的建国时间带来新的问题。学术界有关伽耶的建国时间有若干说法：

第一，公元前后说。学术界较为流行的一种看法是认为伽耶建国于公元前后，此说的依据是《三国遗事》。此说得到一些考古学家的支持，国立文化财研究所编著的《韩国考古学重大发现》是结合历史文献与伽

---

① 〔韩〕李学逵：《洛下生集·因树屋集》册七，影印标点《韩国文集丛刊》第290册，第334页。

② 〔韩〕丁若镛：《与犹堂全书·地理集第二卷·疆域考·疆域考其二》第六集，影印标点《韩国文集丛刊》第286册，第252页。

耶古坟群撰写的研究报告，其中表述了公元前后说：

> 伽倻（加耶、伽耶、Gaya）是公元前后至6世纪后半期位于古代国家新罗和百济之间的政治集团，其维持联盟体制，又被称为驾洛国。公元前后随着铁器文化的普及，位于南部落海岸的这一集团开始以小国为单位合并了诸多小国，3世纪左右形成了相互联盟的关系，统称其为弁韩（《三国志·魏志·东夷传》）。伽倻前期是以临海的金海地区（今庆尚南道市金海市）的金官伽倻（42—532）为中心的联盟，后期是以内陆高灵地区（今庆尚南道高灵郡）的大伽倻（42—562）为中心的联盟。以5世纪末为界限。①

国立文化财研究所的学者认为公元前后出现的是伽耶，3世纪前后出现的是弁辰（弁韩），主要的依据是《三国遗事》与大成洞古坟群。《三国遗事》记载伽耶建国于公元42年，大成洞古坟群主要是公元前后到6世纪的古坟。《三国遗事》记载的时间与大成洞古坟群起始的时间相距不远，公元42年可以看成是公元前后的范围，这说明公元42年建国的说法得到考古学的验证。国内学者亦多持这种看法。②

第二，公元前2世纪说。一些考古学家依据良洞里古坟群认为公元前2世纪这一带形成了国家，国家生成的起始时间就是良洞里古坟的起始时间。良洞里古坟群分为两个时期，狗邪国时期与伽耶国（驾洛）时期。《文化遗迹地表调查报告书》明确认为：

> 金海文化高速度发展，很早就进入了铁器的时代，并广泛种植水稻，可以确认公元前2世纪已经出现了古代国家，开始出现了狗邪国的名字，后来发展为了驾洛国。③

---

① 韩国国立文化财研究所编著：《韩国考古学重大发现（2002—2007）》，方京一译，科学出版社2011年，第158页。

② 曹中屏《驾洛国史研究与其意义》："公元42—562年，在洛东江流域曾经存在过一个由若干小国组成的伽邓联盟国家。同新罗、百济、高句丽三国一样，伽那也是在朝鲜半岛占有广阔领土的王权国家。伽耶联盟的历史大体可分为两个时期：前期（公元1—5世纪中期）以位于今釜山、金海地区的驾洛国为中心的伽那联盟，后期（5世纪末以后）以位于今庆尚北道高灵郡及其西部山岳地带的大伽那为首组伽那王国。"（《韩国研究论丛》2013年1期）

③ 《文化遗迹地表调查报告书》，东亚细亚文化财研究院《地表调报告书》第61辑，2006年，第7页。

公元前 2 世纪说是良洞里古坟群与《三国志》记载的狗邪国对应产生的。

第三，公元 3 世纪前后说。2009 年《金海市大成洞古坟群发掘调查资料》总结了大成洞古坟群的类型与时间分布，根据这份报告来看，伽耶应当建国于 3 世纪前后：

> 调查范围是 183 基坟墓和区 1 基，调查结果确定这些墓群是 3—5 世纪前期的大型木椁墓和 2 世纪前期的木棺墓，是伽倻统治者的墓地。但是尚未调查良洞里 162 号（2 世纪后半期阶段）和 4 世纪 1/4 基的大型木椁墓。目前大成洞的遗址中确认最早的木椁墓是 45 号（3 世纪初），其中出土的炉形土器为 2 世纪后期的文物，大成洞遗址还有 2 世纪后半期木椁墓的可能性很高。①

这个调查结果提供了极其重要的信息。2 世纪是木棺墓时代，大型木椁墓是 3 世纪开始出现的，最早的木椁墓是 3 世纪初的，但不排除 2 世纪后半期存在木椁墓的可能性。如果木椁墓是伽耶统治者的坟墓，那么 2 世纪后半期到 3 世纪就是伽耶的建国时期。

上述各种说法都是考古学家的看法，其中存在两个问题：一是伽耶建国的时间不同，产生不同看法的原因不在于良洞里和大成洞古坟群，而在于对中国古代历史文献与古坟群的关系有不同的理解。二是伽耶有过多种国家名称，对不同的国家名称有着不同的看法。一种看法认为狗邪与伽耶是同一国家的不同历史发展时期；一种看法认为狗邪或伽耶不是同一国家的不同历史时期，狗邪与伽耶只是汉字标记不同而已。下面根据历史文献与伽耶考古遗迹的关系，研究伽耶的建国历史与金首露建国神话的关系。

《三国遗事·驾洛国记》记载了伽耶历史与建国时间，但《三国遗事》是野史，建国历史部分又是神话，建国时间是否可靠是需要证明的。何况考古学家、历史学家对伽耶的建国时间存在不同的说法，也就更有必要探讨伽耶的建国时间。伽耶的建国时间与辰国、三韩、弁辰（弁韩）存在密切的关系，加上伽耶有很多名称，使伽耶建国时间的问题显

---

① 《金海市大成洞古坟群发掘调查资料》，金海市大成洞古坟博物馆发掘调查指导委员会 2009 年，第 2 页。

得极为杂乱。因而首先有必要清理辰国、三韩、弁辰与伽耶的关系。最早进入历史文献的国家是辰国和三韩,在此之前朝鲜半岛南部可能已经存在过国家,但没有载入历史文献。司马迁(公元前145或公元前135—公元前86)的《史记·朝鲜列传》记载:

> 传子至孙右渠,所诱汉亡人滋多,又未尝入见;真番旁众国欲上书见天子,又拥阏不通。①

学术界对《史记》的这段记载颇有争议,问题在于"真番旁众国"是否应当校勘为"真番旁辰国"。日本学者泷川资言《史记会注考证》:"考证:庆长本标记云:正义本,众作辰。张文虎曰:宋本,众作辰。案:《汉书》作真番辰国,盖即《后汉书·东夷传》所谓辰韩者也,然此作旁众,于文义亦通,凌稚隆曰,拥读曰雍一本作雍。"② 除了各种版本依据之外,泷川资言校勘为辰国的另一主要依据是《汉书》:"传子至孙右渠,所诱汉亡人滋多,真番、辰国欲上书见天子,又雍阏弗通。(师古曰:'辰谓辰韩之国也。雍读曰壅。')"③ 根据《汉书》来看"真番旁众国"当误,应为"真番、辰国"。真番的地理位置在以现今首尔为中心的朝鲜半岛中部地区,与真番南边相邻的是辰国,故泷川资言云"于文义亦通"。这一校勘应当是正确的。李丙焘以为辰国是由众小国组成的,原本属卫满朝鲜,后独立,存在于公元前3世纪到2世纪的铁器时代,属于细型铜剑的农耕社会。因而"真番旁众国"亦通,只是没有使用辰国的名称。

《史记》的记载可以得到《三国志》《后汉书》等历史文献的证明,《三国志》与《后汉书》的记载比《史记》更为具体丰富,其中既有历史的记载,也有当时的记载。《三国志》记载:

> 韩在带方之南,东西以海为限,南与倭接,方可四千里。有三种,一曰马韩,二曰辰韩,三曰弁韩。辰韩者,古之辰国也。马韩

---

① 汉·司马迁:《史记·朝鲜列传第五十五》卷一百十五,中华书局1997年,第755页。
② 〔日〕泷川资言:《史记会注考证·朝鲜列传第五十五》卷一百一十五(下册),上海古籍出版社1986年,第1858页。
③ 汉·班固:《汉书·西南夷两粤朝鲜传第六十五》卷九十五,中华书局1997年,第980页。

在西。其民土著，种植，知蚕桑，作绵布。各有长帅，大者自名为臣智，其次为邑借，散在山海间，无城郭。①

弁辰亦十二国，又有诸小别邑，各有渠帅。大者名臣智，其次有险侧，次有樊濊，次有杀奚，次有邑借。有已柢国、不斯国、弁辰弥离弥冻国、弁辰接涂国、勤耆国、难弥离、弥冻国、弁辰古资弥冻国、弁辰古淳是国、冉奚国、弁辰半路国、弁辰乐奴国、军弥国、弁军弥国、弁辰弥乌邪马国、如湛国、弁辰甘路国、户路国、州鲜国、马延国、弁辰狗邪国、弁辰走漕马国、弁辰安邪国、弁辰渎卢国、斯卢国、优由国。弁、辰韩合二十四国，大国四五千家，小国六七百家，总四五万户。其十二国属辰王。辰王常用马韩人作之，世世相继。辰王不得自立为王。②

《后汉书》记载：

韩有三种：一曰马韩，二曰辰韩，三曰弁辰。马韩在西，有五十四国，其北与乐浪，南与倭接。辰韩在东，十有二国，其北与濊貊接。弁辰在辰韩之南，亦十有二国，其南亦与倭接。凡七十八国，伯济是其一国焉。大者万余户，小者数千家，各在山海间，地合方四千余里，东西以海为限，皆古之辰国也。马韩最大，共立其种为辰王，都目支国，尽王三韩之地。其诸国王先皆是马韩种人焉。③

《后汉书》与《三国志》的记载基本相似，对照《史记》与《三国志》《后汉书》的记载，可以得出如下看法：

其一，辰国是三韩之前存在的国家，三韩源于辰国，是辰国的延续。《三国志》记载"辰韩者，古之辰国也"，《后汉书》亦载"皆古之辰国也"，这与日本学者泷川资言的《史记》校勘相同。辰国是由很多小国

---

① 晋·陈寿：《三国志·魏志·乌丸鲜卑东夷传》卷三十，中华书局1997年，第223页。
② 晋·陈寿撰、宋·裴松之注：《三国志·魏书·乌丸鲜卑东夷传》卷三十，中华书局1997年，第224页。
③ 宋·范晔撰、唐·李贤等注：《后汉书·东夷列传第七十五·东夷》卷八十五，中华书局1997年，第729页。

组成的，三韩是在辰国的基础上由众多小国组成的联盟国家，共有78个小国。从辰国到三韩的标志性变化就是建立了联盟国家，辰国的诸多小国近于部落，没有具备国家形态。联盟国家是朝鲜半岛南端最初建立的国家形式，也是人类历史上最早国家的常见形态，因而《三国志》的记载应当是可靠的。在三韩之后的伽耶也是联盟国家，应当是模仿了三韩的联盟国家形态。

其二，弁辰与狗邪不是独立的国家，没有国君，亦无都城。学术界一般认为弁辰是三韩之一，弁辰狗邪又是弁辰的十二属国之一。《三国志》与《后汉书》记载弁辰没有国君，与马韩、辰韩共有一个君王，三韩的君王都是马韩人，"尽王三韩之地"。因而弁辰不是一个独立的国家，没有君王。弁辰狗邪作为弁辰的十二属国之一，自然也没有国君，也就不会具有国家形态，弁辰狗邪、狗邪韩国①是伽耶建国立君之前的酋长部落阶段。金首露神话的九干时代正是狗邪时期，九干等人建国立君开启了国家历史。有无都城是建立国家的标志之一，《三国志》等文献记载了有无城市的问题："各有长帅，大者自名为臣智，其次为邑借，散在山海间，无城郭"，但又记载："弁辰与辰韩杂居，亦有城郭、衣服。"②"辰韩在马韩之东，其耆老传世，自言古之亡人避秦役来适韩国，马韩割其东界地与之。有城栅。"③《三国志》的记载似乎矛盾，那么到底哪一种说法可靠呢？三韩是有城郭的，不过三韩的城郭未必是砖石砌筑，"城栅"二字表明当是以木材围建了"城墙"，尽管简陋，但仍可看成是城墙。《三国志》记载长帅"无城郭"，是指三韩各国的臣智与邑借没有城郭，而不是指三韩。狗邪是弁辰的属国，不是弁辰，因而可能没

---

① 《三国志》关于狗邪韩国的记载如下："倭人在带方东南大海之中，依山岛为国邑。旧百余国，汉时有朝见者，今使译所通三十国。从郡至倭，循海岸水行，历韩国，乍南乍东，到其北岸狗邪韩国，七千余里，始度一海，千余里至对马国。其大官曰卑狗，副曰卑奴母离。"（晋·陈寿撰、宋·裴松之注：《三国志·魏书·乌丸鲜卑东夷传》卷三十，中华书局1997年，第224页）第一段记载了弁辰十二国，其中一个就是弁辰狗邪，第二段记载的是狗邪韩国，弁辰狗邪与狗邪韩国当为同一国家。根据《后汉书》来看弁辰十二国当为弁辰十二国，而非弁辰与辰韩的合称，因为辰韩又有十二国，此外还有十四个小邑。《后汉书》记载："弁辰在辰韩之南，亦十有二国，其南亦与倭接。"（宋·范晔撰、唐·李贤等注：《后汉书·东夷列传第七十五·东夷》卷八十五，中华书局1997年，第729页）这一地理位置与伽耶的地理位置完全相合，伽耶与日本相邻。《三国志》与《后汉书》记载得非常清楚，狗邪是弁辰十二国的一个国家，弁辰是辰国的一个国家。

② 晋·陈寿：《三国志·魏书·乌丸鲜卑东夷传》卷三十，中华书局1997年，第224页。
③ 晋·陈寿：《三国志·魏书·乌丸鲜卑东夷传》卷三十，中华书局1997年，第224页。

有都城，这与无国君的状态是符合的。城市是建立国家的必要条件，但并不是有城市，就等于建立了国家。从狗耶到伽耶的建国之前，朝鲜半岛南端已经出现了城市和建造城市的技术，因而伽耶建立国家，已经具备了联盟国家的体制与物质技术的条件。

金首露神话中的建国前后历史，与《三国志》《后汉书》记载的朝鲜半岛南部国家历史基本吻合，其中包含历史的因素。然而弁辰与狗邪的上限时间不明，在《史记》中只出现过辰国，没有出现三韩与狗邪。《三国志》第一次记载了三韩、弁辰与狗邪。对于研究伽耶建国的时间而言，最重要的是狗邪存在的下限时间，狗邪的下限时间就是伽耶的上限时间。然而《三国志》与《后汉书》没有记载下限时间的关键信息。

2. 考古遗迹与伽耶的建国时间

考古遗迹可以提供需要的关键信息，可以作为依据的主要有良洞里古坟群与大成洞古坟群。考古学家认为良洞里古坟群与大成洞古坟群是伽耶的遗迹，因而可以根据古坟群研究伽耶建国的时间范围，中国历史文献与良洞里、大成洞古坟群的关系是研究的基础。大成洞古坟群分四次发掘，第一次是 1990 年 6 月 12 日—8 月 1 日（51 天），最后一次是 2001 年 4 月 30 日至 9 月 23 日（147 天）。韩国的考古学家认为大成洞古坟群是伽耶国的遗迹，其根据相当充分：

其一，大成洞古坟群地理位置的意义。地理位置是确认大成洞古坟群与伽耶关系不可或缺的依据，大成洞古坟群位于金海市中心一带，金海曾经是金首露王的都城。大成洞古坟群与首露王陵的距离很近，比许王后陵的距离更近一些，重要的是与凤凰洞遗址也不远。

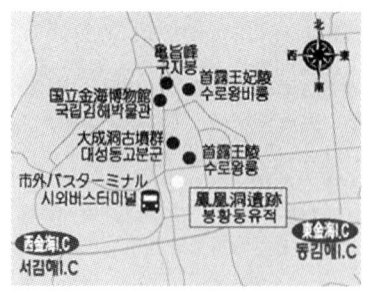

大成洞古坟群与其他遗迹位置图①

凤凰洞遗址②

---

① http：//www.marupu.com/main/script/area_script.html？num=944
② http：//4travel.jp/overseas/area/asia/korea/the_other_cities_of_korea/travelogue/10596745/

古坟群向北 600 米左右是与金首露神话关系密切的龟旨峰，向东 300 米是金首露王陵。向南 500 米是凤凰洞遗迹（봉황동유적），这里曾是伽耶人定居的区域。凤凰洞遗址是 2—6 世纪的集落遗址，其中有祭祀谷神的高床式建筑，也有传说是祭礼首露王的天坛，周围有土垒。此外还有贝冢（垃圾场）、穴藏等。这种地理位置与时间表明必然与伽耶国有关，这就是《金海市大成洞古坟群发掘调查资料》认定大成洞古坟群是金官伽耶遗迹的依据。

其二，大成洞古坟的规模、类型、年代与历史文献的关系。大成洞古坟群的规模、类型、年代应当与这一地区国家发展的历史存在着密切关系，这就需要将历史文献与古坟群的规模、类型、年代结合起来研究。洛东江流域在公元前 6、5 世纪开始出现人类文明，顾炎武以为韩始于周朝，或者准确地说是东周时期①，但难以认为公元前 6、5 世纪已经出现了成熟的国家形态。古坟群的出现意味着相当数量的人类定居于此，经历了相当长的时间。大成洞古坟群有数百座古坟，古坟类型各不相同，主要有木棺墓、木椁墓、石椁墓、瓮棺墓等。不同类型的墓代表着不同的历史时代，木棺墓与木椁墓是最早的古坟类型，这里重点考察这两类墓群。

木棺墓可以上溯到公元前 1 世纪，公元前 1 世纪到 2 世纪中叶主要是木棺墓时代，这个时代的木棺墓是方形的。一般认为木棺墓是统治者的坟墓，但木棺墓的规模、葬品与庶民百姓的坟墓没有大的不同。庶民百姓的坟墓是在平地和斜坡，木棺墓也是在平地和斜坡。统治者的木棺墓虽有随葬品，但数量不多。这都说明统治者与普通庶民的差异不大，这个时期未必形成了比较成熟的国家形态。

---

① "今人谓辽东为三韩者，考之《书序》，成王既伐东夷，传海东诸夷驹丽、扶余、馯、貊之属。正义：《汉书》有高驹丽，扶余、韩。无此馯，馯即韩也，音同而字异耳。《后汉·光武纪》：建武二十年，东夷韩国人率众诣乐浪内附。《东夷传》：韩有三种，一曰马韩，二曰辰韩，三曰弁辰。〔晋、梁二书作弁韩。〕马韩在西，有五十四国，其北与乐浪、南与倭接。辰韩在东，十有二国，其北与濊貊接。弁辰在辰韩之南，亦十有二国，其南亦与倭接。凡七十八国，百济是其一国焉。大者万余户，小者数千家，各在山海间，地合方四千余里，东西以海为限，皆古之辰国也。"清·顾炎武：《日知录·三韩》卷二十九（下册），第 1669 页。

大成洞 1—13 号木棺墓①

据此来看这个时期应当是辰国以及三韩的弁辰时期,《三国志》《后汉书》等文献记载,弁辰和狗邪没有君王,狗邪统治者与庶民的差异不会太大。木棺墓的形态、分布证明,木棺墓时期没有建立王权体制的国家,木棺墓完全符合狗邪酋长制度的社会特征,木棺墓与历史文献的记载特征完全吻合,因而可以认为木棺墓是狗邪留下的遗迹。这里还应当注意历史文献、考古遗迹与金首露神话也完全吻合,在金首露成为伽耶国王之前,九干等人是地位高于普通庶民的酋长,但与普通庶民没有太大的差异,没有国君那样高度集中的最高权力与地位。金首露神话不可作为历史事实的依据,但良洞里、大成洞古坟群的状态可以作为研究历史事实与金首露神话的依据。木棺墓证明金首露神话记载的伽耶建国之前的社会状态是可信的,其中含有历史事实的因素。因而《金海市大成洞古坟群发掘调查资料》记载公元前后建立伽耶的说法不可靠:

公元 42 年驾洛建国,首露王御国 158 年,很难认为这些说话是

---

① 〔韩〕申敬澈、金宰佑:《金海大成洞古坟群》第一册,大阪朝鲜考古学研究会 2001 年,第 16 页。

当时的历史事实。①

这份报告完全否定了《三国遗事》记载的建国时间,以为3世纪之前伽耶国存在于传说之中,并不是信史,得不到考古遗迹的证明。不过可以认为3世纪之前狗邪是存在的,是建国立君之前的狗耶酋长部落时期,伽耶国还没有出现。

大成洞古坟群从3世纪前后开始出现了木椁墓时代。木椁墓与木棺墓不同,因而应当标志着新的历史。

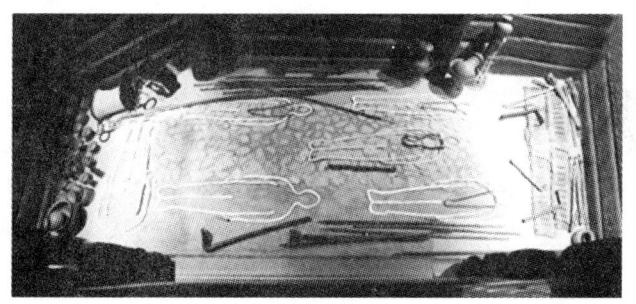

1号木椁墓②

29号与39号木椁墓③

---

① 《文化遗迹地表调查报告书》,东亚细亚文化财研究院《地表调报告书》第61辑,2006年,第7页。

② http://ds.gimhae.go.kr/sub/02_05_02.jsp?amode=_viw&sno=200908141717500001&cate_cd=100008

③ http://ds.gimhae.go.kr/sub/02_05_02.jsp?amode=_viw&sno=200908141713460001&cate_cd=100008

上图是大成洞 29 号与 39 号古坟复原图，29 号古坟是 3 世纪末的木椁墓，39 号是 4 世纪后半期的古坟。木椁墓具有与木棺墓完全不同的特征，韩国学者申敬澈认为：

> 金海大成洞、良洞里、东莱福泉洞、蔚山下垡等地的遗迹是年代相同时期的木椁墓为主体的 3 至 4 世纪的埋葬遗迹。为了解明狗邪韩国（三韩时代）到金官加耶（三国时代）发展过程以及国家形成过程，这些遗迹的墓制就是解释这一过程的关键。①

申敬澈认为 3—4 世纪是木椁墓的时代，主要特征表现在如下方面：其一，木椁墓的位置发生了变化。木椁墓从平地移向丘陵的顶部，与百姓坟墓分离开来。其二，出现了大型的木椁墓。木椁墓规模很大，其中有 8 米大的木椁墓。初期的木椁墓为正方形穴，围以圆木。后期木椁墓为长方形，穴坑较深，四角竖以圆木，圆木外侧以木料为壁。地上铺铁板，上置死者，盖上墓盖板之后覆以泥土。其三，随葬品也较为丰富，出现了铁制品、陶器等，铁制品是当时的贵重随葬品。前文木棺墓的随葬品只有几件陶器，但木椁墓的随葬品不只是品种增加了很多，就是陶器的数量差异也极为悬殊。

根据上述特征韩国学界认为 3 世纪前后的木椁墓时代是伽耶的坟墓②，也是伽耶建国的时间范围。这些木椁墓表明社会等级、财产分配都产生了巨大的变化，贫富等级差别悬殊，显示了王者与统治者的特权，这种特权正是成熟国家形态的体现。这是在木棺墓没有出现过的新现象，表明已经进入国家形态的历史时期。《金海市大成洞古坟群发掘调查资料》也认为木椁墓是伽耶的坟墓，经过大量调查发现大成洞古坟群最早的木椁墓是 3 世纪初的 45 号墓。但不排除 2 世纪后半期就已经存在木椁墓的可能性，因为对大成洞古坟群的挖掘与调查还没有结束③。应当注意的是汉朝制造的铜鼎、铜镜等文物出土于 2 世纪中叶的坟墓，这些坟

---

① 〔韩〕申敬澈：《加耶成立前后的诸问题——从最近发掘调查成果来看》，朝日新西部本社 1993 年，第 116 页。
② 参见韩国国立文化财研究所编著：《韩国考古学重大发现（2002—2007）》，方京一译，科学出版社 2011 年，第 158 页。
③ 《金海市大成洞古坟群发掘调查资料》，金海市大成洞古坟博物馆发掘调查指导委员会 2009 年，第 2 页。

墓的墓主不会是普通庶民，应当是君王或上层统治者，表明从 2 世纪中叶到 3 世纪为伽耶建国时期的说法比较可靠。

4 世纪是金官伽耶木椁墓的全盛时代，5 世纪是大型封土石椁墓的时代，封土石椁墓是金官伽倻代表性的墓葬形制。5 世纪的前期或中期，开始出现封土圆形墓，竖穴式石室，规模宏大，是统治者的坟墓。6 世纪金官伽耶的末期没有建造木椁墓，这表明金官伽耶逐渐被其他势力取代。532 年金官伽耶灭亡，灭亡的原因有多种说法：一是认为北方农耕游牧民族征服了土著的伽耶王族；二是认为 4 世纪之后金官伽耶铁的产量不够，不能制造铁甲，最终被新罗所灭。

根据考古遗迹可以认为伽耶建国于 3 世纪左右，这就与《三国志》的下限时间范围不吻合。《三国志》撰写到 266 年之前，似乎表明直到 266 年之前狗邪仍然存在。但这个时间是中国朝代的变更时间，不是东夷诸国的朝代时间，但 266 年覆盖了 3 世纪左右建国的时间范围。从这个意义上说，考古学家认定的伽耶建国时间没有超出文献记载的下限时间，因而 3 世纪左右建国的说法是可靠的。韩国的历史学家李丙焘根据金庾信来计算过伽耶的建国时间，金庾信（595—673）是金首露王的十二代孙，一代平均 30 年，那么金首露早于金庾信 360 年，金首露的生存年代应当是在中国的后汉末期或三国时期，也正是 3 世纪左右。①

伽耶有很多名称，各种名称的初出时间与伽耶的建国时间密切相关，因而有必要调查伽耶各种名称的来源与时间。伽耶的名称大约有十余个：第一类是狗邪、狗邪、拘邪等；第二类是加罗、加良、伽罗、迦罗、驾洛、伽落、呵奇、贺罗以及加罗任那等②；第三类是伽耶、伽倻、加耶。

---

① 〔韩〕李丙焘撰：《韩国古代史》下册，金思烨译，《金思烨全集》第 27 册，六兴出版昭和五四年，第 81 页。

② 伽耶又名为加罗，最早记载加罗的文献是 414 年高句丽的《广开土王碑》，碑文记载的"任那加罗"就是伽耶。《南齐书·列传第三十九·蛮·东南夷》卷五十八："倭国在高骊东南大海中，世修贡职。……赞死，弟珍立遣使贡献，自称使持节、都督倭、百济、新罗、任那、秦韩、慕韩六国诸军事、安东大将军、倭国王。……二十年，倭国王济遣使奉献，复以为安东将军倭国王。二十八年加使持节，都督倭、新罗、任那、加罗、秦韩、慕韩六国诸军事，安东将军如故。"（中华书局 1997 年，第 610—611 页）沈约（441—513）的记载迟于《广开土王碑》，并记了任那与加罗，这一点与《广开土王碑》相同。唐·李延寿：《南史·列传第六十九·夷貊下》卷七十九："加罗国，三韩种也。建元元年（479），国王荷知使来献。诏曰：'量广始登，远夷洽化。加罗王荷知款关海外，奉贽东遐。可授辅国将军、本国王。'"（中华书局 1997 年，第 259 页）479 年伽耶遣使到南齐，文献记载为加罗。《南史》也有类似的记载："诏除武使持节、都督倭新罗任那加罗秦韩慕韩六国诸军事，安东大将军、倭王。齐建元中，除武持节、都督倭、新罗、任那、加罗、秦韩、慕韩六国诸军事、镇东大将军。梁武帝即位，进武号征东大将军。"（中华书局 1997 年，第 512 页）720 年编撰的《日本书纪》中并记加罗与任那，与中国历史文献的记载相同。

最早在文献中出现的名称是第一类，出现于 3 世纪的《三国志》。其次是第二类，最早出现于 5 世纪的《好太王碑》等文献。最晚的名称是第三类，出现于《三国史记》等 12 世纪的文献。

伽耶有很多名称，其原因有二：其一，很多名称来自汉字的不同标记，也来自伽耶的不同历史阶段。第一类与第二类名称来自汉字的不同标记，狗邪与加耶、伽耶之类的名称是汉字不同，但韩国语的发音比较接近，这是以汉字标记韩国母语名称的结果。15 世纪之前，韩国没有母语文字，只好借用汉字标记，但标记者不一定使用统一的汉字，因而同一名称会存在不同的汉字标记。第一类与第二类名称还与伽耶的历史有关，不同时期使用了不同的汉字，就产生了很多汉字标记。第一类狗邪等名称是中国文献记载的，此类名称大多不雅，体现了中国史家对东夷诸民族的歧视。不雅的名称标记不会被伽耶国人接受，废而不用是必然的选择。始用加罗之类名称的上限时间不明，但下限时间是 5 世纪的《好太王碑》，也就是建国立君之后的国家历史时期。从这个意义上说，狗邪与加罗是不同历史时期的产物，加罗、驾洛等汉字标记代表了伽耶的国家历史时期。此类名称的上限时间不可能早于伽耶的建国时间，有可能始于伽耶的建国时期。

其二，加耶之类的名称是源于佛教的雅化。在《三国遗事·驾洛国记》中有不少佛教因素，许黄玉东来的传说就是佛教因素，因而出现佛教化名称并不奇怪。《三国史记》是较早记载加耶名称的文献，林椿的《有怀眉叟》也是较早使用伽耶名称的文献："伽耶有高士，吐纳驻童颜。尔汝形骸外，文章伯仲间。受书黄石老，问路具茨山。"① 伽耶的名称当源于佛教，最早的原始佛经《杂阿含经》等经文中就出现过伽耶，在后来产生的各种佛经中也不断地出现。伽耶（Gaya）是印度东部城市的名称，又记为迦叶，这里是印度教的圣地，也是佛教的中心："伽耶城：《西域记》八曰：'渡尼连禅河至伽耶城，甚险固，少居人，唯婆罗门有千余家，大仙人祚胤也。'出城东南行，三里，大道坦坦，直至菩提道场。《法华经·涌出品》曰：'如来为太子时，出于释宫，去伽耶城不远，坐于道场，得成阿耨多罗三藐三菩提。'成菩提之地，通常称为佛陀

---

① 〔韩〕林椿：《西河集·古律诗 六十一》卷第一，影印标点《韩国文集丛刊》第 1 册，首尔：民族文化推进会 1990 年，第 213 页。

伽那Buddhagayā之地也。城名与正觉道场皆呼伽耶。"① 伽耶也是佛教道场的名称，释迦牟尼曾经在此设道场。伽耶之义与象有关，因而伽耶城译为象城。大象是佛教的神物，和莲花一样具有佛教的象征性。伽耶还是印度的山的名称，伽耶山译为象头山："伽耶山：新称羯阇尸利沙山，旧称伽耶山、伽阇山、伽种山等，译曰象头山。有二处，一在灵鹫山附近，一在菩提道场附近，见羯阇尸利沙条。西域记八，记近于菩提道场之伽耶山曰：'城西南五六里至伽耶山，溪谷杳冥，峰岩危险。印度国俗，称曰灵山。自昔君王，驭宇承统，化洽远人，德隆前代。莫不登封而告成功。'Gajasirsa。"② 伽耶是国家名称的一部分："摩罗耶山（具云摩利伽罗耶其山，在南天竺境摩利伽耶国南界而因国以立山名，其山中多出白旃檀木也）。"③ 伽耶还是佛教人名，《佛学大辞典·人名》："伽耶迦叶：Gayākās-yapa，又作竭夷迦叶、伽耶迦叶簸，罗汉名。伽耶，译曰象城，三迦叶之一。光宅之法华疏一曰：'伽耶迦叶者，昔日亦是外道，其人事火，领五百徒众，住在伽耶城中。如来往化，即舍邪从正，得罗汉道。仍以本所住城为名也。'文句一下曰：'伽耶亦竭夷，亦象，此翻城，家在王舍城南七由旬。'名义集一曰：'孤山云：伽耶山名，即象头山也。文句翻城，近此山故。'不思议境界经上曰：'伽耶迦叶簸。'"④ 伽耶迦叶是掌控火的罗汉，居住在伽耶城，因而得名。人名、城名、山名、国名皆以伽耶为名，可见伽耶在佛教中相当普遍。伽耶在朝鲜半岛是国名，也是山名。地名的佛教化在韩国古代历史中相当普遍，这个地名还出现在其他韩国神话中。

加罗与加耶、伽耶等两类名称不代表伽耶国家历史的不同阶段，只是使用的汉字标记不同而已。《三国史记·新罗本纪》奈解尼师今六年（202）记载："六年，春二月，加耶国请和。"⑤ 奈解尼师今十四年（210）记载："十四年，秋七月，浦上八国谋侵加罗（阿罗），加罗（阿罗）王子来请救。王命大子（太子）于老与伊伐，将六部兵往救之。"⑥ 两次记载的名称分别为加耶与加罗，间隔8年。这表明《三国史记》

---

① 丁福保编：《佛学大辞典》，上海书店1991年，第1182页。
② 丁福保编：《佛学大辞典》，上海书店1991年，第1182页。
③ 《一切经音义》卷二十三，《日本大正新修大藏经》第54册，第453页。
④ 丁福保编：《佛学大辞典》，上海书店1991年，第1182页。
⑤ 〔韩〕金富轼：《三国史记·新罗本纪》卷二，吉林文史出版社2003年，第22页。
⑥ 〔韩〕金富轼：《三国史记·新罗本纪》卷二，第23页。

记载的加耶、加罗几乎同时存在于3世纪初，加耶、狗邪与加罗不是同一时期的不同国家名称，加耶、狗邪与加罗并不存在先后关系。李丙焘以为："狗邪、伽耶、加罗、驾洛等都是가락的音译，对于语义到现在有各种说法，笔者以为갓나라（カッナラ）即边国之义更为妥当。"① 狗邪、伽耶或加罗的意思是边国，但没有证据，因而无法判断此说是否正确。狗邪、狗邪的韩国语发音为구야，与伽耶（가야）的韩国语发音相当接近，因而狗邪、狗邪就是伽耶，只是汉字标记不同。各种国家名称类似于乡札，乡札是以韩国语发音相似的汉字来标记的，由于记录者不同，标记的汉字就可能不同。狗邪是中国文献记载的名称，在中国的文献中蛮夷国家的名称多用禽兽名。

最后还必须回到金首露神话与《龟旨歌》的问题，因为研究伽耶的建国时间，是为了验证金首露神话与《龟旨歌》诸因素是否出现在伽耶建国的有效时间范围以内。如果伽耶的建国时间范围与金首露神话、《龟旨歌》诸因素的时间范围不能相合，就表明金首露神话与《龟旨歌》的形成过程比较复杂，很可能与伽耶的建国历史没有直接关系，或者金首露神话根本就不是在伽耶建国历史基础上形成的，《龟旨歌》也未必是在汉代龟卜方法的基础上形成的龟卜歌。但事实证明伽耶建国的时间范围与金首露神话、《龟旨歌》诸因素的时间范围大体相合，汉代龟卜方法、紫绳、红幅、坐具床等因素都没有超出伽耶建国的有效时间范围，说明金首露神话与《龟旨歌》应当生成于东汉到魏晋时期。金首露神话的形成时间应当与伽耶的建国时间范围大体相同，或者迟晚一些，金首露神话形成于魏晋时期也是可能的。汉代的龟卜方法在魏晋时期没有失传，在朝鲜半岛南端也没有失传。紫绳、红幅等道教因素也没有超出有效的时间范围，东汉末年的3世纪前后，道教已经形成，因而融入金首露神话没有超出有效的时间范围。《三国遗事》记载的公元1世纪值得怀疑，因为这个时期并没有产生道教。

---

① 〔韩〕李丙焘撰：《韩国古代史》下册，金思烨译，《金思烨全集》第27册，六兴出版昭和五四年，第78页。

第五节　金首露神话的假造遗迹及其衍生诗歌

一、诗歌中的金首露王陵及其发展历史

《三国遗事》之后很多诗文记载了伽耶的物质遗迹，其中主要有金首露王陵、许王后陵、虎溪、燕子楼、招仙台、盆城台、婆娑石、金宫、首露诞生石等。诗人写得最多的是首露王陵，以首露王陵为中心构成了彼此关联的遗迹系统，印证和讲述了伽耶的建国历史。然而遗迹的真实性存在较大的疑问，如果遗迹不可靠，就必然关系描写遗迹的诗文的可靠性，因而有必要加以研究。

金首露王陵是诸多遗迹的核心，金首露王陵又名纳陵，史迹第 73 号，认定时间是 1963 年 1 月 21 日。金首露王陵位于庆尚南道金海市西上洞，这与丁若镛记载的"金州有首露王墓，在州西"① 一致。每年农历 3 月 15 日与 9 月 15 日，在崇善殿举行两次祭礼。首露王陵是王陵与许多其他建筑构成的，主要有驾洛楼、红箭门、崇神阁、崇安殿、安香阁、典祀厅、文物馆等。神道碑的太阳纹与正门的神鱼像似乎表明与印度有过交流关系。

首露王陵②

---

① 〔韩〕丁若镛：《与犹堂全书·地理集第二卷·疆域考·疆域考其二》第六集，影印标点《韩国文集丛刊》第 286 册，第 252 页。
② http://members3.jcom.home.ne.jp/kofun2 - hp/kankknkime1.htm

首露王陵是圆形土坟，直径 22 米，高 6 米。1919 年第一次调查这些古坟，调查结果记录于日本的文献。纳陵的内部构造是东西 2.4 米，南北 3 米，为直角形的石室，南墙的西角有羡门，四边墙角倾斜，变得狭窄，盖以两张石板。石室内只剩下了¬字形棺台，靠近羡门、墙摆放。首露王陵在大成洞古坟群东侧，由此向东 100 米还有龟山洞古坟群。金首露王陵最初载于《三国遗事》：

元君乃每歌鳏枕，悲叹良多。隔二五岁，以献帝立（建）安四年己卯三月二十三日而殂落，寿一百五十八岁矣。国中之人若亡天，只悲恸甚于后崩之日。遂于阙之艮方平地，造立殡宫，高一丈，周三百步而葬之，号首陵王庙也。自嗣子居登王洎九代孙仇冲之享是庙。须以每岁孟春三之日，七之日，仲夏重五之日，仲秋初五之日，十五之日，丰洁之奠，相继不绝。①

这段记载颇为可疑，金首露王寿 158 岁，显然不是信史。其实其他记载也未必是信史，其中有两点关系首露王陵的事实问题：其一，现实中的首露王陵并不是文献记载中的首露王陵。13 世纪第一次记载了首露王陵和许王后陵，这意味着 13 世纪之前就已有了首露王陵。但是完全可以确定首露王陵的墓主不可能是首露王，伽耶建国时期的坟墓都是木椁墓，木椁墓为长方形，而非圆形坟墓。而现在的首露王陵是圆形石室墓，考古学家以为圆形封土坟墓为伽耶后期北方系的坟墓，这就证明首露王陵的墓主不是金首露王。其二，金首露王的后人自从金首露王死后，一直是"丰洁之奠，相继不绝"。每年的五个重要日子，金首露王的后人都要汇聚于首露王陵，隆重举行祭祀仪式。但这也是一个美丽的传说，并不是信史。不过这个传说在 13 世纪之后的漫长过程中逐渐演变成了事实，金许族人确实每年在此祭祀首露王，因而传说也就成为历史。但这个历史不是始于二三世纪，而是始于 15 世纪的后期。15 世纪后期开始祭祀仪式越来越隆重，但无论如何都无法成为证明首露王陵的证据。

《三国遗事》之后描写首露王陵与其他伽耶古迹的诗文非常丰富，很少有人怀疑首露王陵的真实性。14 世纪题咏首露王陵的诗歌不多，这

---

① 〔韩〕一然著、李载浩注译：《三国遗事》卷二（第一册），第 374 页。

时还没有引起诗人的广泛注意。较早描写伽耶遗迹的诗人是高丽末期的郑梦周（1337—1392）。

> 《昔宰相埜隐田先生为鸡林判官时，有〈赠金海妓玉纤纤〉云："海上仙山七点青，琴中素月一轮明。世间不有纤纤手，谁肯能弹太古情。"后十余年，埜隐来镇合浦，时纤纤已老矣。呼置左右，日使之弹琴。予闻之，追和其韵题于壁上。四绝》
>
> 此生何日眼还青，太古遗音意自明。
> 十载玉人沧海月，重游胡得独无情。
>
> 首露陵前草色青，招贤堂下海波明。
> 春风遍入流亡户，开尽梅花慰客情。
>
> 访古伽耶草色春，兴亡几变海为尘。
> 当时肠断留诗客，自是心清如水人。
>
> 七点山前雾霭横，三叉浦口绿波生。
> 春风二月金州客，正似江南路上行。①

郑梦周的诗歌是追和埜隐而作的，埜隐田禄生与其两个兄弟共称三隐，是高丽时期闻名的忠义之臣。洪直弼（1776—1852）《三隐合稿序》记述了田禄生的生平："丽氏之季，多守义成名之士。以隐为号者为十人，而田氏兄弟居其三焉。埜隐讳禄生，值玄陵之世。逆臣李仁任议迎元使，背贰皇明。圃隐郑文忠公、潘南朴文正公共争其不可。埜隐率谏官李詹，抗疏请诛仁任，同被淫刑以死。"② 四首绝句写的景色就是伽耶的遗迹：

其一，首露王陵与其他遗迹。郑梦周描写了伽耶的遗迹，第二首写的是首露王陵和招贤堂，第四首写的是七点山与金州客。招贤堂又名招仙台，在伽耶的名山七点山，是伽耶第二代君王居登王招贤纳士之处：

---

① 〔韩〕郑梦周：《圃隐集》卷之二，影印标点《韩国文集丛刊》第5册，首尔：景仁文化社1998年，第593册。
② 〔韩〕洪直弼：《梅山集·三隐合稿序》卷之二十七，影印标点《韩国文集丛刊》第296册，首尔：民族文化推进会2002年，第23页。

"招贤台,在州东。世传驾洛国居登王,登此台。招七点山昂始仙人,昂始乘舟而来,因名焉。"① 此处与伽耶建国神话无关。金州即金官,即现在的金海。取地名的第一个字,再加一个州字,是朝鲜与日本模仿中国地名的一种方式。郑梦周的诗歌没有着意描写首露王陵,只是一带而过,不过透露了一点隐秘的信息。"首露陵前草色青""访古伽耶草色春",这两句本身并无特别之处,但隐含了重要的信息。权近(1352—1409)也是高丽末期、李朝初期的诗人,他的《次金海燕子楼诗三韵》的其一、其三描写了加耶遗迹:"驾洛遗墟草树青,海天空阔眼增明。楼中此日登临客,去国难堪恋恋情。""海边逐客方留滞,天畔高楼可上临。一代风云成大古,千秋陵墓至如今。自注:金海即首露王所都,陵墓尚存。"② 权近的"一代风云成大古,千秋陵墓至如今"以及"陵墓尚存"的自注,明确肯定首露王陵就是千古王陵,也就等于确定首露王陵的墓主就是首露王。郑梦周只是描写了首露王陵,并没有明确地肯定或否定什么,但这种描写实际就是肯定了首露王陵。

那么千秋陵墓与伽耶遗墟是怎样的景象呢?郑梦周与权近都使用了"草色青""草色春""草树青"等相似的描写,这种描写似乎并没有表现特别的意义,但可以据此提出一个疑问:14世纪初的首露王陵是否是无人监理的荒坟呢?如果14世纪的首露王陵杂草丛生,一片荒凉,那么说明首露王陵的说法还只是一种俗说,根本没有得到任何证明,也没有首露王与许王后的后人认定此墓就是首露王的坟墓。14世纪之后有大量的诗文记载了此墓,但没有诗文提到过后人曾经移葬首露王。《三国遗事》与郑梦周、权近的生存年代并不太远,但权近毫不怀疑地确定此墓就是"千秋陵墓",据此只能认为权近的说法是错误的,或者《三国遗事》的记载是错误的。

其二,"太古遗音"与《龟旨歌》。第一首写的是田禄生十年余后在伽耶古国与佳人玉纤纤的重逢,琴声依旧,佳人却老,其中感慨良多。此诗与伽耶古国的关系主要是通过"太古遗音"来体现的,"太古遗音"指《龟旨歌》。此诗是《三国遗事》之后最早提到《龟旨歌》的诗歌,

---

① 〔韩〕丁若镛:《与犹堂全书·地理集第二卷·疆域考·疆域考其二》第六集,影印标点《韩国文集丛刊》第286册,第252页。
② 〔韩〕权近:《阳村集·南行录》卷之七,影印标点《韩国文集丛刊》第7册,首尔:景仁文化社1990年,第75页。

太古二字当源于田禄生"谁肯能弹太古情",十年余前田禄生与玉纤纤相遇,玉纤纤的琴声表现了太古情。权近的《次金海燕子楼诗》写了玉纤纤:"玉手纤纤二八春,舞衫罗袜动香尘。文章埜隐琴中趣,能继高风有几人。自注:妓玉纤纤者善弹琴,故宰相埜隐田公尝倅鸡林,爱之,赠一绝云:'海上仙山七点青,琴中素月一轮明。世间不有纤纤手,谁肯能弹太古情。'公后出镇合浦,呼置左右,日使弹琴。楼中题咏,多用其事,首篇即其韵也。"① 李学逵《驾洛怀古》也写了玉纤纤与《龟旨歌》:"燕子不来楼悄悄,绣囊重拂玉纤纤。它年龟旨遗音在,可待高墟有泪沾。"② "龟旨遗音"即《龟旨歌》,"龟旨遗音"与"太古遗音"的意义相似,"太古遗音"应当是指《龟旨歌》。"太古遗音"与田禄生、玉纤纤的重逢没有直接的关系,至多是用来表现十年之前的相逢,如同《龟旨歌》一样仿佛远古遗音,十分遥远。

15世纪开始写到首露王陵的诗歌多了起来,出现了专门题咏首露王陵与其他伽耶遗物的诗歌。徐居正(1420—1488)的《首露王陵》直接以首露王陵作为诗题,诗中的首露王陵带着几抹荒凉的色彩:

《首露王陵》
金陵往事与谁论,千古犹存首露坟。
龟旨曲亡人不见,伽倻琴在妙堪闻。
铜驼故里山如戟,翁仲遗墟树似云。
百六十年能享国,可怜荒垅几斜曛。③

徐居正也以为首露王陵是千古遗坟,确认首露王陵的墓主就是首露王。但在徐居正的笔下,千古遗坟是一座千古荒坟。垅就是坟墓,荒垅就是荒坟。所谓荒坟就是没有后人打理清扫的坟墓,也就是说金首露王的后人并没有将此墓作为祖先的坟墓。金首露王的帝王功德早已成为往事,如同"龟旨曲亡",只有几缕夕阳斜晖照着孤坟荒墓。这样的解读

---

① 〔韩〕权近:《阳村集·南行录》卷之七,影印标点《韩国文集丛刊》第7册,第75页。
② 〔韩〕李学逵:《洛下生集·因树屋集〔癸亥〕》册三,影印标点《韩国文集丛刊》第290册,首尔:民族文化推进会2002年,第252页。
③ 〔韩〕徐居正:《四佳集·四佳诗集补遗·诗类·舆地胜览》卷三,影印标点《韩国文集丛刊》第11册,首尔:民族文化推进会1988年,第186页。

不免有些过度解释的感觉，徐居正的描写完全可以认为是文学性描写，其中包含着诗人的想象和比喻。那么荒坟究竟是徐居正的主观感觉，还是历史事实呢？

洪贵达（1438—1504）的生存年代稍迟于徐居正，他的《寄金海府使洪》也描写了首露王陵：

　　玄邈伽倻国，荒凉首露陵。
　　三叉春浩漾，七点缺崚嶒。
　　鞍马游观远，楼台凤昔登。
　　何曾魂梦倦，太守旧相能。①

"荒凉首露陵"一句简单抽象，但还是透露出荒陵的信息，证明徐居正的描写不是主观感觉。李朝初期成俔（1439—1504）的《次金海燕子楼韵》写道：

　　绿树千章画阁深，木奴邀我一登临。
　　虎溪流水朝还暮，盆岭浮云古又今。
　　首露陵荒多岁月，招贤台废几晴阴。
　　金官往事寻无觅，付与骚人谩苦吟。②

成俔描写的是金海的古迹，金首露王陵是金海诸遗迹中的一处，并没有给予特别的关注。不过"首露陵荒多岁月"也透露出同样的信息：千百年来首露王陵一直是荒陵，没有得到朝廷的监管。首露王的后人人才辈出，多为朝廷重臣，他们不是没有能力修缮祖先的古坟。如果他们知道首露王陵就是祖先的古坟，不可能弃置不顾。然而从《三国遗事》到李朝初期，首露王陵一直是荒陵，这只能表明金首露王的后人并没有认为首露王陵就是祖先的古坟。

15世纪的后期这种现象开始发生变化，郑希良（1469—?）是李朝

---

① 〔韩〕洪贵达：《虚白亭集·虚白先生续集》卷之二，影印标点《韩国文集丛刊》第14册，首尔：景仁文化社1988年，第156页。

② 〔韩〕成俔：《虚白堂集·虚白堂诗集》卷之五，影印标点《韩国文集丛刊》第14册，首尔：景仁文化社1988年，第277页。

前期诗人,他的诗歌以首露王陵为题,诗中仍然弥漫着哀愁,但已经不是帝王荒陵散发出来的无奈和悲凉:

《首露王陵》
代异功何在,山空水自流。
白云龙驭远,青嶂杜鹃愁。
海岳余灵气,衣冠閟古邱。
邦人怀旧德,苹藻荐春秋。①

这首诗描写金首露王陵的诗句不多,大多描写了王陵周围的景色。景色描写没有什么特征,没有更多的写实信息。然而"邦人怀旧德,苹藻荐春秋"一句扫除了荒陵的无奈,伽耶人没有忘记金首露王的旧德,因而伽耶人应当经常来打扫首露王陵。苹藻是指苹与藻两种水草,经常用于祭祀,因而苹藻也喻指祭祀。首露王陵与时人的关系越来越紧密,郑希良《戊午士祸党籍》:"庚申,谪金海。明年春,遭母丧。不得奔丧,常怀哀郁,无路吁天。闻首露王陵颇神,作哀文以诉之。其夜梦见神人甚伟,眼有重瞳。呼语曰:'汝将见放。'公觉而志之,及秋蒙放。"②郑希良被贬,时其母病故,因不能奔丧,苦楚之极。郑希良作哀文倾诉,梦中见王陵出现神人,告诉郑希良可以获得自由,到了秋天果然获得了自由。王陵已经不再是无人问津的荒陵,王陵不只是以物质的形式表明它的存在,而且还以纯粹的精神形式作用于时人的意识和情感。吴翻(1592—1634)《首露王墓》:"江海遥含七点峦,天开六卵国金官。云軿一逐轩辕乐,背郭园陵草树寒。"③王陵的草树飘溢着寒气,但这不是荒陵的色彩,而是坟墓特有的气息,因为首露王陵还飘散着轩辕乐。轩辕乐指音乐,宋刘敞《望洞庭》:"萧萧霜林暮,蔼蔼芳草歇。壮观激我怀,当歌意复咽。寂寥轩辕乐,万古逸响绝。惨淡虞帝魂,九疑莽嵽

---

① 〔韩〕郑希良:《虚庵遗集・虚庵先生遗集》卷之三,影印标点《韩国文集丛刊》第18册,首尔:景仁文化社1988年,第41页。
② 〔韩〕郑希良:《虚庵遗集・虚庵先生续集・摭录》卷之三,第64页。
③ 〔韩〕吴翻:《天坡集・首露王墓》第三,影印标点《韩国文集丛刊》第95册,首尔:民族文化推进会1995年,第84页。

嵝。"① 明钱仲益《为人赋云门山房》："官舍深居万壑间，每于退食掩云关。……归朝重听轩辕乐，莫过耶溪恋越山。"②轩辕乐当是"邦人怀旧德"的一个体现，这些诗歌没有更为具体地描写首露王陵的变化，金驲孙（1464—1498）《会老堂记》记载了变化的缘由：

> 乡有公事，皆于是堂会议焉。府故驾洛之墟，始祖首露王墓，在今西郭门之外，官禁樵牧。故事，父老具时羞修祀事，既彻，乡人共馂，岁以为常。③

15世纪后期的金氏乡人将首露王陵作为乡里公事，共同讨论了修缮祭祀之事，从此形成了每年举行祭祀仪式的常规。官府也有相应的政令，禁止随意砍伐首露王陵的草木，这与吴翻"背郭园陵草树寒"的描写可以彼此印证。文中记载的父老当是当地金许二姓的后人，他们确定首露王陵是祖先的陵墓。

18世纪之前金首露王陵经历过多次的修缮，建造了不少附设设施。1580年岭南观察使许晔翻修了这座古坟。

李元祯《驾洛国王纳陵碑阴记代观察许积作》

呜呼，此驾洛国首露王陵也。王之临民大业，有国乘在，岂敢偏举而小之。顾兹土之有陵，今数千载，墓道无表，其为后裔之恨，不既大乎？逮万历庚辰，后孙许晔观察是道，始克增修而未遑立石。后六十七年丙戌，积忝按道，首谋伐石，越明年正月始竖焉。同宗省岘察访崘，新宁县监坵实干其事。噫煌煌功德，在人耳目。石可毁而名不可灭，是碑也何足图其永久。在子孙报本之念，实出至诚。则继兹以降，其不为樵牧之逼者，又安知不有赖于是石耶。谨略叙

---

① 宋·刘敞：《公是集》卷十一，《丛书集成初编》第425册，中华书局2011年，第144页。

② 明·钱仲益：《锦树集》，明·钱公善编：《三华集》卷十一，文渊阁《四库全书》第1372册，台北：台湾商务印书馆1986年，第120页。

③〔韩〕金驲孙：《濯缨集·会老堂记》卷之三，影印标点《韩国文集丛刊》第17册，首尔：景仁文化社1988年，第233页。

如右。①

李元祯记载了许晔立墓道表、铺墓前供物床石之事。仁祖王二十五年（1647）树立了墓前碑石，许穆（1595—1682）撰写了《驾洛国君首露王纳陵碑阴记》："王姓金氏，或曰，先古应祥化生，始为生民之祖。或曰，少昊金天氏之后也。东汉光武皇帝建武十八年，王始建国，号为君。或曰，以其神明之后。有九干共尊之为王，都驾洛，首露，史记以为王名，而因以为君之号，曰首露王。王御国百五十八年薨。葬纳陵，或曰首陵。"② 金许二姓的后人不断修建首露王陵，从无人监理的荒陵到备受关注的始祖之墓，这种巨大的变化在李氏朝鲜后期的诗文中表现得十分清楚。

李朝后期李学逵（1770—1835）热衷于描写伽耶的遗迹，也是描写金首露王陵最多的诗人之一，他的诗歌体现了首露王陵的巨大变化。李学逵有一组诗歌集中描写了伽耶古迹，具有一定的代表性。这组诗共十二首，每一首写一处金海的古迹，主要有首露王陵、盆城、七点山、涵虚亭等等，构成了一幅伽耶的遗迹世界。

《金州府城古迹十二首·首露王陵·赠李跃沼》
王陵古城西，依依见堂斧。
卉寇发玄和，翁仲卧风雨。
年年里中巫，林间恣歌舞。③

李学逵从龟旨峰的龟山石写起，最重要的是首露王陵。首露王陵不再是荒陵，"年年里中巫，林间恣歌舞"写的是乡里巫觋年年举行祭祀仪式，百姓在王陵的林中尽情歌舞。李学逵的《驾洛怀古·其一》也写了纳陵："千岁龟峰扬瑞云，英名首露至今闻。紫缨长络风微动，金盒重开气不群。耆老九干当道贵，伽倻六郡计疆分。忠家它日成追忆，粉墨

---

① 〔韩〕李元祯：《归岩集·阴记》卷之八，影印标点《韩国文集丛刊》第35册，首尔：民族文化推进会2007年，第497页。
② 〔韩〕许穆：《记言·许氏先墓碑文石志》卷之四十一，影印标点《韩国文集丛刊》第98册，首尔：民族文化推进会1992年，第283页。
③ 〔韩〕李学逵：《洛下生集·因树屋集》册七，影印标点《韩国文集丛刊》第290册，第334页。

新披泪染坟。"① "紫缨长络"描写了首露王陵的装饰,"粉墨新披泪染坟"描写了新近前来祭祀首露王的人追忆首露王时的悲情。诗人经常描写首露王陵的草木,但李学逵的描写不同,《春寒》写道:"半臂余寒浅勒花,海西门外漫风沙。纳陵柳色长堤水,尽日空蒙一带斜。"②《雨中寄金参奉再龟纳陵斋阁》写道:"今日西陵雨,高斋独尔思。霏微终永夕,沾湿阻前期。梅柳浑佳色,沙泥净野姿。政须晴霁美,疏豁看东陂。"③柳色长堤、梅柳佳色都没有荒陵的悲凉,呈现的是美好的景象。李学逵诗中的纳陵梅柳当不是虚构,19世纪许熏的《纳陵》写道:"杨柳垂垂千万丝,有风吹卷有楼知。金凫入地春芜遍,玉马朝天暮雨迟。旺气如今潮落岸,雄图伊昔海为池。悠悠故国王孙恨,多在龟峰夕照时。"④许熏描写了纳陵的杨柳,证明李学逵描写的杨柳当是纳陵的真实景象。

  纳陵越来越受到重视,朝廷任命了纳陵的陵官,这就意味着朝廷肯定了纳陵的墓主就是首露王。李学逵《次韵金再龟纳陵寝郎》:"过雨南池草色浓,偶随流水驻鸣筇。嫩黄一簇邱中树,深碧数尖江上峰。卜兆遗墟看石笋,寝郎居处荫风松。前期更指西林路,清省还应待暮钟。"⑤《挽许大瞻纳陵寝郎》:"泰封石畔书香蠲,首露坟前花絮空。从今倦蹋西陵道,不见西陵真率翁。"⑥金再龟与许大瞻二人曾任纳陵寝郎;宗庙、陵园之官名为寝郎,又名令或参奉。纳陵寝郎的设立与许传有关,许传(1797—1886)是李氏朝鲜后期的文人,曾任嘉善大夫、正宪大夫(1876)、崇禄大夫等,著有《性斋集》《宗尧录》《哲命编》等。1818年许传请求朝廷设立纳陵陵官、特命殿号,要求像新罗、百济、高句丽一样的待遇。许传《首露王纳陵崇报疏、戊寅六月十九日》记载了设立纳陵陵官的缘由:"驾洛国首露王纳陵特命殿号,并置陵官,如三国诸殿之例。一以遵前圣之盛典,一以慰古国之英灵。臣无任屏营祈恳之至,

---

① 〔韩〕李学逵:《洛下生集·因树屋集〔癸亥〕》册三,第252页。
② 〔韩〕李学逵:《洛下生集·匏花屋集〔壬申〕·春寒》册十一,第391页。
③ 〔韩〕李学逵:《洛下生集·菜花居集〔丁丑〕·雨中寄金参奉再龟纳陵斋阁》册十二,第425页。
④ 〔韩〕许熏:《舫山集·纳陵》卷之四,首尔:民族文化推进会2004年,第505页。
⑤ 〔韩〕李学逵:《洛下生集·菜花居集〔丁丑〕·次韵金再龟纳陵寝郎》册十二,第425页。
⑥ 〔韩〕李学逵:《洛下生集·树根斋集〔壬午〕·挽许大瞻纳陵寝郎》册十六,第509页。

第三章 《龟旨歌》与金首露神话 | 359

谨昧死以闻。"① 但纳陵陵官有时也会遇到棘手的问题,许传《成均生员许公墓碣铭》:"首露王纳陵祭田,多为土豪所私有。公与各处云仍,陈颛于朝。自上遣官致侑,土田亦一一推还,香火无阙。"② 陵官的设立并非只是给一个官衔,其中还包括管理祭田,祭田是维护陵墓及其建筑的经济来源。祭田遭到土豪侵吞,但官府最终要回了祭田。纳陵寝郎多由金许后人担任,许传《愧喜子四韵后序》:"昌原府之花木里,有书生姓金名万彧字重若者,驾洛国首露王之苗裔也。生之叔父时瓒甫。余为金官时荐为纳陵寝郎,遂与之相,尝至其家。以子侄见,皆敦厚孝谨,不问知其为邹鲁遗风也。"③ 金万彧是首露王的后人,由此可以推定李学逵诗中的金再龟与许大瞻亦为首露王、许黄玉的后人。

李学逵写首露王陵的诗歌不少,不过有一首诗歌比较特别,诗中似乎含有一些荒凉的意味。

《酒后感怀,疾书不已。计凡一百五篇,
词或太露,字或失粘,并澄汰之》
  见说金王墓,遥连旧幔宫。
  珠襦归卉寇,玉几雊华虫。
  古埭孤烟外,荒台落照中。
  从来销暑地,盘礴醉花丛。④

诗中的荒凉感不免使人疑惑,以为纳陵是荒陵。实际上李氏朝鲜后期是纳陵的鼎盛时代,呈现出前所未有的繁华。这在李学逵的其他诗歌中都有充分的体现,那么李学逵为何写出含有荒凉感的纳陵呢?其实此诗并非只写了纳陵,还写了伽耶的其他遗迹。旧幔宫、荒台、古埭以及卉寇等,都是产生荒凉感的因素。"旧幔宫"当指金海的王宫,"古埭"是留存下来的土坝,"荒台"指其他遗迹。纳陵坟前有豕牲台,是祭祀时

---

① 〔韩〕许传:《性斋集》卷之四,第99页。
② 〔韩〕许传:《性斋集·成均生员许公墓碣铭》卷之二十四,影印标点《韩国文集丛刊》第308册,第488页。
③ 〔韩〕许传:《性斋集续编·愧喜子四韵后序》卷之四,影印标点《韩国文集丛刊》第309册,首尔:民族文化推进会2003年,第55页。
④ 〔韩〕李学逵:《洛下生集·匏花屋集〔乙亥〕》册十二,影印标点《韩国文集丛刊》第290册,第415页。

供生猪肉处，供生猪肉是此地独特的祭祀习俗。每年阴历三月十四日和九月十四日举行祭祀仪式，有陵官一直在此监理，因而"荒台"当不是指此台。"玉阤"是台阶两旁所砌的斜石，"玉阤"淹没于野鸡荒虫之间，这是极其荒凉衰败的景象。"珠襦归卉寇"是指伽耶的珍贵之物，已经成为倭寇之物①。1592 年倭寇入侵时盗掘了金首露王陵，李瀷《礼宾寺直长竹庵许公墓碣铭并序》："弱冠当壬辰之乱，奉其母避兵于咸阳云峰之间。闻倭寇掘首露王陵，南望痛哭。募壮士百余人，乘夜驰到，与府人同力修治，请于体察使梧里李公，转闻于朝。行望祭之礼，难平归古里。又上书本道观察使，转闻封筑。"②墓室的文物被洗劫一空，这是历史事实。李学逵的这一组诗歌还描写了伽耶的其他遗迹，其中有一首写招仙台："别座居登石，扁舟昆始琴。仙人竟终古，绘事到如今。老树浓阴合，荒阶积草深。会将双玉斝，一为酹丛林。"③荒阶草深的景象与"玉阤雉华虫""荒台落照中"相合。李学逵《驾洛怀古·其三》描写了其他遗迹的荒凉景象："狐岭西头坏土阶，盆城如画压宫街。……怜渠仇亥非真主，输与坤池事转差。"④经过千百年的侵蚀，弁辰旧京已经沦为不堪入目的废弃遗迹，但纳陵修缮一新。⑤

---

① 韩国古代文人并不只是使用已见于中国文献的词汇，有时也会自造词汇。卉寇一词不见于中国文献，当是韩国古代文人自造之词。李德懋《延安府》："申公城筑炳几先，毕竟奇功李月川。败垒蜿蜒通卉寇（허물어진 진터 길게 뻗쳐 있으니 왜적은 도망갔고），崇碑赑屃辨龙年。"（李德懋撰、李蕙隣校訂：《青庄馆全书·雅亭遗稿》卷之九，影印标点《韩国文集丛刊》第 257 册，第 159 页）韩国学者将"卉寇"一词译为倭寇，李月川在抗倭的壬辰战争中建立了功勋。卉寇一词当源于岛夷卉服，岛夷卉服曾经用于指称日本。
② 〔韩〕李瀷：《星湖全集·墓碣铭》卷之六十二，影印标点《韩国文集丛刊》第 200 册，首尔：景仁文化社 1997 年，第 69 页。
③ 〔韩〕李学逵：《洛下生集·匏花屋集〔乙亥〕》册十二，影印标点《韩国文集丛刊》第 290 册，第 415 页。
④ 〔韩〕李学逵：《洛下生集·因树屋集〔癸亥〕》册三，第 252 页。
⑤ 文中没有引用过的李学逵《金州府城古迹十二首》其他诸篇，描写了伽耶其他遗迹的荒凉："古土城：筑土今几年，崩土亦已失。尚见灌丛中，一片如练匹。复闻城下田，春雨得瑟瑟。招仙台：城外莲花台，当时招仙处。昆始骨已霜，居登迹何遽。犹存石碁盘，游人得夷踞。打鼓峰：高峰障东倭，打鼓何年岁。缭垣春树生，荒台夕雾翳。祇今山阿中，苔花绿沈瘗。盆城台：台与云气连，苍茫见海表。初晖射人颜，高飔散木杪。坐视城中人，悠悠自昏晓。虎溪：虎溪触城流，发源东山陬。崩厓认废亭，沿堤闻击漂。谁从惠远师，同来发三笑。燕子楼：燕尾何翛翛，飞楼向崦左。红衿日边归，青泥雨中堕。如闻盻盻吟，窗中自愁坐。晴雷阁：制鼓本禅宫，糇饘万钱费。江流八月槎，客献千斤鼙。归来郡城中，晴雷水云沸。荷月斋：高轩枕涟漪，周流步栏影。荷连玉井根，月皎铜铺冷。斋头闻微钟，孤枕发深省。"这些诗歌对研究描写首露王陵等遗迹的诗歌也有一定的参考价值，《打鼓峰》的"高峰障东倭"就记载了倭寇劫掠伽耶遗迹之事。"崩土亦已失""荒台夕雾翳""犹存石碁盘"等都呈现了伽耶遗迹的荒凉景象。（〔韩〕李学逵：《洛下生集·因树屋集》册七，影印标点《韩国文集丛刊》第 290 册，第 334 页）

19世纪末、20世纪初许熏（1836—1907）也描写了修缮如新的首露王陵与破败荒凉的其他遗迹。如《崇善斋与诸族共赋》：

> 金粟堆前古木疏，嶙峋画壁杂龙鱼。
> 乌号已堕虽邦旧，象设重新若葬初。
> 世世祠官遗裔职，年年祝册太常书。
> 至今民物犹沾化，歌鼓相闻乐事余。
> 黄昏屐齿破苍苔，陵树深深一迳开。
> 海市灯残人影散，江城梅发笛声来。
> 茫然宝马朝天去，宛复灵旗入夜回。
> 行子天涯惊岁暮，愁情为遣强含杯。
> 虎溪西畔纳陵林，把酒相怜岁暮心。
> 天地萧萧风雪下，楼台寂寂海山深。
> 梅香已见催新腊，黍律还思破积阴。
> 夜久尘喧都扫尽，风流回忆昆仙琴。①

诗中描写了金许诸族在崇善殿饮酒歌舞的喧闹场面，也描写了首露王陵周围的景色。崇善斋又称崇善殿，是在首露王陵前面建造的楼宇，这里本来是放置历代君王与王妃牌位的地方，此时已经成为首露王子孙聚集祭祀的地方，直到今天仍然是来自全国的金许二姓后人聚会祭祀之处。首露王陵周围陆续建造了若干建筑，当地的百姓在此歌舞吹笛，乐事不断。首露王陵是千年古坟，但"象设重新若葬初"，王陵的各种设施看起来像是新葬不久的建筑。金许后人世世为陵官，监管首露王陵，使首露王陵成为热闹的圣地。随着时间的流逝，首露王陵不是越来越冷落，而是越来越繁华，越来越受到重视。许熏的《纳陵》记录了纳陵的繁华景象："檀罗异迹史俱传，金盒绯帆事或然。地较邾滕非小国，天生文姒享遐年。原初积德云仍盛，历代崇贤祭祀虔。旧日繁华今尚在，红

---

① 〔韩〕许熏：《舫山集·崇善斋与诸族共赋》卷之三，影印标点《韩国文集丛刊》第327册，首尔：民族文化推进会2004年，第497页。

亭杨柳绿如烟。"① 旧日都城的繁华早已消亡，但纳陵仿佛延续了旧日的繁华。实际上纳陵的繁华并不是旧日繁华的延续，在更长的时间里纳陵一直是荒陵，400 年前的纳陵就不曾有过繁华。许熏也写到了弁辰旧京的荒废，《与李士澄往游纳陵，三从侄珏随至》："金天玄远灵苗降，弁洛偏荒伯业空。柳七郎来新度曲，古西门外海潮通。"② "弁洛偏荒伯业空"写的不是首露王陵，而是弁辰京城的荒废。伽耶的其他遗迹荒废于草丛之中，只有纳陵繁华热闹。

丰富的遗迹，众多的诗歌，朝廷的陵官，都会产生证明力，但最终仍然没有能够消除对这些遗迹的怀疑。宋秉璇③《自东莱历金海至密阳记》：

> 对马岛云际入望，徘徊良久。……小山列如碁置，俗称七点岛。葭芦一望苍然，地之形胜，鲜与伦比。辛生告别，连渡三津。入邑，赏燕子楼，后有涵虚亭，浮临曲池，傍有盆城台，俗传驾洛国宫址云。三面阻山，南通海门，回抱结局。虽小国之都，亦有异也。城西有崇善殿，祀首露王及许后。纳陵在其后，是首露所藏也。北上数里，又有许后陵。陵前石塔，名曰镇风。传言许后浮海东来，载塔于石舟也。本为六层，残缺余三层。④

游记比上述诗歌的描写更为细致，描写了七点山、燕子楼、涵虚亭、盆城台、崇善殿、石塔、石舟等，还有首露王陵和许后陵。他认为盆城台为伽耶王宫遗址的说法是俗传，许后浮海东来是传言，石塔、石舟、许后陵都是在传言基础上产生的遗迹。这些遗迹无法相信，不能作为证明许后历史的物证。

---

① 〔韩〕许熏：《舫山集·纳陵》卷之二，影印标点《韩国文集丛刊》第 327 册，首尔：民族文化推进会 2004 年，第 475 页。
② 〔韩〕许熏：《舫山集·与李士澄往游纳陵，三从侄珏随至。》卷之六，第 546 页。
③ 宋秉璇（1836—1905）是 19 世纪的文人，字华玉，号渊斋、东方一士。宋时烈的九世孙，受学于伯父宋达洙，也从学于宋近洙，继承了家学。41 岁时以经学受到推荐，历任多官。1905 年反对《乙巳条约》，要求处决乙巳五贼，但最终失败，于是自杀。
④ 〔韩〕宋秉璇：《渊斋集·杂着》卷之二十二，影印标点《韩国文集丛刊》第 329 册，首尔：民族文化推进会 2004 年，第 378 页。

宋秉璿所说的俗传、传言没有包括首露王陵，这似乎可以证明金首露王陵是真实的。14世纪开始出现描写金首露王陵的诗文，数量越来越多，但无法掩盖出现于13世纪之后的事实，这说明《三国遗事》产生了重要作用。诗文的不断描写，加上朝廷的肯定与金许族人的各种活动，将墓主不明的坟墓变成金首露王陵。但这些不会产生根本性的作用，只能证明《三国遗事》之后，逐渐形成了首露王陵的俗说，首露王的后人与朝廷统治者是推动这一俗说的主要动力。首露王陵不缺少碑与表，但都立于《三国遗事》之后，也都没有提到过迁移墓葬之事。这只能证明纳陵的墓主不是首露王，所有的诗文都是在虚假的基础上产生的，因而只能呈现虚假纳陵的发展历史，与金首露神话、《龟旨歌》没有关系。

二、金首露王族源的古老传说

按照金首露神话的记载，金首露王出于金卵，故姓为金。首露王在六卵中首出，故名为首露。金首露神话其实就是伽耶王族的姓氏起源与族源的神话，但很多学者认为王族姓氏另有源头，神话所记不可信。古代文献记载金海金氏的祖先来自中国，那么金海金氏的祖先由中国移居朝鲜半岛南部时就可能带来了龟卜方法。显然这个问题关系金首露神话的形成，也关系龟卜方法的东传，因而这是必须解决的一个问题。

金海金氏是人数庞大的族群，这一族群的存在本身就是金氏族源史的浓重印记。如果金首露王根本没有存在过，那么就不会留下印记。金许两姓是金海一带的豪族，金海金许二姓差不多人人自称首露王的后人。金许二姓形成庞大的族群有两个原因：一是金许二姓具有悠久的历史；二是金许二姓在相当长的时间内具有特殊的生育权，他们可以占有更多的女性配偶，可以繁衍更多的后代。金许二姓的特权延续了近千年，自然就会形成极为庞大的族群。因而韩国古代文人屡屡提及伽耶的金许两姓，金许两姓与祖先金首露王的关系是此类诗歌的主要内容之一。

李瑞雨（1633—?）《金海途中》
罗网春渠拍岸平，蒲芽绿长杏花明。
南农敏稼真堪喜，三月秔田已三畊。

驾雒兴亡过鸟忙，绯飘遗迹海茫茫。
只今民姓多金许，共道生从首露王。①

尹愭《咏东史·其六十五》
王妃许氏又如何，绯帆茜旗越海波。
九子二人从母姓，至今金海许金多。②

　　两首诗歌写了金海金姓与许姓，也写了金氏与许氏的由来。金首露王有九子，其中二子从母姓，因而许姓也是首露王的后人。金氏后裔人才辈出，金氏墓碑差不多都要提到金氏的祖先与由来。金宗直（1431—1492）《送金直长骏孙骥孙兄弟荣亲清道序》："金宁金氏兄弟，乃首露王之远裔。而老先生前执义讳孟之子也，自髫龀时，承家庭之训。学问优深，词华警发。"③ 金宗直的《金处士孝门铭》："成化十八年壬寅春，前执义金先生孟，……先公讳克一，金海人也。金海，故金官国，始祖首露王。"④ 再看金孟后人的墓志，曹植《宣务郎户曹佐郎金公墓碣》："公讳大有，字天佑。系出金官，驾洛国首露王之后也。……先大夫提学公，娶司䆒寺正高台翼女，生公，讳骏孙。王父执义公讳孟，曾王父曰克一。"⑤ 金大有是金孟的后人，必然会提到首露王。洪贵达（1438—1504）《都摠府经历兼司宪府执义金公、淑人李氏祔葬墓道碑铭并序》："金，驾洛贵姓也。始祖首露王之生也，有金卵之异，故仍姓焉。后国灭，其裔多居其地。经历公最裔也，公讳孟，字子进，曾祖伉。……公幼。读书为文，北学有誉名。捷生员进士试，又擢文科。大为先辈所重。"⑥ 梁居安（1652—1731）的《松汀金公行状》不是碑志，但也有

---

① 〔韩〕李瑞雨：《松坡集》卷之七，影印标点《韩国文集丛刊》第 41 册，首尔：民族文化推进会 2007 年，第 143 页。

② 〔韩〕尹愭：《无名子集诗稿》册六，影印标点《韩国文集丛刊》第 256 册，第 147 页。

③ 〔韩〕金宗直：《占毕斋文集》卷之一，影印标点《韩国文集丛刊》第 12 册，第 407 页。

④ 〔韩〕金宗直：《占毕斋文集》卷之二，影印标点《韩国文集丛刊》第 12 册，第 439 页。

⑤ 〔韩〕曹植：《南冥集》卷之二，影印标点《韩国文集丛刊》第 31 册，第 511 页。

⑥ 〔韩〕洪贵达：《虚白亭集·虚白亭文集·碑志》卷之三，影印标点《韩国文集丛刊》第 14 册，第 100 页。

类似的记载:"先生讳景秋,字君振。金氏,金海人。系出驾洛国首露王。驾洛,即金海本号也。王之后裔,最为蕃昌,散处岭右诸邑,有伟人。"① 类似的记载举不胜举,以上只是随意列举一二。

有关许氏的墓志也是如此,多称首露王之后。周世鹏(1495—1554)《许刚之墓碣铭》:"君讳钦,字刚之。金海人。其先首露王,以王妃许氏故,从母姓。六代祖邕,为高丽谏议大夫。"② 卢守慎(1515—1590)《有明朝鲜国嘉善大夫庆尚道观察使许公神道碑铭》:"许氏出金首露王妃姓,鼻祖讳宣文,佐丽祖定三韩。食采孔岩,遂世为阳川人。历八世簪组绵延,至琪位侍中为名相。"③ 许传《心斋许公行状》:"公讳淮字圣导。许氏,驾洛国首露王太后之姓也。后世为河阳人,自户部郎将讳康安,历代显于丽朝。"④ 许氏的墓碑与行状都称墓主或传主是首露王与许王后的后人,此类文献是可靠的,可以作为研究的依据。

那么金海金氏源于何处呢?韩国古代文人早已意识到这一问题,进行了不少的讨论。金海金氏的来源有二说:一是金椟金卵说,金宗直(1431—1492)《金处士孝门铭》:"前史不详其所自出,以为金卵入金合,从天而降,遂以金为姓,传至十世。末王仇亥,以其地降附新罗。子孙皆从。大角干金庾信,乃其后也。"⑤ 二是少昊金天氏说。金海金氏与新罗金氏的来源相同,皆源于少昊氏。金宗直《先公谱图第一》记载了新罗金氏起源的二说:"金氏之先,盖出于新罗金阏智。初,阏智入金柜,夜降于鸡林,罗王收而养之。以其生于金柜,遂赐姓为金。或云:自谓金天氏之后,以为姓焉。"⑥ 许传《崇善殿碑》也记载了金海金氏起源的二说:"驾洛始祖王姓金氏,讳首露。降生之初,有金瑞,故曰金。

---

① 〔韩〕梁居安:《六化集·行状》卷之三,影印标点《韩国文集丛刊续》第49册,首尔:民族文化推进会2007年,第521页。
② 〔韩〕周世鹏:《武陵杂稿·别集·墓志碣》卷之七,影印标点《韩国文集丛刊》第27册,第178页。
③ 〔韩〕卢守慎:《稣斋集·碑碣》卷之十,影印标点《韩国文集丛刊》第35册,第277页。
④ 〔韩〕许传:《性斋集·行状》卷之二十九,影印标点《韩国文集丛刊》第308册,第576页。
⑤ 〔韩〕金宗直:《佔毕斋文集》卷之二,影印标点《韩国文集丛刊》第12册,第439页。
⑥ 〔韩〕金宗直:《佔毕斋集彝尊录》上,影印标点《韩国文集丛刊》第12册,第449页。

或曰少昊金天氏之胤，故曰金氏。又曰首出为生民之祖，故以首露为王号。"① 新罗金氏起源的二说与伽耶金氏起源的二说极其类似，二者都有金姓源于卵生神话，或以为源于金柜，或以为源于金卵。此外二者又都有完全相同的少昊金天氏起源说。类似的说法见于各种碑文，二说真伪难辨，故很多文献并记二说。

  金海金氏源于金首露神话的说法相当普遍，但否定者也相当普遍。肯定金首露神话是确认金海金氏来源的前提，肯定金首露神话的方式多种多样，有的自称是金许二圣的后人，有的去修缮金首露王与许王后的陵墓，或者是修缮与金首露神话相关的设施。魏伯珪（1727—1798）的《书金氏追远录后》一文专门梳理和肯定了金氏系谱："吾东之肇有君民也，有若檀君焉，有若新罗始祖焉，有若驾洛始祖焉。其降生之迹，诚灵且异矣。或者疑其近于诞，必欲强求其由人道而生也，是固有不然者。假曰有巢燧人，实有人道而生。而生寅之初祖，果何自以生耶？其必天父地母而已，何独于此而疑之。……檀君始降于吾东之北域，后檀君二千余年。罗洛始立于南方，各于其地，丁其生寅之会则一也。莫不肇人于鹁居，立极于洪荒。大小虽殊，其为神圣则无异。"② 此文认为神话祖先并非不可靠，坛君神话与伽耶的祖先神话并无本质不同，只是大小有异而已。魏伯珪又云："大哉居居乎其君，乐哉苍苍乎其民。渺乎后矣，安得而亲见之哉。独恨不幸而不生于中国，不得登曲阜而涉陈野。想龙师火皇之髣髴，而庶圆枕上之千春也。其亦幸而生于东国，可以观于唐庄之京。而想巢钻之神造。入鸡林而登龟旨，访佃渔揉斲之遗化矣。其又不幸而蛰伏于海壖葭苇之乡，足迹不能遍于数千里之间。不得已欲求古史，彷像于几席之上。而史书又不可得，则只有涓涓一心。在劫火尘海之前，何幸和所金丈以其取辑追远录者示之。即驾洛王事实，而并记其古迹山川疆域。一开卷怳然若躬到驾洛矣，愀然若亲见首露王矣，此正曩日所求于几席之上者也。噫，金丈之为此录也，岂特以为吾之自出，而但寓其追远之义而已哉。"③ 魏伯珪的情感是矛盾的：一方面渴望生于中国，因为中国幅员广大，文献浩瀚；一方面庆幸生于朝鲜半岛，可以

---

  ① 〔韩〕许传：《性斋集》卷之十九，影印标点《韩国文集丛刊》第308册，第376页。
  ② 〔韩〕魏伯珪：《存斋集》卷之二十一，影印标点《韩国文集丛刊》第243册，第469页。
  ③ 〔韩〕魏伯珪：《存斋集》卷之二十一，第469页。

徜徉于朝鲜半岛的乡野。山川疆域的古迹在诉说着金首露王,仿佛亲眼看到了金首露王,这是肯定金卵说的情感基础。

肯定金首露神话的金氏族源并非只有情感的需要,还有理论的支撑。李朝时期是朱子学的时代,从朱子学中找到肯定金卵说的理论根据是当时文人努力的方向。姜再恒转述了此类说法的主要观点:"大抵天之生物也,草木得气最先,而禽兽次之,人为后。当其始也,以草木而化为禽兽者有之,以禽兽而化为人者有之。檀君、阏英之生,其亦此类也欤?曰:罗之初,汉之季也。朴散而漓,生物之道寝薄。而忽生奇灵之人于东海之滨,以主其神人。……而赫居、阏智之后,寔蕃且大,宜君宜臣,历千百岁而未衰。首露、高梁,亦能往往通姓名于上国,至今为显家。"① 气是世界万物的根源,最先得气者是草木,接着是禽兽,最后是人类。于是草木、禽兽与人类产生了转换关系,这是在解释神话中草木化为禽兽或人类、禽兽化为草木或人类的荒诞性的。以气来解说神怪是朱熹理学的一部分,因而这种解释充满了朱子学的气息。根据这种理论来看金卵化为金首露亦是源于万物之气,完全符合事物转换的规则。

少昊金天氏说怀疑和否定了金首露神话,韩国古代有不少文人认为金海金氏与新罗金氏皆出于少昊金天氏。此说见于金富轼《三国史记·金庾信》:

> 金庾信,王京人也。十二世祖首露,不知何许人也。以后汉建武十八年壬寅,登龟峰,望驾洛九村,遂至其地开国,号曰加耶,后改为金官国。其子孙相承,至九世孙仇亥(仇充),或云仇次休,于庾信为曾祖。罗人自谓少昊金天氏之后,故姓金。庾信碑亦云:"轩辕之裔,少昊之胤。"则南加耶始祖首露与新罗,同姓也。②

《三国史记》转录了金庾信碑的碑文,金庾信碑最早记载了少昊金天氏说。金天氏说见于各种文献,但多是说说而已,并没有认真地提供文献依据。金济学做过专门的考论,金允植(1835—1922)《訾妃论》

---

① 〔韩〕姜再恒:《立斋遗稿·杂着·东史评证·三国》卷之九,影印标点《韩国文集丛刊》第210册,第135页。
② 〔韩〕金富轼:《三国史记·列传一·金庾信》卷第四十一,吉林文史出版社2003年,第485页。

转述了金济学的看法:"余尝疑我东金氏金椟之说,未得其证。近见驾洛人金济学所着新罗世祖王本纪,力辨椟盒之诬,考据详博,甚似有理。余因略记其说,欲质于大雅君子。"① 金允植认为金济学提供了金海金氏始于金天氏的文献依据,并梳理了从少昊到首露王的传承脉络。

> 而殊不知东国之金,始出于金天氏也。昔周武王已平殷乱,封兹舆期于莒,以奉少昊之祀。传二十一世至穆公,为楚所并。而其子孙有仕于齐者曰太史敫,及秦并天下,燕、齐、赵人数万,渡海东来,是为辰韩。辰韩者,秦韩也,秦之遗民居于韩地者也。莒之后有舟舆,即太史敫玄孙也。兄弟八人,避秦而东,居峤南之星山,今漆谷府,自号八莒村干。其曰八莒者,莒之八族也。至玄孙斯干大王,自以为金天氏之后,故始姓金,而改号为伽倻村干。伽倻者,辰韩俗言莒也。东方之金,于是乎始出。而驾洛王首露兄弟,大伽倻、阿古、星山王、古小王、古宁阿那王及韩歧部许娄、摩帝二王与鸡林世祖阏智,凡九王相继而兴,或先或后,虽不同时,而并皆斯干之玄孙也。是故三国古志曰:新罗本少昊之后,故姓金。②

上述引文将金海金氏与新罗金氏的脉络记载得非常清楚,最初的先祖是少昊,少昊的后人兹舆期在殷末周初封于莒。传到二十一世穆公时被楚国吞并,穆公的子孙太史敫仕于齐国。秦并天下,燕、赵、齐的国人避乱来到朝鲜半岛。这些人就是辰韩(即秦韩,秦与辰音相似)。太史敫的玄孙舟舆八兄弟避秦乱来到星山漆谷府的八莒村,因称八莒。八兄弟自称金天氏,从此就有了金氏,新罗金氏与伽耶金氏皆源于舟舆八兄弟。

少昊金氏说不像金卵说那样荒诞不经,相关的文献不少,但没有关键的文献,因而也遭到韩国古代文人的否定。李朝文人李圭景《卵生辨证说》:"新罗《金庾信碑》:'首露亦云轩辕之裔,少昊之胤。'《三国史》采之,或者高、金二姓,始从中土流移。而怪诞之说,乃氓俗

---

① 〔韩〕金允植:《云养集·杂着·八家涉笔下》卷之十五,影印标点《韩国文集丛刊》第 328 册,第 499 页。
② 〔韩〕金允植:《云养集·杂着·八家涉笔下》卷之十五,第 499 页。

讹谬也。"① 李瀷《答安百顺》："新罗自称金天氏之后，驾洛亦云轩辕之裔少昊之胤，其说在《金庾信碑》，其荒诞无征若此。箕准逐马韩王自立，则准之前已有韩矣。后秦人至，借其东界而与弁各统十二国，则人物已繁矣。乃后三国始兴，何谓三南鸿荒之世也。"② 《金庾信碑》是较早的文献，但《金庾信碑》谬误百出，李瀷以为不足为据。

那么金海金氏源于少昊金天氏的说法是否可靠呢？金允植清楚地梳理了金海金氏与新罗金氏的传承脉络，更重要的是提供了一系列的文献依据，其中有韩国文献与中国文献。先来看韩国的文献："新罗博士薛因宣撰《金庾信碑》曰：'轩辕之胤，少昊之裔。其始祖首露，与新罗同姓。'新罗朴居勿撰《姚克一书》曰：'新罗之祖，本少昊之后，来自中国。不忘所始，故姓金焉。'《新罗本记序》亦曰：'罗人自以为少昊之后，故姓金云。又三国祖先，岂皆古圣人苗裔耶？何其享国之长也。'高丽崔瀣撰《寿宁翁主墓志》云：'金氏之先来自中国，而为金天氏之后，故以金为姓。'《三郎寺碑》亦云：'金天之后。'以此观之，诸家所录，各有援证，布在策书，其可曰文献不足乎？盖居漆夫撰史之后，金楱之说，证虚成实，瞽盲一世。然若三郎建寺，乃在撰史之后。而其序碑之文，特言金天而不言金楱，则漆史之荒伪妄诞，不辨而自破矣。"③ 从新罗《金庾信碑》开始各种文献记载了金天氏来源说，还批判了金卵说。中国的文献主要记载了少昊金天氏的起源："又引左氏、马史而释之曰：剡莒嬴姓，故知伯益之出于少昊。莒或称己姓，故知皋陶之出于苟芒。少典氏女生炎帝，而子为有熊。有熊生黄帝，而黄帝亦称人皇。故知少典氏之先出于太古之人皇，而人皇即九州岛之分长冀州者也，此穷源录之所以作也。"④ 上述考论提供了丰富的文献依据，有一些是《三国遗事》之前的，这无疑大大提高了金天氏说的可信度。

中国的先秦文献记载了金天氏的起源，金天是中国轩辕、少昊的姓

---

① 〔韩〕李圭景：《五洲衍文长笺散稿·经史篇·论史类·论史·卵生辨证说》抄写本，刊者未详。
② 〔韩〕李瀷：《星湖先生全集》卷之二十六，影印标点《韩国文集丛刊》第198册，第51页。
③ 〔韩〕金允植：《云养集·杂着·八家涉笔下》卷之十五，第499页。
④ 〔韩〕金允植：《云养集·杂着·八家涉笔下》卷之十五，第499页。此文还记载了另一古代文人的考论，其大体过程与结论相同。

氏。《尸子》记载:"少昊金天氏邑于穷桑日,五色互照。"① 《尸子》是中国最早的文献之一,金氏在相当长的时间里一直是君王的姓氏。《吕氏春秋》的注文曰:

  其日庚辛,其帝少皞。(庚辛,金日也。少皞,帝挚之子,挚兄也。以金德王天下,号为金天氏,死配金,为西方金德之帝。)②

  少昊号为金天氏,金天氏后取姓为金。唐代《元和姓撰》:"金:少昊金天氏之后,见《风俗通》。"③ 宋邵思《姓解》:"金:古帝金天氏之后。功臣表有金安上,汉元时告霍禹叛,封都成侯。又汉有金日䃅,七世内侍,本以休屠王作金人,祭天,故赐金氏。又有卫尉金敞,敞子涉为侍中。梁有金元超,唐有金元凤。"④ 这些文献记载了少昊是金氏祖先的说法,不能说明朝鲜半岛的金氏源于少昊。中国的金氏与朝鲜半岛的金氏究竟有无关系,是古今学者关心的问题。

  分别证明中国与朝鲜半岛的金氏并不困难,困难在于找到证明中韩金氏同源的文献:

  其一,中国文献并无八莒东走朝鲜的记载。金济学提供的证据是舟舆八兄弟东走朝鲜,关于莒国的历史散见于先秦文献。五代冯继先整理零散的文献,在《春秋名号归一图》中编成简略的莒国大事纪。冯继先以为莒国的早期略可记述,但十一世之后"微弱不复见":"莒:嬴姓,子爵,少昊之后。周武王封兹舆于莒,十一世至兹平公,始见《春秋》,自共公以下微弱不复见。"⑤ 宋人李琪《春秋王霸列国世纪编》专门设立了莒国条,莒国是一个弱小之国,与其他诸侯国不同:"终春秋之世国君鲜有不称谥者,莒独不称谥大夫。鲜有不书名氏者,莒独不书名氏。国君无书,朝大夫无书聘者,是其国无君臣之礼,无上下之节,无名号贵

---

① 《尸子》卷下《二十二子》,上海古籍出版社1986年,第373页。
② 秦·吕不韦:《吕氏春秋·孟秋纪第七》第七卷,《诸子集成》第六册,中华书局2006年第二版,第65页。
③ 唐·林宝:《元和姓纂》卷五,中华书局1994年,第751页。
④ 宋·邵思纂:《姓解·金六十七》卷二,中华书局1985年影印本,第67页。
⑤ 五代·冯继先:《春秋名号归一图》卷下,文渊阁《四库全书》第146册,台湾商务印书馆2008年,第714页。

贱之等，无文物施报之容。"① 这种情形与新罗、伽耶国尚没有建立国家时的状态比较相似。文献极少记载莒国，莒国的历史本末不可详考："莒，亦列国也，恃陋即亡，以见略乎？春秋世系本末不可详考。"②"《序莒世纪》曰：……四莒之始末，不详于经，何邪？原莒，亦列国也。春秋曷为略之夷之也？曷为夷之居夏用夷，故夷之也。"③ 莒国为东夷，相对比较落后，这是经书不载的原因之一。

那么舟舆东走朝鲜的说法是否有依据呢？李琪撰述的莒国传只是莒国大事纪，不过似乎可以看到八莒东走朝鲜的痕迹：

姑序其事为莒世纪：隐二入向。盟密。四伐杞，取牟娄。八盟浮来。④

"八盟浮来"恐怕是八莒东来说的依据，"八盟"理解为莒氏八兄弟，"浮来"很容易理解为浮舟到朝鲜。孔子浮海如夷的说法流传很广，韩国古代文人多将孔子浮海而来理解为到了朝鲜。按照这种常见的理解，"八盟浮来"可以理解为八兄弟浮海到了朝鲜。然而"八盟浮来"不是八兄弟，是鲁隐公八年莒国与鲁国会盟于莒国的浮来山。《左传》记载："鲁隐公八年，公及莒人盟于浮来"⑤。春秋时期莒国渐弱，于是采取了与鲁国联盟的策略："莒为齐弱久矣，乃若鲁最邻于莒者也。入于春秋，莒尝有接鲁之文密之盟，浮来之盟，曲池之会，洮向之会，是莒鲁之为好也。"⑥ 这是莒国与鲁国的联盟，与八兄弟无关。另外舟舆的人名不见于有关莒国的记载，但可以看到展舆、庚舆的名字："昭元取郓，去疾自齐入莒，展舆出奔吴，五牟夷以牟娄及防兹来奔。……二十三庚舆来奔。"⑦ 舟舆有可能是展舆或庚舆的讹误。展舆所奔之地是吴，而不是朝鲜。

---

① 宋·李琪：《春秋王霸列国世纪编》卷三，文渊阁《四库全书》第156册，台湾商务印书馆2008年，第262页。
② 宋·李琪：《春秋王霸列国世纪编》卷三，第261页。
③ 宋·李琪：《春秋王霸列国世纪编》卷三，第260页。
④ 宋·李琪：《春秋王霸列国世纪编》卷三，第261页。
⑤ 清·阮元校刻：《十三经注疏》下册，中华书局1980年，第1733页。
⑥ 宋·李琪：《春秋王霸列国世纪编》卷三，第261页。
⑦ 宋·李琪：《春秋王霸列国世纪编》卷三，第261页。

其二，朝鲜半岛的文献无法证明八莒东来是史实。舟舆八兄弟东走朝鲜，居于八莒村，确有此传说，但此说并不可靠：第一，朝鲜半岛确有八莒的地名，但与八莒东来朝鲜之说无关。《小华古迹·八莒城》："八莒城在朝鲜漆谷府南三十里退川坊，土筑周二千四百二十三尺，有一池二泉，俗称秃帽城。八阵遗址宛然，东有亭曰烈武。大川环城东南隅。万历癸巳，左都督刘綖东救朝鲜，逐倭奴平行长于闻庆县，因成八莒城。以为战场，天下之最，屯万余兵。倭不敢复窥朝鲜，至己亥辍归。"① 八莒兄弟东来的起始应当是八莒历史的重要一笔，但有关八莒的记载均不见八莒浮海之事，表明此说并不可靠。

第二，八莒的地名当源于讹误。《高丽史》记载：

> 八莒县，本新罗八居里县（一云北□长里，一云仁里）。景德王改名八里，为寿昌郡领县。高丽初改为八居，后居音转而为村。显宗九年来，属别号七谷。②

这段文字将八莒村或八莒县名称的由来记载得非常清楚，八莒县在新罗时期名为八居，八居里后改为八莒，是因为居与莒声音相似，误为八莒。这样八莒与莒国产生了联系，有关莒国的文献恰有"八盟浮来"的记载，于是产生了莒氏八兄弟浮海来朝鲜半岛的传说，由此可以断定八莒浮来朝鲜的说法纯属讹误与想象。如果八莒浮来之说不成立，那么新罗与伽耶国的金姓源于少昊金天氏的说法就不能成立了。

申箕善（1851—1909）是较为晚近的文人，他的看法比较可取。《金海金氏族谱序》记了二说，没有肯定或否定任何一种说法。

申箕善《金海金氏族谱序》

自古氏族繁而家世显者，大抵皆前代神圣，有大功德于民者之苗裔也，在我东莫如金海之金，金海氏以驾洛首露王为始祖。史籍多歧，或云少昊氏之后也，与新罗同姓。或云生于金卵，故姓曰金。

---

① 〔韩〕成海应：《研经斋全集外集·古迹类》卷六十三，影印标点《韩国文集丛刊》第278册，第158页。
② 〔韩〕郑麟趾：《高丽史·志十一·地理二》卷五十七，首尔大学校奎章阁本。

二说未详孰是，而其事迹亦莫得以考。然金海之人，至今尊信依归，如天地神祇，要之是首出庶物，聪明睿智神武不杀之圣君也。传国屡百年，至仇衡王逊于新罗，其子孙复显于罗朝。①

申箕善以为金卵说和少昊金氏说都不可考，在文献不足的情况下不置可否也是一种态度。新罗金氏与金海金氏源于轩辕少昊之说是不可靠的，源于首露神话的说法也未必是可信的。不过金海金氏与许氏的庞大族群是不可否认的事实，从这一点来看金首露神话与许黄玉传说中确实存在着历史事实的因素。这个历史事实的因素就是朝鲜半岛南部确有不少来自齐国的流民，金海一带的考古发掘可以证明齐国文化确实传入金海一带，制铁技术就是源于齐国。但根据此类发现只能说明齐国流民移居朝鲜半岛南端，不能说明少昊后人移居到了金海，并成为伽耶的开国君王。齐国流民自称金天氏少昊之后是完全可能的，流民为了表明自己的高贵血统，建立君王的权威，给自己取了中国帝王的姓氏。金官伽耶的金官之名见于《礼记·月令》的郑玄注释，郑玄以为金官就是少昊之子该的官名，金官是掌管白精之官，白精即金。但这些只能说明朝鲜半岛南端与齐国的关系，不能证明八苢东来之说。

三、诗歌中的许王后陵以及其他遗迹

在伽耶咏史诗中写许王后陵的作品不多，李学逵的《金州府城古迹十二首，赠李跃沼》中有一首写了许王后陵和许王后东来伽耶的传说：

《婆娑墖》
尝闻婆娑君，载石来东海。
凤铃半销沈，梵画晦文采。
相指首王陵，岧峣阅千载。②

许王后陵位于首露王陵的北部，是一座圆坟，这是需要特别注意的。

---

① 〔韩〕申箕善：《阳园遗集》卷七，影印标点《韩国文集丛刊》第348册，首尔：民族文化推进会2005年，第164页。
② 〔韩〕李学逵：《洛下生集·因树屋集》册七，影印标点《韩国文集丛刊》第290册，第334页。

这里除了许王后陵之外，还有其他遗迹。

首露王妃陵远景，右婆娑石塔① 　　　　婆娑石塔②

《三国遗事·驾洛国记》也记载了许王后陵，但同金首露王陵一样是不可信的：

> 灵帝中平六年己巳三月一日后崩，寿一百五十七。国人如叹坤崩。葬于龟旨东北坞。③

许王后陵的墓主不可能是许黄玉：第一，《三国遗事》记载许王后陵在龟旨峰的东北，但现在的许王后陵是在龟旨峰的东南，地理位置完全相反；第二，许王后陵是圆坟，应是伽耶末期北方民族的坟墓，因而不可能是伽耶建国初期的坟墓。

婆娑塔是许王后陵的石塔，传说石塔随着许黄玉一起从印度到了伽耶。17世纪许穆撰写了《驾洛国普州许太后墓碑阴记》："太后姓许氏，谱牒记阿踰陀国君之女，金官古事，或曰南天竺国君之女，又曰自言西域许国君之女。许或曰许黄之国，方外别国，其有一国而互称。或如中

---

① http：//members3.jcom.home.ne.jp/kofun2-hp/kankknkime1.htm。传说婆娑石具有护佑航海安全的功能，放置在金海中心地区的虎溪寺，1873年虎溪寺成了废寺。"金官城婆娑石塔：金官虎溪寺婆娑石塔者，昔此邑为金官国时，世祖首露王之妃许皇后名黄玉。以东汉建武二十四年甲申，自西域阿踰陀国所载来。初公主承二亲之命，泛海将指东，阻波神之怒，不克而还。白父王，父王命载兹塔，乃获利涉，来泊南涯。有绯帆茜旗珠玉之美……塔方四面五层，其雕镂甚奇。石微赤斑色，其质良脆，非此方类也，《本草》所云点鸡冠血为验者是也。金官国亦名驾洛国。"（〔韩〕一然著、李载浩译注：《三国遗事》卷三（第二册），第26页）

② http：//www.ohmynews.com/NWS_Web/View/at_pg.aspx？CNTN_CD=A0001713057.

③ 〔韩〕一然著、李载浩注译：《三国遗事·驾洛国记》卷二（第一册），第374页。

国之殷商梁魏耶？古远后世，传说不同。志记其先君之命曰：'东土当有驾洛元君，得汝为配，浮海而至'云。首露王立为后，号曰普州太后，或曰皇玉夫人。当东汉光武皇帝建武二十四年，首露王七年。及灵帝中平六年三月，太后薨。寿百五十七。太后有子十人。得后姓者二人。后世各以其所受封之。"① 此墓碑阴记也是不可以作为证明许王后陵真实性的依据。许王后陵存在不少疑问，按照《三国遗事·驾洛国纪》记载，公元48年许黄玉从印度的阿瑜陀国来到伽耶国，与金首露王结婚，成为王后：

> 忽自海之西南隅，挂绯帆，张茜旗，而指乎北。留天等先举火于岛上，则竞渡下陆，争奔而来。神鬼望之，走入阙奏之。上闻欣欣，寻遣九干等，整兰桡，扬桂楫而迎之。旋欲陪入内，王后乃曰："我与等素昧平生焉，敢轻忽相随而去。留天等返达后之语。"王然之。……或臧获并计二十余口，所赍锦绣绫罗，衣裳疋段，金银珠玉，琼服玩器，不可胜记。……于是王与后共在御国寝。从容语王曰："妾是阿蹋陀国公主也，姓许名黄玉，年二八矣。在本国时，今年五月中，父王与皇后顾妾而语曰：'爷娘一昨梦中，同见皇天上帝，谓曰：'驾洛国元君首露者，天所降而俾御大宝，乃神乃圣，惟其人乎。且以新莅家邦，未定匹偶。卿等须遣公主而配之。'"②

阿蹋陀国是中印度古国，印度古代史诗《罗摩衍那》就是以阿蹋陀为背景展开的。公元前4世纪中叶居萨罗国和都城阿蹋陀灭亡，并入摩揭陀王国，后又并入孔雀帝国，阿蹋陀国不复存在。这是否定许黄玉来自印度的根据，伽耶时阿蹋陀国并不存在。《大唐西域记》卷五中记载："阿蹋陀国，周五千余里。国大都城，周二十余里。谷稼丰盛，华果繁茂，气序和畅，风俗善顺。好营福，勤学艺。伽蓝百有余所，僧徒三千余人。大乘、小乘，兼攻习学。"③ 这时的阿蹋陀是佛教圣地，相传佛陀在此说法，佛寺遍布，佛僧众多，与佛教的关系极为深厚。《大唐

---

① 〔韩〕许穆：《记言·许氏先墓碑文石志》卷之四十一，第283页。
② 〔韩〕一然撰、李载浩译注：《三国遗事·驾洛国记》卷三（第二册），第372页。
③ 唐·玄奘撰、季羡林等校注《大唐西域记校注·阿蹋陀国》卷五，中华书局1985年，第448—449页。

西域记》记载贞观十六年（642）阿踰陀国是戒日王统治下半独立的邦国，始于何时不明。据《婆薮盘豆法师传》《大唐西域记》记载，这里还曾是4世纪时笈多王朝的超日王、新日王的首都。许黄玉传说中的阿踰陀只能是这个阿踰陀国，将许黄玉说成是这个阿踰陀国的公主，无非是要宣扬伽耶佛教的正统地位，这应当是佛徒改编或添加的因素。泰国的阿瑜陀耶国与印度阿踰陀国的名称非常相近，有人误以为许黄玉传说的阿踰陀是泰国历史上的阿瑜陀耶国，这个说法是不对的。①

许黄玉的一大贡献是带来了佛教，《三国遗事》卷三记载："然于时海东未有创寺奉法之事，盖像教未至，而土人不信伏，故本记无创寺之文。逮第八代铚知王二年壬辰，置寺于其地。又创王后寺（在阿道讷祇王之世。法兴王之前）至今奉福焉。兼以镇南倭，具见本国本记。"②许王后来了之后，土著人开始相信佛教。这意味着公元48年佛教传入朝鲜半岛南部，然而这是不可能的。东汉末年佛教传入中国，佛教更早传入朝鲜半岛南部的可能性是不存在的。研究韩国神话故事时会经常遇到问题，丰富的佛教因素很容易使人断定这些神话传说是后人编造的。李朝时期的文人也意识到这一问题，18世纪的文人姜再恒指出：

> 然解夫娄之迁迦叶原也，托之国相阿难弗之梦。迦叶、阿难皆是佛名，是时佛书犹未入中国，而犹云尔者，亦犹檀君之托桓雄也，是亦不足深究矣。或曰：赫居世、阏英、阏智、首露之生，终有不可知者欤？③

坛君神话、朱蒙神话的佛教因素是后来佛徒添加的，许黄玉传说的

---

① 阿瑜陀国即泰国的阿瑜陀耶国，又写为阿育陀耶王国。阿瑜陀耶以太阳为崇拜对象，国王的标志是象征太阳的巴形。阿瑜陀耶王朝存在于1350—1767年，据此认为有关许黄玉的传说完全是虚构。但《三国遗事》记载的不是泰国的阿瑜陀耶国，而是印度的阿踰陀国。参见井上秀雄：《实证古代朝鲜》，日本放送出版协会1992年。
② 〔韩〕一然著、李载浩译注：《三国遗事·金官城婆娑石塔》卷三（第二册），第26页。
③ 〔韩〕姜再恒：《立斋先生遗稿·杂着·东史评证·三国》卷之九，影印标点《韩国文集丛刊》第210册，首尔：民族文化推进会1998年，第135页。

佛教因素也未必是原始因素。姜再恒是最早依据佛教因素否定金首露神话和其他神话的古代文人之一，今天仍然有一些学者根据佛教因素否定坛君神话、金首露神话。许黄玉传说与金首露神话同载于《三国遗事·驾洛国纪》，但金首露神话与结婚传说并不是同一个故事，这是两个故事。金首露神话没有任何佛教的因素，但是许黄玉的传说中存在着佛教因素。许黄玉传说与金首露神话的形成时间不一定很近，至少许黄玉传说的佛教因素形成的时间较为迟晚。许王后陵应当也是俗传，墓主不可能是许王后。许王后陵前的婆娑石是后来的好事者移置来的，不足以作为研究伽耶建国史的依据。

学界新近提出许黄玉来自安岳瑞云乡许家坝的说法，此说也缺乏可靠的文献依据①。这种看法的主要依据是安岳许家祠堂的家族标志双鱼纹，双鱼纹出现在许家祠堂门楣上的画中。双鱼纹的造型是两条大鱼左右纵列，头朝上，四目相对，与首露王陵的双鱼纹相似。有的学者认为公元47年，四川发生叛乱，朝廷平叛后，乱民被流放江夏（武汉），16岁的许黄玉（生于东汉建武八年，即公元32年）亦被流放。船到江夏，许氏族人杀死官兵，驶入黄海，到了伽耶。许黄玉与开国始祖首露王结婚，许黄玉谎称印度阿踰陀国公主，是为隐瞒东汉乱民身份。许黄玉将中国的农耕、水利、养殖、编织及冶炼技术带到朝鲜半岛，促进了当地的发展。公元189年3月1日许黄玉逝世，享年157岁，谥号普州太后。普州是中国地名，据《中国地名录》等书籍记载，安岳是中国历史上唯一曾经使用这一名称的城市，因而许黄玉来自四川安岳。安岳至今保存着完好的普州古城墙，以普州为名的店名随处可见。朝鲜半岛三八线附近也有个安岳，两个安岳之间定有某种关联。此说

---

① 四川安岳瑞云乡许家坝已经发展成为旅游观光地。自1991年6月开始，韩国学术考察团、韩国四川地区研究会、金海市政府访问团、佛教文化、茶文化考察团、美术大展团等团体到四川安岳访问，韩国考古学家金秉模、民族学家赵兴模先后两次到安岳考察。2002年、2004年安岳县政府两度派团到韩国金海许黄玉陵考察。金秉模出版了《双鱼的秘密：揭秘韩国金首露王妃许黄玉身世》（贵州人民出版社2008年）。记者张红霞写了《韩国金氏有个安岳始祖母？》，报道了金秉模与其他四川当地学者的研究成果。（2006年05月12日《四川日报》）。傅成金的《韩国"普州太后"是四川安岳人吗？》（《天府新论》1995年第4期）、《从汉代双鱼画像论韩国普州太后许氏的国籍》（《中国汉画学会第九届年会论文集》，中国社会出版社2004年）、《从宝玉仙人再论韩国普州太后许黄玉的国籍》（《世界宗教文化》2006年第1期）认为许黄玉是四川安岳人。薛登的《"普州太后"故乡质疑》（《四川文物》1996年第4期）否定了许黄玉为四川安岳人的说法，认为安岳从来没有普州的地名。

存在很多的问题:

其一,四川出现普州地名的时间。

四川确有普州的地名,但应当比较调查最初使用普州地名的时间。《三国遗事》记载许黄玉谥号普州太后,然而这个谥号不能作为许黄玉来自四川普州的根据。安岳为中国唯一使用过普州地名的地方,但是普州地名始用于北周武帝(543—578)时代,武帝在位时间是560—578年。《元和郡县志》:"普州:(安岳,中,开元户三万两千六百八,乡二十五……)禹贡梁州之域,秦、汉为巴、蜀二郡之地,今州即汉之资中、牛鞞、垫江,后汉之德阳四县之地,周武帝于县立普州,隋大业二年罢普州,以所领县属资州。武德二年重置。""管县六:安岳、普康、安居、普慈、崇龛、乐至。"① 汉魏晋并无普州的地名,北周始用,隋朝曾废,唐武德二年(619)复置。可见189年普州太后的谥号可能性不存在,当时还没有普州的地名。普州太后谥号的上限时间是在6世纪后期,可能性更大的是7世纪之后。朝鲜半岛也有名为普州的地方,《高丽史》中载:"金瑱为尚州道,李之泰为普州道,成元揆为全州道,林坚味为罗州道……"② 根据普州太后的谥号而认为许黄玉是四川安岳人,随着巴蜀叛乱的流民来到朝鲜半岛南端的伽耶,这是相当不严谨的看法。普州太后的谥名是伽耶建国神话的衍生因素,在6世纪之前不可能因普州地名而有普州太后的谥号,因而不能作为判断许黄玉来自四川的根据。有的学者根据乐浪郡出土的巴蜀漆器、绢布,以为许黄玉来自四川的说法是正确的。③ 但以乐浪郡的出土文物证明伽耶的人口迁移,显然是不太可靠的说法,应以伽耶的出土文物证明伽耶的人口迁移。

其二,首露王陵正门的双鱼纹与中国的双鱼纹。

双鱼纹是许黄玉与四川安岳关系的主要证据之一,有的学者认为首露王陵的双鱼纹是隐藏许黄玉身世之谜的符号。

---

① 唐·李吉甫:《元和郡县图志》卷三十三(下册),中华书局1983年,第857—858页。
② 〔韩〕郑麟趾《高丽史·世家四十》卷四十,奎章阁本。
③ 参见刘子敏:《从新罗建国神话看中国历史与文化的影响》(《东疆学刊》2001年第1期)、苗威《乐浪研究》(高等教育出版社2016年,第403页)。

第三章 《龟旨歌》与金首露神话 | 379

首露王陵正门①

首露王陵正门上的双鱼纹以及其他纹饰②

---

① http：//www.ohmynews.com/NWS_Web/View/at_pg.aspx？CNTN_CD=A0001713057.
② http：//www.google.co.kr/imgres？q=%EC%8C%8D%EC%96%B4&hl=zh-CN&newwindow=1&sa=X&tbm=isch&prmd=imvnsul&tbnid=8rS2ApV2eTWp9M：&imgrefurl=http：//blog.joinsmsn.com/media/folderListSlide.asp%3Fuid%3Drpwhrtks%26folder%3D27%26list_id%3D6131050&docid=b_KvFsd1rKuqOM&imgurl=http：//blog.joinsmsn.com/usr/r/p/rpwhrtks/27/2（13）.jpg&w=580&h=371&ei=Q5EbUMaSIaaXiAfEq4GQCA&zoom=1&iact=hc&vpx=85&vpy=137&dur=1311&hovh=179&hovw=281&tx=159&ty=79&sig=109000321659276543326&page=3&tbnh=123&tbnw=171&start=38&ndsp=20&ved=1t：429，r：0，s：38，i：196&biw=1024&bih=585.

首露王陵的双鱼纹是两条鱼相对，中间是一座佛塔，佛塔的形态如同许王后陵的婆娑石塔。双鱼的上面画的是象头，象头上面是莲花，这些都是佛教之物。双鱼与佛教之物搭配在一起，其性质十分明确，双鱼也是佛教之物。这一点佛寺的图饰可以印证，这样的双鱼纹也见于金海银河寺。

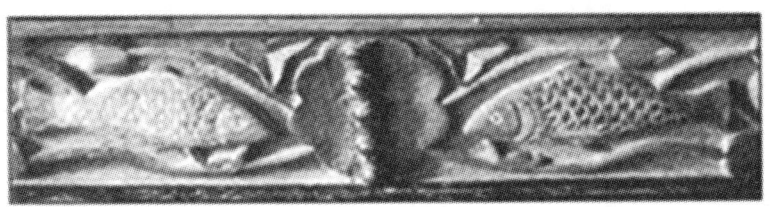

金海银河寺双鱼纹①

银河寺的双鱼纹与首露王陵正门的双鱼纹基本相同，只是中间的纹饰不同而已。佛典有关双鱼的记载极少，但在佛教中的意义应当引起高度的注意：

> 若人生双鱼宫，合于室宿毕宿奎宿生者。又得金为本命，又在夜半及日中时，或过中少分已来生者，及得金星及别吉曜同照临者。法合梵行清净有大智慧，具最上善知法吉祥。此之生人身黄白色颜貌殊妙，禀性仁孝眷属和睦。凡所为事精进坚固，长寿大福一切称意。合于东小国为主，彼地少寒及地多卑湿，多居水中以宫分所主之故，若得土木临照此为最上。或得为大国主，若如是者此乃决定知其生时，宫中多有最上吉祥种种之星。②

双鱼宫是佛教星占的用语，生于双鱼宫者具有大智慧，性仁孝和睦，

---

① http://mybox.happycampus.com/logo1/460464.
② 《大方广菩萨藏文殊师利根本仪轨经》卷十四，日本《大正新修大正藏》第20册，第885页。然而并非所有生在双鱼宫的人都长寿多福，因为双鱼宫所在的位置还有变化："复次双鱼宫当木曜，直在室宿壁宿奎宿各一分。其日男女生者，身分端正眼目奸傻，多有妻妾眷属复多僮仆。禀性急躁常多瞋怒，有筋力常肉食，复好食鱼。然好布施及供养贤圣，爱香华好技术。贪着美色亦为女妒，言多真实，亦合谤师，主患耳疾亦主长寿。年至十八有上树上墙堕落之难。若遇吉曜临照变恶为善，得延寿命至九十五于七月内值土曜及壁宿。直日因患疮而终。"（《难你计湿嚩啰天说支轮经》卷一，日本《大正新修大藏经》第21册，第464页）

精进坚固，长寿大福，是最为吉祥之星。尤其还应当注意双鱼宫主要合于东方小国，伽耶正是东方小国。首露王陵正门的双鱼纹代表的应当是这种意义，否则不会绘于门楣正中。《大方广菩萨藏文殊师利根本仪轨经》译完于北宋雍熙三年（986），这个时间早于《三国遗事》的编撰时间，也早于首露王陵开始受到重视的时间。佛教的祭祀使用金银铜牌，其中有两个双鱼铜牌，双鱼铜牌的意义是："凡双鱼铜牌之号二，曰严以肃直卫，曰善以洁祀坛。"① 这种意义也适于首露王陵，首露王陵是祭祀的场所，祭祀之时应当严以肃整，善洁祀坛。首露王陵正门的双鱼一方面祝福祭祀者吉祥长寿，仁孝和睦，也要求祭祀者虔诚祭祀，注意整洁。在佛典中双鱼与坟墓有特别的关系，唐惠详《弘赞法华传》："夜即专诵斯典，精诚不倦，绵历岁时。常有猛兽，夜至庐前，蹲踞听经，久而不去。仲珪正念曰：'不愿猛兽之相逼也。'兽即起去。明旦，见绕墓生芝草，七十三茎。当坟前者，行列次第，如人种植，皆朱茎紫盖，盖径二寸，光色异常。邻里以告州县。时，辛君昌为刺史，沈裕为别驾，共至墓所察之。忽有一鸟如鸭，衔双鱼，各长尺许。飞来集君昌前，置鱼于地而去。君昌等尤深嗟叹，采芝草封，奏诏旌问后不知所终。"② 双鱼同灵芝一样是吉祥之物，这与佛教双鱼的基本意义相合，双鱼也是悟佛之物③。《弘赞法华传》是从高丽重新回传中国的："大日本国保安元年七月八日，于大宰府劝俊源法师书写毕。宋人苏景自高丽国奉渡圣教之中，有此法华传，仍为留两本所令书写也。"④ 首露王陵正门的双鱼与中间佛塔的构图以及佛教双鱼的基本意义，都表明此双鱼纹当是佛教双鱼。

前文的佛教双鱼与东亚文学的双鱼意义不同，东亚文学中的双鱼有两种意义：一是书信，高丽时期李奎报的《桂阳所著状》："答安山监务

---

① 《释鉴稽古略续集》卷二，日本《大正新修大藏经》第49册，第921页。
② 《弘赞法华传》卷八，日本《大正新修大藏经》第51册，第36页。
③ "大沩泰禅师法嗣：潭州慧通清旦禅师，蓬州严氏子，初出关至德山直泰……师子游行不求伴侣。壮士展臂不借他力。佛祖拈掇不起。衲僧愿见无门。迷悟双忘圣凡路绝。且道从上诸圣以何法示人。喝一喝曰：莫妄想。佛性和尚忌日上堂。三脚驴子弄蹄行，步步相随不相到。树头惊起双双鱼，拈来一老一不老。为怜松竹引清风，其奈出门便是草。因唤檀郎识得渠，大机大用都推倒。烧香勘证见根源，粪扫堆头拾得宝。丛林浩浩漫商量，劝君莫谤先师好。"（《续传灯录》卷三一，日本《大正新修大藏经》第51册，第681页）
④ 《弘赞法华传》卷十，日本《大正新修大藏经》第51册，第47页。

同前状黄堂视事,叨参五马之荣,朱篆封书。遽辱双鱼之问,慰讯滋悉。"① 李穑《夜咏》:"夜坐翛然动客情,白头方信误平生。天低乡里双鱼断,月冷星河一雁横。"② 一是两条鱼。李穑《谢南京尹送鱼》:"汉水滔滔泛钓船,渺然蓑笠雪中天。牧人占梦非虚语,坐对双鱼想有年。"③ 这是收到他人送的鱼而写的诗,诗中的双鱼并无他意,只有食鱼的意思。中国文学中双鱼的基本意义也是如此。首露王陵正门的双鱼不可能是这种意义,尽管这种意义最为普遍,但与此无关。

双鱼纹历史悠久,分布极广,并非只见于四川安岳。双鱼纹在中国形成于新石器时代,公元前5000年左右的半坡、姜寨遗址出土了彩陶瓶、彩陶钵,上面绘有对视的双鱼纹。四川安岳县瑞云乡许家坝的双鱼纹类似于首露王陵的双鱼纹。

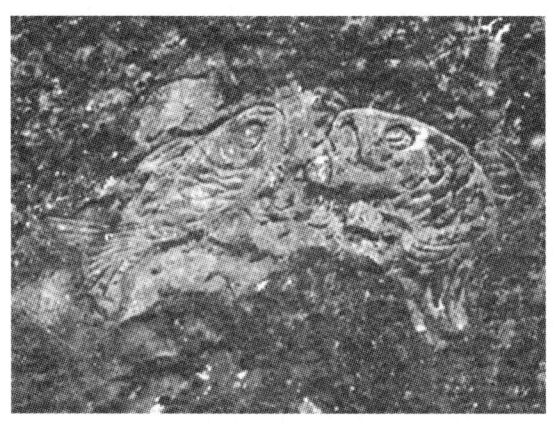

四川安岳瑞云乡许家坝的双鱼纹④

安岳瑞云乡许家坝的双鱼纹并不是四川安岳独有的,许多地方都有双鱼纹。汉代的画像石或画像砖上也出现过双鱼纹,其中有四川梓潼县出土的双鱼线纹⑤等。山东与河南也出土过汉代的双鱼纹画像石或画像

---

① 〔韩〕李奎报:《东国李相国全集·桂阳所著状》卷第三十二,影印标点《韩国文集丛刊》第2册,第37页。
② 〔韩〕李穑:《牧隐诗藁》卷之十九,影印标点《韩国文集丛刊》第4册,第237页。
③ 〔韩〕李穑:《牧隐诗藁·谢南京尹送鱼》卷之三十一,影印标点《韩国文集丛刊》第4册,第442页。
④ http://bbs.zy169.net/thread-41503-1-1.html.
⑤ 俞伟超主编:《四川汉画像砖》,《中国画像砖全集》编辑委员会,四川美术出版社2006年,第166页。

砖，山东与朝鲜半岛有过密切的交流关系，秦汉之际有很多流民移居朝鲜半岛南部。

山东微山汉代画像石的双鱼纹①

山东滕州画像石的双龙与双鱼②

河南唐河画像石的朱雀与双鱼③

山东滕州画像石是在双龙下面刻画了对视的双鱼，河南唐河的双鱼是上下排列，稍有不同。双鱼纹并非安岳独有，那么如何能够证明首露王陵的双鱼一定源于安岳呢？这里还应当注意双鱼纹是画在首露王陵正门，而不是画在许王后陵，因而将双鱼纹作为隐含许王后身世秘密的符号是有问题的。如果说安岳许家坝的双鱼纹比中国其他地方的双鱼纹多了一个证据，那就是许家坝人姓许，许黄玉也姓许。可是偏偏双鱼纹不是画在许王后陵，许姓不能成为证据。如果只是将首露王陵门上的双鱼纹单独与其他双鱼纹比较，完全无视双鱼纹与其他佛教之物的组合关系，

---

① 顾森编著：《中国汉画图典》，杭州：浙江摄影出版社1997年，第661页。
② 顾森编著：《中国汉画图典》，杭州：浙江摄影出版社1997年，第618页。
③ 顾森编著：《中国汉画图典》，杭州：浙江摄影出版社1997年，第756页。

必然认识不清双鱼纹的性质。也就很容易将首露王陵的双鱼纹与其他双鱼纹联系起来，进而认为首露王陵的双鱼纹来源于四川安岳。其实首露王陵的双鱼纹与四川安岳没有关系，是来自佛教的双鱼纹。这只能证明许黄玉与四川安岳没有关系，许黄玉不可能来自四川的安岳。

　　除了金首露王陵与许王后陵之外，还有很多伽耶遗迹进入诗文之中。龟旨峰是遗迹较多的地方，龟旨峰有神龟、六卵、金盒、诞生石等，这些构成了金首露神话的物质世界，讲述着相当完整的金首露神话。

龟旨峰的龟①

六卵碑②

龟旨峰首露王诞生石③

龟旨峰④

---

　　① http：//blog. joinsmsn. com/media/folderListSlide. asp？uid = mulim1672&folder = 24&list_id = 6665219&page = 1.
　　② http：//subaru – world. com/subaru2/tabi – report – kankoku – kinkai. htm.
　　③ http：//4travel. jp/overseas/area/asia/korea/the_other_cities_of_korea/pict/23145488/#contents_inner.
　　④ http：//100. naver. com/slide/image_view. php？image_id = 76788.

第三章 《龟旨歌》与金首露神话 | 385

韩国古代诗人自然不会放过龟旨峰，李学逵集中写过这些遗迹，其中有数首写到了龟旨峰。

《酒后感怀，疾书不已。计凡一百五篇。词或太露，字或失粘，并澄汰之》

龟旨峰头石，犹传首露踪。
九干同附凤，六卵尽兴龙。
金盒虚无影，盆城壮丽容。
祇今春磵曲，杜宇哭风松。①

这首诗歌非常具体地写了金首露神话的内容，也写了龟旨峰的若干遗迹。"龟旨峰头石"写的应是龟旨峰金首露的诞生石，李学逵的《金州府城古迹十二首·龟旨峰·赠李跃沼》写得更为清楚："往者伽倻王，降兹龟山石。玄穹坠长缨，苍苔散巨迹。依依挐枣书，行人自踧踖。"② "降兹龟山石"就是指首露王的诞生石，诞生石应是龟旨峰的重要遗迹。19世纪后期的李朝文人宋秉璇记载："左折而上龟旨峰，巅有盘石，是首露诞生处云。"③ 除了诞生石之外，李学逵还写到了六卵、金盒等，《启金盒》："我刀我謪，汝刀佽佽。时维风和，如沐如酡。龟山之阿，或寝或讹。逝占我梦，吉梦如何。今日之获，弗殿弗殈。群笑欹欹，维盒有罴。谓棱为金，谓卵为昔。徐罗之辟，以屈群力。"④ 诞生石与其他因素不同，六卵、启金盒等都是在金首露神话中出现过的因素，但诞生石没有在金首露神话中出现过。六卵、启金盒是依据金首露神话写出的，还是根据龟旨峰的遗迹写出的不是很清楚，但诞生石是无法根据金首露神话写的，这是此诗与一般咏史诗不同的地方。尹愭（1741—1826）是李朝末期的诗人，他的《咏东史》（亦就史略中编入东事者作之，而所载太略，故间取见于他书者，以寓褒贬之义）是一组咏史诗，其中有四

---

① 〔韩〕李学逵：《洛下生集·匏花屋集［乙亥］》册十二，第415页。
② 〔韩〕李学逵：《洛下生集·因树屋集》册七，影印标点《韩国文集丛刊》第290册，第334页。
③ 〔韩〕宋秉璇：《渊斋先生文集·杂著》卷之二十二，影印标点《韩国文集丛刊》第329册，第378页。
④ 〔韩〕李学逵：《洛下生集·岭南乐府》册六，影印标点《韩国文集丛刊》第290册，第309页。

首写了伽耶:"其六十二:龟峰修稧九干跄,金合紫缨金卵黄。首出姓金名首露,国名驾洛始为王。其六十三:六卵合中似日华,化为男子伟而姱。推厥始生仍建国,五人各主五伽倻。其六十四:我东古昔卵多生,居世朱蒙脱解并。暨兹首露尤奇怪,六壳才开已长成。"① 这三首诗的内容都是来自史书,这是咏史诗的特征之一,但李学逵的诗歌显然超出了这一范围,并不是所有的内容都是来自文献,有一些因素是来自伽耶的遗迹。

物质世界与文学世界之间存在着互动关系,物质世界可以创造文学世界,文学世界也可以创造物质世界,二者可以形成不断循环的生成史。这就为研究金首露神话与《龟旨歌》提出了难题:相当多的遗迹出现于《三国遗事》之后,这就要求学者仔细辨析哪些因素是生成于《三国遗事》之前,哪些是生成于《三国遗事》之后。遗迹究竟能否成为研究的依据,取决于遗迹成为金首露神话因素的时间。《三国遗事》之前的文献记载与遗迹更为重要,《三国遗事》之后的文献记载与遗迹虽然不是没有价值,但其价值不高。金首露神话与物质世界的对应关系是《三国遗事》之后的焦点,首露王陵的墓主对应为首露王,许王后陵对应为许黄玉,是这一对应关系推进的结果。首露王的诞生石也是推进这一对应关系的一环,只不过是比首露王陵、许王后陵更为细小的细节而已。金首露神话与物质世界的对应关系只是停留在基本对应的层面上,还存在无法对应的因素:或者是存在相同的因素,但相合程度不高;或者存在完全没有的不同因素。这表明遗迹与文献记载的关系比较复杂,能够作为研究证据的伽耶遗迹不多,这不能不是一个需要注意的问题。

---

① 〔韩〕尹愭:《无名子集诗稿》册六,影印标点《韩国文集丛刊》第 256 册,第 147 页。

结　语
走向校勘、注释与现代学术结合的道路

本书的主体部分是由两条校勘与三条注释构成的：校勘与注释了《箜篌引》《黄鸟歌》《龟旨歌》以及《高丽人参赞》等诗歌的椵、喫两个字，另外还重点注释了箜篌、黄鸟、龟卜等三条注释。四首诗歌每一首四句，合在一起共 65 个字。65 个字存在着各种问题，但本书选定的多是古老的基本问题，已经积累了相当多的先行研究，如何在先行研究的基础上有所突破、推进研究是最为重要的问题。以往的校勘与注释比较简略，四首诗歌的一些字词是七八百年间第一次详尽地校勘、注释，通过校勘与注释可以得到如下的基本看法：

第一，《箜篌引》不是古朝鲜歌谣，应当是乐浪郡时期的歌谣。学术界流行的看法认为《箜篌引》是古朝鲜的歌谣，根据《史记》的记载断定箜篌的产生时间是在公元前 111 年之前，这正是卫满朝鲜时期，也就是古朝鲜时期。箜篌生成于公元前 111 年的说法是不正确的，《史记》记载的箜篌瑟与东汉末年古坟壁画开始出现的卧箜篌形制不同。《箜篌引》使用的卧箜篌是装置品柱、没有二十五弦的卧箜篌，辽东、高句丽一带出土的卧箜篌壁画都是如此。此类卧箜篌是在箜篌瑟的基础上改造而成，最初改造形制的时间在汉武帝时代之后、司马迁死后（公元前 145—公元前 90 年），上限时间是在公元前 48 年《急就篇》之前，这时已经不是卫满朝鲜时期，而是乐浪郡时期。霍里子高作为中国兵卒，驻守朝鲜津，只能存在于朝鲜半岛的特殊历史时期。符合这一条件的是卫满朝鲜与乐浪郡，卧箜篌的形制不可能出现在卫满朝鲜，那么就只有乐浪郡能够满足《箜篌引》所有因素的条件。因而可以确定《箜篌引》生成于乐浪郡时期，不可能是古朝鲜歌谣，只能是乐浪郡歌谣。此歌的作者是汉朝人还是朝鲜人，仍然没有解决，这恐怕是永远也解决不了的悬案。

第二，自《三国史记》记载《黄鸟歌》以后的 800 余年时间里，本书第一次发现了《黄鸟歌》《高丽人参赞》与燕方言词的关系。扬雄的《方言》记载朝鲜属于燕方言区，但没有运用到高句丽诗歌的研究中，所有的证据都表明根据扬雄的《方言》来研究《黄鸟歌》与《高丽人参赞》是可靠的。《高丽人参赞》的"椵"字需要校勘为"椴"字，否则就看不到《高丽人参赞》与燕方言的关系，遗憾的是韩国学术界与中国学术界都没有提出过校勘《高丽人参赞》的问题。在校勘与注释的基础上，可以确定《黄鸟歌》与《高丽人参赞》是使用燕方言词翻译的高句丽汉译诗，两首诗歌的最初文本都是高句丽语的文本。《黄鸟歌》与《高丽人参赞》的形成时间与汉译时间存在一定的距离，但保存着鲜明的共同特征。《高丽人参赞》是采参人的劳动歌谣，采参人作为劳动者不可能具有汉文写作的能力，因而只能是母语诗歌，后来译为汉诗。《黄鸟歌》也是一首汉译诗，因为瑠璃王与燕方言有着特殊的亲密关系，他的妻子是燕人之女，使用的是燕方言。如果瑠璃王是以汉诗吟诵了《黄鸟歌》，那么必然会使用当时的燕方言词。但汉译诗歌文本的黄鸟一词不是此歌生成时期的燕方言词，说明此歌最初不是汉诗。黄鸟是东汉末年以后开始用于燕方言的词汇，现在的诗歌文本应当是东汉末年以后汉译的文本。《黄鸟歌》与《高丽人参赞》都使用燕方言词，是因为高句丽属于燕方言区，汉译者应当是使用燕方言的汉人或高句丽人。

两首诗歌都有鲜明的原生态因素，在《黄鸟歌》出现之前，中国文学中没有出现以黄鸟表现爱情的诗歌，这表明瑠璃王不是受到中国文学影响创作《黄鸟歌》的。根据韩国古代汉诗与汉译诗的普遍特征来看，这可以作为汉译诗的旁证。《黄鸟歌》使用了《诗经》的形式与词汇，但不能证明《黄鸟歌》与《诗经》存在影响关系，因为《诗经》中的黄鸟种类与形象完全不同，因此难以认为黄鸟一词源于《诗经》的中原雅言。《高丽人参赞》也有原生态因素，这是中国文献中保存最早的人参诗，此歌的所有内容都是原生态因素。此歌与后世中国人参诗有着明显的不同色彩，具有劳动歌谣的素朴性与单纯性，中国的人参诗往往在诗歌中加入更多的其他因素。这些特征可以证明《高丽人参赞》当为汉译诗，母语诗歌是保存原生态因素最多的形态。

第三，《龟旨歌》是一首使用了典型汉代龟卜方法的诗歌。此歌最为难解，吸引了无数学者的关注，出现了诸多研究成果，各种学说观点不一。学术界倾注了极大的精力去研究《龟旨歌》，但遗憾的是没有人怀疑《龟旨歌》的诗歌文本存在问题，而都是在认定现有版本准确无误的基础上展开研究的。如果在错误的文本基础上展开研究，是不大容易得到正确结论的。本书校勘了《龟旨歌》的文本，700多年以来从未有人提出过《龟旨歌》需要校勘的问题。此前有人提出过龟卜歌的说法，但并没有校勘《龟旨歌》的讹误，也就不可能真正解决《龟旨歌》的基本问题，更不可能确定每一个字词与龟卜因素的关系。正确地校勘、注释诗歌文本，是发现《龟旨歌》与金首露神话中汉代龟卜因素的条件。《龟旨歌》与金首露神话的所有因素来自汉代龟卜，但"喫"字与汉代龟卜方法毫无关系。此字当校为契字，契字是龟卜方法的基本用语，二字字形相似，在刊刻过程中容易出现讹误。经过校勘之后，诗歌文本的字面意义流畅自然，与金首露神话的关系自然协调，不需要任何象征曲折的转换解读，可以完全按照字面意义理解。《龟旨歌》与金首露神话是通过龟卜建立关系的，金首露神话中也有汉代龟卜的因素。这样《龟旨歌》的所有龟卜因素与金首露神话的龟卜因素构成了完整的证据链，二者之间彼此印证。一字之误使《龟旨歌》变得无法解读，扑朔迷离。13世纪以来错误的文本使研究者走向各种错误的想象，甚至有人以西方文学理论剖析解读，以牵强附会方式解释了《龟旨歌》。此类研究的共同问题是只依据其中的几个因素猜想，那些无法相合的其他因素就当作不存在，或者过度使用象征与转换，没有提供有效的依据。通过《龟旨歌》与《高丽人参赞》的校勘，可以明白还原正确的诗歌文本是无法回避的基础研究，仅仅依据现有的所有版本校勘是远远不够的。

本书采用了校勘、注释与现代学术结合的研究方法，每一条的校勘与注释是由一篇或若干篇学术论文构成的，这也就是以论文形式写了校勘与注释。韩国上古诗歌相关的文献几乎是一无所有，因而必须采用更为细致的研究方式，不能遗漏隐含于诗歌文本字词之中的任何线索。如果漏掉任何一个重要的信息，则漏掉的不是一个信息，而可能是全部信息。很多信息必须与最重要的信息结合起来，才能够呈现更多的事实状态。遗漏一个不应漏掉的重要信息，就意味着失去得到所有正确认识的机会，因而并不是条条大路都可到达目的地。如果保存了丰富的文献，就存在走向事实的很多通道，可以根据各种文献从不同的角度解决问题。最佳的方式就是不能浪费任何重要信息，最为可靠的研究方法就是逐字研究。

　　逐字研究的最佳方式就是校勘与注释，校勘与注释是能够全面排查的传统学术方式。只有细致入微地全面排查每一个字词，才可能不漏掉不应忽略的信息。校勘与注释并不是新的方法，以往的校注类著作和研究著作中并非没有注译《箜篌引》《黄鸟歌》与《龟旨歌》，只是以往的注译比较简单粗略，远没有达到应有的细致与深度，也就失去了全面排查的意义。一般来说校勘与注释都比较简单粗略，即使是详注类的著作也未必能够细致排查每一个字词。传统的校勘与注释往往偏重于小学，在一般语言阅读层面上没有障碍，就可认为完成了校勘与注释的任务。小学层面的排查没有问题，并不等于确实没有问题。只有细致的全面排查是不够的，全面排查只是第一步，在此基础上还需要选点深度细查。选点深度细查是在全面排查的基础上，选择重点线索进行更为彻底的调查，其目的是有所突破，从而解决问题。深度细查的最佳方式就是现代学术论文的形式，深度细查与全面排查必须结合起来，只有这样才能既防止遗漏，也才能有所突破。卧箜篌、黄鸟和龟卜的校勘都是由若干论文组成的。论文应当有论文的深度与细致，这就与传统的校勘、注释有所不同，需要查遍有效时间范围内的所有文献，这就必然会走向传统学术与现代学术结合的道路。两种方式在当今学术研究中往往是分离的，自从近代建立新的学术研究模式之后，两种学术方式并存于世，各行其道，没有能够很好地结合。两种学术方式应当紧密结合，紧密度是能否成功结合的关键。韩国上古诗歌的研究，就是一种新的尝试。

　　校勘、注释与学术论文的结合只是形式上的表述，无论是校勘、注释还是学术论文，都需要在生活世界层面上展开，也就是应当按照文学考古学的方式操作。生活世界不是全新的研究领域，文学研究并不是没有研究过生活世界。只是按照现今的文学研究模式来看，生活世界未必是最为重要的研究对象，因而对生活世界的研究较为薄弱，更谈不上通过校勘、注释与学术论文结合的方式，去深入研究生活世界的事实。韩国上古诗歌的研究能够证明还原生活世界，对诗歌文本的研究是有效的，虽然不能认为诗歌中的生活世界等同于现实的生活世界和历史的生活世界，但是现实或历史的生活世界可以证明诗歌中的生活世界，可以为诗歌中的生活世界提供可靠的依据。通过校勘、注释与学术论文走向生活世界的方向应当是正确的，这是能够持续获得正确答案的保证。

参考书目

1. 李載浩 譯. 三國遺事. 서울: 明知大學出版部. 1975.
2. 鄭尙均. 龜旨歌小考. 서울大学校 国語教育科. 先清語文 10. 복사본. 1979.
3. 金東俊. 龜旨歌新考. 동국대 한국문학연구소. 韩国文学研究 4. 1981.
4. 金相鉉. 三國遺事의 刊行과 流通. 韓國史研究會. 韓國史研究 38. 1982, 9.
5. 民族文化推進会編. 校勘 三国遺事. 民族文化推進会編韓国古典叢丛書. 民族文化推進会修正 3 版. 1982.
6. 김성기. 공무도하가의 해석. 한국문학사의 쟁점. 집문당. 1986
7. 김성언. 구지가의 해석. 한국문학사의 쟁점. 집문당. 1986.
8. 이경수. 황조가의 해석. 한국문학사의 쟁점. 집문당. 1986.
9. 정무룡. 황조가연구(1). 청천강용권박사 송수기념논총. 1986.
10. 정무룡. 황조가연구(2). 국어국문학논문집 7. 동국대. 1986.
11. 배경설화를 중심으로. 단국한문학회. 1987.
12. 송재주. 공후인에 대하여. 한실이상보박사 회갑기념논총. 형설출판사. 1987.
13. 양광석. 황조가 변이고. 국어국문학논총(서강이정탁교수 화갑기념). 1987.
14. 양희철. 가락국기의 구지곡과 건국신화 연구. 경남대. 가라문화 5. 1987.
15. 유효석. 구지가의 생성배경-사회사적 관점에서. 성균관대. 성대문학 25. 1987.
16. 임갑랑. 공무도하가의 원형적 연구. 계명대. 한국학논집 14. 1987.

17. 김창룡. 龜旨歌 의 「검」·「수」论证. 延世大学校人文科学研究所. 人文科学 62. 1989, 12.

18. 南權熙. 泥山本 三國遺事의 書誌的 考察. 書誌學會. 書誌學研究 5/6. 1990, 12.

19. 崔台鎬. 龜旨歌考: 배경설화를 중심으로. 단국한문학회. 漢文學論集 9. 1991.

20. 成基玉. 龜旨歌 형성의 문화기반과 역사적 양상. 駕洛國史蹟開發研究院. 韓國古代史論叢, 韓國古代社會. 1991.

21. 金宗大. 龜旨歌의 性格과 傳承樣相에 대한 小考. 中央大學校韓國民俗學研究所. 中央民俗學 3. 1991.

22. 민긍기. 원시가요 연구3. 열상고전연구회. 열상고전연구 4. 1991.

23. 이영식. 龜旨歌 研究. 江陵大學校國語國文學科 江陵語文 6. 1991.

24. 崔台镐. 龟旨歌考. 檀大出版部. 汉文学论集 9. 1991, 11.

25. 신용수. 龜旨歌 研究. 국어국문학-동아대학교 국어국문학과 11. 1992.

26. 黃在淳. 漢字 到來期의 古典詩歌에 대하여: 黃鳥歌와 公無渡河歌를 중심으로. 한국국어교육연구회. 국어교육 79·80. 1992.

27. 신용수. 구지가 연구. 동아대학교국어국문학과. 국어국문학 11. 1992.

28. 이완형. 公無渡河歌와 祭亡妹歌의 輓歌的 性格에 대하여. 語文研究會. 語文研究 24. 1993.

29. 이철원. 공무도하가. 금문서관. 1993.

30. 임기중. 우리의 옛 노래. 현암사. 1993.

31. 최용수. 구지가에 대하여. 배달말학회. 배달말 18. 1993.

32. 李姸淑. 龜旨歌考. 韓國文學會. 韓國文學論叢 14. 1993.

33. 엄국현. 龜旨歌 研究. 어문론총 27. 1993.

34. 柳富鉉. 三國遺事의 校勘學的 研究: 諸板本의 對校를 中心으로소장정보. 中央大學校 1993. 학위논문.

35. 이현희. 삼국의 발전과 민족의 통일. 한국교육문화사. 1994.

36. 金蘭珠. 굿노래로서의 龜旨歌와 海歌小考: 건국신화와 그 후대적 변모와 관련하여. 檀國大學校國語國文學科. 國文學論集 14. 1994.

37. 韓昌勳. 龜旨歌와 海歌의 呪（術）歌的 구조와 의미적 거리. 제주대학교국어교육과국어교육학회. 白鹿語文 10. 1994.

38. 임기중. (시로읽는) 노래문학. 화동. 1994.

39. 허문섭. 古代 說話와 傳奇. 學文社. 1994.

40. 허문섭. 설화걸작선. 해누리. 1994.

41. 황경숙. 駕洛國記의 山上儀禮와 龜旨歌의 性格에 대한 小考. 부산대학교국어국문학과. 語國文學 31. 1994.

42. 이해산. 早期의 文獻資料로 부터 본 공후인. 牧園大學校國語敎育科. 牧園語文學 13. 1995.

43. 金哲守. 龜旨歌論에 대한 小考. 金海文化院. 金海文化 통권 14. 1996.

44. 통권. 龜旨歌 연구 : 수로신화의 기능을 중심으로. 한국국어교육연구회. 국어교육 92. 1996.

45. 조기영. 公無渡河歌연구에 있어서 열가지 쟁점. 牧園大學校國語敎育科. 牧園語文學 14. 1996.

46. 현종호. 국어고전시가사연구. 보고사. 1996.

47. 李永泰. 公無渡河曲論. 仁荷大學校韓國學研究所. 韓國學研究 6・7. 1996.

48. 현종호. 국어고전시가사연구. 보고사. 龜旨歌 연구. 한국국어교육연구회. 국어교육. 92. 1996，9.

49. 河廷龍. 三國遺事 校勘에 對한 書誌學的 考察. 대구효성가톨릭대학교 한국전통문화연구소.. 韓國傳統文化研究 11. 1996.

50. 金仁雅. 龜旨歌研究. 朝鮮大学校. 학위논문. 1997.

51. 朴貞惠. 古代詩歌에 나타난 夫婦像 研究. 한민족어문학회. 韓民族語文學 31. 1997.

52. 金正柱. 공후인 研究. 朝鮮大學校人文科學研究所. 人文科學研究 19. 1997.

53. 金永峰. 駕洛國記의 분석과 龜旨歌의 해석. 淵民學會. 淵民學志 5. 1997.

54. 이중재. (처음으로 밝혀진) 새 加耶史와 三國列傳. 명문당. 1997.

55. 정상균. 가락국기 연구. 서울시립대학교 문리과대학 국어국문학과. 전농어문연구 9. 1997.

56. 조기영. 고전시가에 나타난 한국인의 자연관 1. 淵民學會. 淵民學志 5. 1997.

57. 현승환. 황조가를 어떻게 가르칠 것인가. 白鹿語文學會. 白鹿語文 14. 1997.

58. 柳鐘國. 龜旨歌에 對한 傳承史的考察. 정읍공업전문대학. 論文集 3. 1997.

59. 河廷龙, 李根直. 三国遺事 校勘研究. 서울: 新书苑. 1997, 10.

60. 金榮洙. 龜旨歌의 新解釋. 檀國大學校附設東洋學研究所. 東洋學 28. 1998.

61. 河廷龍. 三國遺事의 編纂과 刊行. 韓國古代學會. 先史와 古代 11. 1998, 12.

62. 金榮洙. 公無渡河歌 新解釋: 白首狂夫의 정체와 被髮提壺의 의미를 중심으로. 韓國詩歌學會. 韓國詩歌研究 3. 1998.

63. 박성의. 韓國歌謠文學論과史. 집문당. 1998.

64. 柳慶桓. 公無渡河歌에 나타난 물（水）의 象徵的 意味와 機能. 韓國語文教育研究會. 語文研究. 1998.

65. 李權宰. 黃鳥歌 研究. 조선대학교인문학연구소. 傳統文化研究 6. 1998.

66. 金荣洙. 龜旨歌의 新解释. 단국대학교 동양학연구소. 東洋学 28. 1998.

67. 安東柱. 詞傳 百濟歌謠의 研究. 호남대학교 인문사회과학연구소. 人文社會科學研究. 1999.

68. 金成基. 無等山圈 詩歌文學의 形成에 대한 研究. 조선대학교 전통문화연구소. 전통문화연구 6. 1999.

69. 김희보. 한국문학 앤솔러지: (황조가) 에서 (우리들의 일그러진 영웅) 까지. 가람기획 1-2. 1999.

70. 이영태. 龜旨歌의 수록경위와 해석의 문제. 仁荷大學校韓國學研究所. 韓國學研究 10. 1999.

71. 허남춘. 黃鳥歌 新考察. 韓國詩歌學會. 韓國詩歌研究 5. 1999.

72. 柳慶桓. 龜旨歌에 나타난 거북의 상징적 의미와 기능. 金海文化院. 金海文化 통권 17. 1999.

73. 이영태. 龜旨歌의 수록경위와 해석의 문제. 仁荷大学校. 韩国学

研究所. 한국학연구 10. 1999, 3.

74. 金榮洙, 黃鳥歌 研究再考：樂府詩 黃鳥歌의 解釋을 授用하여. 韓國詩歌學會. 韓國詩歌研究 6. 2000.

75. 박춘우. 고전 이별시가의 정서유형 연구. 우리말글학회. 우리말글 19. 2000.

76. 金成基. 黃鳥歌의 戀慕 對象과 創作時點. 한국고시가문학회. 古詩歌研究통권 8. 2001.

77. 엄원대. 忠節을 主題로 한 樂府 研究 (Ⅱ). 부산한문학회 (동양한문학회). 釜山漢文學研究 14. 2001.

78. 오세정. 주술가요 (呪術歌謠) 의 제의적 상징: 구지가, 도솔가를 대상으로. 시학과언어학회. 시학과언학 2. 2001.

79. 朴大在. 三國遺事古朝鮮條 인용 魏書論. 韓國史研究會. 韓國史研究 112. 2001, 3.

80. 朴贊洙. 龜旨歌 研究. 尚志大学校. 학위논문. 2001.

81. 金洋東. 龜旨歌 해석에 대한 一考察. 경북어문학회. 어문론총 36. 2002.

82. 신연우. 祭儀의 관점에서 본 琉璃王 黃鳥歌 기사의 이해. 韓民族語文學會. 韓民族語文學 41. 2002.

83. 金洋東. 龜旨歌 해석에 대한 一考察. 경북어문학회. 어문론총 36. 2002, 6.

84. 이정자. 상대시가 배경 설화에 나타난 동화적 요소 고찰. 건국대학교 동화와번역연구소. 동화와번역 5. 2003.

85. 차재형. 龜旨歌의 戰爭敍事詩的 性格研究. 韓國文學會. 韓國文學論叢 33. 2003.

86. 최태호. 공무도하가 연구. 중부대학교인문사회과학연구소. 인문사회과학논문집 7・2. 2003.

87. 古代中國과 三國遺事의 感生神話 研究. 淸大學術論集 1. 2003, 8.

88. 강명혜. 黃鳥歌의 의미 및 기능: 龜旨歌・公無渡河歌와의 연계성을 중심으로. 溫知學會. 溫知論叢 11. 2004.

89. 김병권. 龜旨歌 의 음양오행적 읽기. 경남・부산지역문학회. 지역문학연구통권 10. 2004.

90. 김성기. 공후인의 作家에 對한 研究. 한국고시가문학회. 古詩歌研究통권 13. 2004.

91. 성기옥. 문학사의 공무도하가와 시인의공무도하가. 現代詩學 36·7 (424). 現代詩學社. 2004.

92. 임주탁 주문경. 황조가의 새로운 해석: 관련서사의 서술 의도와 관련하여. 서울大學校國語國文學科. 冠嶽語研究 29. 2004.

93. 尹順清. 古代中國과 三國遺事의 卵生神話 研究. 清大學術論集 2. 2004, 2.

94. 海東高僧傳과 三国遺事. 韩国佛教学研究丛书. 불함문화사. 2004.

95. 김성수. 三國遺事 卷第1 紀異第1 의 引用文獻에 관한 書誌記錄的 分析. 清州大學校 學術研究所. 人文科學論集 30. 2005, 1.

96. 金榮洙. 고대가요 연구의 전제와 실제. 檀國大學校國語國文學科. 國文學論集 20. 2005.

97. 구사회. 헌화가의 자포암호 (紫布岩乎) 와 성기신앙. 국제어문학회. 國際語文 38. 2006.

98. 변유유. 공무도하가 연구. 경상대학교경상어문학회국어국문학과. 경상어문 12. 2006.

99. 이동철. 수로부인 설화의 의미: 기우제의적 상황과 관련하여. 한민족문화학회. 한민족문화연구 18. 2006.

100. 현승환. 해가 배경설화의 기자의례적 성격. 한국언어문학회. 韓國言語文學 59. 2006.

101. 金榮洙. 古代歌謠研究. 단국대학교 출판부. 2007.

102. 서유경. 공무도하가에 대한 표현 교육론적 연구. 한국고전문학 교육학회. 고전문학과 교육 14. 2007.

103. 이영태. 공무도하가 의 배경설화에 나타난 광부 처의 행동. 민족문학사학회 민족문학사연구소. 민족문학사연구 33. 2007.

104. 정상균. 구지가 (龜旨歌). 서울대학교 국어교육과 전자저널.

105. 김균태. 구지가 (龜旨歌). 연구-수로신화의 기능을 중심으로-한국국어교육연구회. 전자저널.

106. 朝鮮古跡図譜. 朝鮮総督府藏版. 大正四年.

107. 末松保和校訂. 三国遺事. 朝鮮史学会. 国書刊行会. 1973.

108. 朝鮮考古数据集成第 9 冊. 東京: 出版科学総合研究所. 1982.

109. 古跡調査特別報告. 第1册—第3册. 东京：出版科学総合研究所. 1982.

110. 井上秀雄ほか. 古代の韓国と日本. 東京：学生社. 1988.

111. 浜政博司. 日・中・朝の比較文学研究. 大阪：和泉書院. 1989.

112. 東潮，田中俊明編著. 森浩一監修. 韓国の古代遺跡. 2，百済・伽耶篇. 東京：中央公論社. 1989.

113. 井上秀雄. 実証古代朝鮮. 東京：日本放送出版協会. 1992.

114. 西嶋定生 他共著. 巨大古墳と伽耶文化："空白"の四世紀・五世紀を探る. 東京：角川書店店，1992.

115. 崔元植. 青柳优子訳. 韓国の民族文学論：東アジアの連帯を求めて. 東京：御茶の水書房. 1995.

116. 野崎充彦. 朝鮮の物語. 東京：大修館書店. 1998.

117. 三品彰英. 三国遺事考証. 塙書房. 1994.

118. 崔吉城，日向一雅編. 神話・宗教・巫俗 日韓比較文化の試み. 東京：風響社. 2000.

119. 田耕旭著，野村伸一監訳，李美江 訳. 韓国仮面劇：その歴史と原理. 東京：法政大学出版局. 2004.

120. 李在銑著，丁貴連，筒井真树子 訳. 韓国文学はどこから来たのか. 東京：白帝社. 2005.

121. 深澤洋太郎. 伽耶は日本のルーツ. 東京：新泉社，2006.

122. 仁平道明編. 王朝文学と東アジアの宮廷文学. 東京：竹林舎. 2008.

123. 吉井秀夫. 古代朝鮮墳墓にみる国家形成. 京都：京都大学学術出版会. 2010.

124. 門田誠一. 高句麗壁画古坟と東アジア. 京都：思文閣出版. 2011.

125. 李丙焘：《韩国史大观》，台北：正中书局，1961年.

126. 朱春荣：《高句丽朱蒙神话溯源》，《朝鲜史研究》，1983年第5期.

127. 沈仁安：《关于日本前方后圆坟的起源问题》，《燕园史学》，1991年第7辑.

128. 李元淳等撰，詹卓颖译：《韩国史》台湾幼狮文化事业股份有限公司，1987．

129. 李德山：《高句丽族称及其族属考辩》，《社会科学战线》，1992．1．

130. 金东勋：《朝鲜族神话类型与体系新探》，《满族研究》，1992．1．

131. 任传兴：《高句丽先都考》，《满族研究》，1994．4．

132. 李基白：《韩国史新论》，厉帆译，国际文化出版公司，1994．

133. 王子初总主编：《中国音乐文物大系·湖北卷》，大象出版社，1999．

134. 李东源：《通过好太王碑看朱蒙建立高句丽国的年代》，《延边大学学报》，1999．1．

135. 王子初总主编：《中国音乐文物大系·湖南卷》，大象出版社，2006．

136. 金秉模著：《双鱼的秘密：揭秘韩国金首露王妃许黄玉身世》，崔海洋译，贵州人民出版社，2008．

137. 徐光冀主编：《中国出土壁画全集》，科学出版社，2012．

138. 中国陵墓雕塑全集编辑委员会编：《中国陵墓雕塑全集》，2007/2009．

后　记

　　从事东亚比较文学研究三十余年，一直想写一本研究韩国文学的书，也想看看自己研究韩国文学究竟能够走多远。本来是计划写一本《韩国文学发生学》，写神话、诗歌、小说与戏剧，结果坛君神话部分就写出45万字，只好单独出版。是研究韩国上古的三首诗歌，又写了30万字，只好也是独立成书出版。看来其他部分的研究计划只能放弃，恐怕不会再有研究的时间。如果按照这种方式继续研究与撰写，真不知道要写到何时，也不知道要写出多少字。《韩国坛君神话研究》与这本书采用了相同的逐字研究方法，两本书彼此关联，亦可互为印证，这两本书可以看成是姊妹篇。

　　此书从动笔到最终完成，历时六年多，初稿完成之后一直处于不断修改的状态，其间不知修改了多少次。国家社会科学基金的评审专家给予鼓励，也提出了诸多意见，在修改的过程中也尽力吸收了评审专家的意见。部分章节发表于学术期刊，还有若干篇发表于其他期刊。《龟旨歌》的校勘部分在国外的国际学术会议上做过长达90分钟的基调演讲，与会的各国学者给予了积极的评价，也提出了宝贵的意见，这里应当感谢与会学者。研究生毛建雷、张蒝与耿靖核对了文献，校对了书稿，付出了巨大的劳动，这是不能忘记的。最后要感谢的是我的妻子，她一边抚养孩子，一边核对了部分文献。

张哲俊
2012 年 8 月 8 日初稿于京师园
2016 年 8 月 29 日最终改毕